Tip des Monats

In derselben Reihe
erschienen außerdem als Heyne-Taschenbücher:

Johanna Lindsey · Band 23/34
Robert Ludlum · Band 23/41
Johanna Lindsey · Band 23/43
John Saul · Band 23/50
Mary Westmacott · Band 23/56
Evelyn Sanders · Band 23/66
Mary Westmacott · Band 23/73
Dean Koontz · Band 23/76
Johanna Lindsey · Band 23/78
Marion Zimmer-Bradley ·
Band 23/79
Evelyn Sanders · Band 23/84
Dean Koontz · Band 23/85
Marie Louise Fischer ·
Band 23/88
Elli Peters · Band 23/92
Utta Danella · Band 23/95
Heinz G. Konsalik ·
Band 23/96
Marion Zimmer-Bradley ·
Band 23/98
Dean Koontz · Band 23/101
Charlotte Link · Band 23/102
Johanna Lindsey · Band 23/103
Ellis Peters · Band 23/104
Philippa Carr · Band 23/105
Robert Ludlum · Band 23/106

Marie Louise Fischer · Band 23/107
Heinz G. Konsalik · Band 23/108
Ellis Peters · Band 23/110
Utta Danella · Band 23/111
Dean Koontz · Band 23/112
Marie Louise Fischer · Band 23/113
Ellis Peters · Band 23/114
Johanna Lindsey · Band 23/115
Sarah Harrison · Band 23/116
Terry Pratchett · Band 23/117
Catherine Coulter · Band 23/118
Dean Koontz · Band 23/119
Catherine Cookson · Band 23/120
Ellis Peters · Band 23/121
Dean Koontz · Band 23/123
Philippa Carr · Band 23/125
Catherine Cookson · Band 23/126
John Saul · Band 23/127
Barbara Cartland · Band 23/128
Terry Pratchett · Band 23/129
Johanna Lindsey · Band 23/130
Ellis Peters · Band 23/131
Mary H. Clark · Band 23/132
Janet Dailey · Band 23/133
Mary Stewart · Band 23/134
James Bond · Band 23/135
Catherine Coulter · Band 23/136

Anne Perry

ZWEI THOMAS-PITT-KRIMIS AUS DER VIKTORIANISCHEN ZEIT

Ein Mann aus bestem Hause

Die roten Stiefeletten

**WILHELM HEYNE VERLAG
MÜNCHEN**

HEYNE TIP DES MONATS
Nr. 23/139

EIN MANN AUS BESTEM HAUSE / Bluegate Fields
Copyright © 1984 by Anne Perry by
Copyright © der deutschen Ausgabe by
Wilhelm Heyne Verlag GmbH & Co. KG, München
Aus dem Englischen von Gunther Seipel
(Der Titel erschien bereits in der Allgemeinen Reihe
mit der Band-Nr. 01/9378.)

DIE ROTEN STIEFELETTEN / Resurrection Row
Copyright © 1981 by Anne Perry by
Copyright © 1991 der deutschen Ausgabe by
Wilhelm Heyne Verlag GmbH & Co. KG, München
Aus dem Englischen von Herbert Präbst
(Der Titel erschien bereits in der Allgemeinen Reihe
mit der Band-Nr. 01/9081.)

Umwelthinweis:
Das Buch wurde auf
chlor- und säurefreiem Papier gedruckt.

2. Auflage

Copyright © 1997 dieser Ausgabe by
Wilhelm Heyne Verlag GmbH & Co. KG, München
Printed in Germany 1997
Umschlagillustration: Archiv für Kunst und Geschichte, Berlin
Umschlaggestaltung: Atelier Ingrid Schütz, München,
unter Verwendung des Gemäldes Anders Zorn – Impressions de Londres
Satz: (2745) IBV Satz- und Datentechnik GmbH, Berlin
Druck und Bindung: Elsnerdruck, Berlin

ISBN 3-453-12325-5

INHALT

Ein Mann aus bestem Hause

Seite 7

Die roten Stiefeletten

Seite 335

Ein Mann
aus bestem Hause

*Den Mitgliedern der John Howard Society
gewidmet, die den Glauben ihres Gründers
an das Recht jedes Menschen auf seine Würde
in die Tat umsetzen.*

A. P.

1

Inspektor Pitt überkam ein leichtes Frösteln. Unbehaglich starrte er auf Sergeant Froggatt, der gerade den Schachtdeckel hochhob und die darunter liegende Öffnung freilegte. Eisenringe führten in einen klaffenden Hohlraum im Stein hinab, in dem in der Ferne rauschendes und tropfendes Wasser widerhallte. Bildete er sich ein, mit Krallen versehene Füßchen davonhuschen zu hören?

Ein Hauch feuchter Luft stieg nach oben; umgehend schmeckte er den bitteren Geruch, der dort unten herrschte. Er erspürte das Labyrinth aus Tunnels und Stufen, die unzähligen Schichten, und noch mehr Tunnels aus schleimigen Ziegeln, die sich unter ganz London erstreckten und den Abfall und alles Unerwünschte, alles Verschwundene davontrugen.

»Dort unten, Sir«, meinte Froggatt trübselig. »Da haben sie ihn gefunden. Merkwürdig, würde ich sagen – überaus merkwürdig.«

»Außerordentlich merkwürdig«, pflichtete ihm Pitt bei und zog sich seinen Schal enger um den Hals. Es war zwar erst Anfang September, aber doch schon empfindlich kühl. Die Straßen von Bluegate Fields waren feucht, rochen nach Armut, stanken nach menschlichem Elend. Früher war dies ein wohlhabendes Viertel mit hohen, eleganten Gebäuden gewesen, in denen Kaufleute zu Hause waren. Jetzt war es der gefährlichste Hafenslum in ganz England, und Pitt war gerade dabei, in dessen Kloaken hinuntersteigen, um eine Leiche zu untersuchen, die an den die Themsefluten abhaltenden Schleusentoren angespült worden war.

»Ganz Ihrer Meinung!« Froggatt trat einen Schritt zur Seite, fest entschlossen, nicht als erster in das klaffende Loch mit seinen nassen, düsteren Kavernen hineinzusteigen.

Resigniert kletterte Pitt rücklings über den Rand, suchte sich Halt an den Ringen und begann seinen sorgsamen Abstieg. Als das Halbdunkel über ihm zusammenschlug, wurde das dahinströmende Wasser unten lauter. Er konnte es riechen, das abgestandene, eingeschlossene, verbrauchte Wasser. Auch Froggatt kletterte hinunter; seine Füße waren einen oder zwei Ringe von Pitts Händen entfernt.

Auf dem nassen Boden angekommen, zog Pitt seinen Mantel höher über seine Schultern und drehte sich zu dem Kanalreiniger um, der den Fund gemeldet hatte. Da stand er, ein Teil der Dunkelheit – die gleichen Farben, die gleichen feuchten verschwommenen Umrisse. Er war ein kleiner Mann mit spitzer Nase; seine Hose, die aus etlichen anderen zusammengeflickt war, wurde durch ein Seil zusammengehalten. Er trug eine lange Stange mit einem Haken am Ende; um seine Hüfte hing ein großer, sackartiger Beutel. Er war an die Dunkelheit, die unaufhörlich tropfenden Wände gewöhnt, an den Geruch und das entfernte Huschen der Ratten. Vielleicht hatte er bereits so viele Spuren des Tragischen, des Primitiven und Obszönen im menschlichen Leben gesehen, daß ihn nichts mehr schockierte. Jetzt lag in seinem Gesicht nur die natürliche Wachsamkeit, die er gegenüber einem Polizisten einnahm, und ein gewisses Empfinden der eigenen Wichtigkeit, denn die Abwasserkanäle waren sein Reich.

»Sie sind also wegen der Leiche hier?« Er reckte seinen Hals in die Höhe, um Pitts Körpergröße zu bestaunen. »Is' wirklich 'ne komische Sache. Er kann nich' lange da gelegen haben, sonst hätten ihn sich die Ratten geschnappt. Er is' überhaupt nich' zerbissen. Nun, ich frage Sie: Wer würde so etwas nur tun wollen?« Offensichtlich war das eine rhetorische Frage, denn er wartete die Antwort gar nicht erst ab, sondern drehte sich um und hastete den großen Tunnel entlang. Wie seine Füße die nassen Steine entlangtrappelten, erinnerte er Pitt an ein geschäftiges kleines Nagetier. Froggatt lief hinter ihnen her; die Melone war tief in seine Stirn gezogen, seine Galoschen gaben ein lautes Glucksen von sich.

Hinter einer Ecke stießen sie recht unvermittelt auf die großen, die steigende Flut abhaltenden Schleusentore.

»Da!« verkündete der Kanalreiniger, als ob ihm hier unten alles gehören würde, und zeigte auf den weißen Körper, der so sittsam, wie man es nur hatte bewerkstelligen können, auf der Seite lag. Splitternackt ruhte die Leiche auf den dunklen Steinen, die den Abwasserkanal säumten.

Pitt war bestürzt. Keiner hatte ihm gesagt, daß dem Leichnam der üblicherweise durch Kleidungsstücke gewahrte Anstand fehlte – oder daß der Tote so jung war. Die Haut war makellos; nur über den Wangen zeigte sich ein dünner Flaum. Es war ein magerer Körper mit schmächtigen Schultern. Pitt kniete sich hin; für einen Augenblick hatte er die schleimigen Ziegel vergessen.

»Die Laterne, Froggatt!« befahl er. »Bringen Sie sie schon her, Mensch! Halten Sie sie gefälligst ruhig!« Es war unfair, auf Froggatt ärgerlich zu sein, aber der Tod – und insbesondere ein sinnloser und beklagenswerter Todesfall wie dieser – berührte Pitt immer zutiefst.

Sanft drehte der Inspektor den Leichnam herum. Der Junge konnte nicht älter als fünfzehn oder sechzehn Jahre gewesen sein, seine Gesichtszüge waren noch ganz zart. Obwohl seine Haare naß und strähnig vor Dreck waren, mußten sie einmal blond und wellig gewesen sein und ein bißchen länger als bei den meisten. Wenn sein Gesicht die Zeit gehabt hätte zu reifen, hätte er mit zwanzig ein attraktiver Mann sein können. Jetzt war das Gesicht bleich und ein wenig vom Wasser angeschwollen, seine blassen Augen standen offen.

Der Dreck saß jedoch nur an der Oberfläche; darunter war der Mann gut gepflegt gewesen. Nichts war vorhanden vom tiefsitzenden Grau jener Menschen, die sich nicht waschen und deren Kleidung monatelang nicht gewechselt wird. Er war schlank, aber es war die Geschmeidigkeit der Jugend und nicht die Auszehrung durch Hunger.

Pitt griff nach einer der Hände und untersuchte sie. Ihre Weichheit war nicht nur auf die Schlaffheit des Todes zurückzuführen. Die Haut hatte keine Schwielen, keine Blasen, keine schmutzigen Runzeln wie die eines Flickschusters, eines Lumpensammlers oder eines vorüberziehenden Straßenkehrers. Seine Nägel waren sauber und sorgfältig geschnitten.

Mit Sicherheit war er nicht in der brodelnden und sich schindenden Armut von Bluegate Fields zu Hause. Aber warum hatte er keine Kleider am Leib?

Pitt schaute zum Kanalreiniger hoch.

»Ist die Strömung hier unten stark genug, um einem Menschen

die Kleider vom Leib zu reißen, wenn dieser gegen das Ertrinken ankämpft?« fragte er.

»Das bezweifel ich.« Der Reiniger schüttelte den Kopf. »Vielleicht im Winter – bei viel Regen. Aber nich' jetzt. Und auf keinen Fall die Stiefel – Stiefel nie. Er kann nich' lange hier unten gelegen haben, sonst hätten sich die Ratten über ihn hergemacht. Hab' mal gesehen, wie sie einen Straßenkehrer bis zu den Knochen abgenagt haben, so wahr ich hier stehe. Der Bursche ist ausgerutscht und ertrunken. Is' schon 'n paar Jahre her.«

»Wie lange liegt er jetzt schon hier?«

Der Mann dachte eine Weile darüber nach und ermöglichte es Pitt, die heiklen Seiten seines Gutachtens zu bedenken, bevor er sich festlegte.

»Stunden«, sagte er schließlich. »Hängt davon ab, an welcher Stelle er reingefallen ist. Doch nicht mehr als ein paar Stunden. Die Strömung würde keine Stiefel mitnehmen. Die Stiefel bleiben dran.«

Das hätte Pitt auch auffallen sollen.

»Haben Sie irgendwelche Kleidungsstücke gefunden?« fragte er, obwohl er sich nicht sicher war, ob er eine ehrliche Antwort erwarten konnte. Jeder Kanalreiniger hatte eine bestimmte Strecke des Kanals unter seiner Obhut, die eifersüchtig bewacht wurde. Es handelte sich weniger um einen Job als um ein Privileg. Die Belohnung bestand aus den Überbleibseln, die sich unter den Gittern ansammelten: Münzen, manchmal ein oder zwei goldene Sovereigns, gelegentlich ein Schmuckstück. Selbst Kleidungsstücke waren sehr gefragt. Es gab Frauen, die in Hinterhofschneidereien sechzehn oder achtzehn Stunden am Tag damit verbrachten, alte Kleidungsstücke aufzutrennen und neu zusammenzunähen.

Hoffnungsvoll schwang Froggatt die Laterne über dem Wasser hin und her, aber alles, was sie enthüllte, war die dunkle, ölige, ungebrochene Wasseroberfläche. Wenn in den Tiefen irgend etwas verborgen war, dann war es versunken, und man konnte es nicht mehr aufspüren.

»Nein«, antwortete der Kanalreiniger ungehalten. »Ich habe absolut nichts gefunden. Sonst hätte ich es auch gesagt. Und ich suche den Platz regelmäßig ab.«

»Es gibt keine Jungs, die für Sie arbeiten?« bedrängte ihn Pitt.

»Nein, das ist mein Revier. Sonst kommt hier keiner her – und ich habe nichts gefunden.«

Pitt starrte ihn an. Er war sich nicht sicher, ob er dem Mann Glauben schenken durfte. Wenn er etwas verbarg, wäre seine natürliche Angst vor der Polizei dann größer als seine Habgier? So gepflegt, wie dieser Leichnam aussah, war es gut möglich, daß er in Kleidungsstücken gesteckt hatte, mit denen sich ein guter Preis erzielen ließe.

»Ich schwöre es! Bei Gott!« protestierte der Kanalreiniger. Seine Selbstgerechtigkeit mischte sich mit beginnender Furcht.

»Nehmen Sie seinen Namen auf«, befahl Pitt Froggatt kurz angebunden. »Wenn wir herausfinden, daß Sie gelogen haben, dann werde ich Sie wegen Diebstahls und Behinderung der Polizei bei der Aufklärung eines Todesfalles belangen lassen. Haben wir uns verstanden?«

»Name?« wiederholte Froggatt mit wachsender Schärfe.

»Ebenezer Chubb.«

»Schreibt man das mit zwei B?« Froggatt fischte nach seinem Stift und schrieb es sorgsam auf, wobei er die Laterne auf dem Sims im Gleichgewicht hielt.

»Ja, genau. Aber ich schwöre...«

»Schon gut!« Pitt war zufrieden. »Helfen Sie uns jetzt lieber, dieses arme Geschöpf hochzubekommen und draußen zum Leichenwagen zu bringen. Ich vermute, er ist ertrunken – so sieht er jedenfalls aus. Ich sehe keine Anzeichen für irgend etwas anderes, nicht einmal einen blauen Fleck. Doch wir sollten sichergehen.«

»Ich frage mich, um wen es sich da handelt«, meinte Froggatt leidenschaftslos. Bluegate Fields war sein Revier und er war an den Tod gewöhnt. Jede Woche stieß er auf verhungerte Kinder, die man in Gassen oder Eingängen auf einen Haufen gelegt hatte. Oder er fand alte Menschen, die an einer Krankheit, vor Kälte oder an einer Alkoholvergiftung gestorben waren. »Ich vermute, wir werden es nie in Erfahrung bringen.« Er verzog sein Gesicht. »Doch verflucht will ich sein, wenn ich nicht herausfinden kann, wie er hier nackt wie ein Baby heruntergekommen ist!« Er warf dem Kanalreiniger einen verdrossenen Blick zu. »Ich habe jetzt deinen Namen, mein

Junge – und ich werde wissen, wo ich dich aufspüren kann, wenn ich den Wunsch danach verspüren sollte!«

Als Pitt an jenem Abend in sein warmes Haus mit seinen hübschen Blumenkästen und den gescheuerten Stufen zurückkehrte, verlor er kein Wort über die ganze Angelegenheit. 1881, vor fünf Jahren, war er seiner Frau Charlotte begegnet, als er im äußerst komfortablen, angesehenen Haus ihrer Eltern vorsprach, um Nachforschungen zu den Morden in der Cater Street anzustellen. Damals hatte er sich in sie verliebt und nie geglaubt, daß eine Dame aus solchem Hause in ihm mehr sehen würde als eine schmerzliche Begleiterscheinung einer Tragödie, die man mit soviel Würde wie nur möglich zu ertragen hatte.

So unglaublich es war, auch sie hatte gelernt, ihn zu lieben. Und obwohl ihre Eltern die Verbindung kaum als glücklich ansahen, konnten sie einer Hochzeit nicht ihre Zustimmung versagen, die von einer so eigensinnigen und schrecklich direkten Tochter wie Charlotte gewünscht wurde. Die Alternative zur Hochzeit bestand für sie darin, in vornehmer Untätigkeit zu Hause bei ihrer Mutter zu bleiben oder sich mit wohltätigen Werken zu beschäftigen.

Seit jener Zeit hatte sie an etlichen seiner Fälle Interesse gezeigt – und sich damit oftmals selbst in beträchtliche Gefahr gebracht. Selbst als sie Jemima erwartete, hatte sie das nicht davon abgeschreckt, sich ihrer Schwester Emily anzuschließen und sich in die Callander Square-Affäre einzumischen. Jetzt war ihr zweites Kind Daniel erst ein paar Monate alt, und selbst mit der ganztägigen Unterstützung des Hausmädchens Gracie gab es vieles, das sie in Anspruch nahm. Es hatte keinen Zweck, Charlotte mit der Geschichte des toten Jugendlichen zu belasten, der in der Kanalisation von Bluegate Fields gefunden worden war.

Als er hereinkam, stand sie gerade in der Küche und beugte sich mit dem Bügeleisen in der Hand über den Tisch. Wie ansehnlich sie war, dachte er – die Kraft in ihrem Gesicht, die hohen Wangenknochen, die Fülle ihrer Haare.

Sie lächelte ihn an, und in ihrem Blick war der Trost der Freundschaft. Er spürte ihre Wärme, als ob sie auf irgendeine geheime Weise zwar nicht wußte, was er dachte, aber wußte, was er innerlich fühlte, und das war so, als ob sie alles verstünde, was er sagte, ganz gleich, wie flüssig seine Worte waren, wie leicht oder schwer sie ihm über die Lippen kamen. Es war ein Gefühl des Heimkommens.

Er vergaß den Jungen und die Schleusentore, den Gestank des Wassers. Statt dessen umspülte ihn die friedliche, sichere Atmosphäre und vertrieb die Kälte. Er gab Charlotte einen Kuß, dann schaute er sich um und betrachtete all die vertrauten Gegenstände: den gescheuerten Tisch voller weißer Kleidungsstücke, die Vase mit den späten Gänseblümchen, Jemimas Laufställchen in der Ecke, das saubere Leinentuch, das darauf wartete, gestopft zu werden, ein kleiner Haufen bunter Holzklötze, die er angemalt hatte – mit ihnen spielte Jemima am liebsten.

Charlotte und er würden essen und dann am alten Herd sitzen und über alles mögliche reden; von Erinnerungen an vergangene Freuden oder Schmerzen, über neue Ideen, die darum kämpften, in Worte gefaßt zu werden, über die kleinen Vorkommnisse des Tages.

Doch gegen Mittag des folgenden Tages wurde er mit aller Schärfe dazu gezwungen, sich wieder mit der Leiche von Bluegate Fields zu befassen. Er saß in seinem unordentlichen Büro und schaute in dem Versuch, seine eigenen Notizen zu entziffern, auf die auf seinem Schreibtisch liegenden Papiere, als ein Polizist an die Tür pochte und eintrat, ohne eine Antwort abzuwarten.

»Der Gerichtsmediziner möchte Sie sehen, Sir. Er sagt, es sei wichtig.« Er öffnete die Tür ein wenig weiter und führte einen gepflegten, kräftigen Mann mit einem hübschen, grauen Bart und einem erstaunlichen Kopf mit grauen Locken herein.

»Cutler«, stellte dieser sich selber vor. »Sie sind Pitt? Ich habe mir Ihre Leiche aus der Kanalisation von Bluegate Fields angesehen. Eine traurige Sache.«

Pitt legte seine Notizen hin und starrte ihn an.

»In der Tat.« Er zwang sich dazu, höflich zu sein. »Äußerst bedauerlich. Ich nehme an, er ist ertrunken? Ich habe keine Spuren irgendeiner Gewaltanwendung gesehen. Oder ist er eines natürlichen Todes gestorben?« Er glaubte nicht, daß das so war. Wieso trug er dann keine Kleidung? Was hatte er da unten überhaupt getan? »Ich vermute, Sie haben keine Ahnung, wer er war? Keiner hat Anspruch auf ihn geltend gemacht?«

Cutler schnitt eine Grimasse. »Wohl kaum. Wir stellen sie nicht öffentlich aus.«

»Aber er ist doch ertrunken?« beharrte Pitt. »Er wurde nicht erwürgt oder vergiftet oder erstickt?«

»Nein, nein.« Cutler zog einen Stuhl zu sich herüber und setzte sich, ganz so, als wolle er sich auf einen langen Aufenthalt einrichten. »Er ist ertrunken.«

»Danke.« Pitt wollte ihn damit entlassen. Er war sich sicher, daß es nichts weiter zu sagen gab. Vielleicht würden sie herausfinden, wer er war, vielleicht auch nicht. Es hing davon ab, ob seine Eltern oder sein Vormund ihn als vermißt meldeten oder irgendwelche Nachforschungen anstellten, bevor es zu spät war, die Leiche zu identifizieren. »Gut, daß Sie so schnell gekommen sind«, fügte er nachträglich hinzu.

Cutler rührte sich nicht vom Fleck. »Wissen Sie, er ist nicht im Abwasserkanal ertrunken«, verkündete er.

»Wie bitte?« Pitt richtete sich auf; ein kalter Schauer lief ihm den Rücken hinab.

»Er ist nicht im Abwasserkanal ertrunken«, wiederholte Cutler. »Das Wasser in seinen Lungen ist so sauber wie in meiner Badewanne! Es hätte tatsächlich aus meiner Badewanne stammen können – sogar ein wenig Seife war darin!«

»Was in aller Welt meinen Sie damit?«

Ein gequälter, trauriger Ausdruck lag auf Cutlers Gesicht.

»Nur was ich sage, Inspektor. Der Junge ist im Badewasser ertrunken. Ich habe nicht die leiseste Ahnung, wie er in die Kanalisation gelangte. Glücklicherweise ist es auch nicht meine Aufgabe, das herauszufinden. Doch ich würde wirklich ziemlich überrascht sein, wenn er in seinem Leben je in Bluegate Fields gewesen sein sollte.«

Langsam nahm Pitt die Informationen in sich auf. Badewasser! Keiner aus den Slums. Aufgrund des sauberen, gepflegten Zustands seines Körpers hatte er es schon geahnt – es hätte ihn nicht überraschen sollen.

»Ein Unfall?« Es war nur eine formale Frage. Es gab keine Spuren von Gewaltanwendung, keine Druckstellen am Hals, keine blauen Flecken an Schultern oder Armen.

»Ich glaube nicht«, antwortete Cutler ernst.

Pitt schüttelte den Kopf. »Allein der Ort, an dem man ihn gefunden hat, beweist nicht, daß es ein Mord war; es beweist nur, daß man sich der Leiche entledigte – was natürlich ein Verbrechen ist, aber ein nicht ganz so schweres.«

»Druckstellen.« Cutler schob seine Augenbrauen ein Stück weit in die Höhe.

Pitt runzelte die Stirn. »Ich habe keine gesehen.«

»An den Fersen. Ziemlich schlimme. Wenn man über einen Mann herfällt, der gerade badet, dann wäre es auch viel leichter, ihn zu ertränken, indem man seine Fersen zu fassen bekommt, sie nach oben zieht und auf diese Weise seinen Kopf gewaltsam unter Wasser hält. Zu versuchen, seine Schultern unter Wasser zu drücken, wäre ungleich schwerer; seine Arme blieben frei, und mit ihnen könnte er gegen den Mörder kämpfen.«

Pitt stellte sich die Szene vor. Cutler hatte recht. Es würde eine leichte, rasche Bewegung sein. Einige Augenblicke, und alles wäre vorbei.

»Sie meinen, er wurde ermordet?« fragte er langsam.

»Er war ein kräftiger, junger Mann, offensichtlich bei hervorragender Gesundheit.« Cutler zögerte, und ein Anflug von Kummer huschte über sein Gesicht. »Außer in einem Punkt, auf den ich noch zu sprechen komme. Bis auf jene Spuren an seinen Fersen gab es keinerlei Anzeichen für Verletzungen, und er wurde sicherlich nicht durch einen Sturz so erschüttert. Warum sollte er ertrinken?«

»Sie sagten, bis auf eine Sache. Was war das? Könnte er ohnmächtig geworden sein?«

»Nein. Er hatte Syphilis im Frühstadium – ein paar krankhafte Veränderungen, mehr nicht.«

Pitt starrte ihn an. »Syphilis? Aber Sie sagten doch, er kam aus guten Verhältnissen – und war nicht älter als fünfzehn oder sechzehn!« protestierte er.

»Ich weiß. Aber das ist noch nicht alles.«

»Was noch?«

Plötzlich sah Cutlers Gesicht alt und traurig aus. Er strich sich mit der Hand über den Kopf, als tue ihm etwas weh. »Ein Homosexueller hat sich seiner bedient«, antwortete er ruhig.

»Sind Sie sich da sicher?« Pitt kämpfte wider alle Vernunft gegen das Gesagte an.

Ärger blitzte in Cutlers Augen auf.

»Natürlich bin ich mir sicher! Meinen Sie, ich sage so etwas aufgrund von Spekulationen?«

»Entschuldigen Sie«, sagte Pitt. Es war dumm – ohnehin war der Junge jetzt tot. Vielleicht lag darin der Grund, warum Pitt von Cutlers Informationen so aufgewühlt wurde. »Wie lange ist das her?« fragte er.

»Nicht lange. Etwa acht oder zehn Stunden, bevor ich ihn sah.«

»Irgendwann in der Nacht, bevor wir ihn fanden«, bemerkte Pitt. »Ich vermute, daß Sie keine Ahnung haben, wer er ist?«

»Obere Mittelklasse«, sagte Cutler, als würde er laut denken. »Wahrscheinlich private Erziehung – ein wenig Tinte auf einem seiner Finger. Gut genährt – ich glaube kaum, daß er auch nur einen Tag seines Lebens Hunger litt oder mit seinen Händen hart gearbeitet hat. Ausgefallene Sportarten, wahrscheinlich Kricket oder etwas in dieser Art. Die letzte Mahlzeit war teuer – Fasan und Wein und ein kleiner Sherry. Nein, aus Bluegate Fields kam er bestimmt nicht.«

»Verdammt!« sagte Pitt leise. »Irgend jemand muß ihn doch vermissen! Wir müssen herausfinden, wer er war, bevor wir ihn begraben können. Sie müssen tun, was Sie können, um ihn so herzurichten, daß man ihn sich ansehen kann.« Er hatte das alles bereits durchgemacht: Die Eltern, die mit weißen Gesichtern und zusammengekrampftem Bauch kamen, von Hoffnung und Furcht gebeutelt, um auf das leblose Gesicht zu starren; dann der Schweißausbruch, bevor sie den Mut fanden hinzuschauen, gefolgt von der Übelkeit, der Erleichterung oder der Verzweiflung – dem Ende der Hoffnung oder dem Zurückfallen in die Ungewißheit, dem Warten auf das nächste Mal.

»Danke«, sagte er steif zu Cutler. »Sobald wir irgend etwas wissen, werde ich es Ihnen sagen.«

Cutler stand auf und verabschiedete sich schweigend. Auch er war sich bewußt, was ihnen alles bevorstand.

Das wird eine ganze Weile dauern, dachte Pitt. Er brauchte dringend Überstützung. Wenn es ein Mordfall war – und er konnte die Wahrscheinlichkeit dafür nicht ignorieren –, dann mußte er ihn auch entsprechend behandeln. Er mußte zu Chief Superintendent Dudley Athelstan gehen und um Männer bitten, um die Identität dieses Jungen herauszufinden, solange er noch erkennbar war.

»Ich nehme an, das alles ist notwendig? Athelstan lehnte sich in seinem gepolsterten Sessel zurück und betrachtete Pitt mit unverhohlener Skepsis. Er konnte ihn nicht leiden. Der Mann stand sich besser als er selbst, und das nur, weil die Schwester seiner Frau irgend jemanden mit einem Titel geheiratet hatte. Er wirkte immer so, als habe er keinen Respekt vor gesellschaftlichen Positionen. Und diese ganze Sache von einer Leiche in der Kanalisation war äußerst unappetitlich – es war nicht gerade etwas, über das Athelstan Bescheid zu wissen wünschte. Es lag beträchtlich unter der Würde, die er erlangt hatte – und weit unterhalb dessen, was er noch im Laufe der Zeit und mit umsichtigem Verhalten zu erreichen gedachte.

»Ja, Sir«, sagte Pitt scharf. »Wir können es uns nicht leisten, darüber hinwegzusehen. Vielleicht ist er einer Entführung, mit an Sicherheit grenzender Wahrscheinlichkeit einem Mord zum Opfer gefallen. Der Gerichtsmediziner sagt, er stamme aus guter Familie, sei wahrscheinlich gut gebildet, und seine letzte Mahlzeit habe aus Fasan und einem Biskuitdessert mit Sherry bestanden. Das ist wohl kaum das Abendessen eines Arbeiters!«

»Schon gut!« fuhr ihn Athelstan an. »Dann sollten Sie besser so viele Männer nehmen, wie Sie brauchen, und herausfinden, wer es ist! Und versuchen Sie um Gottes willen, taktvoll zu sein! Stoßen Sie bloß keinen vor den Kopf. Nehmen Sie Gillivray – er weiß zumindest, wie man sich bei Leuten von Rang benimmt.«

Leute von Rang! Ja, Pitt wußte, daß Athelstan sich für Gillivray entscheiden würde, um sicherzugehen, daß er die verletzten Gefühle der Leute von Rang besänftigen konnte, wenn sie gezwungen waren, sich mit der unangenehmen Notwendigkeit auseinanderzusetzen, die Polizei zu empfangen.

Am Anfang stand die völlig alltägliche Aufgabe, bei jeder Polizeiwache der Stadt zu überprüfen, ob Berichte über Jugendliche vorlagen, die zu Hause oder in Bildungseinrichtungen vermißt wurden und auf die die Beschreibung des toten Jungen paßte. Das war ermüdend und bedrückend zugleich. Immer wieder stießen sie auf erschreckte Menschen, hörten Geschichten von einer Tragödie.

Harcourt Gillivray war nicht der Begleiter, für den sich Pitt entschieden hätte. Er war jung, hatte blondes Haar und ein weiches Gesicht, das leicht lächelte – zu leicht. Er war elegant gekleidet; seine Jacke war bis oben zugeknöpft, der Kragen steif – nicht bequem und ein wenig gekrümmt, genau wie der von Pitt. Und er schien immer fähig zu sein, seine Füße trocken zu halten, während sich Pitt mit seinen Stiefeln unaufhörlich in einer Pfütze wiederfand.

Es dauerte drei Tage, bis sie zu dem grauen, georgianischen Steinhaus von Sir Anstey und Lady Waybourne kamen. Gillivray hatte sich an Pitts Weigerung gewöhnt, den Dienstboteneingang zu benutzen. Seinem eigenen Empfinden für gesellschaftliche Positionen kam das sehr entgegen, und bereitwillig nahm er Pitts Argumentation auf, daß es bei so einer heiklen Mission taktlos sei, die ganze Gesindestube wissen zu lassen, warum sie gekommen waren.

Der Butler ließ sie eintreten und warf ihnen einen gequälten und resignierten Blick zu. Es war besser, die Polizei im Damenzimmer zu haben, wo man sie nicht sehen konnte, als auf der Treppe an der Vorderseite, auf der es die ganze Straße mitbekam.

»Sir Anstey wird Sie in einer halben Stunde empfangen, Mr... äh, Mr. Pitt. Wenn Sie hier so lange warten wollen...« Er drehte sich um und öffnete die Tür, um hinauszugehen.

»Es handelt sich um eine Angelegenheit von gewisser Dringlichkeit«, sagte Pitt mit einer Spur von Gereiztheit in der Stimme. Er sah, wie Gillivray zusammenzuckte. Butlern sollte man die gleiche Würde entgegenbringen wie den Hausherren, die sie repräsentierten, und die meisten Butler waren sich ihrer Stellung überaus bewußt. »Die Sache duldet keinen Aufschub«, fuhr Pitt fort. »Je eher und je diskreter wir uns damit beschäftigen können, desto weniger schmerzhaft wird es sein.«

Der Butler zögerte und wog ab, was Pitt gesagt hatte. Das Wort diskret gab den Ausschlag.

»Ja, Sir. Ich werde Sir Anstey von Ihrer Anwesenheit unterrichten.«

Selbst jetzt vergingen volle zwanzig Minuten, bis Anstey Waybourne erschien und die Tür hinter sich schloß. Die Stirn fragend gerunzelt, offenbarte er eine gewisse Abneigung. Er hatte eine blasse Haut und volle, blonde Koteletten. Sobald Pitt ihn sah, wußte er, wer der tote Junge gewesen war.

»Sir Anstey.« Pitts Stimme wurde leiser, seine ganze Verärgerung über das herablassende Benehmen des Mannes verflog. »Ich glaube, Sie haben Ihren Sohn Arthur als vermißt gemeldet?«

Waybourne machte eine kleine, mißbilligende Geste.

»Meine Frau, Mr ... äh.« Mit einer Handbewegung wischte er die Notwendigkeit beiseite, sich den Namen eines Polizisten zu merken. Polizisten waren anonym, wie Bedienstete. »Ich bin sicher, daß es für Sie keinen Grund gibt, sich damit zu befassen. Arthur ist sechzehn. Ich bin davon überzeugt, daß er irgendeinen Streich im Sinn hat. Meine Frau ist übertrieben fürsorglich – Frauen neigen dazu, wissen Sie. Es liegt in ihrem Wesen. Sie wissen nicht, wie man einen Jungen erwachsen werden läßt, wollen ihn ewig als Baby halten.«

Pitt durchzuckte plötzliches Mitleid. Das selbstsichere Auftreten war so zerbrechlich. Er war gerade dabei, die Sicherheit dieses Mannes zu erschüttern, die Welt, in der er annahm, er werde von den schmutzigen Gegebenheiten, die Pitt repräsentierte, nicht berührt.

»Tut mir leid, Sir«, sagte er noch ruhiger. »Aber wir haben einen toten Jungen gefunden, von dem wir annehmen, daß es sich vielleicht um Ihren Sohn handelt.« Es hatte keinen Zweck, die Sache in die Länge zu ziehen, zu versuchen, sich ihr langsam anzunähern. Es wurde dadurch nicht angenehmer, sondern dauerte nur länger.

»Tot? Was in aller Welt meinen Sie?« Immer noch versuchte er, den Gedanken abzutun, ihn zurückzuweisen.

»Ertrunken, Sir«, wiederholte Pitt. Er war sich Gillivrays Mißbilligung bewußt. Gillivray hätte das lieber umgangen, hätte sich indirekt auf dieses Thema zubewegt. Das kam Pitt jedoch vor, als würde man jemanden ganz langsam zerquetschen. »Es handelt sich um einen blondhaarigen Jungen. Er ist etwa sechzehn Jahre alt, einen Meter fünfundsiebzig groß – von seiner äußeren Erscheinung her zu urteilen stammt er aus guten Verhältnissen. Unglücklicherweise hatte er nichts dabei, mit dem er sich hätte identifizieren lassen, daher wissen wir nicht, wer er ist. Es ist nötig, daß jemand kommt und sich die Leiche anschaut. Wenn Sie es nicht selbst tun wollen ...

Sollte es sich herausstellen, daß es nicht Ihr Sohn ist, dann könnten wir auch die Erklärung ...«

»Seien Sie nicht albern!« meinte Waybourne. »Ich bin mir sicher, daß es nicht Arthur ist. Doch ich werde kommen und es Ihnen selbst sagen. Bei so einer Sache schickt man kein Personal. Wo ist es?«

»Im Leichenschauhaus, Sir. Bishops Lane, Bluegate Fields.«

Waybourne fiel der Kiefer herunter – das war unvorstellbar!

»Bluegate Fields!«

»Ja, Sir. Leider ist das der Ort, an dem man ihn gefunden hat.«

»Dann kann es unmöglich mein Sohn sein.«

»Ich hoffe nicht, Sir. Aber wer immer er auch ist, er scheint ein Gentleman gewesen zu sein.«

Waybourne wölbte die Augenbrauen.

»In Bluegate Fields?« fragte er sarkastisch.

Pitt ließ sich auf keine weiteren Diskussionen ein. »Würden Sie es vorziehen, in einem Hansom zu kommen, Sir, oder in Ihrer eigenen Kutsche?«

»In meiner eigenen Kutsche, vielen Dank. An öffentlichen Transportmitteln ist mir nicht gelegen. Ich werde Sie dort in dreißig Minuten treffen.«

Da Waybourne offensichtlich nicht gewillt war, sich von ihnen begleiten zu lassen, verabschiedeten sich Pitt und Gillivray und suchten sich einen Hansom, der sie zum Leichenschauhaus brachte.

Die Fahrt dauerte nicht lange. Rasch lagen die vornehmen Plätze hinter ihnen, und sie kamen in die engen, schmutzigen Straßen am Hafen, die vom Gestank des Flusses eingehüllt waren; der treibende Nebel drang in ihre Kehlen. In Bishops Lane ging es anonym zu; graue Männer liefen hin und her und gingen ihren Geschäften nach.

Das Leichenschauhaus war gräßlich: Man gab sich weniger Mühe, es sauberzuhalten, als in einem Krankenhaus – es gab auch weniger Grund dazu. Außer einem kleinen Mann mit braunem Gesicht, dessen Augen einen leicht östlichen Einschlag hatten und der merkwürdig helle Haare besaß, gab es hier nichts Menschliches. Sein Verhalten war entsprechend gedämpft.

»Ja, Sir«, sagte er zu Gillivray, der voranging. »Ich kenne die Leiche, die Sie meinen. Der Gentleman, der sie sich ansehen soll, ist noch nicht eingetroffen.«

Außer auf Waybourne zu warten, gab es nichts anderes zu tun. Wie es sich herausstellte, dauerte es nicht dreißig Minuten, sondern fast eine ganze Stunde. Wenn Waybourne sich der verstrichenen Zeit bewußt war, dann gab er das mit keinem Zeichen zu erkennen. Immer noch hatte sein Gesicht einen verärgerten Ausdruck, ganz so, als ob man ihn zu einer unnötigen Aufgabe herbestellt hatte, nur deswegen, weil irgend jemand einen albernen Irrtum begangen hatte.

»Nun?« Energisch kam er herein und ignorierte den Leichenwärter und Gillivray. Mit gerunzelter Stirn schaute er Pitt ins Gesicht, rückte seinen Mantel zurecht. Der Raum war kalt. »Was wollen Sie mich ansehen lassen?«

Gillivray trat unbehaglich von einem Fuß auf den anderen. Er hatte die Leiche nicht gesehen, wußte auch nicht, wo sie gefunden worden war. Seltsamerweise hatte er auch nicht danach gefragt. Er betrachtete die ganze Aufgabe als etwas, zu dem er wegen seines souveränen Auftretens abkommandiert worden war, eine Aufgabe, die erfüllt und dann so schnell wie möglich vergessen wurde. Er bevorzugte es, Raubüberfälle aufzuklären, insbesondere, wenn Wohlhabende oder kleine Adlige beraubt wurden. Solche Fälle und der ruhige unaufdringliche Umgang mit diesen Leuten waren eine recht angenehme Weise, in seiner Karriere voranzukommen.

Pitt wußte, was ihnen bevorstand – der unausweichliche Schmerz, das Ringen darum, das Entsetzen durch Erklärungen zu vertreiben, bis zum letzten, unausweichlichen Moment.

»Hier entlang, Sir. Ich warne Sie.« Plötzlich fühlte er sich auf einer Ebene mit Waybourne stehend, sah ihn als seinesgleichen an, betrachtete ihn vielleicht sogar mit etwas Herablassung. Er kannte den Tod; er hatte die Trauer gefühlt, die Wut. Doch er war zumindest in der Lage, durch reine Körperbeherrschung seinen Magen unter Kontrolle zu halten. »Ich fürchte, es ist keine erfreuliche Sache.«

»Machen Sie schon voran, Mann«, schnauzte Waybourne. »Ich habe nicht die Zeit, den ganzen Tag damit zu verbringen. Und ich gehe davon aus, daß Sie noch andere Leute konsultieren müssen, wenn ich Sie davon überzeugt habe, daß es sich nicht um meinen Sohn handelt.«

Pitt ging in den kahlen weißen Raum voran, in dem die Leiche auf einem Tisch lag. Sanft entfernte er das Laken, das das Gesicht des Toten bedeckte. Es war sinnlos, den Rest des Körpers mit seinen großen, von der Autopsie herrührenden Wunden zu zeigen.

Er wußte, was kam; die Gesichtszüge waren sich zu ähnlich: das blonde, gewellte Haar, die lange, weiche Nase, die vollen Lippen.

Waybourne entfuhr ein leiser Laut. Alles Blut war aus seinem Gesicht gewichen. Er schwankte ein wenig, als ob er auf einem Schiff stehen würde.

Gillivray war einen Augenblick lang viel zu erschrocken, um zu reagieren. Der Leichenwärter hatte all dies jedoch öfter gesehen, als er sich erinnern konnte. Das war das Schlimmste an seiner Arbeit. Er hielt einen Stuhl bereit, und als Waybournes Knie nachgaben, bugsierte er den Mann behutsam hinein, als ob alles eine einzige natürliche Bewegung sei – kein Kollaps, sondern ein Hinsetzen.

Pitt deckte das Gesicht wieder zu.

»Tut mir leid, Sir«, sagte er ruhig. »Sie identifizieren diesen Leichnam als den Körper Ihres Sohnes Arthur Waybourne?«

Waybourne versuchte zu sprechen, aber zunächst versagte ihm die Stimme. Der Angestellte reichte ihm ein Glas Wasser, er nahm einen Schluck.

»Ja«, sagte er schließlich. »Ja, das ist mein Sohn Arthur.« Er griff nach dem Glas und trank langsam noch etwas mehr. »Wären Sie so gut, mir zu erzählen, wo man ihn entdeckte und wie er gestorben ist?«

»Natürlich. Er ist ertrunken.«

»Ertrunken?« Offensichtlich war Waybourne verblüfft. Vielleicht hatte er noch nie zuvor das Gesicht eines Ertrunkenen gesehen und erkannte nicht das aufgedunsene Fleisch, weiß wie Marmor.

»Ja. Tut mir leid.«

»Ertrunken? Wie? Im Fluß?«

»Nein, Sir, in einer Badewanne.«

»Sie meinen, er ... er ist gestürzt? Ist mit dem Kopf aufgeschlagen oder so etwas? Welch ein lächerlicher Unfall! So etwas passiert doch alten Männern!« Als ob das Geschehene durch seine Lächerlichkeit irgendwie unwahr werden könnte!

Pitt holte tief Luft und atmete langsam aus. Es war nicht möglich, den Tatsachen auszuweichen.

»Nein, Sir. Anscheinend ist er ermordet worden. Seine Leiche wurde nicht in einem Badezimmer gefunden – nicht einmal in einem Haus. Tut mir leid – sie wurde in der Kanalisation von Bluegate Fields gefunden, an den zur Themse führenden Schleusentoren. Hätte es nicht einen besonders gewissenhaften Kanalreiniger gegeben, hätten wir ihn vielleicht überhaupt nicht gefunden.«

»Oh, das wohl kaum!« protestierte Gillivray. »Natürlich wäre er gefunden worden!« Er wollte Pitt widersprechen, beweisen, daß er sich bei irgend etwas irrte, als ob man dadurch selbst jetzt noch auf irgendeine Weise alles widerlegen könnte. »Er hätte nicht verschwinden können. Das ist Unsinn. Selbst im Fluß ...« Er hielt inne, kam zu dem Entschluß, das Thema sei zu unangenehm, und ließ es fallen.

»Ratten«, sagte Pitt einfach. »Noch vierundzwanzig weitere Stunden in der Kloake, und er wäre nicht mehr zu erkennen gewesen. Eine Woche, und es wären nur noch die Knochen übriggeblieben. Es tut mir leid, Sir Anstey, aber Ihr Sohn ist ermordet worden.«

Waybourne nahm sichtbar Anstoß am Gesagten; die Augen funkelten in seinem weißen Gesicht.

»Das ist absurd!« Er hatte jetzt eine ganz hohe, fast schrille Stimme. »Wer in aller Welt hätte irgendeinen Grund, meinen Sohn zu ermorden? Er war sechzehn! In überhaupt allen Dingen noch ganz unschuldig. Wir führen ein vollkommen anständiges und ordentliches Leben.« Er schluckte krampfhaft und gewann einen Bruchteil seiner Selbstbeherrschung wieder. »Sie haben sich zuviel bei kriminellen Elementen und in den niederen Klassen aufgehalten, Inspektor«, sagte er. »Es gibt nicht einen einzigen Menschen, der Arthur irgend etwas Übles wollte. Es gab keinen Grund dafür.«

Pitt fühlte, wie sein Bauch härter wurde. Jetzt kam das Schmerzlichste von allem, jetzt kamen die Tatsachen, die Waybourne unerträglich finden würde, die alles übertrafen, was er akzeptieren konnte.

»Tut mir leid.« Pitt schien jeden Satz mit einer Entschuldigung zu beginnen. »Tut mir leid, Sir, aber Ihr Sohn litt am Frühstadium einer Geschlechtskrankheit – und man hat sich homosexuell an ihm vergangen.«

Waybourne starrte ihn an. Scharlachrot flutete das Blut in seine Haut zurück.

»Das ist widerlich!« schrie er, sprang von dem Stuhl hoch, als wolle er aufstehen, aber seine Beine gaben nach. »Wie können Sie es wagen, so etwas zu sagen! Ich werde dafür sorgen, daß Sie entlassen werden! Wer ist Ihr Vorgesetzter?«

»Es ist nicht meine Diagnose, Sir. Es ist das, was der Gerichtsmediziner sagt.«

»Dann ist er boshaft und inkompetent! Ich werde dafür Sorge tragen, daß er seine Tätigkeit nie mehr ausübt! Es ist ungeheuerlich! Offenbar ist Arthur, der arme Junge, entführt und von seinen Kidnappern ermordet worden. Wenn ...« Er schluckte. »Wenn er mißbraucht worden ist, bevor er getötet wurde, dann müssen Sie seine Mörder auch deswegen belangen. Und dafür sorgen, daß sie gehängt werden! Doch was das andere betrifft ...« Er machte mit der Hand eine scharfe, schneidende Bewegung in der Luft. »Das ist ... das ist einfach unmöglich. Ich verlange, daß unser Hausarzt die ... die Leiche untersucht und diese Verleumdung widerlegt.«

»Unbedingt«, pflichtete ihm Pitt bei. »Aber er wird die gleichen Tatbestände feststellen, und sie erlauben nur eine einzige Diagnose – die gleiche, wie die des Polizeipathologen.«

Waybourne schluckte schwer und hielt verlegen den Atem an. Als er seine Stimme wiederfand, war sie angespannt und kratzig.

»Das wird er nicht! Ich bin nicht ohne Einfluß, Mr. Pitt! Ich werde dafür sorgen, daß dieses himmelschreiende Unrecht weder meinem Sohn noch meiner übrigen Familie angetan wird. Guten Tag!« Etwas unsicher stand er auf, dann drehte er sich um und verließ den Raum, ging die Stufen hoch und trat ins Tageslicht.

Pitt fuhr sich mit der Hand durch das Haar.

»Der arme Mann«, sagte er sanft. Er richtete die Worte eher an sich als an Gillivray. »Er wird es sich soviel schwerer machen.«

»Sind Sie sicher, daß er wirklich ...?« fragte Gillivray besorgt.

»Stellen Sie sich doch nicht so dumm an!« Pitt ließ sich mit dem Kopf in den Händen auf den Stuhl sinken. »Natürlich, ich bin mir verdammt sicher!«

2

Eine angemessene Trauerzeit zu wahren, war nicht möglich. Die Menschen hatten ein kurzes Gedächtnis; Einzelheiten entschlüpften der Erinnerung. Pitt war gezwungen, am nächsten Morgen zur Familie Waybourne zurückzukehren und mit den Ermittlungen zu beginnen, die keine Rücksicht auf den Kummer nehmen oder auf die Wiedererlangung des seelischen Gleichgewichts warten konnten.

Das Haus war still. Alle Rolläden waren ein Stück weit heruntergelassen, an der Haustür hing ein schwarzer Trauerflor. Um das Geräusch der vorüberfahrenden Kutschenräder zu dämpfen, hatte man draußen auf der Straße Stroh verstreut. Gillivray war in der unauffälligsten Kleidung erschienen und blieb mit grimmigem Gesichtsausdruck zwei Schritte hinter Pitt. Auf irritierende Weise erinnerte er Pitt mit seiner professionellen Trauer an den Gehilfen eines Leichenbestatters.

Der Butler öffnete die Tür und geleitete sie ohne Umschweife hinein. Er gestattete ihnen nicht, auf der Schwelle stehenzubleiben. Die Eingangshalle lag im gedämpften Zwielicht der heruntergelassenen Rolläden. Im Damenzimmer hatte man Gaslampen angezündet, im Kamin brannte ein kleines Feuer. Auf dem niedrigen, runden Tisch in der Mitte des Zimmers standen weiße Blumen in formgerechter Anordnung: Chrysanthemen und üppige Lilien. Alles roch leicht nach Wachspolitur und verblichenen, süßen Blumen und ein ganz klein wenig abgestanden.

Anstey Waybourne betrat fast umgehend den Raum. Er sah blaß und müde aus; sein Gesicht verriet keine Regung. Er hatte bereits vorbereitet, was er zu sagen beabsichtigte, und gab sich nicht mit höflicher Konversation ab.

»Guten Morgen«, begann er steif. Ohne eine Antwort abzuwarten, fuhr er fort: »Ich nehme an, daß Sie gewisse Fragen haben, die Sie notwendigerweise stellen müssen. Ich werde natürlich mein Bestes tun, um Ihnen das bißchen an Informationen zukommen zu lassen, über das ich verfüge. Ich habe selbstverständlich über die Sache nachgedacht.« Er faltete seine Hände und betrachtete die Lilien auf dem Tisch. »Ich bin zu dem Schluß gekommen, daß mein Sohn mit ziemlicher Sicherheit von Fremden angegriffen wurde, vielleicht einzig und allein aus dem niederen Motiv heraus, ihn zu berauben. Ich gebe auch zu, daß es die entfernte Möglichkeit einer geplanten Entführung gibt, obwohl wir keinerlei Hinweise darauf erhalten haben, daß es tatsächlich so war – keine Forderung nach irgendeiner Art von Lösegeld.« Er warf Pitt einen Blick zu, dann schaute er wieder weg. »Natürlich mag es sein, daß sie keine Zeit hatten – irgendein dummer Zufall ereignete sich, und Arthur starb. Offenbar sind sie dann in Panik geraten.« Er holte tief Luft. »Und die Ergebnisse sind uns allen schmerzhaft bewußt.«

Pitt öffnete den Mund, aber Waybourne brachte ihn mit einem Wink seiner Hand zum Schweigen.

»Bitte, nein! Erlauben Sie mir fortzufahren. Es gibt sehr wenig, was wir Ihnen erzählen können, aber zweifellos möchten Sie über die letzten Tage Bescheid wissen, in denen mein Sohn lebte, obwohl ich nicht einsehen kann, welchen Nutzen es für Sie haben wird.

Das Frühstück verlief vollkommen normal. Wir waren alle anwesend. Arthur verbrachte den Morgen wie gewöhnlich mit seinem jüngeren Bruder Godfrey und studierte unter Anleitung von Mr. Jerome, den ich zu diesem Zweck angestellt habe. Zum Mittagessen gibt es recht wenig zu bemerken. Arthur war wie immer. Weder sein Benehmen noch seine Gespräche wichen auf irgendeine Weise vom Gewöhnlichen ab. Er erwähnte auch keine Personen, die uns unbekannt waren, oder irgendwelche Pläne für ungewöhnliche Aktivitäten.« Waybourne rührte sich die ganze Zeit, während er sprach, nicht vom Fleck, sondern stand an exakt derselben Stelle auf dem prächtigen Aubusson-Teppich.

»Am Nachmittag nahm Godfrey seine Studien mit Mr. Jerome wieder auf; Arthur las ein oder zwei Stunden lang ein wenig Latein – ich glaube, es waren seine Klassiker. Dann ging er mit dem Sohn eines Freundes der Familie nach draußen, einem Jungen von exzellenter Herkunft und uns wohlbekannt. Ich habe selbst mit ihm gesprochen, und auch er hat nichts Ungewöhnliches in Arthurs Verhalten bemerkt. Soweit Titus sich erinnern kann, haben sie sich etwa gegen fünf Uhr nachmittags getrennt. Arthur sagte allerdings nicht, wohin er ging, nur daß er mit einem Freund zu Abend essen wolle.« Zu guter Letzt schaute Waybourne hoch und begegnete Pitts Blick. »Ich fürchte, das ist alles, was wir Ihnen mitteilen können.«

Pitt erkannte, daß gegen weitere Nachforschungen bereits eine Mauer errichtet worden war. Für Anstey Waybourne war entschieden, was geschehen war: ein zufälliger Angriff, der jedem hätte zustoßen können, ein tragisches, aber unauflösliches Geheimnis. Einer Lösung nachzuspüren, würde den Toten nicht wieder zum Leben erwecken und nur jenen Menschen zusätzlichen und unnötigen Kummer bereiten, die bereits den schmerzlichen Verlust erlitten hatten.

Pitt konnte Sympathie für diesen Mann empfinden. Waybourne hatte einen Sohn verloren, und zwar unter außergewöhnlich schmerzlichen Umständen. Doch ein Mord konnte nicht verheimlicht werden, ganz gleich, welche Qualen Waybourne litt.

»Ja, Sir«, sagte er ruhig. »Wenn ich darf, würde ich gerne den Lehrer, Mr. Jerome, und Ihren Sohn Godfrey sehen.«

Waybourne wölbte die Augenbrauen. »Wirklich? Wenn Sie es wünschen, können Sie natürlich Mr. Jerome sehen. Obwohl ich nicht einsehe, welchem Zweck das dienlich sein sollte. Ich habe Ihnen alles erzählt, was er weiß. Doch ich fürchte, es steht völlig außer Frage, daß Sie mit Godfrey sprechen. Er hat bereits seinen Bruder verloren. Ich werde ihn nicht einem Verhör aussetzen lassen – insbesondere, da es völlig unnötig ist.«

Es war nicht der rechte Zeitpunkt für lange Debatten. Für Pitt waren im Moment alle diese Menschen ohne Gesicht oder Charakter, ohne Verbindungen außer der offensichtlichen Blutsverwandtschaft; alle damit verbundenen Gefühle ließen sich noch nicht einmal erraten.

»Ich würde dennoch gerne mit Mr. Jerome sprechen«, wiederholte Pitt. »Vielleicht erinnert er sich ja an etwas, das von Nutzen sein könnte. Wir müssen jeder Möglichkeit nachgehen.«

»Ich kann nicht einsehen, welchen Sinn das haben soll.« Waybournes Nasenflügel bebten leicht, vielleicht vor Verärgerung, vielleicht wegen des abstumpfenden Lilienduftes. »Wenn Diebe über Arthur herfielen, dann wird Jerome kaum etwas Hilfreiches wissen.«

»Wahrscheinlich nicht, Sir.« Pitt zögerte, dann sprach er aus, was er zu sagen hatte. »Aber es gibt immer noch die Möglichkeit, daß sein Tod etwas mit seinem... medizinischen Zustand zu tun hatte.« Welch eine abscheuliche Beschönigung. Und dennoch ertappte er sich dabei, wie er sie benutzte und sich dabei schmerzhaft Waybournes und des Schocks bewußt war, der das Haus erschütterte.

Waybournes Gesicht gefror. »Das ist noch nicht einwandfrei erwiesen, Sir! Mein eigener Hausarzt wird zweifellos herausfinden, daß Ihr Gerichtsmediziner sich fürchterlich geirrt hat. Ich bin mir sicher, daß er es gewöhnlich mit einer ganz anderen Klasse von Personen zu tun hat und das herausbekam, was er üblicherweise entdeckt. Sicherlich wird er seine Schlüsse revidieren, wenn er sich dessen bewußt ist, wer Arthur war.«

Pitt vermied ein Streitgespräch. Es war noch nicht nötig; wenn der Hausarzt Geschick und Mut besaß, würde es vielleicht nie notwendig werden. Es wäre für ihn besser, Waybourne die Wahrheit zu sagen, zu erklären, daß die Sache bis zu einem gewissen Ausmaß geheimgehalten werden konnte, sich aber nicht leugnen ließ.

Er wechselte das Thema. »Wie hieß noch dieser junge Freund... Titus, Sir?«

Als ob der Schmerz nachließ, atmete Waybourne langsam aus.

»Titus Swynford«, antwortete er. »Sein Vater, Mortimer Swynford, ist einer unserer ältesten Bekannten. Eine herausragende Familie. Aber ich habe bereits alles in Erfahrung bringen lassen, was Titus weiß. Er kann dem nichts hinzufügen.«

»Trotzdem werden wir mit ihm sprechen, Sir«, beharrte Pitt.

»Ich werde seinen Vater fragen, ob er Ihnen die Erlaubnis dazu erteilt«, sagte Waybourne kalt, »obwohl ich auch hierbei nicht einsehen kann, daß das Ganze irgendeinen Sinn hat. Titus hat weder irgend etwas Bedeutsames gesehen noch gehört. Arthur hat ihm weder gesagt, wohin er gehen wollte, noch mit wem. Doch selbst wenn er das getan hätte – offensichtlich ist mein Sohn ja von Straßenräubern überfallen worden, so daß die Informationen nur von geringem Nutzen wären.«

»Oh, es könnte durchaus helfen, Sir.« Pitt griff zu einer Notlüge. »Es könnte uns darüber Auskunft geben, in welchem Viertel er sich aufhielt, und die verschiedenen Straßenräuber suchen häufig nur ganz bestimmte Gegenden heim. Wenn wir wissen, wo wir suchen sollen, können wir vielleicht sogar einen Zeugen finden.«

Unentschlossen verzog Waybourne das Gesicht. Er wollte so schnell und dezent wie nur möglich einen Schlußstrich unter die Angelegenheit ziehen, sie unter guter, schwerer Erde und Blumen vergraben wissen. Mit dem schwarzen Trauerflor, einem Sarg mit Messinggriffen und einer diskreten und traurigen Lobesrede würden die richtigen Erinnerungen drapiert werden. Still würde jeder nach Hause gehen, um eine Trauerzeit zu wahren. Dann würde die langsame Rückkehr ins Leben folgen.

Doch Waybourne konnte sich nicht das unerklärliche Verhalten leisten, der Polizei bei ihrer Suche nach den Mördern seines Sohnes nicht zu helfen. Er rang mit sich, war nicht in der Lage, die Worte zu finden, die seine Gefühle so zum Ausdruck brachten, daß sie ehrenvoll klangen und nach etwas, das er als Handlung bei sich akzeptieren konnte.

Pitt begriff das. Er hätte fast selbst die Worte für ihn finden können, weil er das Ganze bereits erlebt hatte; nichts an dem Wunsch, die Schmerzen zu vergraben, die extremen Umstände des Todes und die Schande einer Krankheit Privatangelegenheiten bleiben zu lassen, war ungewöhnlich oder schwer zu verstehen.

»Ich nehme an, Sie täten besser daran, mit Jerome zu sprechen«, meinte Waybourne schließlich. Es war ein Kompromiß. »Ich werde Mr. Swynford fragen, ob er Ihnen die Erlaubnis gibt, Titus einen Besuch abzustatten.« Er griff nach der Glocke und läutete. Der Butler erschien, als habe er schon an der Tür gestanden.

»Ja, Sir?« fragte er.

»Schicken Sie Mr. Jerome zu mir.« Waybourne würdigte ihn keines Blickes.

Bis an die Tür geklopft wurde, fiel im Damenzimmer kein einziges Wort. Auf Waybournes Zeichen hin trat ein freudloser Mann Anfang Vierzig ein und drückte die Tür hinter sich ins Schloß. Er sah gut aus, auch wenn seine Nase etwas spitz war. Sein Mund hatte volle Lippen, die allerdings eine gewisse Vorsicht ausdrückten. Es war nicht das Gesicht eines spontanen Menschen, es war das Gesicht eines Mannes, der nur nach gründlicher Erwägung lachte, dann, wenn er davon überzeugt war, es sei ratsam und richtig zu lachen.

Nur aus reiner Gewohnheit betrachtete Pitt den Hauslehrer. Er erwartet nicht, daß er wichtig sein würde. Vielleicht, überlegte er, wäre er genauso wie Jerome geworden, wenn seine Arbeit darin bestanden hätte, den Söhnen eines Mannes wie Anstey Waybourne etwas beizubringen und dennoch zu wissen, daß sie nur heranwuchsen, um ohne Arbeit Besitztümer zu erben und durch das aufgrund ihrer Abstammung bestehende Anrecht leichte Herrschaft ausüben zu können. Wenn Pitt sein Leben immer damit verbracht hätte, ein wenig mehr als ein Hausangestellter, aber auch nicht ganz sein eigener Herr zu sein, sondern von dreizehn und sechzehn Jahre alten Jungen abhängig zu sein, dann würde sein Gesicht vielleicht genauso vorsichtig und schmal wirken.

»Kommen Sie herein, Jerome«, sagte Waybourne abwesend. »Diese Männer sind von der Polizei. Äh... Inspektor Pitt und Mr... äh... Gilbert. Sie möchten Ihnen einige Fragen über Arthur stellen. Soweit ich das erkennen kann, ein sinnloses Unterfangen, aber Sie sollten ihnen besser den Gefallen tun.«

»Ja, Sir.« Jerome rührte sich nicht von der Stelle. Er betrachtete Pitt mit der leichten Herablassung eines Menschen, der weiß, daß er es endlich einmal mit jemandem zu tun hat, der ohne jeden Zweifel gesellschaftlich unter ihm steht.

»Alles, was ich weiß, habe ich bereits Mr. Anstey erzählt«, sagte Jerome mit leicht gehobenen Augenbrauen. »Wenn noch irgend etwas gewesen wäre, hätte ich es natürlich gesagt.«

»Natürlich«, pflichtete ihm Pitt bei. »Doch es ist möglich, daß Sie etwas wissen, ohne sich dessen Bedeutung bewußt zu sein. Ich frage mich, Sir«, er schaute zu Waybourne hinüber, »ob Sie die Freundlichkeit hätten, Mr. Swynford um Erlaubnis zu bitten, daß ich mit seinem Sohn sprechen darf?«

Waybourne zögerte. Er war zwischen dem Wunsch, dazubleiben und sicherzugehen, daß nichts Unangenehmes oder Unbedachtes geäußert wurde, und der Torheit, sich seine Besorgnis anmerken zu lassen, hin und her gerissen. Dann warf er Jerome einen kalten, warnenden Blick zu und ging zur Tür.

Als sie hinter ihm ins Schloß fiel, drehte sich Pitt zum Hauslehrer um. Tatsächlich gab es sehr wenig, das man ihn fragen konnte, aber wo er jetzt schon da war, war es besser, die Formalitäten zu erledigen.

»Mr. Jerome«, begann er ernst. »Sir Anstey hat bereits gesagt, daß Sie an dem Tag, an dem Mr. Arthur starb, nichts Ungewöhnliches an seinem Verhalten festgestellt haben.«

»Das ist richtig«, antwortete Jerome mit offensichtlicher Geduld. »Obwohl man kaum etwas anderes erwarten könnte, es sei denn, man glaubt an Hellseherei.« Er zeigte ein schwaches Lächeln, als ob er es mit einem minderwertigen Menschenschlag zu tun habe, von dem man Dummheit erwarten müsse. »Was ich allerdings nicht tue. Der arme Junge kann nicht gewußt haben, was ihm zustoßen sollte.«

Pitt spürte eine instinktive Abneigung gegenüber dem Mann. Es war unvernünftig, aber er stellte sich vor, daß Jerome und er weder eine Glaubensvorstellung noch ein Gefühl miteinander teilten; selbst das gleiche Ereignis würden sie auf unterschiedliche Weise wahrnehmen.

»Aber er könnte doch gewußt haben, mit wem er beabsichtigte, zu Abend zu essen?« führte Pitt aus. »Ich nehme an, daß es ein Bekannter war. Wir sollten herausfinden können, um wen es sich dabei handelte.«

Jerome hatte dunklen Augen; sie waren ein wenig runder als beim Durchschnitt.

»Ich kann nicht einsehen, auf welche Weise das hilfreich sein sollte«, antwortete er. »Zu der Verabredung kann er gar nicht erschienen sein. Wenn ja, würde sich die betreffende Person doch zweifelsohne gemeldet und zumindest ihr Beileid bekundet haben. Doch welchen Zweck hätte das?«

»Wir würden erfahren, wer der Betreffende war«, erläuterte Pitt. »Es würde das Untersuchungsgebiet einengen. Vielleicht ließen sich Zeugen aufspüren.«

Jerome sah darin keine Hoffnung.

»Möglicherweise. Ich nehme an, Sie verstehen Ihr Geschäft. Doch leider habe ich keine Ahnung, mit wem er den Abend zu verbringen gedachte. Aufgrund der Tatsache, daß die betreffende Person sich nicht gemeldet hat, nehme ich an, daß es sich nicht um eine feste Abmachung handelte, sondern um einen spontanen Einfall. Und Jungen in diesem Alter vertrauen ihrem Hauslehrer nicht an, was sie an geselligen Aktivitäten unternehmen, Inspektor.« Ein kleiner Hauch von Ironie lag in seiner Stimme – zu schwach für Selbstmitleid, zu mürrisch für eine humorvolle Bemerkung.

»Sie könnten mir ja vielleicht eine Liste der Ihnen bekannten Freunde von ihm geben?« schlug Pitt vor. »Es ist recht leicht, sie abzuhaken. Im Moment würde ich Sir Anstey nicht so gerne damit behelligen.«

»Natürlich.« Jerome drehte sich zum kleinen, mit Leder überzogenen Schreibtisch an der Wand hin und zog eine Schublade auf. Er nahm einen Bogen Papier und fing an, sich darauf Notizen zu machen. Seine Zweifel standen ihm jedoch deutlich ins Gesicht geschrieben. Er war der Meinung, Pitt würde etwas recht Nutzloses unternehmen, weil ihm nichts anderes einfiel, und hielt ihn für einen Mann, der nach dem letzten Strohhalm greift, um den Eindruck von Tüchtigkeit zu erwecken. Er hatte etwa ein halbes Dutzend Zeilen geschrieben, als Waybourne zurückkehrte. Er schaute zu Pitt herüber, dann fiel sein Blick sofort auf Jerome.

»Was ist das?« fragte er gebieterisch und streckte die Hand nach dem Stück Papier aus.

Jeromes Gesicht erstarrte. »Es sind die Namen von verschiedenen Freunden von Mr. Arthur, Sir, mit denen er beabsichtigt haben könnte, zu Abend zu essen. Der Inspektor möchte sie gerne haben.«

Waybourne schnaubte verächtlich. »Ach ja?« Er warf Pitt einen eisigen Blick zu. »Ich baue darauf, daß Sie alles tun, um Diskretion zu wahren, Inspektor. Ich möchte nicht, daß meine Freunde in Verlegenheit geraten. Habe ich mich deutlich ausgedrückt?«

Pitt mußte sich dazu zwingen, sich der Gesamtsituation bewußt zu bleiben, um die in ihm aufsteigende Wut unter Kontrolle zu halten.

Doch bevor er antworten konnte, griff Gillivray ein.

»Natürlich, Sir Anstey«, meinte dieser sanft. »Wir sind uns des heiklen Charakters dieser Angelegenheit bewußt. Wir fragen lediglich danach, ob die fraglichen Herren Mr. Arthur zum Abendessen erwarteten oder an jenem Abend eine andere Verabredung mit ihm hatten. Ich bin sicher, daß Sie die Wichtigkeit verstehen werden, jede nur mögliche Anstrengung zu unternehmen, um aufzudecken, an welchem Ort sich dieser abscheuliche Vorfall abgespielt hat. Am wahrscheinlichsten war es ja so, wie Sie selbst sagten, und es handelte sich um einen zufälligen Angriff, der jedem gutgekleideten, jungen Herrn hätte widerfahren können, der den Anschein erweckte, wertvolle Gegenstände bei sich zu haben. Doch so wenig wir auch tun können, wir müssen es tun, um sicherzugehen, daß es so war.«

Ein Anflug von Anerkennung ließ Waybournes Gesichtszüge weicher werden.

»Danke. Ich kann mir nicht vorstellen, daß es irgend etwas ändern wird, aber natürlich haben Sie recht. Sie werden nicht entdecken, wer das... diese Tat begangen hat. Ich sehe jedoch ein, daß Sie dazu verpflichtet sind, es zu versuchen.« Er wandte sich an den Hauslehrer. »Danke, Jerome. Das ist alles.«

Jerome verabschiedete sich, verließ das Zimmer und schloß die Tür hinter sich.

Waybourne blickte erst auf Gillivray, dann auf Pitt, und sein Gesichtsausdruck veränderte sich. Was eigentlich hinter Gillivrays gesellschaftlichem Feingefühl stand, konnte er nicht ergründen. Auch Pitts kurzes, heftiges Mitgefühl, das sich über die durch jeden anderen zwischen ihnen bestehenden Unterschied gebildete Kluft hinweggesetzt hatte, begriff er nicht. Für ihn repräsentierten die Männer den Unterschied zwischen Taktgefühl und Pöbelhaftigkeit.

»Ich glaube, das ist alles, was ich tun kann, um Sie zu unterstützen, Inspektor«, sagte er kalt. »Ich habe mit Mr. Mortimer Swynford gesprochen, und wenn Sie immer noch das Gefühl haben, es sei notwendig, dann können Sie mit Titus sprechen.« Mit einer matten Geste fuhr er sich durch sein dichtes, blondes Haar.

»Wann wird es möglich sein, mit Lady Waybourne zu sprechen, Sir?« fragte Pitt.

»Gar nicht. Nichts von dem, was sie Ihnen sagen könnte, wird Ihnen etwas nützen. Natürlich habe ich sie gefragt, und sie wußte nicht, wo Arthur seinen Abend zu verbringen gedachte. Ich beabsichtige nicht, sie der Tortur einer Befragung durch die Polizei auszusetzen.« Sein Gesicht war verschlossen, hart und endgültig, die Haut ganz angespannt.

Pitt holte tief Luft und seufzte. Er spürte, daß sich Gillivray ne-

37

ben ihm versteifte und konnte fast schmecken, wie verlegen und angewidert dieser von dem war, was Pitt sagen würde. Beinahe erwartete er, berührt zu werden und eine Hand auf seinem Arm zu spüren, die ihn zurückhalten wollte.

»Es tut mir leid, Sir Anstey, aber es gibt auch die Tatbestände der Krankheit Ihres Sohnes und seiner Beziehungen«, sagte er ruhig. »Wir dürfen nicht die Möglichkeit außer acht lassen, daß sie etwas mit seinem Tod zu tun haben. Und die Beziehung an sich ist schon ein Verbrechen...«

»Dessen bin ich mir bewußt, Sir!« Waybourne schaute Pitt an, als ob dieser bloß durch Erwähnen dieser Handlung selbst an ihr teilgenommen hätte. »Lady Waybourne wird nicht mit Ihnen sprechen. Sie ist eine anständige Frau. Sie würde nicht einmal wissen, wovon Sie reden. Frauen von vornehmer Herkunft haben noch nie von solchen... widerlichen Dingen gehört.«

Pitt wußte das, aber das Mitleid siegte über seinen Unmut.

»Natürlich nicht. Ich hatte lediglich vor, ihr über die Freunde Ihres Sohnes Fragen zu stellen, und zwar über die Freunde, die ihn gut kannten.«

»Ich habe Ihnen bereits alles mitgeteilt, was möglicherweise für Sie von Nutzen sein könnte, Inspektor Pitt«, sagte Waybourne. »Ich habe nicht die geringste Absicht, irgend jemanden gerichtlich zu verfolgen...« Er schluckte. »...irgend jemanden, der meinen Sohn mißbraucht hat. Es ist vorbei. Arthur ist tot. Das ganze Herumrühren in den persönlichen...« Er holte tief Luft und hielt sich an der geschnitzten Lehne eines der Stühle fest. »...Entartungen irgendeines... eines Unbekannten wird uns nicht helfen. Lassen wir den Toten in Frieden ruhen! Und lassen Sie jene von uns, die weiterleben, unseren Sohn in gebührender Weise betrauern. Wenn Sie jetzt woanders Ihren Geschäften nachgehen wollen? Ich wünsche Ihnen einen guten Tag.« Er drehte sich um und stand auf. Sein steifer, breitschultriger Körper war vom Feuer und dem über dem Kaminsims hängenden Bild zugewandt.

Pitt oder Gillivray blieb nichts anderes übrig, als zu gehen. Sie nahmen ihre Hüte von dem Diener in der Eingangshalle entgegen und traten aus der Vordertür in den schneidenden Septemberwind und das geschäftige Treiben auf der Straße hinaus.

Gillivray hielt die von Jerome geschriebene Liste von Freunden hoch.

»Wollen Sie die wirklich haben, Sir?« fragte er zweifelnd. »Wir können uns ja wohl kaum an all diese Leute wenden und dann nur fragen, ob sie an jenem Abend den Jungen gesehen haben. Wenn sie von irgend etwas...« Sein Gesicht wurde ganz runzlig vor Abneigung und gab so einen Ausdruck wieder, den Waybourne selbst hätte haben können. »...etwas Anstößigem wüßten, dann werden sie das nicht zugeben. Wir können sie auch kaum dazu drängen. Und ehrlich gesagt, Sir Anstey hat recht... Arthur wurde von Wegelagerern oder Straßenräubern angegriffen. Äußerst unangenehm, besonders, wenn so etwas einer guten Familie widerfährt. Das Beste wäre, die ganze Sache eine Weile ruhen zu lassen und sie dann diskret als unlösbar abzuschreiben.«

Pitt drehte sich zu ihm um; jetzt konnte er wenigstens seinem Ärger Luft machen.

»Unangenehm?« schrie er wütend. »Sagten Sie unangenehm, Mr. Gillivray? Der Junge wurde mißbraucht, infiziert und dann ermordet! Was muß denn geschehen, bevor Sie etwas als richtig übel ansehen? Ich wäre daran interessiert, das zu erfahren!«

»Das ist jetzt völlig unangebracht, Mr. Pitt«, sagte Gillivray steif. Sein Gesichtsausdruck verriet eher Widerwillen als Kränkung. »Wenn man über die Tragödie diskutiert, wird es für die Leute nur noch schlimmer. Und es gehört nicht zu unserer Pflicht, ihren Kummer zu vergrößern – welcher bei Gott schon schlimm genug sein muß!«

»Unsere Pflicht, Mr. Gillivray, besteht darin herauszufinden, wer diesen Jungen ermordet und dann seinen nackten Körper einen Einstiegsschacht in die Kanalisation hinuntergeworfen hat, um ihn von Ratten fressen und als namenlosen und nicht identifizierbaren Haufen Knochen zurückzulassen. Die Betreffenden hatten nur das Pech, daß er gegen die Schleusentore gespült wurde und ein scharfsichtiger Kanalreiniger, der nach einem Gelegenheitsfund Ausschau hielt, ihn zu schnell entdeckte.«

Gillivray wirkte mitgenommen, die rosige Farbe war aus seiner Haut gewichen.

»Nun ... ich ... ich glaube kaum, daß es notwendig ist, es so auszudrücken.«

»Wie würden Sie es denn ausdrücken?« fragte Pitt und schwenkte herum, um ihm ins Gesicht zu sehen. »Ein kleiner, vornehmer Spaß? Ein unglücklicher Zufall? Je weniger Worte darüber verloren werden, desto besser?« Sie überquerten die Straße, und eine vorbeifahrende zweirädrige Kutsche schleuderte etwas Dreck auf sie.

»Nein, natürlich nicht!« Das Blut strömte in Gillivrays Gesicht zurück. »Es ist eine unaussprechliche Tragödie, ein Verbrechen der allerschlimmsten Art. Doch ich glaube, ehrlich gesagt, nicht daran, daß es auch nur die geringste Chance gibt herauszufinden, wer dafür verantwortlich ist; und daher ist es besser, die Gefühle der Familie zu schonen, soweit wir dies können. Mehr wollte ich nicht zum Ausdruck bringen! Wie Sir Anstey sagte, wird er keinen gerichtlich verfolgen lassen ... Nun, das steht auf einem anderen Blatt. Und es ist etwas, bei dem wir nicht gefragt sind!« Er bückte sich und wischte sich gereizt den Dreck von der Hose.

Pitt ignorierte ihn.

Am Ende des Tages hatten sie getrennt voneinander den wenigen Personen, die auf Jeromes Liste standen, einen Besuch abgestattet. Keiner hatte zugegeben, Arthur Waybourne an jenem Abend erwartet oder gesehen zu haben, oder hatte bezüglich seiner Pläne irgendeine Ahnung. Kurz nach fünf Uhr nachmittags fand Pitt bei der Rückkehr zur Polizeiwache eine auf ihn wartende Nachricht, die besagte, daß Athelstan ihn zu sehen wünschte.

»Ja, Sir?« fragte er und schloß die schwere, polierte Tür hinter sich. Athelstan saß hinter seinem Schreibtisch; neben seiner rechten Hand befand sich eine geschmackvolle Schreibgarnitur aus Leder mit eingelassenen Tintenfässern, Pulver, Messer und Siegeln.

»Dieser Fall Waybourne.« Athelstan blickte auf. Eine Spur Ärger überflog sein Gesicht. »Nun setzen Sie sich schon, Mann! Stehen Sie nicht herum und flattern wie eine Vogelscheuche.« Er musterte Pitt mit Abneigung. »Können Sie nicht irgend etwas mit diesem Mantel machen? Ich nehme an, Sie können sich keinen Schneider leisten, doch dann bringen Sie um Himmels willen Ihre Frau dazu, ihn zu bügeln! Sie sind doch verheiratet, oder nicht?«

Athelstan wußte genau, daß Pitt verheiratet war. Er war sich sogar dessen bewußt, daß Pitts Frau aus einer deutlich besseren Familie stammte als er selbst, doch das gehörte zu den Dingen, die er nach Möglichkeit lieber vergaß.

»Ja, Sir«, sagte Pitt geduldig. Nicht einmal der Schneider des Prinzen von Wales hätte es geschafft, Pitt ordentlich wirken zu lassen. Eine natürliche Unbeholfenheit umgab ihn. Seinen Bewegungen fehlte die Kraftlosigkeit des Gentleman; er war viel zu enthusiastisch.

»Nun setzen Sie sich schon hin!« schnauzte Athelstan. Er mochte es nicht, hochschauen zu müssen, erst recht nicht bei jemandem, der ihn sogar noch im Stehen überragte. »Haben Sie irgend etwas entdeckt?«

Pitt setzte sich gehorsam hin und schlug die Beine übereinander.

»Nein, Sir, noch nicht.«

Athelstan beäugte ihn mißbilligend.

»Das dachte ich mir. Eine äußerst unangenehme Geschichte, aber ein Zeichen der Zeit. Wenn die Söhne vornehmer Herren abends nicht mehr spazieren gehen können, ohne Verbrechern in die Hände zu fallen, dann befindet sich die Stadt in einem traurigen Zustand.«

»Es waren keine Verbrecher, Sir«, meinte Pitt pedantisch. »Verbrecher erdrosseln ihr Opfer von hinten mit Halstüchern. Dieser Junge war ...«

»Seien Sie nicht albern!« fuhr ihn Athelstan wütend an. »Ich spreche nicht vom frommen Charakter der Angreifer! Ich spreche vom moralischen Niedergang der Stadt und der Tatsache, daß wir unfähig sind, etwas dagegen zu unternehmen. Mir wird ganz elend dabei. Es ist die Aufgabe der Polizei, Menschen wie die Waybourne zu beschützen – und jeden anderen natürlich.« Mit der Hand schlug er auf die weinrote Lederoberfläche seines Schreibtisches. »Aber wenn wir nicht einmal die Gegend feststellen können, in der das Verbrechen begangen wurde, sehe ich nicht, was wir tun können, außer der Familie eine Menge öffentlicher Beachtung zu ersparen, durch die ihr Verlust um so schwerer zu ertragen ist.«

Pitt wußte sofort, daß Gillivray Athelstan bereits Bericht erstattet hatte. Er spürte, wie sich sein Körper und die über seinen Rücken laufenden Muskeln anspannten.

»Syphilis kann man sich in einer Nacht holen, Sir«, sagte er entschieden und gab dabei jedem einzelnen Wort den Klang, den er auf dem Landsitz, auf dem er aufgewachsen war, aufgeschnappt hatte. »Die Symptome treten jedoch nicht sofort zutage wie beispielsweise bei einem blauen Fleck. Jemand hat sich an Arthur Waybourne vergangen, lange bevor er getötet wurde.«

Die Haut auf Athelstans Gesicht war mit Schweißperlen übersät, sein Schnurrbart verbarg seine Lippen, seine Augenbrauen jedoch glänzten naß im Licht der Gaslampe. Er würdigte Pitt keines Blickes. Während er mit sich kämpfte, vergingen etliche Augenblicke des Schweigens.

»In der Tat«, sagte er schließlich. »Es gibt viele häßliche Dinge, sehr häßliche Dinge. Doch was die feinen Herren und die Söhne der feinen Herren in ihren Schlafzimmern treiben, liegt glücklicherweise jenseits des Bereichs, für den die Polizei zuständig ist – natürlich nur, wenn wir nicht zum Eingreifen aufgefordert werden. Sir Anstey hat das nicht getan. Ich beklage das genauso wie Sie.« Seine Augen zuckten nach oben und trafen Pitts Blick; für einen kurzen Moment blitzte echte Verständigung zwischen ihnen auf. Dann glitt sein Blick wieder weg. »Für jeden anständigen Menschen ist das abscheulich und abstoßend.«

Er nahm das Papiermesser hoch und spielte damit herum, beobachtete das Licht auf der Klinge. »Aber nur sein Tod geht uns etwas an, und der wird sich scheinbar nicht aufklären lassen. Und dennoch schätze ich, daß wir den Anschein wahren müssen, es zu versuchen. Recht offensichtlich ist der Junge nicht dort ermordet worden, wo er zufällig gefunden wurde.« Er ballte seine Hand, bis sich seine Knöchel durch die rote Haut hindurch weiß abzeichneten. Mit einem durchdringenden Blick schaute er hoch. »Doch um Gottes willen, Pitt – verwenden Sie ein klein wenig Diskretion! Sie haben sich doch bereits im Rahmen Ihrer Ermittlungen in der feinen Gesellschaft bewegt. Sie sollten wissen, wie man sich dort aufführt! Begegnen Sie dem Kummer und dem gräßlichen Schock, unter dem die Leute stehen, wenn sie die anderen ... Tatbestände erfahren, mit Feingefühl. Ich weiß nicht, warum Sie es für nötig hielten, es ihnen zu erzählen! Hätte man das nicht zusammen mit dem Jungen ganz dezent vergraben können?« Er schüttelte den Kopf. »Nein ... ich denke nicht. Dem Vater mußte man es mitteilen. Der arme Mann! Er hat ein Recht darauf, es zu wissen. Es hätte ja sein können, daß er irgend jemanden gerichtlich verfolgen lassen wollte. Es wäre auch möglich gewesen, daß er schon jemanden kannte – oder eine Vermutung gehabt hätte. Wissen Sie, jetzt werden Sie nichts mehr finden. Der Tote könnte von jedem Ort auf dieser Seite der Stadt nach Bluegate Fields gespült worden sein. Und dennoch müssen wir den Anschein erwecken, alles in unserer Macht Stehende getan zu haben, und sei es nur wegen der Mutter. Eine scheußliche Sache – das übelste Verbrechen, mit dem ich es jemals zu tun hatte.

Nun gut! Sehen Sie besser zu, daß Sie mit der Sache vorankommen! Tun Sie, was Sie können.« Mit einem Wink gab er Pitt zu verstehen, daß er gehen konnte. »Sagen Sie mir in einem oder zwei Tagen Bescheid. Gute Nacht.«

Pitt stand auf. Es gab nichts mehr zu sagen, kein Argument war es wert, zur Sprache gebracht zu werden.

»Gute Nacht, Sir.« Pitt verließ das elegante Büro und schloß die Tür hinter sich.

Als Pitt zu Hause ankam, war er müde, und ihm war kalt. Unterschwellig nagte eine Spur von Unentschlossenheit an seiner Sicherheit und schwächte seinen festen Willen. Es war seine Aufgabe, mysteriöse Dinge aufzuklären, Übeltäter zu fassen und sie dem Gericht zu übergeben, das ihnen dann den Prozeß machte. Doch er hatte auch den Schaden erlebt, den das Aufdecken aller Geheimnisse bewirken konnte, und bis zu einem gewissen Ausmaß sollte jede Person das Recht auf ihre Privatsphäre haben, eine Chance, das Geschehene zu vergessen oder zu überwinden. Verbrechen mußten bestraft werden, aber nicht alle Sünden oder Verfehlungen mußten an die Öffentlichkeit gelangen und einer Untersuchung durch jedermann offenstehen. Manchmal waren die Opfer doppelt gestraft: Zum einen durch das Vergehen selbst; und wenn andere davon hörten, die sich eifrig damit auseinandersetzten und es sich bis in jedes intime Detail ausmalten, ein zweites Mal.

Konnte das auch bei Arthur Waybourne der Fall sein? Hatte es jetzt irgendeinen Sinn, seine Schwäche oder seine Tragödie aufzudecken?

Und wenn Antworten bereits gefährlich waren, waren halbe Antworten noch schlimmer. Die andere Hälfte wurde dann von der Vorstellungskraft ausgeschmückt; selbst Unschuldige wurden darin verwickelt und konnten nie widerlegen, was von Anfang an nicht Wirklichkeit war. Sicherlich stellte das ein größeres Unrecht als das ursprüngliche Verbrechen dar, denn es wurde nicht in der Hitze der Gefühle oder instinktiv, sondern ganz bewußt und ohne Angst vor einer Gefahr begangen. Darin war ein Element des Voyeurismus, eine Selbstgerechtigkeit enthalten, die ihn anekelte.

Hatten Gillivray und Athelstan recht? Bestand keine Chance, die Person zu finden, die Arthur ermordet hatte? Wenn die Tat nichts mit seinen persönlichen Schwächen zu tun hatte, würden die Ermittlungen nur die Qualen vieler Männer und Frauen an die Öffentlichkeit bringen, denen man wahrscheinlich nicht mehr Schuld zusprechen konnte als den meisten Menschen, die sich die eine oder andere Nachlässigkeit zuschulden kommen ließen.

Zuerst verlor er gegenüber Charlotte kein einziges Wort über den Fall. Er hatte tatsächlich überhaupt nur sehr wenig gesprochen und seine Mahlzeit im Wohnzimmer, das durch die abendliche Gaslampe in weiches Licht getaucht war, in fast völligem Schweigen zu sich genommen. Daß er so in sich gekehrt war, wurde ihm erst bewußt, als Charlotte dies aussprach.

»Welche Entscheidung mußt du fällen?« fragte sie, als sie ihr Besteck hinlegte und ihre Serviette zusammenfaltete.

Überrascht schaute er hoch.

»Entscheidung? Worüber?«

Ihr Mund zog sich zu einem kaum wahrnehmbaren Lächeln zusammen. »Über was auch immer. Jedenfalls hat es dich den ganzen Abend über gequält. Seitdem du hereingekommen bist, stand dir immer wieder die Unschlüssigkeit ins Gesicht geschrieben; ich konnte es deutlich beobachten.«

Mit einem leisen Seufzer entspannte er sich.

»Tut mir leid. Ja, ich denke, das stimmt. Aber es ist ein unerfreulicher Fall. Ich möchte ihn lieber nicht mit dir erörtern.«

Sie stand auf, räumte die Teller ab und stellte sie auf den Beistelltisch. Gracie arbeitete den ganzen Tag über, aber es wurde ihr gestattet, das Geschirr vom Abendessen bis zum folgenden Morgen stehenzulassen.

Pitt ging zum Kaminfeuer hinüber und machte es sich voller Erleichterung in dem dicken Polstersessel bequem.

»Sei nicht albern«, sagte sie energisch und kam herüber, um sich ihm gegenüber hinzusetzen. »Ich war bereits in alle möglichen Mordfälle verwickelt und ich bin genauso abgebrüht wie du.«

Er machte sich nicht die Mühe, mit ihr zu diskutieren. Die meisten Dinge, die er in den Elendsquartieren der Slums gesehen hatte, lagen jenseits ihrer Vorstellungskraft: Dreck und Leid, das alles übertraf, was sich ein gesunder Mensch ausmalen konnte.

»Nun?« Sie setzte sich hin. Erwartungsvoll sah sie ihn an.

Er zögerte. Er wollte ihre Meinung hören, aber er konnte ihr nicht von seinem Dilemma erzählen, ohne nähere Einzelheiten zu nennen. Wenn er die Krankheit oder die Homosexualität ausließ, wäre wahrscheinlich alles kein Problem. Schließlich gab er seinem Bedürfnis nach und erzählte es ihr.

»Ach«, sagte sie, als er zum Ende gekommen war. Ohne etwas weiteres zu sagen, saß sie so lange da, daß er befürchtete, sie zu sehr beunruhigt, vielleicht auch verwirrt oder empört zu haben.

Er beugte sich vor und nahm ihre Hand.

»Charlotte?«

Sie blickte hoch. Schmerz stand in ihren Augen, aber es war der Schmerz des Mitleids, keine Verwirrung, kein Rückzug. Er verspürte eine überwältigende Welle der Erleichterung, ein Bedürfnis, sich an ihr festzuhalten, sie in seinen Armen zu spüren. Er wollte sogar einfach ihr Haar berühren, die schönen, weichen Locken lösen und durch seine Finger gleiten lassen. Doch es schien ihm unangebracht zu sein; sie dachte gerade an den toten Jungen, der kaum dem Kindesalter entwachsen war, und an die tragischen, zwanghaften Impulse, die jemanden dazu getrieben hatten, sich an ihm zu vergehen und ihn dann zu töten.

»Charlotte?« fragte er wieder.

Ihr zusammengekniffenes Gesicht war voller Zweifel, als sie seinem Blick begegnete.

»Warum sollten ihn Straßenräuber hinunter in die Kanalisation schaffen?« fragte sie langsam. »Was würde es in einer Gegend wie

Bluegate Fields schon ausmachen, ihn zu finden? Stößt man dort nicht ohnehin auf Leichen? Ich meine – hätten ihm Straßenräuber nicht einfach einen Hieb über den Kopf gegeben oder ihn erstochen? Entführer könnten ihn ertränkt haben! Aber es ergibt keinen Sinn, jemanden zu entführen, wenn man nicht weiß, wer er ist – denn wen sollte man dann wegen eines Lösegeldes fragen?«

Er starrte sie an. Lange bevor sie ihre Antwort darauf in Worte faßte, wußte er, wie sie ausfallen würde.

»Es muß jemand gewesen sein, der ihn kannte, Thomas. Denn wenn Täter und Opfer einander fremd waren, macht das Ganze keinen Sinn. Man hätte ihn ausgeraubt und dann auf der Straße oder in einer Gasse zurückgelassen. Vielleicht...« Sie runzelte die Stirn, glaubte es selbst nicht recht. »Vielleicht hat auch derjenige, der sich an ihm vergangen hat, gar nichts mit dem Mord zu tun. Glaubst du nicht genau das? Die Leute hören doch nicht plötzlich damit auf, Beziehungen zu haben.« Sie verwendete ein heikles Wort, aber beide wußten, was sie damit meinte. »Nicht, wenn Liebe keine Rolle spielt. Wer immer es auch ist – jetzt, wo der Junge tot ist, wird er sich doch jemand anderen suchen, oder nicht?«

Erschöpft lehnte er sich zurück. Er hatte sich selbst etwas vorgemacht, weil es so leichter war und er dem Unangenehmen und Schmerzlichen aus dem Weg ging.

»Das erwarte ich«, gab er zu. »Ja, ich denke, er wird das tun. Darauf kann ich es aber nicht ankommen lassen. Du hast recht!« Er seufzte. »Verdammt.«

Charlotte konnte den Gedanken an den Tod des Jungen nicht aus ihrem Kopf verdrängen. An diesem Abend sprach sie mit Pitt nicht mehr darüber. Die Erkenntnisse über diesen Fall füllten ihn völlig aus, am liebsten wäre es ihm gewesen, sie aus seinen Gedanken zu verbannen und einige Stunden zu haben, in denen er seine Gefühle wieder in ihren Normalzustand bringen und neu beleben konnte.

Im Laufe der Nacht wachte sie oft auf. Während sie dalag und zur Decke starrte, lag Pitt lautlos neben ihr und war in einen erschöpften Schlaf gefallen. Ihr Kopf zwang sie dazu, immer wieder darüber nachzugrübeln, welcher Art die Tragödie gewesen war, die schließlich auf diese fürchterliche Art zu ihrem Ende gekommen war.

Die Waybournes waren ihr natürlich nicht bekannt – in ihrem gesellschaftlichen Umfeld verkehrten diese Leute nicht. Ihre Schwester Emily jedoch kannte sie vielleicht. Emily hatte in den Adel eingeheiratet und bewegte sich jetzt in der High Society.

Dann fiel ihr ein, daß Emily aufs Land gereist war und in Leicestershire einen Verwandten von George besuchte. Dort würden sie jagen oder etwas ähnliches unternehmen. Sie konnte sich lebhaft vorstellen, wie Emily in ihrem makellosen Reitkleid auf dem Damensattel thronte, wie ihr das Herz bis zum Halse schlug und sie sich fragte, ob sie die Zäune nehmen konnte, ohne herunterzufallen und sich zum Gespött der Leute zu machen, und wie sie dennoch fest entschlossen war, keine Niederlage zuzugeben. Es würde ein riesiges Jagdfrühstück geben: Zweihundert Leute oder mehr, der Jagdleiter in herrliches Rosarot gekleidet, um die Pferdehufe herumtollende Hunde, Stimmengewirr, gerufene Bestellungen, Frostgeruch – nein, Charlotte war natürlich nie auf einer Jagd gewesen! Aber sie hatte Beschreibungen von Leuten gehört, die dabei gewesen waren.

Und auch an Großtante Vespasia konnte sie sich nicht wenden. Sie wäre ideal gewesen; sie hatte absolut jeden gekannt, der in den letzten fünfzig Jahren von Bedeutung gewesen war, aber sie war den ganzen Monat über in Paris.

Pitt zufolge war Waybourne allerdings nur ein Baronet und trug damit einen sehr niederen Titel, der sogar gehandelt wurde. Charlottes Vater war Bankier; vielleicht kannte ihre Mutter Lady Waybourne. Einen Versuch war es zumindest wert. Wenn sie die Waybournes auf einem gesellschaftlichen Ereignis treffen konnte und damit zu einem Zeitpunkt, an dem sie nicht vor der Vulgarität und der Einmischung der Polizei auf der Hut waren, könnte sie vielleicht etwas in Erfahrung bringen, das für Pitt von Nutzen sein würde.

Natürlich würden sie alle noch Trauer tragen, doch es gab immer Schwestern oder Cousinen oder sogar enge Freundinnen... Menschen, die tatsächlich über Beziehungen Bescheid wußten, die mit Leuten geringeren Standes wie Ermittlungsbeamten nie erörtert wurden.

Ohne dies gegenüber Pitt zu erwähnen, bestieg sie daher am folgenden Tag kurz vor dem Mittagessen die Pferdebahn und besuchte ihre Mutter in ihrem Haus am Rutland Place.

»Meine liebe Charlotte!« Ihre Mutter war erfreut, sie zu sehen; anscheinend hatte sie ihr diese Auseinandersetzung wegen des Franzosen völlig verziehen. Jetzt war nur noch Wärme in Carolines Gesicht. »Bleib doch zum Mittagessen, ja? Großmama wird in einer halben Stunde unten sein, und wir werden zu Mittag essen. Jeden Moment erwarte ich Dominic.« Sie zögerte, suchte in Charlottes Augen einen Anflug jener alten Verzückung zu finden, die sie zu Lebzeiten ihrer älteren Schwester Sarah für deren Mann gezeigt hatte. Doch sie fand nichts; in der Tat waren Charlottes Gefühle für Dominic seit langem zu einfacher Zuneigung geschrumpft.

Die Besorgnis verschwand. »Es wird eine exzellente Gesellschaft sein. Wie geht es dir denn, meine Liebe? Und wie geht es Jemima und Daniel?«

Eine Zeitlang sprachen sie über Familienangelegenheiten. Charlotte konnte sich wohl kaum sofort in Nachforschungen stürzen, die ihre Mutter zwangsläufig mißbilligen würde. Immer schon hatte sie die Einmischung Charlottes in Pitts Angelegenheiten sowohl beunruhigend wie auch als Zeichen des schlechtesten nur möglichen Geschmacks angesehen.

Ein Pochen an der Tür war zu hören. Das Hausmädchen öffnete, und Großmama rauschte herein. Sie trug strengstes Schwarz, ihr Haar war in einem Stil hochgesteckt, der vor dreißig Jahren modern gewesen war, zu einer Zeit, in der die Gesellschaft ihrer Meinung nach ihren Zenit erreicht hatte – seitdem befand sie sich auf dem absteigenden Ast. Ihr Gesicht war ganz angespannt vor Ärger. Schweigend musterte sie Charlotte von oben bis unten, dann versetzte sie dem ihr am nächsten stehenden Stuhl mit dem Stock einen Schlag, um sicherzugehen, daß er genau dort stand, wo sie ihn haben wollte, und nahm schwerfällig in ihm Platz.

»Ich wußte ja gar nicht, daß du kommst, Kind!« stellte sie fest. »Hast du denn nicht so viel Manieren, die Leute zu informieren? Ich nehme auch nicht an, daß du eine Visitenkarte hast, oder? Als ich noch jung war, ist eine Dame nicht wie eine unbestellte Postsendung ohne entsprechende Ankündigung im Haus einer anderen Person erschienen! Keiner hat heutzutage noch irgendwelche Manieren! Und ich nehme an, daß du dir auch einen dieser neumodischen Apparate mit den Schnüren und Klingeln und weiß Gott noch was alles zulegst. Telefone! Über elektrische Drähte mit den Leuten sprechen, also wirklich!« Vernehmlich rümpfte sie die Nase. »Seit dem Tode Prinz Alberts ist jedes moralisches Empfindungsvermögen im Niedergang begriffen. An allem ist der Prinz von Wales schuld – die Skandale, die man hört, reichen aus, um einen ohnmächtig werden zu lassen! Wie stehts um Mrs. Langtry? Nicht besser, als es sein sollte, da bin ich mir sicher!« Mit hellen und zornig zusammengekniffenen Augen blickte sie Charlotte an.

Charlotte ignorierte die Sache mit dem Prinzen von Wales und kam zur Frage des Telefons zurück.

»Nein, Großmama, Telefone sind sehr teuer... Und für mich recht unnütz.«

»Sie sind für jeden recht unnütz!« schnaubte Großmama. »Ein großer Unsinn! Was ist nur falsch an einem einfach guten Brief?« Sie drehte sich ein wenig herum, um wütend Charlotte direkt ins Gesicht zu schauen. »Obwohl du immer eine schockierende Handschrift gehabt hast! Emily war die einzige von euch, die wie eine Dame mit einer Feder umgehen konnte. Ich weiß nicht, woran du gedacht hast, Caroline! Ich habe meine Tochter so erzogen, daß sie sich auf alle Kunstfertigkeiten versteht, die eine Dame kennen sollte, die richtigen Dinge: Sticken, Malen, Singen und auf gefällige Weise Klavier spielen – eben die Art von Beschäftigungen, die für eine Dame geeignet sind. Nichts von dieser Einmischung in anderer Leute Angelegenheiten, in Politik und derlei Unsinn. So einen Unsinn habe ich noch nie gehört! Das ist Männersache, und weder für die Gesundheit noch das Wohlergehen der Frauen förderlich. Dir habe ich das auch schon gesagt, Caroline.«

Großmama war die Mutter von Charlottes Vater und wurde nie müde, ihrer Schwiegertochter zu erzählen, alles, was man tat, sollte den Normen entsprechen, die zur Zeit ihrer Jugend galten, einer Zeit, in der man alles noch auf die richtige Weise machte.

Gnädigerweise ersparte ihnen Dominics Ankunft alle weiteren Ausführungen zu diesem Thema. Dominic war so elegant wie immer, aber jetzt riefen die Anmut seiner Bewegungen, die Art, auf die sein dunkles Haar gewachsen war, und sein schnelles Lächeln bei Charlotte überhaupt keinen Schmerz mehr hervor. Sie verspürte lediglich die Freude, einen Freund zu sehen.

Charmant grüßte er alle, sogar Großmama, und wie immer verstellte sie sich in seiner Gegenwart. Sie prüfte, ob es nicht irgend etwas an ihm auszusetzen gab, fand aber nichts. Sie war sich nicht sicher, ob sie darüber erfreut oder enttäuscht sein sollte. Es war nicht wünschenswert, daß junge Männer, so attraktiv sie auch sein mochten, zu sehr mit sich zufrieden waren. Es tat ihnen überhaupt nicht gut. Sie schaute ihn ein weiteres Mal und etwas sorgfältiger an.

»Ist dein Friseur unschicklich?« fragte sie schließlich.

Dominics schwarze Augenbrauen schoben sich ein wenig in die Höhe.

»Hältst du mein Haar für schlecht geschnitten, Großmama?« Immer noch sprach er sie mit diesem Ehrentitel an, auch wenn seine Zugehörigkeit zur Familie seit Sarahs Tod und seinem Umzug vom Haus in der Cater Street in seine eigene Wohnung die Distanz um einiges hatte wachsen lassen.

»Ich habe nicht gemerkt, daß es überhaupt geschnitten wurde!« antwortete sie und drehte ihr Gesicht zu ihm hoch. »In letzter Zeit zumindest nicht! Hast du in Erwägung gezogen, zur Armee zu gehen?«

»Nein, nie«, erwiderte er und wirkte überrascht. »Sind deren Friseure gut?«

Sie schnaubte mit grenzenloser Verachtung und wandte sich an Caroline.

»Ich bin fertig zum Mittagessen. Wie lange soll ich noch warten? Erwarten wir noch einen weiteren Gast, von dem man mir nichts erzählt hat?«

Caroline öffnete ihren Mund, um etwas dazu zu sagen, dann gab sie es auf. Es war sinnlos.

»Sofort, Schwiegermutter«, sagte sie, erhob sich und griff nach der Klingel. »Ich werde es auf der Stelle servieren lassen.«

Erst nachdem die Suppe aufgetragen worden war und alle sie aufgegessen hatten, nachdem das Geschirr abgeräumt war und der Fisch auf den Tisch gestellt wurde, fand Charlotte eine Gelegenheit, den Namen Waybourne zur Sprache zu bringen.

»Waybourne?« Großmama balancierte einen gewaltigen Bissen auf ihre Gabel; ihre Augen glichen schwarzen Pflaumen. »Waybourne?« Der Fisch bekam Übergewicht und fiel auf ihrem Teller in die Soße. Sie nahm ihn wieder auf und steckte ihn in den Mund; ihre Backen wölbten sich.

»Ich glaube nicht, daß ich sie kenne.« Caroline schüttelte den Kopf. »Wie hieß Lady Waybourne denn, bevor sie geehelicht wurde? Weißt du das?«

Charlotte mußte zugeben, daß sie keine Ahnung hatte.

Mit einem vernehmlichen Geräusch verschluckte Großmama den Bissen und hustete fürchterlich.

»Das ist das Schlimme an der heutigen Welt!« schnauzte sie, als sie wieder Luft bekam. »Keiner weiß mehr, wer der andere ist! Die Gesellschaft geht vor die Hunde!« Sie nahm einen weiteren riesigen Bissen Fisch und funkelte alle nacheinander wütend an.

»Warum fragst du nach ihnen?« wollte Caroline arglos wissen. »Erwägst du, dich mit ihnen bekannt zu machen?«

Dominic wirkte gedankenverloren.

»Handelt es sich um Leute, die du bereits getroffen hast?« fuhr Caroline fort.

Großmama schluckte. »Wohl kaum!« meinte sie überaus bissig. »Wenn es Leute sind, mit denen wir Umgang pflegen würden, dann würden sie sich nicht in Charlottes Kreisen bewegen. Ich habe ihr das bereits gesagt, als sie darauf bestand, davonzulaufen und diesen gewöhnlichen Handlanger aus den Reihen der Polizei zu heiraten. Ich weiß nicht, was damals in deinem Kopf vorgegangen ist, Caroline, daß du so etwas geschehen lassen konntest! Wenn eine meiner Töchter auch nur den Gedanken daran gehegt hätte, hätte ich sie solange in ihrem Schlafzimmer eingesperrt, bis sie es sich aus dem Kopf geschlagen hätte?« Sie sprach, als hätte sie gerade eine Art Anfall.

Dominic bedeckte sein Gesicht mit der Serviette, um sein Lächeln zu verbergen, aber als er kurz zu Charlotte hochblickte, war es in seinen Augen noch sichtbar.

»Zu deiner Zeit hat man eine ganze Menge Dinge getan, die jetzt undurchführbar sind«, meinte Caroline widerspenstig. »Die Zeiten ändern sich, Großmama.«

Großmama knallte ihre Gabel auf den leeren Teller; ihre Augenbrauen schoben sich fast bis zu ihrem Haaransatz hoch.

»Die Schlafzimmertür kann man immer noch abschließen, oder nicht?« fragte sie.

»Vanderley«, sagte Dominic plötzlich.

Großmama fuhr herum und sah ihm ins Gesicht. »Was hast du gesagt?«

»Vanderley«, wiederholte er. »Benita Waybourne hieß Vanderley, bevor sie heiratete. Ich erinnere mich daran, weil ich Esmond Vanderley kenne.«

Augenblicklich hatte Charlotte Großmama und ihre Beleidigungen vergessen und schaute Dominic aufgeregt an.

»Wirklich? Könntest du möglicherweise einen Weg finden, mich mit ihm bekannt zu machen? Natürlich diskret? Bitte!«

Er wirkte ein wenig verblüfft. »Wenn du das möchtest... Aber warum nur? Ich glaube nicht, daß er dir gefallen würde. Er ist elegant und recht amüsant dazu – aber ich denke, du würdest ihn sehr leichtfertig finden.«

»Alle jungen Männer sind heutzutage leichtfertig!« meinte Großmama verdrossen. »Keiner kennt noch seine Pflichten!«

Charlotte ignorierte sie. Sie hatte sich bereits eine Rechtfertigung ausgedacht. Diese war zwar frei erfunden, aber verzweifelte Situationen verlangen manchmal ein wenig Erfindungsgabe.

»Es ist für eine Freundin«, sagte sie; ihr Blick war auf keinen der Anwesenden gerichtet. »Eine gewisse junge Person, die ich kenne – eine Liebesangelegenheit. Die Einzelheiten will ich lieber nicht preisgeben. Sie sind etwas...« Sie machte eine feinfühlige Pause. »...überaus Persönliches.«

»Wirklich?« Großmama schaute finster drein.« Ich hoffe, es ist nichts Schmutziges.«

»Nicht im mindesten.« Mit einer ruckartigen Bewegung warf Charlotte ihren Kopf in den Nacken und machte plötzlich die Entdeckung, daß es ihr großes Vergnügen bereitete, die alte Dame anzulügen. »Sie stammt aus gutem Hause, verfügt aber nur über geringe Mittel und wünscht, sich besser zu stellen. Ich bin sicher, daß du dafür Sympathien übrig hast, Großmama.«

Großmama warf ihr einen argwöhnischen Blick zu, sagte aber nichts dazu. Statt dessen blickte sie zu Caroline hinüber.

»Wir sind alle fertig! Warum läutest du die Glocke nicht und läßt den nächsten Gang auftischen? Ich gehe doch davon aus, daß es einen nächsten Gang gibt, oder? Ich möchte hier nicht den ganzen Nachmittag über herumhocken! Wir bekommen vielleicht noch Besuch! Möchtest du, daß sie uns noch beim Mittagessen antreffen?«

Resigniert streckte Caroline die Hand aus und läutete die Glocke.

Als es Zeit zum Gehen wurde, sagte Charlotte ihrer Mutter und Großmutter Lebewohl. Dominic geleitete sie nach draußen und bot ihr an, sie in einem Hansom nach Hause zu bringen. Er kannte ihre Verhältnisse, wußte, daß sie sonst zur Pferdebahn hätte gehen müssen. Dankbar nahm sie das Angebot an, einmal aus Bequemlichkeit, zum anderen, weil sie die Sache mit Esmond Vanderly weiterverfolgen wollte. Wenn Dominic sich nicht irrte, mußte er der Onkel des toten Jungen sein.

In der zweirädrigen Kutsche betrachtete er sie skeptisch.

»Es sieht dir aber gar nicht ähnlich, dich in die Romanzen anderer Leute einzumischen, Charlotte. Wer ist diese Frau, der deine Unterstützung gilt?«

Sie überlegte kurz, ob es ratsam sei, weiterzulügen oder ihm die Wahrheit zu sagen. Im großen und ganzen war die Wahrheit immer besser – zumindest wies sie weniger Widersprüche auf.

»Es handelt sich gar nicht um eine Romanze«, gestand sie, »sondern um ein Verbrechen.«

»Charlotte!«

»Und zwar um ein sehr schlimmes«, ergänzte sie hastig. »Und wenn ich etwas über die näheren Umstände erfahre, dann kann das verhindern, daß so etwas ein weiteres Mal passiert. Wirklich, Dominic, es ist etwas, das Thomas nie auf die gleiche Weise in Erfahrung bringen würde wie wir.«

Er warf ihr von der Seite her einen Blick zu. »Wir?« fragte er vorsichtig.

»Wir sind diejenigen, die zum gesellschaftlichen Bekanntenkreis dieser Familie gehören!« erläuterte sie und versuchte dabei recht erfolgreich, unschuldig zu wirken.

»Nun, ich kann dich nicht einfach in Vanderleys Gemächer führen und dich dort vorstellen«, protestierte er berechtigterweise.

»Nein, natürlich nicht.« Sie lächelte. »Aber ich bin sicher, wenn du es versuchen würdest, könntest du einen Anlaß finden.«

Er wirkte unschlüssig.

»Ich bin immer noch deine Schwägerin«, drängte sie. »Das wäre alles durchaus angemessen.«

»Weiß Thomas darüber Bescheid?«

»Noch nicht.« Sie wich der Wahrheit mit untypischer Geschicklichkeit aus. »Ich konnte ihm wohl kaum darüber berichten, solange ich nicht wußte, ob du in der Lage bist, dabei zu helfen.« Daß sie auch nicht die Absicht hatte, ihm danach davon zu berichten, teilte sie ihm nicht mit.

Ihre Fähigkeit zur Täuschung war etwas gänzlich Neues, und er war nicht daran gewöhnt. Er nahm ihre Bemerkungen für bare Münze.

»Dann nehme ich an, es geht in Ordnung. Sobald ich es tun kann, ohne ungehobelt zu wirken, werde ich es tun.«

Sie streckte ihre Hand aus und umklammerte leidenschaftlich die seine, schenkte ihm ein strahlendes Lächeln, das ihn ein wenig entnervte.

»Danke, Dominic! Das ist überaus großzügig von dir! Ich bin sicher, du würdest froh sein, mir zu helfen, wenn du wüßtest, wie wichtig die Sache ist!«

»Hm!« Er war nicht darauf vorbereitet, weitere Verpflichtungen einzugehen; vielleicht war er auch nicht sonderlich gut beraten, Charlotte sein Vertrauen zu schenken, wenn sie sich gerade anschickte, etwas aufzudecken.

Als Pitt drei Tage später zum Haus der Waybournes zurückkehrte, hatte er sich bemüht, Zeugen zu finden – irgend jemanden, der von einem Angriff, einer Entführung, einem Vorfall in Bluegate Fields gehörte hatte, irgendeinem Ereignis, das mit Arthur Waybournes Tod in Zusammenhang stehen könnte. Doch keine seiner üblichen Informationsquellen hatte etwas zu bieten.

Er neigte allmählich zu der Überzeugung, daß das Verbrechen sich in einem Gebäude abgespielt hatte, nicht auf der Straße.

Zu ihrer Überraschung wurden Gillivray und er im Salon empfangen. Nicht nur Anstey Waybourne, sondern auch zwei weitere Männer waren anwesend. Einer von ihnen war schlank, Anfang Vierzig und hatte blondes, stark gewelltes Haar und unauffällige Gesichtszüge. Seine Kleidung war hervorragend geschnitten, aber es war die Eleganz seiner Haltung, die sie zu etwas Besonderem machte. Der andere Mann war ein paar Jahre älter, beleibter, aber immer noch eine eindrucksvolle Erscheinung. Seine üppigen Koteletten waren leicht ergraut, seine Nase war dick und markant.

Waybourne wußte nicht genau, wie er die beiden Beamten vorstellen sollte. Polizisten wurden nicht wie zur feinen Gesellschaft gehörende Wesen behandelt, aber es war klar, daß er Pitt darüber informieren mußte, wer die anderen waren. Er löste das Problem, indem er dem älteren Mann mit einer knappen, angedeuteten Geste zunickte.

»Guten Tag, Inspektor, Mr. Swynford war so freundlich, seine Erlaubnis zu einem Gespräch mit seinem Sohn zu geben, wenn Sie das immer noch für notwendig halten.« Sein Arm bewegte sich leicht, um den jüngeren Mann mit einzuschließen. »Mein Schwager, Mr. Esmond Vanderly. Er tröstet in dieser äußerst schwierigen Zeit meine Frau.« Diese Form der Vorstellung sollte Pitt vermutlich vor dem Familienzusammenhalt warnen, der gegen jede unbefugte Einmischung und alles, was über bloße Pflichterfüllung hinausging und an Neugier grenzte, Front machte.

»Guten Tag«, erwiderte Pitt, dann stellte er Gillivray vor.

Waybourne war ein wenig überrascht; es war nicht die Antwort, die er vorausgesehen hatte, aber er akzeptierte sie.

»Haben Sie noch irgend etwas über den Tod meines Sohnes herausgefunden?« erkundigte er sich. Als Pitt den anderen einen Blick zuwarf, lächelte Waybourne ohne den kleinsten Anflug von Freude. »Vor diesen Herren können Sie sagen, was immer Sie mir mitzuteilen haben. Was ist es?«

»Tut mir leid, Sir, aber wir haben überhaupt keine Informationen bekommen...«

»Ich habe das auch kaum erwartet«, unterbrach ihn Waybourne. »Aber ich schätze, Sie hatten die Pflicht, es zu versuchen. Ich bin Ihnen zu Dank verpflichtet, daß Sie mich so schnell informiert haben.«

Sie waren damit entlassen, aber Pitt konnte nicht so einfach gehen.

»Leider sind wir nicht der Überzeugung, daß Fremde versucht hätten, Ihren Sohn auf diese Art zu verstecken«, fuhr er fort. »Es hätte keinen Sinn gehabt, denn es wäre viel einfacher gewesen, ihn an dem Platz, an dem er angegriffen wurde, liegenzulassen. Das hätte weniger Aufsehen erregt und wäre für die Täter nur von Vorteil gewesen. Und Straßenräuber ertränken keinen – sie benutzen ein Messer oder eine Keule.«

Waybournes Gesicht verfinsterte sich. »Was versuchen Sie zu sagen, Inspektor? Sie waren es doch, der mir erzählte, mein Sohn sei ertränkt worden. Wollen Sie das bestreiten?«

»Nein, Sir. Ich bezweifle nur, daß der Angriff ein Zufall war.«

»Ich weiß nicht, was Sie meinen! Wenn es eine vorsätzliche Tat war, dann hatte offenbar jemand vor, ihn zu entführen, um Lösegeld zu verlangen, doch durch irgendeinen Zufall...«

»Möglich ist das.« Pitt glaubte nicht, daß jemals eine Lösegeldforderung geplant war. Und obwohl er innerlich durchgespielt hatte, wie er Waybourne beibringen wollte, daß der Mord Absicht gewesen war, und es sich dabei weder um einen Unfall noch um etwas relativ Eindeutiges wie eine wegen Geld vorgenommene Entführung handelte, entschwanden ihm die gut formulierten Sätze, als er jetzt sowohl mit Vanderley und Swynford als auch mit Waybourne selbst konfrontiert wurde, die ihn alle drei beobachteten und ihm alle drei lauschten. »Aber wenn es so geplant gewesen wäre«, fuhr er fort, »dann würden wir in der Lage sein, bei unseren Nachforschungen eine ganze Menge herauszufinden. Die Täter werden mit an Sicherheit grenzender Wahrscheinlichkeit den Kontakt mit Arthur oder mit jemandem, der ihm nahestand, gepflegt haben.«

»Ihre Fantasie geht mit Ihnen durch, Inspektor!« sagte Waybourne eisig. »Wir nehmen nicht so zwanglos Kontakt mit jemandem auf, wie Sie sich das offensichtlich vorstellen.« Er schaute zu Gillivray hinüber, als hoffte er, dieser könne gesellschaftlichen Kreisen, in denen die Leute nicht derartig zufällige Freundschaften schlossen, ein besseres Verständnis entgegenbringen. Man mußte immer wissen, wer die Leute waren – ja sogar, wer ihre Eltern waren.

»Oh!« Vanderleys Gesichtsausdruck veränderte sich ein wenig. »Weißt du, diese jungen Leute können sehr tolerant sein. Ab und zu habe ich selber einige merkwürdige Leute getroffen.« Er lächelte leicht säuerlich. »Probleme kommen in den besten Familien vor. Könnte es nicht sogar ein Streich gewesen sein, der fehlschlug?«

»Ein Streich?« Waybournes ganzer Körper versteifte sich vor Empörung. »Mein unschuldiger Sohn wurde belästigt, er wurde...« Ein Muskel in seiner Wange zuckte; Waybourne konnte sich nicht dazu durchringen, die entsprechenden Worte zu verwenden.

Vanderley lief rot an. »Ich wies auf die Absicht hin, Anstey, nicht auf das Ergebnis. Ich entnehme deiner Bemerkung, daß du glaubst, beides sei miteinander verknüpft?«

Jetzt war Waybourne an der Reihe, aus Peinlichkeit, ja sogar aus Ärger über sich selbst zu erröten.

»Nein... Ich...«

Das erste Mal ergriff Swynford das Wort; er hatte eine kräftige Stimme, sie war voller Zuversicht. Er war es gewohnt, daß man ihm zuhörte, ohne daß er Aufmerksamkeit verlangen mußte.

»Anstey, ich fürchte, alles sieht danach aus, daß irgend jemand aus dem Bekanntenkreis des armen Arthur auf die abstoßendste Weise pervers war. Gib dir nicht die Schuld daran – kein anständiger Mann würde auf eine derartige Abscheulichkeit kommen. So etwas fällt einem einfach nicht ein. Aber jetzt müssen wir uns damit auseinandersetzen. Wie die Polizei sagt, scheint es keine andere rationale Erklärung zu geben.«

»Hast du einen Vorschlag, was ich tun soll?« fragte Waybourne sarkastisch. »Soll ich der Polizei erlauben, meine Freunde zu verhören und nachzuschauen, ob einer von ihnen meinen Sohn verführt und ermordet hat?«

»Ich glaube kaum, daß du diesen Menschen unter deinen Freunden findest, Anstey«, sagte Swynford geduldig. Er hatte es mit einem Mann zu tun, der unsagbar tiefen Schmerz empfand. Gefühlsausbrüche, die er zu einem anderen Zeitpunkt mißbilligt hätte, hatten jetzt eine ganz natürliche Entschuldigung. »Ich würde damit beginnen, mir einige deiner Angestellten etwas genauer anzusehen.«

Waybourne machte ein langes Gesicht. »Willst du damit sagen, daß Arthur... mit dem Butler oder dem Diener verkehrte?«

Vanderley schaute auf. »Ich entsinne mich, daß ich mich stark mit einem der Stallburschen anfreundete, als ich so alt war wie Arthur.

Er konnte alles tun, was man mit einem Pferd nur tun kann, ritt wie ein Zentaur. Mein Gott, wie sehr hatte ich mir gewünscht, das selber tun zu können! Von seinen Talenten war ich viel mehr beeindruckt als vom trockenen staatsmännischen Können, das mein Vater verkörperte.« Er schnitt eine Grimasse. »Mit sechzehn ist man so.«

In Waybournes Augen kam plötzlich ein wenig Glanz. Er schaute zu Pitt hoch.

»Daran habe ich nie gedacht. Ich denke, man sollte den Stallburschen besser mit in die Erwägungen einbeziehen, obwohl ich keine Ahnung habe, ob er reitet. Er ist ein guter Wagenlenker, aber ich wußte nie, daß Arthur Interesse dafür entwickelte...«

Swynford ließ sich gegen die Sessellehne sinken.

»Und natürlich ist da noch der Hauslehrer – wie immer er auch heißt. Ein guter Hauslehrer kann einen großen Einfluß auf einen Jungen ausüben.«

Waybourne runzelte die Stirn. »Jerome? Er hatte hervorragende Referenzen. Er ist kein besonders sympathischer Mann, aber äußerst kompetent. Sehr gute Leistungen als Akademiker. Kann hervorragend für Disziplin im Klassenraum sorgen. Hat eine Frau. Eine gute Frau, die über einen makellosen Ruf verfügt. Ich bin da schon recht sorgfältig, Mortimer!«

»Natürlich bist du das! Das sind wir alle!« meinte Swynford einsichtig, ja besänftigend. »Aber ein solches Laster würde wohl kaum bekannt werden! Und die Tatsache, daß diese elende Person eine Frau hat, beweist noch gar nichts. Die arme Frau!«

»Um Gottes willen!«

Pitt erinnerte sich an das angespannte, intelligente Gesicht des Hauslehrers. In ihm spiegelte sich das schmerzhafte Wissen um die eigene Position, das Wissen darum, wie diese immer beschaffen sein würde, und um die Gründe dafür. An seiner Begabung oder seinem Eifer war nichts auszusetzen, nur seine Herkunft war die falsche. Eine langsam immer stärker werdende Bitterkeit hatte jetzt vielleicht auch seinen Charakter verformt, nach all den Jahren wahrscheinlich sogar auf Dauer.

Es wurde Zeit einzuschreiten. Doch bevor Pitt das Wort ergreifen konnte, mischte sich Gillivray ein.

»Das werden wir in die Hand nehmen, Sir. Ich denke, die Chancen stehen gut, daß wir etwas aufdecken werden. Vielleicht haben Sie die Antwort auch bereits gefunden.«

Langsam atmete Waybourne aus. Der Muskel in seinem Gesicht entspannte sich.

»Ja. Ja, ich nehme an, es ist besser, daß Sie das tun. Eine äußerst unangenehme Geschichte, aber wenn es sich nicht vermeiden läßt ...«

»Wir werden Diskretion wahren, Sir«, versprach Gillivray.

Pitt spürte, wie ihn der Ärger überkam. »Wir werden allem nachgehen«, sagte er ein wenig schroff. »Und zwar solange, bis wir entweder die Wahrheit herausgefunden haben oder alle Möglichkeiten ausgeschöpft sind.«

Waybourne warf ihm einen mißbilligenden Blick zu, der unter den gewölbten, blonden Wimpern hervorstach.

»Was Sie nicht sagen! Dann können Sie ja morgen wiederkommen und beim Stallburschen und Mr. Jerome anfangen. Ich denke, ich habe Ihnen alles gesagt, was ich Ihnen zu sagen habe. Ich werde die entsprechenden Instruktionen geben, damit das betreffende Personal Ihnen morgen ganz zur Verfügung steht. Einen guten Tag!«

»Einen guten Tag, meine Herren!« Dieses Mal hatte Pitt nichts dagegen einzuwenden, entlassen zu werden. Er mußte einiges an Überlegungen anstellen, bevor er sich mit dem Stallburschen, mit Jerome oder irgend jemand anderem unterhielt. Die ganze Sache hatte bereits eine häßliche Note, die über die Tragödie des Todes hinausreichte. Kleine Auswüchse der zwanghaften Triebe, die zu dem Todesfall geführt hatten, traten allmählich ans Tageslicht und bestürmten seine Gefühle.

3

Der Hausarzt der Familie Waybourne hatte darum gebeten, die Leiche zu sehen und zu untersuchen; schweigend, kopfschüttelnd und mit abgespanntem Gesicht ging er wieder weg. Pitt wußte nicht, was er Waybourne mitteilte, aber von einer Inkompetenz des Gerichtsmediziners war nie mehr die Rede, und es wurde auch keine andere Erklärung für die Symptome vorgebracht. Tatsächlich wurden sie gar nicht mehr erwähnt.

Pitt und Gillivray kamen am nächsten Morgen um zehn Uhr zurück; sie befragten die Stallburschen und die Bediensteten, was aber zu keinem Ergebnis führte. Arthur hatte anspruchsvollere Vorlieben als alles, was die Stallungen zu bieten hatten. Er liebte es, gut kutschiert zu werden, und brachte einem stattlichen Fuhrwerk Bewunderung entgegen, hatte aber nie das geringste Bedürfnis gezeigt, die Zügel selbst in die Hand zu nehmen. Selbst gute Vollblutpferde riefen bei ihm nur vorübergehende Anerkennung hervor, wie gute Stiefel oder ein bestens maßgeschneiderter Mantel.

»Das ist alles Zeitverschwendung«, meinte Gillivray, steckte die Hände in die Taschen und betrat den Lichthof. »Wahrscheinlich hat er sich mit irgendeinem älteren Jungen eingelassen – eine einmalige Erfahrung – und sich dann wieder ganz natürlichen Beziehungen zugewandt. Immerhin war er sechzehn! Ich glaube allerdings, daß er sich die Krankheit bei einem Strichmädchen oder bei irgendeinem anderen unglückseligen ersten Mal zugezogen hat. Vielleicht hat ihm jemand ein bißchen zuviel zu trinken gegeben ... Sie wissen ja, wie das ausgehen kann. Ich nehme an, der arme Teufel hatte nicht die leiseste Ahnung. Und wir werden bestimmt nichts ausrichten, wenn wir die Sache weiter verfolgen.« Er runzelte die Stirn und warf Pitt einen warnenden Blick zu. »Keiner dieser Männer«, sagte er und deutete mit einem Ruck des Kopfes auf die Ställe zurück, »würde es wagen, den Sohn des Hauses anzurühren! Und ich kann mir nicht vorstellen, daß sie überhaupt den Wunsch dazu verspüren. Sie bleiben lieber unter sich. Das macht mehr Spaß und ist ungefährlicher. Wenn das von Belang wäre, könnten wir wahrscheinlich bei den Hausmädchen etwas darüber erfahren. Ein Stallbursche müßte schon nicht ganz richtig im Kopf sein, wenn er seinen Lebensunterhalt aufs Spiel setzt. Wenn er erwischt wird, würde er wahrscheinlich im ganzen Land bei keiner anständigen Familie mehr eine Stelle bekommen! Kein Mensch, der bei Verstand ist, wird das wegen einer kleinen Narrheit riskieren.«

Pitt konnte nichts dagegen sagen. Ihm waren bereits die gleichen Gedanken gekommen. Dazu kam, daß bis jetzt allen Berichten zufolge weder Arthur noch sein Bruder die Angewohnheit hatten, die Ställe aufzusuchen. Die Kutschen wurden zur Vordertür gebracht, und es gab keine Gelegenheit für sie, zu den Ställen hinüberzugehen, wenn sie es nicht aus persönlichem Interesse taten. Und ein solches Interesse war offensichtlich nicht vorhanden gewesen.

»Nein«, stimmte ihm Pitt kurz angebunden zu und säuberte seine Füße am Kratzeisen an der Hintertür. »Jetzt probieren wir es besser beim übrigen Personal, um zu sehen, was die uns erzählen können.«

»Ach, kommen Sie!« protestierte Gillivray. »Jungs wie die verbringen doch ihre freie Zeit nicht in der Gesindestube – und für ihre Liebeleien ist das auch nicht der passende Ort!«

»Machen Sie Ihre Stiefel sauber«, befahl Pitt. »Außerdem waren Sie es doch, der die Stallburschen überprüfen wollte«, fügte er boshaft hinzu. »Fragen Sie sie doch einfach. Der Butler oder der Kammerdiener weiß ja vielleicht, wohin die Jungs gingen, wenn sie jemanden besuchten, in welchen anderen Häusern sie sich aufhielten. Familien fahren über das Wochenende oder länger weg, wissen Sie? In Landhäusern geschehen seltsame Dinge, wenn sich die Gelegenheit dazu bietet.«

Gehorsam kratzte Gillivray seine Stiefel ab, entfernte einige Strohhalme und zu seiner Überraschung auch etwas Dung. Er zog die Nase kraus.

»Sie haben viele Wochenenden auf dem Land verbracht, nicht wahr, Inspektor?« fragte er und erlaubte sich einen kleinen Anflug von Sarkasmus in seinem Tonfall.

»Mehr als ich zählen kann«, antwortete Pitt mit einem angedeuteten Lächeln. »Ich wuchs auf einem Landgut auf. Wenn die Diener ein wenig vom besten Portwein des Butlers bekamen, konnten sie schon einige Geschichten erzählen.«

Gillivray schwankte zwischen Widerwillen und Neugier. Es war eine Welt, die er nie betreten hatte, aber vom ersten Moment an, bei dem er einen flüchtigen Blick auf ihre Farbigkeit erhascht hatte, auf die Unbefangenheit und den Charme, mit dem Fehltritte hier verborgen wurden, beobachtete er sie mit Begeisterung.

»Ich glaube kaum, daß der Butler mir zu diesem Zweck die Schlüssel zu seinem Weinkeller gibt«, sagte er mit einem Anflug von Neid. Es schmerzte ihn, daß von allen Leuten ausgerechnet Pitt Einblick in eine solche Gesellschaft bekommen haben sollte, auch wenn es nur aus dem Blickwinkel des Sohnes eines Hausangestellten war. Schon dieses Wissen war etwas, über das Gillivray nicht verfügte.

»Es wird nicht viel nutzen, wenn wir alles wieder aufwärmen«, wiederholte Gillivray.

Pitt ließ sich auf keine weiteren Debatten mehr ein. Gillivray war dazu verpflichtet zu gehorchen. Und im Grunde glaubte auch Pitt nicht daran, daß das Ganze großen Sinn hatte, außer Waybourne und vielleicht Athelstan zufriedenzustellen.

»Ich werde dem Hauslehrer einen Besuch abstatten.« Er öffnete die Hintertür und betrat die Spülküche. Das etwa vierzehnjährige Küchenmädchen, das graue Kleidung und eine Kattunschürze trug, scheuerte gerade die Töpfe blank. Es blickte auf, Seife tropfte ihr von den Händen, das Gesicht war voller Neugier.

»Mach mit deiner Arbeit weiter, Rosie«, befahl die Köchin und warf den Eindringlingen einen finsteren Blick zu. »Und was wollen Sie jetzt?« wollte sie von Pitt wissen. »Ich habe weder die Zeit, Ihnen irgend etwas zum Essen zu bringen, noch die Zeit, Ihnen einen Tee zu machen! So etwas ist mir ja noch nie vorgekommen. Die Polizei, also wirklich! Ich muß dafür sorgen, daß das Mittagessen für die Familie fertig wird, und ans Abendessen denken; dann gebe ich Ihnen Bescheid. Und Rosie hat viel zuviel zu tun, als daß sie sich mit Leuten Ihres Schlages abgeben könnte!«

Pitt schaute auf den Tisch und konnte auf einen Blick die Zutaten für eine Taubenpastete erkennen, ferner fünf Sorten Gemüse, etwas Weißfisch, Obstpudding, Biskuitdessert, Sorbet und eine Schüssel voller Eier, die für alles mögliche gedacht sein konnten – vielleicht für einen Kuchen oder ein Soufflé.

Das zweite Küchenmädchen eine Treppe tiefer polierte gerade Gläser. Das Licht verfing sich in den eingeritzten Mustern und ließ farbige Prismen in den Spiegel hinter ihr fallen.

»Danke«, sagte Pitt trocken. »Mr. Gillivray wird mit dem Butler sprechen, und ich werde weitergehen und mich mit Mr. Jerome unterhalten.«

Die Köchin schnaubte verächtlich und schüttelte das Mehl von ihren Händen.

»Das werden Sie aber nicht in meiner Küche tun«, schnauzte sie. »Am besten gehen Sie jetzt und suchen Mr. Welsh in seinem Anrichteraum auf, wenn Sie müssen. Wo Sie Mr. Jerome treffen, hat nichts mit mir zu tun.« Mit hochgekrempelten Ärmeln beugte sie sich wieder über ihre Pastete. Die Hände waren kräftig und dick und stark genug, um einem Truthahn den Hals umzudrehen.

Pitt ging an ihr vorbei, den Durchgang entlang und durch die mit Boi überzogene Tür in die Eingangshalle. Der Diener wies ihm den Weg ins Damenzimmer, und fünf Minuten später kam Jerome herein.

»Guten Morgen, Inspektor«, sagte er mit einem leicht herablassenden, halbherzigen Lächeln. »Ich kann dem, was ich Ihnen bereits gesagt habe, wirklich nichts hinzufügen. Aber wenn Sie darauf bestehen, bin ich darauf vorbereitet, es zu wiederholen.«

Pitt empfand keinerlei Sympathie für den Mann, auch wenn er sich in seine Situation gut hineinversetzen konnte. Das war jedoch eher ein intellektuelles Verständnis; die Fähigkeit, sich vorzustellen, wie Jerome sich fühlte – diese angekratzten Gefühle bei jeder kleinen Erinnerung an seines abhängige und untergeordnete Position. Auch wenn er ihm leibhaftig gegenüberstand und seine hellen, vorsichtigen Augen, die geschürzten Lippen, den korrekten Kragen und die strenge Krawatte sah, die Gereiztheit in seiner Stimme hörte... Pitt mochte ihn immer noch nicht.

»Danke«, sagte er und zwang sich zur Geduld. Er wollte Jerome wissen lassen, daß sie beide unter Druck standen: Pitt durch seine Dienstpflicht, Jerome durch die an ihn gestellte Forderung von Waybourne. Doch das hätte bedeutet, daß er sich selbst gegenüber nachgab, und wäre seiner Zielsetzung zuwidergelaufen. Er setzte sich hin, um anzudeuten, daß er beabsichtigte, sich ein wenig Zeit zu nehmen.

Jerome setzte sich ebenfalls, rückte sorgfältig Mantel und Hose zurecht. Im Gegensatz zu Pitt, der sich wie ein Haufen fallengelassener Wäsche ausdehnte, wirkte Jerome akribisch. Erwartungsvoll runzelte er die Stirn.

»Wie lange haben Sie Arthur und Godfrey Waybourne unterrichtet?« begann Pitt.

»Drei Jahre und zehn Monate lang«, antwortete Jerome.

»Dann war Arthur damals zwölf und Godfrey neun?« rechnete Pitt vor.

»Bravo.« Jeromes Stimme troff vor Sarkasmus.

Pitt unterdrückte den Impuls, ihm das heimzuzahlen.

»Dann müssen Sie die beiden Jungen gut kennen. Sie haben sie in ihren wichtigsten Jahren beobachtet, während des Wechsels vom Kind zum Jugendlichen«, sagte er statt dessen.

»Natürlich.«

Jeromes Gesicht zeigte immer noch kein Interesse, keine Vorahnung dessen, was auf ihn zukam. Hatte Waybourne ihm irgendein Detail von Arthurs Tod mitgeteilt oder bloß den Tod selbst? Pitt beobachtete ihn genauer und wartete auf die Überraschung in den runden Augen, auf Widerwillen – oder irgendeine Angst.

»Sie wissen, mit wem die beiden befreundet sind, auch wenn sie diese Freunde nicht persönlich kennen?« fuhr er fort.

»In begrenztem Umfang.« Dieses Mal war Jerome vorsichtiger und nicht gewillt, sich auf etwas einzulassen, das er nicht vorhersehen konnte.

Es gab keinen taktvollen Weg, sich dem Thema zu nähern. Wenn Jerome bei einem seiner Schützlinge irgendwelche seltsamen persönlichen Gewohnheiten aufgefallen wären, dann konnte er das jetzt kaum noch zugeben. Und ein weiser Hauslehrer, der seine Stellung zu behalten wünschte, machte es sich zur Pflicht, die weniger anziehenden Eigenschaften seiner Arbeitgeber oder ihrer Freunde zu übersehen. Pitt begriff das, bevor er seine Frage stellte. Alles mußte so formuliert werden, daß Jerome vorgeben konnte, erst jetzt die Bedeutung dessen zu verstehen, was er gesehen hatte.

Direktheit schien der einzige Weg zu sein. Er versuchte, aufrichtig zu klingen und seine instinktive Abneigung zu verbergen.

»Hat Ihnen Sir Anstey mitgeteilt, woran Arthur gestorben ist?« fragte er und beugte sich nach vorne.

Jerome lehnte sich im gleichen Moment nach hinten und betrachtete Pitt mit gerunzelter Stirn.

»Ich glaube, er wurde auf der Straße angegriffen«, antwortete er. »Darüber hinaus habe ich nichts gehört.« Seine Nasenflügel bebten leicht. »Sind denn die näheren Einzelheiten wichtig, Inspektor?«

»Ja, Mr. Jerome, sie sind in der Tat sehr wichtig. Arthur Waybourne wurde ertränkt.« Er beobachtete ihn genau: War die Ungläubigkeit gespielt, ein wenig zu dick aufgetragen?

»Ertränkt?« Jerome sah Pitt an, als ob er den Versuch gemacht hätte, auf abstoßende Weise witzig zu sein. An seinem Gesicht war abzulesen, daß er dann blitzartig begriff. »Sie meinen, im Fluß?«

»Nein, Mr. Jerome, in einer Badewanne.«

Jerome spreizte seine manikürten Hände. Seine Augen wirkten düster.

»Wenn diese Art der Idiotie Bestandteil Ihrer Befragungsmethode ist, Inspektor, finde ich sie unnötig und äußerst unerfreulich.«

Pitt mußte ihm das abnehmen. Ein so trockener und mürrischer Mann konnte nicht ein derart vollendeter Schauspieler sein, oder er hätte etwas Humor oder angelernten Charme gezeigt, um sich seinen Weg einfacher zu machen.

»Nein«, antwortete ihm Pitt. »Ich meine das genauso, wie ich es sage. Arthur Waybourne wurde in einer Badewanne ertränkt, und seine nackte Leiche wurde durch einen Einstiegsschacht hinunter in die Kanalisation geschafft.«

Jerome starrte ihn an. »Um Gottes willen! Was geht hier vor? Warum... ich meine... wer? Wie konnte... um Himmels willen! Mann, das ist doch absurd!«

»Ja, Mr. Jerome – und sehr übel«, sagte Pitt ruhig. »Und es kommt noch schlimmer. Zu irgendeinem Zeitpunkt vor seiner Ermordung hat man sich homosexuell an ihm vergangen.«

Jeromes Gesicht war absolut regungslos, als ob er entweder nicht begreifen oder nicht glauben konnte, daß dies die Wirklichkeit war.

Pitt wartete. War das Schweigen Vorsicht? Überlegte Jerome gerade, was er sagen sollte? Oder war es echter Schock, die Empfindung, die jeder anständige Mensch haben würde? Er beobachtete jedes Zucken – und tappte immer noch im dunkeln.

»Das hat mir Sir Anstey nicht erzählt«, sagte Jerome schließlich. »Es ist absolut gräßlich. Ich nehme an, es ist zweifelsfrei erwiesen?«

»Ja.« Pitt gestattete sich den Anflug eines Lächelns. »Denken Sie, daß Sir Anstey es eingestehen würde, wenn es nicht so wäre?«

Jerome verstand, was gemeint war; die Ironie jedoch entging ihm. »Nein – nein, natürlich nicht. Der arme Mann. Als ob der Tod nicht schon genug wäre.« Er schaute rasch hoch, wirkte wieder feindselig. »Ich baue darauf, daß Sie die Angelegenheit diskret behandeln.«

»Soweit wie möglich«, erwiderte Pitt. »Ich würde es begrüßen, alle Antworten innerhalb des Haushaltes in Erfahrung bringen zu können.«

»Wenn Sie damit andeuten, daß ich irgendeine Idee haben sollte, wer eine solche Beziehung mit Arthur hätte haben können, dann irren Sie sich.« Jerome war so beleidigt, daß er schnaubte. »Hätte ich diesbezüglich auch nur den geringsten Verdacht gehabt, dann hätte ich etwas dagegen unternommen!«

»Tatsächlich?« fragte Pitt schnell. »Auf bloßen Verdacht hin – ohne Beweise? Was hätten Sie denn unternommen, Mr. Jerome?«

Jerome erkannte die Falle sofort. Für einen kurzen Augenblick flammte Selbstironie in seinem Gesicht auf, dann war diese Regung wieder verschwunden.

»Sie haben durchaus recht, Mr. Pitt. Ich hätte gar nichts unternehmen können. So enttäuschend es jedoch ist, ich hatte nicht den geringsten Verdacht. Was immer geschehen ist, es entzog sich völlig meiner Kenntnis. Ich kann Ihnen alle Jungen in Arthurs Alter nennen, mit denen er seine Zeit verbrachte. Obwohl ich Sie nicht darum beneide, den Versuch zu unternehmen aufzudecken, wer von ihnen es gewesen ist – wenn es überhaupt einer seiner Freunde und nicht einfach irgendeine flüchtige Bekanntschaft war. Persönlich bin ich der Meinung, daß Sie sich wahrscheinlich mit Ihrer Vermutung irren, es gebe eine Verbindung zwischen dieser Sache und seinem Tod. Warum sollte jemand, der sich einer solchen... Beziehung hingibt, einen Mord begehen? Wenn Sie eine Art Affäre andeuten, mit Leidenschaft, Eifersucht oder irgend etwas dieser Art, dann will ich Sie daran erinnern, daß Arthur Waybourne kaum sechzehn Jahre alt war.«

Er hatte damit etwas angesprochen, das auch Pitt Kopfschmerzen bereitet hatte. Warum sollte irgend jemand Arthur umgebracht haben? Hatte Arthur gedroht, die Beziehung aufzudecken? War er ein unwilliger Partner, und war die Spannung zu groß geworden? Das erschien die wahrscheinlichere Antwort zu sein. Wenn es jemand war, der ihn kannte, dann ergäbe Raub keinen Sinn. Alles, was Arthur bei sich trug, wäre viel zu wertlos für einen Jungen aus diesen gesellschaftlichen Kreisen – ein paar Münzen vielleicht, eine Uhr oder ein Ring.

Und würde ein anderer Jugendlicher, selbst wenn er in Panik geriet, die körperliche Kraft besitzen, ihn zu ermorden, oder danach so kaltblütig sein, die Leiche mit so viel Geschick verschwinden zu lassen? Und es war geschickt gewesen: Nur einem glücklichen Zufall war es zu verdanken, daß die Leiche noch identifiziert werden konnte. Weitaus wahrscheinlicher war doch, daß es sich um einen älteren Mann handelte, einen Mann mit größerem Körpergewicht, dem seine Gelüste vertrauter waren und der auch mit dem besser umgehen konnte, was deren Befriedigung mit sich brachte – vielleicht ein Mann, der sogar vorhergesehen hatte, daß eines Tages genau diese Gefahr auftauchte.

Würde ein solcher Mann so dumm und so schwach sein, von einem sechzehnjährigen Jugendlichen betört zu werden? Möglich war es. Oder vielleicht war es ein Mann, der erst vor kurzem seine Schwäche entdeckt hatte, vielleicht durch eine anhaltende Kameradschaft, eine Nähe, die ihm von den Umständen aufgezwungen worden war. Er mochte ja noch gerissen genug gewesen sein, den Leichnam im Labyrinth der Abwasserkanäle zu verstecken und darauf zu bauen, daß der Tote zum Zeitpunkt seiner Entdeckung nicht mehr mit dem Verschwinden Arthur Waybournes in Zusammenhang gebracht werden konnte.

Pitt blickte zu Jerome auf. Hinter dem vorsichtigen Gesicht verbarg sich vielleicht etwas. Ein ganzes Leben lang hatte Jerome sich darin geübt, seine Gefühle zu verbergen, damit sie nie jemanden kränkten, und seine Meinungen zu verheimlichen, damit sie nie mit den Meinungen derer kollidierten, die gesellschaftlich über ihm standen – auch wenn Jerome vielleicht besser informiert oder einfach geistig wacher war. War das möglich?

Jerome wartete mit offenkundiger Geduld. Er hatte für Pitt nur spärlichen Respekt übrig und genoß den Luxus, sich zu leisten, das zu zeigen.

»Ich denke, Sie wären besser beraten, die Sache auf sich beruhen zu lassen.« Jerome lehnte sich zurück, schlug die Beine übereinander und legte seine Hände mit den Fingerspitzen gegeneinander. »Wahrscheinlich war es ein einmaliger Exzeß, sicherlich abstoßend.« Einen Moment lang stand in seinem Gesicht ein Anflug von Ekel. Konnte der Mann wirklich ein derart raffinierter und vollendeter Schauspieler sein? »Doch nichts, was mehrmals geschehen war«, fuhr er fort. »Wenn Sie weiter auf dem Versuch beharren herauszufinden, wer es war, werden Sie nicht zuletzt sich selbst eine Menge Kummer bereiten. Ganz abgesehen davon, daß Sie dabei mit an Sicherheit grenzender Wahrscheinlichkeit scheitern werden.«

Die Warnung war berechtigt. Pitt war sich bereits dessen bewußt, daß eine ganze Gesellschaft die Reihen vor einer solchen Ermittlung schließen würde. Um sich selbst zu verteidigen, würden sie sich gegenseitig in Schutz nehmen – koste es, was es wolle. Eine Jugendsünde war es nicht wert, die Narrheiten oder Leiden von einem Dutzend Familien aufzudecken. In der feinen Gesellschaft vergaß man nicht so schnell. Auch wenn nichts bewiesen wurde, konnte jeder junge Mensch, der mit einem derartigen Makel behaftet war, nie mehr innerhalb seiner eigenen Schicht heiraten.

Und vielleicht war Arthur ja gar nicht so unschuldig gewesen. Immerhin hatte er sich Syphilis zugezogen. Vielleicht gehörten auch Strichmädchen zu seiner Erziehung, und eine Einführung in die Kehrseite der Gelüste.

»Das weiß ich«, erwiderte Pitt ruhig. »Doch über Mord kann ich nicht hinwegsehen!«

»Dann täten Sie besser daran, sich darauf zu konzentrieren und das andere zu vergessen«, erläuterte Jerome, als ob es ein Rat wäre, den Pitt von ihm erbeten hätte.

Pitt spürte, wie sich seine Haut vor Wut zusammenzog. Er wechselte das Thema und kam zu den Fakten zurück: Arthurs Alltagstrott, seine Gewohnheiten, seine Freunde, seine Studien, seine Neigungen und Abneigungen. Doch er merkte, daß er die Antworten auch hinsichtlich dessen abwog, was sie über Jerome und nicht nur über Arthur aussagten.

Es waren über zwei Stunden vergangen, als er Waybourne in dessen Bibliothek gegenüberstand.

»Sie haben eine ungewöhnlich lange Zeit mit Jerome verbracht«, kritisierte Waybourne. »Ich kann mir nicht vorstellen, was er Ihnen derart Wertvolles zu sagen haben kann.«

»Er verbrachte eine Menge Zeit mit Ihrem Sohn. Er muß ihn gut gekannt haben«, begann Pitt.

Waybournes Gesicht war gerötet. »Was hat er Ihnen erzählt?« Er schluckte. »Was hat er gesagt?«

»Ihm war nichts von irgendeiner Unschicklichkeit bekannt«, antwortete Pitt. Dann wunderte er sich darüber, warum er sich so leicht geschlagen gegeben hatte. Es war aus dem Augenblick heraus geschehen – eine urplötzlich vorhandene Sensibilität, eher Instinkt als Denken; er empfand keine Wärme für diesen Mann.

Waybournes Gesicht entspannte sich. Dann blitzte Ungläubigkeit und noch etwas anderes in seinen Augen auf.

»Um Gottes willen! Sie haben ihn doch nicht wirklich in Verdacht...«

»Gibt es irgendeinen Grund, warum ich ihn in Verdacht haben sollte?«

Waybourne kam fast aus seinem Sessel hoch.

»Natürlich nicht! Meinen Sie, wenn ich...« Er ließ sich wieder hinuntersinken und vergrub das Gesicht in den Händen. »Ich nehme an, ich hätte einen überaus entsetzlichen Fehler machen können.« Sekundenlang saß er reglos da, dann blickte er plötzlich zu Pitt hoch. »Ich hatte ja keine Ahnung! Wissen Sie, er hatte die besten Empfehlungen!«

»Und vielleicht ist er sie wert«, erwiderte Pitt etwas heftig. »Wissen Sie von etwas, das Grund für irgendwelche Zweifel bietet, und von dem Sie mir nichts erzählt haben?«

Waybourne blieb so lange vollkommen still, daß Pitt gerade nachhelfen wollte, als er schließlich doch antwortete.

»Ich weiß gar nichts – zumindest vordergründig betrachtet. Ein derartiger Gedanke ist mir nie gekommen. Warum auch? Welcher anständige Mann hegt schon solche Verdächtigungen? Doch mit meinem jetzigen Wissen...« Er holte tief Luft, stieß sie mit einem Seufzer wieder aus. »...erinnere ich mich vielleicht an bestimmte Dinge und begreife sie auf andere Weise. Sie müssen mir ein wenig Zeit zubilligen. Das Ganze war ein sehr schwerer Schock für mich.« Seine Stimme hatte etwas Endgültiges. Pitt war entlassen.

Es gab nichts mehr, das unbedingt sein mußte. Waybournes Bitte um Zeit zum Überlegen und zum Abwägen der Erinnerungen im Lichte des neuen Verständnisses war gerechtfertigt. Ein Schock vertrieb die Klarheit des Denkens, ließ die Grenzen verschwimmen, verzerrte die Erinnerungen. Er war da keine Ausnahme; er brauchte die Zeit und den Schlaf, bevor er sich festlegte.

»Danke«, antwortete Pitt steif. »Wenn Ihnen irgend etwas Bedeutsames einfällt, bin ich mir sicher, daß Sie es uns wissen lassen. Guten Tag, Sir.«

Waybourne machte sich nicht die Mühe zu antworten. Er war ganz in dunkle Grübeleien versunken, hatte die Stirn gerunzelt und starrte auf einen Punkt auf dem Teppich zu Pitts Füßen.

Als dieser Tag sich seinem Ende zuneigte, ging Pitt mit dem Gefühl nach Hause, etwas abgeschlossen zu haben. Befriedigung empfand er aber nicht. Das Ende war in Sicht; es würde keine Überraschungen und nichts mehr zu entdecken geben, nur noch die schmerzlichen Details, die genau zueinander paßten und das fertige Bild vervollständigten. Jerome, ein trauriger, unzufriedener Mann, der zu einem Lebensunterhalt gezwungen war, welcher seine Talente unterdrückte und seinen Stolz dämpfte, hatte sich in einen Jungen verliebt, der alles das zu sein versprach, was Jerome selbst hätte sein können. Was war geschehen, als sich dann der ganze Neid und das ganze Verlangen in körperliche Leidenschaft ergoß? Vielleicht hatte ein plötzlicher Umschwung stattgefunden, war Angst entstanden – und Arthur hatte sich gegen ihn gewandt und damit gedroht, alles ans Tageslicht zu bringen. Für Jerome bedeutete das unerträgliche Scham, seine ganze heimliche Schwäche war in Stücke gerissen, verlacht. Und dann die Entlassung ohne Hoffnung darauf, jemals eine andere Stellung zu finden; der Ruin und zweifellos der Verlust seiner Frau, die ihm ... Was bedeutete sie ihm?

Oder war Arthur erfahrener gewesen? War er fähig, jemanden zu erpressen, auch wenn es nur der sanfte, andauernde Druck seiner Mitwisserschaft und seiner Macht war? Das zögerliche Lächeln, die sprachlichen Seitenhiebe.

Von dem, was Pitt über Arthur Waybourne erfahren hatte, war dieser weder so naiv noch so von Unbescholtenheit angetan, daß dieser Gedanke ihm nicht hätte kommen können. Er schien ein junger Mann gewesen zu sein, der fest entschlossen war, in die Erwachsenenwelt mit all ihren aufregenden Dingen einzutauchen, sobald sich ihm die Gelegenheit dazu bot. Vielleicht war das nichts Ungewöhnliches. Für die meisten Heranwachsenden war die Kindheit etwas, das wie alte Kleider an ihnen hing, wenn neue, bezaubernd schöne und viel schmeichlerische Kleider auf sie warteten.

Sobald er durch die Tür getreten war, kam ihm Charlotte entgegen.

»Du wirst es nicht glauben, aber ich hörte heute von Emily ...« Sie sah sein Gesicht. »Oh. Was ist los?«

Unwillkürlich mußte er lächeln. »Sehe ich so schlimm aus?«

»Weiche mir nicht aus, Thomas!« fuhr sie ihn an. »Jawohl, das tust du. Und was ist passiert? Hat es etwas mit dem Jungen zu tun, der ertränkt wurde? Das ist doch der Fall, oder nicht?«

Er zog seinen Mantel aus, und Charlotte hängte ihn an den Kleiderhaken. Mitten im Flur blieb sie stehen, fest entschlossen, eine Erklärung zu bekommen.

»Es hat den Anschein, als sei es der Hauslehrer gewesen«, antwortete er. »Die ganze Angelegenheit ist überaus traurig und schäbig. Irgendwie kann mich keine Verirrung mehr empören, wenn sie aufhört, anonym zu sein und ich ein Gesicht und ein vorheriges Leben damit in Verbindung bringen kann. Ich wünschte, ich könnte es unbegreiflich finden – verdammt, das wäre viel einfacher!«

Sie wußte, daß er die Gefühle und nicht das Verbrechen meinte. Er brauchte nichts zu erklären. Schweigend drehte sie sich um, bot ihm einfach ihre Hand und ging in die warme Küche voran. Der geschwärzte Herd stand offen, hinter dem Gitter brannte die Glut, der hölzerne Tisch war weiß gescheuert, funkelnde Pfannen, im Geschirrschrank aufgestelltes Porzellan mit blauem Ringelmuster, Bügelwäsche über dem Geländer, die darauf wartete, nach oben getragen zu werden. Irgendwie schien ihm das der Mittelpunkt des Hauses zu sein, das lebendige Zentrum, das nur zur Ruhe kam, aber nie leer war – ganz anders als das Wohnzimmer oder die Schlafzimmer, wenn sich keiner darin aufhielt. Es war mehr als nur das Feuer; es hatte etwas mit dem Geruch des Raumes, mit der Liebe und der Arbeit zu tun, mit dem Echo der Stimmen, die dort lachten und plauderten.

Hatte Jerome jemals eine Küche wie diese gehabt, die ihm gehörte, in der er sitzen konnte, solange er wollte, und wo er die Dinge in die richtige Perspektive rücken konnte?

Behaglich machte er es sich auf einem der Holzstühle bequem, Charlotte stellte den Kessel auf den Kamineinsatz.

»Der Hauslehrer«, wiederholte sie. »Das ging ja schnell.« Sie holte zwei Tassen und die Teekanne aus Porzellan mit dem Blumenmuster herunter. »Und kommt passend.«

Es traf ihn wie ein Schlag. Dachte sie, er würde den Fall so zurechtbiegen, daß er seiner Bequemlichkeit oder seiner Karriere förderlich war?

»Ich sagte, es hat den Anschein, als wäre es so«, erwiderte er schneidend. »Es ist alles andere als erwiesen! Du sagtest doch selber, es sei unwahrscheinlich, daß es ein Fremder gewesen ist. Wer käme mehr in Frage als ein einsamer, gehemmter Mann, der durch die Umstände dazu gezwungen ist, immer über einem Diener zu stehen und doch kein Gleichgestellter zu sein, und der weder der einen noch der anderen Welt angehört? Er sah den Jungen jeden Tag, arbeitete mit ihm. Fortwährend und auf subtile Weise begegnete man ihm mit Herablassung. In einem Moment wurde er wegen seines Wissens und seiner Fertigkeiten begünstigt, im nächsten wegen seines gesellschaftlichen Status zurückgewiesen. War der Unterricht vorbei, ließ man ihn links liegen.«

»Das hört sich ja aus deinem Munde fürchterlich an!« Aus einem Kühlgefäß, das neben der Hintertür stand, goß sie Milch in einen Krug und stellte ihn auf den Tisch. »Sarah und Emily und ich hatten eine Gouvernante, die wurde überhaupt nicht auf diese Weise behandelt. Ich denke, sie war richtig glücklich.«

»Hättest du mit ihr tauschen wollen?« fragte er.

Sie dachte nur einen Moment lang nach, dann fiel ein leichter Schatten über ihr Gesicht.

»Nein. Aber eine Gouvernante ist nie verheiratet. Ein Hauslehrer kann heiraten, weil er sich nicht um seine eigenen Kinder kümmern muß. Sagtest du nicht, dieser Hauslehrer sei verheiratet gewesen?«

»Ja, aber er hat keine Kinder.«

»Warum glaubst du dann, er sei einsam oder unzufrieden? Vielleicht liebt er es zu unterrichten. Viele Menschen tun das. Es ist besser, als Buchhalter oder Ladenbursche zu sein.«

Er dachte nach. Warum hatte er angenommen, Jerome sei einsam oder unzufrieden? Es war ein Eindruck, mehr nicht – und doch saß er tief. Er hatte einen Groll in ihm gespürt, ein Verlangen, mehr zu besitzen, mehr zu *sein* .

»Ich weiß es nicht«, antwortete er. »Irgend etwas an dem Mann hat mich dazu veranlaßt, aber bis jetzt ist es nicht mehr als ein sachlich begründeter Verdacht.«

Sie nahm den Kessel aus dem Kamineinsatz und machte den Tee. Der Wasserdampf stieg in einer süßlich duftenden Wolke nach oben.

»Weißt du, hinter den meisten Verbrechen steckt kein großes Geheimnis«, fuhr er fort, sich immer noch ein wenig verteidigend. »Gewöhnlich ist die naheliegendste Person auch dafür verantwortlich.«

»Ich weiß.« Sie schaute ihn nicht an. »Das weiß ich, Thomas.«

Zwei Tage später wurden alle Zweifel, die er hegte, zerstreut, als ein Constable ihm die Botschaft brachte, daß Sir Anstey Waybournes Diener vorgesprochen habe und Pitt zum Haus gebeten wurde, weil die Ereignisse eine äußerst schlimme Wendung genommen hatten; neue und überaus beunruhigende Beweise waren vorhanden.

Pitt blieb keine andere Wahl, als sich umgehend auf den Weg zu machen. Es regnete; er knöpfte seinen Mantel bis oben zu, zog den Schal enger zusammen und den Hut tief über den Kopf. Es dauerte nur ein paar Augenblicke, dann hatte er einen Hansom gefunden und fuhr mit großem Geklapper über das nasse Pflaster zum Haus der Waybournes.

Mit heiterem Gesicht ließ ihn ein Hausmädchen ein. Was immer geschehen war, es hatte nicht den Anschein, daß sie sich dessen bewußt war. Sie führte ihn geradewegs in die Bibliothek, in der Waybourne vor dem Kaminfeuer stand, die Hände immer wieder faltete und voneinander löste. Mit einem Ruck fuhr sein Kopf nach oben, und er blickte Pitt ins Gesicht, bevor das Hausmädchen die Tür geschlossen hatte.

»Gut!« sagte er rasch. »Vielleicht können wir diese ganze schreckliche Angelegenheit jetzt hinter uns bringen und die Tragödie begraben, wie es sich gehört. Mein Gott, es ist entsetzlich!«

Mit einem leichten Schnappen fiel die Tür ins Schloß, und sie waren unter sich. Die Schritte des Hausmädchens entfernten sich.

»Was sind die neuen Befunde, Sir?« fragte Pitt vorsichtig. Immer noch war er sich Charlottes Andeutung, die Entwicklung des Falles käme ihm sehr zupaß, mit schmerzhafter Deutlichkeit bewußt, und es mußte schon mehr als ein Verdacht sein, wenn er irgendwelchen Anschuldigungen Glauben schenken sollte.

Waybourne setzte sich nicht; auch Pitt bot er keinen Platz an.

»Ich habe etwas überaus Schockierendes in Erfahrung gebracht, etwas ganz...« Sein Gesicht war zerfurcht vor Schmerz. Wieder wurde Pitt von einem Gefühl des Mitleids gepackt, das ihn überraschte und verwirrte. »...etwas ganz Fürchterliches!« beendete Waybourne den Satz. Er starrte auf den türkischen Teppich mit seinen satten Rot- und Blautönen. In einem Diebstahlsfall hatte Pitt einmal so einen Teppich wiedererlangt; er wußte daher, wie wertvoll solch ein Stück war.

»Ja, Sir«, sagte er ruhig. »Sagen Sie mir bitte, worum es sich handelt.«

Waybourne hatte Schwierigkeiten, sich zu äußern. Verlegen suchte er nach den richtigen Worten.

»Mein jüngerer Sohn Godfrey ist mit einem äußerst bedrückenden Geständnis zu mir gekommen.« Er preßte seine Knöchel gegeneinander. »Ich kann dem Jungen nicht die Schuld dafür geben, daß er es mir nicht vorher erzählt hat. Er war... ganz durcheinander. Immerhin ist er erst dreizehn. Es ist ganz natürlich, daß er nicht begriff, was es bedeutete oder welche Auswirkungen es hatte.« Schließlich schaute er hoch, wenn auch nur für einen Augenblick. Er schien sich zu wünschen, daß Pitt ihn verstand oder zumindest begriff, worum es ging.

Pitt nickte, sagte aber nichts. Er wollte mit Waybournes eigenen Worten hören, was es war, ohne ihm ein Stichwort zu geben.

Waybourne fuhr langsam fort. »Godfrey hat mir erzählt, daß Jerome bei mehr als einer Gelegenheit überaus intim mit ihm wurde.« Er schluckte. »Daß er das Vertrauen des Jungen, dieses ganz natürliche Vertrauen, mißbrauchte, und ... und auf unnatürliche Weise mit ihm spielte.« Er schloß die Augen, Erregung verzerrte sein Gesicht. »Herrgott! Es ist abstoßend! Dieser Mann ...« Mit wogender Brust atmete er heftig ein und aus. »Entschuldigen Sie. Mir ist das ... äußerst zuwider. Natürlich begriff Godfrey zu jenem Zeitpunkt nicht, was hinter diesen Handlungen stand. Er wurde durch sie beunruhigt, aber erst, als ich ihn ausfragte, erkannte er, daß er es mir erzählen mußte. Ich ließ ihn nicht wissen, was mit seinem Bruder geschehen war, sagte ihm nur, er solle keine Angst davor haben, mir die Wahrheit zu sagen, und ich sei auch nicht wütend auf ihn. Er hat sich auch keines wie auch immer gearteten Vergehens schuldig gemacht – das arme Kind!«

Pitt wartete, aber offensichtlich hatte Waybourne alles gesagt, was er sagen wollte. Er schaute zu Pitt hoch, blickte ihn herausfordernd an, wartete auf seine Antwort.

»Darf ich mit ihm sprechen?« fragte Pitt schließlich.

Waybournes Gesicht verdunkelte sich. »Ist das absolut notwendig? Jetzt, wo Sie wissen, wie Jerome veranlagt ist, werden Sie doch sicherlich an alle anderen Informationen, die Sie brauchen, herankommen, ohne den Jungen zu befragen. Das Ganze ist äußerst unerfreulich, und je weniger ihm darüber gesagt wird, desto früher kann er es vergessen und anfangen, sich von der Tragödie des Todes seines Bruders zu erholen.«

»Tut mir leid, Sir, aber das Leben eines Menschen kann davon abhängen.« Keiner von ihnen konnte so leicht vor dieser Sache davonlaufen. »Ich muß Godfrey selbst sehen und werde so behutsam wie möglich mit ihm umgehen. Einen Bericht aus zweiter Hand kann ich aber nicht akzeptieren – auch nicht von Ihnen.«

Wütend starrte Waybourne auf den Fußboden, wägte innerlich die Gefahren gegeneinander ab; die Tortur für Godfrey gegen die Möglichkeit, daß sich der Fall in die Länge zog und es zu weiteren Ermittlungen durch die Polizei kam. Dann warf er ruckartig den

Kopf hoch, um Pitt prüfend anzuschauen, und versuchte zu beurteilen, ob er sich nötigenfalls mittels Charakterstärke gegen ihn durchsetzen konnte. Er wußte jedoch, daß dies zum Scheitern verurteilt war.

»Nun gut«, sagte er schließlich. Seine Wut verlieh seiner Stimme einen schnarrenden Ton. Er griff nach der Glocke und läutete heftig. »Aber ich werde Ihnen nicht gestatten, den Jungen zu schikanieren!«

Pitt machte sich nicht die Mühe zu antworten. Worte spendeten jetzt keinen Trost; Waybourne wäre nicht fähig, ihm zu glauben. Schweigend warteten sie ab, bis der Hausdiener kam. Waybourne sagte ihm, er solle Master Godfrey holen. Einige Augenblicke später öffnete sich die Tür, und im Eingang stand ein schlanker, blondhaariger Junge. Er war seinem Bruder nicht unähnlich, aber seine Gesichtszüge waren feiner; Pitt schätzte, daß sie markanter sein würden, wenn die Zartheit der Kindheit aus ihnen verschwunden war. Die Nase war anders. Um die Familie zu vervollständigen, hätte Pitt aus reiner Neugier auch gerne Lady Waybourne gesehen, aber ihm war gesagt worden, sie sei immer noch unpäßlich.

»Mach die Tür zu, Godfrey«, befahl Waybourne. »Das ist Inspektor Pitt von der Polizei. Leider besteht er darauf, daß du ihm gegenüber wiederholst, was du mir über Mr. Jerome gesagt hast.«

Der Junge gehorchte, aber seine Augen waren argwöhnisch auf Pitt gerichtet. Er kam herein und blieb vor seinem Vater stehen. Waybourne legte dem Jungen seine Hand auf den Arm.

»Sag Mr. Pitt, was du mir gestern abend über Mr. Jerome und darüber, wie er dich angefaßt hat, erzählt hast, Godfrey. Es gibt keinen Grund, Angst zu haben. Du hast nichts Schlechtes gemacht und brauchst dich auch nicht zu schämen.«

»Ja, Sir«, antwortete Godfrey. Dann zögerte er jedoch, schien sich nicht sicher zu sein, wo er anfangen sollte. Anscheinend dachte er über etliche Formulierungen nach, die er dann aber wieder alle verwarf.

»Hat Mr. Jerome dich in Verlegenheit gebracht?« Pitt fühlte eine Welle heftiger Sympathie für den Jungen in sich aufsteigen. Man verlangte von Godfrey, einem Fremden gegenüber von einem Erlebnis zu erzählen, das etwas ungeheuer Privates, Verwirrendes und wahrscheinlich Abstoßendes darstellte. Dieses Erlebnis hätte ein Geheimnis im Kreise seiner Familie bleiben sollen, ein Geheimnis, bei dem Godfrey entschied, ob darüber gesprochen wurde oder nicht, oder das vielleicht nur ein Stück weit gelüftet wurde, wann immer es ihm leichtfiel. Pitt war es zuwider, es dem Jungen auf diese Weise abzuringen.

Das Gesicht des Jungen zeigte Überraschung; seine blauen Augen weiteten sich zu einem freimütigen, staunenden Blick.

»In Verlegenheit?« wiederholte er und dachte über die Formulierung nach. »Nein, Sir.«

Offenbar hatte Pitt das falsche Wort gewählt, obwohl es ihm ein besonders passendes zu sein schien.

Pitt unternahm einen zweiten Anlauf. »Tat er etwas, das dir Unbehagen bereitete, weil es zu intim, zu ungewöhnlich war?« fragte er.

Die Schultern des Jungen hoben sich ein wenig, zogen sich zusammen.

»Ja«, sagte er sehr ruhig; für eine Sekunde wanderte sein Blick zum Gesicht seines Vaters hoch. Doch Pitt sah, daß die beiden sich nicht miteinander verständigten.

»Es ist wichtig.« Pitt beschloß, Godfrey wie einen Erwachsenen zu behandeln. Vielleicht würde ihn Offenheit weniger beunruhigen als der Versuch, um den heißen Brei herumzureden, was ja den Anschein erweckte, daß dem ganzen Scham oder ein krimineller Akt anhaftete. Das würde es dem Jungen überlassen, seine eigenen Worte für etwas zu finden, was er nicht begriff.

»Ich weiß«, antwortete Godfrey sachlich. »Papa hat es mir gesagt.«

»Was ist geschehen?«

»Als Mr. Jerome mich angefaßt hat?«

»Ja.«

»Er hat mir einfach seinen Arm um die Schulter gelegt. Ich rutschte aus und fiel hin, und er half mir auf.«

Pitt zügelte seine Ungeduld. Trotz seiner Verwirrung mußte es dem Jungen peinlich gewesen sein; vielleicht war sein Verhalten Ausdruck eines ganz natürlichen Leugnens, eines Rückzuges.

»Aber dieses Mal war es anders als sonst?« bestärkte er ihn.

»Ich habe es ja nicht begriffen.« Godfrey verzog das Gesicht. »Ich wußte nicht, daß es irgend etwas Schlimmes war – bis Papa es mir erklärt hat.«

»Selbstverständlich«, pflichtete ihm Pitt bei und beobachtete, wie Waybournes Hand die Schulter seines Sohnes umklammerte. »Auf welche Weise hat es sich denn von den anderen Malen unterschieden?«

»Du mußt es ihm sagen«, bemühte sich Waybourne. »Sag ihm, daß Mr. Jerome seine Hand auf eine äußerst intime Stelle deines Körpers gelegt hat.« Sein Gesicht lief rot an, so unbehaglich war ihm bei den Worten.

Pitt wartete.

»Er hat mich angefaßt«, sagte Godfrey zögernd. »Hat an mir herumgefühlt.«

»Ah ja. Ist das nur einmal passiert?«

»Nein... eigentlich nicht. Ich... ehrlich, Sir... ich verstehe nicht ganz...«

»Das reicht!« sagte Waybourne schroff. »Er hat es Ihnen gesagt – Jerome hat sich mehr als einmal an ihm vergriffen. Ich kann Ihnen nicht gestatten, dem weiter nachzugehen. Sie haben, was Sie brauchen. Tun Sie jetzt Ihre Arbeit. Herrgott, verhaften Sie diesen Mann und schaffen Sie ihn aus meinem Haus!«

»Wenn Sie das für die geeignete Maßnahme halten, müssen Sie ihn natürlich aus Ihrem Dienst entlassen, Sir«, erwiderte Pitt. Innerlich fühlte er sich immer elender. »Aber ich habe noch nicht genügend Beweise, um ihn wegen Mordes zu verhaften.«

Waybournes Gesicht verkrampfte sich, die Muskeln seines Körpers waren wie Knoten. Godfrey zuckte unter seiner Hand zusammen.

»Du liebe Güte! Mann, was wollen Sie denn noch? Einen Augenzeugen?«

Pitt versuchte, ruhig zu bleiben. Warum sollte dieser Mann die Notwendigkeiten der Polizei begreifen? Einer seiner Söhne war ermordet, der andere durch perverse Aufmerksamkeiten beunruhigt worden, und der Täter weilte immer noch unter seinem Dach. Warum sollte er vernünftig sein? Seine Gefühle waren ungeheuer verletzlich. Seine gesamte Familie war nacheinander auf unterschiedliche Weise geschändet, beraubt und verraten worden.

»Tut mir leid, Sir.« Er entschuldigte sich für das ganze Verbrechen: für dessen Anstößigkeit, für den noch bevorstehenden Kummer. »Ich werde so schnell und diskret wie möglich arbeiten. Danke, Godfrey. Guten Tag, Sir Anstey.« Er drehte sich um, verließ die Bibliothek und ging in die Eingangshalle, in der das Stubenmädchen mit Pitts Hut in der Hand immer noch heiter und unwissend wartete.

Pitt war grundlos unzufrieden. Er wußte noch nicht genug, um Jerome zu verhaften, aber es gab zu viele Beweise, als daß man es hätte rechtfertigen können, Athelstan noch länger darüber im unklaren zu lassen. Jerome hatte ausgesagt, am fraglichen Abend in einem Konzert gewesen zu sein, und angeblich hatte er keine Ahnung, wo Arthur Waybourne gewesen war oder was er vorgehabt hatte. Wenn man das einer sorgfältigen Überprüfung unterzog, konnte man vielleicht klären, wo Jerome zur fraglichen Zeit gewesen war. Es war durchaus möglich, daß ihn ein Bekannter gesehen hatte. Wenn er mit jemandem nach Hause zurückgekehrt war, vielleicht mit seiner Frau, dann wäre es unmöglich, zweifelsfrei zu beweisen, daß er sich an einen unbekannten Ort begab und Arthur Waybourne ermordete.

Das war die Schwachstelle in diesem Fall: Sie hatten nicht die geringste Ahnung, wo der Mord geschehen war. Zweifellos gab es noch viel zu tun, bis sie genügend Gründe für eine Verhaftung hatten.

Er beschleunigte seinen Schritt. Er konnte Athelstan mit einem Bericht aufwarten. Es gab Fortschritte, aber von Gewißheit waren sie noch weit entfernt.

Athelstan rauchte eine hervorragende Zigarre, sein Zimmer war erfüllt von ihrem stechenden Geruch. Die Möbel glänzten ein wenig im Licht der Gaslampe, und der Türknopf aus Messing strahlte, kein einziger Fingerabdruck war darauf zu sehen.

»Setzen Sie sich«, forderte ihn Athelstan auf. »Ich bin froh, daß wir diese Sache in Ordnung bringen können. Ein äußerst widerlicher, überaus schmerzlicher Fall. Nun, was hatte Sir Anstey Ihnen zu sagen? Er sprach von einem entscheidenden Umstand. Was war es, Mann?«

Pitt war überrascht. Er hatte nicht einmal geahnt, Athelstan könnte wissen, daß Waybourne ihn zu sich bestellt hatte.

»Nein«, sagte er rasch. »So war es nicht. Es war sicherlich ein Hinweis, aber nichts, was für eine Verhaftung ausreicht.«

»Was war es denn nun?« fragte Athelstan ungeduldig und beugte sich über den Schreibtisch nach vorne. »Sitzen Sie nicht nur einfach da, Pitt!«

Pitt merkte, daß er aus unerklärlichen Gründen zögerte, es ihm mitzuteilen und die traurige, zerbrechliche Geschichte zu wiederholen. Es war alles und nichts – unbestimmt und gleichzeitig unbestreitbar.

Gereizt trommelten Athelstans Finger auf der weinroten Lederoberfläche.

»Der jüngere Bruder Godfrey sagt, der Hauslehrer Jerome sei sehr intim mit ihm geworden und habe ihn nach der Art eines Homosexuellen berührt«, antwortete Pitt erschöpft. Er holte tief Luft, atmete langsam aus. »Mehr als einmal. Natürlich hat er es zum damaligen Zeitpunkt nicht erwähnt, weil ... «

»Natürlich, natürlich.« Athelstan wischte den Satz mit einer Bewegung seiner dicken Hand vom Tisch. »Wahrscheinlich hat er damals gar nicht erkannt, was es damit auf sich hatte – erst im Licht des Todes seines Bruders ergibt es Sinn. Fürchterlich ... der arme Junge. Es wird eine Weile dauern, bis er darüber hinwegkommt. Nun gut!« Er breitete seine Hand flach auf dem Tisch aus, als wolle er mit ihr etwas abschließen; in der anderen Hand hielt er immer noch die Zigarre. »Zumindest können wir jetzt einen Schlußstrich unter die Sache ziehen. Gehen Sie und verhaften Sie den Kerl. Erbärmlich!« Sein Gesicht krampfte sich vor Widerwillen zusammen; mit einem leichten Schnauben stieß er die Luft durch die Nase aus.

»Es reicht nicht aus für eine Verhaftung«, gab Pitt zu bedenken. »Vielleicht kann er uns über die gesamte Zeit in der fraglichen Nacht Rechenschaft ablegen.«

»Unsinn«, erwiderte Athelstan energisch. »Er sagt, er sei ausgegangen und auf irgendeiner musikalischen Veranstaltung gewesen.

Er ging alleine hin, sah keinen und kam alleine zurück, nachdem seine Frau bereits ins Bett gegangen war; und er hat sie nicht geweckt. Überhaupt keine Erklärung. Er könnte überall gewesen sein.«

Pitt versteifte sich.

»Woher wissen Sie das?« Soviel wußte er selbst nicht, und dabei hatte er Athelstan überhaupt nichts erzählt.

Ein zögerndes Lächeln erreichte seine Mundwinkel.

»Gillivray«, antwortete er. »Ein guter Mann. Er wird weit kommen. Hat ein sehr gutes Auftreten. Er führt die ganzen Ermittlungen so kultiviert wie nur möglich durch und stößt zum Kern eines Falles vor.«

»Gillivray!« wiederholte Pitt. Sein Nacken spannte sich. »Sie meinen, Gillivray hat überprüft, wo sich Jerome in jener Nacht nach eigenem Bekunden aufgehalten hat?«

»Er hat es Ihnen nicht erzählt?« fragte Athelstan gleichgültig. »Hätte er aber tun sollen. Ein wenig übereifrig... Ich kann es ihm nicht verübeln. Er fühlte mit dem Vater – wirklich ein überaus unangenehmer Fall.« Er schaute finster drein, um die eigene Sympathie zu bekunden. »Doch ich bin froh, daß es nun damit vorbei ist. Sie können gehen und die Verhaftung vornehmen. Nehmen Sie Gillivray mit. Er hat es verdient dabeizusein.«

Pitt spürte, wie in ihm Hoffnungslosigkeit und Wut hochstiegen. Wahrscheinlich war Jerome schuldig, aber das reichte nicht aus. Es gab noch zu viele andere Möglichkeiten, denen sie noch nicht nachgegangen waren.

»Wir haben in diesem Fall noch nicht genügend in der Hand«, sagte er scharf. »Wir wissen nicht, wo das Verbrechen stattfand. Es gibt keinerlei Indizien, nichts. Wo hat dieses Treffen stattgefunden – in Jeromes Haus? Wo war seine Frau? Und vor allem: Warum sollte Arthur Waybourne in Jeromes Haus ein Bad nehmen?«

»Um Himmels willen, Pitt!« unterbrach Athelstan ärgerlich und hielt die Zigarre so fest umklammert, daß sie sich verbog. »Das sind doch Details! Sie lassen sich aufklären. Vielleicht hat er woanders ein Zimmer gemietet...«

»Mit einer Badewanne darin?« fragte Pitt verächtlich. »Es gibt nicht viele Bordelle oder billige Zimmer, die über ein privates Bad verfügen, in dem man auf bequeme Weise jemanden umbringen kann!«

»Dann wird es ja nicht schwerfallen, diese zu finden, oder?« fuhr ihn Athelstan an. »Es ist Ihr Job, diese Dinge ans Tageslicht zu bringen. Aber zunächst verhaften Sie mir Jerome und stecken ihn an einen Ort, wo er nicht entkommen und keinen weiteren Schaden mehr anrichten kann! Sonst erfahren wir als nächstes, daß er sich auf einem Kanaldampfer befindet, und sehen ihn nie wieder! Jetzt tun Sie schon Ihre Pflicht, Mann! Oder muß ich Gillivray schicken, damit er es für Sie tut?«

Es hatte keinen Zweck, weiter darüber zu debattieren. Wenn Pitt es nicht tat, würde es jemand anderes tun. Und obwohl der Fall noch alles andere als geklärt war, war es durchaus richtig, was Athelstan sagte. Andere Antworten waren möglich, auch wenn Pitts Verstand sagte, daß sie unwahrscheinlich waren. Jerome hatte jede Charaktereigenschaft, die dafür sprach, daß er die Tat begangen hatte; sein Leben und seine näheren Umstände waren für Leere und Verschrobenheiten anfällig. Dann fehlte nur noch der körperliche Drang...

Und wenn Jerome einmal zu einem Mord getrieben worden war, dann konnte er in Panik versuchen wegzulaufen oder – was noch schlimmer war – ein weiteres Mal zu töten, wenn er das Gefühl bekam, daß die Polizei ihm auf der Spur war.

Pitt stand auf. Er hatte nichts in der Hand, womit er gegen Athelstan angehen konnte. Aber wenn das so war, gab es ja vielleicht auch nichts, über das er mit ihm streiten mußte.

»Ja, Sir«, lenkte er ruhig ein. »Ich werde Gillivray mitnehmen und morgen früh losgehen, sobald es kein unnötiges Aufsehen erregt.« Er warf Athelstan einen gequälten Blick zu, aber Athelstan konnte nichts Witziges an Pitts Bemerkung finden.

»Gut«, sagte er und lehnte sich befriedigt zurück. »Guter Mann, seien Sie diskret – die Familie hat eine schlimme, eine sehr schlimme Zeit hinter sich. Bringen Sie die Sache jetzt hinter sich. Ermahnen Sie den Mann, der heute nacht die Runde macht, die Augen offenzuhalten. Ich glaube aber nicht, daß Jerome weglaufen wird. Dazu sind wir ihm noch nicht nahe genug.«

»Ja, Sir«, sagte Pitt und ging zur Tür. »Ja, Sir.«

4

Am nächsten Morgen machte sich Pitt mit einem munteren und vom Frühling beflügelten Gillivray auf den Weg. Er haßte Gillivray wegen seines Benehmens. Eine Festnahme aufgrund eines dermaßen intimen und privaten Vergehens war nur der Kern einer Tragödie, der Zeitpunkt, an dem sie allgemein bekannt wurde und an dem die Wunden ihrer Heimlichkeit beraubt waren. Er wollte etwas sagen, um Gillivrays behagliche und ihm deutlich ins Gesicht geschriebene Genugtuung zu zerstören, irgend etwas, um ihn den echten, quälenden Schmerz in seinem eigenen Bauch spüren zu lassen.

Doch es fielen ihm keine Worte ein, die stark genug waren, um die Wirklichkeit zu erfassen, und so schritt er schweigend voran, ging mit seinen langen, schlaksigen Beinen immer schneller, bis Gillivray nichts anderes übrigblieb, als unbeholfen hinter ihm herzutrotten, um mit ihm Schritt zu halten. Es war eine kleine Genugtuung.

Der Hausdiener öffnete ihnen mit überraschter Miene. Er wirkte wie eine guterzogene Person, die jemand anderen bei einem groben Verstoß gegen den guten Geschmack beobachtet, aber deren eigener Verhaltenskodex sie dazu verpflichtet, so zu tun, als habe sie nichts davon bemerkt.

»Ja, Sir?« erkundigte er sich, ohne sie einzulassen.

Pitt war entschlossen, Waybourne über die Verhaftung zu informieren, bevor er sie tatsächlich durchführte; das würde die Sache erleichtern und wäre außerdem höflich, eine Geste, die sich durchaus später auszahlen könnte – sie waren noch weit vom Abschluß des Falles entfernt. Es gab starke Verdachtsmomente, und sie gaben ihnen die Berechtigung, eine Verhaftung für notwendig zu halten. Es gab nur eine vernünftige Lösung, aber es lagen noch stundenlange Nachforschungen vor ihnen, bevor sie den Beweis erwarten konnten. Vieles mußte noch in Erfahrung gebracht werden, beispielsweise wo sich das Verbrechen ereignete und warum es gerade jetzt dazu gekommen war. Was hatte den Ausbruch der Gewalt herbeigeführt?

»Es ist nötig, daß wir mit Sir Anstey sprechen«, erwiderte Pitt und blickte dem Hausdiener in die Augen.

»Wirklich, Sir?« Der Mann hatte ein glattes Gesicht, es war ausdruckslos wie eine Porzellaneule. »Wenn Sie hereinkommen möchten, werde ich Sir Anstey von Ihrem Anliegen in Kenntnis setzen. Er ist gerade beim Frühstück, aber vielleicht will er Sie sehen, wenn er damit fertig ist.« Er trat einen Schritt zurück und gestattete ihnen vorbeizugehen. Mit sanfter, schweigender Gewichtigkeit schloß er die Tür hinter sich. Das Haus roch immer noch nach Trauer, als ob es irgendwo gerade außerhalb des Blickfeldes Lilien gäbe und gebackene Fleischgerichte übrig wären. Die halb heruntergelassenen Rolläden tauchten alles in ein Halbdunkel. Pitt wurde wieder an den durch den Todesfall hervorgerufenen Kummer erinnert, daran, daß Waybourne einen Sohn verloren hatte, einen Jungen, der kaum der Kindheit entwachsen war.

»Würden Sie bitte Sir Anstey ausrichten, daß wir bereit sind, eine Verhaftung vorzunehmen?« bat er. »Diesen Morgen. Und wir würden es bevorzugen, ihn vorher vollständig über die Lage zu informieren«, fügte er weniger kühl hinzu. »Allerdings können wir es uns nicht leisten zu warten.«

Endlich war der Diener aus seiner Ruhe aufgeschreckt. Verärgert freute sich Pitt darüber zu sehen, wie ihm der Unterkiefer heruntrfiel.

»Eine Verhaftung, Sir? Im Zusammenhang mit Mr. Arthurs Tod, Sir?«

»Ja. Würden Sie bitte Sir Anstey Bescheid geben?«

»Ja, Sir. Natürlich.« Er überließ es ihnen, sich den Weg ins Damenzimmer zu suchen, ging forsch auf die Türen des Speisesaals zu, klopfte und ging hinein.

Waybourne erschien fast umgehend. In den Falten seiner Weste steckten noch Krümel, die Serviette hielt er noch in der Hand. Er ließ sie fallen, der Lakai hob sie diskret auf.

Pitt öffnete die Tür zum Damenzimmer und hielt sie auf, als Waybourne eintrat. Als sie alle versammelt waren, machte Gillivray die Tür zu, und Waybourne ergriff eilig das Wort.

»Sie verhaften Jerome? Gut. Eine scheußliche Sache, aber je schneller sie vorüber ist, desto besser. Ich werde ihn holen lassen.« Er streckte die Hand aus und zog mit einem heftigen Ruck am Klingelzug. »Ich nehme nicht an, daß Sie mich hier benötigen. Eher nicht. Der Schmerz... Ich bin sicher, daß Sie das verstehen. Sie sind natürlich verpflichtet, es mich als erstes wissen zu lassen. Führen Sie ihn durch die Hintertür nach draußen, ja? Ich meine, er wird etwas... nun, äh... Ich will ihm keine Szene machen. Das ist völlig...« Sein Kopf lief rot an, über seine Gesichtszüge fiel ein undeutlicher, kummervoller Schatten, als ob seine Vorstellungskraft zu guter Letzt das Elend des Verbrechens durchstoßen und für einen kurzen Moment die eindringende Kälte gespürte hätte. »... ganz unnötig«, endete er lahm.

Pitt fielen keine passenden Worte ein. Selbst bei längerem Nachdenken kam er auf nichts, das auch nur den Anstand gewahrt hätte.

»Danke«, fuhr Waybourne mühsam fort. »Sie waren äußerst... taktvoll, haben alles... gut... berücksichtigt, die...«

Ohne nachzudenken, unterbrach ihn Pitt. Er konnte diese bequeme Ignoranz nicht ertragen.

»Es ist noch nicht vorbei, Sir. Wir müssen noch viel mehr Beweise sammeln, und dann kommt natürlich noch das Gerichtsverfahren.«

Waybourne drehte ihm den Rücken zu; vielleicht versuchte er, für einen Augenblick für sich zu sein.

»Selbstverständlich.« Er verlieh seiner Antwort eine Sicherheit, als wäre ihm das die ganze Zeit klar gewesen. »Natürlich. Aber zumindest wird der Mann aus meinem Haus verschwunden sein. Das ist der Anfang vom Ende.« Er sagte das mit großem Nachdruck, und Pitt diskutierte nicht darüber. Vielleicht würde es ja eine einfache Sache werden. Wo sie jetzt so viel von der Wahrheit wußten, würde der Rest vielleicht ganz mühelos folgen. Jerome könnte ein Geständnis ablegen. Es war möglich, daß die Last so schwer geworden war, daß er darüber erleichtert sein würde, es mitteilen zu können und der Geheimhaltung und der verzehrenden Einsamkeit ein Ende zu bereiten, sobald keine Hoffnung mehr bestand zu entkommen. Für viele war diese Last das Qualvollste von allem.

»Ja, Sir«, sagte Pitt. »Wir werden ihn diesen Morgen mitnehmen.«
»Gut... gut.«
Es klopfte an die Tür, und auf Waybournes Befehl hin kam Jerome

herein. Gillivray rückte automatisch ein Stückchen näher zur Tür für den Fall, daß er versuchen sollte zu fliehen.

»Guten Morgen.« Jeromes Augenbrauen fuhren überrascht in die Höhe. Wenn es vorgetäuscht war, dann war es großartig simuliert. Ihm war keinerlei Unsicherheit anzumerken, weder die Augen noch die Muskeln bewegten sich, kein Zucken, nicht einmal eine Blässe der Haut.

Waybournes Gesicht glänzte schweißnaß. Als er sprach, blickte er auf eine der Dutzend Fotografien an der Wand.

»Die Polizei wünscht Sie zu sehen, Jerome«, sagte er steif. Dann drehte er sich um und ging. Gillivray öffnete die Tür und schloß sie hinter ihm.

»Ja?« fragte Jerome kühl. »Ich kann mir nicht vorstellen, was Sie jetzt wollen. Ich habe meiner Aussage nichts hinzuzufügen.«

Pitt wußte nicht, ob er sich hinsetzen oder stehenbleiben sollte. Es schien der Tragödie gegenüber auf unbestimmte Weise respektlos zu sein, es sich in einem solchen Augenblick bequem zu machen.

»Tut mir leid, Sir«, sagte er ruhig, »aber wir haben jetzt weitere Beweise, und ich habe keine andere Wahl, als eine Verhaftung vorzunehmen.« Warum weigerte er sich immer noch, sich festzulegen? Er ließ den Mann hängen wie einen Fisch, der sicher am Haken hing, aber noch nicht das Reißen in seinem Maul spürte, noch nicht dem langen, unbarmherzigen Zug der Angelschnur ausgesetzt war.

»Tatsächlich?« Jerome zeigte keinerlei Interesse. »Herzlichen Glückwunsch. Ist es das, was Sie hören wollen?«

Jedesmal, wenn Pitt diesem Mann begegnete, standen ihm die Haare zu Berge. Vielleicht lag es daran, daß bei ihm jegliches Schuldgefühl, jegliche Angst oder gar eine Vorahnung des Kommenden fehlte.

»Nein, Mr. Jerome«, antwortete er. Er mußte die Entscheidung treffen. »Sie sind es, für den ich einen Haftbefehl habe.« Er holte tief Luft und zog das Schriftstück aus seiner Tasche. »Maurice Jerome, ich nehme Sie wegen des Angriffs auf und des Mordes an Arthur William Waybourne am oder um den 11. September 1888 herum fest und mache Sie darauf aufmerksam, daß alles, was Sie sagen, festgehalten wird und bei Ihrem Gerichtsverfahren als Beweismittel gegen Sie verwendet werden kann.«

Jerome schien nicht zu begreifen; sein Gesicht war vollkommen ausdruckslos. Gillivray, der alles beobachtete, stand steif an der Tür; seine Faust war locker zusammengeballt, als sei er auf plötzliche Gewalttätigkeiten gefaßt.

Einen lächerlichen Augenblick lang fragte sich Pitt, ob er seine Worte wiederholen sollte. Dann erkannte er, daß diese Worte einige Zeit benötigten, ihren Sinn zu übermitteln. Der Schlag war zu unermeßlich, zu sehr jenseits alles Vorstellbaren, als daß er sich augenblicklich erfassen ließ.

»W... was?« stammelte Jerome schließlich. Immer noch war er zu sehr aus dem Gleichgewicht geraten, als daß er sich wirklicher Angst bewußt war. »Was haben Sie gesagt?«

»Ich verhafte Sie wegen des Mordes an Arthur Waybourne«, wiederholte Pitt.

»Das ist lächerlich!« Jerome war wütend, zeigte Verachtung für Pitts Dummheit. »Sie können doch unmöglich glauben, daß ich ihn umgebracht habe! Warum in aller Welt sollte ich das tun? Das ergibt doch keinen Sinn!« Plötzlich machte er ein verdrossenes Gesicht. »Ich hatte gedacht, Sie verfügten über mehr Integrität, Inspektor. Ich merke, daß ich mich geirrt habe. Sie sind nicht dumm, zumindest nicht so dumm. Daher muß ich annehmen, daß Sie ein Mann sind, der immer den bequemsten Weg wählt, ein Opportunist – oder einfach ein Feigling!«

Jeromes Anschuldigungen hatten Pitt getroffen. Sie waren ungerecht. Pitt nahm Jerome fest, weil zuviel gegen ihn vorlag, als daß man ihm hätte die Freiheit lassen können. Es war eine notwendige Entscheidung; sie hatte nichts mit Eigeninteresse zu tun. Es wäre unverantwortlich gewesen, ihm zu gestatten, in Freiheit zu bleiben.

»Godfrey Waybourne hat ausgesagt, daß Sie sich bei verschiedenen Gelegenheiten auf homosexuelle Weise an ihm vergangen haben«, sagte er steif. »Das ist eine Beschuldigung, die wir nicht ignorieren oder einfach beiseite schieben können.«

Jeromes Gesicht war weiß und schlaff, als ihm dämmerte, wie entsetzlich das alles war, und er die Wirklichkeit des Geschehens akzeptierte.

»Das ist doch absurd! Es ist... es ist...« Seine Hände bewegten sich nach oben, als ob er sein Gesicht bedecken wollte, dann fielen sie wieder kraftlos nach unten. »Oh, mein Gott!« Er blickte sich um; Gillivray trat vor die Tür.

Pitt spürte wieder dieses quälende Unbehagen. Konnte ein so hervorragender, geschickter und vollendeter Schauspieler sich nicht seinen Weg durchs Leben ebnen, indem er seinen ganzen Charme ausspielte? Er hätte so doch viel mehr für sich erreichen können als das, was er jetzt besaß. Hätte er mit Freundschaft oder ein wenig Humor die anderen für sich zu gewinnen versucht und nicht die Mauer aus Wichtigtuerei aufgebaut, die er gegenüber Pitt fortwährend zur Schau gestellt hatte, hätte er doch einen enormen Einfluß ausüben können!

»Tut mir leid, Mr. Jerome, aber wir müssen Sie jetzt mitnehmen«, meinte Pitt hilflos. »Es wäre für alle viel besser, wenn Sie ohne Widerstand mitkommen würden. Wenn Sie das nicht tun, machen Sie es sich nur noch schwerer.«

Erstaunt und erzürnt wölbte Jerome die Augenbrauen.

»Drohen Sie mir Gewalt an?«

»Nein, natürlich nicht!« sagte Pitt wütend. Es war lächerlich und völlig ungerechtfertigt, so etwas anzunehmen. »Ich dachte daran, daß es peinlich für Sie werden könnte. Wollen Sie um sich schlagend und brüllend herausgezerrt werden, so daß das Spülmädchen und der Hausknecht etwas zum Gaffen haben?«

Jeromes Gesicht glühte, aber er fand nicht die Worte für eine Entgegnung. Er steckte in einem Alptraum, der sich zu schnell für ihn bewegte, man ließ ihn zappeln, und er versuchte immer noch, über die ursprüngliche Anschuldigung zu diskutieren.

Pitt ging einen Schritt auf ihn zu.

»Ich habe ihn nicht angerührt!« protestierte Jerome. »Keinen von beiden habe ich je angerührt! Das ist eine gemeine Verleumdung! Lassen Sie mich mit ihm sprechen! Ich werde es bald geklärt haben.«

»Das ist nicht möglich«, sagte Pitt fest.

»Aber ich...« Dann erstarrte er; sein Kopf fuhr ruckartig in die Höhe. »Ich werde dafür sorgen, daß Sie dafür gemaßregelt werden, Inspektor. Für diese Anschuldigung können Sie unmöglich Gründe haben, und wenn ich ein Mann wäre, der über Mittel verfügte, dann würden Sie es nicht wagen, mir das anzutun! Sie sind ein Feigling –

wie ich bereits sagte! Ein Feigling der verabscheuungswürdigsten Sorte!«

War daran etwas Wahres? War das Gefühl, das Pitt für Mitgefühl gegenüber Waybourne und seiner Familie gehalten hatte, nur die Erleichterung darüber, eine einfache Antwort zu finden?

Sie nahmen Jerome in ihre Mitte und führten ihn durch die Eingangshalle, durch die grüne, mit Boi beschlagene Tür, den Gang entlang und durch die Küche, dann die Stufen zum Lichthof hoch und in die wartende Droschke hinein. Wenn jemand merkte, daß die Polizei durch die Vordertür hereingekommen und hinten herausgegangen war, dann konnte man das auch der Tatsache zuschreiben, daß sie zunächst nach Sir Anstey selbst gefragt hatten. Und man konnte den Weg, den die Leute als Ausgang nahmen, besser kontrollieren als den Eingang. Die Köchin nickte anerkennend. Die Zeiten waren vorbei, in denen Leuten wie Polizisten beigebracht werden mußte, wo ihr Platz war. Und sie hatte noch nie etwas für diesen Hauslehrer mit seinem Gehabe und seinen kritischen Bemerkungen übrig gehabt, der sich aufführte, als ob er ein feiner Herr sei, nur weil er Latein lesen konnte – als ob das irgend jemandem etwas nützen würde!

Schweigend fuhren sie zur Polizeiwache. Ordnungsgemäß wurde dort die Verhaftung festgehalten, und Jerome wurde in die Zelle gebracht.

»Ihre Kleidung und Ihre Toilettenartikel lassen wir holen«, sagte Pitt ruhig.

»Wie überaus kultiviert – aus Ihrem Munde hört sich das ja fast vernünftig an!« schnauzte Jerome. »Wo soll ich denn Ihren Annahmen zufolge den Mord begangen haben? In wessen Badewanne habe ich den erbärmlichen Jungen denn bitte schön ertränkt? Doch wohl kaum in seiner eigenen – selbst Sie konnten sich das nicht vorstellen! Ich möchte erst gar nicht fragen, warum! Ihr Kopf wird schon genügend Möglichkeiten hervorzaubern, die so anstößig sind, daß mir schlecht wird. Aber ich würde wirklich gerne wissen, wo es gewesen ist! Das würde ich nur allzu gerne wissen.«

»Für uns gilt das gleiche, Mr. Jerome«, antwortete Pitt. »Wie Sie schon sagten, die Gründe liegen auf der Hand. Wenn Sie darüber sprechen würden, könnte das helfen.«

»Das sollte ich besser nicht tun!«

»Einige Leute tun das ...«

»Einige Leute sind auch zweifellos schuldig! Ich finde das ganze Thema widerwärtig. Sie werden sehr bald herausfinden, daß Sie sich irren, und dann werde ich Wiedergutmachung erwarten. Ich bin weder für Arthur Waybournes Tod noch für irgend etwas anderes, das ihm zugestoßen ist, verantwortlich! Ich schlage Ihnen vor, nach dieser Art von Perversion in der Gesellschaftsschicht zu suchen, zu der er gehörte! Oder erwarte ich da etwa zuviel Mut von Ihnen?«

»Ich habe mich umgesehen!« Endlich wehrte sich Pitt; er war jetzt so getroffen, daß er sich nicht mehr kontrollieren konnte. »Und alles, was ich bis jetzt habe, ist Godfrey Waybournes Aussage, Sie hätten sich an ihm vergangen. Es hat den Anschein, daß Sie die Schwäche haben, die das Motiv liefert, und die Gelegenheit zur Tat. Die Mittel waren einfach Wasser – darüber verfügt jeder.«

Dieses Mal stand Jerome die Angst in den Augen – für einen kurzen Moment blitzte sie auf, bevor die Vernunft sich wieder über sie legte, aber sie war echt genug. Ihr Geruch war einzigartig und unverkennbar.

»Unsinn! Ich war in einem Konzert.«

»Aber dort hat Sie keiner gesehen.«

»Ich besuche Konzerte, um Musik zu hören, Inspektor, und nicht, um idiotische Unterhaltungen mit mir kaum bekannten Leuten zu führen und deren Vergnügen zu unterbrechen, weil es von ihnen verlangt, mir genauso alberne Antworten zu geben.« Jerome musterte Pitt mit einer Verachtung, als wäre er jemand, der sich bestenfalls Kneipenlieder anhört.

»Gibt es bei Ihren Konzerten keine Pausen?« fragte Pitt mit genau der gleichen Frostigkeit. Er mußte etwas auf Jerome hinunterschauen, da er größer war als er. »Das ist doch ungewöhnlich, oder nicht?«

»Sind Sie ein Freund klassischer Musik, Inspektor?« Jeromes Stimme war schneidend vor Sarkasmus und Zweifel. Vielleicht war es eine Form der Selbstverteidigung. Er griff Pitt an, attackierte seine Intelligenz, seine Kompetenz, sein Urteilsvermögen. Das war nicht schwer zu verstehen; es gab einen Teil in Pitt, der sogar Sympathie dafür empfinden konnte. Ein größerer Teil von ihm wurde jedoch durch die herablassende Art bis ins Mark getroffen.

»Ich freue mich über ein gut gespieltes Klavier«, antwortete er mit wachsamer Freimütigkeit. »Und gelegentlich mag ich auch Geige.«

Für einen Augenblick gab es Kommunikation zwischen ihnen; es kam ein wenig überraschend. Dann drehte sich Jerome weg.

»Sie haben sich also mit keinem unterhalten?« kam Pitt wieder auf den Gedanken zurück, den er gerade verfolgt hatte.

»Mit keinem«, entgegnete Jerome.

»Nicht einmal, um einen Kommentar zur Aufführung abzugeben?« Pitt glaubte es ihm. Wer würde sich schon an einen Menschen wie Jerome wenden, nachdem er wunderschöner Musik gelauscht hat? Er würde einem doch nur den Zauber und die Freude verderben. Jerome war ein Intellektueller, dem Weichheit oder Lachen, die Patina der Romantik fehlten. Warum gefiel ihm überhaupt Musik? Waren es ausschließlich das sinnliche Vergnügen, der Klang und die Symmetrie, auf die das Gehirn reagierte?

Pitt ging nach draußen, die Zellentür fiel mit einem metallischen Klang ins Schloß; der Riegel wurde in seine Ausgangsstellung geschoben, und der Gefängniswärter zog den Schlüssel ab.

Ein Constable wurde losgeschickt, um alles das zu holen, was Jerome an Besitztümern brauchte. Gillivray und Pitt verbrachten den restlichen Tag damit, nach zusätzlichen Beweisen zu suchen.

»Mit Mrs. Jerome habe ich bereits gesprochen«, meinte Gillivray mit einer Fröhlichkeit, für die ihm Pitt einen Fußtritt hätte versetzen können. »Sie weiß nicht, um welche Uhrzeit er gekommen ist. Sie hatte Kopfschmerzen und ist kein Freund von klassischer Musik, insbesondere nicht von Kammermusik. Es existierte ein vorher veröffentlichtes Programm, und Jerome besaß es. Mrs. Jerome beschloß, daheim zu bleiben, schlief ein und wachte erst am Morgen wieder auf.

»Davon hat mir Mr. Athelstan berichtet«, erwiderte Pitt beißend. »Vielleicht könnten Sie mir das nächste Mal, wenn Sie eine solche Information haben, den Gefallen tun, sie auch an mich weiterzugeben?« Augenblicklich bedauerte er es, seinen Ärger so offenkundig werden zu lassen. Er hätte Gillivray nicht erlauben sollen, ihn wahrzunehmen. Diese Würde hätte er sich ja nun mindestens bewahren können.

Gillivray lächelte, seine Entschuldigung war nicht mehr als das Minimum an guten Manieren.

Sechs Stunden vergingen, und sie erreichten nichts, fanden weder Beweise noch etwas, das den Verdacht widerlegte.

Pitt ging spät nach Hause; er war müde und fühlte sich kalt. Es begann zu regnen, Windstöße ließen eine alte Zeitung die Gosse entlangraschen. Es war ein Tag gewesen, den er nur allzu froh hinter sich ließ, um sich den Abend für Gespräche über etwas anderes Zeit zu nehmen. Er hoffte, daß Charlotte den Fall mit keinem Wort erwähnte.

Er trat in den Flur, zog seinen Mantel aus und hängte ihn auf, dann bemerkte er, daß die Wohnzimmertür offenstand und die Lampen angezündet waren. Abends um diese Zeit war Emily doch bestimmt nicht hier! Er wollte nicht höflich sein müssen, noch weniger wollte er Emilys hartnäckige Neugier befriedigen. Er war versucht, zur Küche weiterzugehen, zögerte einen Augenblick und fragte sich gerade, ob er davonkommen konnte, als Charlotte die Tür weit aufzog und es zu spät war.

»Ach, Thomas, da bist du ja«, meinte sie unnötigerweise. »Du hast Besuch bekommen.«

Er war verblüfft. »Tatsächlich?«

»Ja.« Sie trat einen Schritt zurück. »Mrs. Eugenie Jerome.«

Die Kälte breitete sich über seinen ganzen Körper aus. Die Vertrautheit seines Heimes wurde von einer sinnlosen und vorhersehbaren Tragödie heimgesucht. Es war zu spät, um dem auszuweichen. Je schneller er ihr jetzt gegenübertrat und ihr das Beweismaterial so dezent wie gegenüber einer Frau nur möglich erläuterte, je rascher er ihr klarmachte, daß er nichts unternehmen konnte, desto schneller konnte er die Sache vergessen und sich in seinen eigenen Abend hineinsinken lassen, in die sicheren, dauerhaften Dinge, die ihm von Bedeutung waren: Charlotte, die Einzelheiten ihres Tages, die Kinder.

Er betrat das Zimmer.

Sie war klein, schlank und trug schlichtes Braun. Ihr blondes Haar umschmeichelte ihr Gesicht; sie hatte große Augen, was ihre Haut noch blasser und fast durchscheinend wirken ließ. Offensichtlich hatte sie geweint.

Das war eine der übelsten Seiten eines Verbrechens: die Opfer, für die der Schrecken gerade begann. Eugenie Jerome würde die Rückreise ins Haus ihrer Eltern bevorstehen – wenn sie Glück hatte. Wenn nicht, würde sie jede Arbeit annehmen müssen, die sie finden konnte, als Näherin, als Arbeiterin in einem Ausbeuterbetrieb, als Lumpensammlerin; vielleicht würde sie sogar in einem Arbeitshaus für Arme enden oder aus reiner Verzweiflung auf der Straße. Doch all das würde sie sich bis jetzt nicht einmal vorstellen können. Sie schlug sich wahrscheinlich noch mit der Schuld selbst herum und klammerte sich an den Glauben, daß alles noch so war wie vorher und einen Irrtum darstellte, der wieder rückgängig gemacht werden konnte.

»Mr. Pitt?« Sie trat einen Schritt nach vorne, ihre Stimme zitterte. Er war die Polizei – für sie bedeutete das größtmögliche Macht.

Er wünschte, es gäbe etwas, das er sagen konnte, das die Wahrheit leichter machen würde. Er wollte nur eines: sie loswerden und den Fall vergessen – zumindest, bis er morgen wieder gezwungen war, zu ihm zurückzukehren.

»Mrs. Jerome«, begann er. Es waren die einzigen Worte, die ihm einfielen: »Wir mußten ihn festnehmen, aber es geht ihm bestens, und er wurde in keiner Weise verletzt. Sie werden die Erlaubnis bekommen, ihn zu besuchen – wenn Sie das wünschen.«

»Er hat diesen Jungen nicht umgebracht.« Tränen glänzten in ihren Augen, und sie blinzelte, ohne ihren Blick von seinen Augen abzuwenden. »Ich weiß... Ich weiß, es ist nicht immer gerade leicht...« Sie holte tief Luft, stärkte sich für den Verrat. »...nicht gerade leicht, ihn zu mögen, aber er ist kein böser Mensch. Ein in ihn gesetztes Vertrauen würde er nie mißbrauchen. Dafür ist er viel zu stolz.«

Pitt konnte das glauben. Der Mann, von dem er dachte, daß er unter die Oberfläche seines gesitteten Äußeren gesehen hatte, würde eine verdrehte Genugtuung über seine moralische Überlegenheit empfinden, indem er das Vertrauen jener ehrte, die er verachtete, jener, die ihn aus völlig anderen Gründen ebenso verachteten – wenn sie überhaupt irgendeinen Gedanken an ihn verschwendeten.

»Mrs. Jerome ...« Wie konnte er die außergewöhnlichen Leidenschaften erklären, die plötzlich aufsteigen und jegliche Vernunft, alle sorgfältig geschmiedeten Pläne für das eigene Verhalten überschwemmen können? Wie konnte er die Gefühle erläutern, die einen sonst gesunden Mann zur zwanghaften, mit offenen Augen begangenen Selbstzerstörung treiben konnten? Sie würde völlig durcheinandergeraten und unerträglich verletzt sein. Diese Frau hatte bestimmt bereits mehr als genug zu tragen. »Mrs. Jerome«, nahm er einen neuen Anlauf, »man hat Ihren Mann belastet. Wir müssen ihn in Haft behalten, bis die Sache überprüft ist. Manchmal tun Menschen in der Hitze des Augenblicks Dinge, die ganz außerhalb ihrer gewöhnlichen Charaktereigenschaften liegen.«

Sie rückte näher an ihn heran, und er bekam einen Hauch Lavendelduft ab, schwach und ein wenig süßlich. An ihrem Spitzenkragen trug sie eine altmodische Brosche. Sie war sehr jung und sehr sanft. Gott verfluche Jerome für seine kaltblütige, bittere Einsamkeit, für seine Perversion und vor allem dafür, daß er jemals diese Frau heiratete, nur um ihr Leben zu zerstören!

»Mrs. Jerome ...«

»Mr. Pitt, mein Mann ist kein impulsiver Mensch. Seit elf Jahren bin ich mit ihm verheiratet, und ich habe kein einziges Mal erlebt, daß er etwas getan hat, ohne gründlich darüber nachzudenken und abzuwägen, ob es einen glücklichen oder unglücklichen Ausgang nehmen würde.«

Auch das war für Pitt nur allzu leicht zu akzeptieren. Jerome war kein Mann, der laut lachte, über das Straßenpflaster tanzte oder ein aufgeschnapptes Liedchen trällerte. Er hatte ein Gesicht, das Vorsicht ausdrückte; die einzige Spontanität in ihm war die des Geistes. Humor gegenüber war er auf eine mürrische Art aufgeschlossen, einem plötzlichen Impuls jedoch nie. Er sprach erst dann, wenn er abgewogen hatte, welche Wirkung seine Worte haben würden, ob sie ihm nützten oder schadeten. Welche außergewöhnlichen Leidenschaften mußte dieser Junge angezapft haben, um den Damm vieler Jahre in einem Sturzbach zu durchbrechen, der dann in einem Mord endete?

Wenn Jerome überhaupt schuldig *war* ...

Wie konnte ein derart vorsichtiger und sich in einem solchen Ausmaß selbst schützender Mann es riskiert haben, für die wenigen Momente einer oberflächlichen Befriedigung, die es ihm geboten haben mochte, auf plumpe Weise am jungen Godfrey herumzuspielen? War es eine Fassade, die rissig zu werden drohte – eine erste Bresche in der Mauer, die bald in einer Explosion der Leidenschaft und des Mordes vergehen sollte?

Er schaute Mrs. Jerome an. Sie war ungefähr so alt wie Charlotte und wirkte mit ihrem schlanken Körper und dem zarten Gesicht doch um so vieles jünger, um so vieles verletzlicher.

»Haben Sie Eltern, die in Ihrer Nähe leben?« fragte er plötzlich. »Haben Sie jemanden, bei dem Sie bleiben können?«

»Oh, nein!« Bestürzt verzog sich ihr Gesicht; sie zerknüllte ihr Taschentuch, ließ abwesend ihr Retikül an ihrem Rock zu Boden gleiten. Charlotte bückte sich und hob es für sie auf. »Danke, Mrs. Pitt, Sie sind überaus freundlich.« Sie nahm es zurück und umklammerte es. »Nein, Mr. Pitt, das kann ich unmöglich tun. Mein Platz ist zu Hause, wo ich Maurice alle mir nur mögliche Unterstützung geben kann. Die Leute müssen sehen, daß ich nicht einen einzigen Augenblick lang diese schrecklichen Dinge glaube, die man über ihn gesagt hat. Es hat nichts mit der Wahrheit zu tun, und ich kann nur inständig darum bitten, daß Sie um der Gerechtigkeit willen alles tun, was in Ihrer Macht steht, um das zu beweisen. Das *werden* Sie doch tun, nicht wahr?«

»Ich ... «

»Bitte, Mr. Pitt! Sie werden es nicht zulassen, daß die Wahrheit in einem solchen Lügengespinst untergeht, daß der arme Maurice ... « Ihre Augen füllten sich mit Tränen, und mit einem Schluchzen drehte sie sich weg, um in Charlottes Armen zu ruhen. Sie weinte wie ein Kind, ganz aufgelöst in ihrer Verzweiflung, sich der Gedanken oder Bewertungen irgendeiner anderen Person nicht bewußt.

Charlotte tätschelte sie bedächtig. Hilflos trafen sich die Blicke von ihr und Pitt. Er konnte nicht erkennen, was sie dachte. Sie war wütend; aber galt die Wut ihm, den Umständen, Mrs. Jerome, weil diese hier eingedrungen war und sie mit ihrem Kummer störte, oder ihrer Unfähigkeit, irgend etwas für sie zu tun?

»Ich werde mein Bestes tun, Mrs. Jerome«, sagte er. »Ich kann aber lediglich herausfinden, was wahr ist – verändern kann ich es nicht.« Wie abweisend und kühl sich das anhörte, und wie scheinheilig!

»Oh, danke«, sagte sie schluchzend und schnappte keuchend nach Luft. »Ich war mir sicher, daß Sie das tun würden – ich bin ja so dankbar.« Wie ein Kind klammerte sie sich an Charlottes Hände. »So überaus dankbar.«

Je mehr Pitt darüber nachdachte, desto weniger konnte er sich angesichts dessen, was er bei Jerome an Charaktereigenschaften beobachtet hatte, vorstellen, daß dieser so impulsiv und töricht sein sollte, Godfrey nachzustellen und gleichzeitig eine Affäre mit seinem älteren Bruder zu haben. Wenn der Mann so sehr von seinen Gelüsten getrieben wurde, daß er jeden gesunden Menschenverstand verlor, dann hätten das doch bestimmt auch andere bemerkt – viele andere.

Er verbrachte einen elenden Abend, weigerte sich, mit Charlotte darüber zu sprechen. Am nächsten Tag betraute er Gillivray mit einer Aufgabe, von der er aufrichtig glaubte, sie sei vergebens, nämlich ein Zimmer zu suchen, das von Jerome oder Arthur Waybourne angemietet worden war. In der Zwischenzeit machte er sich wieder zum Haus der Waybournes auf, um noch einmal Godfrey zu befragen.

Man empfing ihn mit äußerstem Mißfallen.

»Wir sind doch diese ausgesprochen qualvolle Angelegenheit bereits in allen Einzelheiten durchgegangen!« sagte Waybourne schneidend. »Ich weigere mich, noch weiter darüber zu diskutieren! Gab es nicht genug – genug Abstoßendes?«

»Es wäre erst recht abstoßend, Sir Anstey, wenn ein Mann für ein Verbrechen gehängt würde, von dem wir glauben, daß er es begangen hat, aber bei dem wir unseren eigenen Widerwillen zu sehr fürchten, um sicherzugehen!« erwiderte Pitt sehr ruhig. »Das ist ein krimineller Akt der Unverantwortlichkeit, den zu begehen ich nicht gewillt bin. Sind Sie das etwa?«

»Sie sind verdammt aufdringlich, Sir!« fuhr ihn Waybourne an. »Es ist nicht meine Pflicht, dafür zu sorgen, daß Gerechtigkeit ausgeübt wird. Dafür werden Leute wie Sie bezahlt! Widmen Sie sich gefälligst Ihrer Arbeit.«

»Ja, Sir«, erwiderte Pitt steif. »Kann ich jetzt bitte Master Godfrey sehen?«

Waybourne zögerte; seine Augen brannten, sie hatten rote Ränder. Er betrachtete Pitt von oben bis unten. Für einige Augenblicke sagten beide Männer kein Wort.

»Wenn Sie müssen«, sagte er schließlich. »Aber ich warne Sie, ich werde dableiben.«

»Ich muß«, beharrte Pitt.

Während Godfrey geholt wurde, standen die beiden mit gegenseitigem Unbehagen da, vermieden es, dem anderen in die Augen zu sehen. Pitt war sich dessen bewußt, daß seine Wut von der in ihm bestehenden Verwirrung herrührte und aus der wachsenden Angst entstand, daß er Jeromes Schuld niemals würde beweisen können und daher niemals die Erinnerung an Eugenies Gesicht wegwischen konnte, ein Gesicht, das ausdrückte, daß sie von der Welt, wie sie sie kannte, und dem Mann, dessen Leben sie in jener Welt teilte, überzeugt war.

Waybournes Feindseligkeit war noch leichter zu deuten. Seine Familie war schon verstümmelt worden – jetzt verteidigte er sie gegen jedes unnötige Bohren in der Wunde. Wenn es seine Familie gewesen wäre, hätte Pitt dasselbe getan.

Godfrey kam herein. Als er Pitt sah, lief sein Gesicht rot an, sein Körper wirkte plötzlich unbeholfen.

Pitt überkam ein heftiges Schuldgefühl.

»Ja, Sir?« Godfrey stand mit dem Rücken zu seinem Vater ganz nah bei ihm, als ob er eine Mauer wäre, in deren Schutz er sich zurückziehen konnte.

Pitt nahm in einem mit Leder bezogenen Sessel Platz und setzte sich damit über den Tatbestand hinweg, daß man ihn nicht dazu aufgefordert hatte. Aus seiner Position blickte er etwas zu dem Jungen hoch, und Godfrey war nicht mehr gezwungen, seinen Hals zu strecken, um zu ihm hochzuschauen.

»Godfrey, wir kennen Mr. Jerome nicht sehr gut«, begann er, wie er hoffte, im Plauderton. »Es ist wichtig, daß wir alles in Erfahrungen bringen, was wir nur können. Er war für fast vier Jahre dein Hauslehrer. Du mußt ihn doch gut kennen.«

»Ja, Sir – aber ich wußte nie, daß er irgend etwas Falsches tat.« Die klaren Augen des Jungen hatten einen trotzigen Ausdruck. Seine schmalen Schultern waren hochgezogen, und Pitt konnte sich vorstellen, wie die Muskeln sich unter dem Flanell seiner Jacke zusammenzogen.

»Natürlich nicht«, sagte Waybourne rasch und legte seine Hand auf den Arm des Jungen. »Keiner denkt, du hättest davon gewußt, Junge.«

Pitt zügelte sich. Er mußte lernen, eine Tatsache nach der anderen in Erfahrung zu bringen, kleine Eindrücke zu sammeln, die ein glaubwürdiges Bild von einem Mann zusammensetzten, der Jahre kalter Kontrolle in einem Anfall wahnsinnigen, heftigen Verlangens verlor – wahnsinnig, weil er sich dabei über die Wirklichkeit hinwegsetzte, und weil er nie etwas anderes erreichen konnte als die flüchtigste und am schnellsten vorübergehende aller Vergnügungen und dabei alles andere, was ihm wertvoll war, zerstörte.

Behutsam stellte Pitt Fragen über ihre Studien, über Jeromes Auftreten, die Themen, die er gut unterrichtete, und diejenigen, die ihn zu langweilen schienen. Er erkundigte sich, ob der Hauslehrer über eine gute Disziplin verfügte, über sein Temperament, seine Schwärmereien. Waybourne wurde immer ungeduldiger, behandelte Pitt fast mit Verachtung, als ob er etwas Törichtes tun und dem wirklichen und wesentlichen Thema mit einer Überfülle von Trivialitäten ausweichen würde. Godfrey hingegen wurde in seinen Antworten immer selbstbewußter.

Es entstand ein Bild, das der Vorstellung, die Pitt sich von diesem Mann gemacht hatte, so nahe kam, daß es ihm nicht die geringste Erleichterung verschaffte. Nichts Neues wurde greifbar, keine neue Perspektive entstand, die sich auf die Bruchstücke, die er bereits besaß, anwenden ließ. Jerome war ein guter Lehrer, ein disziplinierter Mann mit wenig Humor. Und das bißchen Humor, über das er verfügte, war viel zu trocken und wirkte aufgrund der jahrelangen Selbstbeherrschung viel zu gewollt, als daß ein Dreizehnjähriger ihn verstanden hätte, der in eine privilegierte Situation hineingeboren worden war und dort aufgezogen wurde. Ein für Jerome unerreichbares Ziel war für Godfrey Bestandteil des Erwachsenenlebens, auf das er vorbereitet wurde und mit dem er fest rechnete. Der Junge war sich keinerlei Ungerechtigkeit in der Beziehung zu seinem Hauslehrer bewußt. Sie gehörten unterschiedlichen Gesellschaftsschichten an – und zwar für immer. Daß Jerome ihm das verübeln würde, war dem Jungen nie in den Sinn gekommen. Jerome war Lehrer; dazu benötigte er keine Führungsqualitäten, keine Kühnheit der Entscheidung.

Die Ironie lag darin, daß Jeromes Bitterkeit vielleicht zum Teil aus einem Geraune in seinem Hinterkopf entstanden war, das ihn an die Kluft zwischen den Gesellschaftsschichten erinnerte, die nicht nur aufgrund der Geburt bestand, sondern auch, weil er ein zu eingeschränktes Gesichtsfeld besaß, zu sehr von sich selbst eingenommen und sich seiner eigenen Position zu deutlich bewußt war, um das Kommando zu übernehmen. Ein Gentleman ist ein Gentleman, weil er ohne Befangenheit lebt. Er ist sich zu sicher, um sich kränken zu lassen, und ist sich auch seiner finanziellen Mittel sicher, als daß er über Shillinge Rechenschaft ablegen würde.

Alles das ging Pitt durch den Kopf, als er das ernste und ziemlich selbstgefällige Gesicht des Jungen beobachtete. Er war jetzt ganz unbefangen – Pitt beeindruckte ihn nicht und war auch niemand, vor dem er sich fürchtete. Es wurde Zeit, zur Sache zu kommen.

»Hat Mr. Jerome eigentlich deinen Bruder bevorzugt?« fragte er leichthin.

»Nein, Sir«, antwortete Godfrey. Dann breitete sich ein verwirrter Ausdruck über seinem Gesicht aus. Er erkannte, was ihm schon durch den Dunst des Kummers hindurch halb gedämmert hatte – Hinweise auf etwas, das unbekannt, aber widerwärtig abstoßend war, das die Vorstellungskraft kaum zu beschwören wagte, obwohl sie zwanghaft den Versuch dazu unternahm. »Nun, Sir, nicht daß ich es zu jenem Zeitpunkt erkannt hätte. Er war recht... nun, so etwas wie... er verbrachte auch viel Zeit mit Titus Swynford, wenn er bei uns am Unterricht teilnahm. Das tat er recht oft, wissen Sie. Sein eigener Hauslehrer war in Latein nicht besonders gut, und Mr. Jerome war da hervorragend. Griechisch konnte er auch. Und Mr.

Hollins – das ist der Hauslehrer von Titus – bekam immer Schnupfen. Wir nannten ihn Schniefer.« Er äffte ihn auf drastische, realistische Weise nach.

Waybournes Gesicht zuckte vor Mißfallen darüber, daß einer Person von Pitts gesellschaftlicher Minderwertigkeit gegenüber solche Details einer frivolen und ziemlich kindischen Gehässigkeit erwähnt wurden.

»Und wurde er auch mit Titus übermäßig intim?« erkundigte sich Pitt und ignorierte Waybourne.

Godfreys Gesicht verhärtete sich. »Ja, Sir. Titus hat es mir erzählt.«

»Ach! Wann hat er das denn getan?«

Godfrey starrte zurück, ohne mit der Wimper zu zucken.

»Gestern abend, Sir. Ich sagte ihm, daß Mr. Jerome von der Polizei verhaftet worden ist, weil er Arthur etwas Schreckliches angetan hat. Über das, was Mr. Jerome mit mir gemacht hat, erzählte ich ihm das gleiche wie Ihnen. Und Titus sagte, er habe das auch bei ihm getan.«

Pitt war nicht überrascht; das einzige, was er spürte, war ein verwaschenes Empfinden von etwas Unvermeidlichem. Am Ende war Jeromes Schwäche immerhin doch zutage getreten. Sie war nicht die geheime Sache, die ohne Vorwarnung aus ihm herausbrach und auf Pitt einen so unwahrscheinlichen Eindruck gemacht hatte. Vielleicht hatte er ganz plötzlich vor ihr kapituliert; sobald er sein Verlangen jedoch erst einmal erkannt und ihm erlaubt hatte, sich in einer Handlung Bahn zu brechen, war es unkontrollierbar geworden. Es konnte nur noch eine Frage der Zeit gewesen sein, bis irgendein Erwachsener es gesehen hätte und als das begriff, was es tatsächlich war.

Was für ein tragisches Mißgeschick war es dann gewesen, daß es so rasch zur Gewalt – zum Mord – gekommen war. Wenn auch nur einer der Jungen mit einem der Eltern gesprochen hätte, dann hätte die größere Tragödie – für Arthur, für Jerome selbst, für Eugenie – verhindert werden können.

»Danke.« Pitt seufzte und schaute zu Waybourne hoch. »Ich würde es sehr schätzen, Sir, wenn Sie mir Mr. Swynfords Adresse geben, so daß ich bei ihm vorsprechen kann und das Gesagte bei

Titus selbst überprüfe. Sie werden verstehen, daß eine Aussage aus zweiter Hand nicht ausreicht, ganz gleich, wer sie macht.«

Waybourne holte tief Luft, als ob er etwas dagegen sagen wollte, dann nahm er hin, daß dies sinnlos war.

»Wenn Sie darauf bestehen«, sagte er widerwillig.

Titus Swynford war ein fröhlicher Junge; er war ein wenig älter und breiter als Godfrey, sein Gesicht war nicht ganz so hübsch und voller Sommersprossen. Er legte jedoch eine natürliche Ungezwungenheit an den Tag, die Pitt als anziehend empfand. Titus jüngere Schwester Fanny zu sehen, wurde Pitt nicht erlaubt. Und da er nichts vorbringen konnte, das als Rechtfertigung dafür gedient hätte, sah er nur den Jungen in Gegenwart seines Vaters.

Mortimer Swynford war ruhig. Wäre Pitt sich weniger der gesellschaftlichen Regeln bewußt, hätte er seine Höflichkeit für Freundlichkeit halten können.

»Natürlich«, willigte Swynford mit seiner satten Stimme ein. Seine manikürten Hände ruhten auf der Oberseite des gobelinartigen Sesselschoners. Er war tadellos gekleidet. Sein Schneider hatte seine Jacke so geschickt geschnitten, daß sie beinahe verbarg, daß er immer dicker wurde; auch die beträchtliche Wölbung seines Bauches unter seiner Weste, die Wuchtigkeit seiner Schenkel waren kaum zu sehen. Es war eine Eitelkeit, der Pitt Sympathie entgegenbringen konnte, ja die er sogar bewunderte. Er hatte keine derartigen körperlichen Unvollkommenheit zu verbergen, doch hätte er von Herzen gerne auch nur einen Bruchteil des Glanzes und der Ungezwungenheit besessen, mit der Swynford dastand, wartete und ihn betrachtete.

»Ich gehe davon aus, daß Sie die Angelegenheit nicht weiter als absolut notwendig auswalzen«, fuhr er fort. »Aber Sie müssen ja ausreichend Beweise haben, die der gerichtlichen Prüfung standhalten – dem bringen wir auch alle Verständnis entgegen. Titus...« Er winkte seinen Sohn mit einer alles umfassenden, schwungvollen Handbewegung zu sich. »Titus, antworte auf die Fragen von Inspektor Pitt ganz offen. Verheimliche nichts. Das ist jetzt nicht der Zeitpunkt für falsche Bescheidenheit oder irgendein deplaziertes Empfinden von Loyalität. Keiner hat Interesse daran, jemanden zu verpetzen, aber es gibt Zeiten, in denen ein Mann Zeuge einer kriminellen Handlung wird, die man nicht weiter andauern oder unbestraft lassen darf. Dann ist es seine Pflicht, die Wahrheit zu sagen, ohne Angst oder ohne jemandem einen Gefallen tun zu wollen! Das ist doch so, nicht wahr, Mr. Pitt?«

»Ganz recht«, pflichtete ihm Pitt mit geringem Enthusiasmus bei, als er hätte empfinden sollen. An dieser Haltung gab es absolut nichts auszusetzen. Lag es nur an Swynfords selbstbewußtem Auftreten, an seinem überragenden Meistern der Situation, daß die Worte so unnatürlich klangen? Swynford wirkte nicht wie ein Mann, der jemanden fürchtete oder begünstigte. Sein Geld und sein Erbe hatten ihm eine Position verschafft, in der er mit ein wenig Urteilsvermögen in der Lage war, den Zwang, anderen zu gefallen, zu vermeiden. Solange er den üblichen gesellschaftlichen Regeln seiner Klasse gehorchte, blieb es für ihn ausgesprochen angenehm.

Titus wartete.

»Du hattest gelegentlich Mr. Jerome als Hauslehrer?« begann Pitt forsch. Er war sich der Stille bewußt.

»Ja, Sir«, stimmte Titus zu. »Fanny und ich hatten Unterricht bei ihm. Fanny ist ziemlich gut in Latein, obwohl ich nicht einsehen kann, was es ihr einmal nützen wird.«

»Und was willst du einmal damit machen?« erkundigte sich Pitt.

Über Titus Gesicht legte sich ein breites Grinsen.

»Ich muß schon sagen, Sie sind etwas merkwürdig. Natürlich überhaupt nichts. Aber es ist uns nicht erlaubt, das zuzugeben. Angeblich ist es eine unheimlich gute Schulung – das hat zumindest Mr. Jerome gesagt. Ich denke, das ist auch der einzige Grund, warum er sich mit Fanny abgab: Sie war besser in Latein als irgendein anderer von uns. Da wird einem doch übel, oder nicht? Ich meine, Mädchen, die in der Klasse besser sind, insbesondere bei einer Sache wie Latein! Mr. Jerome sagt, Latein sei fürchterlich logisch, und Mädchen sollen doch angeblich gar keine Logik haben.«

»Ziemlich übel«, pflichtete ihm Pitt bei. Nur mit Mühe bewahrte er ein ernsthaftes Gesicht. »Ich folgere daraus, daß Mr. Jerome nicht darauf versessen war, Fanny zu unterrichten?«

»Nicht besonders. Wir Jungen waren ihm lieber.« Plötzlich verdunkelten sich Titus Augen, unter seinen Sommersprossen errötete er. »Deswegen sind Sie auch hier, nicht wahr? Wegen der Sache mit Arthur, und weil uns Mr. Jerome immer anfaßte!«

Es hatte keinen Zweck, es abzustreiten; offensichtlich war Swynford bereits sehr offen gewesen.

»Ja. Hat Mr. Jerome dich angefaßt?«

Titus zog eine Grimasse, um eine Reihe aufeinanderfolgender Gefühle zum Ausdruck zu bringen.

»Ja.« Er zuckte die Achseln. »Aber bis mir Godfrey erklärte, was es damit auf sich hatte, habe ich mir nie darüber Gedanken gemacht. Wenn ich nur gewußt hätte, Sir, daß es mit dem Tod vom armen Arthur enden würde, dann hätte ich schon früher etwas gesagt.« Ein Schatten fiel über sein Gesicht; seine graugrünen Augen brannten vor Schuldgefühlen.

Pitt fühlte eine Woge der Sympathie. Titus war intelligent genug, um zu wissen, daß sein Schweigen ein Leben gekostet haben konnte.

»Selbstverständlich.« Ohne nachzudenken, streckte Pitt seine Hand aus und ergriff den Arm des Jungen. »Natürlich hättest du das getan – doch es gab keine Möglichkeit für dich, das zu wissen. Keiner möchte so schlecht von jemand anderem denken, wenn nicht jeder Zweifel ausgeräumt ist. Du kannst nicht herumlaufen und jemanden aufgrund eines Verdachtes beschuldigen. Hättest du dich geirrt, dann hättest du Mr. Jerome verhängnisvolles Unrecht antun können.«

»Aber jetzt ist Arthur tot.« Titus ließ sich nicht so einfach trösten. »Wenn ich etwas gesagt hätte, hätte ich ihn retten können.«

Pitt fühlte sich gezwungen, kühner zu werden und eine tiefere Wunde zu riskieren. »Hast du gewußt, daß die Sache nicht in Ordnung war?« fragte er. Er ließ den Arm des Jungen los und lehnte sich wieder zurück.

»Nein, Sir!« Titus lief rot an, das Blut schoß ihm wieder unter die Haut. »Ehrlich gesagt, Sir, ich weiß es immer noch nicht genau. Ich weiß auch nicht, ob ich es gerne wissen wollte – das Ganze hört sich ziemlich unanständig an.«

»Das ist es auch.« Angesichts dieses Kindes, das wahrscheinlich niemals auch nur einen Bruchteil der menschlichen Schwäche und des Elends kennenlernen würde, das Pitt gezwungenermaßen gesehen hatte, war er selbst durch sein ganzes Wissen wie besudelt. »Das ist es«, wiederholte er. »Ich würde es lieber auf sich beruhen lassen.«

»Ja, Sir. Aber ... meinen Sie, ich hätte Arthur retten können, wenn ich Bescheid gewußt hätte?«

Pitt zögerte. Titus hatte keine Lüge verdient.

»Vielleicht – aber mit ziemlicher Wahrscheinlichkeit nicht. Vielleicht hätte dir im übrigen ohnehin keiner geglaubt. Und vergiß nicht, daß Arthur ja auch selbst etwas hätte sagen können – wenn er das gewollt hätte!«

Titus Gesicht zeigte Unverständnis.

»Warum hat er das denn nicht getan, Sir? Hat er es nicht begriffen? Aber das ergibt keinen Sinn!«

»Nein, nicht wahr?« stimmte Pitt zu. »Die Antwort darauf wüßte ich selber gerne.«

»Er hatte zweifellos Angst.« Seit Pitt begonnen hatte, Titus zu befragen, ergriff das erste Mal Swynford das Wort. »Der arme Junge fühlte sich wahrscheinlich schuldig – schämte sich zu sehr, als daß er es seinem Vater gesagt hätte. Ich glaube allerdings, daß dieser erbärmliche Mann ihn bedrohte. Das würde er doch tun, Inspektor, meinen Sie nicht auch? Doch Gott sei Dank ist jetzt alles vorbei. Er kann keinen Schaden mehr anrichten.«

Das war zwar weit von der Wahrheit entfernt, aber dieses Mal stritt Pitt nicht darüber. Er konnte nur raten, zu welchem Ergebnis das Gerichtsverfahren kommen würde. Es gab keinen Grund, ihnen jetzt Kummer zu bereiten, keinen Grund, ihnen die traurigen und häßlichen Dinge mitzuteilen, die aufgedeckt werden würden. Zumindest Titus brauchte es nie zu erfahren.

»Danke.« Pitt stand auf, an den Stellen, an denen er auf seinem Mantel gesessen hatte, war dieser ganz zerknittert. »Danke, Titus. Danke, Mr. Swynford. Ich glaube nicht, daß wir Sie bis zum Gerichtsverfahren noch ein weiteres Mal behelligen müssen.«

Swynford holte tief Luft, aber er war nicht so dumm, jetzt Energie auf eine Diskussion zu verschwenden. Anerkennend neigte er seinen Kopf und zog an der Klingel, um den Hausdiener zu rufen, der Pitt nach draußen begleiten sollte.

Die Tür öffnete sich und ein etwa vierzehnjähriges Mädchen

rannte herein, sah Pitt, blieb für einen Augenblick verlegen stehen. Doch umgehend gewann sie die Fassung wieder, stand ganz aufrecht da und betrachtete ihn mit festen, grauen Augen – ein wenig kühl, als ob er und nicht sie es gewesen wäre, der den gesellschaftlichen Fauxpas begangen hätte.

»Entschuldige, Papa«, sagte sie mit einem kleinen Zucken ihrer Schultern unter der von Spitzen gesäumten Schürze. »Ich wußte nicht, daß du einen Besucher hattest.« Sie hatte Pitt bereits taxiert und wußte, daß er kein Umgang war. Die zur gleichen Gesellschaftsschicht wie ihr Vater gehörenden Leute trugen keine dicken Schals, sondern Seidenschals, und sie ließen sie zusammen mit Hut und Gehstock bei dem zurück, der die Tür öffnete.

»Hallo, Fanny«, erwiderte Swynford mit einem leichten Lächeln. »Bist du heruntergekommen, um den Polizisten zu inspizieren?«

»Das bestimmt nicht!« Sie hob ihr Kinn, ihr Blick wanderte wieder zu Pitt zurück, und sie musterte ihn von Kopf bis Fuß. »Ich kam, um zu sagen, daß Onkel Esmond da ist. Er hat versprochen, mir zu meinem siebzehnten Geburtstag eine Perlenkette zu schenken. Dann bin ich nämlich alt genug, um in die Gesellschaft eingeführt zu werden, und darf sie tragen, wenn ich bei Hof vorgestellt werde. Meinst du, es wird bei der Königin selbst oder nur bei der Prinzessin von Wales sein? Denkst du, die Königin wird dann noch am Leben sein? Du weißt ja, sie ist jetzt schon fürchterlich alt.«

»Keine Ahnung«, antwortete Swynford mit gehobenen Augenbrauen und begegnete amüsiert Pitts Blick. »Vielleicht kannst du ja mit der Prinzessin von Wales beginnen und dann von da aus weitergehen – das heißt, wenn die Königin noch lange genug für dich lebt.«

»Du lachst mich aus!« sagte sie mit warnendem Unterton. »Onkel Esmond hat letzte Woche mit dem Prinzen von Wales gespeist – das hat er mir gerade erzählt!«

»Dann habe ich keinen Zweifel daran, daß es stimmt.«

»Natürlich stimmt das!« Esmond Vanderley erschien hinter Fanny in der Tür. »Ich würde es niemals wagen, jemanden anzulügen, der so scharfsichtig und so unbewandert in den gesellschaftlichen Künsten ist wie Fanny. Mein liebes Kind.« Er legte seinen Arm auf Fannys Schulter. »Du mußt wirklich lernen, nicht so direkt zu sein, sonst wirst du eine gesellschaftliche Katastrophe. Laß die Menschen *niemals* wissen, daß du ihre Lügen erkennst! Das ist eine Grundregel. Guterzogene Menschen lügen nie ... Gelegentlich erinnern sie sich vielleicht nicht genau, und nur die ungehobelten Leute besitzen die Grobheit, sich dazu zu äußern. Stimmt das, Mortimer?«

»Mein lieber Freund, du bist ein Experte in gesellschaftlichen Dingen – wie könnte ich etwas aus deinem Munde in Zweifel ziehen? Wenn du Erfolg haben willst, Fanny, dann hör auf Esmond, den Cousin deiner Mutter!« Seine Worte klangen vielleicht ein wenig scharf, wenn er aber Swynfords Gesicht betrachtete, konnte Pitt nur Wohlwollen erkennen. Mit plötzlich neu erwachtem Interesse nahm er Notiz davon, daß Swynford, Vanderley und die Waybournes miteinander verwandt waren.

Vanderley schaute über den Kopf des Mädchens hinweg zu Pitt herüber.

»Inspektor«, sagte er und wurde wieder ernst. »Gehen Sie immer noch dieser scheußlichen Sache mit dem jungen Arthur nach?«

»Ja, Sir, und ich fürchte, daß es noch eine ganze Menge mehr gibt, das wir in Erfahrung bringen müssen.«

»Ach ja?« Vanderleys Gesicht verriet leichte Überraschung. »Zum Beispiel!«

»Swynford machte eine leichte Bewegung mit seinem Arm. »Titus, Fanny, ihr könnt uns jetzt allein lassen. Wenn euer Latein noch verbesserungswürdig ist, dann solltet ihr euch am besten an eure Studien machen.«

»Ja, Sir.« Titus verabschiedete sich von Vanderley, dann ein wenig unsicher von Pitt. Er war sich dessen bewußt, daß dieser Mann ein gesellschaftlich nicht genau erfaßtes Gebiet darstellte. Sollte er sich so verhalten, als wenn Pitt ein Handelsmann wäre, und sich wie ein Gentleman von ihm verabschieden? Er entschied sich für diese Möglichkeit, nahm seine Schwester an die Hand und begleitete sie nach draußen. Diese ärgerte sich sehr darüber, denn ihre Neugier war überwältigend. Als die Tür wieder verschlossen war, wiederholte Vanderley seine Frage.

»Nun, wir haben keine Ahnung, wo das Verbrechen stattfand«, begann Pitt und hoffte, daß die beiden vielleicht mit ihrem Wissen über die Familie Waybourne irgendeine Idee haben könnten. Dann fiel ihm noch etwas ein. »Haben die Waybournes jemals noch andere Besitztümer gehabt, die sie genutzt haben könnten? Ein Landhaus? Oder sind Sir Anstey und Lady Waybourne jemals verreist und haben die Jungen bei Jerome zurückgelassen?«

Mit ernstem Gesicht und zusammengezogenen Augenbrauen dachte Vanderley einen Augenblick nach.

»Ich glaube, ich erinnere mich daran, daß sie alle im Frühjahr aufs Land fuhren... Natürlich haben sie einen Landsitz. Und Anstey und Benita kamen eine Zeitlang in die Stadt zurück und ließen die Jungen da draußen. Jerome muß auch da gewesen sein... Er begleitet sie natürlich, kann ja nicht einfach die Erziehung der Jungen außer acht lassen. Der arme Arthur war recht intelligent, wissen Sie. Er trug sich sogar mit dem Gedanken, nach Oxford zu gehen. Ich kann mir gar nicht vorstellen, warum – er braucht ja nicht zu arbeiten. Es war eher seine Freude an der Klassik. Ich glaube, er wollte auch Griechisch studieren. Jerome war ein guter Gelehrter, wissen Sie. Es ist eine verdammte Schande, daß der Kerl ein Homosexueller war – eine verdammte Schande.« Er sagte es mit einem Seufzer; Pitt konnte sehen, wie sein Blick dabei in die Ferne ging. Sein Gesicht war traurig, drückte aber weder die Wut noch die harte Verachtung aus, die Pitt erwartet hätte.

»Schlimmer noch als das.« Swynford schüttelte den Kopf; sein breiter Mund zog sich etwas zusammen, als ob die Bitterkeit der ganzen Angelegenheit im Zimmer zu spüren sei. »Mehr als eine verdammte Schande. Anstey sagte, Jerome sei von einer Krankheit befallen gewesen und habe Arthur damit angesteckt – der arme Kerl.«

»Eine Krankheit?« Vanderleys Gesicht wurde ein wenig blaß. »O Gott! Das ist ja schrecklich! Ich nehme an, du bist dir da sicher?«

»Syphilis«, stellte Swynford klar.

Vanderley wich einen Schritt zurück und setzte sich in einen der großen Sessel. Er hatte die Handballen über seine Augen gelegt, als ob er seinen Kummer und das innere Bild, das ihm plötzlich kam, verbergen wollte.

»Wie entsetzlich! Was für... was für eine schauderhafte Geschichte.« Schweigend saß er einige Augenblicke da, dann fuhr er mit einem Ruck hoch und starrte Pitt an; seine Augen waren genauso grau wie Fannys. »Was werden Sie unternehmen?« Er zögerte, suchte verzweifelt nach Worten. »Herr im Himmel – wenn das alles stimmt, dann hätte sich die Krankheit ja überallhin verbreiten können – bei jedem!«

»Wir versuchen, alles über diesen Mann herauszufinden, was wir können«, antwortete Pitt und wußte, daß die Antwort nicht annähernd genügte. »Wir wissen, daß er mit anderen Kindern, anderen Jungen ebenfalls übermäßig intim geworden ist, doch wir können noch nicht herausfinden, wo er die intimen Handlungen seiner Beziehung mit Arthur ausführte – oder wo Arthur getötet worden ist.«

»Was, zum Teufel, spielt das denn für eine Rolle?« explodierte Vanderley. Wie der Blitz kam er auf die Füße, sein makellos, scharfgeschnittenes Gesicht errötete, seine Muskeln waren angespannt. »Sie wissen doch, daß er es getan hat, oder nicht? Um Himmels willen, Mann, wenn er in seiner Besessenheit so wahnsinnig gewesen ist, kann er doch überall Zimmer angemietet haben! Sie können doch nicht so naiv sein, daß Sie das nicht wissen – in Ihrem Geschäft!«

»Das weiß ich, Sir.« Pitt versuchte, seine Stimme nicht lauter werden zu lassen, seine Abscheu oder sein wachsendes Gefühl der Hilflosigkeit nicht zu verraten. »Aber ich habe immer noch das Gefühl, daß wir einen besseren Stand hätten, wenn wir den Tatort finden könnten – und jemanden, der Jerome dort gesehen hat; vielleicht den Wirt, jemanden, der das Geld entgegengenommen hat, irgend etwas Präzises. Sehen Sie, bis jetzt können wir lediglich nachweisen, daß sich Jerome an Godfrey Waybourne und an Titus vergangen hat.«

»Was wollen Sie denn?« fragte Swynford energisch. »Er wird wohl kaum den Jungen unter Zeugen verführt haben! Er ist ein Perverser, ein Krimineller und verbreitet diese scheußliche Krankheit Gott weiß wohin! Doch dumm ist er nicht – die kleineren Anzeichen geistiger Gesundheit hat er immer gewahrt, beispielsweise hinter sich alles wieder in Ordnung zu bringen.«

Vanderley fuhr sich mit den Fingern durch das Haar. Plötzlich war er wieder ruhig, hatte sich wieder unter Kontrolle.

»Nein – er hat recht, Mortimer. Er muß noch mehr wissen. Es gibt Zehntausende von Zimmern im Raum London. Wenn er nicht großes Glück hat, wird er es nie finden. Aber vielleicht findet er irgend etwas, irgend jemanden... irgend jemanden, der Jerome kennt. Ich gehe nicht davon aus, daß der arme Arthur der einzige gewesen ist.« Er blickte nach unten, sein Gesicht war hart, seine Stimme wurde plötzlich noch ruhiger. »Ich meine... der Mann war ein Sklave seiner Schwäche.«

»Ja, natürlich«, erwiderte Swynford. »Aber Gott sei Dank ist das die Aufgabe der Polizei und nicht unsere. Wir müssen uns nicht mit dem beschäftigen.« Er wandte sich an Pitt. »Sie haben mit meinem Sohn gesprochen. Ich hatte gedacht, das sei ausreichend, aber wenn das nicht der Fall ist, dann müssen Sie allem nachgehen, was Sie sonst noch für richtig halten – auf der Straße oder wo auch immer. Ich weiß nicht, was es Ihrer Meinung nach da noch gibt.«

»Es muß noch etwas geben.« Pitt war ganz verwirrt, kam sich fast töricht vor. Er wußte so viel – und so wenig: Erklärungen, die paßten, eine wachsende Verzweiflung, die er verstehen konnte, Einsamkeit, das Gefühl, daß ihm jemand ein Schnippchen schlug. Würde alles ausreichen, einen Mann zu hängen, Maurice Jerome für den Mord an Arthur Waybourne zu hängen? »Ja, Sir«, sagte er laut. »Ja... Wir werden uns auf den Weg machen und Ausschau halten, überall, wo wir nur können.«

»Gut.« Swynford nickte. »Gut. Nun, dann machen Sie voran! Guten Tag, Inspektor!«

»Guten Tag, Sir.« Pitt ging zur Tür und öffnete sie schweigend. Er ging in die Eingangshalle hinaus, holte beim Hausdiener Hut und Mantel.

Charlotte hatte Dominic einen Eilbrief geschickt, um ihn zu bitten, seine Bemühungen um ein Treffen mit Esmond Vanderley zu beschleunigen. Sie hatte nur geringe Vorstellungen von dem, was sie in Erfahrung zu bringen gedachte, aber es war wichtiger als je zuvor, es zu versuchen.

Nun hatte sie endlich eine Antwort erhalten. Es gab so etwas wie eine Nachmittagsgesellschaft, zu der Dominic sie begleiten würde, wenn sie das wünschte. Allerdings bezweifelte er, daß sie irgendein Vergnügen daran finden würde. Besaß sie irgend etwas, das sie für diese Gelegenheit gerne anziehen würde? Etwas Elegantes, das auch ein wenig gewagt war? Falls sie beschloß zu kommen, würde er sie um vier Uhr mit seiner Kutsche abholen.

Ihr drehte sich der Kopf. Natürlich wollte sie dorthin gehen! Doch welches Gewand besaß sie, mit dem sie ihm keine Schande bereiten würde? Elegant und gewagt! Emily hielt sich immer noch außerhalb der Stadt auf, daher konnte sie von ihr nichts ausleihen, auch wenn sie die Zeit dazu gehabt hätte. Sie stürmte die Treppe hoch, riß ihren Garderobenschrank auf, um nachzusehen, was er zu bieten hatte. Zunächst war es hoffnungslos. Ihre eigenen Kleidungsstücke waren alle bestenfalls im Stil des letzten Jahres oder des Jahres davor gehalten. Schlimmstenfalls war es reine Zweckkleidung – und man konnte kaum weniger über ein Kleid sagen als das.

Doch war da nicht noch das lavendelfarbene Kleid von Großtante Vespasia, das ihr zu einer Beerdigung geschenkt worden war? Mit dem schwarzen Schultertuch und dem Hut war es für die Halbtrauer gedacht und durchaus passend gewesen. Sie zog es hervor und betrachtete es. Es war ein ausgesprochen prächtiges Kleid und überaus feierlich – das Gewand einer Herzogin, und darüber hinaus einer älteren Herzogin! Wenn sie aber das hochgeschlossene Halsstück abschneiden würde und das Ganze in einen kühnen Ausschnitt verwandelte und die Ärmel unterhalb der Schultern abnehmen würde, sähe es viel eleganter aus – ja sogar ein wenig avantgardistisch.

Hervorragend! Emily würde stolz auf sie sein! Bevor sie es sich noch einmal überlegen konnte, holte sie die Nagelschere vom Schrank und begann mit der Arbeit. Wenn sie innehalten würde und über das, was sie tat, nachdachte, würde sie den Mut verlieren.

Es wurde rechtzeitig fertig. Sie steckte ihr Haar hoch (wenn doch Gracie nur eine Kammerzofe gewesen wäre!), biß sich auf die Lippen und zwickte sich in die Wangen, um sich ein wenig mehr Farbe zu geben, und spritzte sich ein wenig Lavendelwasser darauf. Als Dominic eintraf, rauschte sie mit erhobenem Kopf und zusammengebissenen Zähnen nach draußen, schaute weder nach links noch nach rechts und mit Sicherheit nicht auf Dominic, um zu sehen, was er über sie dachte.

In der Kutsche öffnete er den Mund, um einen Kommentar abzugeben, dann lächelte er schwach und ein wenig verwirrt und machte den Mund wieder zu.

Charlotte betete, daß sie sich nicht völlig lächerlich machte.

Die Gesellschaft ähnelte in keiner Weise irgendeiner anderen Veranstaltung, an der sie bisher teilgenommen hatte. Sie fand nicht in einem bestimmten Saal, sondern in mehreren Sälen statt, die alle verschwenderisch in Stilen ausgeschmückt waren, die Charlotte als ein wenig aufdringlich empfand. Ein Saal erinnerte vage an die letzten Königshöfe Frankreichs, ein anderer an die Sultane des Osmanischen Reiches, ein dritter Saal wirkte mit seinen roten Lackarbeiten und den seidenbestickten Wandschirmen fernöstlich. Das Ganze war ziemlich überwältigend und ein bißchen vulgär; sie begann, ernsthaft in Zweifel zu ziehen, ob es klug gewesen war zu kommen.

Doch zumindest waren alle etwaigen Bedenken bezüglich ihrer Kleidung unnötig; einige der Schnitte waren so ungeheuerlich, daß sie sich im Vergleich dazu recht schüchtern gekleidet fand. Zwar war ihr Gewand tief ausgeschnitten und um die Schultern herum ein wenig knapp, aber es sah überhaupt nicht so aus, als würde es gleich herunterrutschen und eine Katastrophe herbeiführen. Und wenn sie sich umsah, war das mehr, als sie über einige sagen konnte. Großmama würde einen Schlaganfall bekommen, wenn sie die Gewänder dieser Damen sehen könnte. Als Charlotte dastand, sie beobachtete und eine Hand auf Dominics Arm legte, damit er sie nicht allein ließ, benahmen sie sich so schamlos, daß es in den Kreisen, die sie gewohnt war, vor der Heirat nicht geduldet worden wäre.

Doch Emily hatte schon immer gesagt, die High Society schaffe sich ihre eigenen Regeln.

»Willst du wieder gehen?« raunte ihr Dominic hoffnungsvoll zu.

»Mit Sicherheit nicht!« antwortete sie, ohne sich Zeit zum Überlegen zu geben, für den Fall, daß sie innerlich auf seinen Vorschlag einging. »Ich möchte Esmond Vanderley treffen.«

»Warum?«

»Das habe ich dir doch erzählt! Es ist ein Verbrechen begangen worden.«

»Das weiß ich!« erwiderte er spitz. »Und sie haben den Hauslehrer festgenommen. Was in aller Welt hoffst du denn durch ein Gespräch mit Vanderley zu erreichen?«

Das war eine sehr begründete Frage, und er hatte sicherlich ein gewisses Recht, sie zu stellen.

»Thomas ist nicht vollständig von seiner Schuld überzeugt«, flüsterte sie zurück. »Es gibt noch vieles, über das wir nicht Bescheid wissen.«

»Warum hat er ihn dann verhaftet?«

»Das hat man ihm befohlen.«

»Charlotte ...«

An dieser Stelle entschied sie sich für ihren Mut und gegen ihre Zurückhaltung, ließ seinen Arm los und stürmte voran, um sich in die Gesellschaft zu mischen.

Umgehend entdeckte sie, daß sich die Leute auf glanzvolle Weise ungestüm und in scharfem Ton unterhielten, die Gespräche waren mit Bonmots und hellem Lachen gespickt, vertrauliche Blicke gingen hin und her. Zu jedem anderen Zeitpunkt hätte sie sich ausgeschlossen fühlen können, heute jedoch war sie nur hier, um zu beobachten. Den wenigen Menschen, die sie ansprachen, gab sie Antworten, bei denen sie sich nicht bemühte, unterhaltsam zu sein, denn innerlich wurde sie zu einem guten Teil davon in Anspruch genommen, die anderen Leute im Auge zu behalten.

Die Frauen waren alle teuer gekleidet und machten einen überaus selbstbewußten Eindruck. Unbefangen bewegten sie sich von einer Gruppe zur nächsten und flirteten dabei mit einem Geschick, das Charlotte gleichermaßen beneidete und mißbilligte. Das war für sie genauso unmöglich, wie sich Flügel zum Fliegen wachsen zu lassen. Selbst die unscheinbarsten Frauen schienen mit dieser besonderen Gabe ausgestattet zu sein, stellten Schlagfertigkeit und eine gewisse Großtuerei zur Schau.

Die Männer waren in jeder Hinsicht genauso elegant: vorzüglich geschnittene Jacken, prachtvolle Halstücher, übertrieben lange Haare, auf deren Wellen manche Frau stolz gewesen wäre. Diesmal wirkte Dominic ganz unspektakulär. Seine scharfgeschnittenen Gesichtszüge waren unaufdringlich, seine Kleidung vergleichsweise unauffällig – und sie entdeckte, daß ihr das viel lieber war.

Ein schlanker junger Mann mit wunderschönen Händen und einem leidenschaftlichen und sensiblen Gesicht stand allein an einem Tisch, seine dunkelgrauen Augen ruhten auf dem Pianisten, der sanft ein Nocturne von Chopin auf dem Flügel spielte. Für einen Augenblick fragte sie sich, ob er sich hier genauso fehl am Platze vorkam wie sie. Niedergeschlagenheit stand ihm im Gesicht, ein tiefliegender Kummer, den er vergeblich zu zerstreuen versuchte. War das vielleicht Esmond Vanderley?

Sie drehte sich um, um Dominic zu suchen. »Wer ist das?« flüsterte sie.

»Lord Frederick Turner«, antwortete er und ein ihr unverständliches Gefühl fiel wie ein Schatten über sein Gesicht. Es war eine Mischung aus Abneigung und etwas anderem, das undefinierbar blieb. »Vanderley sehe ich noch nicht.« Er packte sie mit festem Griff am Ellbogen und schob sie nach vorne. »Laß uns durch den nächsten Saal gehen. Vielleicht ist er ja dort.« Sie war kurz davor, sich gewaltsam von ihm loszureißen, hatte aber keine andere Wahl, als sich in die Richtung zu bewegen, in die er sie lenkte.

Einige Leute gesellten sich zu ihnen und sprachen mit Dominic; er stellte Charlotte als seine Schwägerin Miß Ellison vor. Die Gespräche waren trivial und heiter; sie schenkte ihnen nur wenig Aufmerksamkeit. Eine auffällige Frau mit sehr schwarzem Haar sprach die beiden an und führte Dominic geschickt zur Seite, griff sich seinen Arm mit einer unbefangenen, vertrauten Geste, und plötzlich war Charlotte auf sich gestellt.

Ein Geigenspieler spielte gerade etwas, das weder einen Anfang noch einen Schluß zu haben schien. Innerhalb weniger Augenblicke kam ihr ein attraktiver Mann mit dreistem Blick und freimütigem Humor entgegen.

»Die Musik ist unbeschreiblich ermüdend, finden Sie nicht auch?« bemerkte er gesprächig. »Ich kann mir nicht vorstellen, warum die Leute soviel Aufhebens darum machen.«

»Vielleicht um jenen, die das wünschen, ein einfaches Thema zum Eröffnen eines Gespräches zu liefern?« schlug sie kühl vor. Sie war nicht vorgestellt worden, und er erlaubte sich eine ziemliche Vertraulichkeit.

Ihre Antwort schien ihn zu amüsieren. Er betrachtete sie recht unverhohlen, blickte bewundernd auf ihre Schultern und ihren Hals. Wütend merkte sie an der Hitze ihrer Haut, daß sie errötete. Nichts wünschte sie sich im Augenblick weniger als das!

»Sie waren noch nie hier«, stellte er fest.

»Sie müssen sehr regelmäßig hier sein, um das zu wissen.« Sie erlaubte sich, eine ziemliche Schärfe in ihrem Tonfall mitklingen zu lassen. »Ich bin überrascht, daß Sie es dann so uninteressant finden.«

»Nur die Musik.« Er schüttelte leicht den Kopf. »Und ich bin Optimist. Ich komme immer in der Hoffnung auf ein köstliches Abenteuer. Wer hätte vorhersehen können, daß ich Sie hier treffen würde?«

»Sie haben mich hier nicht getroffen!« Sie versuchte, ihn mit eisigem Blick erstarren zu lassen, aber dies prallte an ihm ab. Tatsächlich schien es sein Amüsement nur noch zu steigern. »Sie haben sich mir aufgedrängt, und ich beabsichtige nicht, den Umgang mit Ihnen fortzusetzen!« fügte sie hinzu.

Er lachte laut auf; es klang angenehm, nach schierem Vergnügen.

»Wissen Sie, meine Liebe, Sie sind ja ganz schön eigenwillig! Ich glaube, ich werde noch einen köstlichen Abend mit Ihnen verbringen, und Sie werden merken, daß ich weder knauserig bin noch übermäßig viel verlange.«

Plötzlich fiel es ihr mit fürchterlicher Deutlichkeit wie Schuppen von den Augen – das hier war ein Ort, an dem sich Frauen und Männer zu Liebesabenteuern trafen! Viele dieser Frauen waren Kurtisanen, und dieser entsetzliche Mann hatte sie ebenfalls für eine gehalten. Ihr Gesicht glühte vor Bestürzung über ihre eigene Begriffsstutzigkeit und vor Wut über sich selbst, weil sich mindestens eine Hälfte von ihr geschmeichelt fühlte. Es war demütigend!

»Es ist mir völlig gleichgültig, was Sie sind!« sagte sie mit erstickter Stimme. Dann fügte sie etwas unschön hinzu: »Und ich werde mit meinem Schwager noch ein Wörtchen zu reden haben, daß er mich an diesen Ort gebracht hat. Einen geschmackloseren Scherz kann man sich ja wohl nicht erlauben.« Mit einer heftigen Bewegung ihres Rockes rauschte sie von dannen, ließ ihn überrascht, aber auch erfreut mit einer hervorragenden Geschichte für seine Freunde hinter sich zurück.

»Das geschieht dir ganz recht!« meinte Dominic mit beträchtlicher Genugtuung, als sie ihn gefunden hatte. Er drehte sich halb um und deutete mit der Hand auf einen Mann mit lässig elegantem

Äußeren, der nach der neuesten Mode gekleidet war, es aber geschafft hatte, den Eindruck zu erwecken, nichts davon sei Absicht. Er sah sehr gut aus; sein welliges, blondes Haar war nicht besonders lang. »Darf ich dir Mr. Esmond Vanderley vorstellen? – Meine Schwägerin, Miß Ellison!«

Charlotte war auf diesen Moment nur schlecht vorbereitet; innerlich war sie noch völlig durcheinander von der letzten Begegnung.

»Wie geht es Ihnen, Mr. Vanderley?« sagte sie mit weit weniger Gelassenheit, als es ihr Absicht gewesen war. »Dominic hat von Ihnen gesprochen. Ich freue mich, Ihre Bekanntschaft zu machen.«

»Zu mir war er nicht so nett«, antwortete Vanderley mit einem unbefangenen Lächeln. »Er hat Sie völlig verschwiegen, was ich vielleicht für klug, aber auch für ungeheuer eigennützig vom ihm halte.«

Wie in aller Welt konnte sie jetzt, wo sie ihm gegenüberstand, nur das Thema Arthur Waybourne oder irgend etwas, was mit Jerome zu tun hatte, zur Sprache bringen? Es war eine alberne Idee gewesen, Vanderley an diesem Ort zu treffen. Emily hätte das mit viel selbstbewußterem Auftreten zuwege gebracht – wie unüberlegt von ihr, genau dann abwesend zu sein, wenn man sie braucht! Sie hätte gefälligst hier in London sein sollen, um Mördern nachzustellen, statt im Schlamm von Leicestershire hinter irgendeinem jämmerlichen Fuchs herzugaloppieren!

Für einen Augenblick senkte sie ihren Blick, dann hob sie ihn wieder mit einem freimütigen und etwas schüchternen Lächeln. »Vielleicht dachte er, daß Sie es mit Ihrem noch nicht weit zurückliegenden schmerzlichen Verlust ermüdend fänden, mit neuen Bekanntschaften belästigt zu werden. Wir haben in unserer eigenen Familie etwas ganz Ähnliches erlebt, und ich weiß, daß es einen auf völlig unerwartete Weise mitnehmen kann.«

Sie hoffte, daß sich das Lächeln, das Gefühl der Sympathie bis in ihre Augen ausbreitete, und daß Vanderley es auch als solches aufnahm. Herr im Himmel! Jetzt ein weiteres Mal mißverstanden zu werden, könnte sie nicht ertragen. Sie wagte die Flucht nach vorne. »In einem Moment wünscht man sich nur noch, allein gelassen zu werden, im nächsten wünscht man sich mehr als alles andere, unter so vielen Menschen wie nur möglich zu sein, von denen keiner auch nur die leiseste Ahnung von den eigenen Angelegenheiten hat.« Darauf war sie jetzt stolz – es war eine Ausschmückung der Wahrheit gewesen, die einer Emily in Höchstform würdig war.

Vanderley wirkte verblüfft.

»Lieber Himmel! Wie aufmerksam von Ihnen, Miß Ellison. Ich hatte keine Ahnung, daß Sie darüber Bescheid wissen. Dominic wußte es offensichtlich nicht. Haben Sie es in der Zeitung gelesen?«

»Oh, nein«, log sie unverzüglich. Sie hatte noch nicht vergessen, daß Damen aus gutem Hause so etwas nicht tun würden. Zeitunglesen brachte nur das Blut in Wallung; es wurde als schlecht für die Gesundheit angesehen, den Verstand zu sehr aufzuregen, ganz zu schweigen von den schlechten Auswirkungen auf die Moral. Die Seiten über gesellschaftliche Ereignisse durften ja vielleicht noch gelesen werden, aber die über Mordfälle mit Sicherheit nicht! Es fiel ihr eine viel bessere Antwort ein. »Ich habe einen Freund, der sich ebenfalls mit Mr. Jerome eingelassen hatte.«

»Ach, Gott, ja!« sagte er matt. »Der arme Teufel!«

Charlotte war verwirrt. Konnte er Jerome damit meinen? Irgendeine Sympathie, die er empfand, konnte doch bestimmt nur Arthur Waybourne gelten.

»Tragisch«, pflichtete sie ihm bei und senkte ihre Stimme auf ein paßendes Maß. »Und so jung. Die Zerstörung der Unschuld ist immer etwas Schreckliches.« Das klang recht salbungsvoll, aber sie war daran interessiert, ihn aus der Reserve zu locken und vielleicht etwas in Erfahrung zu bringen. Ob sie einen guten Eindruck bei ihm hinterließ, war ihr egal.

Sein breiter Mund verzog sich ganz leicht.

»Würden Sie mich für sehr unhöflich halten, wenn ich mit Ihnen nicht übereinstimme, Miß Ellison? Ich halte die vollständige Unschuld für etwas unsäglich Langweiliges, und zu irgendeinem Zeitpunkt geht sie unweigerlich verloren, solange man nicht vollständig auf das Leben verzichtet und sich in ein Kloster zurückzieht. Ich möchte sogar behaupten, daß sogar dorthin noch die gleichen ewigen Eifersüchteleien und Boshaftigkeiten dringen. Man sollte sich wünschen, daß die Unschuld durch Humor und ein wenig Stil ersetzt wird. Arthur verfügte glücklicherweise über beides.« Er runzelte ein wenig die Stirn. »Jerome andererseits besaß beides nicht. Und natürlich hatte Arthur Charme, während Jerome, der arme Kerl, ein völliger Dummkopf ist. Er verfügt weder über unverkrampfte Feinfühligkeit, noch über das geringste Gespür für gesellschaftliches Überleben.«

Dominic starrte ihn wütend an, doch offensichtlich konnte er keine zufriedenstellenderen Worte finden, um auf eine solche Freimütigkeit zu antworten.

»Oh.« Vanderley lächelte Charlotte mit aufrichtigem Charme an. »Entschuldigen Sie. Meine Ausdrucksweise ist unverzeihlich. Ich habe gerade erst erfahren, daß der elende Kerl seine Aufmerksamkeiten auch meinem jüngeren Neffen und dem Jungen eines Cousins aufgezwungen hat. Das mit Arthur ist schon schlimm genug, aber daß er sich auch noch mit Godfrey und Titus eingelassen haben soll, macht mich immer noch betroffen. Seien Sie so großzügig, meine entsetzlichen Manieren meinem Schock zuzuschreiben.«

»Selbstverständlich«, sagte sie rasch, nicht aus Höflichkeit heraus, sondern weil sie es wirklich so meinte. »Er muß ein völlig entarteter Mensch sein, und die Entdeckung, daß er jahrelang die eigene Familie unterrichtet hat, reicht aus, um jeden mit solchem Abscheu zu erfüllen, daß jeglicher Gedanke an höfliche Konversation verschwunden ist. Es war taktlos von mir, es überhaupt erwähnt zu haben.« Sie hoffte, er würde sie nicht beim Wort nehmen und das Thema fallenlassen. Ging sie zu behutsam vor? »Wollen wir hoffen, daß die ganze Angelegenheit zweifelsfrei bewiesen wird und der Mann dafür hängt«, fügte sie hinzu und beobachtete sein Gesicht genau.

Die langen Lider senkten sich mit einer Bewegung, die Schmerz und ein Bedürfnis nach Ungestörtheit widerzuspiegeln schienen. Vielleicht hätte sie nicht vom Hängen sprechen sollen. Es war das letzte, was sie sich wünschte – weder für Jerome noch für irgendeinen anderen.

»Ich meine«, fuhr sie hastig fort, »daß das Gerichtsverfahren kurz sein sollte, und bezüglich seiner Schuld bei keinem mehr innere Zweifel bestehen sollten!«

Vanderley schaute sie mit einem kurzen Aufblitzen von Ehrlichkeit an, die in diesem Saal der Spiele und Maskeraden merkwürdig unangebracht war. Seine Augen waren sehr klar.

»Ein klarer Mord, Miß Ellison? Ja, das hoffe ich ebenfalls. Es wäre viel besser, die ganzen ekelhaften Einzelheiten endlich ruhen zu lassen. Wer muß die Wunde offenlegen? Wir nutzen die Entschuldigung der Liebe für die Wahrheit, um ein Labyrinth von Dingen zu erforschen, die uns überhaupt nichts angehen. Arthur ist ohnehin tot. Wir sollten diesen erbärmlichen Hauslehrer verurteilen, ohne seine geringeren Vergehen einer lüsternen Öffentlichkeit vorzuführen, die damit nur ihre Selbstgerechtigkeit füttert.«

Plötzlich fühlte sie sich schuldig und wie eine herumwütende Heuchlerin. Sie versuchte, genau das zu tun, was sie verurteilte und durch ihr Schweigen bejahte: das Drehen und Wenden jeder persönliche Schwäche in einer endlosen Suche nach der Wahrheit. Glaubte sie wirklich an Jeromes Unschuld? Oder war sie wie alle anderen nur neugierig?

Einen Moment lang schloß sie die Augen. Das war doch unerheblich! Thomas glaubte es nicht – zumindest hatte er heftige Zweifel. Lüstern oder nicht, Jerome hatte eine ehrliche Verhandlung verdient!

»Wenn er schuldig ist«, sagte sie ruhig.

»Glauben Sie etwa nicht daran?« Vanderley musterte sie jetzt mit unbehaglich zusammengekniffenen Augen. Vielleicht befürchtete er eine weitere schmutzige und in die Länge gezogene Tortur für seine Familie.

Sie war sich selbst in die Falle gegangen; der Augenblick der Offenheit war vorüber.

»Oh – ich habe keine Ahnung!« Sie riß die Augen weit auf. »Ich hoffe, die Polizei begeht nur selten Fehler.«

Dominic hatte genug.

»Das würde ich für äußerst wahrscheinlich halten«, sagte er mit einer gewissen Schärfe. »Wie dem auch sei, es ist ein äußerst unangenehmes Thema, Charlotte. Ich bin sicher, du wirst erfreut sein zu hören, daß Alicia Fitzroy-Hammond diesen außergewöhnlichen Amerikaner heiratete – wie hieß er doch gleich? Virgil Smith! Und sie wird ein Kind bekommen. Sie hat sich bereits von ihren öffentlichen Aktivitäten zurückgezogen. Du erinnerst dich doch noch an sie, oder?«

Charlotte war entzückt. Alicia hatte eine so unglückliche Zeit gehabt, als ihr erster Mann kurz vor den Morden in der Resurrection Row starb.

»Ach, ich bin ja so froh!« sagte sie aufrichtig. »Meinst du, sie würde sich an mich erinnern, wenn ich ihr schreiben würde?«

Dominic schnitt eine Grimasse. »Ich kann mir nicht vorstellen, daß sie das vergessen hat«, meinte er trocken. »Die Umstände waren wohl kaum alltäglich! Man wird nicht jede Woche mit Leichen zugedeckt!«

Eine Frau in leuchtendem Rosarot redete plötzlich auf Vanderley ein und führte ihn davon. Er blickte sich noch einmal zögernd über seine Schulter nach ihnen um, dann überwogen seine gewohnheitsmäßig guten Manieren seinen Wunsch, die neue Verwicklung zu vermeiden, und anmutig ging er davon.

»Bist du jetzt zufrieden?« fragte Dominic gereizt. »Bist du es nicht, wirst du hier unglücklich weggehen müssen. Ich weigere mich nämlich, hier noch länger zu bleiben.«

Sie dachte daran, aus Prinzip etwas dagegenzuhalten. In Wahrheit freute sie sich jedoch genauso wie er darauf, sich zurückzuziehen.

»Ja, danke, Dominic«, meinte sie zurückhaltend. »Du warst sehr geduldig.«

Er warf ihr einen argwöhnischen Blick zu, beschloß aber, nicht zu hinterfragen, was ein Kompliment zu sein schien, und sein Glück anzunehmen. Sie schritten hinaus in den Herbstabend; aus unterschiedlichen Gründen fühlten beide eine tiefe Erleichterung und nahmen die Kutsche nach Hause. Charlotte hatte das dringende Bedürfnis, dieses außergewöhnliche Gewand wieder auszuziehen, bevor es notwendig wurde, es Pitt zu erklären – ein Kunststück, das praktisch unmöglich sein würde!

Und auch Dominic hatte nur wenig Interesse an einer solchen Konfrontation, so sehr sich seine Achtung für Pitt auch entwickelt hatte – oder vielleicht gerade deswegen. Ihm kam allmählich immer stärker der Verdacht, daß Pitt ein Treffen mit Vanderley überhaupt nicht gutgeheißen hätte.

5

Etliche Tage verstrichen in furchtloser Suche nach weiteren Beweisen. Wirtinnen und Wirte wurden befragt, aber es waren viel zu viele, um mehr als nur einen flüchtigen Versuch zu unternehmen, in der Hoffnung, daß sich gegen eine kleine Belohnung jemand melden würde. Drei taten das. Der erste war ein Bordellbesitzer aus Whitechapel, der sich die Hände rieb und dessen Augen vor Vorfreude auf eine kleine zukünftige Nachsicht seitens der Polizei als Entschädigung für seine Unterstützung glänzten. Gillivrays Freude war nur von kurzer Dauer, als der Mann sich als unfähig erwies, Jerome oder Arthur auch nur annähernd genau zu beschreiben. Pitt hatte nichts anderes erwartet, daher blieb ein Gefühl der Überlegenheit bei ihm zurück, das seine Verärgerung besänftigte.

Die zweite Person war eine nervöse kleine Frau, die Zimmer in Seven Dials vermietete. Sie betonte beharrlich, sie sei sehr seriös und würde die Räume nur an Gentlemen mit bestem moralischem Leumund vergeben. Sie befürchtete, ihr guter Charakter und ihre Arglosigkeit gegenüber den übleren Aspekten der menschlichen Natur habe die leidvolle Konsequenz, daß sie sich auf überaus tragische Weise täuschen ließ. Sie ließ ihren Muff von einer Hand in die andere wandern und bat Pitt inständig, sich ihrer völligen Unkenntnis des wahren Zweckes, zu dem ihr Haus benutzt worden war, sicher zu sein. Und war es nicht einfach ganz fürchterlich, wie weit die Welt heutzutage heruntergekommen war?

Pitt stimmte ihr da zu, meinte jedoch, wahrscheinlich wäre es nicht schlimmer als früher. Was das anbelangte, war sie völlig anderer Meinung als er; als ihre Mutter noch lebte, war es nie so gewesen, andernfalls hätte diese gute Frau – möge ihre Seele in Frieden ruhen – sie davor gewarnt, Zimmer an Fremde zu vermieten.

Sie identifizierte jedoch nicht nur Jerome auf einer ihr gezeigten Fotografie, sondern auch noch drei andere Leute, die für genau diese Art von Nachforschungen fotografiert worden waren – alles Polizisten. Als sie zum Foto von Arthur kamen, was sie von

Waybourne erhalten hatten, war sie so durcheinander, daß sie sich sicher war, ganz London wimmele nur so von allen möglichen Lastern und würde wie Sodom und Gomorra noch vor Weihnachten vernichtet werden.

»Warum tun die Leute das?« fragte Gillivray wütend. »Für die Polizei ist das doch die reinste Zeitverschwendung – erkennen die das denn nicht? So etwas gehört bestraft!«

»Seien Sie nicht albern!« Pitt verlor die Geduld. »Die Frau ist einsam und verängstigt...«

»Dann sollte sie nicht ihre Zimmer an Leute vermieten, die sie nicht kennt!« gab Gillivray gereizt zurück.

»Wahrscheinlich ist das ihr einziger Lebensunterhalt.« Pitt wurde allmählich richtig wütend. Es würde Gillivray guttun, an irgendeinem Ort wie Bluegate Fields, Seven Dials oder Devils Acre eine Weile seine Runden zu drehen. Sollte er doch die Bettler sehen, die in den Türeingängen auf einem Haufen liegen, die Leichen und die muffigen Straßen riechen. Sollte er doch den Dreck in der Luft schmecken, den Ruß aus den Kaminen, die ewige Feuchtigkeit. Sollte er doch die Ratten quieken hören, wenn sie den Müll durchstöberten, und die stumpfen Augen der Kinder sehen, die wußten, daß sie dort leben und sterben würden, und letzteres wahrscheinlich bevor sie Gillivrays jetziges Alter erreichten.

Eine Frau mit einem Haus besaß zumindest Sicherheit und ein Dach über dem Kopf, und wenn sie die Zimmer vermietete, auch Nahrung und Kleidung. An den in Seven Dials geltenden Maßstäben gemessen, war sie reich.

»Dann sollte sie daran gewöhnt sein«, antwortete Gillivray, der für Pitts Gedanken nicht empfänglich war.

»Ich glaube sehr wohl, daß sie das ist.« Pitt grub sich immer tiefer in seine Gefühle hinein, war froh darüber, eine Entschuldigung dafür zu haben, die Zügel schießen zu lassen, die er seinen Empfindungen die meiste Zeit über anlegte. »Das wird aber wohl kaum dem Schmerz ein Ende bereiten! Sie ist es offensichtlich gewohnt, hungrig zu sein, sie ist daran gewöhnt, daß ihr kalt ist, und daran, die Hälfte der Zeit, die sie überhaupt bei Sinnen ist, Angst zu haben. Und wahrscheinlich macht sie sich bezüglich der Nutzung ihrer Zimmer selbst etwas vor und träumt davon, daß sie besser dasteht, als es tatsächlich der Fall ist, daß sie klüger, freundlicher, hübscher und – am allerwichtigsten – wie der Rest der Menschheit ist! Vielleicht wollte sie nur von uns, daß wir ihr einen oder zwei Tage lang ein wenig Ruhm verleihen, ihr etwas geben, über das sie beim Tee oder beim Gin sprechen kann. Daher hat sie sich selbst davon überzeugt, daß Jerome eines ihrer Zimmer mietete. Was sollen wir denn Ihrer Meinung nach tun? Sie belangen, weil sie sich geirrt hat?« Er legte seine ganze Abneigung gegenüber Gillivray und dessen sorgenfreien Anmaßungen in seine Stimme, die vor Verachtung undeutlich wurde. »Abgesehen von allem anderen würde es wohl kaum dazu beitragen, daß sich weitere Leute melden, um uns zu helfen, nicht wahr?«

Gillivray schaute ihn an; seinem Gesicht war anzusehen, daß er tief verletzt war.

»Ich glaube, Sie sind recht unvernünftig, Sir«, entgegnete er steif. »Soviel kann ich auch selbst erkennen. Es ändert jedoch nichts an der Tatsache, daß wir unsere Zeit mit ihr verschwendet haben.«

Mit dem dritten Anwärter war es das gleiche. Er kam auf die Polizeiwache und sagte, er hätte Zimmer an Jerome vermietet. Es handelte sich um eine dickliche Person mit wallenden Backen und dichtem, weißem Haar. Er unterhielt eine Kneipe in der Mile End Road und sagte, ein Gentleman, der der Beschreibung des Mörders haargenau entspreche, habe bei ihm zu zahlreichen Anlässen Zimmer gemietet, und zwar genau über dem vornehmeren Teil seines Etablissements. Der Herr habe damals einen vollkommen seriösen Eindruck gemacht, war unauffällig gekleidet und redegewandt gewesen und hatte während seiner Anwesenheit von einem jungen Herrn mit gutem Benehmen Besuch bekommen.

Doch auch er schaffte es nicht, Jerome in einer Gruppe ihm präsentierter Fotografien zu identifizieren, und als er von Pitt genauer befragt wurde, wurden seine Antworten immer unbestimmter, bis er sie schließlich allesamt zurückzog und sagte, er sei jetzt überhaupt der Meinung, sich geirrt zu haben. Als er die Angelegenheit sorgfältiger überdachte, half ihm Pitt dabei, sich in Erinnerung zu rufen, daß der fragliche Herr mit nördlichem Akzent sprach, ein wenig beleibter war als der Durchschnitt und auf dem größten Teil seines Kopfes definitiv keine Haare mehr hatte.

»Verdammt!« fluchte Gillivray, sobald der Mann das Zimmer verlassen hatte. »Das war ja nun *wirklich* Zeitverschwendung! Der war doch nur hinter einer kleinen, schäbigen Aufbesserung des traurigen Rufes seiner erbärmlichen Kneipe her! Was sind das überhaupt für Leute, die an einem Ort einkehren, an dem ein Mord begangen wurde?«

»Die meisten«, sagte Pitt voller Abscheu. »Wenn er die Nachricht verbreitet, wird er seinen Kundenkreis wahrscheinlich verdoppeln.«

»Dann sollten wir ihn belangen!«

»Weswegen? Das Schlimmste, was wir tun könnten, ist, ihm Angst einzujagen – und noch viel mehr Zeit zu verschwenden, und zwar nicht nur unsere, sondern auch die des Gerichtes. Er würde davonkommen – und ein Volksheld werden! Er würde die ganze Mile End Road entlang auf den Schultern getragen werden, und seine Gäste würden vor der Tür Schlange stehen! Er könnte Eintrittskarten verkaufen!«

Gillivray knallte sein Notizbuch auf den Tisch. Weil er nicht vulgär werden und die einzigen Worte verwenden wollte, die ihm einfielen, war er sprachlos.

Pitt lächelte in sich hinein.

Die Ermittlungsarbeiten setzten sich fort. Es war jetzt Oktober; der Herbst lag in den harten und hellen Straßen. Kalter Wind drang durch die Mäntel, und der erste Frost ließ das Pflaster unter den Stiefel rutschig werden. Über Jeromes letzten Arbeitgeber hatten sie seine Karriere zurückverfolgt. Alle hielten ihn als Gelehrten für außergewöhnlich fähig. Wenn sie auch zugaben, ihn persönlich nicht besonders gemocht zu haben, waren doch alle eindeutig mit seiner Arbeit zufrieden. Keiner von ihnen hatte die leiseste Ahnung davon gehabt, daß sein persönliches Leben alles andere als in äußerst regelmäßigen oder beinahe steifen Bahnen verlief. Mit Sicherheit machte er den Eindruck eines Mannes, der nur wenig Fantasie und überhaupt keinen Humor besaß, außer einen überaus verdrehten, den sie aber nicht verstanden. Wie sie gesagt hatten: Er war unsympathisch, besaß aber außerordentlich gute Manieren – bis zu dem Punkt, ein eingebildeter Pedant zu sein. Gesellschaftlich war er ein unsäglicher Langweiler.

Am 5. Oktober betrat Gillivray Pitts Büro, ohne vorher anzuklopfen; seine Wangen waren entweder durch die Gewißheit eines Erfolges oder durch den schneidenden Wind draußen gerötet.

»Nun?« fragte Pitt verärgert. Gillivray mochte ja Ehrgeiz besitzen und sich für einen überdurchschnittlich guten Polizisten halten, was er auch tatsächlich war, aber das gab ihm nicht das Recht, ohne jede Höflichkeit hereinzuspazieren.

»Ich habe es gefunden«, meinte Gillivray triumphierend. Sein Gesicht glühte, die Augen leuchteten. »Zu guter Letzt habe ich etwas gefunden!«

Pitt fühlte, wie sich sein Pulsschlag unwillkürlich beschleunigte, unerklärlicherweise nicht nur aus Freude. Was sollte er denn sonst noch spüren?

»Die Zimmer?« fragte er ruhig, dann schluckte er schwer. »Sie haben die Zimmer gefunden, in denen Arthur Waybourne ertränkt wurde? Sind Sie sich dieses Mal sicher? Könnten Sie das vor Gericht beweisen?«

»Nein, nein!« Gillivray wedelte überschwenglich mit den Armen. »Nicht die Zimmer. Viel besser. Ich habe jemanden aus dem Milieu gefunden, der beschwört, mit Jerome regelmäßig Kontakt gehabt zu haben! Ich habe die Zeiten, die Orte, die Daten, alles – und eine perfekte Identifizierung!«

Pitt schnaubte angewidert. Vor seinem inneren Auge sah er Eugenie Jeromes Gesicht und wünschte, Gillivray wäre nicht so eifrig, so selbstgerecht, so erfolgreich gewesen. Verflucht sei Maurice Jerome! Und verflucht sei Gillivray. Und Eugenie für ihre derart ausgeprägte Naivität!

Gillivray lehnte sich über den Schreibtisch nach vorne; dreißig Zentimeter vor Pitts Gesicht ließ der Triumph sein Gesicht aufleuchten. »Es handelt sich um einen Strichjungen! Er heißt Albie Frobisher und ist siebzehn Jahre alt – nur ein Jahr älter als Arthur Waybourne. Er schwört, Jerome seit vier Jahren gekannt zu haben und von ihm die ganze Zeit über benutzt worden zu sein! Mehr brauchen wir doch nicht! Er sagt sogar, daß Arthur Waybourne an seine Stelle trat – soviel habe Jerome zugegeben. Das ist auch der Grund, warum Jerome vorher nie Verdacht erregte: Er hat nie jemand anderen belästigt! Er bezahlte für seine Beziehung – bis er sich in Arthur vernarrte. Als er

Arthur dann verführte, hörte er auf, Albie Frobisher zu besuchen – dazu bestand ja auch keine Notwendigkeit mehr! Das erklärt alles, erkennen Sie das nicht? Alles paßt zusammen!«

»Und was ist mit Godfrey – und Titus Swynford?« Warum brauchte Pitt Gegenargumente? Wie Gillivray sagte: Alles paßte zusammen; es beantwortete sogar die Frage, warum Jerome vorher nie in Verdacht geriet, warum er sich so vollständig unter Kontrolle halten konnte, daß er von außen betrachtet perfekt zu sein schien. »Nun?« wiederholte er. »Was ist mit Godfrey?«

»Ich weiß es nicht!« Für einen Augenblick war Gillivray verwirrt. Dann blitzte Verständnis in seinen Augen auf, und Pitt wußte genau, was er dachte. Er glaubte, Pitt sei neidisch, weil es Gillivray und nicht er selbst gewesen war, der dieses wesentliche Bindeglied gefunden hatte. »Vielleicht hat er nichts mehr dafür bezahlen wollen, sobald er einmal jemanden verführt hat?« schlug er vor. »Oder vielleicht ist Albie teurer geworden. Vielleicht war er knapp bei Kasse. Oder, was am wahrscheinlichsten ist: Er hat eine Vorliebe für Jugendliche gehobenerer Klasse entwickelt – ein Gefühl für Qualität. Vielleicht bevorzugte er es, unberührte Jungen zu verführen, anstatt das ziemlich abgenutzte Geschick eines Strichjungen in Anspruch zu nehmen.«

Pitt betrachtete Gillivrays glattes, sauberes Gesicht und haßte es. Was er sagte, konnte durchaus wahr sein, aber seine Befriedigung darin, die Unbekümmertheit, mit der die Worte seinem Mund mit den vollendet geformten Zähnen entströmten, war widerwärtig. Er sprach von etwas Anstößigem, von der intimen Erniedrigung eines Menschen, und empfand dabei keinen größeren Schmerz; er hatte damit keine größeren Schwierigkeiten, als ginge er einzelne Punkte auf einem Küchenzettel durch. Sollen wir heute abend das Rindfleisch oder die Ente essen? Oder die Pastete?

»Sie scheinen an jeden Aspekt dieser Sache gedacht zu haben«, sagte Pitt und verzog die Lippen. Dabei stellte er Gillivray und Jerome absichtlich auf eine Stufe – in der Natur ihres Denkens, wenn nicht gar ihres Handelns. »Ich hätte mich länger mit den Möglichkeiten auseinandersetzen sollen, dann wären mir diese Dinge vielleicht auch selber eingefallen.«

Gillivrays Gesicht glühte dunkelrot auf, als ihm das Blut in den

Kopf stieg, doch ihm fiel keine Antwort ein, die nicht eine Ausdrucksweise beinhaltete, die Pitts Vorwurf nur bestätigen würde.

»Ich nehme an, Sie haben die Adresse dieses Strichjungen?« fuhr Pitt fort. »Haben Sie es schon Mr. Athelstan erzählt?«

Augenblicklich hellte sich Gillivrays Gesicht auf.

»Ja, Sir, es war unvermeidlich. Ich traf ihn, als ich hereinkam, und er fragte mich, welche Fortschritte wir gemacht hatten.« Er gestattete sich ein Lächeln. »Er war entzückt.«

Pitt konnte sich das vorstellen. Mit einer ungeheuren Anstrengung verbarg er seine eigenen Gefühle.

»Ja«, sagte er. »Das wird er wohl gewesen sein. Wo steckt dieser Albie Frobisher?«

Gillivray reichte ihm einen Zettel; er nahm ihn und las. Es war eine Pension in Bluegate Fields. Wie passend, wie überaus passend.

Am späten Nachmittag des folgenden Tages traf Pitt Albie Frobisher endlich zu Hause und alleine an. Es war ein heruntergekommenes Haus am Ende einer Gasse, die von einer der breiten Straßen wegführte; seine Ziegelfassade war rußgeschwärzt, die Holztür und die Fensterrahmen faulten vor sich hin, schälten sich und waren von der feuchten Flußluft ganz locker und porös.

Innen lag eine etwa drei Meter weit reichende Hanfmatte, die den Schlamm von den Stiefeln aufnehmen sollte, dann kam ein abgenutzter, strahlend roter Teppich, der dem Korridor eine unvermittelte Wärme verlieh und einem die Illusion gab, jetzt eine saubere und reichere Welt betreten zu haben, die Illusion von Verheißungen hinter den geschlossenen Türen. Die im Halbdunkel liegenden Treppen zu den darüberliegenden Stockwerken wurden von Gaslampen erhellt.

Pitt ging rasch nach oben. Trotz der vielen Male, die er im Innern aller möglichen Bordelle, Kneipen und Armenhäuser gewesen war, war ihm ungewöhnlich unbehaglich zumute, wenn er ein Haus aufsuchte, in dem Strichjungen verkehrten, insbesondere dann, wenn dort Kinder angestellt waren. Von allen Mißbrauchsmöglichkeiten, zu denen der Mensch fähig war, war das die erniedrigendste, und die Vorstellung, daß irgend jemand, selbst ein anderer Kunde, sich einen Moment lang vorstellen würde, daß er deswegen hierhergekommen war, ließ ihm das Blut heiß ins Gesicht schießen und seinen Verstand revoltieren.

Das letzte Stück nahm er im Eiltempo, dann klopfte er energisch gegen die Zimmertür mit der Nummer 14. Er trat bereits ungeduldig von einem Fuß auf den anderen und drehte seine Schulter zur Tür hin, um sich darauf vorzubereiten, sie mit Gewalt zu öffnen, wenn sie nicht aufgemacht wurde. Der Gedanke, hier auf dem Treppenabsatz zu stehen und um Einlaß zu bitten, ließ ihm den Schweiß die Brust herunterrinnen.

Doch es war unnötig. Fast umgehend öffnete sich die Tür einen Spalt breit, und eine helle, sanfte Stimme ertönte.

»Wer ist da?«

»Pitt von der Polizei. Sie haben gestern mit Sergeant Gillivray gesprochen.«

Ohne weitere Verzögerung schwang die Tür weit auf, und Pitt trat nach innen. Instinktiv sah er sich um, vor allem, um sicherzugehen, daß sie unter sich waren. Er erwartete keine Gewalt von einem Zuhälter, aber möglich war es immer.

Das Zimmer war reich ausgeschmückt; es gab Fransendecken, karmesinrote und purpurfarbene Kissen und Gaslampen mit herabhängenden, facettierten Glassteinen. Das Bett war ungeheuer groß, und auf dem mit einer Marmorplatte versehenen Nachttisch stand eine nackte Männerfigur aus Bronze. Die Plüschvorhänge waren geschlossen, die Luft roch abgestanden und süßlich, als ob Parfüm benutzt worden wäre, um die Gerüche menschlicher Körper und menschlicher Anstrengungen zu überdecken.

Das Gefühl der Übelkeit, das Pitt verspürte, währte nur einen Augenblick, dann überwog ein beklemmendes Mitleid.

Albie Frobisher selbst war kleiner als Arthur Waybourne – obwohl es Pitt schwerfiel, das zu beurteilen, da er Arthur nie lebend gesehen hatte –, aber viel leichter gebaut. Albies Knochen waren so zart wie die eines Mädchens, seine Haut war weiß, sein Gesicht bartlos. Wahrscheinlich war er von den kleinen Nahrungsresten groß geworden, die er erbetteln oder stehlen konnte, bis er alt genug war, um verkauft zu werden oder seinen Weg in die Obhut eines Zuhälters zu finden. Zu diesem Zeitpunkt hatte chronische Fehlernährung zweifellos bereits ihren Tribut gefordert. Ein Winzling würde er immer bleiben. Vielleicht würde er in hohem Alter schwächlich – obwohl die Chancen, bei seinem Lebensunterhalt dieses Alter zu erreichen, sehr gering waren. Dicklich oder rundlich würde er jedenfalls nie werden. Und in seinem Berufsstand verdiente er wahrscheinlich viel mehr, wenn er sein zartes, fast kindliches Äußeres beibehielt. Ihn umgab die Illusion der Unberührtheit – zumindest körperlich. Als Pitt jedoch sein Gesicht sorgfältiger betrachtete, war es genauso erschöpft und bar jeder Unschuld wie das Gesicht irgendeiner Frau, die ein Leben lang auf der Straße ihrem Gewerbe nachgegangen war. Nichts in der Welt konnte Albie noch schockieren, und er hatte keine andere Hoffnung als die auf ein Überleben.

»Setz dich hin«, sagte Pitt und schloß die Tür hinter sich. Ungeschickt balancierte er sich auf dem roten Plüschsitz aus, als wäre er der Gastgeber, doch es war Albie, der ihn nervös machte.

Albie gehorchte, ohne seinen Blick von Pitts Gesicht zu wenden.

»Was wollen Sie?« fragte er. Seine Stimme war eigentümlich angenehm, weicher und gebildeter, als seine Umgebung vermuten ließ. Wahrscheinlich hatte er besser gestellte Kunden und einige ihrer Sprachgewohnheiten angenommen. Es war ein unerfreulicher Gedanke, aber es ergab Sinn. Die Männer aus Bluegate Fields hatten kein Geld für diese Art von Gefälligkeit. Hatte Jerome auch dieses Kind erzogen? Wenn er es nicht gewesen war, dann andere wie er: Männer, deren Vorlieben nur in der Abgeschiedenheit von Zimmern wie diesem befriedigt werden konnten, mit Menschen, für die sie keine anderen Gefühle hatten und mit denen sie keine andere Seite ihres Lebens teilten.

»Was wollen Sie?« wiederholte Albie; seine Augen, die an eine alte Frau erinnerten, lagen müde in seinem bartlosen Gesicht. Mit einem Schauer der Abneigung wurde sich Pitt seiner Gedanken wahr. Obwohl ihm fürchterlich unbehaglich zumute war, richtete er sich im Sessel auf und lehnte sich zurück, als fühle er sich ganz unbefangen. Er wußte, daß sein Gesicht brannte, aber vielleicht war das Licht so schwach, daß Albie es nicht sehen konnte.

»Ich möchte dich über einen deiner Kunden befragen«, antwortete er. »Du hast gestern Sergeant Gillivray etwas erzählt, und ich hätte gerne, daß du das heute vor mir wiederholst. Vielleicht hängt ein Menschenleben davon ab – wir müssen da sichergehen.«

Albies Gesicht erstarrte, aber in diesem gelben Gaslicht hatte seine Haut so wenig Farbe, daß man unmöglich erkennen konnte, ob es noch bleicher wurde.

»Was ist mit ihm?«

»Du kennst den Mann, den ich meine?«

»Ja. Jerome, der Hauslehrer.«

»Richtig. Beschreibe ihn mir bitte.« Er mußte ihm mit ein wenig Nachsicht begegnen. Kunden, die Orte wie diesen hier aufsuchten, wollten oft nicht sehr genau gesehen werden. Sie zogen schwaches Licht vor und kamen selbst im Sommer dick eingemummt. In diesen feuchten Straßen am Fluß war es in jeder Nacht kühl genug dazu. Es würde niemandem auffallen. »Nun?«

»Ziemlich groß.« Albie machte weder einen unschlüssigen noch einen verwirrten Eindruck. »Eher hager. Dunkles, immer kurzes und gepflegtes Haar, Schnurrbart. Etwas schmales Gesicht, spitze Nase, der Mund immer leicht zusammengezogen, als ob er etwas Schlechtes riechen würde, braune Augen. Seinen Körper kann ich nicht beschreiben, weil er die Lichter immer ausgedreht haben wollte, bevor es zu diesem Teil kam, aber er fühlte sich kräftig an und etwas knochig...«

Pitts Magen regte sich, er stellte sich das Ganze zu plastisch vor. Dieser Junge war dreizehn gewesen, als er anfing!

»Danke«, unterbrach er Albie. Es war tatsächlich Jerome, er selbst hatte ihn nicht besser beschreiben können. Er zog ein halbes Dutzend Fotografien aus der Tasche, unter ihnen eine von Jerome, und reichte ihm eine nach der anderen. »Ist es einer von diesen hier?«

Albie betrachtete jede Fotografie, bis Pitt zur richtigen kam. Er zögerte nur einen kurzen Augenblick.

»Der da«, sagte er bestimmt. »Das ist er. Von den anderen habe ich nie jemand gesehen.«

Pitt nahm das Foto zurück. Es war ein Bild, das in der Polizeizelle entstanden war, Jerome war darauf steif und unwillig, aber deutlich abgebildet.

»Danke. Hat er bei seinem Besuch jemals irgend jemand anderen dabeigehabt?«

»Nein.« Albie zeigte ein angedeutetes Lächeln, ganz schwach brachte es zum Ausdruck, daß er sich seiner Kenntnisse bewußt war. »Das machen die Leute nicht, wenn sie zu Orten wie diesem hier kommen. Vielleicht bei Frauen... ich kenne nicht viele Frauen. Doch besonders, wenn es Angehörige der Oberschicht sind, kommen sie allein her, und diese Leute sind es ja meistens, die es sich leisten können. Andere mit dieser Vorliebe leben sie mit dem aus, den sie gerade finden können und der die gleiche Neigung besitzt. Je wohlhabender die Leute sind, desto stiller kommen sie gewöhnlich, desto tiefer haben sie ihre Hüte ins Gesicht gezogen und desto enger haben sie ihre Kragen bis zum Kinn hoch geknöpft. Mehr als einer trägt einen falschen Schnurrbart, bis er das Haus betritt, und will die Lampen immer so weit heruntergedreht haben, daß er schon mal über die Möbel stolpert.« Sein Gesicht war ganz teilnahmslos vor Verachtung. Seiner Meinung nach sollte ein Mann zumindest zu seinen Sünden stehen. »Je größer die Gefälligkeit wird, die ich ihnen erweise, desto stärker hassen sie mich dafür«, fuhr er in schroffem Ton fort. Plötzlich spürte er Wut darüber, daß er verachtet wurde, ihrem ganzen Betteln und zusätzlichem Geld zum Trotz. Manchmal, wenn er eine gute Woche gehabt hatte und das Geld nicht brauchte, wies er einen Kunden ab, nur um sich den Luxus zu erlauben, ihm sein Bedürfnis mit schmerzhafter Deutlichkeit klarzumachen und es bloßzustellen. Das nächste Mal und vielleicht sogar über einen oder zwei Monate hinweg erinnerte sich der Mann daran, bitte und danke zu sagen, und warf die Guineen nicht ganz so lässig auf den Tisch.

Er brauchte für Pitt seine Gedanken nicht in Worte zu fassen. Ähnliche Bilder malte sich der Inspektor ohnehin schon aus: die zwei Körper in leidenschaftlicher Intimität umeinandergeschlungen, das körperliche Bedürfnis des Mannes und Albies Bedürfnis zu überleben. Jeder verachtete den anderen, und tief in seinem Herzen empfand jeder Haß! Albie, weil er wie eine öffentliche Toilette benutzt wurde, in der man sich erleichtert und die man dann für den nächsten freimacht; der andere, welch düstere Gestalt er auch immer sein mochte, weil Albie seine Abhängigkeit, seine nackte Seele, gesehen hatte, und er ihm das nicht verzeihen konnte. Jeder war Herr und Sklave, und jeder wußte das.

Pitt spürte plötzliches Mitleid und Wut – Mitleid für die Männer, weil sie in sich selbst eingekerkert waren, doch Wut wegen Albie, weil dieser nicht von Natur aus zu dem geworden war, der er jetzt war, sondern durch Menschen und für Geld. Man hatte ihn als Kind genommen und in diese Form gepreßt. Und es war fast sicher, daß er in dieser Umgebung innerhalb weniger Jahre sterben würde.

Warum war Jerome nicht einfach bei Albie oder jemand anderem wie ihm geblieben? Welches Gefühl brachte Jerome Arthur Waybourne entgegen, das Albie nicht befriedigen konnte? Wahrscheinlich würde Pitt es niemals wissen.

»Ist das alles?« frage Albie geduldig. Er war innerlich schon wieder ganz woanders.

»Ja, danke.« Pitt erhob sich. »Lauf nicht weg, sonst sind wir dazu verpflichtet, nach dir zu suchen und dich im Gefängnis in sichere Verwahrung zu nehmen, damit wir dich für die Gerichtsverhandlung dahaben.«

Albie sah unbehaglich drein. »Ich habe bei Sergeant Gillivray meine Aussage gemacht. Er hat alles aufgeschrieben.«

»Ich weiß. Trotzdem werden wir dich brauchen. Mach dir das Leben nicht noch schwerer – sei einfach da.«

Albie seufzte. »Ist schon gut. Wo sollte ich auch schon hin? Ich habe Kunden hier und könnte es mir gar nicht leisten, woanders noch einmal von vorne anzufangen.«

»Ja«, sagte Pitt. »Wenn ich meinen würde, du würdest weglaufen, dann würde ich dich jetzt festnehmen.« Er ging zur Tür und öffnete sie.

»Das sollten Sie besser nicht tun.« Albie lächelte mit mattem Humor. »Ich habe zu viele andere Kunden, denen es überhaupt nicht gefiele, wenn ich festgenommen würde. Wer weiß, was ich alles erzähle, wenn man mich einem zu harten Verhör unterzieht? Sie sind auch nicht frei, Mr. Pitt. Alle möglichen Leute brauchen mich – Leute, die viel wichtiger sind als Sie.«

Pitt nahm ihm seinen kurzen Augenblick der Macht nicht übel.

»Ich weiß«, sagte er ruhig. »Aber wenn du sicher sein willst, würde ich diese Leute besser nicht daran erinnern, Albie.« Er ging hinaus, schloß die Tür, und ließ Albie zurück, der auf dem Bett saß, auf die Glasprismen an der Gaslaterne starrte und die Arme fest um den Körper geschlungen hatte.

Als Pitt in sein Büro zurückkehrte, wartete Cutler, der Gerichtsmediziner, auf ihn. Sein Gesicht war ganz runzlig, so verwirrt war er. Pitt nahm seinen Hut ab und warf ihn auf den Kleiderständer, schloß die Tür. Der Hut fiel daneben und auf den Fußboden. Pitt zog seinen Schal auseinander und warf ihn ebenfalls. Wie eine tote Schlange hing er über der Geweihsprosse.

»Was ist?« fragte er und knöpfte dabei seinen Mantel auf.

»Dieser Mann«, erwiderte Cutler und kratzte sich an der Wange, »Jerome, von dem angenommen wird, daß er für den Tod dieser Leiche aus der Kanalisation von Bluegate Fiels verantwortlich ist...«

»Was ist mit ihm?«

»Er hat den Jungen mit Syphilis angesteckt?«

»Ja. – Warum?«

»Wissen Sie, er war es nicht. Er hat keine Syphilis. Das ist völlig eindeutig. Ich habe jeden Test mit ihm gemacht, den ich kenne – zweimal. Ich weiß, es ist eine schwierige Krankheit. Sie geht in ein Ruhestadium über und kann jahrelang in diesem Stadium bleiben. Doch wer immer sie auch auf diesen Jungen übertragen hat, war innerhalb der letzten paar Monate – sogar Wochen – akut krank, und dieser Jerome ist genauso gesund wie ich! Das würde ich vor Gericht beschwören – was ich auch tun muß. Die Verteidigung wird mich danach fragen, und wenn sie das nicht tut, dann werde ich es dem Gericht schon erzählen!«

Pitt setzte sich und schüttelte seinen Mantel von den Schultern, ließ ihn breit über die Lehne seines Stuhles ausgebreitet liegen.

»Die Möglichkeit eines Irrtums besteht nicht?«

»Das sagte ich Ihnen bereits. Ich habe alles zweimal durchgeführt und ließ mich noch von meinem Assistenten dabei überprüfen. Der Mann hat weder Syphilis noch irgendeine andere Geschlechtskrankheit. Ich habe alle Tests, die es gibt, mit ihm gemacht.«

Pitt schaute ihn an. Er hatte ein markantes Gesicht, wirkte aber nicht arrogant. Lachfältchen standen ihm um Mund und Augen. Pitt merkte, daß er sich wünschte, genug Zeit zu haben, ihn besser kennenzulernen.

»Haben Sie es Athelstan mitgeteilt?«

»Nein.« Dieses Mal lächelte er. »Wenn Sie es wünschen, werde ich es tun. Ich dachte mir aber, Sie würden das lieber selber machen.«

Pitt stand auf und streckte die Hand nach dem schriftlichen Bericht aus. Sein Mantel glitt auf den Boden; Pitt bemerkte es nicht.

»Ja«, sagte er, ohne zu wissen, warum. »Ja, das würde ich auch. Danke.« Er ging zur Tür, der Arzt ging ebenfalls, um wieder zu seiner Arbeit zurückzukehren.

Oben in seinem eleganten und strahlenden Zimmer lehnte sich Athelstan gerade in seinem Sessel zurück und betrachtete versonnen die Decke, als er Pitt die Erlaubnis gab einzutreten.

»Nun«, sagte er mit Genugtuung, »da hat der junge Gillivray ja gute Arbeit geleistet, als er den Strichjungen auftat, wie? Behalten Sie Gillivray im Auge – er wird es noch weit bringen. Es würde mich nicht überraschen, wenn ich ihn in einem oder zwei Jahren befördern müßte. Er tritt in Ihre Fußstapfen, Pitt!«

»Möglich«, sagte Pitt freudlos. »Der Gerichtsmediziner hat mir gerade seinen Bericht über Jerome gegeben.«

»Der Gerichtsmediziner?« Athelstan runzelte die Stirn. »Weswegen? Der Kerl ist doch nicht etwa krank?«

»Nein, Sir, er befindet sich in einem hervorragenden Gesundheitszustand – außer einer kleinen Verdauungsstörung ist mit ihm alles in bester Ordnung.« Pitt fühlte Befriedigung in sich hochsteigen. Er schaute Athelstan direkt in die Augen. »Vollkommen gesund«, wiederholte er.

»Verdammt noch mal, Mann!« Mit einer jähen Bewegung setzte sich Athelstan aufrecht hin. »Wen kümmert es schon, ob er eine Verdauungsstörung hat oder nicht? Der Mann hat einen anständigen Jungen verdorben, besudelt und dann ermordet, einen guten Jungen! Ich schere mich keinen Deut darum, ob er sich vor Qualen windet oder nicht.«

»Nein, Sir. Er befindet sich in einem hervorragenden Gesundheitszustand«, wiederholte Pitt. »Der Arzt hat jeden ihm bekannten Test mit ihm gemacht, und hat dann, um sicherzugehen, die ganze Prozedur wiederholt.«

»Pitt, Sie vergeuden meine Zeit. Solange er für ein Gerichtsverfahren tauglich bleibt und dann hängt, interessiert mich sein Gesundheitszustand nicht die Bohne. Machen Sie mit Ihrer Arbeit weiter.«

Pitt beugte sich ein wenig nach vorne; nur mit Mühe verbiß er sich ein Lächeln.

»Sir«, sagte er behutsam. »Er hat keine Syphilis – nicht das kleinste Anzeichen!«

Athelstan starrte ihn an, es dauerte ein oder zwei Sekunden, bis ihm die Bedeutung seiner Feststellung klar wurde.

»Hat keine Syphilis?« wiederholte er und schaute verständnislos drein.

»Ganz genau. Es ist eindeutig. Hat sie jetzt nicht, und hat sie nie gehabt.«

»Was reden Sie da? Er muß doch Syphilis haben! Er hat doch Arthur Waybourne damit angesteckt!«

»Nein, Sir, das kann er nicht getan haben. Er hat keine Syphilis«, wiederholte Pitt.

»Das ist doch absurd!« rief Athelstan aus. »Wenn er Arthur Waybourne nicht angesteckt hat, wer war es denn dann?«

»Ich weiß es nicht, Sir. Das ist eine sehr interessante Frage.«

Athelstan stieß einen derben Fluch aus, dann lief er vor Wut rot an, weil Pitt gesehen hatte, wie er die Beherrschung verlor und sich zu einer Obszönität verleiten ließ.

»Nun, gehen Sie schon und tun Sie etwas!« rief er. »Überlassen Sie nicht alles dem jungen Gillivray! Finden Sie heraus, wer den armen Jungen angesteckt hat! Irgend jemand hat es ja getan – finden Sie ihn! Stehen Sie nicht da wie ein Idiot!«

Pitt lächelte säuerlich, seine Freude wurde durch das Wissen über das, was ihm bevorstand, deutlich schwächer.

»Ja, Sir. Ich tue, was ich kann.«

»Gut! Dann sehen Sie zu, daß Sie vorankommen! Und machen Sie die Tür hinter sich zu – draußen im Flur ist es verdammt kalt!«

Das Ende des Tages brachte das schlimmste Erlebnis von allen mit sich. Er kam spät zu Hause an und stieß auf Eugenie Jerome, die wieder im Wohnzimmer auf ihn wartete. Sie saß mit Charlotte auf der Sofakante. Charlotte hatte ein blasses Gesicht und war sich dieses Mal offensichtlich nicht sicher, was sie tun oder sagen sollte. Als sie Pitt an der Tür hörte, stand sie augenblicklich auf und stürmte los, um ihn zu begrüßen – vielleicht auch, um ihn zu warnen.

Als Pitt ins Zimmer kam, erhob sich Eugenie. Ihr Körper war ganz angespannt, ihr Gesicht wurde mit qualvoller Anstrengung ruhig gehalten.

»Ach, Mr. Pitt, wie freundlich von Ihnen, mich zu empfangen!«

Ihm blieb nichts anderes übrig, er wäre ihr gerne aus dem Weg gegangen. Das Wissen darum ließ ihn sich schuldig fühlen. Vor seinem inneren Auge sah er nichts anderes als Albie Frobisher – welch lächerlicher Name für einen Strichjungen! –, der im Licht der Gaslampe in seinem widerlichen Zimmer saß. Arthur – dafür fühlte er sich auf unbestimmte Weise schuldig, obwohl es nichts mit ihm zu tun hatte. Vielleicht war das Schuldgefühl deswegen vorhanden, weil er von dem Mißstand wußte und nichts getan hatte, um ihn zu bekämpfen oder für immer auszurotten.

»Guten Abend, Mrs. Jerome«, sagte er sanft. »Was kann ich für Sie tun?«

Ihre Augen füllten sich mit Tränen, und sie mußte einige Sekunden um ihre Beherrschung kämpfen, bevor sie deutlich sprechen konnte.

»Mr. Pitt, ich kann einfach nicht beweisen, daß mein Mann die ganze Nacht über, in der das arme Kind ermordet wurde, bei mir zu Hause gewesen ist, weil ich schlief und nicht wahrhaftig sagen kann, daß ich weiß, wo er war – bis auf die Tatsache, daß ich noch nie erlebt habe, daß Maurice bei irgendeiner Sache gelogen hat, und ich ihm glaube.« Als sie ihre eigene Naivität erkannte, verzog sie ihr Gesicht zu einer kleinen Grimasse. »Nicht, daß ich annehme, die Leute erwarteten von mir, irgend etwas anderes zu sagen...«

»Keinesfalls, Mrs. Jerome«, fiel ihr Charlotte ins Wort. »Würden Sie glauben, er sei schuldig, dann würden Sie sich vielleicht verraten fühlen und sich wünschen, ihn bestraft zu sehen. Das ginge vielen Frauen so.«

Mit entgeistertem Gesicht drehte sich Eugenie um.

»Was für ein fürchterlicher Gedanke! Oh, wie schrecklich! Nicht einmal einen Augenblick lang glaube ich, daß es stimmt. Maurice ist mit Sicherheit kein einfacher Mann, und ich weiß, es gibt Menschen, die ihn nicht mögen. Er hat sehr eindeutige Meinungen, und die werden nicht von jedem geteilt. Aber er ist nicht böse. Er hatte keine... keine Gelüste dieser schändlichen Natur, die sie ihm vorwerfen. Dessen bin ich mir vollkommen sicher. So ein Mensch ist er einfach nicht.«

Pitt verbarg seine Gefühle. Für eine elf Jahre lang verheiratete Frau war sie außergewöhnlich naiv. Wenn er diese Gelüste verspüren würde, dachte sie dann wirklich, Jerome würde zulassen, daß sie davon erfuhr?«

Und dennoch überraschte es ihn ja selbst. Jerome machte einen viel zu... viel zu ehrgeizigen und rationalen Eindruck, um in das Bild zu passen, das von ihm als gefühlsbetontem und sinnlichem Mann zum Vorschein gekommen war. Und was bewies das? Doch nur, daß Menschen viel komplexer und überraschender waren, als gemeinhin vermutet wurde.

Es ergab keinen Sinn, Eugenie noch tiefer zu verletzen, indem man Gegenargumente brachte. Wenn es für sie besser war, im Glauben an seine Unschuld weiterzuleben und das Gute in dem, was sie gehabt hatte, in Ehren zu halten, warum sollte man dann auf dem Versuch bestehen, es zu zerstören?

»Ich kann Beweismaterial nur aufdecken, Mrs. Jerome«, sagte er matt. »Es steht mir nicht zu, es zu interpretieren oder wieder zu verbergen.«

»Aber es muß doch Beweise für seine Unschuld geben!« protestierte sie. »Ich weiß, daß er unschuldig ist. Irgendwo muß es doch einen Weg geben, das zu zeigen. Irgendwer hat ja immerhin diesen Jungen umgebracht, nicht wahr?«

»Oh, ja, er wurde ermordet.«

»Dann finden Sie doch heraus, wer es wirklich getan hat, Mr. Pitt! Wenn schon nicht für meinen Mann, dann doch zumindest für ihr eigenes Gewissen – für die Gerechtigkeit. Ich weiß, daß es nicht Maurice war, also muß es jemand anders gewesen sein.« Einen Augenblick lang hielt sie inne, und ein stichhaltiges Argument fiel ihr ein. »Wenn man den Täter frei herumlaufen läßt, dann mißbraucht er ja vielleicht am Ende auf die gleiche Weise irgendein anderes Kind, nicht wahr?«

»Ja, das vermute ich auch. Aber wonach kann ich suchen, Mrs. Jerome? Welche anderen Beweise könnte es Ihrer Meinung nach denn geben?«

»Ich weiß nicht. Aber Sie sind in diesen Dingen doch weitaus klüger als ich. Es ist Ihre Arbeit. Mrs. Pitt hat mir von einigen der wundervollen Fälle berichtet, die Sie in der Vergangenheit gelöst haben, als es ebenfalls ziemlich hoffnungslos aussah. Ich bin sicher, wenn irgend jemand in London die Wahrheit herausfinden kann, dann sind Sie das.«

Es war ungeheuerlich, aber es gab nichts, was er dazu sagen konnte. Als sie gegangen war, drehte er sich wütend zu Charlotte um.

»Was, in Gottes Namen, hast du ihr erzählt?« fragte er. Er wurde laut, fing an zu schreien. »Ich kann doch nichts daran ändern! Der Mann ist schuldig! Du hast kein Recht, Eugenie in ihrem Glauben zu bestärken... Das ist äußerst unverantwortlich und grausam! Weißt du, wen ich heute besucht habe?« Er hatte nicht vorgehabt, ihr irgend etwas davon zu erzählen. Doch jetzt wurde er auf verletzende Weise grob, und er wollte in seinem Schmerz nicht allein dastehen. Mit der ganzen Deutlichkeit seiner frischen Erinnerung platzte er damit heraus. »Ich sah einen Strichjungen, der wahrscheinlich mit dreizehn Jahren an homosexuelle Bordelle verkauft wurde. Er saß auf einem Bett in einem Zimmer, das wie eine billige Kopie eines Freudenhauses im West End aussah – überall roter Plüsch und Sessel mit vergoldeten Lehnen, das trübe Licht von Gaslampen mitten am Tag. Er war siebzehn, aber seine Augen waren so alt wie Sodom. Wahrscheinlich ist er tot, bevor er dreißig wird.«

Charlotte stand so lange schweigend da, daß Pitt allmählich bedauerte, es gesagt zu haben. Es war ungerecht; sie hatte nicht wissen können, was geschehen war. Eugenie Jerome tat ihr leid, und dafür konnte er sie kaum tadeln. Bei ihm war es doch genauso – auf schmerzliche Weise genauso.

»Es tut mir leid. Ich hätte es dir nicht erzählen sollen.«

»Wieso?« wollte sie wissen und geriet plötzlich in Bewegung. »Stimmt es nicht?« Ihre Augen waren groß und wütend, ihr Gesicht war weiß.

»Doch, natürlich stimmt es, aber ich hätte es dir nicht erzählen sollen.«

Jetzt richtete sich ihre heftige und heiße Wut gegen ihn.

»Warum nicht? Denkst du, man müsse mich beschützen, wie ein Kind mit höflichen Worten täuschen? So herablassend hast du mich früher nicht behandelt! Ich erinnere mich noch an die Zeit, in der ich in der Cater Street lebte und du mich gezwungen hast, etwas über Elendsquartiere zu erfahren, ob ich nun wollte oder nicht ...«

»Das war etwas anderes! Da ging es um das Verhungern. Es war eine Armut, von der du nichts wußtest. Doch bei dieser Sache geht es um Perversionen.«

»Ich sollte also etwas über Menschen wissen, die in den Gassen verhungern, aber nichts über Kinder, die gekauft werden, um von Perversionen und Kranken benutzt zu werden? Willst du das damit sagen?«

»Charlotte – du kannst doch nichts daran ändern!«

»Ich kann es versuchen!«

»Daran kannst du unmöglich etwas ändern!« Er war ganz außer sich. Der Tag war lang und schlimm gewesen, und er war überhaupt nicht in der Stimmung für hochtrabende, moralische Phrasendrescherei. Tausende, vielleicht Zehntausende von Kindern waren in diese Sache verwickelt, es gab nichts, was eine einzelne Person dagegen ausrichten konnte. Sie gab sich einer Flucht in eine Fantasiewelt hin, um das Gewissen zu beschwichtigen, nichts anderes. »Du hast einfach keine Ahnung von der Ungeheuerlichkeit dieser Sache.« Er wedelte mit den Händen.

»Wage es nicht, so herablassend mit mir zu reden!« Sie nahm das Sofakissen hoch und schleuderte es auf ihn, so fest sie konnte. Es verfehlte ihr Ziel, flog an ihm vorbei und stieß eine Blumenvase von der Anrichte, die auf den Fußboden fiel, das Wasser auf dem Teppich verschüttete, aber glücklicherweise nicht zerbrach.

»Verdammt!« schrie sie. »Du ungeschicktes Etwas! Du hättest sie ja wenigstens fangen können! Nun sieh dir an, was du da angerichtet hast! Und ich muß das alles wieder aufräumen!«

Das war äußerst ungerecht von ihr, aber er wollte nicht darüber streiten.

Sie raffte ihre Röcke und stürmte aus der Küche, kam mit Kehrschaufel und Besen, einem Tuch und einem Krug mit frischem Wasser wieder zurück. Schweigend brachte sie alles in Ordnung, füllte die Vase wieder mit Wasser aus dem Krug, stellte die Blumen hinein und die Vase auf die Anrichte.

»Thomas!«

»Ja?« Er war absichtlich kühl, aber bereit, eine Entschuldigung mit Würde, ja sogar mit Großmut anzunehmen.

»Ich denke, daß du dich vielleicht irrst. Dieser Mann ist vielleicht nicht schuldig.«

Er war wie vor den Kopf geschlagen. »Du... was?«

»Ich glaube, er ist vielleicht nicht des Mordes an Arthur Waybourne schuldig«, wiederholte sie. »Ach, ich weiß, Eugenie sieht aus, als könnte sie nicht bis zehn zählen, ohne daß ihr ein Mann dabei hilft, und beim Klang einer Männerstimme wird sie ganz naiv, aber das ist alles nur aufgesetzt – Theater. Darunter ist sie genauso aufgeweckt wie ich. Sie weiß, daß er keinen Humor hat und voller Groll steckt, und daß es kaum jemanden gibt, der ihn mag. Ich bin mir nicht einmal sicher, ob sie ihn selber so gerne mag. Aber sie kennt ihn! Er ist nicht leidenschaftlich, er ist kalt wie ein Fisch, und Arthur Waybourne mochte er nicht besonders. Aber er wußte, daß das Arbeiten im Hause der Familie Waybourne eine gute Position bedeutete. Eigentlich war ihm Godfrey lieber. Er sagte, Arthur sei ein unangenehmer Junger, verschlagen und eingebildet.«

»Woher weißt du das?« fragte er. Seine Neugier war geweckt, auch wenn er dachte, sie sei Eugenie gegenüber ein wenig unfair. Seltsam, wie selbst die nettesten und vernünftigsten Frauen weiblicher Gehässigkeit nichts entgegensetzen konnten.

»Weil Eugenie das so erzählt hat, natürlich!« erwiderte sie ungeduldig. »Bei dir konnte sie ja vielleicht auf die Tränendrüsen drücken, mich hat sie jedoch nicht einen Augenblick hinters Licht geführt – sie hat viel zuviel Grips, um das zu versuchen! Und schau mich nicht so an!« Sie warf ihm einen wütenden Blick zu. »Nur weil ich vor dir nicht in Tränen zerfließe und dir sage, du seist der einzige Mann in London, der klug genug ist, um einen Fall zu lösen! Das heißt nicht, daß mir alles egal ist. Die Sache liegt mir wirklich sehr am Herzen. Und ich glaube, es kommt allen anderen erschreckend gelegen, daß es Jerome ist. Dann hat alles viel mehr seine Ordnung – meinst du nicht auch? Jetzt kannst du die ganzen wichtigen Leute in Ruhe lassen, damit sie in ihrem Leben vorankommen, ohne eine Menge sehr persönlicher und peinlicher Fragen beantworten zu müssen oder die Polizei im Hause zu haben, damit die Nachbarn blöd glotzen und Spekulationen anstellen können.«

»Charlotte!« Entrüstung stieg in ihm hoch. Jetzt wurde sie wirklich völlig ungerecht. Jerome war schuldig; alles deutete darauf hin, und absolut nichts wies auf irgend jemand anderen. Eugenie tat ihr leid, und der Strichjunge hatte sie ganz aus der Fassung gebracht. Jetzt ließ sie ihren Gefühlen einfach freien Lauf. Es war sein Fehler: Er hätte ihr nicht von Albie erzählen sollen. Es war dumm und zügellos von ihm gewesen. Schlimmer noch, er hatte die ganze Zeit gewußt, daß es dumm war, auch als er sich selbst die Worte sagen hörte.

Charlotte stand regungslos da, wartete, starrte ihn an.

Er holte tief Luft. »Charlotte, du kennst nicht alle Beweise und Aussagen. Wenn du sie kennen würdest, dann wüßtest du, daß es ausreicht, um Maurice Jerome zu verurteilen, und es gibt überhaupt nichts – hörst du? – überhaupt nichts, was darauf hinweist, daß jemand anderes etwas weiß oder sich irgendwie schuldig machte oder zum Mittäter wurde. Mrs. Jerome kann ich nicht helfen. Die Fakten lassen sich weder verändern noch verheimlichen. Die Zeugen kann ich nicht verschweigen. Ich kann und *will* nicht versuchen, sie dazu zu bringen, ihre Aussagen zu verändern. Damit ist die Sache erledigt! Ich wünsche nicht, die Angelegenheit noch weiter zu erörtern. Wo ist bitte mein Abendessen? Ich bin müde, mir ist kalt, und ich hatte einen langen und äußerst unangenehmen Tag. Ich möchte, daß mir mein Abendessen serviert wird; und ich will es in Ruhe essen!«

Ohne mit der Wimper zu zucken, starrte sie ihn an, während sie aufnahm, was er gesagt hatte. Er erwiderte den Blick mit der gleichen Direktheit. Sie nahm einen tiefen Atemzug und ließ die Luft wieder entweichen.

»Ja, Thomas«, antwortete sie. »Es ist in der Küche.« Mit einer energischen Bewegung raffte sie ihre Röcke, drehte sich um, ging hinaus und den Flur entlang.

Er folgte ihr mit einem sehr schwachen Lächeln, das er sie nicht sehen lassen wollte. Ein bißchen von Eugenie Jerome würde ihr überhaupt nicht schaden!

Eine knappe Woche später landete Gillivray seinen zweiten glanzvollen Treffer. Zugegebenermaßen – und er war gezwungen, das einzugestehen – machte er die Entdeckung, als er einer Idee nachging, auf die Pitt ihn gebracht hatte, der auch darauf bestand, daß er sie verfolgte. Trotzdem schaffte Gillivray es, das Ergebnis Athelstan mitzuteilen, bevor er es Pitt selbst berichtete. Er erreichte das mit dem einfachen Kunstgriff, es solange hinauszuzögern, mit den Neuigkeiten zur Polizeiwache zurückzukehren, bis er wußte, daß Pitt mit einem anderen Auftrag unterwegs sein würde.

Pitt kam zurück und war bis zu den Knien durchnäßt vom Regen. Das Wasser tropfte ihm von der Hutkrempe und durchtränkte Kragen und Schal. Er nahm seinen Hut und den Schal mit tauben Fingern ab und schleuderte alles zusammen über den Hutständer.

»Nun?« fragte er, als Gillivray aus dem Stuhl aufstand. »Was haben Sie gefunden?« Gillivrays selbstgefälliger Gesichtsausdruck verriet ihm, daß er etwas hatte, und er war zu müde, um die Sache in die Länge zu ziehen.

»Den Ursprung der Krankheit«, antwortete Gillivray. Er benutzte nur sehr ungern deren genaue Bezeichnung; das Wort schien ihm peinlich zu sein.

»Syphilis?« fragte Pitt absichtlich.

Gillivray zog vor Widerwillen die Nase kraus, seine gut rasierten Wangen röteten sich ein wenig.

»Ja. Es ist eine Prostituierte – eine Frau namens Abigail Winters.«

»Also doch nicht so unschuldig, unser junger Arthur«, stellte Pitt mit einer Genugtuung fest, die er nicht gerne hätte erklären wollen. »Und was veranlaßt Sie zu der Annahme, sie sei der Ursprung?«

»Ich zeigte ihr ein Bild von Arthur – die Fotografie, die wir von seinem Vater erhielten. Sie erkannte es und gestand, daß sie ihn kannte.«

»Tatsächlich? Und warum sagen Sie gestand? Hat sie ihn verführt, ihn in irgendeine Weise getäuscht?«

»Nein, Sir.« Vor Verärgerung lief Gillivray rot an. »Sie ist eine Hure. Sie könnte nie in seine Kreise gelangen.«

»Er hat sich also zu ihr begeben?«

»Nein! Jerome nahm ihn mit. Dafür habe ich Beweise!«

»Jerome nahm ihn mit?« Pitt war völlig verblüfft. »Wozu? Daß Arthur Gefallen an Frauen findet, wäre doch das letzte, was er wollte. Das ergibt überhaupt keinen Sinn!«

»Nun, ob es Sinn ergibt oder nicht – er hat es getan!« schnauzte Gillivray mit Genugtuung zurück. »Offensichtlich war er auch noch ein Voyeur, saß gerne dabei und schaute zu. Wissen Sie, ich wünschte, ich könnte diesen Mann selbst hängen! Normalerweise gehe ich nicht hin und schaue es mir an, wenn jemand gehängt wird, aber diese Hinrichtung lasse ich mir bestimmt nicht entgehen!«

Pitt konnte nichts dazu sagen. Natürlich würde er die Aussage überprüfen und die Frau selbst besuchen müssen, doch es gab mittlerweile zuviel, was gegen Jerome sprach. Sie hatten sichere Beweise in der Hand, an denen man nur ausgesprochen illusorische und unrealistische Zweifel haben konnte.

Er streckte die Hand aus und nahm Gillivray den Zettel mit Name und Adresse aus der Hand. Mit der Frau zu sprechen, war das letzte, was es vor dem Gerichtsverfahren noch zu tun gab.

»Wenn es Ihnen Spaß macht...«, meinte er barsch. »Ich kann nicht behaupten, daß ich es jemals genossen habe, einen Menschen hängen zu sehen. Das gilt für jeden Menschen. Aber tun Sie, was immer Ihnen Vergnügen bereitet!«

6

Das Verfahren gegen Maurice Jerome begann am zweiten Montag im November. Charlotte hatte sich nie zuvor in einem Gerichtssaal aufgehalten. Allerdings hatte sie in der Vergangenheit lebhaftes Interesse an Pitts Fällen gezeigt und sich bei etlichen Gelegenheiten aktiv und auf oftmals gefährliche Weise mit der Entlarvung des Verbrechens befaßt. Mit der Verhaftung war die Sache für sie jedoch jedesmal beendet gewesen; sobald keine Rätsel mehr zu lösen waren, hatte sie den Fall als erledigt betrachtet. Zu wissen, wie es ausging, genügte ihr – sie hatte nicht den Wunsch, es selbst mitzuerleben.

Diesesmal verspürte sie jedoch das starke Bedürfnis, dem Ganzen beizuwohnen – wie immer das Urteil aussehen mochte. Es war eine Geste, mit der sie Eugenie unterstützen wollte, die gerade eine der härtesten Prüfungen durchlief, der sich eine Frau gegenübersehen konnte. Selbst jetzt war sich Charlotte nicht sicher, welches Urteil auf Jerome wartete. Normalerweise vertraute sie völlig auf Pitt, bei diesem Fall jedoch hatte sie in ihm ein Unbehagen gespürt, das tiefer reichte als sein üblicher Kummer über die Tragödie eines Verbrechens. Irgend etwas Unbefriedigendes, etwas anscheinend noch nicht ganz Vollendetes war da – als ob es noch Antworten geben müsse, die er benötigte, die aber nicht vorhanden waren.

Wenn Jerome es jedoch nicht getan hatte, wer dann? Es gab sonst keinen, auf den auch nur der Schatten eines Verdachts fiel. Alle Aussagen wiesen auf Jerome; warum sollte irgend jemand lügen? Das ergab keinen Sinn, und dennoch – die Zweifel waren da.

Innerlich hatte sich bei Charlotte ein Bild von Jerome gefestigt, das noch etwas verschwommen und in den Einzelheiten ein wenig unklar war. Sie mußte sich daran erinnern, daß es auf dem beruhte, was Eugenie ihr erzählt hatte, und Eugenie war, gelinde gesagt, voreingenommen. Und natürlich beruhte es auch auf dem, was Pitt ihr mitgeteilt hatte. War vielleicht auch er voreingenommen? Vom ersten Moment an, in dem Pitt Eugenie gesehen hatte, hatte ihn diese Frau berührt. Sie war so verletzlich, sein Mitleid stand ihm deutlich ins Gesicht geschrieben, sein Wunsch, sie vor den ihm bekannten Wahrheiten zu beschützen, ebenfalls. Charlotte hatte das an ihrem Mann beobachtet, und war auf Eugenie wütend gewesen, weil sie so kindlich, so unschuldig und so ungeheuer weiblich war.

Aber das war jetzt nicht wichtig. Was war Maurice Jerome für ein Mensch? Sie war zu dem Schluß gekommen, daß er ein Mann mit wenig Gefühlen sein mußte. Er zeigte weder oberflächliche Emotionen noch die Gefühle, die unter der Oberfläche des Alltagsgesichtes glimmen und nur in der Ungestörtheit intimer Augenblicke voll unerträglicher Leidenschaft zutage treten. Jerome war kalt, seine Gelüste waren eher intellektueller als sinnlicher Natur. Er kannte Wissensdurst und das Verlangen nach dem durch Wissen verliehenen Status und der dadurch verliehenen Macht. Er dürstete danach, sich gesellschaftlich durch seine Manieren, seine Sprache und seine Kleidung hervorzutun. Er war stolz auf seinen Fleiß und darauf, Fähigkeiten zu besitzen, über die andere nicht verfügten. Auf eine seltsame Weise war er auch stolz auf die zufriedenstellende Vollständigkeit geistiger Disziplinen, wie die lateinische Grammatik oder die Mathematik sie darstellt.

War das alles bloß eine hervorragende Maske für tieferliegende, unkontrollierbare, körperliche Gelüste? Oder war er genau das, was er zu sein schien: ein kühler und eher unvollkommener Mann, der von Natur aus viel zu sehr von sich selbst vereinnahmt war, um irgendeine Leidenschaft zu spüren?

Wie auch immer die Wahrheit aussehen mochte, für Eugenie konnte alles nur Leid bedeuten. Anwesend zu sein, war das mindeste, was Charlotte für sie tun konnte, damit unter den ganzen neugierigen und anschuldigenden Gesichtern zumindest eines war, das sich von diesen unterschied, das einer Freundin gehörte, deren Blick Eugenie erwidern und bei der sie sich gewiß sein konnte, daß sie nicht allein dastand.

Charlotte hatte für Pitt ein sauberes Hemd und eine frische Krawatte herausgelegt, benetzte gerade seinen besten Mantel mit einem Schwamm und plättete ihn. Sie hatte ihm nicht gesagt, daß sie beabsichtigte, ebenfalls hinzugehen. Um Viertel nach acht gab sie ihm einen Abschiedskuß und brachte ein letztes Mal seinen Kragen in Ordnung. Sobald die Tür ins Schloß gefallen war, wirbelte sie herum und rannte in die Küche zurück, um Gracie in allen Einzelheiten in die Pflichten einzuweisen, die sie die ganzen Tage, die das Gerichtsverfahren andauern würde, für Haus und Kinder zu übernehmen hatte. Gracie versicherte Charlotte, daß sie jede Aufgabe peinlich genau ausführen und jede eventuell entstehende Situation bewältigen würde.

Charlotte akzeptierte es, dankte ihr ernst, ging dann auf ihr Zimmer, zog sich das einzige schwarze Kleid an, das sie besaß, und setzte sich einen sehr schönen, extravaganten schwarzen Hut auf, den Emily ihr geschenkt hatte. Emily hatte ihn auf der Beerdigung irgendeiner Herzogin getragen. Als sie dann aber gehört hatte, daß diese ungeheuer knauserig gewesen war, hatte sie eine derartige Abneigung gegen sie entwickelt, daß sie den Hut umgehend loswerden wollte, und einen anderen kaufte, der noch teurer und eleganter war.

Der Hut hatte eine breite und verwegene Krempe, war reichlich verschleiert und hatte überaus erstaunliche Federn. Er war ungeheuer schmeichlerisch, betonte die Konturen in Charlottes Gesicht und hob ihre großen grauen Augen hervor. Er hatte den Zauber eines Hauchs des Geheimnisvollen.

Sie wußte nicht, ob man bei einem Gerichtsprozeß in Schwarz erscheinen sollte. Leute, die etwas auf sich hielten, besuchten keine Gerichtsverhandlungen! Aber immerhin ging es um Mord, und das hatte notwendigerweise auch etwas mit Tod zu tun. Jedenfalls gab es keinen Menschen, den sie zu diesem späten Zeitpunkt fragen konnte, die Leute würden wahrscheinlich sagen, sie sollte gar nicht hingehen. Oder sie würden sagen, nur Frauen von skandalösem Ruf wie die alten Weiber, die zur Zeit der Französischen Revolution am Fuß der Guillotine strickten, wohnten solchen Dingen bei.

Es war kalt, und sie war froh, vom Haushaltsgeld genug gespart zu haben, um an jedem Tag der Woche das Fahrgeld für einen Hansom in beiden Richtungen zu zahlen, sollte das nötig werden.

Sie traf sehr früh ein; sonst war fast niemand da – nur die schwarzgekleideten Gerichtsdiener, die ein wenig staubig aussahen und wie Krähen im Sommer wirkten, und zwei Frauen mit Besen und Staubwedeln. Es war kahler, als sie es sich vorgestellt hatte. Ihre Schritte hallten auf den breiten Gängen wider, als sie der angewiesenen Richtung zum entsprechenden Saal folgte und in den leeren Holzsitzreihen Platz nahm.

Mit großen Augen schaute sie sich um und versuchte, den Saal in ihrer Fantasie zu bevölkern. Die um den Zeugenstand und die Anklagebank laufenden Geländer waren jetzt ganz dunkel; Generationen von Gefangenen, von Männern und Frauen, die dorthin gekommen waren, um Zeugnis abzulegen, hatten sie ganz abgenutzt. Ganz nervös hatten diese Menschen dort gestanden und versucht, geheimgehaltene und häßliche Wahrheiten zu verbergen, hatten über andere getratscht, Lügen und Halbwahrheiten verbreitet. An dieser Stelle war schon jede menschliche Sünde und jede Intimität offengelegt worden; Leben waren zerstört, Todesurteile waren gesprochen worden. Doch keiner hatte dort die einfachen Dinge getan – gegessen oder geschlafen oder mit einem Freund zusammen gelacht. Sie sah nur die Anonymität eines öffentlichen Ortes.

Andere Menschen kamen bereits herein mit strahlenden, feixenden Gesichtern. Charlotte bekam Bruchstücke ihrer Gespräche mit und haßte diese Leute auf der Stelle. Sie waren gekommen, um sich anzüglich anzugrinsen, neugierig herumzuschnüffeln und sich Fantasien hinzugeben über etwas, das sie unmöglich wissen konnten. Ungeachtet aller Beweise würden sie ihre eigenen Urteilssprüche fällen. Charlotte wollte Eugenie wissen lassen, daß zumindest eine Person da war, die wirklich zu ihr hielt, was immer auch gesagt wurde.

Und das war merkwürdig, denn die Gefühle, die sie Eugenie entgegenbrachte, waren sehr verworren. Eugenies honigsüße Weiblichkeit machte Charlotte wütend; diese Eigenschaft ging ihr nicht nur völlig gegen den Strich, sondern bestärkte auch all die äußerst ärgerlichen Annahmen, die Männer gegenüber Frauen hegten. Seit ihr Vater ihr die Zeitung weggenommen und ihr gesagt hatte, es schicke sich nicht für eine Dame, sich für solche Dinge zu interessieren, und darauf bestand, daß sie zu ihren Mal- und Stickarbeiten zurückkehrte, war sie sich dieser Einstellung bewußt. Die Herablassung, mit der Männer weiblicher Zartheit und allgemeiner Dummheit begegneten, ließ sie völlig außer sich geraten. Und Eugenie nährte diese Herablassung, indem sie genau das zu sein vorgab, was solche Männer erwarteten. Vielleicht hatte sie ja dieses Verhalten gelernt, um sich auf diese Weise selbst zu schützen und das zu bekommen, was sie wollte. Das entschuldigte es zum Teil, aber es war immer noch der Ausweg eines Feiglings.

Und das Schlimmste daran war, daß es funktionierte – sogar bei Pitt! Wie ein völliger Narr schmolz er dahin! Sie hatte es in ihrem eigenen Wohnzimmer beobachtet. Eugenie war mit ihrem albernen Lachen, ihrer Selbstverurteilung und ihrer einschmeichelnden Art auf gesellschaftlicher Ebene genauso schlau wie Emily! Wenn sie aus ebenso gutem Hause stammen würde und so hübsch wie Emily wäre, vielleicht hätte auch sie jemanden mit Rang und Namen geheiratet.

Und was war mit Pitt? Der Gedanke jagte einen Schauer durch ihren Körper. Hätte Pitt lieber eine Frau gehabt, die ein wenig weicher gewesen wäre, raffinierter spielte, jemanden, der ihm zumindest teilweise ein Geheimnis geblieben wäre und von seinen Gefühlen nichts anderes einforderte als Geduld? Wäre er mit einer Frau glücklicher geworden, die ihn im Herzen völlig allein ließ und ihn nie verletzte, weil sie ihm nie nah genug war? Einer Frau, die seine Werte nie in Frage stellte oder seine Selbstachtung zerstörte, indem sie recht hatte, wenn er sich irrte, und ihn das wissen ließ?

Die Annahme, Pitt wolle eine solche Frau haben, war sicherlich die größte Beleidigung. Sie basierte darauf, daß er ein emotionales Kind wäre, unfähig, die Wahrheit zu verkraften. Aber ab und zu sind wir alle Kinder, und Träume brauchen wir ebenfalls alle – auch wenn es törichte Träume sind.

Vielleicht wäre es klüger, wenn sie sich ein wenig häufiger auf die Zunge beißen würde und den passenden Zeitpunkt für die Wahrheit – oder für das, was sie für wahr hielt – abwartete. Auch Freundlichkeit wollte bedacht sein – genau wie die Hingabe an die Ehrlichkeit.

Jetzt war der Gerichtssaal voll. Wenn sie sich umdrehte, sah sie sogar Leute, denen der Zutritt verwehrt wurde. Neugierige Gesichter drängten sich in den Türöffnungen und hofften, einen flüchtigen Blick auf den Gefangenen werfen zu können, den Mann, der den Sohn eines Aristokraten ermordet und seine nackte Leiche durch einen Einstiegsschacht in die Kanalisation gezwängt hatte.

Die Verhandlung wurde eröffnet. Der Schreiber in düsterem, abgetragenem Schwarz trug einen goldenen Kneifer an einem Band um den Hals und bat in der Sache Krone gegen Maurice Jerome um Aufmerksamkeit. Der Richter, dessen Gesicht unter der schweren Roßhaarperücke einer reifen Pflaume glich, blies seine Wangen auf und seufzte. Er sah aus, als ob er den Abend zuvor zu reichlich gegessen hatte. Charlotte konnte sich ihn gut in Samtjacke mit Krümeln auf der Weste vorstellen, wie er gerade die letzten Reste des Stiltonkäse wegwischte und den Portwein leerte. Das Feuer würde im Kamin hochlodern; der Butler stand in der Nähe, um seine Zigarre anzuzünden.

Noch vor Ende der Woche würde er wahrscheinlich den schwarzen Dreispitz aufgesetzt haben und Maurice Jerome zum Tod durch den Strang verurteilen.

Sie schauderte und drehte sich das erste Mal zu dem Mann hin, der in der Anklagebank stand, um ihn sich anzusehen. Sie war überrascht – unangenehm überrascht. Sie merkte, welch präzises inneres Bild sie sich von ihm aufgebaut hatte, das nicht so sehr seine Gesichtszüge, sondern ihre Empfindung von ihm betraf, das Gefühl, das sie haben würde, wenn sie sein Gesicht sah.

Und das Bild verflüchtigte sich. Er war größer, als es ihr Mitleid ihm zugestanden hatte; seine Augen waren klüger. Wenn Angst in ihm war, dann wurde sie durch die Verachtung überdeckt, die er jedem um ihn herum entgegenbrachte. Es gab natürlich Dinge, in denen er tatsächlich überlegen war – er konnte Lateinisch sprechen und hatte beträchtliche Kenntnisse des Griechischen; er hatte über die Künste und Kulturen alter Völker Vorlesungen abgehalten. Auf den Pöbel unter ihm traf das nicht zu. Diese Menschen waren hier, um einer vulgären Neugier zu frönen, Jerome hingegen hielt sich gezwungenermaßen an diesem Ort auf und würde es erdulden, weil ihm keine andere Wahl blieb. Aber er würde sich nicht dazu herablassen, Teil dieser Flut aus Gefühlen zu sein. Er verabscheute Pöbelhaftigkeit und brachte das durch seine leicht geblähten Nasenflügeln, die geschürzten Lippen und die leichten Bewegung seiner Schultern, die ihn davor bewahrte, die Constables zu beiden Seiten zu berühren, schweigend zum Ausdruck.

Charlotte hatte zu Anfang Sympathie mit ihm gehabt und gedacht, sie könne zumindest zum Teil verstehen, wie er in einen solchen Abgrund der Leidenschaft und der Verzweiflung geraten war – sollte er schuldig sein. War er unschuldig, verdiente er sicherlich alles Mitgefühl und jede Anstrengung, damit Gerechtigkeit geübt würde.

Und doch, als sie ihn betrachtete, wie er nur einige Meter entfernt ganz wirklich und lebendig dasaß, konnte sie ihm keine Sympathie entgegenbringen. Sie mußte mit ihren Gefühlen ganz von vorne beginnen und sie einer Person gegenüber aufbauen, die ganz anders war als die, die sich ihre Vorstellung geschaffen hatte.

Das Gerichtsverfahren hatte begonnen. Der erste Zeuge war der Kanalreiniger. Ganz klein und schmal wie ein Junge stand er da und zwinkerte im ungewohnten Licht. Vertreter der Anklage war ein Mr. Bartholomew Land. Rasch und ohne Umschweife setzte er sich mit dem Mann auseinander, befragte ihn zur überaus einfachen Geschichte seiner Arbeit und seiner Entdeckung der Leiche, der erstaunlicherweise jegliche Spuren von Verletzungen oder Anzeichen für Attacken durch Ratten fehlten – und die bemerkenswerterweise keinerlei Kleidungsstücke mehr am Leib trug, nicht einmal Stiefel. Natürlich hatte er umgehend die Polizei gerufen und mit Sicherheit nichts, aber auch gar nichts mitgehen lassen! Er war doch kein Dieb! Schon die Andeutung war eine Beleidigung. Der Verteidiger, Mr. Cameron Giles, fand an alledem nichts Anfechtbares, und der Zeuge wurde ordnungsgemäß entlassen.

Der nächste Zeuge war Pitt. Charlotte beugte sich ein wenig nach vorne, um ihr Gesicht zu verbergen, als er nur einen Meter von ihr entfernt vorüberging. Sie amüsierte sich und spürte, wie sie ein unsicheres Zittern überkam, als er sogar in einem Augenblick wie diesem kurz auf ihren Hut blickte. Was für ein schöner Hut! Obwohl er natürlich nicht wußte, daß sie es war, die ihn trug! Nahm er andere Frauen oft mit diesem raschen Aufblitzen der Anerkennung wahr? Sie verscheuchte diesen Gedanken. Eugenie hatte auch einen Hut getragen.

Pitt betrat den Zeugenstand, legte einen Eid auf seinen Namen und seinen Berufsstand ab. Obwohl sie seinen Mantel geplättet hatte, bevor er das Haus verließ, hing er bereits an einer Seite herunter, seine Krawatte saß schief, und wie immer war er sich mit den Fingern durch die Haare gefahren, so daß sie steil vom Kopf abstanden. Allein der Versuch, das zu ändern, war Zeitverschwendung gewesen! Der Himmel mochte wissen, was er in seine Taschen hatte! Steine, so sah es jedenfalls aus.

»Sie haben die Leiche untersucht?« fragte Land.

»Ja, Sir.«

»Und es gab nichts, wodurch sie sich identifizieren ließ? Wie erfuhren Sie dann, um wen es sich handelte?«

Pitt schilderte in groben Zügen, wie sie vorgegangen waren und eine Möglichkeit nach der anderen ausgeschlossen hatten. Er ließ alles sehr routiniert klingen, wie eine Sache des gesunden Menschenverstandes, der jeder auf diese Weise hätte nachgehen können.

»Ah, ja!« nickte Land. »Und zu gegebener Zeit identifizierte Anstey Waybourne seinen Sohn?«

»Ja, Sir.«

»Was haben Sie dann unternommen, Mr. Pitt?«

Pitts Gesicht war ausdruckslos. Nur Charlotte wußte, daß es Kummer war, der seinen normalen Gesichtsausdruck, das verzehrende Interesse, das gewöhnlich da war, weggewischt hatte. Auf jeden anderen wirkte er vielleicht einfach kalt.

»Auf Grund der Informationen, die mir der Gerichtsmediziner gegeben hatte...« Pitt war viel zu sehr daran gewöhnt, Aussagen zu machen, als daß er etwas wiederholen würde, was er nur vom Hörensagen wußte. »...begann ich, Nachforschungen über Arthur Waybornes persönliche Beziehungen anzustellen.«

»Und was brachten Sie in Erfahrung?«

Alles mußte man aus ihm herausziehen; freiwillig sagte er nichts!

»Über enge Beziehungen, die außerhalb seines Haushaltes eingegangen wurden und zu der erwarteten Beschreibung paßten, erfuhr ich nichts.« Was für eine vorsichtige Antwort, in Worten, die nichts verrieten. Er hatte nicht einmal stillschweigend angedeutet, daß das Ganze etwas mit irgendeiner Form von Sexualität zu tun hatte. Er hätte über Finanzen oder von irgendeinem Handel sprechen können.

Lands Augenbrauen schossen in die Höhe; seine Stimme verriet Überraschung.

»Keine Beziehungen, Mr. Pitt? Sind Sie sich da sicher?«

Pitts Mundwinkel krümmten sich nach unten. »Ich glaube, Sie werden Sergeant Gillivray wegen der Informationen befragen müssen, hinter denen Sie her sind«, sagte er mit kaum verhüllter Schärfe.

Sogar hinter dem Schleier schloß Charlotte für einen Moment die Augen. Er würde also Gillivray alles über Albie Frobisher und die kranke Prostituierte berichten lassen. Gillivray würde das genießen. Man würde ihn feiern.

Warum nur? Gillivray würde alles doch nur überreich und mit allen Einzelheiten ausmalen und mit großer Bestimmtheit darstellen. Wollte Pitt sich nicht an dem Ganzen beteiligen und ihm dadurch entgehen, daß er vermied, die Worte selber auszusprechen? Als ob das etwas ändern würde! Überließ man es Gillivray, würde das Beweismaterial nur noch erdrückender.

Sie schaute auf. Da vorne, in jenem von Holzgeländern umgebenen Zeugenstand, war Pitt so fürchterlich allein. Sie konnte nichts tun, um ihm zu helfen. Er wußte nicht einmal, daß sie da war und begriff, daß er sich fürchtete, weil ein Teil von ihm noch nicht ganz von Jeromes Schuld überzeugt war.

Wie war Arthur Waybourne wirklich gewesen? Er war jung, stammte aus guter Familie und war einem Mord zum Opfer gefallen. Keiner würde es wagen, jetzt schlecht von ihm zu reden, gemeine oder schmutzige Wahrheiten über ihn ans Tageslicht zu befördern. Auch Jerome Maurice mit seinem zynischen Gesicht wußte das wahrscheinlich.

Sie schaute zu Pitt hinüber.

Er setzte seine Aussage fort, Stück für Stück zog Land sie aus ihm heraus.

Giles hatte keine Fragen. Er war zu geschickt, als daß er versucht hätte, Pitt aufzurütteln, und wollte ihm nicht die Gelegenheit geben, das zu bestärken, was er bereits gesagt hatte.

Dann kam der Gerichtsmediziner an die Reihe. Er war ruhig, sich seiner Fakten recht sicher und für die Macht oder Förmlichkeit des Gerichtes völlig unempfindlich. Weder der wallende Leibesumfang noch die sich kräuselnde Perücke des Richters noch die donnernde Stimme Lands machten auf ihn Eindruck. Unter dem ganzen Prunk des Gerichtes steckten nur menschliche Körper. Und er hatte genug menschliche Körper nackt vor sich gesehen und die Leichname zerlegt. Nur zu sehr war er sich ihrer Zerbrechlichkeit bewußt, der ihnen allen gemeinsamen Entwürdigungen und Bedürfnisse.

Charlotte versuchte, sich die Mitglieder des Gerichtes in weißen Schutzdecken vorzustellen, ohne die jahrhundertealte Würde, die ihnen ihre Amtstrachten verliehen, und plötzlich bekam alles einen leicht lächerlichen Anstrich. Sie fragte sich, ob dem Richter unter dieser großen Perücke nicht heiß war. Juckte sie?

Vielleicht würden die weißen Schutztücher ja genauso irreführend sein wie die Gewänder und Amtstrachten?

Der Mediziner berichtete. Er hatte ein angenehmes, markantes Gesicht, das gar nicht arrogant wirkte, sagte die Wahrheit und ließ nichts aus. Aber er stellte einfach nur Tatsachen fest, gefühllos und ohne zu werten. Ein Homosexueller hatte sich an Arthur Waybourne vergangen. Eine Welle des Abscheus lief durch den Saal. Zweifellos hatte es jeder bereits gewußt, aber es war ein Vergnügen, eine Art Katharsis, das Gefühl ausdrücken zu können und darin zu baden. Immerhin waren sie ja genau deswegen gekommen!

Arthur Waybourne hatte sich in jüngster Zeit Syphilis zugezogen. Eine weitere Welle der Abscheu – dieses mal auch ein überraschtes, angstvolles Schaudern. Es ging um eine Krankheit, und zwar um eine ansteckende Krankheit. Anständige Menschen waren nicht gefährdet, aber mit Krankheiten war auch immer ein Geheimnis verbunden, und die Zuschauer waren ihr nahe genug, um einen beunruhigenden Nervenkitzel zu verspüren, den kalten Hauch einer realen Gefahr. Es war eine Krankheit, für die es keine Heilung gab.

Dann kam die Überraschung. Giles erhob sich.

»Dr. Cutler, Sie sagen, daß sich Arthur Waybourne vor kürzester Zeit Syphilis zugezogen hat?«

»Ja, so ist es.«

»Ohne jeden Zweifel?«

»Ohne jeden Zweifel.«

»Ihnen kann dabei kein Fehler unterlaufen sein? Es könnte nicht irgendeine andere Krankheit mit ähnlichen Symptomen sein?«

»Nein.«

»Bei wem hat er sich diese Krankheit zugezogen?«

»Ich habe keinerlei Möglichkeiten, das herauszufinden, Sir. Außer natürlich, daß es jemand gewesen sein muß, der an dieser Krankheit litt.«

»Genau. Auf diesem Weg könnten Sie aber nicht in Erfahrung bringen, wer es war – lediglich, wer es zweifellos nicht war!«

»Natürlich.«

In den Bänken entstand Unruhe. Der Richter beugte sich nach vorne.

»Soviel scheint doch auch für den größten Trottel offenkundig zu sein, Mr. Giles. Wenn Sie etwas zu sagen haben, dann bringen Sie es bitte auf den Punkt, Sir!«

»Ja, Mylord. Dr. Cutler, haben Sie den Gefangenen untersucht, um festzustellen, ob er an Syphilis erkrankt ist oder nicht?«

»Ja, Sir.«

»Und? Hat er diese Krankheit?«

»Nein, Sir, das hat er nicht. Er leidet auch an keiner anderen übertragbaren Krankheit und ist bei guter Gesundheit, soweit man das von einem Mann, der so sehr unter Druck steht, überhaupt sagen kann.«

Es wurde still. Der Richter verzog das Gesicht, voller Abneigung starrte er den Doktor an.

»Verstehe ich Sie richtig, Sir, daß Sie damit sagen, der Angeklagte habe diese Krankheit nicht auf das Opfer, Arthur Waybourne, übertragen?« fragte er eisig.

»Das stimmt, Mylord. Es wäre unmöglich.«

»Wer hat es dann getan? Wie hat er sich die Krankheit zugezogen? Hat er sie geerbt?«

»Nein, Mylord, die Krankheit befand sich im Frühstadium und hatte damit eine Form, die man nur vorfindet, wenn sie durch Geschlechtsverkehr übertragen wurde. Eine angeborene Syphilis führt zu völlig anderen Symptomen.«

Der Richter seufzte schwer und lehnte sich zurück. Sein Gesicht hatte den Ausdruck geduldig getragenes Leides.

»Ich verstehe. Und natürlich können Sie nicht sagen, von wem er sie sich zugezogen hat!« Er putzte sich die Nase. »Sehr gut, Mr. Giles, Sie haben Ihr Argument vorgebracht. Bitte fahren Sie fort.«

»Das ist alles, Mylord. Danke, Dr. Cutler.«

Bevor dieser jedoch gehen konnte, sprang Land auf die Füße.

»Noch einen Augenblick, Doktor! Hat die Polizei Sie hinterher darum gebeten, die Richtigkeit einer Diagnose bei einer anderen an Syphilis erkrankten Person zu bestätigen?«

Cutler lächelte gelassen. »Etliche Male.«

»Auch bei jemandem, der einen wichtigen Bezug zu diesem Fall aufweist?« fragte Land scharf.

»Das haben sie mir nicht mitgeteilt – es wäre bloßes Hörensagen.« Der Arzt schien eine gewisse Freude darin zu finden, auf hinderliche Weise alles wörtlich zu nehmen.

»Abigail Winters?« Land wurde allmählich wütend. Sein Beweismaterial war einwandfrei, und er wußte das, aber vor Gericht wurde der Eindruck erweckt, es sei unbrauchbar, und das ärgerte ihn.

»Ja. Ich untersuchte Abigail Winters, und sie hat Syphilis«, räumte Cutler ein.

»Übertragbar?«

»Sicher.«

»Und welchem Beruf geht Abigail Winters nach – oder welchem Gewerbe, wenn Sie das bevorzugen?«

»Keine Ahnung.«

»Seien Sie doch nicht so naiv, Dr. Cutler! Sie wissen genau wie ich, welchem Gewerbe sie nachgeht!«

Cutlers breiter Mund verzog sich zu einem winzigen Anflug von Lächeln.

»Ich fürchte, da sind Sie mir ein wenig voraus, Sir.«

Im Gerichtssaal wurde gekichert; Lands Gesicht erglühte in mattem Rot. Selbst von hinten konnte Charlotte sehen, wie sich sein Hals verfärbte. Sie war froh, daß ihr Schleier ihren eigenen Gesichtsausdruck verbarg. Es war jetzt weder der rechte Ort noch die Zeit, sich zu amüsieren.

Land öffnete den Mund und schloß ihn wieder.

»Sie sind entlassen!« sagte er wütend. »Ich rufe Sergeant Harcourt Gillivray.«

Gillivray betrat den Zeugenstand und legte den Eid auf seinen Namen und seinem Berufsstand ab. Er wirkte blankgeschrubbt und ordentlich, erweckte jedoch den Anschein, diese Wirkung nicht ganz mühelos bewerkstelligt zu haben. Er hätte für einen Gentleman durchgehen können, wenn man einmal von der leichten Unruhe seiner Hände und einem kleinen, verräterischen Anflug von Wichtigtuerei absah. Ein wahrer Gentleman hätte sich keine Sorgen darüber gemacht, wie andere ihn sehen würden; er hätte einfach gewußt, daß es dazu keinen Anlaß gab – und würde sich ohnehin nicht darum scheren.

Gillivray bestätigte Pitts Aussagen. Dann fuhr Land fort, ihn zur Entdeckung Albie Frobishers zu befragen, hörte aber natürlich kurz vor Albies Aussage auf, die ja Gillivray wiederum nur aus zweiter Hand wiedergegeben hätte. Und Albie würde noch zu gegebener Zeit aufgerufen werden, um selbst auszusagen – auf viel aufschlußreichere Weise.

Charlotte saß teilnahmslos da. Alles war so logisch, alles paßte so gut zusammen. Gott sei Dank war Eugenie wenigstens draußen. Als Zeugin blieb ihr der Zutritt verwehrt, bevor sie nicht ihre eigene Aussage gemacht hatte.

Gillivray erzählte, wie er seine Untersuchungen durchgeführt hatte. Er erwähnte Pitts Anteil daran, daß er Pitts Anordnungen gefolgt war und daß es Pitts Intuition gewesen war, die ihm gezeigt hatte, wo er suchen sollte. Er stand sehr aufrecht da, berichtete ihnen, wie er Abigail Winters gefunden und in Erfahrung gebracht hatte, daß sie an einer Krankheit litt, die sich bei näherer Untersuchung als Syphilis herausstellte.

Er verließ den Zeugenstand mit vor Stolz geröteten Wangen; zweihundert Augenpaare beobachteten seinen geraden Rücken und seine anmutigen Schultern, als er zu seinem Platz zurückkehrte.

Charlotte verabscheute ihn, weil er so zufrieden war. Für ihn war das Ganze eine Leistung, keine Tragödie. Es hätte ihm wehtun sollen! Er hätte spüren sollen, wie Schmerz und Verwirrung in ihm hochstiegen!

Der Richter unterbrach die Sitzung für die Mittagspause. Charlotte drängelte sich mit der Menge nach draußen und hoffte, daß Pitt sie nicht sehen würde. Sie fragte sich, ob jetzt vielleicht die Eitelkeit, die sie dazu geführt hatte, den schwarzen Hut zu tragen, nicht alles zunichte machen würde.

Eigentlich geschah das erst, als sie wieder zurückkehrte – ein wenig frühzeitig, um sicherzugehen, daß sie ihren Sitzplatz wieder in Anspruch nehmen konnte.

Sie sah Pitt, sobald sie in den Flur trat, und blieb stehen. Als sie dann merkte, daß das Innehalten nur weitere Aufmerksamkeit auf sie lenken würde, hob sie ihr Kinn ein wenig an und rauschte auf die Tür des Gerichtssaales zu.

Es war nicht zu vermeiden, daß Pitt sie sehen würde. Sie war ganz in Schwarz gekleidet, und der Hut war recht erstaunlich. Ganz gleich, wo sie sich aufgehalten hätten – er hätte herübergeschaut.

Sie überlegte, ob sie ihren Kopf zur Seite neigen sollte, und entschied sich dagegen. Es wäre unnatürlich, und er würde nur argwöhnisch werden.

Doch auch so dauerte es einen Augenblick, bis er sie erkannte.

Hart fühlte sie seine Hand auf ihrem Arm und war gezwungen stehenzubleiben. Sie erstarrte, dann drehte sie sich um, starrte ihn an.

»Charlotte!« Er war erstaunt, sein Gesicht hatte einen fast komischen Ausdruck. »Charlotte? Was in aller Welt machst du denn hier? Du kannst hier nichts helfen!«

»Ich wünsche mir, hier zu sein«, sagte sie sachlich und blieb leise dabei. »Mach mir keine Szene, sonst werden alle zu uns herüberschauen!«

»Es ist mir völlig egal, ob alle zu uns herüberschauen! Geh nach Hause, das hier ist kein Ort für dich!«

»Eugenie ist hier – ich denke, es gibt sehr gute Gründe für mich zu bleiben. Sie braucht vielleicht eine ganze Menge Beistand, bevor das alles vorbei ist.«

Er zögerte. Sanft nahm sie seine Hand von ihrem Arm.

»Wenn ich dazu in der Lage wäre, würdest du nicht wollen, daß ich ihr helfe?«

Darauf fiel ihm keine Antwort ein, und sie wußte das. Sie schenkte ihm ein strahlendes Lächeln und rauschte in den Gerichtssaal.

Der erste Zeuge am Nachmittag war Anstey Waybourne. Plötzlich wurde man sich im Saal der Tragik des Ganzen bewußt. Der gesamte Saal gab nichts anderes von sich als ein leises Gemurmel der Sympathie. Die Leute nickten verständig, fanden in einer Art gemeinsamer Trauer zusammen.

Er hatte wenig Wertvolles hinzuzufügen, sprach lediglich über die Identifizierung des Leichnams seines Sohnes, schilderte das kurze Leben des Jungen und die Einzelheiten seines Tagesablaufs, seine Studien bei Jerome. Giles fragte ihn, wie er dazu gekommen war, Jerome anzustellen – und über dessen herausragende Referenzen und den Tatbestand, daß keiner seiner vorherigen Arbeitgeber irgendeinen Grund zur Klage über ihn gehabt hatte. Jeromes akademische Qualifikationen waren über jeden Zweifel erhaben; er stellte hohe Anforderungen an die Disziplin, ohne brutal zu werden. Weder Arthur noch Godfrey hatten ihn sonderlich gerne gemocht, aber Waybourne mußte zugeben, daß auch keiner von ihnen mehr gegenüber Jerome zum Ausdruck gebracht hatte als die natürliche Abneigung junger Leute gegenüber jemandem, der konstant Autorität über sie ausübt.

Als er über seine eigene Einstellung zu Jerome befragt wurde, hatte er nur wenig beizutragen. Die ganze Sache hatte ihm einen tiefen Schock versetzt. Er fand keine Begriffe für das, was seinen Söhnen geschehen war, und konnte nicht weiterhelfen. Mit gedämpfter Stimme entließ ihn der Richter.

Godfrey Waybourne wurde aufgerufen. Augenblicklich erscholl ein ärgerliches und gegen Jerome gerichtetes Brummen; ihm war zuzuschreiben, daß es erforderlich war, ein solches Kind dieser Tortur zu unterziehen.

Regungslos saß Jerome da, starrte geradeaus, als sei Godfrey ein Fremder und von keinerlei Interesse. Auch als Land sprach, schaute er ihn nicht an.

Die Aussage war kurz. Godfrey wiederholte, was er Pitt gesagt hatte, in vornehmen, fast zweideutigen Worten – nur nicht für diejenigen, die bereits wußten, wovon er redete.

Selbst Giles ging sanft mit dem Jungen um und verlangte nicht von ihm, die schmerzlichen Details zu wiederholen.

Überraschend früh machten sie an diesem Tag Schluß. Charlotte hatte keine Ahnung gehabt, daß Gerichte zu einer Zeit ihre Pforten schlossen, zu der Pitt noch nicht einmal die Hälfte seines Nachmittags hinter sich gebracht hatte. Sie suchte sich einen Hansom und fuhr nach Hause. Als Pitt hereinkam, war sie bereits seit über zwei Stunden daheim, hatte ein schlichteres Kleid angezogen und stand am Herd. Das Abendessen kochte vor sich hin. Sie wartete auf das Donnerwetter, aber es kam nicht.

»Wo hast du diesen Hut her?« fragte er und setzte sich auf einen Küchenstuhl.

Sie lächelte erleichtert. Sie war sich dessen nicht bewußt gewesen, aber ihr ganzer Körper hatte sich angespannt und auf seine Wut gewartet. Es hätte sie stärker verletzt und wäre mehr gewesen, als sie jetzt verkraften konnte. Sie stocherte im Eintopf herum, nahm ein bißchen von der Brühe auf den Löffel, und blies ihn an, um abzuschmecken. Gewöhnlicherweise tat sie nicht genug Salz hinein. Dieses Essen wollte sie ausgesprochen gut geraten lassen.

»Von Emily«, antwortete sie. »Warum?«

»Er sieht so teuer aus.«

»Ist das alles?« Sie drehte sich zu ihm herum; endlich lächelte sie.

Er begegnete ihrem Blick, ohne mit der Wimper zu zucken, wußte genau, was in ihr vorging.

»Und wunderschön«, fügte er hinzu. Dann sagte er strahlend: »Ungeheuer schön! Aber er hätte auch Emily gestanden. Warum hat sie ihn dir gegeben?«

»Sie sah einen, der ihr besser gefiel«, antwortete sie wahrheitsgemäß. »Obwohl sie natürlich erzählte, sie habe es getan, weil sie ihn für eine Beerdigung gekauft und dann etwas Unangenehmes über die Verstorbene gehört hatte.«

»Und dann gab sie dir den Hut?«

»Du kennst Emily doch.« Sie nippte an der Brühe und fügte noch genügend Salz hinzu, um Pitts Vorliebe für würzigeres Essen entgegenzukommen. »Wann macht Eugenie ihre Aussage?«

»Wenn die Verteidigung das Wort ergreift. Morgen kann das noch nicht sein – wahrscheinlicher erst am Tag darauf. Du brauchst nicht hinzugehen.«

»Das denke ich auch. Aber ich *will* hingehen. Ich will mir ein vollständiges Bild machen und nicht nur eine Seite hören.«

»Meine Liebe, was immer auch das Thema war, hast du jemals etwas anderes getan, als dir ein vollständiges Bild darüber zu vermitteln?«

»Wenn ich mir eine Meinung bilden soll, dann ist es besser, ich habe alle entsprechenden Informationen«, gab sie ihm augenblicklich zurück.

Er hatte weder die Energie noch den Willen, sich auf ein Streitgespräch einzulassen. Wenn sie gehen wollte, war das ihre eigene Entscheidung. Auf eine gewisse Weise lag auch ein gewisser Trost darin, die Last des Wissens zu teilen. Seine Einsamkeit schmolz dahin. Er konnte ja doch nichts ändern, aber er konnte sie zumindest berühren, und ohne Worte und Erklärungen würde sie genau verstehen, was er fühlte.

Am folgenden Tag war Mortimer Swynford der erste Zeuge. Sein Auftritt diente einzig und allein dazu, den Boden für Titus zu bereiten, indem er bezeugte, Jerome als Hauslehrer sowohl für seinen Sohn als auch für seine Tochter eingestellt zu haben. Er hatte das getan, kurz nachdem Jerome von Anstey Waybourne angestellt worden war, mit dem Swynford verschwägert war; tatsächlich war es Waybourne gewesen, der ihm Jerome empfohlen hatte. Nein, er hatte nicht geahnt, das Jerome neben den tadellosesten moralischen Charaktereigenschaften noch andere Seiten besaß. Seine intellektuellen Leistungen waren hervorragend.

Titus wurde nur wenige Minuten lang befragt. Ernst, aber eher neugierig als ängstlich stand er kerzengerade im Zeugenstand. Charlotte hatte den Jungen sofort in ihr Herz geschlossen, weil er ihr das Gefühl vermittelte, daß ihn die ganze Sache traurig machte. Nur widerwillig sprach er über etwas, das ihn immer noch quälte und das er nur schwer glauben konnte.

Nach der Sitzungsunterbrechung zur Mittagszeit veränderte sich die Atmosphäre im Gerichtssaal völlig. Die Sympathie, das ernste Schweigen, verschwand und wurde durch ein hin und her schwirrendes Geraune ersetzt. Kleidung raschelte auf den Sitzen, als sich die Zuschauer zurechtrückten, um eine wollüstige Überlegenheit zu genießen, einen kleinen Voyeurismus auszukosten, der kein unwürdiges Zusammenkauern an Fenstern oder das Spähen durch irgendwelche Löcher erforderlich machte.

Albert Frobisher wurde in den Zeugenstand gerufen. Er wirkte klein und war eine seltsame Mischung aus der Mattigkeit hohen Alters und der Verletzlichkeit eines Kindes. Für Charlotte bot er keine Überraschung; in ihrer Vorstellung war bereits ein Bild von ihm entstanden, das von der Wahrheit gar nicht so weit entfernt war. Und dennoch versetzte ihr die Wirklichkeit irgendwie einen Schock. Er hatte nicht nur einen scharfen Verstand – irgend etwas an seiner Stimme war noch um vieles schärfer. Sie spürte ein Wesen, dessen Gefühle sie nicht erreichen konnte, das Dinge sagte, an die sie zunächst gar nicht gedacht hatte.

Er leistete einen Eid auf seinen Namen und seinen Aufenthaltsort ab.

»Was sind Sie von Beruf, Mr. Frobisher!« fragte Land kühl. Er war auf Albie angewiesen – tatsächlich war Albie für diesen Fall von entscheidender Bedeutung –, aber Land konnte die Verachtung nicht aus seiner Stimme heraushalten, die alle daran erinnern sollte, daß zwischen den beiden eine unüberbrückbare Kluft bestand. Er hatte den Wunsch, daß nicht ein einziger sich selbst in einem Moment geistiger Abwesenheit vorstellte, zwischen ihnen bestünde irgendeine andere als diese durch die Amtspflicht notwendige Beziehung.

Charlotte konnte das verstehen. Sie würde es sich auch nicht wünschen, mit diesem Jungen in Zusammenhang gebracht zu werden. Vielleicht war es unfair, aber dennoch war sie ärgerlich.

»Ich bin ein Stricher«, sagte Albie mit kaltem Hohn. Auch er begriff die Feinheiten und begegnete ihnen mit Verachtung. Zumindest würde er sich nicht hinter geheucheltem Unwesen verstecken.

»Ein Strichjunge?« Lands Stimme hob sich in gespieltem Unglauben.

»Ich bin siebzehn«, antwortete Albert. »Und meinen ersten Kunden hatte ich mit dreizehn.«

»Ich habe Sie nicht nach Ihrem Alter gefragt!« Land war verärgert. Er war nicht an Kinderprostitution interessiert – das war eine völlig andere Sache, und damit hatte er nichts zu tun. »Verkaufen Sie Ihre Dienste an irgendwelche lasterhaften Frauen, deren Gelüste so unanständig sind, daß sie innerhalb einer normalen Beziehung nicht befriedigt werden können?«

Albie wurde diese Schauspielerei allmählich zuviel. Seine ganze Kundschaft war eine einzige, endlose Farce, eine Prozession von Menschen, die vorgaben, seriös zu sein.

»Nein«, erwiderte er entschieden. »Ich habe noch nie eine Frau angerührt. Ich verkaufe mich an Männer, meistens an reiche Männer, feine Pinkel, die lieber Jungen als Frauen mögen und diese nicht ohne Bezahlung kriegen können. Daher kommen sie zu Leuten wie mir. Ich dachte, das wüßten Sie? Warum haben Sie mich sonst hierherbestellt? Was wäre ich wohl für Sie von Nutzen, wenn das nicht so wäre, he?«

Land war wütend. Er wandte sich an den Richter.

»Mylord! Wollen Sie den Zeugen dazu anhalten, die Fragen zu beantworten und von nicht zur Sache gehörenden Beobachtungen abzusehen, die anständige und ehrbare Männer in Mißkredit bringen und den Gerichtssaal nur in Unruhe versetzen können? Es sind Damen anwesend!«

Charlotte hielt das für lächerlich und hätte das auch liebend gerne so gesagt. Jeder, der zu dieser Gerichtsverhandlung kam – mit Ausnahme der Zeugen, die sich sowieso draußen aufhielten –, war gerade deswegen hierhergekommen, weil er etwas Schockierendes hören wollte! Warum sollte man wohl sonst einer Verhandlung über einen Mordfall beiwohnen, bei der man von vornherein weiß, daß das Opfer mißbraucht und mit einer Geschlechtskrankheit angesteckt wurde? Die Heuchelei war abstoßend, ihr ganzer Körper war vor Wut ganz starr.

Das Gesicht des Richters war noch dunkler angelaufen als vorher.

»Sie werden nur auf die Fragen antworten, die Ihnen gestellt werden!« fuhr er Albie in scharfem Ton an. »Soweit ich das begreife, hat die Polizei keine Klagen gegen Sie erhoben. Benehmen Sie sich hier gefälligst auf eine Weise, daß Sie sich sicher sein können, daß das so bleibt! Haben wir uns verstanden? Das hier ist jetzt nicht die Gelegenheit für Sie, Ihr schmutziges Gewerbe anzupreisen oder Menschen, die Ihnen überlegen sind, zu verleumden!«

Charlotte dachte mit Bitterkeit daran, daß die Männer, die sich seiner bedienten, alles andere als ihm überlegen, sondern beträchtlich minderwertiger waren als er. Sie besuchten Albie nicht aus Unwissenheit oder dem Bedürfnis zu überleben. Albie war kein Unschuldsengel, aber er konnte für sich einige strafmildernde Umstände geltend machen. Bei seinen Kunden gab es in dieser Hinsicht nur die Zwanghaftigkeit ihrer Gelüste.

»Ich werde keinen erwähnen, der bessergestellt ist als ich, Mylord«, sagte Albie und verzog dabei den Mund. »Das schwöre ich.«

Der Richter warf ihm einen Blick voller Verdruß und Argwohn zu, aber er hatte das eingeforderte Versprechen. Ihm fiel nichts ein, was er noch berechtigterweise zu beklagen hatte.

Charlotte merkte, wie sie mit ausgesprochener Genugtuung lächelte. Sie wäre gern in der Lage gewesen, genau das zu sagen.

»Ihre Kunden sind also Männer?« fuhr Land fort. »Antworten Sie nur mit Ja oder Nein!«

»Ja!« Albie ließ das ›Sir!‹ fallen.

»Sehen Sie in diesem Gerichtssaal irgend jemanden, der zu irgendeinem Zeitpunkt ein Kunde von Ihnen war.«

Albies weicher Mund zog sich zu einem breiten Lächeln auseinander, und er begann, sich langsam und fast schleppend im Saal umzuschauen. Sein Blick wanderte von einem elegant gekleideten Gentleman zum nächsten und verharrte bei jedem.

Land erkannte die Gefahr; sein Körper wurde ganz starr vor Bestürzung.

»War der Gefangene jemals ein Kunde von Ihnen?« fragte er laut. »Schauen Sie auf den Gefangenen!«

Albie tat überrascht und ließ seinen Blick vom Publikum zur Anklagebank schweifen.

»Ja.«

»Maurice Jerome erkaufte sich Ihre Dienste als Strichjunge?« fragte Land triumphierend.

»Ja.«

»Bei einer Gelegenheit oder bei mehreren Gelegenheiten?«

»Genau.«

»Seien Sie nicht so begriffsstutzig!« Land erlaubte sich schließlich doch, seine Gereiztheit zu zeigen. »Ich kann Ihnen versichern, daß Sie wegen Mißachtung des Gerichts belangt werden können und sich im Gefängnis wiederfinden, wenn Sie den Fortgang weiter behindern!«

»Bei mehreren.« Albie war nicht zu erschüttern. Er verfügte über eine gewisse Macht und war entschlossen, das Vergnügen darüber voll auszukosten. Er war sich fast sicher, daß so etwas nicht noch einmal vorkommen würde. Sein Leben würde nicht lang sein, und das wußte er. In Bluegate Fields wurden nur wenige alt, und in seinem Gewerbe noch weniger. Heute hatte das einen besonderen Reiz. Land war derjenige, der Status und Besitztümer verlieren konnte; Albie besaß ohnehin nichts – er konnte es sich leisten, gefährlich zu leben. Ohne das geringste Zittern schaute er Land an.

»Maurice Jerome kam bei mehreren Gelegenheiten auf Ihr Zimmer?« Land wartete, um sicherzugehen, daß die Geschworenen verstanden, was gemeint war.

»Ja«, wiederholte Albie.

»Und er trat mit Ihnen körperlich in Beziehung und hat Sie dafür bezahlt?«

»Ja.« Sein Mund verzog sich verächtlich, seine Augen huschten über das Publikum. »Herrgott, ich mache es doch nicht umsonst! Sie stellen sich doch nicht etwa vor, daß es mir *gefällt*, oder?«

»Von dem, was Ihnen gefällt, habe ich keine Ahnung, Mr. Frobisher«, erwiderte Land eisig. Der Anflug eines Lächelns huschte über sein Gesicht. »Das übersteigt bei weitem meine Vorstellungskraft!«

Albies Gesicht wirkte im Gaslicht ganz weiß. Er beugte sich ein wenig über das Geländer nach vorne.

»Das, was mir gefällt, ist sehr einfacher Natur. Ich vermute, es ist größtenteils das gleiche, was auch Ihnen gefällt. Ich esse gerne mindestens einmal am Tag. Ich habe gerne ein trockenes Dach über meinem Kopf, das ich nicht mit zehn oder zwanzig anderen Leuten teilen muß! Daran finde ich Gefallen – Sir!«

»Ruhe!« Der Richter ließ seinen Hammer krachen. »Das gehört nicht zur Sache. Wir befassen uns hier weder mit Ihrer Lebensgeschichte noch mit Ihren Vorlieben. Mr. Land, wenn Sie Ihren Zeugen nicht unter Kontrolle halten können, dann sollten Sie ihn besser entlassen. Sicherlich haben Sie ihm alle Informationen entlockt, die Sie benötigten. Mr. Giles, haben Sie irgend etwas zu fragen?«

»Nein, Mylord! Danke.« Er hatte bereits versucht, Albies Identifizierung zu Fall zu bringen; es war ihm aber nicht gelungen. Seinen Fehlschlag der Jury zu präsentieren, ergab keinen Sinn.

Aus dem Zeugenstand entlassen, ging Albie durch den Gang zurück und nahe an Charlotte vorbei. Sein Moment des Protestes war vorüber, und er sah wieder klein und dünn aus.

Der letzte Belastungszeuge war eine Frau: Abigail Winters. Sie war ein ganz normal aussehendes Mädchen, ein wenig rundlich, aber mit einer zarten, klaren Haut, um die sie manche Lady beneiden würde. Sie hatte gekräuselte Haare, und ihre Zähne waren zu groß und ein wenig farblos, aber sie war noch ansehnlich genug. Charlotte hatte Töchter von Gräfinnen gesehen, die die Natur weniger günstig bedacht hatte.

Sie sagte nicht lange aus, und kam direkt auf das Wesentliche zu sprechen. Weder Albies Bitterkeit noch seine aus zweiter Hand empfangene Bildung waren bei ihr vorhanden, sie schämte sich auch nicht für das, was sie tat. Sie kannte feine Herren und Richter, ja sogar Bischöfe, die ihr und Mädchen wie ihr regelmäßige Besuche abstatteten, und ein Barrister ohne Amtstracht und Perücke sieht nicht viel anders aus als ein Büroangestellter ohne Anzug. Hatte Abigail nur wenige Illusionen über Menschen, so hatte sie überhaupt keine bezüglich der gesellschaftlichen Regeln. Diejenigen, die zu überleben wünschten, hielten sich an diese Regeln.

Nüchtern und direkt antwortete sie auf die Fragen und fügte dem nichts hinzu. Ja, sie kannte den Mann auf der Anklagebank. Ja, er hatte ihr Etablissement regelmäßig besucht – nicht, weil er selbst ihre Dienste in Anspruch nehmen wollte, sondern für einen jungen Herrn im Alter von sechzehn oder siebzehn Jahren, den er mitgebracht hatte. Ja, der Angeklagte hatte sie gebeten, den jungen Gentleman in die Künste eines solchen Verhältnisses einzuweihen, während er, der Angeklagte, dabei im Zimmer saß und zuschaute.

Ein angewidertes Gemurmel erhob sich im Gerichtssaal, ein langgezogenes Ausatmen in selbstgerechtem Entsetzen. Dann war völlige Stille, damit das Publikum die nächste Offenbarung nicht aus Versehen verpaßte. Charlotte fühlte sich von allen angeekelt. Wie in aller Welt sollte Eugenie es ertragen, wenn sie davon erfuhr – und irgendein Übereifriger fühlte sich bestimmt berufen, es ihr zu erzählen!

Land erkundigte sich, ob Abigail den jungen Gentleman, um den es ging, beschreiben konnte.

Ja, das konnte sie. Er war schlank, blondhaarig, hatte hellblaue Augen, sah sehr gut aus und sprach mit vornehmem Akzent. Er war bestimmt eine Person aus gutem Hause, und verfügte über Geld. Er war hervorragend gekleidet.

Land zeigte ihr ein Bild von Arthur Waybourne. War er es?
Ja, bestätigte sie, ohne jeden Zweifel.
Hatte sie gewußt, wie er hieß?
Sie kannte nur seinen Vornamen: Arthur. Der Angeklagte hatte den Jungen bei etlichen Gelegenheiten so angesprochen.
Giles konnte nichts ausrichten. Abigail war unerschütterlich, und nach einem kurzen Versuch akzeptierte er dessen Nutzlosigkeit und gab auf.

In striktem Einverständnis erwähnten an jenem Abend weder Charlotte noch Pitt Jerome oder irgend etwas, das mit der Verhandlung zu tun hatte. Schweigend und gedankenversunken aßen sie. Gelegentlich lächelten sie sich über den Tisch hinweg wissend an.
Nach dem Abendessen sprachen sie recht beiläufig über andere Themen: einen Brief, den Charlotte von der aus Leicestershire zurückgekehrten Emily erhalten hatte, in dem sie in allen Einzelheiten berichtete, worüber getratscht wurde, von schamlosem Flirten, einem fürchterlichen Empfang, dem wenig schmeichelhaften Kleid einer Rivalin – von den ganzen angenehmen Kleinigkeiten des täglichen Lebens. Sie war in einem Konzert gewesen, es gab einen unterhaltsamen, neuen – und sehr gewagten! – Roman, und Großmamas Gesundheitszustand hatte sich nicht gebessert. Solange sich Charlotte zurückerinnern konnte, war das nie anders gewesen: Großmama ging es gesundheitlich schlecht, und sie war fest entschlossen, das bis zum Ende auszukosten!

Am dritten Tag begann die Verteidigung, ihre Argumente vorzubringen. Es gab gar nicht viel zu sagen; Jerome konnte seine Unschuld nicht beweisen, sonst hätte es gar keine gerichtliche Verfolgung gegeben. Er konnte nur alles abstreiten und hoffen, genug Zeugen für seinen vorher tadellosen Ruf vorzubringen, so daß ein begründeter Zweifel angebracht erschien.
Charlotte saß auf ihrem üblichen Platz in der Nähe des Ganges und fühlte eine Welle des Mitleids und der Hoffnungslosigkeit, die fast körperlich zu spüren war, als Eugenie Jerome an ihr vorbeiging, um in den Zeugenstand zu treten. Nur ein einziges Mal hob Eugenie ihr Kinn und lächelte zu ihrem Mann hinüber. Bevor sie die Zeit

hatte zu sehen, ob er zurücklächelte oder nicht, wandte sie rasch ihren Blick ab, um für den Eid die Bibel in die Hand zu nehmen.

Charlotte hob ihren Schleier, so daß Eugenie ihr Gesicht erkennen konnte und wußte, daß in dieser anonymen, neugierigen Menge eine Freundin saß.

Der Gerichtssaal hörte in absoluter Stille zu. Die Menge schwankte zwischen Verachtung für ihre Komplizenschaft als Ehefrau eines solchen Monsters und dem Mitgefühl für sie als dem unschuldigsten und am schlechtesten behandelten Opfer Jeromes. Vielleicht waren es ihre schmalen Schultern, ihr schlichtes Kleid, ihr weißes Gesicht, ihre zarte Stimme, die Art, wie sie ihren Blick ein wenig nach unten wandte, um dann langsam den Mut zu fassen und dem Fragesteller ins Gesicht zu schauen. Alles das hätte es sein können – oder nichts davon. Doch ganz plötzlich, wie in dem Moment, in dem beim Gezeitenwechsel das Wasser ins Stocken gerät und seine Richtung ändert, konnte Charlotte spüren, wie sich die Stimmung änderte und alle auf Eugenies Seite waren. Sie brannten vor Mitleid, brannten darauf, sie gerächt zu sehen. Auch sie war ein Opfer.

Doch Eugenie konnte nichts ausrichten. Sie hatte in jener Nacht im Bett gelegen und wußte nicht, wann ihr Mann nach Hause gekommen war. Ja, sie hatte geplant, mit ihm zum Konzert zu gehen, aber an jenem Nachmittag starke Kopfschmerzen bekommen und war statt dessen auf ihr Zimmer gegangen. Ja, die Eintrittskarten waren vorher gekauft worden, und sie hatte wirklich die Absicht gehabt, das Konzert zu besuchen. Sie mußte allerdings zugeben, daß sie kein besonderer Freund klassischer Musik war; sie zog Balladen vor, etwas mit Melodie und Worten.

Hatte ihr Mann ihr erzählt, was an jenem Abend gespielt wurde? Schließlich hatte er das, und er hatte gesagt, es sei eine hervorragende Aufführung gewesen. Konnte sie sich daran erinnern, was es gewesen war? Ja, das konnte sie und tat es auch. Stimmte es aber nicht auch, daß das Programm bereits veröffentlicht war und jeder einfach dadurch, daß er ein Programm las, wissen konnte, was gespielt wurde, ohne bei der Aufführung dabeigewesen zu sein?

Dazu fiel ihr nichts ein, solche Sachen las sie nicht.

Land versicherte ihr, daß es so war.

Sie hatte Maurice Jerome vor elf Jahren geheiratet, und er war ihr ein guter Mann gewesen, hatte gut für sie gesorgt. Er war solide und fleißig und hatte ihr nie Grund für irgendwelche Klagen gegeben. Mit Sicherheit hatte er sie weder mit Worten noch körperlich mißhandelt; er hatte ihr weder Freundschaften verboten noch einen gelegentlichen Ausflug. Er hatte sie nie in Verlegenheit gebracht, indem er mit anderen Frauen flirtete oder sich auf irgendeine Weise ungehörig verhielt. Auch im privaten Bereich war er weder grob noch übermäßig fordernd. Und mit Sicherheit hatte er niemals von ihr eheliche Pflichten verlangt, die anstößig waren, oder irgend etwas anderes als das, was man von jeder Frau erwartete.

Wie Land dann aber herausfand, gab es doch eine ganze Menge, über das sie nicht Bescheid wußte, und er war sehr nahe daran, sie in Verlegenheit zu bringen. Als Dame mit anständiger Erziehung und zartem Wesen wäre ihr nie im Leben eingefallen, einem Schuljungen gegenüber mißtrauisch zu sein! Sie hatte wahrscheinlich nicht einmal von der Existenz derart entarteter Praktiken gewußt.

Nein, gab sie zu, das hatte sie nicht; sogar aus ihren Lippen war alles Blut gewichen. und sie glaubte es auch jetzt noch nicht. Wenn Mr. Land das so sagte, mochte es ja auf einige zutreffen, auf ihren Gatten aber nicht. Er war ein anständiger Mann – und wirklich äußerst moralisch. Selbst unkeusches Reden war ihm ein Greuel, und er nahm niemals Alkohol zu sich. Ihres Wissens hatte er noch nie auch nur die geringste unflätige Bemerkung fallenlassen.

Sie gestatteten ihr zu gehen, und Charlotte wünschte sich, sie würde den Gerichtssaal verlassen. Es war hoffnungslos – nichts konnte Jerome retten. Es war zum Scheitern verurteilt, ja sogar auf undefinierbare Weise abstoßend zu hoffen.

Dessenungeachtet mahlten die Mühlen weiter.

Ein weiterer, weniger befangener Zeuge – ein früherer Arbeitgeber – wurde aufgerufen und bezüglich Jeromes Charaktereigenschaften befragt. Dem Mann war es peinlich, hier zu sein. Während er nichts sagen wollte, das ihn nach Meinung der Öffentlichkeit zum Verbündeten von Jerome machen könnte, konnte er aber auch kaum zugeben, sich irgendeines seit langer Zeit bestehenden Makels in Jeromes Charakter bewußt gewesen zu sein. Er hatte ihn ohne Einschränkungen empfohlen und sah sich deswegen jetzt gezwungen, bei dieser Empfehlung zu bleiben oder wie ein Narr dazustehen. Und da er Anlageberater war, konnte er sich letzteres unmöglich leisten.

Wie es sich gehörte, beschwor er, Jerome sei in der Zeit, in der er in seinem Haus gelebt und seinen Söhnen Unterricht gegeben hatte, von beispielhaftem Charakter gewesen und habe sich sicherlich niemals bei einem seiner Söhne unanständig aufgeführt.

Würde er denn davon wissen, wenn er es getan hätte, erkundigte sich Land höflich.

Ein langes Zögern entstand, während der Mann die Konsequenzen der jeweiligen Antwort abwägte.

»Ja«, sagte er schließlich fest. »Das würde ich bestimmt. Das Wohlergehen meiner Familie liegt mir natürlich am Herzen.«

Land ging darauf nicht weiter ein. Er nickte und setzte sich hin; er wußte und erkannte es, wann eine eingeschlagene Richtung keinen Erfolg versprach.

Der einzige andere Zeuge mit Charakter war Esmond Vanderley. Er war es gewesen, der Anstey Waybourne Jerome empfohlen hatte. Und damit hatte Vanderley mehr als jeder andere die erörterte Tragödie heraufbeschworen. Das war weitaus schlimmer, als bloß ein schlechter Menschenkenner zu sein. Immerhin war er es gewesen, der Maurice Jerome ins Haus und somit in Arthur Waybournes Leben gebracht hatte, was dann zu seinem Tod führte.

Er beeidete seinen Namen und seine Verwandtschaft mit dem Haushalt der Familie Waybourne.

»Lady Waybourne ist Ihre Schwester, Mr. Vanderley?« wiederholte Giles.

»Ja.«

»Und Arthur Waybourne war Ihr Neffe?«

»Natürlich.«

»Sie kennen die Wirkung, die ein Hauslehrer auf Arthurs persönlichen und akademischen Werdegang haben würde. Würden sie also leichtfertig oder beiläufig einen Hauslehrer für ihn empfehlen?« bedrängte ihn Giles.

Es gab nur eine einzige Antwort, die ohne Verlust der Selbstachtung möglich war.

»Natürlich nicht«, sagte Vanderley mit einem leichten Lächeln.

Vornehm lehnte er sich über das Geländer. »Ich würde mich selber recht schnell unbeliebt machen, wenn ich ganz bedenkenlos jemanden empfehlen würde. Das fällt dann auf den Urheber zurück, wissen Sie.«

»Fällt auf den Urheber zurück?« Für einen Augenblick war Giles verwirrt.

»Die Empfehlungen, Mr. Giles. Die Leute erinnern sich selten an die guten Ratschläge, die man ihnen gibt – dafür stecken sie immer selbst alle Anerkennung ein. Nehmen sie jedoch einen schlechten Rat von jemandem an, dann wird ihnen sofort einfallen, daß das nicht ihre Idee war, sondern die eines anderen, dem dann die Schuld dafür in die Schuhe geschoben wird. Und nicht nur das: Sie werden sichergehen, daß sich auch alle anderen dessen bewußt werden.«

»Dürfen wir dann annehmen, daß Sie Maurice Jerome nicht empfohlen haben, ohne vorher beträchtliche Nachforschungen bezüglich seiner Qualifikationen angestellt zu haben – und bezüglich seine Charakters?«

»Das dürfen Sie. Seine Qualifikationen waren hervorragend. Seine Charaktereigenschaften waren nicht besonders erfreulich, aber ich beabsichtigte nicht, mit ihm Bekanntschaft zu schließen. Seine moralischen Einstellungen waren tadellos – soweit sie überhaupt erörtert wurden. Wissen Sie, solche Dinge finden keine Erwähnung, wenn man über Hauslehrer spricht. Bei den Hausmädchen muß man sich danach erkundigen – vielmehr läßt man das die Haushälterin tun. Doch solange nichts Gegenteiliges feststeht, erwartet man von einem Hauslehrer, daß er einen zufriedenstellt. Sollte das nicht so sein, stellt man ihn natürlich gar nicht erst ein. Jerome war höchstens ein wenig steif – ein ziemlich selbstgefälliger Pedant. Oh – und Abstinenzler.«

Vanderley lächelte ein wenig angespannt.

»Er ist mit einer angenehmen Frau verheiratet«, fuhr er fort. »Ich habe über ihren Ruf Erkundigungen eingezogen; sie hat einen tadellosen Leumund.«

»Keine Kinder?« Jetzt übernahm Land die Fragen und versuchte, Vanderley aus dem Gleichgewicht zu bringen. Er kam mit besonderem Nachdruck auf diesen Punkt zu sprechen, als ob er irgendeine Bedeutung hätte.

»Ich glaube nicht. Warum?« Vanderleys Augenbrauen schoben sich unschuldig nach oben.

»Möglicherweise gibt uns das Anhaltspunkte.« Land war nicht darauf vorbereitet, sich für etwas einzusetzen, was seinem Fall vielleicht abträglich sein konnte. Und natürlich stieß er damit vielleicht auch viele andere vor den Kopf, andere, die ihm gefährlich werden konnten. »Wir befassen uns hier mit einem Mann mit den sonderbarsten Vorlieben!«

»Über Mrs. Jerome gibt es nichts Besonderes zu sagen«, antwortete Vanderley, immer noch mit großen Augen. »Zumindest nicht von dem ausgehend, was für mich erkennbar ist. Ich hatte den Eindruck einer ganz alltäglichen Frau – ruhig, sachlich, gute Manieren, ganz hübsch.«

»Aber keine Kinder!«

»Um Himmels willen, ich habe sie doch nur zweimal gesehen!« Vanderley klang überrascht und ein wenig gereizt. »Ich bin nicht ihr Arzt! Tausende von Menschen haben keine Kinder. Erwarten Sie von mir, daß ich Ihnen über das Familienleben eines Angestellten Rechenschaft ablegen kann? Ich habe mich lediglich über die Fähigkeiten dieses Mannes als Gelehrter erkundigt und über seine charakterliche Eignung. Beides machte einen hervorragenden Eindruck. Was möchten Sie sonst noch von mir hören?«

»Nichts, Mr. Vanderley. Sie können gehen.« Land setzte sich und gestand die Niederlage ein.

Giles hatte nichts vorzubringen, was eine weitere Vernehmung des Zeugen erforderlich machte, und mit einem leisen Seufzer suchte sich Vanderley einen Sitzplatz im Gerichtssaal.

Maurice Jerome war der letzte Zeuge, der im Rahmen der Beweisführung der Verteidigung aufgerufen wurde. Als er sich von der Anklagebank zum Zeugenstand bewegte, merkte Charlotte überrascht, daß sie ihn noch gar nicht hatte sprechen hören. Alle hatten über ihn ausgesagt; aber es waren die Meinungen anderer Leute gewesen, ihre Erinnerungen an die Ereignisse. Zum ersten Mal würde Jerome ganz real dasein – ein sich bewegendes, fühlendes Geschöpf und nicht das zweidimensionale Bild eines Mannes.

Wie alle anderen auch legte er zunächst seinen Eid ab und identifizierte sich. Giles gab sich alle Mühe, ihn in einem sympathischen

Licht erscheinen zu lassen. Er hatte nur eine einzige Chance: Bei den Geschworenen irgendwie das Gefühl zu erzeugen, daß dieser Mann in Wirklichkeit eine ganz andere Person als die von der Anklage geschilderte war, nämlich ein ganz normaler, anständiger und alltäglicher Mann wie alle anderen auch, der sich unmöglich derart abscheuliche Vergehen zuschulden kommen ließ.

Kalt und mit verkniffenem Gesicht schaute Jerome zu ihm zurück.

Ja, antwortete er, er sei seit ungefähr vier Jahren als Hauslehrer für Arthur und Godfrey Waybourne angestellt. Ja, er hatte sie in allen akademischen Disziplinen unterrichtet und gelegentlich auch ein wenig Sport mit ihnen getrieben. Nein, er hat keinen der beiden Jungen bevorzugt; sein Tonfall brachte seine Verachtung gegenüber einem so unfachmännischen Verhalten zum Ausdruck.

Charlotte fiel es schon jetzt schwer, Jerome zu mögen. Ohne einen wirklichen Grund spürte sie, daß er sie nicht würde leiden können. Sie würde nicht seinen Normen von der Art und Weise, wie sich eine Dame aufführen sollte, entsprechen. Sie hatte eine eigene Meinung, und Jerome wirkte nicht wie ein Mann, der von seiner Meinung abweichende Standpunkte akzeptabel fand.

Vielleicht war das ja unfair. Vielleicht zog sie ja genau mit der Art von Vorurteilen, die sie bei anderen verdammte, voreilige Schlüsse. Der arme Mann wurde eines Verbrechens beschuldigt, das sich nicht nur durch Gewalt, sondern vor allem durch seine Abscheulichkeit auszeichnete. Wurde er für schuldig befunden, dann würde er sein Leben verlieren. Er hatte zumindest Anspruch darauf, daß man ihn so gut behandelte, wie es nur eben ging. Er mußte wirklich so etwas wie Mut fühlen, denn er machte sich mit keinem Schrei Luft oder wurde hysterisch. Vielleicht war diese eisige Ruhe ja sein Weg, das innere Entsetzen unter Kontrolle zu halten. Und wer konnte schon für sich beanspruchen, das besser und mit mehr Würde zu machen?

Es hatte keinen Zweck, um den heißen Brei herumzureden.

»Haben Sie jemals zu irgendeiner Zeit mit irgendeinem Ihrer Schüler ein unzüchtiges körperliches Verhältnis aufgenommen?«

Jeromes Nasenflügel bebten leicht – schon der Gedanke war ihm zuwider.

»Nein, Sir, das habe ich nicht.«

»Können Sie sich vorstellen, warum Godfrey Waybourne bei einem solchen Thema lügen sollte?«

»Nein, das kann ich nicht. Er hat eine verschrobene Fantasie, aber wie oder warum, weiß ich nicht.«

Diese zusätzliche Bemerkung war seinem Anliegen nicht förderlich. Jeder, dem eine solche Frage gestellt wurde, würde es abstreiten, doch die gekräuselte Lippe, die Andeutung, daß irgendwie ein anderer der Schuldige war, setzte weniger Sympathie frei, als es einfach Verlegenheit getan hätte.

Giles unternahm einen erneuten Versuch. »Und Titus Swynford? Könnte er irgendeine Geste oder irgendeine Bemerkung mißverstanden haben?«

»Möglicherweise – obwohl ich mir nicht vorstellen kann, welche Geste oder Bemerkung das gewesen sein sollte. Ich unterrichte akademische Themen, kulturelle Dinge, Disziplinen für den Verstand. Für die sittliche Atmosphäre im Haus bin ich nicht zuständig. Was die Jungen vielleicht anderswo gelernt haben, habe ich nicht zu verantworten. Die feinen Herren einer bestimmten Klasse verfügen in jenem Alter über das Geld und die Möglichkeit, selbst zu entdecken, was in der Welt geschieht. Ich würde mir vorstellen, daß die recht fiebrige Fantasie eines Heranwachsenden gepaart mit einigen Blicken durch Schlüssellöcher solche Geschichten heraufbeschwört. Und die Menschen ergehen sich manchmal in lüsternen Gesprächen, ohne sich zu vergegenwärtigen, wie viele junge Menschen diese mithören und verstehen können. Ich kann keine bessere Erklärung bieten. Ansonsten ist es für mich sowohl unbegreiflich als auch abstoßend.«

Land atmete tief ein. »Also lügen beide Jungen oder sie irren sich?«

»Da es nicht der Wahrheit entspricht, ist das die offensichtliche Schlußfolgerung«, antwortete Jerome.

Charlotte fühlte schließlich doch Sympathien für ihn. Er wurde behandelt, als sei er dumm, und obwohl es weit von dem entfernt war, was in seinem Interesse lag, war es verständlich, daß er es ihnen heimzahlen wollte. Ihr hätte diese herablassende Behandlung auch weh getan. Wenn er doch nur seine verdrossene Miene ein bißchen entspannen würde oder so tat, als würde er um Begnadigung bitten!

»Haben Sie jemals einen Strichjungen namens Albie Frobisher getroffen?«

Jeromes Kinn fuhr in die Höhe.

»Meines Wissens habe ich noch nie einen Strichjungen gleich welchen Namens getroffen.«

»Waren Sie jemals in Bluegate Fields?«

»Nein, es gibt in diesem Viertel nichts, was ich zu sehen wünsche, und glücklicherweise gehe ich auch keiner Tätigkeit nach, die es für mich erforderlich macht, dorthin zu gehen; mit Sicherheit tue ich es nicht zum Vergnügen!«

»Albert Frobisher beschwört, daß Sie einer seiner Kunden sind. Können Sie sich irgendeinen Grund denken, warum er das tun sollte, wenn es nicht der Wahrheit entspricht?«

»Ich habe eine klassische Erziehung genossen, Sir – ich habe überhaupt keine Kenntnis von dem, was in den Köpfen von Prostituierten oder Strichjungen vor sich geht oder was ihre Motive sind.«

Gekicher und teilnahmsloses Lachen füllte den Saal, aber fast augenblicklich wurde es wieder still.

»Und Abigail Winters?« Giles kämpfte immer noch. »Sie sagt, daß Sie Arthur Waybourne in ihr Etablissement brachten.«

»Es ist möglich, daß das irgend jemand getan hat«, pflichtete ihm Jerome bei. In seiner Stimme war ein Anflug von Gehässigkeit erkennbar, obwohl er nicht in der Menge nach Waybournes Gesicht suchte. »Aber ich war es jedenfalls nicht.«

»Warum sollte das irgend jemand tun?«

Jeromes Augenbrauen schossen in die Höhe.

»Das fragen Sie mich, Sir? Man könnte genausogut fragen, warum ich ihn hätte mitnehmen sollen. Was immer Sie sich auch als Grund dafür bei mir vorstellen können, würde sicherlich genausogut auf jemand anderen zutreffen, oder nicht? Tatsächlich gibt es da mehrere Gründe – vielleicht sollte es einfach nur seiner Erziehung dienen? Ein junger Gentleman...« Er verlieh dem Wort eine sonderbare Betonung. »...muß doch irgendwo seine Vergnügungen lernen, und ganz gewiß lernt er so etwas nicht bei den Angehörigen seiner Klasse. Und selbst wenn meine Neigung oder meine Ethik es mir erlauben würde, einen solchen Ort regelmäßig aufzusuchen, das Gehalt eines Lehrers, von dem noch eine Frau zu unterhalten ist, gestattet es mir sicher nicht.«

Das war ein aufschlußreicher Punkt, und zu ihrer Überraschung bemerkte Charlotte an sich, daß sie vor Genugtuung erglühte. Sollten sie doch darauf antworten! Woher hätte Jerome denn das Geld bekommen sollen?

Doch als Land an der Reihe war, handelte er das Thema schnell ab.

»Bekam Arthur Waybourne Taschengeld, Mr. Jerome?« erkundigte er sich gewandt.

Jeromes Gesicht zeigte nur eine kaum wahrnehmbare Regung; ihm war jedoch nicht entgangen, worum es ging.

»Ja, Sir. Das erzählte er.«

»Haben Sie einen Grund, es anzuzweifeln?«

»Nein. Offensichtlich hatte er Geld, das er ausgeben konnte.«

»Dann hätte er eine Prostituierte bezahlen können?«

Jeromes voller Mund krümmte sich in bitterem Humor ein wenig nach unten.

»Ich weiß es nicht, Sir, Sie werden Sir Anstey fragen müssen, wie hoch das Taschengeld war, und dann herausfinden – wenn Sie es nicht bereits wissen –, wie teuer eine Prostituierte ist.«

An der Stelle, wo Charlotte Lands Hals über seinem Kragen sehen konnte, lief seine Haut wieder in mattem Rot an.

Doch es war selbstmörderisch. Die Menschen im Saal mochten Land keine große Liebe entgegenbringen, Jerome jedoch hatte sich ihnen gänzlich entfremdet. Er trat weiterhin wie jemand auf, der völlig von sich selbst eingenommen war, und konnte sich gleichzeitig nicht von der Anklage freimachen, ein überaus abscheuliches Verbrechen an jemandem begangen zu haben, der vielleicht überprivilegiert und wenig sympathisch, aber in der Erinnerung vieler doch zumindest ein Kind war.

Für die in schwarzen Gewändern steckenden Geschworenen war Arthur Waybourne jung und fürchterlich verletzlich gewesen.

Die Zusammenfassung für die Anklage erinnerte sie an all das. Arthur wurde als anständiger und unbefleckter Junge dargestellt, der sich an der Schwelle zu einem langen und einträglichen Leben befand, bis Jerome ihn vergiftete. Er war verführt, betrogen und schließlich ermordet worden.

Die Gesellschaft war es seinem Angedenken schuldig, aus ihrer Mitte das bestialische Element zu entfernen, das diese entsetzlichen Handlungen begangen hatte. Es war fast ein Akt der Selbstreinigung.

Es gab nur ein mögliches Urteil. Wenn Maurice Jerome ihn nicht getötet hatte, wer hatte es dann getan? Mochten sie doch diese Frage stellen! Und die Antwort war offensichtlich: keiner! Nicht einmal Jerome selbst war in der Lage gewesen, eine andere Antwort zu geben.

Alles paßte zusammen. Es gab keine Puzzlestücke, die übrigblieben, nichts, was einem immer wieder in den Sinn kam oder unerklärt blieb.

Fragten sie sich, warum Jerome den Jungen verführt, sich seiner bedient und ihn dann ermordet hatte?

Warum hatte er seine schändliche Praxis nicht einfach weiter fortgesetzt?

Es gab etliche mögliche Antworten.

Vielleicht war Jerome seiner überdrüssig geworden, genau wie bei Albie Frobisher. Seine Gelüste verlangten dauernd neue Nahrung.

Jetzt, wo Arthur Waybourne so ausschweifend geworden war, würde er nicht so leicht von ihm ablassen. Er war nicht wie Albie gekauft worden; er konnte nicht einfach fallengelassen werden.

Konnte das der Grund dafür sein, warum Jerome ihn mit zu Abigail Winters genommen hatte? Wollte er versuchen, normalere Gelüste in ihm zu wecken?

Aber er hatte zu gute Arbeit geleistet; der Junge war für immer verdorben – von Frauen wollte er nichts wissen.

Er war zur Last geworden. Seine Liebe langweilte Jerome jetzt; er war ihrer müde geworden. Er hungerte nach jüngerem, unschuldigerem Fleisch – wie Godfrey oder Titus Swynford. Sie hatten die betreffenden Aussagen ja selbst gehört. Und Arthur wurde immer aufdringlicher, seine Hartnäckigkeit brachte Jerome allmählich in Verlegenheit. Vielleicht war Arthur in seiner Not, in seinem verzweifelten Realisieren der eigenen Perversion, ja seiner Verdammnis – das war kein zu kräftiges Wort – sogar zur Bedrohung geworden!

Und so mußte er umgebracht werden! Des nackten Körpers mußte man sich an einem Ort entledigen, wo er ohne einen ungeheuer glücklichen Zufall und exzellente Polizeiarbeit nie identifiziert worden wäre.

Ihr feinen Herren, hattet ihr es jemals mit einem eindeutigeren Fall zu tun? Oder einem tragischeren und verabscheuungswürdigeren? Es kann doch nur ein einziges Urteil geben – schuldig! Und es kann doch nur eine einzige Strafe geben!«

Die Geschworenen waren weniger als eine halbe Stunde lang draußen gewesen. Einer nach dem anderen kamen sie mit steinernen Gesichtern wieder herein. Weiß und steif stand Jerome da.

Der Richter fragte den Obmann der Geschworenen, und die Antwort entsprach dem seit langem von der schweigenden Stimme des Gerichtssaales getroffenen Entscheidung.

»Schuldig, Mylord.«

Der Richter griff nach dem schwarzen Hut und setzte ihn auf. Mit voller, reifer Stimme verkündete er das Urteil.

»Maurice Jerome, die Geschworenen haben Sie des Mordes an Arthur William Waybourne für schuldig befunden. Dieses Gericht verurteilt Sie dazu, in ihre Gefängniszelle zurückzukehren. In weniger als drei Wochen werden Sie zum Hinrichtungsplatz gebracht und dort den Tod durch den Strang erleiden. Möge der Herr Ihrer Seele gnädig sein.«

Charlotte ging in die eisigen Novemberwinde hinaus, die wie Messer durch sie hindurchschnitten. Aber ihr Körper war vom Schock wie betäubt und durch ihr Leiden bereits so ausgefüllt, daß er darüber hinaus keine Schmerzen mehr wahrnahm.

7

Für Pitt hätte das Verfahren der Abschluß des Falles sein sollen. Er hatte an Beweisen gefunden, was er konnte, und vor Gericht unparteiisch deren Echtheit beschworen. Das Geschworenengericht hatte Maurice Jerome für schuldig befunden.

Er hatte nie erwartet, Befriedigung zu empfinden. Es ging um die Tragödie eines unglücklichen Mannes mit einer Gabe, deren Nutzung die ihm verfügbaren Möglichkeiten überstieg. Jeromes charakterliche Schwächen hatten ihm die Chance verwehrt, in akademische Bereiche aufzusteigen, in denen andere mit einem weniger Anstoß erregenden Wesen Erfolg haben konnten. Gleicher unter Gleichen wäre er nie gewesen – das blieb ihm von Geburt an versagt. Er besaß Fähigkeiten, aber ein Genie war er nicht. Mit einem Lächeln oder gelegentlichen Schmeicheleien hätte er allerdings eine beneidenswerte Position einnehmen können. Wenn er seinen Schülern hätte beibringen können, ihn zu mögen und ihm zu vertrauen, hätte er vielleicht Einfluß auf vornehme Häuser gehabt.

Sein Stolz stand ihm jedoch dabei im Wege; seine Ressentiments gegenüber Privilegien wurden bei jeder seiner Handlungen deutlich. Nie schien er das, was er hatte, wertschätzen zu können; statt dessen konzentrierte er sich auf das, was er nicht besaß. Sicherlich war das die eigentliche Tragödie – denn es war so unnötig. Und die sexuelle Schwäche? War sie körperlicher oder seelischer Art? Hatte ihm die Natur die übliche Befriedigung eines Mannes versagt, oder trieb eine ihm innewohnende Angst ihn von Frauen weg? Nein, das hätte Eugenie, das arme Geschöpf, sicherlich gewußt. Wie hätte es im Verlauf von elf Jahren auch anders sein können? Keine Frau konnte doch bezüglich der Natur und ihren Forderungen so schrecklich unkundig sein!

Oder handelte es sich um etwas noch viel Übleres, ein Bedürfnis, seine Schüler, die Privilegien hatten, die ihm verwehrt blieben, auf intimste und körperliche Weise zu unterjochen? Pitt saß im Wohnzimmer und starrte in die Flammen. Aus irgendeinem Grund hatte

Charlotte an diesem Abend hier das Feuer angemacht, anstatt das Abendessen in der Küche aufzutischen. Er war froh darüber. Vielleicht fühlte ja auch sie sich danach, einen Abend in der Wärme des offenen Kamins zu verbringen, in den besten Sesseln zu sitzen und alle Lampen anzuzünden und funkeln zu lassen, die den Schimmer und den Flor der Samtvorhänge hervorhoben. Diese Vorhänge waren die reinste Verschwendung, aber Charlotte hatte sie so sehr gewollt, daß sie die billigen Hammeleintöpfe und die Heringe wert waren, die die beiden fast zwei Monate lang gegessen hatten!

Er lächelte, als er sich daran erinnerte, blickte zu ihr hinüber. Sie beobachtete ihn; ihre Augen, die durch den von der Lampe hinter ihr geworfenen Schatten fast völlig im Dunkeln lagen, ruhten beständig auf seinem Gesicht.

»Nach der Verhandlung habe ich Eugenie getroffen«, sagte sie fast beiläufig. »Ich brachte sie nach Hause und war fast zwei Stunden lang mit ihr zusammen.«

Er war überrascht, dann merkte er, daß es dazu keinen Anlaß gab. Immerhin war sie ja zur Verhandlung erschienen, um Eugenie ein kleines bißchen Trost zu spenden oder zumindest ein wenig Gesellschaft zu leisten.

»Wie geht es ihr?« fragte er.

»Sie steht unter Schock«, sagte sie langsam. »Es ist, als ob sie nicht begreifen könne, wie das alles passiert ist, wie irgend jemand das von Maurice glauben konnte.«

Er seufzte. Das war nur natürlich. Wer hält bei seinem Gatten oder seiner Ehefrau schon so etwas für möglich?

»Hat er es getan?« fragte sie ernst.

Dieser Frage war er ausgewichen, seit er den Gerichtssaal verlassen hatte. Auch jetzt wollte er nicht darüber sprechen, aber er wußte, daß sie solange auf einer Antwort bestehen würde, bis er ihr eine gab.

»Ich denke schon«, sagte er matt. »Aber ich gehöre nicht zu den Geschworenen, daher ist das, was ich denke, unerheblich. Ich habe ihnen alle Beweise gegeben, über die ich verfügte.«

So leicht läßt sie sich nicht abspeisen. Er bemerkte, daß ihre Näharbeit unbenutzt in ihrem Schoß lag. Der Fingerhut steckte auf ihrem Finger, der Faden war durch die Nadel gezogen, aber sie hatte die Nadel noch nicht durch das Tuch geführt.

»Das ist keine Antwort«, sagte sie und blickte ihn mißbilligend an. »Glaubst du, daß er es getan hat?«

Er holte tief Luft, atmete geräuschlos wieder aus.

»Mir fällt kein anderer ein.«

Sofort kam sie ihm auf die Schliche. »Das heißt, du glaubst es nicht!«

»Das heißt es nicht!« Sie war ungerecht und unlogisch. »Es bedeutet genau das, was ich gesagt habe, Charlotte. Ich kann mir keine andere Erklärung vorstellen; daher muß ich akzeptieren, daß es Jerome war. Es klingt überaus plausibel, und es gibt überhaupt nichts, was dagegen spricht – keine schwierig einzuordnenden Tatbestände, mit denen man sich auseinandersetzen muß, nichts Unerklärtes, nichts, was auf irgend jemand anderen hinweist. Es tut mir leid um Eugenie, und ich verstehe, wie ihr zumute ist. Es tut mir genauso leid wie dir! Verbrecher haben aber manchmal eben nette Familien – unschuldig und liebenswert, und unermeßlich leidend. Aber das verhindert nicht, daß Jerome schuldig ist. Du kannst nicht dagegen ankämpfen, und es nützt nichts, es zu versuchen. Und bestimmt kannst du Eugenie Jerome nicht helfen, indem du sie dazu ermunterst, sich an irgendeine Hoffnung zu klammern. Es gibt keine! Akzeptiere das gefälligst und laß es damit bewenden!«

»Ich habe nachgedacht«, antwortete sie, ganz so, als ob er gar nichts gesagt hätte.

»Charlotte!«

Sie schenkte ihm keine Beachtung.

»Ich habe nachgedacht«, wiederholte sie. »Wenn Jerome unschuldig ist, dann muß jemand anderer schuldig sein.«

»Offensichtlich«, erwiderte er ärgerlich. Er wollte nicht länger über die Sache nachdenken. Es war kein guter Fall, und er wollte ihn vergessen. Es war gelaufen. »Und es gibt keinen anderen, der darin verwickelt ist«, ergänzte er wütend. »Kein anderer hätte irgendeinen Grund.«

»Vielleicht doch . . . «

»Charlotte . . . «

»Vielleicht doch!« beharrte sie. »Stellen wir uns doch einmal vor,

Jerome sei unschuldig und sage die Wahrheit. Was wissen wir ganz sicher?« Das wir ließ ihn säuerlich lächeln. Aber es hatte keinen Zweck, noch länger zu versuchen, einem Gespräch darüber auszuweichen. Er konnte erkennen, daß sie es bis zum bittern Ende verfolgen würde.

»Ein Homosexueller hat sich an Arthur Waybourne vergangen«, antwortete er. »Arthur hatte Syphilis und wurde in Badewasser ertränkt, fast mit Sicherheit dadurch, daß seine Fersen hochgerissen wurden und sein Kopf unter Wasser geriet und nicht mehr nach oben kam. Seine Leiche wurde durch einen Einstiegsschacht in die Kanalisation geschafft. Es ist fast unmöglich, daß Arthur durch einen Unfall ertrunken ist, und völlig unmöglich, daß er sich selbst in die Kanalisation begab.« Er hatte ihre Frage beantwortet; es brachte ihnen nichts Neues. Er betrachtete sie, wartete in ihrem Gesicht auf das Ja.

Es war nicht da. Sie dachte nach.

»Dann verkehrte Arthur mit einer oder mehreren Personen«, sagte sie langsam.

»Charlotte! Du stellst den Jungen dar wie einen... einen...« Er rang um ein Wort, das weder zu grob noch zu extrem war.

»Warum nicht?« Sie runzelte die Stirn und starrte ihn an. »Warum sollten wir vermuten, daß Arthur besonders anständig war? Viele Leute, die ermordet werden, haben es sich auf die eine oder andere Weise selbst eingebrockt. Warum nicht auch Arthur Waybourne? Wir gingen davon aus, er sei ein unschuldiges Opfer. Nun, vielleicht war er das ja gar nicht.«

»Er war sechzehn!« Protestierend wurde seine Stimme lauter.

»So?« Sie riß ihre Augen weit auf. »So jung zu sein, ist kein Grund, nicht gehässig oder habgierig oder durch und durch verschlagen sein zu können. Kinder sind dir nicht besonders vertraut, nicht wahr? Kinder können gräßlich sein!«

Pitt dachte an die Kinderdiebe, die er kannte, und auf die alles zutraf, was sie gerade gesagt hatte. Und es fiel ihm nicht schwer zu verstehen, warum sie so waren und wie sie so wurden. Doch Arthur Waybourne? Wenn er etwas wollte, dann hatte er sicherlich nur danach fragen müssen, und schon war es ihm gegeben worden. Es gab keinen Mangel – keinen Grund.

Sie lächelte ihn mit einer falschen, traurigen Befriedigung an.

»Du hast mich die Armen sehen lassen, und es war gut für mich.« Immer noch hielt sie die Nadel in der Schwebe. »Vielleicht sollte ich dir zu deiner Fortbildung ein wenig von einer anderen Welt zeigen – ihre Innenseite«, sagte sie ruhig. »Auch Kinder aus vornehmen Kreisen können unglücklich und unangenehm sein. Das ist relativ. Es geht nur darum, etwas zu wollen, was man nicht haben kann, oder jemand anderen mit etwas zu sehen und zu denken, daß man das selber auch haben sollte. Das Gefühl ist so ziemlich das gleiche, ob man es nun bei einem Stück Brot oder einer Diamantbrosche empfindet – oder bei jemandem, den man liebt. Alle möglichen Leute betrügen, stehlen, töten sogar, wenn ihnen etwas wertvoll genug erscheint. Tatsächlich ...« Sie holte tief Luft. » ... tatsächlich setzen sich vielleicht Menschen, die es gewohnt sind, ihren eigenen Willen zu bekommen, schneller über Gesetze hinweg als diejenigen, für die das nicht so ist.«

»Okay«, räumte er widerstrebend ein. »Nehmen wir einmal an, Arthur Waybourne war ein völlig selbstsüchtiger und unangenehmer Mensch – was dann? Bestimmt war er nicht so unangenehm, daß ihn jemand nur deswegen umgebracht hat! Dann könnte man die Hälfte aller Aristokraten beseitigen!«

»Es besteht kein Grund, sarkastisch zu werden!« sagte sie mit funkelnden Augen, stach mit der Nadel durch das Tuch, zog sie aber nicht durch. »Er mag durchaus genauso gewesen sein! Nehmen wir einmal an ...« Sie blickte finster, konzentrierte sich auf den Gedanken, verdichtete ihn zu einer Formulierung. »Nehmen wir einmal an, Jerome sagte die Wahrheit. Er ist nie zu Albie Frobisher gegangen und hat sich nie einem der Jungen gegenüber irgendwelche übermäßigen Vertraulichkeiten geleistet – weder Arthur noch Godfrey oder Titus gegenüber.«

»Na gut, darüber haben wir auch nur Godfreys und Titus Aussage«, argumentierte er. »Aber was Arthur anbelangt, gab es keinen Zweifel. Der Gerichtsmediziner war sich ganz sicher. Und warum sollten die anderen Jungen lügen? Das ergibt doch keinen Sinn! Charlotte, wie sehr es dir auch gegen den Strich gehen mag, du stellst die Logik auf den Kopf, um Jerome zu entlasten. Doch es weist alles auf ihn hin!«

»Du unterbrichst mich.« Sie legte die Nähsachen auf den Tisch neben sich und schob sie beiseite. »Natürlich hatte Arthur ein Verhältnis – wahrscheinlich mit Albie Frobisher. Warum auch nicht? Vielleicht hat er sich ja auch dort seine Krankheit geholt. Hat irgend jemand Albie getestet?«

Augenblicklich wußte sie, daß das ein Treffer war. Eine Mischung aus Triumph und Mitleid stand ihr im Gesicht. Pitt fühlte eine kalte Welle in sich hochsteigen. Keiner hatte daran gedacht, Albie zu testen. Und da Arthur Waybourne tot war und ermordet wurde, würde Albie natürlich nur sehr ungern zugeben, daß er ihn gekannt hatte. Es wäre doch der erste, auf den der Verdacht fiel. Jeder hätte Albie für den Schuldigen gehalten. Doch keiner von ihnen hatte auch nur einen Gedanken daran verschwendet, ihn auf Geschlechtskrankheiten zu untersuchen. Wie dumm! Wie unglaublich dumm und unfähig!

Aber was hatte es dann mit Albies Identifizierung von Jerome auf sich? Er hatte auf der Stelle das richtige Bild herausgesucht.

Was hatte Gillivray von sich gegeben, als er Albie das erste Mal aufsuchte? Hatte er ihm da bereits Bilder gezeigt, ihn vielleicht dazu gebracht, Jerome zu identifizieren? Es ließ sich so leicht bewerkstelligen, nur ein kleiner, wohlüberlegter Hinweis, die leichte Umformung eines Satzes. »Dieser Mann, nicht wahr?« In seinem Eifer war es möglich, daß Gillivray das selbst nicht einmal bemerkt hatte.

Charlottes Gesicht wirkte verkniffen; vielleicht war es Verlegenheit, die ihre Wangen rötete.

»Du hast es nicht getan, oder?« Es war kaum eine Frage, eher eine Feststellung der Wahrheit. Ihre Stimme verriet keine Schuldzuweisung, aber das trug nicht dazu bei, die vernichtenden Schuldgefühle in ihm zu besänftigen.

»Nein.«

»Oder die anderen Jungen – Godfrey und Titus?«

Der Gedanke war entsetzlich. Er konnte sich lebhaft Waybournes oder Swynfords Gesicht vorstellen, wenn er darum bat. Er setzte sich aufrecht hin.

»Oh, Gott, nein! Du denkst doch wohl nicht, Arthur hätte sie…?« Er konnte sich Athelstans Reaktion auf eine so unsägliche Andeutung vorstellen.

Unnachgiebig fuhr sie fort. »Vielleicht war es gar nicht Jerome, der die anderen Jungen belästigte – vielleicht war es ja Arthur. Wenn er eine entsprechende Neigung hatte, hat er sich ja vielleicht an ihnen vergangen.«

Das war durchaus möglich. Tatsächlich war es sogar überaus wahrscheinlich, wenn man von der Prämisse ausging, daß Arthur genau sündigte, wie man sich an ihm versündigt hatte.

»Und wer hat ihn ermordet?« fragte er. »Würde es Albie irgend etwas ausmachen, einen Kunden mehr oder weniger zu haben? Bei ihm müssen doch in den vier Jahren, die er seinem Gewerbe nachgeht, Hunderte von Menschen ein und aus gegangen sein.«

»Die beiden Jungen«, antwortete sie auf der Stelle. »Die Tatsache, daß Arthur diese Neigung besaß, bedeutet ja nicht, daß sie genauso fühlten. Vielleicht konnte er immer einen von ihnen beherrschen. Als sie beide erfuhren, daß der andere auf ähnliche Weise benutzt wurde, taten sie sich zusammen und beseitigten ihn.«

»Wo denn? Irgendwo in einem Bordell? Ist das nicht ein wenig zu ausgeklügelt für ...«

»Zu Hause«, sagte sie rasch. »Warum nicht? Warum irgendwo anders hingehen?«

»Und wie sind sie dann die Leiche losgeworden, ohne daß es die Familie oder das Personal gesehen hat? Wie haben sie sie in einen Einstiegsschacht geschafft, der mit der Kanalisation von Bluegate verbunden ist? Sie leben meilenweit von Bluegate Fields entfernt.«

Sie ließ sich nicht durcheinanderbringen. »Ich glaube, einer ihrer Väter hat das für sie getan – oder vielleicht sogar beide, obwohl ich das bezweifle. Wahrscheinlich war es der Vater, in dessen Haus es geschehen ist. Persönlich denke ich dabei eher an Anstey Waybourne.«

»Er deckt den Mord an seinem eigenen Sohn?«

»Sobald Arthur einmal tot war, gab es für Anstey Waybourne keine Möglichkeit, ihn wieder zurückzuholen«, sagte sie nüchtern. »Wenn er es nicht gedeckt hätte, hätte er auch seinen zweiten Sohn verloren und keiner wäre ihm geblieben! Ganz zu schweigen von einem Skandal, der so unsäglich wäre, daß die Familie ihn nicht durch einhundert Jahre tadellosen Lebenswandel wieder wettgemacht hätte.« Sie beugte sich vor. »Thomas, anscheinend erkennst du nicht, daß die höheren Gesellschaftsschichten enorm praktische Fähigkeiten an den Tag legen, wenn es um Dinge geht, die das Überleben in der ihnen verständlichen Welt betreffen, auch wenn sie nicht fähig sind, ihre Stiefel selbst zu schnüren oder ein Ei zu kochen. Für die alltäglichen Dinge haben sie ihr Personal, daher kümmern sie sich nicht darum, sie selbst zu verrichten. Wenn es jedoch gesellschaftliche Schläue geht, stehen diese Leute den Borgias in nichts nach.«

»Ich denke, du hast eine düstere Fantasie entwickelt«, antwortete er sehr nüchtern. »Ich glaube, ich hätte mir genauer anschauen sollen, was du in letzter Zeit gelesen hast.«

»Ich bin nicht das für die Vorratskammer zuständige Hausmädchen!« sagte sie mit beträchtlicher Schärfe. Wut stieg in ihr hoch. »Ich werde lesen, was mir gefällt! Und es braucht nicht viel Fantasie, um zu sehen, daß drei junge Burschen ein recht gefährliches Spiel betreiben, bei dem es um das Entdecken von Gelüsten geht, und dabei von einem älteren Jungen, dem sie ihr Vertrauen schenken, in die Perversion gezogen werden – und es dann entwürdigend und abstoßend finden, aber zuviel Angst haben, um es ihm zu verweigern. Dann tun sie sich jedoch zusammen, und eines Tages, als sie ihm vielleicht nur einen großen Schrecken einjagen wollen, sind sie schließlich zu weit gegangen und haben ihn statt dessen getötet.«

Je länger sie das Bild ausmalte, desto mehr gewann ihre Stimme an Überzeugungskraft. »Sie sind natürlich durch die Geschehnisse sehr verängstigt und wenden sich an einen ihrer Väter. Dieser erkennt, daß der Junge tot ist und daß es Mord war. Vielleicht könnte es verschwiegen und als Unfall dargestellt werden, vielleicht aber auch nicht. Unter Druck würde die häßliche Wahrheit ans Tageslicht kommen. Arthur war pervers und krank. Da jetzt nichts mehr getan werden konnte, um ihm zu helfen, war es besser, den Blick auf die Lebenden zu richten und sich der Leiche an einem Ort zu entledigen, wo sie nie mehr gefunden werden würde.«

Sie holte tief Luft und fuhr fort. »Als sie dann gefunden wurde und die ganze Abscheulichkeit an den Tag kam, mußte man natürlich irgend jemanden dafür verantwortlich machen. Der Vater weiß, daß Arthur verdorben war, aber vielleicht weiß er nicht, wer ihn als erster in derartige Praktiken eingeführt hat, und will auch nicht glauben, daß sein Sohn einfach von Natur aus so veranlagt war. Wenn die anderen beiden Jungen, die Angst vor der Wahrheit hatten und sich davor fürchteten zu erzählen, daß Arthur sie mit zu den Prostituierten genommen hatte, sagen würden, der ihnen sowieso unsympathische Jerome habe es getan, wäre es nur allzu leicht, ihnen Glauben zu schenken: Dann trüge Jerome die moralische Schuld für Arthurs Tod – sollte er diese Schuld doch auch tatsächlich auf sich nehmen. Er verdiente es, gehängt zu werden – sollte er doch hängen! Und inzwischen können die beiden Jungen das Gesagte kaum mehr rückgängig machen. Wie sollten sie sich das noch trauen? Sie hatten die Polizei und das Gericht belogen, und diese hatten ihnen geglaubt. Es gab keine andere Möglichkeit, als die Sache weiterlaufen zu lassen.«

Er saß da und dachte über das Gesagte nach. Tickend verstrichen die Minuten. Außer der Uhr und dem leichten Zischen des Feuers war es totenstill. Es war möglich, tatsächlich möglich, und äußerst widerwärtig. Und es war nichts Substantielles vorhanden, das irgend etwas davon widerlegte. Warum war es ihm – ihnen allen! – nicht vorher eingefallen? Nur deswegen, weil es bequemer war, Jerome die Schuld in die Schuhe zu schieben? Wenn sie ihn anklagten, würden sie keine beunruhigenden Reaktionen riskieren. Keine ihrer Karrieren würde bedroht; selbst wenn sie das Pech hatten, es am Ende nicht beweisen zu können.

Bestimmt waren sie über so etwas erhaben. Und sie waren doch viel zu ehrlich, um sich einfach nur deswegen auf Jerome zu einigen, weil er so aufgeblasen war und die Leute so verärgerte? Oder etwa doch nicht?

Er versuchte, sich jedes Treffen ins Gedächtnis zurückzurufen, das er mit Waybourne gehabt hatte. Wie war ihm der Mann erschienen? Hatte er einen Anflug von Falschheit, außergewöhnlichen Kummer oder unerklärlicher Angst bei ihm wahrgenommen?

Pitt konnte sich an nichts erinnern. Der Mann war verwirrt. Er stand unter Schock, weil er unter entsetzlichen Umständen einen Sohn verloren hatte. Er fürchtete einen Skandal, der seiner Familie noch weiteren Schaden zufügen würde. Würde das nicht bei jedem so sein? Sicherlich war es doch nur natürlich, nur anständig, so zu sein.

Und der junge Godfrey? Er war anscheinend so offen gewesen, wie sein Schock und seine Angst es zuließen. Oder war seine einzigartige Arglosigkeit nur die Maske der Kindheit? Gehörten die beinahe durchsichtige Haut und die großen Augen zu einem geübten Lügner, der keinerlei Scham verspürte und daher auch keine Schuldgefühle kannte?

Titus Swynford? Pitt hatte Titus gemocht, und wenn er sich nicht sehr stark irrte, bereitete diesem der Lauf der Ereignisse Kummer – einen natürlichen, einen unschuldigen Kummer. War Pitt im Begriff, sein Urteilsvermögen zu verlieren und in die Falle des Offensichtlichen und Bequemen zu tappen?

Das war ein beunruhigender Gedanke. Traf er denn zu?

Es fiel ihm schwer zu akzeptieren, daß Titus und Godfrey so verschlagen sein sollten – oder deutlicher, daß sie so schlau gewesen sein sollten, ihn so gründlich zu täuschen. Er war es gewohnt, Lügen von der Wahrheit zu trennen. Das war sein Job, sein Beruf, und er beherrschte ihn. Natürlich machte er Fehler – aber selten war er so vollständig geblendet gewesen, daß er nicht einmal einen Verdacht geschöpft hatte.

Charlotte schaute ihn an. »Du glaubst nicht, daß das die Antwort ist, oder?« fragte sie.

»Ich weiß es nicht«, gab er zu. »Nein – es fühlt sich nicht richtig an.«

»Und fühlt sich das mit Jerome richtig an?«

Er blickte zu ihr hin. In letzter Zeit hatte er vergessen, wie sehr ihm ihr Gesicht gefiel, der Umriß ihrer Wange, der leichte, aufwärts gerichtete Schwung ihrer Augenbraue.

»Nein«, sagte er einfach. »Nein, ich glaube nicht.«

Sie nahm das Nähzeug wieder hoch. Der Faden rutschte aus der Nadel; sie nahm das Ende in den Mund, um es zu befeuchten. Sorgsam fädelte sie es wieder ein.

»Dann nehme ich an, daß du zurückgehen und noch einmal von vorne anfangen mußt«, sagte sie und schaute auf die Nadel. »Es sind noch drei Wochen Zeit.«

Am nächsten Morgen fand Pitt auf seinem Schreibtisch einen Stapel neuer Fälle. Die meisten waren vergleichsweise unbedeutend:

Diebstähle, Veruntreuung, mögliche Brandstiftung. Mit ausführlichen Beschreibungen betreute er etliche andere Polizisten damit; das gehörte zu den Privilegien seines Ranges, die er nach besten Kräften ausnutzte. Dann ließ er Gillivray kommen.

Fröhlich kam dieser herein. Sein Gesicht glühte, seine Schultern waren straff. Er schloß die Tür hinter sich und setzte sich hin, bevor er dazu aufgefordert wurde, was Pitt maßlos ärgerte.

»Gibt es etwas Interessantes?« erkundigte sich Gillivray eifrig. »Ein neuer Mordfall?«

»Nein.« Pitt war sauer. Der ganze Fall war ihm zuwider gewesen. Ihn erneut aufrollen zu müssen, gefiel ihm noch weniger, aber es war der einzige Weg, die auf ihn einstürmende, innere Unsicherheit loszuwerden und die vagen Möglichkeiten auszuschließen, die sich ihm jedes Mal, wenn seine Konzentration schwand, aufdrängten. »Der alte«, sagte er.

Gillivray war verwirrt. »Arthur Waybourne? Sie meinen, jemand anderes war darin verwickelt? Steht uns so etwas überhaupt zu? Das Geschworenengericht hat doch zu seinem Urteil gefunden. Das schließt den Fall ab, oder nicht?«

»Vielleicht ist er abgeschlossen«, erwiderte Pitt und hielt nur mit Mühe seine Wut unter Kontrolle. Er erkannte, daß Gillivray ihn dermaßen verärgerte, weil er anscheinend so unempfindlich gegenüber dem war, was Pitt so weh tat. Gillivray lächelte, ging sauber und ordentlich durch die Tragödien anderer Leute und den emotionalen Dreck hindurch, ohne dabei Schaden zu nehmen.

»Für das Gericht mag er abgeschlossen sein«, begann Pitt. »Ich denke aber, daß es noch Dinge gibt, die wir um der Gerechtigkeit willen wissen sollten.«

Gillivray sah unschlüssig drein. Die Gerichte genügten ihm. Seine Arbeit bestand darin, Verbrechen aufzudecken und dem Gesetz Geltung zu verschaffen. Selber ein Urteil zu fällen, gehörte nicht dazu. Für jeden Arm der Maschinerie gab es die für ihn richtige Aufgabe: Die Polizei sollte aufspüren und ergreifen, die Staats- und Rechtsanwälte sollten anklagen oder verteidigen; der Richter hatte den Vorsitz und sollte sich darum kümmern, daß den Vorschriften des Gesetzes Folge geleistet wird, das Geschworenengericht sollte darüber entscheiden, was wahr ist. Und wenn es notwendig war, gab es zu gegebener Zeit die Gefängniswärter zum Bewachen und den Henker, der ein Leben schnell und wirkungsvoll beendete. Wenn irgendeiner dieser Arme die Aufgabe eines anderen an sich riß, bedeutete das die Gefährdung des ganzen Prinzips. Genau darum ging es in der zivilisierten Gesellschaft doch: Jede Person kannte ihre Aufgabe und ihren Platz. Ein guter Mann erfüllte seine Pflicht bis an die Grenzen seiner Möglichkeiten. War ihm das Schicksal gewogen, stieg er in eine bessere Position auf.

»Die Rechtsprechung ist nicht unsere Sache«, meinte Gillivray schließlich. »Wir haben unsere Arbeit getan, die Gerichte die ihrige. Wir sollten uns da nicht einmischen. Das wäre doch das gleiche, als wenn wir ihnen sagen, daß wir nicht an sie glauben.«

Pitt schaute ihn an. Er war ernst und sehr gefaßt. In dem, was er sagte, steckte einiges an Wahrheit, doch es änderte nichts. Sie waren ungeschickt vorgegangen, und es würde schmerzhaft sein, den Versuch einer Korrektur zu unternehmen. Aber das änderte nichts an der Notwendigkeit.

»Die Gerichte beurteilen etwas nach dem, was sie wissen«, antwortete er. »Es gibt Dinge, die sie hätten wissen sollen, obwohl sie davon nichts erfahren haben. Und das lag an uns. Wir haben es versäumt, sie herauszufinden.«

Gillivray war entrüstet. Man unterstellte ihm Pflichtvergessenheit, und nicht nur ihm, sondern allen höhergestellten Polizisten und selbst den für die Verteidigung zuständigen Rechtsanwälten, die jede wichtige Auslassung hätten bemerken müssen.

»Wir sind nicht der Möglichkeit nachgegangen, daß Jerome die Wahrheit sagte«, begann Pitt, bevor Gillivray ihn unterbrach.

»Die *Wahrheit* sagte?« explodierte Gillivray mit hellen und zornigen Augen. »Bei allem Respekt, Mr. Pitt – aber das ist lächerlich. Wir haben ihn dabei erwischt, wie er uns eine Lügen nach der anderen auftischte! Godfrey Waybourne sagte, er habe sich an ihm vergriffen; Titus Swynford sagte das gleiche. Abigail Winters hat ihn identifiziert! Albie Frobisher hat ihn identifiziert! Albies Aussage allein ist schon erdrückend. Nur ein Perverser geht zu einem Strichjungen, und das an sich ist schon ein Verbrechen. Was sonst soll man sich denn außer einem Augenzeugen noch wünschen? Es gibt ja nicht einmal einen anderen Verdächtigen!«

Pitt setzte sich in seinem Sessel zurück, und ließ sich dann soweit hinabgleiten, daß er auf dem verlängerten Rückgrat ruhte. Er steckte seine Hände in die Taschen und berührte ein Bindfadenknäuel, das er bei sich hatte, einen Klumpen Siegelwachs, ein Taschenmesser, zwei Murmeln, die er von der Straße aufgesammelt hatte, und einen Schilling.

»Und was wäre, wenn die Jungen lügen?« meinte er. »Wenn das eigentliche Verhältnis zwischen ihnen bestand, zwischen den dreien, und nichts mit Jerome zu tun hat?«

»Alle drei?« Gillivray war verdutzt. »Alle...« Er gebrauchte das Wort nur sehr ungern, und hätte einen eleganteren Weg bevorzugt, auf dem sich das eigentliche Wort vermeiden ließ. »Alle drei sollen abartig veranlagt sein?«

»Warum nicht? Vielleicht war Arthur ja der einzige und hat die anderen gezwungen mitzumachen.«

»Und woher hat sich Arthur dann die Krankheit geholt?« Mit Genugtuung legte Gillivray den Finger auf die Schwachstelle. »Doch wohl kaum bei zwei unschuldigen Jungen, die er mit Gewalt in eine solche Beziehung trieb! Sie waren bestimmt nicht krank!«

»Nein?« Pitt runzelte die Stirn. »Woher wissen Sie das?«

Gillivray öffnete den Mund; dann flutete ein Ausdruck des Erkennens über sein Gesicht, und er schloß ihn wieder.

»Wir wissen es nicht, nicht wahr?« forderte Pitt ihn heraus. »Denken Sie nicht, wir sollten es herausfinden? Vielleicht hat er die Krankheit ja auf sie übertragen, wie unschuldig sie auch immer sein mögen.«

»Aber woher hat er sie?« Gillivray klammerte sich immer noch an seinen Einwand. »Dieses Verhältnis kann doch nicht nur zwischen den dreien bestanden haben. Es muß doch noch jemand anderen gegeben haben.«

»Stimmt«, gab Pitt zu. »Aber wenn Arthur diese Neigung hatte, ist er ja vielleicht zu Albie Frobisher gegangen und hat sich dort die Krankheit zugezogen. Albie haben wir ja auch nicht überprüft, nicht wahr?«

Gillivray schoß das Blut ins Gesicht. Er brauchte sich nichts einzugestehen; er erkannte die Nachlässigkeit sofort. Er verachtete Albie. Er hätte die Möglichkeit in Betracht ziehen und ihn, ohne daß man ihm das sagte, überprüfen sollen. Einfach genug wäre es gewesen, Albie war nicht in der Lage, dagegen zu protestieren. »Aber Albie hat Jerome identifiziert«, sagte er und kehrte auf sichereren Grund zurück. »Also muß Jerome dagewesen sein. Und Arthurs Bild hat er nicht erkannt. Ich habe es ihm natürlich gezeigt.«

»Muß er denn die Wahrheit sagen?« erkundigte sich Pitt mit gespielter Unschuld. »Würden Sie in irgendeiner anderen Sache sein Wort für bare Münze nehmen?«

Gillivray schüttelte den Kopf, als wolle er Fliegen verscheuchen – etwas verärgert, aber ohne Bedeutung. »Warum sollte er lügen?«

»Die Menschen wollen nur selten zugeben, daß Opfer eines Mordes zu kennen. Ich glaube nicht, daß das irgendeiner Erklärung bedarf.«

»Aber was ist mit Jerome?« Gillivray machte ein ernstes Gesicht. »Jerome hat er doch identifiziert?«

»Und wie hat er ihn erkannt? Wissen Sie das?«

»Natürlich weil ich ihm Fotos gezeigt habe.«

»Und können Sie sich sicher sein, absolut sicher sein, daß Sie überhaupt nichts gesagt oder getan haben, das darauf hindeutete, welches Bild Sie ihn auswählen lassen wollten? Auch wenn es nur ein Gesichtsausdruck war, vielleicht ein kleines Anheben Ihrer Stimme?«

»Ja, natürlich bin ich mir da sicher!« sagte Gillivray sofort. Dann zögerte er; wissentlich belog er sich nicht, andere noch viel weniger. »Ich glaube nicht.«

»Aber Sie glaubten, es war Jerome?«

»Ja, natürlich.«

»Sind Sie sich sicher, daß Sie das nicht irgendwie verraten haben – im Tonfall, mit einem Blick? Albie ist ungeheuer schnell – er hätte es mitbekommen. Er ist es gewohnt, die feinen Nuancen, das Unausgesprochene aufzuschnappen. Er verdient seinen Lebensunterhalt damit, Menschen zu gefallen.«

Der Vergleich beleidigte Gillivray, aber er sah den Sinn darin.

»Ich weiß es nicht«, gab er zu. »Ich glaube aber nicht.«

»Aber Sie könnten es getan haben?« Pitt ließ nicht locker.

»Ich denke nicht.«

»Aber wir haben Albie nicht auf Krankheiten untersucht!«

»Nein!« Gillivray machte wieder eine schnelle Bewegung mit der Hand, um den irritierenden Reiz zu vertreiben. »Warum hätten wir das auch tun sollen? Arthur war erkrankt, und Arthur hat mit Albie nie etwas zu tun gehabt! Jerome hatte ein Verhältnis mit Albie, und Jerome war gesund! Wenn Albie erkrankt gewesen wäre, dann Jerome doch vermutlich ebenfalls!« Das war eine hervorragende Beweisführung, und Gillivray war sehr erfreut darüber. Er rückte im Sessel wieder ein Stück nach hinten; sein Körper entspannte sich.

»Das geht von der Voraussetzung aus, daß jeder außer Jerome die Wahrheit sagt«, verdeutlichte Pitt. »Wenn jedoch Jerome die Wahrheit sagt und alle anderen lügen, dann wäre alles ganz anders. Der gleichen Logik zufolge, die Sie gerade angewandt haben, hätte Jerome die Krankheit haben müssen, da Arthur sie hatte – oder nicht? Und auch das haben wir nicht bedacht, nicht wahr?«

Gillivray starrte vor sich hin. »Er ist nicht daran erkrankt!«

»Ganz genau! Warum nicht?«

»Das weiß ich nicht. Vielleicht ist die Krankheit bei ihm einfach noch nicht ausgebrochen!« Er schüttelte den Kopf. »Seit Arthur es sich bei der Frau geholt hat, hat Jerome ihn ja vielleicht gar nicht mehr belästigt. Wie soll ich das wissen? Wenn Jerome aber die Wahrheit sagt, bedeutet das, das alle anderen lügen. Und das ist doch grotesk! Warum sollten sie das tun? Und auch wenn sich diese Beziehungen auf Albie und alle drei Jungen erstreckten, dann beantwortet das noch nicht die Frage, wer Arthur ermordet hat oder warum. Und das ist alles, was für uns zählt. Wir kommen unweigerlich wieder auf Jerome zurück. Sie haben mir doch selber gesagt, ich solle die Fakten nicht verdrehen, um sie zu einer unwahrscheinlichen Theorie zusammenzufügen, sondern sie einfach so nehmen, wie sie sind, und anschauen, was sie aussagen.« Er sah zufrieden aus, als ob er einen kleinen Sieg erzielt hätte.

»Ganz recht!« stimmte Pitt zu. »Aber bitte *alle* Fakten. Das Entscheidende ist dabei, alle Fakten zu kennen, nicht nur die meisten. Und in diesem Fall haben wir uns nicht die Mühe gemacht, alle Fakten aufzudecken. Wir hätten Albie und auch die anderen Jungen überprüfen sollen!«

»Das können Sie nicht!« Gillivray wollte es nicht glauben. »Sie können unmöglich vorhaben, jetzt zur Familie Waybourne zu gehen und Sie zu bitten, Ihren jüngeren Sohn auf Syphilis untersuchen zu lassen. Sie würden Sie hinauswerfen – und sich wahrscheinlich auch noch beim Polizeichef beschweren, wenn sie nicht gar bis ins Parlament damit gehen!«

»Vielleicht. Aber das ändert nichts an der Tatsache, daß wir es tun sollten.«

Gillivray schnaubte und stand auf. »Nun, ich denke, Sie verschwenden damit nur Ihre Zeit – Sir! Jerome ist schuldig und wird gehängt werden. Wissen Sie, bei allem Respekt, Sir – manchmal glaube ich, Sie erlauben ihrem Interesse an Gerechtigkeit und dem, was sie für Gleichheit halten, sich über den gesunden Menschenverstand hinwegzusetzen. Die Menschen sind nicht alle gleich. Das waren sie noch nie und werden es nie sein – weder moralisch, noch gesellschaftlich, körperlich oder ...«

»Das weiß ich!« unterbrach ihn Pitt. »Bezüglich einer vom Menschen oder durch die Natur herbeigeführten Gleichheit gebe ich mich keinen Täuschungen hin. Doch ich glaube nicht daran, daß Privilegien über dem Gesetz stehen – und das ist etwas ganz anderes. Jerome hat es nicht verdient, für eine Sache gehängt zu werden, die er nicht getan hat, was immer wir persönlich auch von ihm halten mögen. Und wenn Sie es lieber von der Gegenseite aus betrachten, dann haben wir es nicht verdient, ihn unschuldig zu hängen und den Schuldigen frei herumlaufen zu lassen. Auf mich trifft das zumindest zu! Wenn Sie zu denen gehören, die dann einfach davonspazieren können, dann sollten Sie einen anderen Beruf als den des Polizisten ausüben!«

»Mr. Pitt, das ist jetzt völlig unangebracht! Sie sind ungerecht. Ich habe nichts dergleichen gesagt. Ich denke, es trübt Ihr Urteilsvermögen – und genau das habe ich gesagt und gemeint. Ich glaube, in Ihrem Bemühen, fair zu sein, lehnen Sie sich so weit aus dem Fenster, daß Sie ernsthaft gefährdet sind hinauszufallen.« Er straffte seine Schultern. »Und das tun Sie dieses mal. Nun, wenn Sie zu Mr. Athelstan gehen und nach der Vollmacht für eine Untersuchung Godfrey Waybournes auf Geschlechtskrankheiten fragen wollen, dann nur voran! Aber ich werde nicht mit Ihnen kommen. Ich glaube nicht daran, und wenn Mr. Athelstan mich danach fragt, werde ich ihm das auch so sagen! Der Fall ist abgeschlossen.« Er stand auf und ging zur Tür. Bevor er sie erreichte, drehte er sich um. »Ist das alles, was Sie von mir wollten?«

»Ja.« Pitt blieb auf seinem Stuhl, sackte noch weiter nach unten, bis sich seine Knie beugten und die Unterkante der Schreibtischschublade berührten. »Ich nehme an, Sie gehen jetzt besser und kümmern sich um diese Brandstiftung – schauen Sie nach, ob es sich wirklich um Brandstiftung handelt. Mit größerer Wahrscheinlichkeit ist es irgendein Idiot mit einer undichten Petroleumlampe.«

»Ja, Sir.« Gillivray öffnete die Tür, ging nach draußen, knallte die Tür hinter sich zu. Eine Viertelstunde saß Pitt da, ging für sich immer wieder das Für und Wider durch, bevor er das Unvermeidliche akzeptierte und die Treppen hoch zu Athelstans Büro ging. Er klopfte und wartete.

»Herein!« befahl Athelstan fröhlich.

Pitt öffnete und trat ein. Athelstan machte ein langes Gesicht, als er ihn sah.

»Pitt? Was ist denn nun schon wieder? Können Sie nicht selber mit Ihren Sachen fertig werden? Ich bin extrem beschäftigt, muß in einer überaus wichtigen Angelegenheit in einer Stunde ein Parlamentsmitglied treffen.«

»Nein, Sir, das kann ich nicht. Ich brauche eine Art Vollmacht.«

»Wofür? Wenn Sie irgend etwas durchsuchen müssen, dann tun Sie das! Sie müßten doch inzwischen wissen, wie Sie Ihre Arbeit erledigen können! Bei Gott, Sie sind doch jetzt wirklich lange genug dabei.«

»Nein, ich möchte nichts durchsuchen – kein Haus«, erwiderte Pitt. Innerlich war ihm kalt. Er wußte, daß Athelstan außer sich geraten würde, daß er in den Notwendigkeiten gefangen war und Pitt die Schuld dafür geben würde. Und das wäre nicht gerecht. Pitt war derjenige, der rechtzeitig hätte daran denken sollen. Natürlich hätte er auch dann keine Erlaubnis bekommen.

»Nun, was wollen Sie also?« fragte Athelstan gereizt. Sein Gesicht legte sich in mißbilligende Falten. »Um Himmels willen, jetzt machen Sie sich deutlich! Stehen Sie nicht da wie ein Idiot und treten von einem Fuß auf den anderen!«

Pitt konnte prüfen, wie ihm das Blut in die Haut schoß. Urplötzlich schien der Raum kleiner zu werden; er hatte das Gefühl, mit den Ellbogen oder Füßen gegen etwas zu stoßen, sobald er sich rührte.

»Wir hätten Albert Frobisher untersuchen sollen, um zu sehen, ob er Syphilis hat«, begann er.

Athelstans Kopf fuhr hoch, ein argwöhnischer Schatten verdunkelte sein Gesicht.

»Warum? Wen interessiert es, ob er Syphilis hat? Abartig Veranlagte, die dauernd einen Ort wie seinen aufsuchen, haben alles verdient, was sie sich nur zuziehen können! Wir sind nicht die Hüter der öffentlichen Moral, Pitt – oder der öffentlichen Gesundheit. Das geht uns nichts an. Homosexualität ist ein Verbrechen, und das ist auch richtig so, aber wir haben nicht die Männer, um es strafrechtlich zu verfolgen. Wir müssen sie auf frischer Tat erwischen, wenn wir die Sache vor Gericht bringen wollen.« Er schnaubte angewidert. »Wenn Sie nicht genug zu tun haben, dann finde ich noch etwas für Sie. London wimmelt von Verbrechen. Gehen Sie durch eine beliebige Tür nach draußen und dann immer der Nase nach, und Sie werden überall auf Diebe und Gesindel stoßen.« Er beugte sich wieder über die vor ihm liegenden Briefe und gab Pitt dadurch zu verstehen, daß er entlassen war.

Regungslos stand Pitt auf dem hellen Teppich.

»Und dasselbe gilt für Godfrey Waybourne und Titus Swynford, Sir.«

Eine Sekunde lang herrschte Stille, dann bewegten sich Athelstans Augen sehr langsam nach oben. Sein Gesicht war purpurrot angelaufen, pflaumenfarbene Adern, die Pitt noch nie zuvor gesehen hatte, kamen auf seiner Nase zum Vorschein.

»Was sagten Sie da?« fragte er, wobei er jedes Wort ganz deutlich aussprach, als ob er es mit einem Begriffsstutzigen zu tun hatte.

Pitt holte tief Luft. »Ich möchte sichergehen, daß sich keine anderen Leute die Krankheit zugezogen haben«, formulierte er es taktvoller. »Nicht nur bei Frobisher, sondern auch bei den beiden Jungen.«

»Machen Sie sich nicht lächerlich!« Athelstan wurde lauter, eine Spur von Hysterie schlich sich in seine Stimme. »Wo in aller Welt würden sich Jungen wie die denn eine solche Krankheit zuziehen? Wir sprechen über anständige Familien, Pitt, und nicht über irgend jemand aus Ihren gottverdammten Elendsquartieren! Absolut nicht! Schon der bloße Gedanke ist eine Unverschämtheit!«

»Arthur Waybourne war erkrankt«, führte Pitt ruhig aus.

»Natürlich war er das!« Athelstans Gesicht wurde geradezu von Blut durchflutet. »Diese perverse Bestie Jerome hat ihn zu einer verfluchten Nutte mitgenommen! Das haben wir nachgewiesen! Die ganze abscheuliche Sache ist abgeschlossen! Und jetzt machen Sie mit Ihrer Arbeit weiter – gehen Sie und lassen Sie auch mich weiterarbeiten!«

»Sir«, beharrte Pit. »Wenn Arthur erkrankt war – und das steht fest –, woher wissen wir dann, daß er die Krankheit nicht auf seinen Bruder oder seinen Freund übertragen hat! Jungen in diesem Alter probieren doch alles aus!«

Athelstan starrte ihn an. »Möglich«, meinte er kalt. »Aber zweifellos sind ihre Väter mit ihren Verirrungen besser vertraut als wir, und das geht auch mit Sicherheit nur diese etwas an! Ich kann mir nicht vorstellen, Pitt, was Sie damit zu tun haben sollten!«

»Es würde Arthur Waybourne in ein anderes Licht setzen, Sir!«

»Ich habe nicht den Wunsch, ihn in irgendein Licht zu setzen!« fuhr ihn Athelstan an. »Der Fall ist abgeschlossen!«

»Aber wenn Arthur ein Verhältnis mit den anderen beiden Jungen hatte, dann würde das ganz neue Möglichkeiten eröffnen!« bedrängte ihn Pitt, trat einen Schritt nach vorne und lehnte sich über den Schreibtisch.

Athelstan rückte so weit wie nur möglich von ihm weg und drückte sich gegen die Lehne seines Sessels.

»Die privaten ... Gewohnheiten ... des Adels gehen uns nichts an, Pitt. Sie werden diese Leute in Ruhe lassen.« Er spuckte die Worte regelrecht aus. »Haben wir uns verstanden? Es ist mir völlig egal, ob von ihnen jeder mit jedem ins Bett steigt – es ändert nichts an der Tatsache, daß Maurice Jerome Arthur Waybourne ermordete. Das ist alles, was für uns von Belang ist. Wir haben unsere Pflicht getan, und was jetzt geschieht, ist deren eigene Sache – weder Ihre noch meine!«

»Aber wenn Arthur nun tatsächlich mit den anderen Jungen ein Verhältnis hatte?« Pitt ballte seine Hand auf dem Schreibtisch zur

Faust, spürte, wie sich die Nägel in sein Fleisch gruben. »Vielleicht hatte das Ganze ja gar nichts mit Jerome zu tun!«

»Blödsinn! Absoluter Blödsinn! Natürlich war es Jerome – wir haben Beweise! Und erzählen Sie mir bitte nicht, daß wir nicht nachgewiesen haben, wo er es getan hat. Er hätte überall ein Zimmer anmieten können. Wir werden es nie herausfinden, und das erwartet auch keiner von uns. Jerome ist ein Homosexueller! Er hatte jeden Grund, den Jungen umzubringen! Wenn die Sache herausgekommen wäre, dann konnte er bestenfalls noch darauf hoffen, auf die Straße gesetzt zu werden und weder eine Arbeit noch einen guten Rufe zu besitzen. Es wäre sein Ruin gewesen!«

»Aber wer sagt denn, daß er ein Homosexueller ist?« fragte Pitt. Er war inzwischen genauso laut geworden wie Athelstan.

Athelstans Augen waren ganz groß. Eine Schweißperle stand auf seiner Lippe – dann kam noch eine weitere zum Vorschein.

»Die beiden Jungen...« sagte er mit stockender Stimme und räusperte sich. »Die beiden Jungen«, wiederholte er, »und Albert Frobisher – das sind drei Zeugen. Du lieber Himmel, Mann, wie viele Zeugen wollen Sie denn noch? Meinen Sie, diese Kreatur zog herum und stellte ihre abartigen Gelüste zur Schau?«

»Die beiden Jungen?« fragte Pitt nach. »Und was wäre, wenn sie selber etwas damit zu tun hätten? Würden sie uns dann nicht genau diese Lüge auftischen? Und Albie Frobisher – würden Sie zu irgendeinem anderen Zeitpunkt das Wort eines siebzehnjährigen Strichjungen höher bewerten als das eines angesehenen, akademisch gebildeten Hauslehrers? Würden Sie das?«

»Nein!« Athelstan war jetzt auf die Füße gesprungen, sein Gesicht war nur eine Handbreit von Pitts Gesicht entfernt. Seine Knöchel waren weiß, seine Arme zitterten. »Ja!« widersprach er sich. »Ja – wenn es mit dem anderen Beweismaterial übereinstimmen würde. Und das tut es! Albie hat ihn auf Fotografien identifiziert! Das beweist, daß Jerome da war.«

»Können wir da sicher sein?« beharrte Pitt nachdrücklich. »Können wir sicher sein, daß wir ihm nicht irgendwelche Hinweise gegeben haben, die ihn auf den richtigen Gedanken brachten? Haben wir ihm vielleicht durch die Art, in der wir die Fragen stellten, auf die von uns gewünschte Antwort hingewiesen?«

»Nein. Das haben wir natürlich nicht getan!« Athelstans Stimme senkte sich ein wenig. Allmählich gewann er wieder die Kontrolle über sich zurück. »Gillivray ist ein Profi.« Er holte tief Luft. »Wirklich, Pitt, Sie erlauben Ihren Ressentiments, Sie zu beeinflussen. Ich sagte, Gillivray trete in Ihre Fußstapfen, und jetzt versuchen Sie, ihn in Mißkredit zu bringen. Das ist Ihrer nicht würdig!« Er setzte sich wieder hin, strich seine Jacke glatt und streckte seinen Hals, um seinen Kragen zu lockern.

»Jerome ist schuldig«, sagte Athelstan. »Er wurde vom Gericht für schuldig befunden und wird gehängt.« Er räusperte sich wieder. »Beugen Sie sich nicht so über mich, Pitt – das ist unverschämt. Und die Gesundheit Godfrey Waybournes geht nur seine Familie etwas an – bei Titus Swynford ist es ähnlich. Und was den Strichjungen angeht, kann er von Glück sagen, daß wir ihn nicht wegen seines widerwärtigen Gewerbes belangt haben! Er wird wahrscheinlich am Ende sowieso an der einen oder anderen Krankheit sterben. Wenn er sich nicht schon eine zugezogen hat, dann wird das nicht mehr lange auf sich warten lassen! Ich warne Sie, Pitt! Diese Angelegenheit ist erledigt. Wenn Sie darauf bestehen, ihr weiter nachzugehen, dann werden Sie damit Ihre eigene Karriere gefährden. Haben Sie mich verstanden? Diese Leute haben in ihrem Leben genug Tragik erfahren. Sie werden jetzt die Arbeit fortsetzen, für die Sie bezahlt werden – und diese Leute in Ruhe lassen. Habe ich mich deutlich genug ausgedrückt?«

»Aber, Sir...«

»Ich verbiete es! Sie haben nicht die Erlaubnis, die Waybournes noch weiter zu schikanieren, Pitt. Der Fall ist abgeschlossen! Beendet! Jerome ist schuldig, und das war es dann! Ich möchte nicht, daß Sie noch einmal darauf zu sprechen kommen – weder bei mir noch bei jemand anderem. Gillivray ist ein hervorragender Polizist; an seinem Verhalten ist nichts auszusetzen. Ich bin vollkommen davon überzeugt, daß er alles Notwendige unternommen hat, um die Wahrheit herauszufinden – und daß ihm das gelungen ist! Ich weiß nicht, wie ich es Ihnen noch deutlicher machen soll. Machen Sie jetzt mit Ihrer Arbeit weiter – wenn Sie sie behalten wollen.« Herausfordernd starrte er Pitt an.

Urplötzlich war das Ganze zu einem Test geworden, wessen Wille maßgeblich war, und Athelstan konnte es sich nicht mehr erlauben, daß es nach Pitts Willen ging. Pitt war gefährlich, denn er war unberechenbar. Er zeigte keinen Respekt, wenn er das sollte; und wenn seine Sympathien mit im Spiel waren, ging sein gutes Gespür, ja sogar sein Selbsterhaltungstrieb über Bord. Es war äußerst unangenehm, ihn um sich zu haben; Athelstan beschloß, ihn bei der ersten zur Verfügung stehenden Gelegenheit in den Zuständigkeitsbereich eines anderen zu befördern. Wenn Pitt natürlich in dieser elenden Sache im Fall Waybourne weiter drängte, konnte er ihn dazu zwingen, wieder Streife zu gehen, dann wäre er ihn genauso leicht los.

Reglos stand Pitt da; die Sekunden verstrichen. Im Zimmer war es so still, daß er sich vorstellte, die Arbeitsgeräusche der goldenen Uhr zu hören, die an der dicken, goldenen Gliederkette von Athelstans Weste hing.

Für Athelstan war Pitt auch deswegen ein so großer Störfaktor, weil er ihn nicht verstand. Pitt hatte jemanden geheiratet, der gesellschaftlich höher stand als er, und das war anstößig und unbegreiflich zugleich. Was wollte eine Frau aus gutem Hause wie Charlotte mit einem unordentlichen, unberechenbaren und allzu fantasievollen Paradoxon wie Pitt? Eine Frau mit etwas Anstand hätte sich an ihrer eigenen Klasse gehalten.

Gillivray war da ganz anders. Ihn konnte man leicht verstehen. Er war der einzige Sohn und hatte drei Schwestern. Er war ehrgeizig, akzeptierte jedoch, daß man die Stufenleiter Sprosse für Sprosse erklimmen mußte, alles in der richtigen Ordnung, und daß jeder Schritt nach vorne verdient werden wollte. Es lag etwas Tröstliches, ja sogar etwas Schönes darin, Anordnungen zu befolgen. Jedem gab das Sicherheit, und dafür stand ja auch das Gesetz: die Sicherheit einer Gesellschaft zu bewahren. Ja, Gillivray war ein ungeheuer gescheiter junger Mann. Es war sehr angenehm, ihn um sich zu haben. Er würde es weit bringen. Athelstan hatte tatsächlich schon einmal die Bemerkung fallenlassen, daß er nichts dagegen hätte, wenn eine seiner Töchter einen jungen Mann dieses Schlages heiraten würde. Gillivray hatte bereits unter Beweis gestellt, daß er fleißig und diskret zu handeln wußte. Er nahm keine Unannehmlichkeiten auf sich, um Leute zu bekämpfen, oder erlaubte seinen Gefühlen, zum Vorschein zu kommen, wie es Pitt so oft tat. Und er war äußerst ansehnlich, wie ein Gentleman gekleidet, ordentlich und unaufdringlich – nicht so eine Vogelscheuche wie Pitt!

All das ging Athelstan durch den Kopf, als er Pitt anstarrte, und das meiste davon brachten seine Augen unmißverständlich zum Ausdruck. Pitt kannte ihn gut. Er leitete die Abteilung zu aller Zufriedenheit. Selten verschwendete er Zeit mit der Verfolgung sinnloser Fälle; gut vorbereitet schickte er seine Männer in den Zeugenstand. Man konnte die Tage suchen, an denen sie einen schlechten Eindruck hinterließen. Und seit über zehn Jahren war gegen keinen Mann seiner Abteilung eine Korruptionsklage erhoben worden.

Pitt seufzte und gab schließlich nach. Wahrscheinlich hatte Athelstan recht. Jerome war fast mit Sicherheit schuldig. Charlotte verdrehte die Tatsachen, um zu einem anderen Schluß zu kommen. Es war zwar vorstellbar, daß es die beiden Jungen gewesen sein konnten, aber es war nicht im geringsten wahrscheinlich, und im Grunde glaubte er nicht, daß sie ihn angelogen hatten. Sie vermittelten ihm das Gefühl, die Wahrheit zu sprechen, und er konnte das genauso spüren, wie er gewöhnlicherweise einen Lügner erkannte. Charlotte ließ ihren Kopf von ihren Gefühlen beherrschen. Das war ungewöhnlich für sie, aber es war ein typisch weibliches Kennzeichen, und sie war nun einmal eine Frau! Mitleid war ja nichts Schlechtes, aber man sollte nicht erlauben, daß es die Wahrheit in völlig unangemessener Weise verzerrt.

Er empfand Groll darüber, daß Athelstan seinen ganzen Einfluß geltend machte, um ihn davon abzuhalten, noch einmal die Familie Waybourne aufzusuchen, aber wahrscheinlich hatte er im Prinzip recht. Es würde nur die Schmerzen verlängern. Eugenie Jerome würde ohnehin leiden; es war an der Zeit, daß sie es akzeptierte und damit aufhörte, zu versuchen, dem wie ein Kind auszuweichen, das bei jeder Geschichte ein glückliches Ende erwartet. Falsche Hoffnungen waren grausam. Er würde mit Charlotte noch ein langes Gespräch führen und ihr klarmachen müssen, welchen Schaden sie anrichtete, indem sie sich eine groteske Theorie wie diese zusammenbastelte. Jerome war ein tragischer Mann, tragisch und gefährlich. Man konnte durchaus Mitleid mit ihm haben, sollte aber nicht versuchen, andere Leute einen noch größeren Preis als ohnehin schon für seine Krankheit zahlen zu lassen.

»Ja, Sir«, sagte er laut. »Wenn es ratsam sein sollte, wird Sir Anstey zweifellos seinen eigenen Arzt solche Überprüfungen durchführen lassen, ohne daß wir etwas dazu sagen müssen.«

Athelstan blickte ihn erstaunt an. Diese Antwort hatte er nicht erwartet.

»Zweifellos«, pflichtete er ihm unbeholfen bei. »Obwohl ich kaum annehme... nun, daß... Wie dem auch sei, es geht uns nichts an. Es ist ein familiäres Problem... Der Mensch hat ein Anrecht auf seine Privatsphäre... Wenn man ein Gentleman ist, gehört das Respektieren der Privatsphäre anderer Menschen dazu. Ich bin froh, daß Sie das verstehen!« Sein Blick behielt noch einen letzten Anflug von Unsicherheit. Fragend schaute Athelstan ihn an.

»Ja, Sir«, wiederholte Pitt. »Und wie Sie schon sagten, hat es nicht viel Zweck, jemanden wie Albie Frobisher zu überprüfen. Wenn er heute gesund ist, kann das morgen schon ganz anders sein.«

Athelstans Gesicht verzog sich voller Widerwillen.

»Ganz recht. Ich bin mir sicher, daß Sie etwas anderes haben, dem Sie sich jetzt widmen können. Sie sollten das besser in Angriff nehmen und mich meiner Verabredung überlassen. Ich habe noch jede Menge zu tun. Lord Ernest Beaufort ist beraubt worden. Sein Stadthaus. Eine schlimme Sache. Ich möchte, daß der Fall so bald wie möglich gelöst ist, und versprach ihm, mich selbst darum zu kümmern. Können Sie mir Gillivray dazu überlassen? Er ist genau der Richtige, um das zu handhaben.«

»Ja, Sir, sicher kann ich das«, sagte Pitt mit einer Genugtuung, die einen grellen Beiklang von Gehässigkeit hatte. Für den unwahrscheinlichen Fall, daß sie die Diebe jemals finden würden, würden die Wertsachen schon längst verschwunden sein und sich in einem Labyrinth von Silberschmieden, Pfandhäusern und Schrotthändlern verloren haben. Gillivray war viel zu jung, um sie zu kennen, und fiel mit seiner Sauberkeit viel zu sehr auf, um in den Elendsquartieren unbemerkt herumzulaufen, wie es Pitt könnte, wenn er sich dazu entschloß. Gillivray mit seinem rosafarbenen Gesicht und dem weißen Kragen würde so sehr auffallen, daß er sich genausogut eine Glocke um den Hals hängen konnte. Pitt schämte sich seiner Befriedigung, aber das setzte weder diesem Gefühl noch dessen Heftigkeit ein Ende.

Er verließ Athelstans Büro und kehrte in sein eigenes Büro zurück. Als er im Korridor an Gillivray vorüberging, schickte er ihn mit einem vor Vorfreude glühenden Gesicht zu Athelstan hoch.

Dann trat er in sein Büro und setzte sich hin, starrte auf die Aussagen und Berichte. Eine halbe Stunden später warf er alle in einen Drahtkorb mit der Aufschrift Eingang, griff sich seinen Mantel vom Kleiderständer, zwängte sich seinen Hut über den Kopf und schritt zur Tür hinaus.

Er schnappte sich den ersten Hansom, der vorüberfuhr, kletterte hinein und rief dem Kutscher ›Newgate!‹ zu.

»Newgate, Sir?« fragte der Droschkenkutscher leicht überrascht.

»Ja! Nun machen Sie schon! Newgate Prison«, erwiderte Pitt. »Beeilen Sie sich!«

»Da gibt es nichts zu beeilen«, meinte der Kutscher trocken. »Die gehen nirgends mehr hin, höchstens zu ihrer Hinrichtung. Und fast die ganzen nächsten drei Wochen wird keiner gehängt werden. Ich weiß immer, wann jemand gehängt wird. Schätze, da kommen Tausende von Leuten, um sich das anzusehen. In den letzten Jahren habe ich schon Hunderttausende kommen sehen, das kann ich Ihnen sagen!«

»Machen Sie schon voran!« schnauzte Pitt. Der Gedanke, einhunderttausend Menschen liefen durcheinander und drängten sich zusammen, um zu sehen, wie ein Mensch gehängt wurde, war abstoßend. Er wußte, daß das stimmte. Ein solches Ereignis wurde in bestimmten Kreisen sogar als eine Art Sport angesehen. Gehörte jemandem ein Zimmer, von dem aus man die Vorderseite von Newgate einsehen konnte, konnte dieser für eine gute Hinrichtung fünfundzwanzig Guineen verlangen. Die Leute pflegten mit Champagner und Delikatessen Picknick dabei zu machen.

Was ist am Tod, an der Agonie eines anderen Menschen nur so faszinierend, fragte er sich, daß es als öffentliche Unterhaltung so willkommen ist? Ist es eine Art Abreagieren der eigenen Ängste? Eine Art Versöhnung mit dem Schicksal bezüglich der Gewalt, die sogar über dem sichersten Leben schwebt? Doch bei dem Gedanken, Vergnügen darüber zu empfinden, wurde ihm übel.

Es regnete leicht, als der Kutscher ihn vor der großen rauhen Fassade des Newgate Prison absetzte.

Pitt legitimierte sich beim Schließer und wurde eingelassen.

»Wen, sagten Sie?«

»Maurice Jerome«, wiederholte Pitt.

»Wird gehängt«, meinte der Schließer unnötigerweise.

»Ja.« Pitt folgte ihm in das graue Innere des Gebäudes; ihre Schritte hallten mit hohlem Echo von den Wänden wider.

»Er weiß etwas, nicht wahr?« fuhr der Schließer fort und ging Pitt zu den Büros voran, wo sie noch die Besuchserlaubnis holen mußten. Jerome war ein zum Tode Verurteilter; man konnte ihn nicht nach Belieben besuchen.

»Vielleicht.« Pitt wollte nicht lügen.

»Wenn ihr sie erst mal soweit habt, ist es mir meistens am liebsten, wenn ihr Bullen die armen Kerle in Ruhe laßt«, meinte der Schließer und spuckte aus. »Aber einen Mann, der Kinder tötet, kann ich nicht leiden. Absolut durch nichts zu rechtfertigen, so was.«

»Arthur Waybourne war sechzehn.« Pitt merkte, daß er zu diskutieren begann. »Er war nicht gerade ein Kind. Es wurden schon Leute gehängt, die jünger als sechzehn waren.«

»O ja!« sagte der Schließer. »Wenn sie es verdient haben. Und wir haben sie eine Zeitlang in Besserungsanstalten gesteckt, weil sie eine Gefahr für die öffentliche Sicherheit waren und einer Menge Leute 'ne Menge Ärger gemacht haben. Hatten sie unten in Coldbath Fields.«

Er bezog sich auf eines der schlimmsten Gefängnisse Londons, die Bastille, in der es nur eine Frage weniger Monate war, bis die Gesundheit und die Seele eines Mannes gebrochen wurden: in der Tretmühle oder beim Kanonenkugeldrill, bei dem unaufhörlich eiserne Kanonenkugeln in einer Reihe von einem zum anderen gereicht wurden, bis die Arme völlig erschöpft, die Rücken völlig überanstrengt und die Muskeln ruiniert waren. Werg zu zupfen, bis die Finger bluteten, war vergleichsweise einfach. Pitt gab dem Schließer keine Antwort – Worte hätten nicht gereicht. Jahrelang war die Bastille so gewesen; mittlerweile war es im Vergleich zu früher besser geworden; zumindest der Stock, in den die Gefangenen zur Bestrafung gelegt wurden, und die Pranger gab es nicht mehr. Ob das wirklich etwas änderte, war noch zu bezweifeln.

Er erklärte dem Oberaufseher, daß er Jerome wegen einer polizeilichen Angelegenheit sehen wollte und daß es noch einige Fragen geben würde, die um der Gesundheit unschuldiger Parteien willen gestellt werden sollten.

Der Aufseher war sich des Falles in genügendem Ausmaß bewußt, um keine detaillierteren Erklärungen zu benötigen. Er war Krankheit gewohnt, und es gab keine Perversion, der er nicht schon begegnet war.

»Wie Sie wünschen«, stimmte er zu. »Obwohl Sie von Glück sagen können, wenn Sie irgend etwas aus ihm herausbekommen. Ganz gleich, was mit uns passiert – er wird in drei Wochen gehängt. Daher gibt es für ihn weder etwas zu gewinnen noch zu verlieren, ganz gleich, was er tut.«

»Er hat eine Frau«, antwortete Pitt, obwohl er keine Ahnung hatte, ob das für Jerome etwas änderte. Er gab dem Aufseher ohnehin nur eine Antwort, weil es notwendig war, daß der Schein gewahrt blieb. Er war gekommen, um Jerome zu sehen; der Drang dazu kam aus ihm selbst. Er verspürte das Bedürfnis, noch einmal zu versuchen, seinen Kopf davon zu überzeugen, daß Jerome schuldig war.

Außerhalb des Büros führte ihn ein anderer Schließer durch die grauen, gewölbten Flure zu den Todeszellen. Der Geruch des Ortes schlug über Pitt zusammen, kroch in seinen Kopf, drang in seine Kehle. Die verbrauchte Luft, ein Dreck, der selbst durch Karbol nie mehr weggewaschen wurde, das Empfinden, daß jeder immer erschöpft war und doch nicht ruhen konnte – all das bestürmte ihn. Lagen Männer, die genau über ihren sicheren Tod zu einer vorgegebenen Stunde, einer vorgegebenen Minute, Bescheid wußten, voller Schrecken wach, damit der Schlaf ihnen nicht einen einzigen Augenblick des noch verbliebenen Lebens raubte? Durchlebten sie noch einmal die Vergangenheit – alle guten Dinge? Oder empfanden sie Reue, waren voller Schuldgefühle, flehten um Vergebung bei einem Gott, an den sie sich plötzlich erinnerten? Weinten sie – oder haderten sie mit ihrem Schicksal?

Der Schließer blieb stehen. »Wir sind da«, sagte er mit einem leichten Schnauben. »Rufen Sie, wenn Sie fertig sind.«

»Danke.« Pitt hörte seiner Stimme bei der Antwort zu, als gehöre sie zu jemand anderem. Fast automatisch trugen ihn seine Füße durch die offene Tür in die dunkle Zelle. Mit dem Geräusch von Eisen auf Eisen schloß sich die Tür hinter ihm.

Jerome saß in der Ecke auf einer Strohmatratze. Er schaute nicht sofort hoch. Der Schlüssel drehte sich im Schloß, auch Pitt war nun eingesperrt. Schließlich schien Jerome zu bemerken, daß es sich nicht um eine der üblichen Überprüfungen handelte. Er hob den Kopf und sah Pitt; sein Blick verriet Überraschung, aber nichts, das stark genug gewesen wäre, um die Bezeichnung Gefühl zu verdienen. Jerome war auf merkwürdige Weise ganz der Alte und legte eine Steifheit und eine Reserviertheit an den Tag, als ob die vergangenen paar Wochen etwas gewesen wären, über das er gelesen hatte.

Pitt, der bei ihm eine Veränderung zum Schlechteren befürchtet hatte, war auf alle Peinlichkeiten gefaßt gewesen. Jetzt, wo nichts dergleichen vorhanden war, war seine Verwirrung um so größer. Man konnte unmöglich Sympathien für Jerome empfinden, aber Pitt war gezwungen, eine gewisse Bewunderung für seine totale Selbstbeherrschung zu hegen.

Wie überaus seltsam war es doch, daß dieser Mann von so entsetzlichen Umständen, von Einsperrung, öffentlicher Schande und dem sicheren Wissen, daß ihm nur wenige Wochen später eine der schlimmsten Todesarten bevorstand, anscheinend so unberührt blieb. Wie ungewöhnlich war es doch, daß solch ein Mann sich von seinen Gelüsten und seiner Panik in die Selbstzerstörung treiben lassen sollte. Es war so ungewöhnlich, daß Pitt merkte, wie er den Mund öffnete, um sich für die erbärmliche Zelle und die Erniedrigung zu entschuldigen, als wäre er und nicht Jerome dafür verantwortlich.

Es war lächerlich! Dies war der Beweis. Wenn Jerome nichts fühlte oder nichts zeigte, dann deswegen, weil er entartet und körperlich und geistig gestört war. Man sollte nicht von ihm erwarten, sich wie ein normaler Mann zu benehmen – er war nicht normal. Es wäre besser, wenn er sich das Bild von Arthur Waybourne in der Kanalisation von Bluegate Fields ins Gedächtnis zurückrief, sich an diesen jungen, mißbrauchten Körper erinnerte, und das in Angriff nahm, weswegen er gekommen war.

»Jerome«, begann er und trat einen Schritt vor. Was sollte er jetzt, wo er hier war, nur fragen? Es war seine einzige Chance; er mußte alles herausfinden, was er wissen wollte, alles, was Charlotte auf so unangenehme Weise heraufbeschworen hatte. Er konnte weder Waybourne noch die beiden Jungen befragen; dieses einmalige Interview mußte alles hergeben, hier in diesem grauen Licht, das durch die vor dem hohen Fenster angebrachten Eisenstäbe sickerte.

»Ja?« fragte Jerome kalt zurück. »Was können Sie denn nur noch von mir wollen, Mr. Pitt? Wenn es darum geht, Ihr Gewissen zu entlasten, dann kann ich Ihnen da nicht helfen. Ich habe Arthur Waybourne nicht umgebracht und habe ihn auch nicht auf diese unanständige Art berührt, wegen der Sie mich verklagt haben. Ob Sie nachts schlafen oder wachliegen, ist Ihr Problem. Ich kann nichts tun, um Ihnen zu helfen, und selbst wenn ich es könnte, würde ich es lassen!«

Pitt antwortete, ohne zu denken. »Sie geben mir die Schuld für Ihre Situation?«

Jeromes Nasenflügel bebten; er brachte damit Resignation und große Abneigung zugleich zum Ausdruck.

»Ich nehme an, Sie verrichten Ihre Arbeit im Rahmen Ihrer Begrenzungen. Sie sind es so sehr gewöhnt, sich mit Dreck zu befassen, daß Sie ihn überall sehen. Vielleicht ist das auch der Fehler einer freien Gesellschaft. Wir brauchen einen Polizeistaat.«

»Ich habe Arthur Waybournes Leiche entdeckt«, antwortete Pitt. Seltsamerweise ärgerte er sich nicht über den Vorwurf, konnte ihn nachvollziehen. Jerome wollte jemanden verletzen, und ein anderer war nicht da. »Nur dazu habe ich ausgesagt. Ich befragte die Familie Waybourne und überprüfte den Strichjungen und die Prostituierte. Entdeckt habe ich sie nicht, und mit Sicherheit habe ich ihnen nicht erzählt, was sie sagen sollten.«

Jerome sah ihn aufmerksam an; seine braunen Augen suchten Pitts Gesichtszüge ab, als sei in ihnen das Geheimnis versteckt.

»Sie haben die Wahrheit nicht entdeckt«, meinte er schließlich. »Vielleicht ist das auch zuviel verlangt. Vielleicht sind Sie ja genauso ein Opfer wie ich, nur mit dem Unterschied, daß Sie als freier Mann davongehen und Ihre Fehler wiederholen können. Ich bin derjenige, der dafür zahlen muß.«

»Sie haben Arthur nicht umgebracht?« Pitt unterbreitete es ihm wie einen Vorschlag.

»Nein.«

»Wer hat es denn dann getan? Und warum?«

Jerome starrte auf seine Füße. Pitt ging auf ihn zu, um sich neben ihm auf das Stroh zu setzen.

»Er war ein unangenehmer Junge«, sagte Jerome nach einigen Augenblicken. »Ich habe mich die ganze Zeit gefragt, wer ihn getötet hat. Ich habe keine Ahnung. Wenn es anders wäre, hätte ich es Ihnen gesagt, damit Sie entsprechende Nachforschungen hätten anstellen können.«

»Meine Frau hat eine Theorie«, begann Pitt.

»Ach ja?« Jerome sprach mit dünner Stimme und in verächtlichem Tonfall.

»Seien Sie doch nicht so verdammt herablassend!« fuhr ihn Pitt an. Die Kränkung Charlottes beleidigte ihn, und plötzlich platzte sein Ärger über die ganze Sache, über das System, die ungeheuerliche und dumme Tragödie aus ihm heraus. Seine Stimme wurde laut und hart. »Verdammt, das ist mehr als das, was Sie haben!«

Mit hochgezogenen Augenbrauen wandte sich Jerome ihm zu, um ihn zu betrachten.

»Sie meinen, sie glaubt nicht, daß ich es getan habe?« Immer noch hielt er das nicht für möglich; sein Gesicht war kalt, die Augen zeigten außer Überraschung keine Regung.

»Sie meint, daß vielleicht Arthur der Abartige war«, sagte Pitt kühler. »Und daß er die Jungen zu seinen Praktiken verleitete. Anfangs fügten sie sich, als sie aber erfuhren, daß der andere ebenfalls in die Sache verwickelt war, schlossen sie sich zusammen und brachten ihn um.«

»Ein netter Gedanke«, meinte Jerome mürrisch. »Aber ich kann mir kaum vorstellen, daß Godfrey und Titus so geistesgegenwärtig sind, die Leiche zu einem Einstiegsschacht in die Kanalisation zu schaffen und derart effektiv zu beseitigen. Wenn es nicht diesen übereifrigen Kanalarbeiter und die untätigen Ratten gegeben hätte, hätte man Arthur nie identifiziert. Das wissen Sie.«

»Ja, ich weiß«, sagte Pitt. »Aber einer ihrer Väter könnte ja dabei geholfen haben.«

Für einen Augenblick weiteten sich Jeromes Augen. Etwas wie Hoffnung blitzte in ihnen auf. Dann verdunkelte sich sein Gesicht wieder.

»Arthur ist ertränkt worden. Warum wurde nicht einfach behauptet, es sei ein Unfall gewesen? Es wäre leichter und ungleich seriöser. Es ergibt keinen Sinn, ihn in die Kanalisation hinunterzuschaffen. Ihre Frau hat eine blühende Fantasie, Mr. Pitt, aber sie ist nicht sehr realistisch. Sie hat ein schauerliches Bild von den Anstey Waybournes dieser Welt. Wenn sie einigen begegnet wäre, würde sie erkennen, daß sie nicht in Panik geraten und sich so hysterisch benehmen.«

Pitt war verletzt. Charlottes Herkunft war nie weniger von Belang gewesen, und dennoch merkte Pitt, wie er mit seinem ganzen Groll auf die ehrgeizige Mittelklasse und die Werte, die er verabscheute, darauf antwortete.

»Sie kennt diese Leute sehr gut.« Seine Stimme war schneidend. »Ihre Familie verfügt über beträchtliche Mittel. Lady Ashworth ist ihre Schwester. Vielleicht ist sie sich besser als Sie oder ich der Dinge bewußt, die die gesellschaftliche Elite in Panik versetzen – beispielsweise die Entdeckung, daß der eigene Sohn eine Geschlechtskrankheit hat und homosexuell ist. Vielleicht kennen Sie ja die nachträgliche Gesetzesänderung vom letzten Jahr noch nicht, nach der Homosexualität ein Verbrechen ist und mit Gefängnis bestraft werden kann.«

Jerome drehte sich zur Seite, so daß Pitt seinen Gesichtsausdruck nicht erkennen konnte.

»Tatsächlich«, fuhr Pitt ein wenig rücksichtslos fort, »war es ja vielleicht sogar Waybourne selbst, der Arthurs Praktiken entdeckte und ihn umbrachte. Der älteste Sohn und Erbe, ein an Syphilis erkrankter Perverser! Da ist es doch besser, er ist tot – viel besser! Und erzählen Sie mir nicht, daß Sie die oberen Klassen nicht gut genug kennen, um das für möglich zu halten, Mr. Jerome.«

»Oh, ich halte das für möglich.« Mit einem ganz langsamen Atemzug ließ Jerome die Luft entweichen. »Aber weder Sie noch Ihre Frau oder ein Engel Gottes wird es beweisen! Und das Gericht wird es gar nicht erst versuchen! Ich bin doch ein viel besserer Verdächtiger! Keiner wird mich vermissen, keiner stößt sich daran.

Diese Antwort paßt jedem, der hier von Bedeutung ist. Sie haben größere Chancen, Premierminister zu werden, als die innere Einstellung dieser Leute zu ändern.« Plötzlich zuckte sein Mund in scharfem Spott. »Natürlich habe ich mir nicht ernsthaft vorgestellt, daß Sie das wirklich versuchen wollten. Warum Sie gekommen sind, entzieht sich meiner Kenntnis. Sie haben jetzt nur noch mehr Alpträume – und für eine längere Zeit.«

Pitt erhob sich. »Möglicherweise«, sagte er. »Aber wegen Ihnen, nicht wegen mir. Ich habe sie nicht quälen wollen, ich wollte auch keine Beweise verdrehen oder verbergen. Wenn...« Nach kurzem Zögern setzte er erneut an. »Wenn es ein Fehlurteil sein sollte, dann nicht wegen mir, sondern trotz mir! Und es ist mir völlig egal, ob Sie das glauben oder nicht.« Er schlug mit der geballten Faust gegen die Tür. »Wärter! Lassen Sie mich hinaus!«

Die Tür öffnete sich; ohne sich umzuschauen, trat Pitt in den feuchten, grauen Flur. Er war ärgerlich, verwirrt und völlig hilflos.

8

Auch Charlotte konnte die Angelegenheit nicht aus ihren Gedanken verbannen. Keinem hätte sie einen Grund dafür nennen können, warum man an Jeromes Unschuld glauben sollte; tatsächlich war sie sich gar nicht sicher, ob sie selbst daran glaubte. Das Gesetz verlangte jedoch nicht, daß man beweisen mußte, unschuldig zu sein; es genügte, wenn ein berechtigter Zweifel vorhanden war.

Und Eugenie tat ihr leid, auch wenn sie die Frau noch nicht richtig in ihr Herz schließen konnte. Ihr Auftreten hatte etwas Irritierendes; sie verkörperte alles, was Charlotte nicht war. Doch bei ihr konnte sie sich auch völlig irren; vielleicht war Eugenie ja aufrichtig. Vielleicht war sie wirklich eine sanfte und geduldige Frau, die den Wunsch hatte zu gehorchen, eine Frau, für die Loyalität die höchste Tugend darstellte. Vielleicht hatte sie ihren Mann einfach richtig gern.

Wenn es stimmte, daß ihr Mann unschuldig war, dann mußte daraus der Schluß gezogen werden, daß die Person, die Arthur Waybourne getötet hatte, frei herumlief. Charlottes Einschätzung zufolge hätte diese Person sogar ein noch schwereres Verbrechen begangen: nämlich zu erlauben, daß an seiner Stelle Jerome verurteilt und gehängt wurde. Dieses Vergehen hätte sich dann in einem viel längeren Zeitraum vollzogen; es hätte genügend Zeit gegeben, Einsicht zu zeigen und sich zu ändern. Das war eine der unverzeihlichsten Handlungen, die ein Mensch im Vollbesitz seiner geistigen Kräfte tun konnte. Der Gedanke daran machte sie so wütend, daß sie merkte, wie sie ihre Zähne so fest zusammenbiß, daß sie ihr weh taten.

Und eine Hinrichtung war endgültig. Wenn sie zu spät herausfanden, daß Jerome unschuldig war, was dann?

Was immer Pitt auch zu tun gedachte, was immer er tun *konnte* – und das war vielleicht nicht viel –, sie selbst mußte zumindest einen Versuch wagen. Und jetzt, wo Emily und Großtante Vespasia wieder da waren, würden auch sie helfen.

Erneut würde Gracie sich um Jemima und Daniel kümmern müssen. Es blieben nur drei Wochen; die Zeit für Briefe, Karten und gesellschaftliche Etikette war nicht gegeben. Sie würde sich ein Besuchskleid anziehen, die Pferdebahn nehmen und dann in eine Droschke umsteigen, zum Paragon Walk fahren und Emily besuchen. Alle möglichen Gedanken wirbelten ihr im Kopf herum: Möglichkeiten, unbeantwortete Fragen, Dinge, die die Polizei nicht tun konnte und an die sie wahrscheinlich nicht einmal dachte.

Sie rief nach Gracie; aufgeschreckt kam das Mädchen herbeigerannt, ihre Füße trippelten über den Flur, sie stürmte ins Wohnzimmer und kam völlig außer Atem vor Charlotte zum Stehen, die vollkommen ruhig mitten im Raum stand.

»Oh, Ma'am!« Gracies Gesicht nahm einen völlig verwirrten Ausdruck an. »Ich dachte, sie hätten sich fürchterlich verletzt oder so etwas. Was ist denn nur geschehen?«

»Unrecht!« erwiderte Charlotte mit einer schwungvollen Bewegung des Armes. Ein Melodrama würde viel wirkungsvoller sein als vernünftige Erklärungen. »Wir müssen etwas unternehmen, bevor es zu spät ist.« Mit dem Wir schloß sie auch Gracie mit ein, um sie umgehend an allem zu beteiligen und sich ihrer aufrichtigen Mitarbeit zu versichern. In den nächsten drei Wochen würde davon einiges notwendig sein.

Gracie zitterte vor Aufregung und stieß mit einem leisen Kreischen die Luft aus. »Oh, Ma'am!«

»Ja«, sagte Charlotte entschlossen. Sie mußte auf die Einzelheiten zu sprechen kommen, solange die Begeisterung da war. »Du erinnerst dich doch an Mrs. Jerome, die uns hier besucht hat, nicht wahr? Natürlich! Gut. Nun, ihr Mann kam für etwas ins Gefängnis, von dem ich nicht glaube, daß er es getan hat.« Sie wollte keine Fragen aufwerfen, die zu berechtigten Zweifeln Anlaß gaben. »Wenn wir die Wahrheit nicht herausfinden, wird er gehängt werden!«

»Uuh, Ma'am!« Gracie war entsetzt. Mrs. Jerome war eine greifbare Person und besaß alle Attribute einer Heldin: Sie war nett und hübsch und mußte offenbar dringend gerettet werden. »Werden wir ihr helfen?«

»Gewiß. Natürlich wird auch mein Mann alles tun, was in seiner Macht steht – doch das ist vielleicht nicht genug. Die Leute versuchen mit allen Kräften, ihre Geheimnisse zu bewahren, und ein Menschenleben kann davon abhängen – genaugenommen das Leben mehrerer Menschen. Um helfen zu können, brauchen wir auch noch die Unterstützung etlicher anderer. Ich werde Lady Ashworth besuchen und möchte, daß Sie sich während meiner Abwesenheit um Daniel und Miß Jemima kümmern.« Sie fixierte Gracie mit einem Blick, der diese fast hypnotisierte, so intensiv war die Konzentration des Hausmädchens. »Gracie, ich möchte, daß Sie keinem anderen erzählen, wo ich bin oder warum ich dorthin gegangen bin. Ich bin einfach ausgegangen, um einen Besuch zu machen, verstanden? Wenn mein Mann Sie fragen sollte, dann bin ich auf Familienbesuch unterwegs. Das stimmt ja auch; wenn Sie das sagen, haben Sie nichts zu befürchten.«

»Oh! Ja, Ma'am!« Gracie atmete aus. »Sie sind gerade weggegangen, um einen Besuch zu machen! Ich werde kein Wort verraten! Ich halte es geheim. Doch seien Sie bloß vorsichtig, Ma'am! Diese Mordbuben und deren Kumpane können fürchterlich gefährlich sein! Was in aller Welt sollten wir alle nur tun, wenn Ihnen irgend etwas zustoßen würde!«

Charlotte behielt einen völlig sachlichen Gesichtsausdruck.

»Ich werde sehr vorsichtig sein, Gracie, das verspreche ich Ihnen«, antwortete sie. »Und ich werde aufpassen, daß ich mit keinem, der auch nur im mindesten fragwürdig erscheint, alleine bin. Ich werde nur einige kleine Nachforschungen betreiben und sehen, ob ich über einige Leute ein wenig mehr in Erfahrung bringen kann.«

»Uuh – ich werde kein Sterbenswörtchen von mir geben, Ma'am! Ich werde mich hier um alles kümmern, das schwöre ich. Sie brauchen sich nicht die geringsten Sorgen zu machen.«

»Danke, Gracie.« Charlotte lächelte so charmant, wie sie nur konnte, dann stürmte sie heraus und ließ Gracie voller ängstlicher Gedanken mit offenem Mund mitten im Wohnzimmer stehen.

Emilys Hausmädchen empfing sie mit durch jahrelanges Training gut versteckter Überraschung. Außer einem leichten Heben der Augenbrauen unter der gestärkten Haube ließ sie sich nichts anmerken. Das schwarze Kleid und die mit Spitzen geschmückte Schürze hatten nicht den kleinsten Flecken. Für einen flüchtigen Moment wünschte sich Charlotte, sie könnte es sich leisten, Gracie auf diese Weise einzukleiden, aber das wäre schrecklich unpraktisch. Auch wenn jemand zu Besuch kam, hatte Gracie mehr zu tun, als die Tür zu öffnen. Sie mußte die Böden schrubben, fegen und Teppiche klopfen, die Asche ausleeren, Geschirr spülen.

Hausmädchen waren Teil eines anderen Lebens, eines Lebens, dem Charlotte nur in dummen, leichtfertigen Augenblicken nachtrauerte, in denen sie zum ersten Mal Häuser wie dieses betrat, bevor sie sich dann an die Dinge erinnerte, die zu diesem Leben gehörten und es langweilig machten, die alles unterdrückenden Rituale, an die sie sich bei aller Gewandtheit nicht halten konnte, als sie selbst noch dazugehörte.

»Guten Morgen, Mrs. Pitt«, sagte das Hausmädchen ruhig. »Die gnädige Frau wird noch niemand empfangen. Wenn Sie sich in das Damenzimmer setzen wollen! Der Kamin brennt, und wenn Sie möchten, werde ich fragen, ob Sie der gnädigen Frau beim Frühstück Gesellschaft leisten können!«

»Danke.« Charlotte neigte ein wenig ihr Kinn, um zu zeigen, daß sie völlig mit allem einverstanden war, wieviel Zeit oder welche Mühen auch immer damit verbunden sein mochten. Sie hatte gegen keine Konventionen verstoßen; sie war darüber erhaben und daher nicht an derartige Einschränkungen gebunden. Das Hausmädchen mußte das begreifen. »Werden Sie der gnädigen Frau ausrichten, daß es sich um eine äußerst dringliche Angelegenheit handelt – einer skandalösen Angelegenheit, bei der ich ihre Unterstützung benötige, um zu verhindern, daß großes Unrecht geschieht?« Das sollte genügen, um Emily herbeizuholen, selbst wenn sie noch im Bett lag! Die Augen des Hausmädchens weiteten sich und leuchteten auf. Diese kostbare Information würde bestimmt ihren Weg in die Gesindestube finden, jeder, der den Mut besaß, an Schlüssellöchern zu horchen, würde mit großem Vergnügen alles weitergeben, was in Erfahrung gebracht wurde. War sie vielleicht zu weit gegangen? Vielleicht wurden die Dienstboten jeden Morgen mit unnötigen Nachrichten belästigt.

»Ja, Ma'am«, sagte das Hausmädchen ein wenig außer Atem. »Ich werde die gnädige Frau sofort informieren!« Sie ging und schloß ganz leise die Tür hinter sich. Dann klapperten ihre Absätze so schnell den Gang entlang, daß sie ihre Röcke angehoben haben mußte.

Nach ungefähr vier Minuten kehrte sie zurück.

»Wenn Sie sich im Frühstücksraum zur gnädigen Frau gesellen wollen, Ma'am?« Hätte man in Erwägung gezogen abzulehnen, sie hätte es einem nicht möglich gemacht.

»Danke«, willigte Charlotte ein und ging hinter ihr her; es war schön, daß jemand einem die Tür aufhielt. Sie wußte, wo der Frühstücksraum lag, und es war nicht nötig, daß man ihr den Weg zeigte.

Emily saß am Tisch. Ihr blondes Haar war bereits hervorragend für den Tag frisiert; sie trug einen wassergrünen Morgenrock aus Taft, der sie zart und teuer wirken ließ. Augenblicklich wurde sich Charlotte ihrer eigenen Schlichtheit bewußt; sie kam sich vor wie ein feuchtes winterliches Blatt neben einer blühenden Blume. Die Aufregung verging, schwer setzte sie sich in den Sessel, der Emily gegenüberstand. In ihrer Fantasie entstanden Bilder von parfümierten Bädern und von einem schmeichlerischen Hausmädchen, das sie in herrliche, sanft fallende und an Schmetterlinge erinnernde Seidenstoffe kleidete.

»Nun?« fragte Emily und unterbrach so ihre Gedanken. »Was ist los? Was ist passiert? Sitz nicht einfach da und spann mich auf die Folter! Ich habe schon seit Monaten von keinem richtigen Skandal gehört. Alles, was ich zu hören bekomme, sind nur endlose Liebesaffären, die für jeden, der Augen im Kopf hat, völlig vorhersehbar waren. Und wen interessieren schon die Liebesaffären anderer Leute? Die tun das doch nur, weil Ihnen nichts Interessanteres einfällt. Eigentlich hat doch keiner so richtig etwas dagegen – ich meine, es ist doch keiner richtig entflammt! Es ist alles ein sehr dummes Spiel ... Charlotte!« Mit einem Klirren knallte sie ihre Tasse auf den Tisch, sie konnte von Glück sagen, daß nichts absplitterte. »Um Himmels willen, was ist denn nur los?«

Charlotte riß sich zusammen. Schmetterlinge blieben ohnehin nur einen oder zwei Tage am Leben.

»Mord«, sagte sie barsch.

Sofort war Emily ganz nüchtern, setzte sich kerzengerade hin.

»Tee?« fragte sie ihre Schwester, dann griff sie nach der silbernen

Tischglocke. »Wer ist denn ermordet worden? Irgend jemand, den wir kennen?«

Augenblicklich erschien das Hausmädchen. Offensichtlich hatte sie auf der anderen Seite der Tür gestanden und gewartet. Emily sah sie mürrisch an.

»Bringen Sie bitte frischen Tee und Toast für Mrs. Pitt, Gwenneth!«

»Ja, Ma'am.«

»Ich brauche keinen Toast«, antwortete Charlotte und dachte gerade daran, sich in schmetterlingsgleiche Seide zu hüllen.

»Nimm ihn trotzdem ... Gehen Sie schon, Gwenneth – wir wollen ihn nicht erst am Mittag!« Emily wartete, bis die Tür geschlossen war. »Wer ist denn ermordet worden?« wiederholte sie. »Und wie? Und warum?«

»Ein Junge namens Arthur Waybourne«, antwortete Charlotte unverblümt. »Er wurde in der Badewanne ertränkt – und ich bin mir nicht ganz sicher, warum.«

Ungeduldig verzog Emily das Gesicht.

»Was meinst du mit nicht ganz? Meinst du damit annäherungsweise? Das, was du erzählst, klingt nicht sehr plausibel. Wer würde schon ein Kind töten wollen? Es handelt sich doch nicht um ein unbekanntes Baby, das irgend jemanden in Verlegenheit bringt, sonst hättest du mir nicht gerade dessen Namen verraten!«

»Er war kein Baby. Er war sechzehn!«

»Sechzehn! Versuchst du, mich zu ärgern, Charlotte? Wahrscheinlich ist er rein zufällig ertrunken. Glaubt Thomas, daß es Mord war, oder bist nur du dieser Überzeugung?« Emily lehnte sich zurück, ein Anflug von Enttäuschung lag in ihrem Blick.

Die ganze düstere, elende Geschichte wurde plötzlich wieder sehr greifbar.

»Es ist sehr unwahrscheinlich, daß er zufällig ertrunken ist«, erwiderte Charlotte und blickte über den Tisch mit dem feinen chinesischen Knochenporzellan, den Gläsern mit den Fruchtkonfitüren und den verstreuten Krümeln. »Und er hat seine Leiche bestimmt nicht selbst durch einen Einstiegsschacht in die Kanalisation befördert!«

Emily hielt den Atem an und würgte.

»In die Kanalisation!« rief sie aus, hustete und schlug sich gegen die Brust. »Sagtest du Kanalisation?«

»Ganz genau. Ferner war er von einem Homosexuellen mißbraucht worden und hatte sich eine äußerst unangenehme Krankheit zugezogen.«

»Das ist ja ekelhaft!« Emily holte tief Luft und nahm einen kleinen Schluck lauwarmen Tee. »Was für ein Mensch war er nur? Ich nehme an, er kam irgendwo aus der Stadt, aus einem dieser Viertel ...«

»Ganz im Gegenteil«, unterbrach Charlotte. »Er war der älteste Sohn eines Gentleman ...«

In diesem Augenblick öffnete sich die Tür, und das Hausmädchen kam mit frischem Tee und einem Stapel Toast herein. Während sie alles auf dem Tisch absetzte, herrschte Totenstille, ein paar Augenblicke lang hielt Gwenneth inne für den Fall, daß das Gespräch fortgesetzt werden sollte, dann begegnete sie Emilys eisigem Blick und verließ den Raum mit schwingenden Rockschößen.

»Was?« hakte Emily nach. »Was hast du gesagt?«

»Er war der älteste Sohn einer überaus vornehmen Familie«, wiederholte Charlotte unmißverständlich. »Sir Anstey Waybourne und Lady Waybourne aus der Exeter Street.«

Emily starrte sie an, ignorierte die Teekanne und den wohlriechenden Dampf, der vor ihr aufstieg.

»Das ist doch absurd!« platzte es aus ihr heraus. »Wie in aller Welt könnte das passiert sein!«

»Er und sein Bruder hatten einen Hauslehrer«, sagte Charlotte und begann, die Teile der Geschichte zu erzählen, die wirklich von Belang waren. »Könnte ich bitte Tee haben? Einen Mann namens Maurice Jerome, eigentlich ein ziemlich unangenehmer Mensch, sehr gefühlskalt und überaus pedantisch. Er ist sehr klug und kann es nicht leiden, von reicheren Leuten mit weniger Grips herablassend behandelt zu werden. Danke.« Sie nahm den Tee; die Tasse war sehr leicht und mit blauen und goldenen Blumen bemalt. »Der jüngere Sohn, der noch lebt, sagte aus, daß Jerome ihm gegenüber unanständige Annäherungsversuche unternommen hat. Das gleiche sagte der Sohn eines Freundes aus.«

»Du lieber Himmel!« Emily machte ein Gesicht, als wäre plötzlich der Tee in ihrem Mund bitter geworden. »Wie gräßlich! Möchtest du etwas Toast? Die Aprikosenmarmelade ist hervorragend! Das ist ja überaus schlimm, wirklich! So etwas kann ich nicht begreifen. Eigentlich hatte ich nicht viel darüber gewußt, bis ich zufällig einen von Georges Freunden etwas wirklich Schreckliches sagen hörte.« Sie schob ihr die Butter herüber. »Und was ist jetzt das Mysteriöse daran? Du hast Gwenneth etwas ziemlich Extremes über ein großes Unrecht erzählt. Der Skandal ist offensichtlich, aber wo geschieht irgendein Unrecht, solange dieser erbärmliche Mann nicht ungestraft damit davonkommt? Man hat ihn vor Gericht gestellt, und er wird gehängt. Und so sollte es auch sein.«

Charlotte vermied jedes Streitgespräch darüber, ob man jemanden hängen sollte oder nicht. Das mußte warten. Sie nahm die Butter.

»Aber seine Schuld ist nicht richtig bewiesen worden«, sagte sie drängend. »Es gibt noch jede Menge anderer Möglichkeiten, die bis jetzt weder bewiesen noch widerlegt sind.«

Emily warf ihr einen argwöhnischen Blick zu.

»Welche zum Beispiel? Mir scheint das alles ziemlich klar zu sein!«

Charlotte griff nach der Aprikosenmarmelade.

»Natürlich ist es klar!« fuhr sie ihre Schwester an. »Das heißt aber noch lange nicht, daß es auch stimmt! Arthur Waybourne war ja vielleicht gar nicht so unschuldig, wie jeder annimmt. Vielleicht hatte er ja ein Verhältnis mit den anderen beiden Jungen; sie hatten Angst oder wollten nicht mehr mitmachen und töteten ihn.«

»Gibt es irgendeinen Grund für diese Vermutung?« Emily war überhaupt nicht überzeugt, und Charlotte hatte das Gefühl, ihre Aufmerksamkeit schwand in Windeseile dahin.

»Ich habe dir noch nicht alles erzählt«, sagte sie und versuchte es von einer anderen Richtung aus.

»Du hast mir noch überhaupt nichts erzählt!« meinte Emily giftig. »Jedenfalls nichts, über das sich nachzudenken lohnt!«

»Ich ging zur Gerichtsverhandlung«, fuhr Charlotte fort. »Ich habe mir die Aussagen angehört und die Leute angesehen.«

»Das hast du noch nicht erzählt!« rief Emily aus. Ihre Wangen liefen rot an, so groß war ihre Enttäuschung. Kerzengerade saß sie in ihrem Chippendalestuhl. »Ich war noch nie bei einer Gerichtsverhandlung.«

»Natürlich nicht«, pflichtete ihr Charlotte mit einem leichten Anflug von Gehässigkeit bei. »Vornehme Damen gehen da auch nicht hin!«

Emilys Augen verengten sich warnend. Das war ein viel zu aufregendes Thema, als daß man schwesterlichem Neid Raum geben sollte.

Charlotte griff den Wink auf. Schließlich wollte sie, daß Emily mitmachte; tatsächlich war sie ja deswegen gekommen. Rasch erzählte sie ihr alles, an das sie sich erinnern konnte, beschrieb den Gerichtssaal, den Kanalarbeiter, der die Leiche gefunden hatte, Anstey Waybourne, die beiden Jungen, Esmond Vanderley und den anderen Mann, der zu Jeromes früheren Charaktereigenschaften ausgesagt hatte, Albie Frobisher und Abigail Winters. Sie tat ihr Bestes, um ganz genau wiederzugeben, was sie gesagt hatten. Sie versuchte auch so klar wie möglich zu beschreiben, welche Mischung aus Gefühlen sie gegenüber Jerome und Eugenie empfand. Am Ende erläuterte sie ihre Theorien bezüglich Godfrey, Titus und Arthur Waybourne.

Emily starrte sie lange an, bevor sie antwortete. Ihr Tee war kalt, aber sie achtete nicht darauf.

»Verstehe«, sagte sie schließlich. »Zumindest sehe ich ein, daß wir nicht ... genug wissen, um sicher zu sein. Ich wußte nicht, daß es Jungen gibt, die auf diese Weise ihren Lebensunterhalt verdienen. Das ist ja abstoßend – die armen Geschöpfe! Obwohl ich entdeckt habe, daß es in der vornehmen Gesellschaft noch viel mehr widerliche Dinge gibt, als ich mir in meinem Zuhause in der Cater Street jemals vorgestellt habe. Damals waren wir unglaublich unschuldig. Ich finde auch einige von Georges Freunden recht widerlich. Ich habe ihn tatsächlich gefragt, warum in aller Welt er sich das von ihnen gefallen läßt! Er sagte einfach, er habe sie schon sein ganzes Leben lang gekannt, und wenn man sich an eine Person gewöhnt habe, dann neige man dazu, über die unangenehmen Dinge, die sie tun, hinwegzusehen. Einer nach dem anderen schleichen sie sich bei einem ein, man kennt sie und erkennt nicht, wie fürchterlich sie sind, denn man sieht zur Hälfte die Person so, wie man sich an sie erinnert, und macht sich nicht die Mühe, sie sich richtig anzuschauen – nicht so, wie man es bei jemandem tun würde, dem man gerade begegnet ist. Vielleicht war das ja auch bei Jerome so. Seine Frau hat nie gemerkt, wie groß die Veränderung in ihm war.« Sie runzelte die Stirn, blickte auf den Tisch, streckte die Hand nach der Glocke aus, dann besann sie sich eines anderen.

»Genausogut könnte das auch auf Arthur Waybourne zutreffen«, folgerte Charlotte.

»Ich nehme an, daß es keinem erlaubt war, das zu ergründen.« Emily verzog nachdenklich ihr Gesicht. »Sie konnten es nicht. Ich meine, ich kann mir die Reaktion der Familie auf die bloße Anwesenheit der Polizei im Haus vorstellen! Der Tod ist schon schlimm genug.«

»Ganz genau! Thomas kommt nicht weiter. Der Fall ist abgeschlossen!«

»Natürlich. Und sie werden den Hauslehrer in drei Wochen hängen.«

»Sofern wir nichts dagegen unternehmen.«

Emily überlegte mit gerunzelter Stirn. »Was zum Beispiel?«

»Nun, zunächst muß doch noch mehr über Arthur in Erfahrung zu bringen sein! Und ich würde gerne die beiden Jungen sehen, ohne daß ihre Väter dabei sind, und herausfinden, was sie sagen, wenn man sie einem richtigen Verhör aussetzt.«

»Es ist unwahrscheinlich, daß du das jemals in Erfahrung bringen wirst.« Emily war realistisch. »Je mehr es zu verschweigen gibt, desto mehr werden die Familien sichergehen, daß die beiden nicht zu sehr unter Druck gesetzt werden. Sie werden ihre Antworten auswendig gelernt haben und es nicht wagen, sie zu widerrufen. Sie werden immer genau dasselbe sagen, ganz gleich, wer sie befragt.«

»Das weiß ich nicht«, gab Charlotte zu bedenken. »Wenn sie nicht richtig aufpassen, könnte ihnen irgend etwas herausrutschen. Vielleicht würden wir etwas erkennen, etwas spüren.«

»Nun, du bist gekommen, damit ich dir einen Zugang zum Haus der Familie Waybourne eröffne«, sagte Emily und lachte leise. »Das werde ich auch tun – unter einer Bedingung.«

Charlotte kannte sie, bevor Emily sie aussprach. »Das auch du mitkommst.« Sie lächelte gequält. »Natürlich. Kennst du die Waybournes?«

Emily seufzte. »Nein.«

Charlotte spürte, wie sie der Mut verließ.

»Aber ich bin sicher, daß Tante Vespasia sie kennt oder von jemandem weiß, der mit ihnen bekannt ist. Die vornehme Gesellschaft ist eigentlich recht klein, weißt du.«

Charlotte erinnerte sich mit ausgesprochenem Vergnügen an Georges Großtante Vespasia. Sie stand vom Tisch auf.

»Dann sollten wir besser gehen und sie besuchen«, sagte sie begeistert. »Wenn sie weiß, wozu das Ganze gut ist, muß sie uns einfach helfen.«

Auch Emily stand auf. »Wirst du ihr erzählen, dieser Hauslehrer sei unschuldig?« fragte sie zweifelnd.

Charlotte zögerte. Sie war dringend auf Hilfe angewiesen. Tante Vespasia könnte jedoch abgeneigt sein, sich einer trauernden Familie aufzudrängen und zwei neugierige Schwestern mitzubringen, um schlimme Geheimnisse aufzudecken, solange sie nicht davon überzeugt war, daß man im Begriff war, großes Unrecht zu begehen. Als sich Charlotte an Tante Vespasia erinnerte, erkannte sie andererseits, daß es unmöglich und mehr als zwecklos sein würde, sie zu belügen.

»Nein.« Sie schüttelte den Kopf. »Nein, ich werde ihr erzählen, daß möglicherweise großes Unrecht geschehen könnte, mehr nicht. Sie wird sich der Sache annehmen.«

»Ich würde mich nicht dafür verbürgen, daß sie es aus reiner Liebe zur Wahrheit tut«, antwortete Emily. »Sie wird auch die Nachteile erkennen können. Weißt du, sie ist extrem praktisch veranlagt.« Sie lächelte und läutete schließlich die Glocke, um Gwenneth die Erlaubnis zu geben, den Tisch abzuräumen. »Aber wenn sie das nicht wäre, dann hätte sie nicht siebzig Jahre lange in der großen Gesellschaft überlebt. Willst du dir nicht ein anständiges Kleid ausleihen? Ich nehme an, wenn es sich einrichten läßt, werden wir ihr umgehend einen Besuch abstatten. Es gilt, keine Zeit zu verlieren. Übrigens solltest du es besser mir überlassen, Tante Vespasia alles zu erklären. Dir werden nur alle möglichen Dinge entschlüpfen, die sie so schockieren, daß sie zu keinem vernünftigen Gedanken mehr fähig ist. Leute wie sie wissen nichts von euren widerlichen Elendsquartieren, euren Strichjungen mit ihren Krankheiten und Perversionen. Du warst noch nie gut darin, etwas zu sagen, ohne gleichzeitig auch noch etwas anderes zu verraten.« Sie ging zur Tür voraus, trat in den Flur und fiel fast über Gwenneth, die mit einem Tablett in der Hand an der Tür gelehnt hatte. Emily ignorierte sie und stürmte zur Treppe hinüber.

»Ich habe ein dunkelrotes Kleid, das dir wahrscheinlich sowieso besser steht als mir. Die Farbe ist zu hart für mich – sie macht mich blaß.«

Charlotte machte sich nicht die Mühe, über das Kleid oder die Beleidigung ihres Feingefühls zu diskutieren; sie konnte sich das nicht leisten, und wahrscheinlich hatte Emily recht.

Das rote Kleid war äußerst schmeichelhaft; fast zu sehr für jemanden, der beabsichtigte, jemandem zu besuchen, der erst vor so kurzer Zeit durch einen Todesfall heimgesucht worden war. Mit zusammengekniffenem Mund betrachtete Emily sie von oben bis unten, doch Charlotte freute sich viel zu sehr über das, was sie von sich im Spiegel sah, als daß sie daran dachte, es zu ändern. Seit sie jenen unsäglichen Abend im Varietétheater verbracht hatte, hatte sie nicht mehr so blendend ausgesehen – und sie hoffte inständig, daß Emily diesen Vorfall vergessen hatte.

»Nein«, meinte sie entschlossen, bevor Emily irgend etwas sagte. »Sie trauern zwar noch, aber ich nicht. Wenn wir sie wissen lassen, daß wir darüber Bescheid wissen, dann können wir doch wohl kaum dort hingehen. Ich kann ja einen schwarzen Hut und Handtasche tragen – das wird genügen, um es abzuschwächen. Jetzt solltest du dich aber besser anziehen, sonst werden wir den halben Morgen vergeudet haben. Wir wollen doch nicht, daß Tante Vespasia bereits ausgegangen ist, wenn wir dort eintreffen!«

»Sei nicht albern!« fuhr Emily sie an. »Sie ist vierundsiebzig! Um diese Zeit geht sie keine anderen Leute besuchen! Hast du denn deine ganze Kinderstube vergessen?«

Als sie jedoch in Großtante Vespasias Haus eintrafen, wurden sie darüber informiert, daß Lady Cumming-Gould bereits seit geraumer Zeit auf den Beinen war, an diesem Morgen schon einen Besucher empfangen hatte und das Hausmädchen erst sehen müsse, ob sie abkömmlich sei, um Lady Ashworth und ihre Schwester zu empfangen. Sie wurden aufgefordert, im Damenzimmer, das der erdige Geruch einer Schale Chrysanthemen erfüllte, zu warten. Die Chrysanthemen spiegelten sich in den französischen Drehspiegeln mit den Goldrändern und fanden sich in einer äußerst ungewöhnlichen Seidenstickerei aus China an der Wand wieder. Beide fühlten sich veranlaßt, in den ihnen verbleibenden Minuten die Stickerei zu bewundern.

Vespasia Cumming-Gould riß die Türen auf und kam herein. Sie entsprach genau dem Bild, an das sich Charlotte erinnerte; sie war groß, gerade wie eine Lanze und genauso dünn. Ihr adlerartiges Gesicht, das einmal zu den schönsten ihrer Generation gehört hatte, neigte sich jetzt voller Überraschung, die Augenbrauen waren gewölbt. Ihre gepflegten, silbernen Haare waren hochgesteckt; sie trug ein Kleid mit feinen Chantilly-Spitzen über den Schultern und die Hüften hinab. Es mußte so viel gekostet haben, wie Charlotte in einem ganzen Jahr für Kleidung ausgab; dennoch fühlte sie nur die Freude darüber, Tante Vespasia zu sehen, als sie es betrachtete, und eine Woge der Lebenslust stieg in ihr hoch.

»Guten Morgen, Emily.« Tante Vespasia spazierte herein und erlaubte dem Hausdiener, die Türen hinter ihr zu schließen. »Meine liebe Charlotte, du machst einen ungeheuer guten Eindruck. Das kann doch nur bedeuten, daß du entweder wieder ein Kind in dir trägst oder einen Mordfall hast, mit dem du dich befaßt.«

Emily stieß mit einem frustrierten Keuchen die Luft aus.

Charlotte spürte, daß ihre ganzen guten Absichten wie Wasser in einem Sieb zerrannen.

»Ja, Tante Vespasia«, stimmte sie augenblicklich zu. »Es ist ein Mord.«

»Das kommt davon, wenn man jemand unterhalb seines eigenen Standes heiratet«, meinte Tante Vespasia, ohne dabei die kleinste Regung zu zeigen, und klopfte Emily anerkennend auf den Arm. »Ich dachte immer, es würde etwas mehr Spaß machen, aber selbstverständlich nur, wenn man einen Mann mit natürlichem Witz findet – und mit Anmut. Einen Mann, der sich täuschen läßt, kann ich nicht ertragen. Das ist wirklich sehr frustrierend. Ich verlange von den Menschen, daß sie wissen, wohin sie gehören, und gleichzeitig verachte ich sie deswegen. Ich glaube, das mag ich auch an deinem Polizisten, meine liebe Charlotte. Er weiß nie, wo er hingehört, und dennoch verläßt er einen immer mit einer solchen Großtuerei, daß man nicht beleidigt ist. Wie geht es ihm?«

Charlotte war bestürzt. Noch nie zuvor hatte sie gehört, daß Pitt auf eine solche Weise beschrieben wurde. Und vielleicht verstand sie sogar, was Tante Vespasia meinte. Es war nichts Körperliches, sondern eher die Art und Weise, in der sich die Blicke begegneten, die Art und Weise, in der man sich nicht gestattete, beleidigt zu sein, was immer auch der andere im Sinn hatte. Vielleicht hatte es etwas mit der Würde zu tun, die mit einer hohen Meinung über andere einhergeht.

Tante Vespasia starrte sie an und wartete.

»Er ist bei bester Gesundheit, danke«, antwortete sie. »Aber er macht sich große Sorgen über ein Unrecht, das gerade begangen wird – ein unverzeihliches Unrecht.«

»Wirklich?« Tante Vespasia setzte sich, rückte mit einer einzigen, erfahrenen Bewegung auf dem Sofa ihr Kleid zurecht. »Und ich nehme an, daß du vorhast, etwas gegen dieses Unrecht zu unternehmen, und daß du deswegen gekommen bist. Wer ist denn ermordet worden? Hoffentlich hat es nichts mit dieser widerwärtigen Sache mit dem junge Waybourne zu tun!«

»Doch!« sagte Emily rasch und riß die Initiative an sich, bevor Charlotte irgendein gesellschaftliches Desaster heraufbeschwören konnte. »Aber es ist nicht notwendigerweise das, was es zu sein scheint.«

»Mein liebes Mädchen.« Tante Vespasias Augenbrauen hoben sich erstaunt in die Höhe. »Das gilt auch nur ganz selten – andernfalls wäre das Leben unerträglich langweilig. Manchmal denke ich, daß Gesellschaft nur diesen einen Sinn hat. Der grundsätzliche Unterschied zwischen uns und der Arbeiterklasse besteht darin, daß wir die Zeit und die Intelligenz haben zu erkennen, daß nur wenig das zu sein scheint, was es ist. Das ist auch der Kern vornehmer Lebensart.

Was ist denn bei dieser erbärmlichen Sache trügerischer als gewöhnlich? Zweifellos macht sie einen sehr klaren Eindruck!« Mit diesen Worten drehte sie sich zu Charlotte um. »Heraus mit der

Sprache, Mädchen! Ich bin mir dessen bewußt, daß der junge Arthur unter den gräßlichsten Umständen aufgefunden wurde und daß irgend jemand vom Personal wegen des Verbrechens vor Gericht gestellt und meines Wissens für schuldig befunden wurde. Was gibt es sonst noch zu wissen?«

Emily warf Charlotte einen warnenden Blick zu, dann gab sie alle Hoffnung auf, lehnte sich im Louis-quinze-Sessel zurück und machte sich auf das Schlimmste gefaßt.

Charlotte räusperte sich. »Das Beweismaterial, auf Grund dessen der Hauslehrer verurteilt wurde, beruht gänzlich auf den Aussagen anderer Leute; es gibt überhaupt nichts Greifbares.«

»Ah ja«, meinte Tante Vespasia mit einem leichten Nicken. »Was könnte es denn da geben? Wenn man jemanden ertränkt, dann werden in der Badewanne wohl kaum greifbare Spuren zurückbleiben. Und vermutlich gab es sowieso keinen größeren Kampf. Woraus bestanden die Aussagen und von wem stammten sie?«

»Da sind die beiden anderen Jungen, die sagten, Jerome habe versucht, sich auch an ihnen zu vergreifen – Arthurs jüngerer Bruder Godfrey und Titus Swynford.«

»Ach!« Tante Vespasia gab ein leises Grunzen von sich. »Ich kannte Callantha Vanderleys Mutter. Sie heiratete Benita Waybournes Onkel – hieß dann natürlich Benita Vanderley. Callantha heiratete Mortimer Swynford. Ich konnte nie begreifen, warum sie das getan hat. Und doch nehme ich an, daß sie ihn liebenswürdig genug fand. Ich habe mir nie viel aus ihm gemacht – er machte viel zuviel Aufhebens darum, so vernünftig zu sein. Ein bißchen vulgär. Die eigene Vernunft sollte man nie zur Sprache bringen – es ist wie mit einer guten Verdauung: Man geht davon aus, daß sie vorhanden ist, aber spricht nicht darüber.« Sie seufzte. »Und doch nehme ich an, daß junge Männer aus irgendeinem Grund Gefallen an sich selbst finden müssen, und Vernunft ist auf lange Sicht besser als eine gerade Nase oder eine lange Ahnenreihe.«

Emily lächelte. »Nun, wenn du Mrs. Swynford kennst«, meinte sie hoffnungsvoll, »dann können wir sie ja vielleicht einmal besuchen! Wir könnten etwas in Erfahrung bringen.«

»Das wäre von ausgesprochenem Vorteil!« erwiderte Tante Vespasia in scharfem Ton. »Bis jetzt habe ich ganz schön wenig erfahren! Um Himmels willen, Charlotte, mach schon weiter! Und komm endlich zum Wesentlichen!«

Charlotte unterließ es, zu erwähnen, daß es Vespasia gewesen war, die sie unterbrochen hatte.

»Außer den beiden Jungen«, faßte sie zusammen, »wußte kein anderer aus einer der Familien irgend etwas Schlechtes über Jerome zu berichten, außer daß sie ihn nicht sonderlich mochten – was auch sonst keiner tat.« Sie holte tief Luft und fuhr eilig fort, damit Tante Vespasia ihr nicht erneut ins Wort fallen konnte. »Die andere wichtige Aussage stammte von einer Frau.« Sie zögerte, suchte nach einem annehmbaren Begriff, der nicht völlig mißverstanden werden konnte. »Einer Frau mit lockerem Lebenswandel.«

»Eine was?« Tante Vespasias Augenbrauen schossen wieder in die Höhe.

»Eine ... eine Frau mit lockerem Lebenswandel«, wiederholte Charlotte etwas unbeholfen. Sie hatte keine Ahnung, wieviel eine Dame aus Tante Vespasias Generation über diese Dinge wußte.

»Meinst du ein Straßenmädchen?« erkundigte sich Tante Vespasia. »Wenn das der Fall sein sollte, dann nenn es um Himmels willen beim Namen, Mädchen! Lockerer Lebenswandel könnte alles bedeuten! Ich kenne Herzoginnen, deren Lebensweise mit einem derartigen Begriff beschrieben werden könnte. Was war mit dieser Frau? Was hat sie mit der Sache zu tun? Dieser erbärmliche Hauslehrer hat den Jungen doch bestimmt nicht aus Eifersucht auf irgendeine Hure umgebracht?«

»Also wirklich!« sagte Emily im Flüsterton. Es war eher ein Ausdruck des Erstaunens als ein moralischer Kommentar.

Tante Vespasia warf ihr einen frostigen Blick zu.

»Ich stimme mit dir darin überein, daß das Ganze recht abstoßend ist«, sagte sie mit schonungsloser Offenheit. »Aber der Gedanke an Mord ist das auch. Es wird nicht bloß deswegen nett, weil es beim Motiv um Geld geht.« Sie drehte sich wieder zu Charlotte um. »Bitte werde ein bißchen deutlicher. Was hat diese Frau damit zu tun? Hat sie keinen Namen? Ich vergesse allmählich, über wen ich überhaupt spreche.«

»Abigail Winters.« Es hatte keinen Sinn, weiter zu versuchen, taktvoll zu sein. »Der Gerichtsmediziner stellte fest, daß Arthur

Waybourne an einer Krankheit litt. Da der Hauslehrer nicht daran erkrankt war, mußte er sie sich anderswo zugezogen haben.«

»Das liegt auf der Hand.«

»Abigail Winters sagte, der Hauslehrer Jerome habe Arthur zu ihr mitgenommen. Ein Voyeur war er auch noch! Arthur holte sich die Krankheit bei ihr – sie hatte sie.«

»Ausgesprochen widerwärtig.« Tante Vespasia zog ganz leicht die lange Nase kraus. »Und doch denke ich, das gehört zum Berufsrisiko. Wenn der Junge die Krankheit aber hatte, und dieser Jerome sich an ihm vergriff – warum hat der sie nicht dann ebenfalls? Du sagtest doch, das wäre nicht der Fall.«

Emily saß plötzlich mit strahlendem Gesicht kerzengerade da.

»Charlotte?« fragte sie und wurde dabei deutlich lauter.

»Nein«, sagte Charlotte langsam. »Nein – das ergibt doch gar keinen Sinn, oder? Wenn die Affäre weiter fortgesetzt wurde, dann hätte er ebenfalls erkrankt sein müssen. Oder sind einige Leute immun dagegen?«

»Mein liebes Mädchen!« Vespasia starrte auf Charlotte und tastete nach ihrem Kneifer, um sie genauer zu betrachten. »Wie in aller Welt soll ich denn das wissen? Ich stelle es mir so vor, andernfalls wäre ein großer Teil der feinen Gesellschaft, der offensichtlich nicht erkrankt ist, davon betroffen – wenn man von dem ausgeht, was einem so erzählt wird. Aber wir sollten es uns erlauben, darüber nachzudenken! Was noch? Bis jetzt haben wir das Wort zweier Jugendlicher in äußerst unzuverlässigem Alter – und das Wort einer Dirne. Es muß doch noch mehr geben?«

»Ja – die Aussage eines... eines... siebzehnjährigen Strichjungen.« Ihr Ärger über Albie kam schmerzhaft in ihrer Stimme durch. »Er fing mit dem Ganzen an, als er dreizehn war. Er beschwor, Jerome sei ein regelmäßiger Kunde von ihm gewesen. Das war es auch hauptsächlich, wodurch wir wußten, daß Jerome ein...« Sie vermied das Wort homosexuell und ließ die Bedeutung des Satzes im Raum hängen.

Tante Vespasia gestattete ihr gerne, daß sie sich diese Freiheit nahm. Sie machte ein trübsinniges Gesicht.

»Dreizehn«, wiederholte sie mit finsterem Blick. »Solche Dinge zuzulassen, ist wirklich eine der übelsten Verbrechen in unserer

Gesellschaft. Und der Jugendliche – er hat doch vermutlich ebenfalls einen Namen, oder? Er sagt, daß dieser elende Hauslehrer sein Kunde war? Was ist denn mit dem Jungen, mit Arthur? Gehörte der ebenfalls zu seinen Kunden?«

»Offensichtlich nicht, aber wenn es sich vermeiden ließ, würde der Strichjunge das wahrscheinlich sowieso nicht zugeben, da Arthur ermordet wurde«, überlegte Charlotte. »Keiner gibt zu, jemanden zu kennen, der ermordet wurde, wenn sich das umgehen läßt – zumindest nicht, wenn dann der Tatverdacht auf den Betreffenden fällt.«

»Ganz recht. Das ist ja eine äußerst unangenehme Sache. Ich nehme an, du hast mir das alles erzählt, weil du den Hauslehrer – wie hieß er doch gleich? – für unschuldig hältst?«

Jetzt kamen sie auf den Kern der Sprache zu sprechen. Jegliche Ausflüchte wurden unmöglich.

»Ich weiß nicht«, sagte Charlotte offen. »Aber alles paßt so ordentlich zusammen, daß ich glaube, man hat sich nicht die Mühe gemacht, seine Schuld wirklich nachzuweisen. Und wenn man ihn hängt, ist es danach zu spät!«

Tante Vespasia stieß einen ganz leisen Seufzer aus. »Ich kann mir vorstellen, daß Thomas in dieser Angelegenheit keine weiteren Beweise finden kann, da man davon ausgeht, daß das Gerichtsverfahren allen Fragen ein Ende gesetzt hat.« Es war ein Beobachtung, weniger eine Bitte um Informationen. »Welche alternativen Lösungen schweben dir denn vor? Daß dieses elende Kind, Arthur, vielleicht andere Liebhaber gehabt hat – möglicherweise in kleinem Rahmen ein Geschäft daraus machte?« Ihre zarten Mundwinkel krümmten sich vornehm nach unten. »Ein Unternehmen mit den unterschiedlichsten Gefahren, würde man denken. Man fragt sich als erstes, ob er sich seine Kunden selbst beschaffte, oder ob er einen Gesprächspartner, einen Beschützer hatte, der das übernahm. Er kann doch wohl kaum sein Zuhause zu diesem Zweck benutzt haben! Um welche finanziellen Größenordnungen ging es? Was geschah mit dem Geld? War Geld überhaupt die eigentliche Ursache, oder gab es irgendeinen anderen Grund? Nun, ich merke, daß es noch eine ganze Reihe von Möglichkeiten gibt, die es zu erkunden gilt. Keine davon wird den Familien gefallen.

Emily sagte, du seist ein gesellschaftliches Desaster. Ich fürchte, sie war ein wenig zu großzügig – du bist eine Katastrophe! Wo möchtest du anfangen?«

Sie begannen mit einem ausgesprochen förmlichen Besuch bei Callantha Swynford, denn sie war die einzige Person, die etwas mit dieser Angelegenheit zu tun hatte und die Vespasia persönlich kannte. Und selbst da erforderte es von ihnen einiges an Überlegungen, bis sie sich eine passende Ausrede ausgedacht hatten. Dazu wurde es erforderlich, zwei Gespräche mit diesem wunderbaren neuen technischen Hilfsmittel, dem Telefon, zu führen, das Tante Vespasia bei sich hatte einrichten lassen und mit dem allergrößten Vergnügen benutzte.

Sie fuhren mit ihrer Kutsche nach dem Mittagessen zum frühesten, für einen Besuch gerade noch als annehmbar geltenden Zeitpunkt hinüber und gaben dem Stubenmädchen, das durch die Anwesenheit gleich zweier Damen mit Titeln entsprechend beeindruckt war, ihre Visitenkarten. Fast auf der Stelle wurden sie eingelassen.

Das Empfangszimmer war überaus angenehm; es war geschmackvoll gehalten und gemütlich zugleich, eine Kombination, die unglücklicherweise nur sehr selten anzutreffen ist. Im Kamin brannte ein großes Feuer und vermittelte ein warmes und lebendiges Gefühl. Der Raum war nicht wie sonst üblich mit einem Wald aus Familienportraits vollgestopft; sogar die immer vorhandenen ausgestopften Tiere und die Trockenblumen unter Glas fehlten.

Auch Callantha Swynford war eine Überraschung, zumindest für Charlotte. Sie hatte eine korpulente und selbstzufriedene Person erwartet. Statt dessen war Callantha eher hager, hatte eine weiße Haut mit Sommersprossen, die sie in ihrer Jugendzeit zweifellos in stundenlangen Bemühungen zu entfernen oder zumindest zu verdecken versucht hatte. Jetzt ignorierte sie sie, und sie ergänzten ihr rostbraunes Haar auf überraschend attraktive Weise. Sie war nicht unbedingt schön; ihre Nase war zu groß und lang dafür, auch ihr Mund war zu groß. Aber sie war sicherlich ansehnlich, und darüber hinaus hatte sie etwas ganz Individuelles.

»Wie entzückend von Ihnen, daß Sie vorbeikommen, Lady

Cumming-Gould«, sagte sie lächelnd, reichte ihr ihre Hand und forderte die beiden Damen auf, Platz zu nehmen. »Und Lady Ashworth...« Charlotte hatte keine Karte dabei und geriet in Verlegenheit. Keiner half ihr heraus.

»Meine Cousine Angelica fühlt sich gerade unpäßlich.« Die Lüge kam Tante Vespasia so leicht über die Lippen wie ein Gespräch über die Uhrzeit. »Es tat ihr so leid, daß sie Ihre Bekanntschaft nicht persönlich wiederauffrischen konnte, und sie trug mir auf, Ihnen auszurichten, wie sehr ihr das Zusammentreffen mit Ihnen gefallen hat. Sie bat mich, Ihnen an ihrer Stelle einen Besuch abzustatten, damit Sie nicht das Gefühl bekommen, Ihre Freundschaft sei ihr gleichgültig. Da gerade meine Nichte Lady Ashworth und ihre Schwester Charlotte bei mir waren, hatte ich das Gefühl, es würde Ihnen keine Unannehmlichkeiten bereiten, wenn sie ebenfalls mitkämen.«

»Natürlich nicht.« Callantha gab die einzig mögliche Antwort. »Ich bin erfreut, Ihre Bekanntschaft zu machen. Wie überaus aufmerksam von Angelica! Ich hoffe, bei Ihrer Unpäßlichkeit handelt es sich um nichts Ernstes?«

»Ich glaube nicht.« Tante Vespasia wischte das Thema auf sehr taktvolle Weise mit einer Handbewegung beiseite, als ob es etwas wäre, das auf unbestimmte Weise nicht weiter erörtert werden sollte. »Von Zeit zu Zeit befallen einen diese kleinen Beschwerden.«

Callantha begriff sofort, daß es etwas war, das man besser nicht weiter zur Sprache bringen sollte.

»Natürlich«, stimmte sie zu. Die drei Besucherinnen wußten, die Gefahr, daß sich Callantha mit Angelica austauschen würde, war gebannt.

»Was für ein reizendes Zimmer.« Charlotte schaute sich um und konnte ihre Meinung ganz unverstellt äußern. »Ich bewundere Ihre Auswahl. Ich habe mich sofort wohlgefühlt.«

»Ach, wirklich?« Callantha schien recht überrascht zu sein. »Ich bin erfreut darüber, daß Sie so denken. Viele Leute finden das Zimmer zu leer. Ich glaube, sie erwarten viel mehr Familienportraits und so etwas.«

Charlotte ergriff ihre Chance; vielleicht würde sich ihr keine zweite bieten.

»Ich meine immer, einige hochwertige Bilder, die wirklich das

Wesen einer Person einfangen, sind viel wertvoller als eine große Zahl von Portraits, die bloße Abbilder sind«, antwortete sie. »So muß ich immer wieder auf das hervorragende Portrait über dem Kaminsims schauen. Ist das Ihre Tochter? Großtante Vespasia erwähnte, daß Sie einen Sohn und eine Tochter haben. Sie ist ungeheuer charmant und sieht bereits aus, als ob sie Ihnen als Erwachsene ähnlich werden dürfte.«

Callantha lächelte und blickte zum Gemälde hinüber.

»Ja, es stimmt, das ist Fanny. Das Bild wurde vor über einem Jahr gemalt, und sie ist fast ungebührlich stolz darauf. Ich muß sie da ein wenig in ihre Schranken verweisen. Eitelkeit ist keine Qualität, die man zu fördern wagen sollte. Und offengestanden ist sie überhaupt keine Schönheit. Der Charme, den sie hat, wird in ihrer Persönlichkeit liegen.« Sie verzog ein wenig ihr Gesicht, bekam einen leicht reumütigen Ausdruck, vielleicht kamen ihr gerade Erinnerungen an ihre eigene Jugend.

»Aber das ist doch viel besser!« erwiderte Charlotte mit großer Überzeugungskraft. »Schönheit geht dahin, und oftmals fürchterlich rasch, während mit ein wenig Aufmerksamkeit der Charakter sich unendlich verbessern läßt. Ich bin sicher, daß mir Fanny gut gefallen würde!«

Emily warf ihr einen verdrossenen Blick zu; Charlotte wußte, daß sie das Gefühl hatte, sie werde zu deutlich. Andererseits ahnte Callantha nicht, warum sie vorbeigekommen waren.

»Sie sind sehr großzügig«, murmelte sie höflich.

»Überhaupt nicht«, wandte Charlotte ein. »Ich denke oft, daß Schönheit einen sehr zwiespältigen Segen darstellt, insbesondere bei jungen Leuten. Sie kann einem so viel unglückselige Gesellschaft einbringen, zuviel Lob, zuviel Bewunderung. Ich habe sogar gesehen, wie einige wirklich schöne Leute auf Abwege gerieten, weil sie unschuldig waren, durch eine anständige Familie von allem abgeschirmt wurden und daher die Seichtheit oder die Laster nicht erkannten, die hinter der Maske der Schmeichelei lauern können.«

Ein Schatten flog über Callanthas Gesicht. Charlotte fühlte sich schuldig, da sie so offen auf das Thema zu sprechen kam, aber sie durften keine Zeit damit verschwenden, mit mehr Feingefühl vorzugehen.

»Ich habe in der Tat in meinem Bekanntenkreis Beispiele dafür erlebt, daß ungewöhnliche Schönheit einen jungen Menschen dazu führte, Macht über andere zu gewinnen und diese dann zu mißbrauchen, bis er schließlich selbst daran zugrunde ging – und das auf äußerst unglückliche Weise, die auch für diejenigen, die mit diesem Menschen zu tun hatten, Unglück bedeuteten.« Sie holte tief Luft. »Der wahre Charme einer Persönlichkeit hingegen kann nur Gutes bewirken. Ich denke, Sie können von Glück reden.« Sie erinnerte sich daran, daß Jerome Fanny in Latein unterrichtet hatte. »Und Intelligenz ist natürlich eine der größten Gaben. Dummheit läßt sich manchmal überwinden, indem man durch eine liebevolle und geduldige Familie vor ihren Auswirkungen beschützt wird. Doch wieviel mehr von den Freuden dieser Welt steht einem offen und wie viele Fallgruben lassen sich vermeiden, wenn man seinem eigenen Feingefühl trauen kann!« Hörte sie sich so eingebildet an, wie sie sich fühlte? Aber es war schwierig, sich dem Thema zu nähern, dabei einen kleinen Rest guter Manieren zu bewahren und gleichzeitig nicht hoffnungslos schwülstig zu wirken.

»Oh, Fanny ist sehr intelligent«, meinte Callantha lächelnd. »Eigentlich ist sie im Unterricht sogar besser als ihr Bruder oder einer der...« Sie hielt inne.

»Ja?« fragten Charlotte und Emily und beugten sich hoffnungsvoll nach vorne.

Callantha erbleichte. »Ich wollte gerade sagen einer ihrer Cousins, aber ihr älterer Cousin ist vor einigen Wochen gestorben.«

»Das tut mir aber leid.« Wieder sprachen Emily und Charlotte wie im Chor, mimten völlige Überraschung. »Das ist aber ein schwerer Schlag«, fuhr Emily fort. »War es eine plötzliche Krankheit?«

Callantha zögerte. Vielleicht schätzte sie gerade ab, welche Chancen sie besaß, mit einer Lüge davonzukommen. Schließlich entschied sie sich, die Wahrheit zu sagen. Immerhin war der Fall in den Zeitungen ausführlich dargestellt worden, und obwohl Damen mit einer so hervorragenden Erziehung so etwas nicht lesen würden, war es unmöglich, dem Tratsch auszuweichen – sollte das überhaupt irgend jemand versuchen!

»Nein – nein, er wurde getötet.« Immer noch mied sie das Wort Mord. »Es war leider alles sehr schrecklich.«

»Ach du liebe Güte!« Emily war eine bessere Schauspielerin als Charlotte; das war schon immer so gewesen. Sie hatte nicht von Anfang an mit dieser Geschichte gelebt; sie konnte Unwissenheit vortäuschen. »Das ist ja überaus bedrückend! Ich hoffe, unser Besuch kam Ihnen nicht zu ungelegen!« Das war wirklich eine unnötige Bemerkung. Man konnte nicht jedes Mal, wenn ein Verwandter starb, mit seinem ganzen gesellschaftlichen Leben aufhören, es sei denn, es handelte sich um einen Todesfall im engsten Familienkreis. Sonst würde einen die Zahl der Verwandten und die Häufigkeit der Todesfälle dazu bringen, immer Trauer zu tragen.

»Nein, nein.« Callantha schüttelte den Kopf. »Es ist überaus angenehm, Sie zu sehen.«

»Wenn Sie Einladungen annehmen, wäre es Ihnen ja vielleicht möglich, zu einer kleinen Soiree in mein Haus in Gadstone Park zu kommen!« meinte Tante Vespasia. »Ich würde mich freuen, Sie zu sehen; Ihren Gatten ebenfalls, wenn er zu kommen wünscht und sich um keine geschäftlichen Dinge kümmern muß. Ich bin ihm noch nicht begegnet, aber ich bin sicher, daß er sehr charmant ist. Ich werde den Hausdiener mit einer Einladung vorbeischicken.«

Charlotte verließ der Mut. Sie wollten doch mit Titus und Fanny sprechen und nicht mit Mortimer Swynford!

»Ich bin mir sicher, daß er sich genauso darüber freuen würde wie ich«, sagte Callantha. »Ich hatte vor, Angelica zu einer Nachmittagsgesellschaft mit einem neuen und hochgelobten Pianisten einzuladen. Ich habe das für Samstag geplant und hoffe, daß sie sich bis dahin erholt hat. Doch würde ich mich auf alle Fälle freuen, wenn Sie alle kommen würden. Es werden hauptsächlich Damen da sein, aber wenn Lord Ashworth oder Ihr Mann gerne mitkommen möchten?« Nacheinander wandte sie sich von einer zu anderen.

»Natürlich!« Emily strahlte vor Vorfreude. Sie hatten ihr Ziel erreicht. Die Männer würden nicht kommen; das hatten sie begriffen. Sie warf Charlotte einen schnellen Blick zu. »Vielleicht werden wir Fanny treffen? Ich gebe zu, daß ich recht neugierig geworden bin – ich freue mich schon darauf!«

»Ich auch«, pflichtete ihr Charlotte bei. »Sehr.«

Tante Vespasia stand auf. Für den reinen Pflichtbesuch, den sie vorgegeben hatten, waren sie lange genug geblieben; für einen Antrittsbesuch waren sie mit Sicherheit ebenfalls lange genug da. Am wichtigsten war jedoch, daß sie erreicht hatten, was sie wollten. Mit großer Würde verabschiedete Vespasia sich; nachdem dann die üblichen Höflichkeiten ausgetauscht worden waren, scheuchte sie Charlotte und Emily nach draußen zur Kutsche.

»Hervorragend«, sagte sie, als sie Platz genommen hatten und ihre Röcke so zurechtrückten, daß sie vor dem nächsten Besuch so wenig wie möglich zerdrückt wurden. »Charlotte, hast du gesagt, dieses elende Kind sei erst dreizehn gewesen, als es mit seinem widerlichen Gewerbe begann?«

»Albie Frobisher? Ja, er sagte das zumindest so. Er sah auch jetzt nicht viel älter aus – er ist sehr dünn und unterentwickelt, hat überhaupt keinen Bart.«

»Und darf ich fragen, woher du das weißt?« Tante Vespasia fixierte sie mit kühlem Blick.

»Ich war im Gerichtssaal«, antwortete Charlotte, ohne nachzudenken. »Ich habe ihn gesehen.«

»Warst du das tatsächlich?« Tante Vespasias Brauen schossen in die Höhe; ihr Gesicht wirkte auf einmal sehr lang. »Dein Verhalten wird immer außergewöhnlicher. Erzähl mir mehr darüber. Ich möchte einfach alles wissen! Oder, nein – noch nicht. Wir werde jetzt Mr. Somerset Carlisle besuchen. Ich bin mir sicher, daß du dich an ihn erinnerst, oder?«

Charlotte erinnerte sich lebhaft an ihn und die ganze unsägliche Affäre in der Resurrection Row. Er war einer der eifrigsten Verfechter für das Durchbringen einer Gesetzesvorlage gegen die Kinderarmut im Parlament gewesen. Er kannte die Slums genausogut wie Pitt – tatsächlich hatte er den armen Dominic erschreckt und entsetzt, als er ihn zu Devils Acre im Schatten von Westminster mitgenommen hatte.

Aber wäre er an den Fakten über einen äußerst unsympathischen Hauslehrer interessiert, der sich möglicherweise eines verabscheuungswürdigen Verbrechens schuldig gemacht hatte?

»Meinen Sie, daß Mr. Carlisle sich mit Mr. Jerome abgeben wird?« fragte Charlotte zweifelnd. »Ein Irrtum des Gerichts liegt ja nicht vor, eine Sache für das Parlament ist es wohl kaum.«

»Es geht um einen Mißstand, der beseitigt werden muß«, antwortete Tante Vespasia. Die Kutsche fuhr gerade ziemlich heftig um eine Kurve, und sie war gezwungen, ihren Körper abzustützen, um nicht in Charlottes Schoß zu fallen. Emily klammerte sich auf der gegenüberliegenden Seite recht ungelenk fest. Tante Vespasia schnaubte. »Ich werde ein Wörtchen mit diesem jungen Mann reden müssen! Er träumt wohl davon, Streitwagenlenker zu werden. Ich glaube, er hält mich für eine etwas ältliche Königin Boudicca. Als nächstes wird er noch Säbel an den Rädern befestigen!«

Charlotte tat so, als würde sie niesen, um ihren Gesichtsausdruck zu verbergen.

»Einen Mißstand beseitigen?« fragte sie nach einer Weile, richtete sich unter dem kalten und äußerst wachsamen Blick von Vespasia auf. »Ich sehe nur nicht wie.«

»Wenn dreizehnjährige Kinder für diese Praktiken gekauft und verkauft werden können«, fuhr Vespasia sie an, »dann ist irgend etwas fürchterlich verkehrt und muß verbessert werden. Eigentlich denke ich schon seit einiger Zeit darüber nach. Ihr habt das Thema bei mir nur wieder in den Vordergrund geschoben. Ich denke, es ist ein Fall, der unsere größten Anstrengungen verdient. Ich kann mir vorstellen, daß auch Mr. Carlisle dieser Ansicht ist.«

Carlisle hörte ihnen mit großer Aufmerksamkeit zu und, wie Tante Vespasia erwartet hatte, auch mit Sorge um die allgemeinen Lebensumstände von Menschen wie Albie Frobisher sowie das mögliche Unrecht in dem Prozeß gegen Jerome.

Nach einigem Nachdenken stellte er etliche Fragen und unterbreitete eigene Theorien. Hatte Arthur Jerome mit Er- pressung gedroht oder damit, seinem Vater von dem Verhältnis zu erzählen? Konnte Jerome Waybourne, als dieser ihn zur Rede stellte, mehr von der Wahrheit erzählen als das, was Arthur bereits umrissen hatte? Hatte er Waybourne von seinen Besuchen bei Abigail Winters oder sogar bei Albie Frobisher erzählt und hatte er ihm gesagt, daß es Arthur selbst gewesen war, der die beiden Jüngeren in solche Praktiken eingeführt hatte? Könnte es dann Waybourne selber gewesen sein, der außer sich vor Wut und Entsetzen seinen eigenen Sohn getötet hatte, um nicht einem unerträglichen Skandal entgegensehen zu müssen, der sich nicht für alle Zeiten verheimlichen ließ?

Diesen Möglichkeiten war man überhaupt noch nicht nachgegangen!

Inzwischen hatten sich natürlich die Polizei, das Gericht und das ganze Establishment auf ein Urteil festgelegt. Ihr Ansehen, ja ihre Machtpositionen hingen davon ab, daß der Schuldspruch Bestand hatte. Zuzugeben, daß sie ihrer Pflicht übereilt, ja vielleicht sogar nachlässig nachgekommen waren, würde ihre Unzulänglichkeiten öffentlich zur Schau stellen. Und keiner läßt das zu, solange er nicht durch Kräfte dazu gebracht wird, die sich seiner Kontrolle entziehen.

Dazu kam, daß sie durchaus ehrlich der Auffassung sein konnten, Jerome sei schuldig. Charlotte mußte das eingestehen. Vielleicht war Jerome ja sogar tatsächlich schuldig!

Und würde der gewandte, saubere, rosige junge Gillivray jemals zugeben, daß er Albie Frobisher bei seiner Identifizierung eine kleine Hilfestellung gegeben haben konnte; und Albie so schnell und so feinsinnig und so sehr ums Überleben besorgt war, daß er erfaßt hatte, was Gillivray wollte und es ihm gegeben hatte?

Konnte Gillivray sich einen solchen Gedanken leisten, wenn er ihm überhaupt kommen sollte? Natürlich nicht! Von allem anderen einmal abgesehen, würde er damit Athelstan verraten und ihn alleine dastehen lassen – und das hätte verheerende Konsequenzen!

Abigail Winters hatte ja vielleicht zum Teil die Wahrheit gesagt. Vielleicht war Arthur dagewesen, seine Vorlieben konnten ja über Jungen hinausreichen. Und vielleicht hatte Abigail sich stillschweigend eine gewisse Immunität gesichert, indem sie Jerome in ihre Aussage einbaute. Die Versuchung, einen Fall zu einem schlüssigen Abschluß zu bringen, bei dem man moralisch durch nichts gefährdet wurde, war sehr real. Gillivray mochte ihr erlegen sein – vielleicht hatten ihm Erfolgsvisionen, Begünstigungen, eine Beförderung vorgeschwebt. Charlotte schämte sich bei diesem Gedanken, als sie ihn gegenüber Carlisle äußerte, aber sie hatte das Gefühl, man sollte nicht darüber hinweggehen.

»Und was wünschten sie sich von ihm?« fragte Carlisle.

Die Antwort war recht deutlich. Sie wünschten sich, korrekte und detaillierte Fakten über Prostitution im allgemeinen und Kinderprostitution im besonderen zu erhalten, so daß sie sie den Frauen der feinen Gesellschaft zukommen lassen konnten, deren Empörung über solche Zustände mit der Zeit diesen Mißbrauch an Kindern so verabscheuungswürdig werden ließ, daß sie sich weigern würden, irgendeinen Mann zu empfangen, der in Verdacht stand, das zu praktizieren oder eine derartige Praxis auch nur zu tolerieren.

Die Unkenntnis der damit verbundenen Schrecken war zum großen Teil dafür verantwortlich, daß es den Frauen gleichgültig war. Gewisse Kenntnisse darüber – wie sehr sie auch von der Vorstellungskraft abhängen mochten, mit der man sich in die Wirklichkeit dieser Angst und Verzweiflung hineinfühlen konnte – würden die ungeheure gesellschaftliche Macht der Frauen mobilisieren.

Carlisle war sich unschlüssig, ob er den Damen derart abstoßende Tatsachen präsentieren dürfe, aber Tante Vespasia ließ ihn mit einem eisigen Blick erstarren.

»Wenn es einen Grund dafür gibt, bin ich völlig in der Lage, mir alles anzuschauen, was das Leben zu bieten hat«, sagte sie hochmütig. »Ich bin nicht an irgendwelchen Roheiten interessiert, aber wenn es darum geht, ein Problem anzupacken, dann muß man es auch verstehen. Seien Sie so freundlich, mich nicht von oben herab zu behandeln, Somerset!«

»Das würde ich nicht wagen!« antwortete er mit einem Anflug von Humor. Es war fast eine Entschuldigung, und sie nahm sie gnädig an.

»Ich kann mir kaum vorstellen, daß es ein angenehmes Thema ist«, räumte sie ein. »Nichtsdestoweniger muß es angegangen werden. Unsere Fakten müssen stimmen – ein einziger schwerer Irrtum, und wir haben verloren. Ich werde auf alles zurückgreifen, was hilfreich sein kann.« Sie drehte sich in ihrem Sessel um. »Emily, die besten Stellungnahmen für den Anfang sollten von den Leuten kommen, die den größten Einfluß besitzen und am meisten von dieser Sache vor den Kopf gestoßen werden.«

»Die Kirche?« schlug Emily vor.

»Unsinn! Jeder erwartet doch, daß die Kirche großes Geschrei über irgendwelche Sünden erhebt. Das ist doch ihre Aufgabe! Daher hört keiner richtig zu – es ist ja alles nichts Neues. Was wir brauchen, sind einige der besten Gastgeberinnen aus vornehmen Kreisen, Frauen, denen die Leute zuhören und die sie nachahmen, Leitfiguren auf dem Gebiet der Lebensart und der guten Sitten. Da wirst du mir unter die Arme greifen, Emily.«

Emily war entzückt; ihr Gesicht strahlte vor Vorfreude.

»Und du, Charlotte«, fuhr Vespasia fort, »du wirst einige Informationen besorgen, die wir benötigen. Du hast einen Mann, der bei der Polizei arbeitet. Nutze dies. Somerset, ich werde noch mit Ihnen sprechen.« Sie stand aus ihrem Sessel auf und ging zur Tür. »In der Zwischenzeit baue ich darauf, daß Sie alles tun, was in Ihrer Macht steht, um sich Einblick in den Prozeß um den Hauslehrer Jerome zu verschaffen und die Möglichkeit in Betracht zu ziehen, daß es auch noch irgendeine andere Erklärung gibt. Es ist ziemlich dringend.«

Pitt erzählte Charlotte nichts von seiner Unterredung mit Athelstan, und daher war sie sich nicht bewußt, daß er versucht hatte, den Fall neu aufzurollen. Sie hatte sich gar nicht vorgestellt, daß das überhaupt möglich war, wenn das Urteil erst einmal gesprochen war. Womöglich wußte sie besser als er, daß die einflußreichen Leute es jetzt, wo dem Gesetz entsprochen worden war, nicht erlauben würden, das Ergebnis der Verhandlung in Zweifel zu ziehen.

Das nächste, was für sie anstand, waren die Vorbereitungen für Callanthas Empfang, auf dem sie vielleicht die Chance hatte, mit Fanny Swynford zu sprechen. Und wenn sich nicht einfach so die Gelegenheit ergab, sich auch mit Titus zu unterhalten, dann würde sie irgendeine Möglichkeit in die Wege leiten, auch mit ihm ins Gespräch zu kommen. Zumindest Emily und Tante Vespasia waren noch da, um ihr unter die Arme zu greifen. Und Tante Vespasia wurde fast jedes gesellschaftliche Verhalten verziehen, weil sie sich in der entsprechenden Position befand und vor allem genau den Stil hatte, es so zu gestalten, daß es aussah, als ob sie die Regel darstellte und jeder andere Mensch die Ausnahme war.

Charlotte erzählte Pitt lediglich, sie gehe mit Tante Vespasia aus. Sie wußte, daß er Vespasia genug mochte, um keine Fragen zu stellen. Tatsächlich ließ er sie in einer Botschaft seine besten Wünsche übermitteln, was für ihn ein ungewöhnliches Zeichen des Respekts darstellte.

Sie begleitete Emily in ihrer Kutsche und hatte sich für den Tag ein anderes Kleid geliehen, da es unpraktisch war, das Haushaltsgeld, das ihr zur Verfügung stand, für Kleidung auszugeben, die sie wahrscheinlich nur ein einziges Mal tragen würde. Die Details dessen, was gerade hochmodern war, waren so raschen Veränderungen unterworfen, daß das Kleid aus der letzten Saison in dieser Saison eindeutig passé war. Und es war selten häufiger als ein- oder zweimal im halben Jahr, daß Charlotte eine Veranstaltung wie den Empfang bei Callantha Swynford besuchte.

Das Wetter war einfach fürchterlich. Ein aus einem eisengrauen Himmel fallender Schneeregen trieb durch die Straßen. Der einzige Weg, auch nur ein bißchen bezaubernd auszusehen, bestand darin, etwas zu tragen, das so farbenfroh und strahlend schön war wie nur möglich. Emily wählte ein helles, klares Rot aus. Charlotte entschied sich für ein aprikosenfarbenes Samtkleid, da sie Emily nicht allzu ähnlich sehen wollte. Emily war ein wenig verstimmt darüber, daß sie dieses Kleid nicht selbst genommen hatte. Sie war jedoch zu stolz, um darum zu bitten, daß sie miteinander tauschten, auch wenn beide Kleider ihr gehörten; ihre Gründe für den Tausch wären zu offensichtlich geworden.

Als sie jedoch die Eingangshalle bei den Swynfords erreichten, im großen Salon, der zum dahinterliegenden Zimmer geöffnet worden war, herzlich begrüßt wurden, und die lodernden Feuer und die hellen Lichter sahen, vergaß Emily dieses Thema und ließ sich ganz auf den Zweck ihres Besuches ein.

»Wie reizend«, sagte sie mit einem strahlenden Lächeln zu Callantha Swynford. »Ich freue mich darauf, absolut jeden zu treffen. Und für Charlotte gilt das gleiche, da bin ich mir sicher. Sie hat den ganzen Weg hierher von wenig anderem gesprochen!«

Callantha gab ihr die üblichen höflichen Antworten und führte sie herum, um sie den anderen Gästen vorzustellen; alle unterhielten sich lebhaft und sagten nur sehr wenig von Bedeutung. Über eine halbe Stunde später, als der Pianist begonnen hatte, eine unglaublich eintönige Komposition zu spielen, beobachtete Charlotte ein sehr gefaßtes Kind, das etwa vierzehn Jahre alt war und vom Portrait her Fanny sein mußte. Sie entschuldigte sich bei der Person, die ihr gerade Gesellschaft leistete – was nicht schwerfiel, da sich alle langweilten und vorgaben, der Musik zuzuhören –, und bahnte sich ihren Weg zwischen den anderen Gruppen hindurch, bis sie neben Fanny stand.

»Gefällt es dir?« raunte sie ihr ganz beiläufig zu, als wären sie alte Bekannte.

Fanny wirkte ein wenig unsicher. Sie hatte ein intelligentes, offenes Gesicht, den gleichen Mund wie ihre Mutter und graue Augen. Ansonsten war die Ähnlichkeit jedoch weniger ausgeprägt als das Portrait vermuten ließ. Und sie sah nicht so aus, als ob ihr das Lügen besonders leichtfiel.

»Ich glaube, ich verstehe es vielleicht nicht.« Sie verspürte einen gewissen Triumph darüber, daß ihr diese taktvolle Antwort eingefallen war.

»Ich auch nicht«, meinte Charlotte liebenswürdig. »mir ist es auch egal, ob ich Musik verstehen muß, solange sie mir nicht gefällt.«

Fanny entspannte sich. »Dir gefällt sie also auch nicht«, stellte sie erleichtert fest. »Eigentlich finde ich sie gräßlich. Ich kann mir nicht vorstellen, warum Mama ihn eingeladen hat. Ich nehme an, er ist diesen Monat die Attraktion oder so etwas. Und er sieht so fürchterlich ernst dabei aus, daß ich glaube, er mag es selber auch nicht sehr. Vielleicht will er, daß es ganz anders klingt. Was meinst du?«

»Vielleicht macht er sich Sorgen darüber, daß man ihn nicht bezahlen könnte«, antwortete Charlotte. »Ich würde ihm kein Geld geben.«

Als sie ihr Lächeln sah, schüttete sich Fanny aus vor Lachen. Dann merkte sie, daß das völlig unangebracht war, und hielt sich den Mund mit den Händen zu. Mit neuem Interesse schaute sie Charlotte an.

»Du bist so hübsch, daß du gar nicht danach aussiehst, als ob du schreckliche Dinge sagen könntest«, stellte sie freimütig fest. Dann erkannte sie, daß sie ihr gesellschaftliches Fehlverhalten dadurch nur noch weiter verstärkte, und errötete.

»Danke«, sagte Charlotte aufrichtig. »Ich bin so froh, daß du mich für hübsch hältst.« Sie senkte ihre Stimme zu einem verschwörerischen Flüstern. »Eigentlich habe ich mir mein Kleid von meiner Schwester geliehen, und ich denke, jetzt wünscht sie sich, sie hätte es selbst getragen. Aber erzähl das bitte niemanden, ja?«

»Oh, das tue ich nicht!« versprach Fanny sofort. »Es ist wunderschön.«

»Hast du noch Schwestern?«

Fanny schüttelte den Kopf. »Nein, nur einen Bruder, so daß ich mir eigentlich nicht viel ausleihen kann. Es muß schön sein, eine Schwester zu haben.«

»Ja, das ist es auch – meistens. Obwohl ich denke, mir hätte auch ein Bruder gefallen. Ich habe noch einige Cousinen; die sehe ich aber kaum.«

»Meine Cousins sehe ich auch kaum, Cousinen habe ich nicht. Es sind eigentlich Cousins zweiten Grades, aber das ist so ziemlich dasselbe.« Ihr Gesicht wurde ernst. »Einer von ihnen ist gerade gestorben. Es war alles ziemlich schrecklich. Er ist umgebracht worden. Ich verstehe eigentlich nicht, was da passiert ist, und es wird mir auch keiner erzählen. Ich denke, es muß sich um irgend etwas ganz Widerliches handeln, sonst würden sie es doch sagen – meinst du nicht auch?«

Ihre Worte kamen ganz beiläufig, aber hinter dem verwirrten und ungezwungenen Blick erkannte Charlotte ein Bedürfnis nach Beruhigung. Und die Wirklichkeit würde besser sein als die Ungeheuer, die das Schweigen hervorrief.

Abgesehen von ihrem eigenen Bedürfnis, Informationen aus ihr herauszubekommen, wollte Charlotte das Kind nicht mit bequemen Lügen beleidigen.

»Ja«, sagte sie ehrlich. »Ich denke, es handelt sich wahrscheinlich um irgend etwas, das einem weh tut, und daß die Leute deswegen eher nicht darüber sprechen wollen.«

Fanny betrachtete sie einige Augenblicke lang und versuchte, sie einzuschätzen, bevor sie weitersprach.

»Er ist ermordet worden«, sagte sie schließlich.

»Ach, Liebes, das tut mir aber leid«, antwortete ihr Charlotte völlig gelassen. »Das ist ja traurig. Wie ist denn das passiert?«

»Unser Hauslehrer, Mr. Jerome ... Alle sagen, er habe ihn umgebracht.«

»Euer Hauslehrer? Entsetzlich! Hatten die beiden Streit miteinander? Meinst du, es war ein Unfall? Vielleicht wollten sie sich gar keine Gewalt antun!«

»Oh, nein!« Fanny schüttelte den Kopf. »Es war ganz anders. Es war kein Streit. Arthur wurde in der Badewanne ertränkt.« Verwirrt verzog sie ihr Gesicht. »Ich kann es einfach nicht begreifen. Titus – das ist mein Bruder – mußte vor Gericht aussagen. Mich wollten sie natürlich nicht gehen lassen. Alles wirklich Interessante lassen sie mich ja gar nicht tun! Manchmal ist es schrecklich, ein Mädchen zu sein.« Sie seufzte. »Aber ich habe eine Menge nachgedacht – und ich kann mir nicht vorstellen, was er über eventuell für irgend jemand nützliche Dinge wissen soll.«

»Nun, Männer neigen dazu, sich ein wenig wichtig zu machen«, brachte Charlotte vor.

»Mr. Jerome schon«, meinte Fanny. »Oh, er war sehr pedantisch. Er machte immer ein Gesicht, als ob er die ganze Zeit Reispudding essen würde! Aber er war ein unheimlich guter Lehrer. Ich hasse Reispudding – das sind immer diese Klumpen drin, es schmeckt nach nichts, aber wir mußten ihn jeden Donnerstag essen. Mr. Jerome hat mir Latein beigebracht. Ich denke nicht, daß er jemanden von uns gemocht hat, aber er hat nie die Geduld verloren. Ich glaube, er war fast stolz darauf. Er war schrecklich – ich weiß nicht.« Sie zuckte die Achseln. »Nie hat ihm irgend etwas Spaß gemacht.«

»Aber deinen Cousin Arthur hat er gehaßt?«

»Ich glaubte nie, daß er ihn besonders gemocht hat.« Fanny überlegte sorgfältig. »Aber ich habe auch nie geglaubt, er habe ihn gehaßt.«

Charlotte fühlte, wie ihre Aufregung wuchs.

»Wie war er denn, dein Cousin Arthur?«

Fanny zog die Nase kraus und zögerte.

»Du hast ihn nicht gemocht?« half ihr Charlotte.

Fannys Gesicht glättete sich, die Spannung schwand. Charlotte nahm an, es war das erste Mal, daß die Gepflogenheiten der Trauerzeit ihr erlaubt hatten, die Wahrheit über Arthur auszusprechen.

»Nicht sehr«, gab sie zu.

»Warum denn nicht?« drängte Charlotte und versuchte dabei, ihr Interesse zumindest teilweise zu verbergen.

»Er war fürchterlich eingebildet. Er sah sehr gut aus, weißt du.« Fanny zuckte wieder die Achseln. »Einige Jungen sind sehr eitel –

genauso eitel wie ein Mädchen. Und er benahm sich, als ob er etwas Besseres wäre, doch ich nehme an, das tat er nur, weil er älter war.« Sie holte tief Luft. »Also wirklich, ist dieses Klavier nicht schrecklich? Das klingt ja, als ob ein Hausmädchen eine Ladung Messer und Gabeln fallenläßt.«

Charlottes Mut sank. Gerade jetzt, wo sie richtig auf Arthur zu sprechen kamen, wechselte Fanny das Thema!

»Er war sehr schlau«, fuhr Fanny fort. »Oder vielleicht meine ich eher listig. Aber das ist doch kein Grund, ihn umzubringen, oder?«

»Nein«, sagte Charlotte langsam. »An sich nicht. Warum sagst du, der Hauslehrer habe ihn umgebracht?«

Fanny machte ein finsteres Gesicht. »Also das ist etwas, was ich nicht verstehe. Ich fragte Titus, und er sagte mir, das sei Männersache, und es gehöre sich nicht, daß ich etwas davon wüßte. Das macht mich krank! Jungen sind wirklich manchmal richtige Wichtigtuer! Ich wette, es ist nichts, was ich nicht sowieso schon weiß. Immer geben sie vor, Geheimnisse zu kennen, von denen sie gar nichts wissen!« Sie schnaubte empört. »Das machen Jungen immer so!«

»Meinst du nicht, daß es diesmal stimmen könnte?« gab Charlotte zu bedenken.

In Fannys Gesicht spiegelte sich die ganze Verachtung, die sie für Jungen empfand.

»Nein... Titus weiß wirklich nicht, wovon er redet. Weißt du, ich kenne ihn sehr gut; ich durchschaue ihn. Er nimmt sich nur deswegen so wichtig, um Papa zu gefallen. Ich halte das für ziemlich dumm.«

»Du mußt unsere Gäste nicht so in Beschlag nehmen, Fanny.« Eine Männerstimme, und sie war Charlotte vertraut! Leicht verwirrt und nervös drehte sich Charlotte um und blickte in das Gesicht von Esmond Vanderley. Du lieber Himmel – würde er sich noch von jenem schrecklichen Abend her an sie erinnern? Vielleicht nicht; die Kleidung, die ganze Atmosphäre waren doch ganz anders. Sie begegnete seinem Blick, und die Hoffnung wurde augenblicklich zunichte gemacht.

Er schenkte ihr ein Lächeln, in dem deutlich Humor aufschimmerte und das einem Lachen verwirrend nahe war.

»Ich entschuldige mich für Fanny. Ich denke, die Musik langweilt sie.«

»Nun, ich finde die Musik viel unangenehmer als Fannys Gesellschaft«, gab sie ein wenig schärfer zurück, als sie beabsichtigt hatte. Was hielt er von ihr? Er hatte über Jeromes Charakter ausgesagt, und er hatte Arthur nicht gut gekannt. Wenn er die Güte besaß, ihr erstes Zusammentreffen zu ignorieren, war sie ihm extrem dankbar dafür. Sie konnte es sich jedoch nicht leisten, sich einfach aus der Schlacht zurückzuziehen. Vielleicht war das jetzt ihre einzige Gelegenheit!

Sie lächelte zurück und versuchte, ihren Worten einiges von der Wucht zu nehmen. »Fanny war einfach eine hervorragende Gastgeberin und hat mich von meiner Einsamkeit befreit, da ich hier so wenige Menschen kenne.«

»Dann entschuldige ich mich bei Fanny«, meinte er liebenswürdig; offensichtlich war er nicht beleidigt.

Charlotte suchte fieberhaft nach einen Weg, um beim Thema Arthur bleiben zu können, ohne auf zu ungehörige Weise ihre Neugier zu zeigen.

»Sie erzählte mir von ihrer Familie. Sehen Sie, ich hatte zwei Schwestern, während sie nur einen Bruder hat und Cousins. Wir verglichen die Unterschiede.«

»Sie hatten zwei Schwestern?« Wie Charlotte gehofft hatte, griff Fanny das Thema auf. Sie schämte sich, die tragischen Ereignisse auf eine solche Weise zu nutzen, aber sie hatte nicht die Zeit, dabei taktvoll zu sein.

»Ja.« Sie senkte ihre Stimme und mußte sich nicht anstrengen, auch ihr Gefühl hineinfließen zu lassen. »Meine ältere Schwester wurde umgebracht. Sie wurde auf der Straße überfallen.«

»Oh, wie schrecklich!« Fanny war schockiert, ihr Gesicht zeigte ihre Sympathie. »Das ist das Schlimmste, was ich seit langer Zeit gehört habe. Es ist ja noch schlimmer als das mit Arthur – Arthur habe ich ja nicht einmal geliebt.«

»Danke.« Charlotte berührte sie sanft am Arm. »Aber ich glaube nicht, daß man sagen kann, der Verlust, den eine Person erleidet, ist größer als der einer anderen – wir können es wirklich nicht sagen. Aber geliebt habe ich sie.«

»Es tut mir sehr leid«, sagte Vanderley ruhig. »Das muß sehr qualvoll gewesen sein. Der Tod ist schon ohne die ganzen polizeilichen Ermittlungen hinterher schlimm genug. Ich fürchte, wir haben das gerade alles selbst durchlitten. Aber Gott sei Dank ist es jetzt vorbei.«

Charlotte wollte sich diese Chance nicht durch die Finger rinnen lassen. Wie aber würde es ihr gelingen, die weniger angenehmen Wahrheiten über Arthur vor Fanny anzusprechen? Die ganze Angelegenheit hatte sowieso einen abstoßenden Beigeschmack – sie wußte das, bevor sie sich dem Ganzen auch nur näherte.

»Das muß doch eine große Erleichterung für Sie alle sein«, sagte sie höflich. Die Sache war dabei, ihr zu entgleiten, sie begann mit albernem Geschwätz. Wo waren nur Emily und Tante Vespasia? Warum konnten sie ihr nicht zu Hilfe kommen, und entweder Fanny mitnehmen oder sich mit Esmond Vanderley darüber unterhalten, wie Arthur wirklich war. »Über den Verlust kommt man natürlich nie hinweg«, fügte sie hastig hinzu.

»Ich denke nicht«, antwortete Vanderley höflich. »Ich habe Arthur recht oft gesehen. In einer Familie ist das ja selbstverständlich. Aber wie ich bereits sagte, mochte ich ihn nicht besonders.«

Plötzlich hatte Charlotte eine Idee. Sie drehte sich zu Fanny um.

»Fanny, ich bin fürchterlich durstig, möchte aber nicht mit der Dame am Tisch in ein Gespräch verwickelt werden. Würdest du so freundlich sein, mir ein Glas Punsch zu holen?«

»Natürlich«, sagte Fanny sofort. »Einige dieser Leute sind schrecklich, nicht wahr? Die eine da drüben im blauen, glänzenden Gewand redet über nichts anderes als über ihre Krankheiten. Dabei sind sie nicht einmal interessant, nichts Seltenes – einfach nur Hirngespinste wie bei den anderen auch.« Sie ging davon, um den Auftrag auszuführen.

Charlotte schaute Vanderley an. Fanny würde nur wenige Minuten unterwegs sein, obwohl sie mit etwas Glück als letzte bedient wurde, weil sie ein Kind war.

»Wie erfrischend ehrlich Sie sind«, sagte Charlotte und versuchte, so charmant wie nur möglich zu sein, war jedoch befangen und kam sich ziemlich albern vor. »So viele Leute geben vor, die Toten geliebt und nur deren Tugend gesehen zu haben, was immer sie auch tatsächlich zu deren Lebzeiten gefühlt haben mögen.«

Er lächelte etwas verzerrt. »Danke. Ich gebe zu, es ist eine Erleichterung zu gestehen, daß ich im armen Arthur vieles sah, was mich nicht weiter interessierte.«

»Zumindest haben sie ja den Mann gefaßt, der ihm umgebracht hat«, fuhr sie fort. »Ich nehme an, daran gibt es keinen Zweifel – es ist doch sicher, daß er schuldig ist? Ich meine, ist die Polizei völlig zufrieden? Bringt man den Fall zum Abschluß? Dann wird man Sie ja jetzt in Ruhe lassen.«

»Es gibt überhaupt keine Zweifel.« Plötzlich schien ihm etwas einzufallen. Er zögerte, schaute sie an, holte tief Luft. »Zumindest kann ich es mir nicht anders vorstellen. Es gab einen außergewöhnlich hartnäckigen Polizisten, der Nachforschungen anstellte, aber ich kann nichts erkennen, was er jetzt noch zu finden wünschen könnte.«

Charlotte machte ein erstauntes Gesicht. Wenn sich Vanderley darüber klar wurde, wer sie war, half nur noch Beten.

»Sie meinen, er glaubt nicht, daß er die ganze Wahrheit herausbekommen hat? Wie schrecklich! Für Sie ist das ja völlig entsetzlich. Wenn es nicht der Mann ist, der gefaßt wurde, wer könnte es denn dann gewesen sein.«

»Das weiß der Himmel!« Vanderley wirkte bleich. »Offen gestanden, Arthur konnte schon ein richtiges kleines Biest sein. Wissen Sie, es heißt, der Hauslehrer sei sein Liebhaber gewesen. Entschuldigen Sie, wenn ich Sie schockiere.« Das war ihm nachher eingefallen; plötzlich hatte er sich daran erinnert, daß sie eine Frau war, die möglicherweise über solche Dinge gar nicht Bescheid wußte. »Es heißt, er hätte den Jungen zu unnatürlichen Praktiken verleitet. Das ist durchaus möglich, aber es würde mich nicht groß überraschen, wenn Arthur derjenige gewesen ist, der ihn verleitet hat, und der arme Mann hineingezogen, umschmeichelt und dann links liegengelassen wurde. Oder vielleicht hat Arthur das ja auch bei jemand anderem gemacht, und es war ein alter Liebhaber, der ihn in einem Anfall von Eifersucht tötete. Na, das ist ja ein Gedanke! Er könnte sogar eine richtige kleine Hure gewesen sein. Tut mir leid – ich schockiere Sie, Mrs... Ich war an jenem anderen Abend so sehr mit Ihrem Gewand beschäftigt, daß ich mich jetzt gar nicht an Ihren Namen erinnere!«

»Oh!« Charlottes Gedanken überschlugen sich auf der Suche nach einer Antwort. »Ich bin die Schwester von Lady Ashworth.« Das würde es zumindest unwahrscheinlich machen, die Polizei mit ihr in Verbindung zu bringen. Wieder fühlte sie, wie ihr Gesicht vor Verlegenheit glühendheiß wurde.

»Dann entschuldige ich mich für so eine ... so eine ungestüme und eher abscheuliche Diskussion, Lady Ashworths Schwester!« Ein wirklich belustigtes Lächeln huschte über sein Gesicht. »Aber Sie haben es herausgefordert, und wenn Ihre eigene Schwester ermordet wurde, dann kennen Sie ja bereits die weniger angenehmen Seiten der Ermittlungsarbeit.«

»Oh, ja, natürlich«, sagte Charlotte, immer noch errötend. Er war nur fair, sie hatte es herausgefordert. »Ich bin nicht schockiert«, sagte sie schnell. »Aber es ist ein sehr unangenehmer Gedanke, daß Ihr Neffe eine so ... so verdrehte Person war, wie Sie andeuten.«

»Arthur? Ja, nicht wahr? Es ist ein Jammer, daß irgend jemand an seiner Stelle hängen muß, auch wenn es ein wenig liebenswürdiger Lateinlehrer ist, der an Essig erinnert. Der arme Kerl – und dennoch kann ich wohl behaupten, wenn er nicht verurteilt worden wäre, hätte er weitergemacht und andere Jungen verführt. Offensichtlich hat er sich ja auch an Arthurs jüngerem Bruder vergriffen – und an Titus Swynford. Das hätte er nicht tun sollen. Wenn Arthur ihn fallenließ, hätte sich Jerome jemand anderen mit einer entsprechenden Veranlagung suchen und sich an diesen halten sollen, an einen, der das selber wollte. Er hätte nicht umherlaufen und einem Kind wie Titus eine solche Angst einjagen sollen. Titus ist ein lieber Junge. Ein wenig wie Fanny, nur nicht so schlau. Gott sei Dank! Schlaue Mädchen in Fannys Alter erschrecken mich. Sie bemerken alles und erwähnen es dann zum unpassendsten Zeitpunkt mit einer durchdringenden Klarheit. Das kommt davon, wenn man zu wenig zu tun hat.«

In diesem Augenblick kam Fanny zurück; stolz trug sie Charlottes Punsch. Vanderley verabschiedete sich und schlenderte davon. Charlotte ließ er verwirrt und auf unbestimmte Weise aufgeregt zurück. Er hatte den Keim für Ideen gelegt, auf die sie selbst und ihrer Meinung nach auch Pitt kaum gekommen wären.

9

Pitt ahnte so gut wie nichts von Charlottes Initiative. Er war so sehr mit seinen eigenen Zweifeln an den Beweisen von Jeromes Schuld beschäftigt, daß er es für bare Münze genommen hatte, sie sei mit Großtante Vespasia zu einem Besuch unterwegs. Zu jedem anderen Zeitpunkt hätte er das mit spürbarem Argwohn betrachtet. Charlotte empfand Respekt und beträchtliche Zuneigung für Tante Vespasia, aber sie hätte nicht aus reiner Geselligkeit mit ihr Besuche gemacht. Es war ein Kreis, zu dem Charlotte nicht gehörte und an dem sie auch nicht interessiert war.

Die Sorge um Jerome quälte Pitts Gedanken und machte es ihm fast unmöglich, sich auf irgend etwas anderes zu konzentrieren. Mechanisch zog er seine anderen Ermittlungen durch, so daß ein ihm untergeordneter Sergeant ihn auf seine Versehen aufmerksam machen mußte, worüber Pitt in Wut geriet – vor allem deshalb, weil er wußte, daß er selbst an allem schuld war; und anschließend mußte er sich bei dem Mann entschuldigen. Lobenswerterweise nahm der Mann die Entschuldigung bereitwillig an; wenn er Kummer begegnete, erkannte er ihn auch als solchen, und er schätzte einen Vorgesetzten, der seine Förmlichkeit so weit ablegte, daß er einen Fehler eingestehen konnte.

Pitt jedoch faßte es als Warnung auf. Er mußte im Fall Jerome aktiv werden, andernfalls würde sein Gewissen immer weiter auf ihn einstürmen, bis jeder anständige Gedanke unmöglich wurde und er einen Fehler beging, der sich nicht wieder rückgängig machen ließ.

Wie eine Hinrichtung: Auch die konnte nicht wieder rückgängig gemacht werden. Ein Mann, der irrtümlich ins Gefängnis gesteckt wurde, konnte wieder freigelassen werden und anfangen, sein Leben neu aufzubauen. Aber ein Mann, der gehängt wurde, war für immer gegangen.

Es war Morgen. Pitt saß an seinem Schreibtisch und sichtete einen Stapel Berichte. Er hatte jedes Blatt angeschaut und die Worte gelesen, aber nicht ein einziges Stückchen ihrer Bedeutung war bis in sein Hirn vorgedrungen.

Gillivray saß ihm gegenüber, wartete, starrte ihn an.

Pitt nahm die Berichte wieder hoch, fing wieder von vorne an. Dann schaute er auf. »Gillivray?«

»Ja, Sir?«

»Wie haben Sie Abigail Winters gefunden?«

»Abigail Winters?« Gillivray runzelte die Stirn.

»Genau. Wie haben Sie sie gefunden?«

»Indem ich immer mehr Personen ausschloß, Sir«, antwortete Gillivray ein wenig verärgert. »Ich untersuchte Unmengen von Prostituierten und hatte mich darauf eingestellt, alle durchzugehen, wenn es nötig war. Sie war etwa die fünfundzwanzigste oder so. Warum? Ich kann nicht erkennen, daß das jetzt wichtig ist.«

»Hat Ihnen irgend jemand vorgeschlagen, sich an sie zu wenden?«

»Natürlich! Wie sonst soll ich irgendeine Prostituierte finden? Ich kenne sie ja selber nicht. Ich bekam ihren Namen von einer der Kontaktpersonen, von denen ich auch die anderen Namen hatte, und nicht von irgend jemand Besonderem, wenn Sie das meinen. Schauen Sie, Sir!« Er beugte sich über den Schreibtisch nach vorne. Es war eine Manieriertheit, die Pitt besonders irritierend fand. Sie schmeckte nach Vertraulichkeit, als ob sie sich beruflich ebenbürtig wären. »Schauen Sie, Sir«, sagte Gillivray wieder. »Im Fall Waybourne haben wir unsere Arbeit getan. Jerome wurde vom Gericht für schuldig befunden. Er bekam einen fairen Prozeß, wurde auf Grund von Zeugenaussagen verurteilt. Und selbst wenn Sie nichts für Abigail Winters, Albie Frobisher oder Leute ihres Schlages übrig haben, müßten Sie doch zugeben, daß es sich beim jungen Titus Swynford und bei Godfrey Waybourne um ehrliche und anständige Jugendliche handelt, die unmöglich irgendeine Verbindung zu den Prostituierten haben konnten. Mit der Behauptung, diese Verbindung hätte es gegeben, kommt man in den Bereich des Absurden. Der Anklagevertreter muß die Schuld so beweisen, daß keine berechtigten Zweifel mehr angebracht sind; das heißt aber nicht, daß alles zweifelsfrei bewiesen werden muß! Und bei allem Respekt, Mr. Pitt, die Zweifel, die Sie im Moment haben, sind überhaupt nicht berechtigt. Sie sind weit hergeholt und lächerlich! Uns fehlte nur noch ein Augenzeuge; allerdings begeht kein Mensch einen vorsätzlichen Mord vor Zeugen. Bei aus dem Affekt begangenen Morden, die aus Angst oder Wut oder sogar aus Eifersucht verübt werden, ist das etwas anderes. Doch dieser Mord war geplant und wurde mit Sorgfalt ausgeführt! Lassen Sie den Fall jetzt auf sich beruhen, Sir! Er ist abgeschlossen. Sie werden sich nur in Schwierigkeiten bringen.«

Pitt betrachtete Gillivrays ernstes Gesicht über dem weißen Kragen, verspürte den Wunsch, ihn zu hassen. Dennoch war er gezwungen zuzugeben, daß sein Rat berechtigt war. Er an seiner Stelle hätte genau dasselbe gesagt. Der Fall war erledigt. Es war wider jede Vernunft anzunehmen, daß in Wahrheit alles ganz anders war, als es offensichtlich zu sein schien. Bei den meisten Verbrechen gab es viel mehr Opfer als nur die unmittelbare Person, die beraubt wurde oder einer Gewalttat zum Opfer fiel. Dieses Mal war Eugenie Jerome das Opfer – und vielleicht auf unbestimmte Weise sogar Jerome selbst. Die kindliche Erwartung, alle Ungerechtigkeiten ausräumen zu können, war eine zu starke Vereinfachung.

»Mr. Pitt?« Gillivray blickte ihn besorgt an.

»Ja!« erwiderte Pitt in scharfem Ton. »Ja, Sie haben ja recht. Zu vermuten, daß uns alle Beteiligten unabhängig voneinander die gleiche Lüge auftischen, um Jerome zu belasten, ist offensichtlich lächerlich. Und die Vorstellung, es gäbe irgendeine Gemeinsamkeit zwischen diesen Personen, ist das noch mehr.«

»Genau«, stimmte Gillivray zu und entspannte sich ein wenig. »Bei Abigail Winters und Albie Frobisher könnte das natürlich der Fall sein, obwohl es unwahrscheinlich ist, daß sie sich überhaupt kennen – darauf gibt es nicht den kleinsten Hinweis. Doch davon auszugehen, daß es zwischen Titus Swynford und ihnen irgendeine Gemeinsamkeit gibt, verstößt so sehr gegen den gesunden Menschenverstand, daß es keinen Sinn ergibt.«

Pitt konnte nichts dazu sagen. Er hatte mit Titus gesprochen und konnte sich nicht vorstellen, daß er überhaupt von der Existenz solcher Leute wie Albie Frobisher wußte, geschweige denn mit ihm zusammengetroffen war und ein Komplott geschmiedet hatte. Wenn Titus zu seinem Schutz einen Verbündeten brauchte, hätte er doch jemanden aus seiner eigenen Schicht gewählt, jemanden, den er bereits kannte. Und Pitt konnte nur schwerlich glauben, daß Titus überhaupt wegen irgend etwas Schutz nötig hatte.

»Richtig!« sagte er wütender, als er erklären konnte. »Wenden wir uns der Brandstiftung zu! Was haben wir bezüglich dieses verdammten Feuers unternommen?«

Gillivray zog umgehend einen Zettel aus seiner Innentasche und fing an, ihm eine Reihe von Antworten vorzulesen. Sie boten keine Lösung, gaben jedoch etliche Möglichkeiten vor, die man überprüfen sollte. Pitt beauftragte Gillivray damit, zwei der vielversprechendsten Recherchen zu übernehmen, und pickte sich zwei weitere heraus, die ihn, ohne daß er das merkte, in ein Gebiet führten, das am Ende von Bluegate Flieds lag und nur eine halbe Meile von dem Bordell entfernt, in dem Abigail Winters ein Zimmer hatte.

Es war ein dunkler Tag. Triefnaß lagen die Straßen in einem beständigen, leichten Regen; graue Häuser neigten sich aufeinander zu wie mürrische alte Männer, die klagend vor sich hin brüteten und ganz hilflos waren vor Altersschwäche. Überall war dieser vertraute, schale Geruch, und Pitt bildete sich ein, im Knarren der Planken und dem Geräusch des sich langsam bewegenden Wassers die einlaufende Flut des Flusses zu hören.

Was waren das für Leute, die zum Vergnügen hierherkamen? Vielleicht ein ordentlicher kleiner Angestellter, der den ganzen Tag auf einem hohen Hocker saß, seinen Federkiel in die Tinte tauchte und Zahlen von einem Hauptbuch ins nächste übertrug und sich dann nach Hause zu einem scharfzüngigen Weib begab, das sinnliche Freude als Sünde und das Fleisch als ein Werkzeug des Teufels ansah.

Pitt hatte Dutzende dieser Angestellten gesehen. Mit ihren blassen Gesichtern und den gestärkten Kragen waren sie Musterbeispiele an Korrektheit, weil sie es nicht wagten, etwas anderes zu sein. Wirtschaftliche Notwendigkeiten und das Bedürfnis, ein Leben zu führen, das den gesellschaftlichen Regeln entsprach, hatten sie völlig im Griff.

Auf diese Weise verdienten Menschen wie Abigail Winters ihren Lebensunterhalt.

Die Ermittlungsarbeit bezüglich der Brandstiftung erwies sich als überraschend fruchtbar. Eigentlich hatte er erwartet, daß Gillivray die richtigen Anhaltspunkte gehabt hatte, und empfand eine verquere Genugtuung darüber, daß er über seine eigene zur Antwort fand. Er nahm eine Aussage zu Protokoll, schrieb sie sorgfältig auf und steckte sie in die Tasche. Da er nur zwei Straßen von dem Haus entfernt war, in dem Abigail Winters lebte, und es noch früh am Tag war, ging er dorthin.

Die alte Frau an der Tür blickte ihn überrascht an.

»Du liebe Güte, ein ganz Früher!« meinte sie höhnisch. »Kannst du den Mädchen nicht ein kleines bißchen Schlaf gönnen?«

»Ich möchte mit Abigail Winters sprechen«, antwortete er mit einem leichten Lächeln und hoffte, es würde sie milder stimmen.

»Sprechen, wie? Das ist ja ganz was Neues«, meinte sie mit deutlichem Unglauben. »Nun, es ist ganz egal, was du da treibst – die Zeit bleibt dieselbe. Du zahlst für jede Stunde.« Sie streckte die Hand aus, rieb die Finger gegeneinander.

»Warum soll ich dir Geld geben?« Er machte keinerlei Anstalten.

»Weil das mein Haus ist«, fuhr sie ihn an. »Und wenn du reinkommst und eines meiner Mädchen sehen willst, dann zahlst du bei mir. Was ist los? Bist du das erste Mal hier?«

»Ich möchte mit Abigail Winters sprechen, nichts mehr als das, und ich habe nicht die Absicht, dir dafür Geld zu geben«, antwortete er unnachgiebig. »Wenn es notwendig sein sollte, unterhalte ich mich auf der Straße mit ihr.«

»Ach ja? Du eingebildeter Fatzke!« sagte sie mit schneidender Stimme. »Das wollen wir ja mal sehen!« Und sie setzte sich in Bewegung, um ihm die Tür vor der Nase zuzuknallen.

Pitt war sehr viel größer und stärker als sie. Er stellte den Fuß in die Tür und lehnte sich dagegen.

»He!« sagte sie ärgerlich. »Du willst hier mit Gewalt rein? Na warte, ich habe meine Jungs, und die werden dich so vermöbeln, daß dich deine eigene Mutter nicht wiedererkennt! Du bist nicht gerade eine Schönheit – aber wenn meine Jungs mit dir fertig sind, dann bietest du einen einmaligen Anblick, das verspreche ich dir!«

»Willst du mir drohen?« erkundigte sich Pitt ruhig.

»Jetzt haben wir uns verstanden!« pflichtete sie ihm bei. »Und du kannst mir glauben, es ist mir ernst damit!«

»Einen Polizisten zu bedrohen, ist ein ziemlich schweres Vergehen.« Er schaute ihr direkt in die wachsamen alten Augen. »Dafür könnte ich dich vor den Kadi bringen und eine Weile in Coldbath Fields einbuchten lassen. Na, wie würde dir das gefallen? Hättest du Lust, eine Zeitlang Werg zu zupfen?«

Unter der Schmutzschicht auf ihrem Gesicht erbleichte sie.

»Lügner!« fauchte sie. »Du bist kein Bulle!«

»Doch, genau das bin ich. Ich stelle gerade Nachforschungen in einem Fall von Brandstiftung an.« Das stimmte sogar, wenn es auch nicht die ganze Wahrheit war. »Also, wo steckt Abigail Winters? Du solltest es mir besser sagen, bevor ich unangenehm werde und mit Verstärkung zurückkomme!«

»Bastard!« rief sie. Aber die Gehässigkeit war aus ihrer Stimme verschwunden; eine gewisse Genugtuung lag jetzt darin. Ihr Mund zog sich zu einem Lächeln auseinander, das ihre Zahnstümpfe bloßlegte. »Nun, du wirst sie nicht sehen können, Mr. Bulle – sie ist nämlich nicht da. Nach dem Gerichtsverfahren ist sie hier weggegangen. Wollte ihre Cousine auf dem Land besuchen. Und es hat keinen Zweck, zu fragen, wohin sie gegangen ist, denn das weiß ich nicht und darum kümmere ich mich auch nicht! Könnte überall sein. Wenn du sie so dringend brauchst, solltest du sie besser suchen gehen.« Sie gab ein trockenes, kurzes Lachen von sich. »Wenn du willst, kannst du natürlich reinkommen und den Platz durchsuchen.« Einladend zog sie die Tür weiter auf. Der Geruch von Kohl und Abwasser stieg ihm in die Nase, aber er hatte das zu oft gerochen, als daß ihm noch davon übel würde.

Er glaubte ihr. Und wenn er mit seinem hartnäckigen und fast zum Schweigen gebrachten Argwohn recht behielt, war es nicht unwahrscheinlich, daß Abigail gegangen war. Allerdings wäre es ausgesprochen nachlässig, sich nicht zu vergewissern.

»Ja«, sagte er. »Ja, ich werde reinkommen und nachsehen.« Gebe Gott, daß ihre Schläger nicht drinnen darauf warten, ihn in der Abgeschiedenheit dieses Irrgartens aus Zimmern zusammenzuschlagen. Vielleicht veranlaßte sie ihre Jungs dazu – nur aus Rache für die Beleidigung. Wenn sie allerdings glaubte, er sei Polizist, dann wäre es ausgesprochen dumm, so etwas zu tun. Schon die Erwähnung des Namens Coldbath Fields würde ausreichen, um jedem den Rachedurst zu nehmen und ihn wieder zu Verstand zu bringen.

Pitt folgte ihr nach drinnen und den Flur entlang. Der Ort wirkte insgesamt leblos, fast unbenutzt, wie ein Varietétheater bei Tageslicht, wenn der ganze Glitzerschmuck, das Gelächter und die einen in ein freundliches Dunkel hüllenden Schatten verschwunden waren.

Sie öffnete ihm nacheinander die Zimmer. Er blickte hinein, betrachtete die zerwühlten Betten, die im schwachen Licht schäbig wirkten. Ein Mädchen nach dem anderen drehte sich herum, starrte ihn mit trüben Augen an. Die Gesichter waren noch mit Make-up beschmiert, alle verfluchten sie ihn wegen der Störung.

»Der Bulle ist gekommen, um einen Blick auf euch zu werfen«, meinte die alte Frau boshaft. »Er sucht nach Abbie. Ich sagte ihm, daß sie nicht da ist, aber er braucht sie so dringend, daß er gekommen ist, um sich selbst davon zu überzeugen; er glaubt mir einfach nicht!«

Er machte sich nicht die Mühe, dagegen etwas einzuwenden. Er hatte ihr geglaubt, aber er konnte es sich nicht leisten, die geringe Wahrscheinlichkeit zu ignorieren, daß sie log. Schon um seinetwillen mußte er sichergehen.

»Da siehst du's«, meinte sie am Ende triumphierend. »Glaubst du mir jetzt oder glaubst du mir immer noch nicht? Du solltest dich bei mir entschuldigen, Mr. Bulle! Sie ist nicht da!«

»Dann mußt du es jetzt für sie machen, nicht wahr?« meinte er in scharfem Ton und freute sich über die in ihrem Gesicht aufblitzende Überraschung.

»Ich mache gar nichts. Du glaubst wohl nicht, daß ein feiner Pinkel hierherkommt, oder? Ohne Hose sind die feinen Pinkel genau wie alle anderen. Sie nehmen alle, sogar die Alten.«

Pitt rümpfte die Nase über ihre Grobheit. »Blödsinn!« sagte er scharf. »Du hast in deinem ganzen Leben noch keinen richtigen Gentleman zu Gesicht bekommen – und hier erst recht nicht.«

»Abigail hat das gesagt, ich habs nur gehört«, meinte die alte Frau und betrachtete ihn näher. »Sie sagte das übrigens auch vor Gericht. Das wurde mir aus der Zeitung vorgelesen. Ich hatte hier nämlich ein Dienstmädchen angestellt, das konnte lesen. Irgendwann allerdings wurde sie verdorben.«

Plötzlich und ohne Vorwarnung nahm eine Idee in Pitts Kopf Gestalt an.

»Sagte Abigail das, bevor sie vor Gericht aussagte oder hinterher?« fragte er ruhig.

»Hinterher, die diebische kleine Kuh!« Das Gesicht der alten Frau verzog sich vor Ärger und Empörung. »Eigentlich wollte sie mir gar nichts davon erzählen. Wollte alles für sich behalten – wo ich ihr doch das Zimmer und eine Unterkunft und Schutz biete. Undankbare Hure!«

»Du wirst leichtsinnig.« Pitt warf ihr einen verächtlichen Blick zu. »Läßt ein paar gutbetuchte Gentlemen hier herein und kassierst deinen Anteil nicht! Und du mußt doch gewußt haben, daß Männer, die sich so anziehen, bezahlen könnten – gut bezahlen könnten!«

»Ich habe sie nie gesehen, du Narr!« fauchte sie. »Glaubst du wirklich, ich hätte sie an mir vorbeispazieren lassen, wenn es anders gewesen wäre, he?«

»Was ist nur los? Schläfst du jetzt schon auf deinem Posten ein?« Pitt verzog den Mund. »Du wirst zu alt – du solltest besser die Sache an den Nagel hängen und jemandem mit einem wachsameren Auge den Laden übergeben. Wahrscheinlich wirst du jede Nacht ausgenommen.«

»Keiner kommt durch diese Tür, ohne daß ich davon weiß!« schrie sie ihn an. »Dich habe ich schnell genug gekriegt, Mr. Bulle!«

»Dieses Mal«, bejahte er. »Hat irgendeines der anderen Mädchen diese Gentlemen, die du verpaßt hast, gesehen?«

»Wenn sie das taten und es mir nicht gesagt haben, dann ziehe ich ihnen das Fell über die Ohren!«

»Willst du damit sagen, daß du sie gar nicht gefragt hast? Du liebe Güte, du hast die Sache ja wirklich nicht mehr im Griff!« höhnte er.

»Natürlich habe ich sie gefragt!« schrie sie. »Sie haben nichts gesehen! Mich hält keiner zum Narren! Ich werde jedem Mädchen, das mich ausnutzt, von meinen Jungs das Fell gerben lassen – und das wissen die!«

»Aber Abigail hat es dennoch getan.« Er kniff seine Augen zusammen. »Hast du deswegen dem Mädchen von deinen Jungs bereits eine Tracht Prügel zukommen lassen? Haben sie vielleicht ein wenig zu hart zugeschlagen? Endete sie als Leiche im Fluß? Vielleicht sollten besser wir nach Abigail Winters Ausschau halten, was meinst du?«

Unter der Dreckkruste wurde ihre Haut ganz weiß.

»Diese diebische Kuh habe ich nie angerührt!« kreischte sie. »Und meine Jungs haben das ebenfalls nicht getan! Sie gab mir die Hälfte des Geldes, und ich habe sie nie angerührt! Sie ist aufs Land gefahren, das schwöre ich beim Grab meiner Mutter! Du wirst mir niemals nachweisen können, daß ich ihr auch nur ein Haar gekrümmt habe, weil ich nichts dergleichen getan habe – keiner von uns hat das.«

»Wie oft haben diese seltsamen feinen Pinkel Abigail eigentlich besucht?«

»Einmal ... Soweit ich weiß, nur ein einziges Mal – das hat sie zumindest gesagt.«

»Nein, das hat sie nicht gesagt. Sie sagte, sie seien regelmäßige Kunden gewesen.«

»Dann ist sie eine Lügnerin! Glaubst du, ich kenne mein eigenes Haus nicht?«

»Ja – das glaube ich allmählich. Ich würde gerne mit deinen anderen Mädchen sprechen, insbesondere mit diesem einen Mädchen, das lesen kann.«

»Dazu hast du kein Recht! Sie haben nichts ausgefressen!«

»Willst du nicht wissen, ob Abigail dich insgeheim ausgenommen hat und die anderen ihr dabei geholfen haben?«

»Das kann ich selber herausfinden; dazu brauche ich deine Hilfe nicht!«

»Wirklich nicht? Es hat mir den Anschein, daß du vorher überhaupt nichts davon wußtest.«

Argwöhnisch verzog sie das Gesicht. »Was geht dich das überhaupt an? Warum interessierst du dich dafür, ob Abigail mich beschwindelt hat?«

»Das ist mir völlig egal. Aber ich bin daran interessiert zu erfahren, wie oft diese beiden Männer kamen. Und ich möchte gern wissen, ob irgendein anderes Mädchen von dir sie erkennt.« Er kramte in seiner Tasche herum und zog ein Bild von dem

Mann hervor, der der Brandstiftung verdächtigt wurde. »Ist er das?«

»Weiß nicht«, sagte sie und schielte auf das Bild. »Und wenn es so wäre?«

»Hol mir dieses Mädchen, das lesen kann.«

Sie gehorchte, fluchte den ganzen Weg über und kam mit einem Mädchen mit zerzaustem Haar wieder zurück. Es war noch im Halbschlaf und sah in ihrem langen weißen Nachthemd wie ein Hausmädchen aus. Pitt reichte ihr das Bild.

»Ist das der Mann, der kam, um Abigail zu sehen, und der den Jungen dabei hatte, von dem sie vor Gericht erzählt hat?«

»Antworte ihm, mein Mädchen«, mahnte die alte Frau. »Sonst lasse ich dich von Bert verprügeln, bis das Blut spritzt. Hast du mich verstanden?«

Das Mädchen nahm das Bild und betrachtete es.

»Nun?« fragte Pitt.

Das Mädchen hatte ein blasses Gesicht, ihre Finger zitterten.

»Ich weiß es nicht – ehrlich. Ich habe diese Männer nie gesehen. Abbie hat mir erst danach von ihnen erzählt.«

»Wie lange danach?«

»Ich weiß nicht. Sie hat es nie gesagt. Nachdem alles herauskam. Ich nehme an, sie wollte das Geld behalten.«

»Du hast sie nie gesehen?« Pitt war überrascht. »Wer hat sie denn überhaupt gesehen?«

»Meines Wissens keiner. Nur Abbie. Und sie behielt sie bei sich.« Sie starrte Pitt an; ihre Augen waren voller Angst und lagen ganz tief in ihren Höhlen. Er wußte allerdings nicht, ob sie sich vor ihm oder der alten Frau und dem unsichtbaren Bert fürchtete.

»Danke«, sagte er ruhig, und schenkte ihr ein trauriges, mattes, halbherziges Lächeln; es war alles, was das Mitleid ihm gestattete. Sie genauer zu betrachten, über sie nachzudenken, wäre unerträglich gewesen. Sie war nur ein winziger Teil von etwas, das er nicht ändern konnte. »Danke – das war es auch schon, was ich wissen wollte.«

»Ich will verdammt sein, wenn ich den Grund dafür weiß!« meinte die alte Frau höhnisch. »Aber das hat keinen Zweck!«

»Du bist wahrscheinlich sowieso verdammt!« antwortete Pitt kalt. »Und ich werde die hiesigen Polizisten anweisen, ein Auge auf dein Haus zu werfen. – Ich würde die Mädchen also lieber nicht verprügeln, sonst schließen wir dir den Laden! Haben wir uns verstanden?«

»Ich prügel, wen zum Teufel ich prügeln will!« rief sie und verwünschte ihn, aber er wußte, daß sie vorsichtig sein würde, zumindest für eine gewisse Zeit.

Draußen setzte er sich in Richtung Hauptstraße in Bewegung und hielt nach einer Pferdebahn Ausschau, die ihn zum Bahnhof bringen würde. Er suchte keinen Hansom, er wollte etwas Zeit zum Nachdenken haben.

Bordelle waren keine privaten Orte, und eine Kupplerin wie die alte Frau erlaubte den Männern nicht, ohne ihr Wissen aus und ein zu gehen. So etwas konnte sie sich auch gar nicht leisten. Der Betrag, den die Männer zahlten, wenn sie an ihr vorbeigingen, war ihr Lebensunterhalt. Wenn ihre Mädchen anfingen, ihre Kunden heimlich zu empfangen und ihr ihren Anteil an den Einnahmen nicht mehr bezahlten, dann würde sich das in kürzester Zeit herumsprechen, und in einem Monat könnte sie ihr Geschäft dichtmachen.

Wie war es also möglich, daß Jerome und Arthur Waybourne dagewesen waren und von keinem gesehen wurden? Und hätte Abigail, die an ihre Zukunft und ein Dach über ihrem Kopf denken mußte, es gewagt, einen Kunden geheimzuhalten? Manches Mädchen war für ihr ganzes Leben entstellt, weil es zuviel von seinen Verdiensten für sich behalten hatte. Und Abigail war lange genug im Geschäft, um das zu wissen. Sie würde von den »Exempeln« gehört haben, die man an den Habgierigen und allzu Ehrgeizigen statuiert hatte. Sie war nicht dumm; andererseits aber auch nicht schlau genug, um einen solchen Schwindel durchzustehen. Sonst hätte sie für diese üble alte Frau ja gar nicht erst gearbeitet.

Deshalb stellte sich die Frage, die die ganze Zeit in seinem Hinterkopf gebrannt und sich langsam ihren Weg nach vorne gebahnt hatte, bis sie klar und deutlich in den Mittelpunkt des Bewußtseins gerückt war: Waren Jerome und Arthur Waybourne überhaupt jemals dagewesen?

Der einzige Grund für diese Annahme war Abigails Aussage. Jerome hatte es abgestritten; Arthur war tot; sonst hatte sie keiner gesehen.

Doch warum sollte sie lügen? Sie war aus dem Nichts aufgetaucht, hatte nichts zu verteidigen. Wenn Jerome nicht dagewesen wäre, hätte sie eine große Summe Geld mit der alten Frau teilen müssen, die sie nie in Empfang genommen hatte.

Natürlich nur, wenn sie das Geld nicht für etwas anderes bekommen hatte. Aber wofür? Und von wem?

Für die Lüge natürlich. Dafür, daß sie aussagte, Jerome und Arthur Waybourne seien dagewesen. Aber wer hatte von ihr gewollt, daß sie das sagte?

Mit der Antwort hätten sie den Namen von Arthurs Mörder. Und Pitt war inzwischen eindeutig der Meinung, daß der Mörder nicht Maurice Jerome hieß.

Doch diese ganzen Mutmaßungen stellten immer noch keinen Beweis dar. Selbst für einen Zweifel, der berechtigt genug war, um den Fall wiederaufzunehmen, mußte er den Namen von jemand anderem außer Jerome haben, der Abigail bezahlt haben könnte. Und natürlich würde er auch Albie Frobisher sehen müssen und sich noch ein gutes Stück eingehender mit dessen Aussage beschäftigen.

Tatsächlich wäre es gut, das jetzt zu tun, dachte er.

Er ging an der Haltestelle der Pferdebahn vorbei, um die Ecke und eilte die lange, triste Straße entlang. Er hielt einen Hansom an, kletterte hinein und rief dem Kutscher die Richtung zu.

Albies Pension war vertraut: die nassen Matten direkt hinter der Tür, dann dahinter das helle Rot, die im Halbdunkel liegenden Treppen. Er klopfte an die Tür und war sich dessen bewußt, daß vielleicht bereits ein Kunde da war. Doch sein Gefühl der Dringlichkeit ließ es nicht zu, daß er auf ein günstigeres Arrangement wartete.

Keine Antwort.

Er klopfte ein zweites Mal und diesmal kräftiger.

Noch immer gab es keine Reaktion.

»Albie!« rief er in scharfem Ton. »Ich trete die Tür ein, wenn du nicht antwortest!«

Stille. Er legte sein Ohr an die Tür; innen hörte man kein Geräusch, das auf eine Bewegung hindeutete.

»Albie!« rief er.

Nichts. Pitt drehte sich um und rannte die Treppen herunter, die mit einem roten Teppich belegte Halle entlang nach hinten, wo der Wirt seine Quartiere hatte. Dieses Etablissement war ganz anders als das Bordell, in dem Abigail arbeitete. Hier gab es keinen Zuhälter, der die Tür bewachte. Albie bezahlte für sein Zimmer eine hohe Miete; die Kunden gingen ganz ungestört aus und ein. Doch die Kunden kamen auch aus einer anderen Schicht, waren reicher, und hüteten ihre Geheimnisse viel besser. Eine Prostituierte zu besuchen, war ein nachvollziehbarer Fehltritt, eine kleine Unbedachtheit, über die ein Mann von Welt ein Auge zudrückte. Für die Dienste eines Jungen zu bezahlen, war nicht nur eine Verirrung, die zu abscheulich war, um verziehen zu werden; es war auch eine Straftat und setzte einen allen Schreckgespenstern einer Erpressung aus.

Er klopfte heftig an der Tür.

Sie öffnete sich einen Spalt, und ein schlechtgelauntes Auge schaute zu ihm heraus.

»Wer sind Sie? Was wollen Sie?«

»Wo steckt Albie?«

»Warum wollen Sie das wissen? Wenn er Ihnen etwas schuldig ist, geht mich das nichts an!«

»Ich will mit ihm sprechen. Also, wo ist er?«

»Was ist der Preis?«

»Der Preis ist der, daß Sie nicht eingebuchtet werden, weil sie ein Bordell unterhalten und Beihilfe zu homosexuellen Handlungen leisten, die illegal sind.«

»Das können Sie nicht tun! Ich vermiete Zimmer. Mit dem, was die Leute darin machen, habe ich nichts zu tun.«

»Wollen Sie das vor einem Schwurgericht beweisen?«

»Sie können mich nicht festnehmen!«

»Ich kann Sie festnehmen und werde das auch tun. Vielleicht kommen Sie davon, aber bis es soweit ist, werden Sie eine harte Zeit im Gefängnis verbringen. Die Leute mögen keine Zuhälter, insbesondere keine, die kleine Jungen verkuppeln! Also, wo ist Albie?«

»Ich weiß es nicht. Bei Gott, ich weiß es nicht! Er sagt mir nicht, wann er kommt und geht und wohin er unterwegs ist!«

»Wann haben Sie ihn zum letzten Mal gesehen? Um wieviel Uhr kommt er gewöhnlicherweise zurück – und sagen Sie mir nicht, daß Sie das nicht wissen!«

»Gegen sechs – er ist immer gegen sechs zurück. Aber ich habe ihn jetzt schon einige Tage nicht mehr gesehen. Letzte Nacht war er nicht da, und ich weiß nicht, wo er hingegangen ist. Gott ist mein Richter! Mehr kann ich Ihnen nicht erzählen, auch wenn Sie mich dafür nach Australien schicken!«

»Wir schicken die Leute nicht mehr nach Australien – das haben wir schon seit Jahren nicht mehr getan«, sagte Pitt abwesend. Er glaubte dem Mann. Es gab keinen Grund für ihn zu lügen, und er hatte alles zu verlieren, wenn Pitt beschloß, ihn zu schikanieren.

»Nun, dann eben nach Coldbath Fields!« sagte der Mann ärgerlich. »Es ist die Wahrheit! Ich weiß weder, wohin er gegangen ist, noch ob er wieder zurückkommt. Ich hoffe das allerdings sehr – er schuldet mir noch die Miete von dieser Woche, jawohl!« Plötzlich war er gekränkt.

»Ich vermute, daß er wieder zurückkommt«, sagte Pitt. Auf eigentümliche Weise wurde ihm das ganze Elend bewußt. Vielleicht würde Albie ja tatsächlich zurückkommen. Gab es überhaupt einen Grund, warum er es nicht tun sollte? Wie er selber gesagt hatte, hatte er hier ein gutes Zimmer und einen festen Kundenkreis. Die einzige andere Möglichkeit war die, daß er einen alleinstehenden Kunden gefunden hatte, der zu einem besitzergreifenden und fordernden Liebhaber geworden war – und wohlhabend genug war, ihn irgendwo zu seiner ausschließlichen Verfügung zu halten. Solche unverhofften Glücksfälle waren für Jungen wie Albie normalerweise unerreichbare Luftschlösser.

»Er kommt also wieder zurück«, meinte der Zimmerwirt unwirsch. »Haben Sie vor, wie eine Teufelsfratze im Flur herumzustehen und zu warten, bis er kommt? Sie verscheuchen mir doch alle Besucher! Einem Ort wie diesem bekommt es nicht gut, wenn Leute wie Sie hier herumstehen! So etwas bringt einen Platz in Verruf. Die Leute denken dann, mit uns sei irgend etwas nicht in Ordnung!«

Pitt seufzte. »Natürlich nicht. Aber ich komme zurück. Und wenn Sie irgend etwas unternommen haben, um Albie wegzuschicken, oder ihm irgend etwas zugestoßen ist, dann werde ich Sie schneller nach Coldbath Fields befördern, als ihre dreckigen kleinen Füße auf den Boden kommen!«

»Dann sind Sie wohl wirklich an ihm interessiert, was?« Das Gesicht des alten Mannes verzog sich zu einem dreckigen Grinsen, und er nutzte die Chance, Pitts Fuß aus der Tür zu treten und die Tür zuzuknallen.

Es blieb ihm nichts anderes übrig, als zur Wache zurückzugehen. Pitt war bereits spät dran, und hier gab es für ihn nichts mehr zu tun.

Gillivray war überglücklich über den Brandstifter, und es dauerte eine Viertelstunde, bis er sich mit der Frage befaßte, warum Pitt so lange gebraucht hatte.

Pitt wollte nicht direkt mit der Wahrheit herausrücken.

»Was haben Sie eigentlich noch über Albie Frobisher in Erfahrung gebracht?« fragte er statt dessen.

»Wie bitte?« Gillivray runzelte die Stirn, als könne er einen Moment lang nichts mit dem Namen anfangen.

»Albie Frobisher«, wiederholte Pitt. »Was wissen Sie sonst noch über ihn?«

»Was meinen Sie mit sonst noch?« fragte Gillivray gereizt. »Er ist ein Strichjunge, das ist alles. Was soll es da sonst noch geben? Warum sollten wir uns darum kümmern? Wir können nicht alle Homosexuellen in der Stadt verhaften, dann könnten wir nichts anderes mehr tun. Jedenfalls müßten wir es ihnen nachweisen, und wie könnten wir das machen, ohne ihre Kunden mit hineinzuziehen?«

»Und was ist daran so falsch, ihre Kunden mit hineinzuziehen?« fragte Pitt mit schonungsloser Offenheit. »Sie trifft ja mindestens die gleiche Schuld, vielleicht sogar noch eine größere. Immerhin machen sie es nicht, um zu überleben.«

»Wollen Sie damit sagen, daß Prostitution in Ordnung ist, Mr. Pitt?« Gillivray war schockiert.

Normalerweise machte Scheinheiligkeit Pitt wütend. Dieses Mal wurde er von Hoffnungslosigkeit überwältigt, weil Gillivrays Reaktion so vollkommen unbewußt war.

»Natürlich nicht«, sagte er matt. »Aber ich kann begreifen, wie es dazu kommt, zumindest bei vielen Leuten. Verzeihen Sie jenen, die Prostituierte und sogar Jungen benutzen?«

»Nein!« Gillivray war beleidigt; der Gedanke war erschreckend. Dann fiel ihm die natürliche Konsequenz der Feststellung ein, die er gerade selber gemacht hatte. »Nun... Ich meine...«

»Ja?« fragte Pitt geduldig.

»Es ist nicht praktikabel.« Gillivray errötete, als er das sagte. »Die Männer, die Leute wie Albie Frobisher benutzen, haben Geld – es sind wahrscheinlich Gentlemen. Wir können nicht herumgehen und Leute dieser Art für etwas so Anstößiges wie eine Perversion festnehmen. Stellen Sie sich doch nur einmal vor, was dann passieren würde.«

Für Pitt bestand kein Bedarf, etwas darauf zu antworten; er wußte, daß sein Gesichtsausdruck genug aussagte.

»Viele Menschen haben alle möglichen... abartigen Neigungen.« Gillivrays Wangen glühten jetzt in tiefem Rot. »Wir können uns nicht in die Angelegenheiten aller einmischen. Was man in seiner Privatsphäre tut, solange keiner zu irgend etwas gezwungen wird, ist...« Er holte tief Luft, schwer stieß er den Atem aus. »Nun, man sollte es am besten in Ruhe lassen! Wir sollten uns um Verbrechen kümmern, um Betrügereien, Raub, Überfälle und ähnliche Dinge, bei denen jemandem Schaden zugefügt wird. Wofür sich ein Gentleman in seinem Schlafzimmer entscheidet, ist seine Sache, und wenn es gegen Gottes Gesetz verstößt – wie Ehebruch –, dann sollte man am besten Gott die Strafe überlassen!«

Pitt lächelte, schaute aus dem Fenster, auf den an der Scheibe herunterrinnenden Regen und die düstere Straße dahinter.

»Nur für Jerome gilt das natürlich nicht!«

»Jerome saß nicht wegen unnatürlicher Praktiken auf der Anklagebank«, sagte Gillivray schnell. »Ihm wurde Mord zur Last gelegt.«

»Sagen Sie damit, daß Sie ein Auge zugedrückt hätten, wenn er Arthur nicht umgebracht hätte?« fragte Pitt ungläubig. Dann erkannte er fast im nachhinein, daß Gillivray nur gesagt hatte, Jerome habe man den Mord zur Last gelegt; er hatte nicht gesagt, er sei schuldig. War das nur eine umständliche Wortwahl oder ein unbeabsichtigtes Zeichen dafür, daß auch ihm ein Zweifel im Kopf herumschwirrte?

»Hätte er ihn nicht umgebracht, hätte vermutlich keiner davon erfahren!« Gillivray hatte die perfekte, wohlüberlegte Antwort parat.

Pitt sagte nichts dazu; mit an Sicherheit grenzender Wahrscheinlichkeit stimmte das so. Und natürlich hätte Anstey Waybourne bestimmt keine Anklage gegen ihn erhoben, wenn es kein Mord gewesen wäre. Welcher Mann im Vollbesitz seiner geistigen Kräfte würde seinen Sohn einem solchen Skandal aussetzen? Er hätte Jerome einfach ohne Referenzen bezüglich seiner charakterlichen Eigenschaften entlassen, und das wäre Rache genug gewesen. Ein kleiner, versteckter Hinweis darauf, daß Jeromes Moral nicht zufriedenstellend gewesen war, ohne ihm dabei einen ganz spezifischen Vorwurf zu machen, hätte ausgereicht, um seine Karriere zu ruinieren. Arthurs Name wäre so nie ins Spiel gekommen.

»Jedenfalls ist jetzt alles vorbei. Sie würden nur eine Menge unnötigen Ärger verursachen, wenn sie mit dem Fall weitermachen«, fuhr Gillivray fort. »Über Albie Frobisher weiß ich sonst nichts, und ich will auch nichts wissen. Und wenn Sie wissen, was gut für Sie ist, dann sollten Sie das genauso halten – bei allem Respekt, Sir!«

»Glauben Sie, daß Jerome Arthur Waybourne getötet hat?« fragte Pitt plötzlich und überraschte sogar sich selbst mit einer so naiven und offenen Frage.

Gillivrays blaue Augen brannten. Aufgrund irgendeines inneren Unbehagens waren sie auf merkwürdige Weise glasig.

»Ich gehöre nicht zu den Geschworenen, Mr. Pitt, und es ist nicht meine Aufgabe zu entscheiden, ob ein Mann schuldig oder unschuldig ist. Ich weiß es nicht. Wenn ich alles in meine Überlegungen einbeziehe, dann sieht es ganz danach aus. Noch wichtiger ist allerdings, daß das Gericht des Landes einen entsprechenden Urteilsspruch verkündet hat; den akzeptiere ich.«

»Verstehe.« Dazu gab es nichts mehr zu sagen. Pitt ließ das Thema fallen und kam wieder auf die Brandstiftung zurück.

Noch zweimal schaffte es Pitt, Bluegate Fields einen Besuch abzustatten und in der Nachbarschaft von Albie Frobishers Pension aufzuhalten, aber Albie war noch nicht zurückgekommen. Als er den Ort zum dritten Mal aufsuchte, öffnete ein noch jüngerer Bursche als Albie mit zynischen, neugierigen Augen die Tür und forderte ihn auf einzutreten. Das Zimmer war erneut vermietet worden. Albie war bereits ersetzt worden, als hätte es ihn nie gegeben. Warum sollte man auch so ideale und gute Räumlichkeiten ungenutzt lassen, wenn sich mit ihnen Geld verdienen ließ?

Pitt erkundigte sich diskret an einigen anderen Plätzen in ähnlichen Vierteln nach ihm – in Seven Dials, Whitechapel, Miles End, St. Giles, Devils Acre –, aber kein Mensch hatte davon gehört, daß Albie irgendwo eingezogen wäre. Das bedeutete an sich noch nicht viel. Es gab Tausende von Bettlern, Prostituierten und kleinen Dieben, die sich von einer Gegend in die andere treiben ließen. Die meisten starben bereits in jungen Jahren, doch im Meer der Menschen wurden sie nicht stärker vermißt als eine einzelne Welle im Ozean, und sie waren auch genausowenig auszumachen. Gelegentlich kannte man Namen oder Gesichter, weil ihre Besitzer einem Informationen gaben und somit beständig etwas aus der Unterwelt durchsickern ließen, was den größten Teil der polizeilichen Aufklärungsarbeit möglich machte; die große Mehrzahl jedoch blieb nur kurz und blieb anonym.

Doch wie Abigail Winters war auch Albie verschwunden.

Am nächsten Tag kehrte Pitt ohne besondere Pläne im Kopf zum Newgate Prison zurück, um Maurice Jerome zu besuchen. Sobald er durch die Tore getreten war, empfing ihn der vertraute Geruch. Es war, als ob er seit dem letzten Mal nur für ein paar Augenblicke weg gewesen wäre, als ob nur ein paar Momente verstrichen wären, seit die gewaltigen, tropfnassen Wände ihn eingeschlossen hatten.

Jerome saß in genau der gleichen Stellung auf der Strohmatratze wie zu dem Zeitpunkt, als Pitt ihn verlassen hatte. Er war immer noch rasiert, aber sein Gesicht war grauer, seine Knochen traten stärker unter seiner Haut hervor, seine Nase war spitzer geworden. Sein Hemdkragen war steif und sauber. Das war bestimmt Eugenie gewesen!

Plötzlich merkte Pitt, wie sich angesichts der ganzen sich dahinschleppenden, widerlichen Angelegenheit sein Magen hob. Er mußte schlucken und tief atmen, um zu verhindern, daß ihm übel wurde.

Der Schließer schlug die Tür hinter ihm zu. Jerome drehte sich um und schaute herüber. Pitt erschütterte die Intelligenz in den Augen des Mannes; in letzter Zeit hatte er an ihn bloß immer als Objekt, als Opfer gedacht. Jerome war genauso intelligent wie Pitt, und unermeßlich intelligenter als seine Gefängniswärter. Er wußte, was passieren würde. Er war kein gefangenes Tier, sondern ein Mensch, der über Fantasie und Vernunft verfügte. Er würde das Seil spüren und den Schmerz in der einen oder anderen Form in jedem Augenblick erleben, in dem er nicht genügend Konzentration aufbringen konnte, um ihn aus seinem Bewußtsein zu vertreiben.

Lag Hoffnung in seinem Gesicht?

Wie unglaublich dumm es doch von Pitt war, überhaupt gekommen zu sein! Wie sadistisch! Ihre Blicke trafen sich, und die Hoffnung schwand.

»Was wollen Sie?« fragte Jerome kalt.

Pitt wußte es selbst nicht. Er war nur deswegen gekommen, weil so wenig Zeit blieb; bald würde er überhaupt nicht mehr kommen können. Vielleicht war irgendwo in seinem Kopf immer noch der Gedanke, daß Jerome selbst jetzt noch etwas sagen würde, das ihm einen neuen Hinweis bot, dem er nachgehen konnte. Doch ihm das so zu sagen und ihm damit zu verstehen zu geben, daß er noch eine Chance hatte, wäre eine unverzeihliche Verschlimmerung seiner Qualen.

»Was wollen Sie?« wiederholte Jerome. »Wenn Sie auf ein Geständnis hoffen, um besser schlafen zu können, dann verschwenden Sie Ihre Zeit. Ich habe Arthur Waybourne nicht umgebracht und ich bin auch keinerlei...« Seine Nasenflügel weiteten sich vor Abscheu. »...körperliche Beziehungen zu ihm oder einem der anderen Jungen eingegangen oder hatte das Verlangen danach.«

Pitt setzte sich auf das Stroh.

»Ich vermute, Sie sind auch weder zu Abigail Winters noch zu Albie Frobisher gegangen?« fragte er.

Jerome warf ihm einen argwöhnischen Blick zu, erwartete Sarkasmus, konnte aber nichts dergleichen finden.

»Genau.«

»Wissen Sie, warum die beiden gelogen haben?«

»Nein.« Sein Gesicht verzog sich. »Sie glauben mir? Das macht ja jetzt wohl kaum noch einen Unterschied, oder?« Es war eine Feststellung, keine Frage. Sie hob seine Stimmung nicht, machte ihn nicht leichter. Das Leben hatte sich gegen ihn verschworen, und er erwartete nicht, daß sich das jetzt ändern würde.

Sein Selbstmitleid machte Pitt wütend.

»Nein«, sagte er knapp. »Es macht keinen Unterschied. Und ich bin mir nicht sicher, das ich Ihnen glaube. Aber ich ging zurück, um noch einmal mit dem Mädchen zu sprechen. Sie ist verschwunden. Dann suchte ich Albie, und auch er ist verschwunden.«

»Das ändert auch nichts«, antwortete Jerome und starrte auf die nassen Steine auf der anderen Seite der Zelle. »Solange die beiden Jungen ihre Lüge aufrechterhalten, daß ich versuchte, mich an ihnen zu vergreifen, ändert das nichts.«

»Warum machen sie das?« fragte Pitt freimütig. »Warum sollten sie lügen?«

»Gehässigkeit – was sonst?« Verachtung ließ Jeromes Stimme ganz schwer werden; er verachtete die Jungen, weil sie sich aus persönlichen Gefühlen heraus dazu herabgelassen hatten, die Unwahrheit zu sagen; er verachtete Pitt wegen seiner Dummheit.

»Warum?« fragte Pitt beharrlich. »Warum haben sie Sie so sehr gehaßt, daß sie so etwas sagen, obwohl es nicht stimmt? Was haben Sie ihnen getan, um einen solchen Haß hervorzurufen?«

»Ich versuchte, sie zum Lernen zu bewegen! Ich versuchte, Ihnen Selbstdisziplin beizubringen und Niveau zu vermitteln!«

»Und was ist daran so hassenswert? Würden ihre Väter nicht das gleiche tun? Ihre ganze Welt wird von Anforderungen bestimmt«, überlegte Pitt. »Die Selbstdisziplin ist so streng, daß sie eher körperliche Schmerzen ertragen, als daß sie sich diese anmerken lassen und das Gesicht verlieren. Als ich ein Junge war, beobachtete ich Männer aus dieser Schicht, die die fürchterlichsten Qualen lieber verbargen, als daß sie zugaben, verletzt zu sein und vor allen Augen aus der Jagdgesellschaft aussteigen zu können. Ich erinnere mich an einen Mann, der Angst vor Pferden hatte, sie aber mit einem Lächeln bestieg und den ganzen Tag herumritt, dann nach Hause kam und die ganze Nacht aus schierer Erleichterung darüber, daß er immer noch lebte, krank war. Und er tat das jedes Jahr, anstatt zuzugeben, daß er es haßte und seine Anforderungen an das, was ein Gentleman sein sollte, senkte.«

Schweigend saß Jerome da. Das war genau die Art idiotischer Tapferkeit, die er bewunderte, und es ärgerte ihn, sie in der Schicht zu sehen, die ihn ausgeschlossen hatte. Das einzige, womit er der Ablehnung begegnen konnte, war der Haß.

Die Frage blieb unbeantwortet. Jerome hatte keine Ahnung, warum die Jungen lügen sollten, und Pitt wußte es auch nicht. Die Schwierigkeit bestand darin, daß Pitt nicht glaubte, daß sie gelogen hatten, er aber, wenn er mit Jerome zusammen war, genausowenig glaubte, daß dieser log. Das war doch lächerlich!

Ungefähr zehn Minuten saß Pitt noch in fast völligem Schweigen da, dann rief er den Schließer und verabschiedete sich. Es gab nichts mehr zu sagen. Höflichkeiten wären eine Beleidigung gewesen. Es gab keine Zukunft, und es wäre grausam, so zu tun, als gäbe es eine. Was immer auch die Wahrheit sein mochte, diese Anständigkeit war das mindeste, was Pitt Jerome schuldig war.

Athelstan wartete am nächsten Morgen in der Polizeiwache auf ihn. Ein Wachtmeister stand neben Pitts Schreibtisch und hatte den Befehl, ihn umgehend nach oben zu schicken, um sich zu melden.

»Ja, Sir?« fragte Pitt, sobald Athelstans Stimme ihn zu sich hereinrief.

Athelstan saß hinter seinem Schreibtisch. Er hatte nicht einmal eine Zigarre angezündet; sein Gesicht war ganz fleckig vor Wut, die er bis zu Pitts Ankunft gezwungenermaßen unterdrückt hatte.

»Wer, zum Teufel, hat Ihnen gesagt, Sie könnten Jerome weiter besuchen?« fragte er. Er hatte sich aus seinem Sessel erhoben, und seine Beine ein wenig gestreckt, um in eine etwas höhere Position zu gelangen.

Pitt fühlte, wie sich sein Rücken versteifte und sich die Muskeln auf seiner Kopfhaut anspannten.

»Ich wußte nicht, daß ich dazu eine Erlaubnis benötigte«, sagte er kalt. »Das war noch nie der Fall.«

»Kommen Sie mir nicht mit irgendwelchen unerheblichen Dingen, Pitt!« Athelstan stand jetzt ganz auf und beugte sich über den Schreibtisch nach vorne. »Der Fall ist abgeschlossen! Das habe ich Ihnen schon vor zehn Tagen gesagt, als die Geschworenen das Urteil verkündeten. Die Sache geht Sie nichts an, und ich habe Ihnen befohlen, sie auf sich beruhen zu lassen! Jetzt höre ich, daß Sie hinter meinem Rücken weitergemacht haben – und versucht haben, Zeugen zu treffen. Was zum Teufel tun Sie da eigentlich ihrer Meinung nach?«

»Ich habe mit keinem Zeugen gesprochen«, sagte Pitt wahrheitsgemäß, obwohl es nicht an entsprechenden Versuchen gemangelt hatte. »Ich kann das auch gar nicht – sie sind verschwunden!«

»Verschwunden? Was meinen Sie mit verschwunden? Bei solchen Leuten ist es doch immer ein ständiges Kommen und Gehen. Sie sind das Strandgut und der Abschaum der Gesellschaft, lassen sich die ganze Zeit von einem Ort zum anderen treiben. Wir hatten Glück, die beiden überhaupt zu fassen zu kriegen, sonst hätten wir vielleicht ihre Aussagen gar nicht gehabt. Erzählen Sie keinen Blödsinn, Mann. Die beiden sind nicht verschwunden, wie es bei einem anständigen Bürger der Fall sein könnte; sie sind lediglich von einem Freudenhaus zum nächsten gewandert. Das bedeutet nichts – überhaupt nichts. Haben Sie mich gehört?«

Da er aus vollem Halse brüllte, war die Frage überflüssig.

»Natürlich kann ich Sie hören«, antwortete Pitt mit steinernem Gesicht.

Athelstan lief dunkelrot an vor Wut.

»Stehen Sie still, wenn ich mit Ihnen rede! Jetzt kommt mir zu Ohren, daß sie losgezogen sind, um Jerome zu besuchen – und das nicht nur einmal, sondern zweimal. Ich würde nur allzu gerne wissen, warum! Warum? Wir brauchen jetzt kein Geständnis. Der Mann ist für schuldig befunden worden, und zwar von einem Schwurgericht – wie es das Gesetz dieses Landes verlangt.« Er wedelte mit den Armen herum und kreuzte sie vor sich in einer Bewegung, die einer Schere ähnelte. »Die Sache ist erledigt. Die Londoner Polizei bezahlt Sie dafür, Verbrecher zu fangen und nach bestem Können Verbrechen überhaupt zu verhindern. Sie bezahlt Sie nicht dafür, Verbrecher zu verteidigen oder zu versuchen, die Gerichtshöfe und ihre Urteile in Mißkredit zu bringen! Wenn Sie diese Arbeit nicht anständig ausführen können und sich dabei an Ihre Anordnungen halten, dann sollten Sie die Polizei besser verlassen und sich eine Arbeit suchen, die Sie auch tun können. Haben Sie mich verstanden?«

»Nein, Sir!« Pitt stand da, als habe er einen Ladestock verschluckt. »Wollen Sie mir erzählen, daß ich genau das tun soll, was mir aufgetragen wird, ohne meiner eigenen Intelligenz oder meinen eigenen Vermutungen zu folgen – und andernfalls entlassen werde?«

»Seien Sie doch nicht so verdammt begriffsstutzig!« Athelstan schlug mit der Hand auf den Schreibtisch. »Natürlich nicht! Sie sind Kriminalbeamter – aber Sie kriegen nicht jeden gottverdammten Fall, der Ihnen gerade in den Kram paßt! Ich versichere Ihnen, Pitt, daß ich Sie wieder zurück in den einfachen Streifendienst versetze, wenn Sie den Fall Jerome nicht auf sich beruhen lassen – und dazu bin ich in der Lage, das verspreche ich Ihnen!«

»Warum?« Pitt schaute ihm ins Gesicht und erwartete eine Erklärung, versuchte, ihn dazu zu bewegen, etwas Unhaltbares zu sagen. »Ich habe keine Zeugen zu Gesicht bekommen. Ich habe mich weder in die Nähe der Familie Waybourne noch in die der Familie Swynford begeben. Aber warum sollte ich nicht mit Abigail Winters oder Albie Frobisher sprechen oder Jerome besuchen? Was würde denn Ihrer Meinung nach jemand sagen, das jetzt noch von Belang sein kann? Was können Sie noch ändern? Wer würde etwas anderes sagen?«

»Keiner! Überhaupt keiner! Aber sie rufen eine Menge übler Gefühle wach, lassen Menschen zweifeln, lassen sie denken, es gäbe noch irgend etwas Verborgenes, etwas Widerwärtiges und Gemeines, das noch im Geheimen liegt. Und das läuft auf Verleumdung hinaus!«

»Können Sie ein Beispiel nennen? Was könnte es denn noch herauszufinden geben?«

»Das weiß ich doch nicht! Herrgott – woher soll ich denn wissen, was in ihrem verdrehten Kopf alles vor sich geht? Sie sind besessen! Aber ich sage Ihnen, Pitt, ich werde Ihnen das Genick brechen, wenn sie noch einen einzigen weiteren Schritt in dieser Sache unternehmen. Der Fall ist abgeschlossen. Wir haben den Schuldigen. Die Gerichte haben gegen ihn verhandelt und ihn verurteilt. Sie haben nicht das Recht, ihre Entscheidung zu hinterfragen oder sie in Zweifel zu ziehen! Sie untergraben das Gesetz, und das lasse ich nicht zu!«

»Ich untergrabe das Gesetz nicht!« sagte Pitt höhnisch. »Ich versuche sicherzugehen, daß wir alle Beweise haben und keine Fehler machen...«

»Wir haben keine Fehler gemacht!« Athelstans Gesicht war purpurrot, in seiner Wange zuckte ein Muskel. »Wir finden das Beweismaterial, die Gerichte treffen die Entscheidung, und es ist nicht unsere Aufgabe, über einen Fall zu verhandeln. Gehen Sie jetzt, finden Sie diesen Brandstifter und kümmern Sie sich um alles andere, was sonst noch auf Ihrem Schreibtisch liegt. Wenn ich Sie noch einmal wegen Maurice Jerome oder irgend etwas, das mit diesem Fall zu tun hat, hochrufen muß, ganz egal, was es ist, dann werden Sie wieder als einfacher Polizist Ihren Dienst tun. Und zwar auf der Stelle, Pitt!« Er warf seinen Arm nach vorne und zeigte zur Tür. »Hinaus!«

Es hatte keinen Zweck, irgendwelche Einwände zu machen. »Ja, Sir«, sagte Pitt erschöpft. »Ich gehe.«

Vor Ende der Woche wußte Pitt, warum es ihm nicht möglich gewesen war, Albie zu finden. Die Polizeiwache Deptford ließ ihm freundlicherweise mitteilen, daß eine Leiche aus dem Fluß gezogen worden war, bei der es sich um Albie handeln könnte, und wenn sie für Pitt interessant wäre, könne er gerne kommen und sie sich anschauen.

Er ging hin. Immerhin war Albie Frobisher in einen seiner Fälle verwickelt gewesen. Daß man ihn in Deptford aus dem Wasser gezogen hatte, bedeutete nicht, daß er dort auch ins Wasser gekommen war – das war mit viel größerer Wahrscheinlichkeit in Bluegate Fields gewesen, wo Pitt ihn auch zuletzt gesehen hatte.

Keiner wurde von ihm darüber informiert, wohin er ging; Pitt sagte nur, die Polizeiwache Deptford habe ihm eine Mitteilung über die etwaige Identifizierung einer Leiche übermittelt. Das reichte als Grund aus, und es passierte auch immer wieder, daß sich die Männer auf den verschiedenen Wachen gegenseitig aushalfen.

Es war einer jener rauhen, glitzernden Tage, an denen der Ostwind vom Kanal wie eine Peitsche herüberkommt, gegen die Haut schlägt und in den Augen brennt. Pitt zog seinen Kragen höher, seinen dicken Schal enger um den Hals, dann zog er seinen Hut nach unten, so daß der Wind nicht unter die Krempe fahren und ihn davonreißen konnte.

Die Droschke fuhr in forschem Tempo durch die Straßen, Pferdehufe klapperten über eiskalte Steine, der Kutscher war so hoch in seine Kleidung eingewickelt, daß er kaum etwas sehen konnte. Als sie in Deptford an der Polizeiwache zum Stehen kamen, stieg Pitt aus; die Kälte und das reglose Sitzen hatten ihn ganz steif werden lassen. Er bezahlte den Kutscher und entließ ihn. Vielleicht blieb er ja lange da; er wollte viel mehr als nur die Identität wissen – wenn es sich wirklich um Albie handelte.

Innen brannte ein Kanonenofen mit einem Kessel darauf, und ein uniformierter Wachtmeister saß mit seinem Becher Tee in der Hand daneben. Er erkannte Pitt und stand auf.

»Guten Morgen, Mr. Pitt, Sir. Sie sind gekommen, um sich diese Leiche anzuschauen, die wir gefunden haben? Wollen Sie erst einmal eine Tasse Tee? Es ist kein schöner Anblick und ein verflixt kalter Tag, Sir.«

»Nein danke. Erst möchte ich mir die Leiche ansehen, dann nehme ich gerne einen Tee, und wir können uns etwas über die ganze Sache unterhalten – wenn es überhaupt der Kerl ist, den ich kenne.«

»Der arme kleine Bettejunge.« Der Wachtmeister schüttelte den Kopf. »Und doch, vielleicht ist es für ihn das Beste, alles hinter sich zu haben. Er lebte länger als einige andere. Wir haben ihn immer noch hier, hinten. An einem Tag wie diesem eilt es nicht mit dem Leichenschauhaus.« Er fröstelte. »Ich glaube, in gefrorenem Zustand könnten wir ihn noch eine Woche lang hierbehalten!«

Pitt war geneigt, dem zuzustimmen. Er nickte dem Wachtmeister zu und schauderte mitfühlend.

»Es ist gar nicht so schlecht, ein Leichenschauhaus zu unterhalten, was?«

»Nun, mit den Toten gibt es weniger Ärger als mit den Lebenden.« Der Wachtmeister war ein Philosoph. »Und sie brauchen auch nichts zum Essen!« Er ging durch einen engen Flur voran, durch den der Wind pfiff, einige Steinstufen nach unten und in einen kahlen Raum hoch, in dem ein Leintuch die massigen Umrisse eines Holztisches bedeckte.

»Da sind wir, Sir. Ist er derjenige, den Sie kennen?«

Pitt zog dem Leichnam das Tuch vom Kopf und blickte hinunter. Der Fluß hatte seine Spuren hinterlassen. Auf dem Haar lag Schlamm und ein wenig schleimiges Unkraut, die Haut war verschmiert, es war jedoch Albie Frobisher.

Sein Blick glitt ein wenig weiter nach unten, auf den Hals. Es war nicht nötig zu fragen, wie er gestorben war; angeschwollene und dunkle Fingerabdrücke hatten sich dort ins Fleisch eingegraben und waren deutlich zu sehen. Albie war wahrscheinlich schon tot gewesen, bevor er ins Wasser gelangte. Mit einer automatischen Bewegung zog Pitt das Tuch vom Rest seines Körpers weg. Hätte es noch irgend etwas anderes gegeben, wäre es fahrlässig gewesen, darüber hinwegzusehen.

Der Körper war noch dünner, als er erwartet hatte, und jünger, als er in bekleidetem Zustand wirkte. Die Knochen waren ungemein zart; die Haut hatte noch die makellose, durchscheinende Qualität der Kindheit. Vielleicht hatte das ja zum Teil zu seinem Kapital gehört und zu seinem Erfolg in diesem Gewerbe beigetragen.

»Ist er das?« fragte der Wachtmeister direkt hinter ihm.

»Ja.« Pitt legte das Tuch wieder über ihn. »Ja, das ist Albie Frobisher. Wissen Sie noch irgend etwas über die Sache?«

»Nicht viel«, sagte der Wachtmeister grimmig. »Wir ziehen sie jede Woche aus dem Fluß, im Winter manchmal jeden Tag. Einige von ihnen erkennen wir; von vielen werden wir nie wissen, wer sie sind. Sind sie hier fertig?«

»Ja, danke.«

»Dann lassen Sie uns zurückgehen und Tee trinken.« Er ging auf dem Weg zum Kanonenofen und dem Kessel voran. Dann setzten sich beide mit dampfenden Bechern hin.

»Er wurde erwürgt«, sagte Pitt unnötigerweise. »Behandeln Sie die Sache als Mordfall?«

»Ja, natürlich.« Der Wachtmeister verzog das Gesicht. »Ich denke allerdings nicht, daß das viel ändert. Wer weiß schon, wer den armen kleinen Betteljungen umgebracht hat? Hätte jeder sein können, oder nicht? Wer war er überhaupt?«

»Albert Frobisher«, antwortete Pitt. Er war sich der Ironie dieses Namens bewußt. »Zumindest kannten wir ihn unter diesem Namen. Er war ein Strichjunge.«

»Ach ja – der Strichjunge, der im Fall Waybourne aussagte. Das arme Schwein! Hat nicht lang gedauert, was? Hat der Mord etwas mit dem Fall Waybourne zu tun?«

»Keine Ahnung.«

»Nun...« Der Wachtmeister leerte seinen Tee und setzte den Becher ab. »Könnte ja durchaus sein, nicht wahr? Doch in diesem Gewerbe kann man aus vielen verschiedenen Gründen umgebracht werden. Am Ende läuft doch alles auf dasselbe hinaus, nicht wahr? Ich nehme an, Sie wollen ihn haben? Soll ich ihn auf Ihre Wache bringen lassen?«

»Ja, bitte.« Pitt stand auf. »Wir sollten das besser einem ordentlichen Abschluß zuführen. Es mag ja nichts mit dem Fall Waybourne zu tun haben, aber der Tote stammt ohnehin aus Bluegate Fields. Danke für den Tee.« Er reichte ihm den Becher zurück.

»Keine Ursache, Sir. Ich werde ihn herüberschicken, sobald mein Sergeant mir die Erlaubnis dazu gibt. Das wird aber bis heute Nachmittag dauern. Es hat keinen Sinn, sich hier solange aufzuhalten.«

»Danke. Einen guten Tag, Wachtmeister!«

»Ebenso, Sir!«

Pitt ging zum glänzenden Fluß hinunter. Es war gerade Ebbe, der schwarze Schleim auf der Uferbefestigung verströmte einen beißenden Geruch. Der Wind kräuselte die Wasseroberfläche, riß winzige weiße Fetzen Sprühwasser hoch und schleuderte sie gegen die langsam dahinfahrenden Kähne. Sie waren flußaufwärts zum Pool of London und zu den Docks unterwegs. Pitt fragte sich, woher die in Nebel gehüllte Fracht wohl kommen mochte. Sie konnte von jedem Ort der Erde stammen: aus den Wüsten Afrikas, den Einöden nördlich der Hudson Bay, wo der Winter ein halbes Jahr lang andauert, aus den Dschungeln Indiens oder von den Riffen der Karibik. Und damit hatte er sich noch nicht einmal aus dem Empire hinausbewegt. Er erinnerte sich daran, daß er einmal eine Weltkarte gesehen hatte, auf der die britischen Besitztümer rot markiert gewesen waren – jedes zweite Land schien dazuzugehören. Es hieß, über dem Empire ginge die Sonne nie unter.

Und diese Stadt war das Herz des Ganzen. London war der Ort, wo die Queen lebte, ob man sich nun im Sudan oder am Kap der

Guten Hoffnung, in Tasmanien, auf Barbados, am Yukon oder in Kathmandu befand.

Hatte ein Junge wie Albie jemals gewußt, daß er im Zentrum einer solchen Welt lebte? Konnten sich die Bewohner jener von Menschen wimmelnden, verrotteten Slums hinter den stolzen Straßen auch nur in ihren wildesten betrunkenen oder von Opium umwölkten Träumen den Wohlstand vorstellen, zu dem sie gehörten? Diese ungeheure Macht – und diese Menschen würden oder konnten nicht einmal damit beginnen, etwas gegen die ungesunden Zustände daheim zu unternehmen.

Die Kähne waren weg, das Wasser glitzerte silbern in ihrem Kielwasser, das matte Licht schimmerte darin, als die Sonne langsam nach Westen zog. Einige Stunden noch, und dann würde der Himmel rot werden und den wie eine Glocke wirkenden Rauchfahnen der Fabriken und Hafenanlagen vor Sonnenuntergang die Illusion von Schönheit verleihen.

Pitt richtete sich auf und begann zu gehen. Er mußte eine Droschke finden und wieder zur Wache zurückkehren.

Athelstan würde ihm jetzt erlauben müssen, Nachforschungen anzustellen.

Das war ein neuer Mordfall. Vielleicht hatte er ja überhaupt nichts mit Jerome oder Arthur Waybourne zu tun, aber Mord blieb Mord. Und wenn es möglich war, mußte ein Mordfall aufgeklärt werden.

»Nein!« schrie Athelstan und sprang auf die Beine. »Herrgott, Pitt! Er war ein Strichjunge! Er stellte sich der Befriedigung irgendwelcher perverser Menschen zur Verfügung! Er mußte ja wohl zwangsläufig entweder an einer Krankheit sterben oder von einem Kunden, einem Zuhälter oder sonstwem ermordet werden. Wenn wir jedem toten Strichjungen und jeder toten Prostituierten unsere Zeit widmen würden, bräuchten wir doppelt so viele Polizisten und könnten uns immer noch um nichts anderes kümmern. Wissen Sie, wie viele Todesfälle es jeden Tag in London gibt?«

»Nein, Sir. Sind sie denn nicht mehr wichtig, sobald sie eine bestimmte Zahl übersteigen?«

Athelstan schlug mit der Hand auf den Schreibtisch, daß die Papiere davonflogen.

»Herrgott, verdammt, Pitt, ich werde Sie noch wegen Aufsässigkeit von Ihrem höheren Dienstgrad befreien! Natürlich ist es wichtig! Wenn wir irgendeine Chance hätten oder irgendein Grund dafür vorläge, würde ich die Ermittlungen ja auch bis zum Abschluß durchführen lassen! Aber ein Mord an einem Strichjungen ist nichts Ungewöhnliches. Wenn man sich auf ein Gewerbe wie das einläßt, dann muß man mit Gewalt und Krankheit rechnen – und früher oder später ist man eben dran! Ich werde meine Männer nicht losschicken, um völlig sinnlos die Straßen zu durchkämmen. Wir werden nie herausfinden, wer Albie Frobisher umgebracht hat. Die Chancen stehen eins zu tausend – eins zu zehntausend! Wer weiß schon, wer in dieses Haus ging? Jeder kommt in Frage. Absolut jeder. Keiner sieht die Kunden – der Platz ist so beschaffen –, und das wissen Sie genausogut wie ich. Ich vergeude nicht die Zeit eines Inspektors, weder Ihre Zeit noch die irgendeines anderen, mit der Verfolgung eines hoffnungslosen Falles. Jetzt gehen Sie und finden Sie mir diesen Brandstifter. Sie wissen, wer es ist – also nehmen Sie ihn fest, bevor wir noch einen weiteren Brand haben! Und wenn ich Sie noch einmal Maurice Jerome, die Waybournes oder irgend etwas anderes, was mit diesem Fall zu tun hat, erwähnen höre, stecke ich Sie wieder in den Streifendienst. Und das schwöre ich Ihnen, so wahr mir Gott helfe!«

Pitt sagte nichts mehr. Er machte auf dem Absatz kehrt, ging hinaus und ließ Athelstan hinter sich zurück. Sein Vorgesetzter stand mit dunkelrotem Gesicht und auf dem Schreibtisch geballten Fäusten da.

10

Charlotte war wie betäubt, als Pitt ihr von Albies Tod berichtete. Trotz der schrecklichen Zahl von Todesfällen, über die sie im Zusammenhang mit Leuten wie Albie Frobisher gehört hatte, hatte sie überhaupt nicht an diese Möglichkeit gedacht. Irgendwie war ihr noch nie in den Sinn gekommen, daß Albie, dessen Gesicht sie kannte und von dessen Gefühlen sie etwas wußte, innerhalb so kurzer Zeit sterben könnte.

»Wie?« fragte sie wütend, ganz überrascht und von Schmerz gepackt. »Was ist mit ihm passiert?«

Pitt wirkte müde; feine Linien der Anspannung waren auf seinem Gesicht zu sehen, von denen sie wußte, daß sie normalerweise nicht so deutlich hervortraten. Schwer setzte er sich ganz nah ans Küchenfeuer, als würde er innerlich keine Wärme verspüren.

Sie hielt die Worte zurück, die ihr über die Lippen kommen wollten, und zwang sich dazu abzuwarten. Er hatte eine innere Wunde davongetragen. Sie wußte es auf die gleiche Weise wie bei Jemima, wenn diese weinte, sich wortlos an sie klammerte und darauf vertraute, daß sie das verstand, was sich nicht erklären ließ.

»Er ist ermordet worden«, sagte er schließlich. »Er wurde erwürgt und dann in den Fluß geworfen.« Sein Gesicht verzog sich. »Es liegt eine gewisse Ironie in der Tatsache, daß das ganze Wasser schmutziges Flußwasser war, und nicht wie das Badewasser in Arthur Waybournes sauberer, netter Badewanne. Sie haben ihn bei Deptford aus dem Wasser gezogen.«

Es hatte keinen Zweck, die Sache noch schlimmer zu machen. Sie riß sich zusammen und konzentrierte sich auf die reinen Fakten. Immerhin, machte sie sich bewußt, starben die ganze Zeit überall in London Menschen wie Albie. Der einzige Unterschied bestand darin, daß sie ihn als Individuum wahrgenommen hatte; sie wußte, daß er seine Position genauso klar oder bestimmt noch klarer erfaßte als sie, und daß er einen Großteil ihres Abscheus teilte.

»Werden sie dich die Ermittlungen durchführen lassen?« fragte sie. Sie war mit sich zufrieden; ihre Stimme zeigte nichts von dem in ihr tobenden Kampf, von der Vorstellung, die sie sich von dem nassen Körper machte. »Oder möchte die Polizei von Deptford das übernehmen? Es gibt in Deptford doch eine Polizeiwache, oder?«

Pitt war so müde, daß er zusammengesackt auf seinem Sitzplatz hätte einschlafen können. Doch sie wußte, wenn sie den Löffel fallen ließ, den sie in der Hand hielt, sich umdrehte und ihn in die Arme nahm, würde sie alles nur noch schlimmer machen. Sie würde die Sache wie eine Tragödie und ihn wie ein Kind und nicht wie einen Mann behandeln. Sie rührte weiter in der Suppe, die sie gerade zubereitete.

»Ja, es gibt eine«, antwortete er und war sich der auf sie einstürmenden Gedanken nicht bewußt. »Und nein, sie wollen es nicht übernehmen. Sie werden die Leiche zu uns bringen lassen. Der Tote lebte in Bluegate Fields und hatte mit einem unserer Fälle zu tun. Und nein, wir werden keine Ermittlungen durchführen. Athelstan sagt, wenn man ein Strichjunge oder eine Prostituierte sei, dann müsse man damit rechnen, ermordet zu werden, und das sei dann kaum der Rede wert. Die Zeit, die die Polizei für diese Nachforschungen aufwenden würde, wäre es sicherlich nicht wert. Reine Zeitverschwendung. Kunden bringen Menschen wie Albie um, Zuhälter ebenfalls, andernfalls fallen sie einer Krankheit zum Opfer. Es passiert jeden Tag, und bei Gott, Athelstan hat recht.«

Schweigend nahm sie die Nachrichten auf. Abigail Winters war fortgegangen, und jetzt war Albie ermordet worden. Wenn sie es nicht schafften, etwas zu finden, das so neu und radikal war, daß es eine Berufung rechtfertigte, würde Jerome sehr bald gehängt werden.

Und Athelstan hatte den Mord an Albie als unlösbar und irrelevant zu den Akten gelegt.

»Willst du etwas Suppe?« fragte sie, ohne ihn anzuschauen.
»Was?«
»Willst du etwas Suppe? Sie ist heiß.«
Er blickte auf seine Hände hinab. Er hatte nicht einmal gemerkt,

wie kalt ihm war. Sie bemerkte die Geste und drehte sich wieder zum Ofen um, um ihm mit der Kelle eine Schale zu füllen, ohne weiter zu warten. Sie reichte sie ihm; schweigend nahm er sie entgegen.

»Was wirst du tun?« fragte sie, stellte ihre eigene Suppe auf den Tisch und setzte sich ihm gegenüber hin. Sie hatte Angst, Angst davor, daß er Athelstan trotzen und eigene Nachforschungen anstellen würde – und deshalb vielleicht degradiert oder sogar entlassen wurde. Dann hätten sie keine Einnahmequelle mehr. Arm, richtig arm, war sie in ihrem ganzen Leben noch nicht gewesen. Nach der Cater Street und dem Haus ihrer Eltern war das hier fast Armut – so war es ihr zumindest im ersten Jahr erschienen. Jetzt hatte sie sich daran gewöhnt, und nahm es nur noch dann anders wahr, wenn sie Emily besuchte und sich bei ihr Kleider ausleihen mußte, um Besuche zu machen. Sie hatte keine Ahnung, was sie tun würden, wenn Pitt seine Arbeit verlieren würde.

Doch sie fürchtete genauso, daß er Athelstan nicht die Stirn bieten würde, daß er Albies Tod akzeptierte und sich wegen ihr und der Kinder über sein Gewissen hinwegsetzte, weil er wußte, daß ihre Sicherheit von ihm abhing. Jerome würde gehängt werden, und Eugenie wäre allein. Sie würden nie wissen, ob er Arthur Waybourne getötet hatte oder ob er die ganze Zeit die Wahrheit gesagt hatte und der Mörder jemand anderes war, jemand, der immer noch lebte und immer noch kleine Jungen mißbrauchte.

Und auch das würde wie ein kaltes Gespenst, wie ein Betrug zwischen ihnen stehen, weil sie Angst davor gehabt hatten, den Preis zu riskieren, der mit dem Aufdecken der Wahrheit verbunden war. Würde er sich damit zurückhalten, das zu tun, was er als richtig ansah, weil er sie nicht bitten wollte, den Preis dafür zu zahlen – und danach im Grunde seines Herzens ewig das Gefühl haben, daß sie ihn seiner Integrität beraubt hatte?

Sie hielt ihren Kopf nach unten, als sie die Suppe aß, so daß er ihr nicht an den Augen ablesen konnte, was sie dachte, und irgendein Urteil darauf begründete. Dazu wollte sie nichts beitragen, er mußte es alleine tun.

Die Suppe war zu heiß; sie stellte sie beiseite und kehrte wieder zum Herd zurück. Geistesabwesend rührte sie in den Kartoffeln und salzte sie das dritte Mal.

»Verdammt«, fluchte sie leise, goß schnell das Wasser ab, füllte die Pfanne wieder und stellte sie auf den Herd zurück. Glücklicherweise dachte sie, er sei viel zu sehr mit sich beschäftigt, um sie zu fragen, was in aller Welt sie da tue.

»Ich werde Deptford mitteilen lassen, sie können ihn behalten«, sagte er schließlich. »Ich werde sagen, wir brauchen ihn im Grunde gar nicht. Aber ich werde ihnen auch alles erzählen, was ich über ihn weiß, und hoffe, sie behandeln die Sache als Mordfall. Er lebte zwar in Bluegate Fields, aber es gibt keinerlei Hinweise darauf, daß er auch dort getötet wurde. Er könnte sich auch noch in Deptford aufgehalten haben. Was in aller Welt machst du da eigentlich mit den Kartoffeln, Charlotte?«

»Ich koche sie!« sagte sie in scharfem Ton und drehte ihm ihren Rücken zu, um die in ihr aufsteigende Wärme zu verbergen, den – wahrscheinlich dummen – Stolz. Er würde die Sache nicht einfach so hinschmeißen; Gott sei Dank würde er auch Athelstan nicht trotzen, zumindest nicht offen. »Was meinst du denn, was ich gerade tue?«

»Nun, wozu hast du das ganze Wasser abgegossen?« fragte er. Sie schwenkte herum und streckte ihm ihren Topflappen und den Pfannendeckel entgegen.

»Willst du es tun?« fragte sie.

Langsam verzog sich sein Mund zu einem Lächeln, und er rutschte auf dem Stuhl noch ein wenig weiter nach unten.

»Nein danke. Ich brächte das nicht fertig... Ich habe keine Ahnung, was du da machst!«

Sie warf mit dem Lappen nach ihm.

Als sie jedoch am nächsten Morgen Emily über den mit Porzellan bedeckten Frühstückstisch hinweg anschaute, nahm sie die ganze Angelegenheit nicht so leicht.

»Ermordet!« sagte sie schneidend und nahm die Erdbeerkonfitüre aus Emilys Hand. »Erwürgt und dann in den Fluß geworfen! Er hätte bis zum Meer heraustreiben können, und kein Mensch hätte ihn je gefunden.«

Emily nahm die Konfitüre wieder zurück.

»Sie wird dir nicht schmecken – sie ist viel zu süß für dich. Nimm ein wenig Marmelade. Was wirst du jetzt tun?«

»Du hast überhaupt nicht zugehört!« explodierte Charlotte und schnappte sich die Marmelade. »Wir können nichts tun! Athelstan sagt, Prostituierte würden immer ermordet und das müsse man eben so hinnehmen! Er sagt das, als ob es um einen Schnupfen oder so etwas ginge.«

Emily betrachtete sie genau, ihr Gesicht war ganz angespannt vor Interesse.

»Du bist wirklich wütend darüber, nicht wahr?« stellte sie fest.

Charlotte war nahe daran, sie zu schlagen; ihre ganze Frustration, ihr Mitleid und ihre Hoffnungslosigkeit kochten in ihr hoch. Aber der Tisch war zu breit, als daß sie sie hätte erreichen können, und sie hatte die Marmelade in der Hand. Sie mußte sich mit einem scharfen Blick zufriedengeben.

Emily blieb ungerührt. Sie biß in ihren Toast und sprach mit vollem Mund.

»Wir werden, soviel wir nur können, über die Sache herausfinden müssen«, meinte sie geschäftsmäßig.

»Wie bitte?« Charlotte war eisig. Sie wollte, daß sich Emily genauso verletzt fühlte wie sie selbst. »Wenn du vielleicht darauf achten könntest, dein Essen herunterzuschlucken, bevor du zu sprechen versuchst, könnte ich auch mitbekommen, was du sagst.«

Emily warf ihr einen ungeduldigen Blick zu.

»Die Tatumstände!« sagte sie überdeutlich. »Wir müssen alle Tatumstände herausfinden – dann können wir sie den richtigen Leuten präsentieren.«

»Welchen richtigen Leuten? Der Polizei ist es egal, wer Albie getötet hat. Er ist mehr oder weniger nur ein Strichjunge, und was macht das schon? Und die Tatumstände finden wir sowieso nicht heraus. Selbst Thomas ist dazu nicht in der Lage. Gebrauch deinen Verstand, Emily. Bluegate Fields ist ein Slum, es gibt Hunderttausende von Menschen dort, und keiner von ihnen wird der Polizei die Wahrheit über irgend etwas mitteilen, wenn er nicht unbedingt muß.«

»Es geht doch nicht darum, wer Albie getötet hat, du Dummkopf!« Emily begann allmählich, die Geduld zu verlieren. »Es geht darum, wie er starb. Das ist doch wichtig! Wie alt war er? Was ist mit ihm passiert? Du sagtest, er sei erwürgt und dann wie Abfall in den Fluß geworfen und schließlich in Deptford angespült worden, nicht wahr? Und die Polizei stellt keine Nachforschungen an – das hast du mir selbst gesagt.« Voller Ungeduld beugte sie sich vor, den Toast hielt sie hoch in die Luft. »Aber was ist mit Callantha Swynford? Mit Lady Waybourne? Kannst du das nicht sehen? Wenn wir sie dazu bringen können, sich die ganzen Widerwärtigkeiten und das Mitleiderregende vor Augen zu halten, dann können wir sie für unseren Kampf gewinnen. Der Tote Albie mag Thomas nicht viel nutzen; wir können ihn uns jedoch hervorragend zunutze machen. Wenn du dich an die Gefühle der Leute wenden willst, dann ist die Geschichte einer einzelnen Person viel wirkungsvoller als eine Aufstellung von Zahlen. Eintausend leidende Menschen kann man sich viel zu schwer vorstellen, aber bei einem ist das sehr einfach.«

Endlich begriff Charlotte. Natürlich hatte Emily recht; sie war dumm gewesen, hatte sich erlaubt, in ihren Gefühlen zu schwelgen. Sie hätte selber darauf kommen sollen. Sie hatte ihren Gefühlen gestattet, die Vernunft auszulöschen, und das war äußerst nutzlos. Sie durfte nicht zulassen, daß das noch einmal passierte.

»Tut mir leid«, sagte sie aufrichtig. »Du hast ja recht. Das ist bestimmt die richtige Vorgehensweise. Die näheren Einzelheiten werde ich von Thomas bekommen. Eigentlich hat er mir gestern nicht viel erzählt. Ich nehme an, er dachte, es würde mich durcheinanderbringen.«

Emily betrachtete sie durch ihre Wimpern hindurch. »Ich kann mir nicht vorstellen, warum!« meinte sie sarkastisch.

Charlotte ignorierte die Bemerkung und stand auf. »Nun, was werden wir heute unternehmen? Was plant Tante Vespasia?« fragte sie und zupfte an ihrem Rock, bis der Faltenwurf wieder stimmte.

Auch Emily stand auf, tupfte sich die Lippen mit der Serviette ab und legte sie auf den Teller zurück. Sie griff nach der Glocke, um das Hausmädchen herbeizurufen.

»Wir werden Mr. Carlisle besuchen, den ich recht sympathisch finde – du hast mir ja gar nicht erzählt, wie nett er ist! Ich hoffe, von ihm noch ein paar weitere Fakten zu erfahren, beispielsweise über die Summen, die man den Leuten in den Ausbeutungsbetrieben zahlt, und ähnliches, so daß wir wissen, warum junge Frauen nicht davon leben können und daher auf die Straße gehen. Wußtest du, daß die Leute, die Streichhölzer herstellen, eine Krankheit bekommen, die ihre Knochen wegfaulen lassen, bis ihr halbes Gesicht zerstört ist?«

»Ja, das wußte ich. Thomas erzählte mir vor langer Zeit davon. Was ist denn mit Tante Vespasia?«

»Sie ißt mit einer alten Freundin zu Mittag, einer Herzogin, auf die jeder hört – ich denke nicht, daß sie es wagen, sie zu ignorieren! Offensichtlich kennt sie absolut jeden, sogar die Queen, und seit Prinz Albert gestorben ist, kennt dieser Tage kaum noch jemand die Queen!«

Das Hausmädchen kam herein, und Emily trug ihr auf, eine halbe Stunde später die Kutsche bereitstellen zu lassen, danach sollte sie den Tisch abräumen. Bis zum späten Nachmittag würde keiner im Hause sein.

»Wir werden in Deptford zu Mittag essen«, sagte Emily und ging damit auf Charlottes überraschten Blick ein. »Oder wir lassen das Mittagessen ausfallen.« Mit einer Mischung aus Neid und Abneigung musterte sie Charlottes Figur. »Ein wenig Selbstverleugnung wird uns nicht im mindesten schaden. Und wir werden uns bei den Polizisten in Deptford über den Zustand der Leiche Albie Frobishers informieren. Vielleicht wird man uns ja sogar gestatten, sie zu sehen.«

»Emily! Das kannst du nicht machen! Was für einen Grund könnten wir denn für ein derart bizarres Vorhaben angeben? Vornehme Damen ziehen nicht los, um sich aus dem Fluß gezogene Leichen von Strichjungen anzuschauen! Das würden sie uns nie erlauben!«

»Du wirst ihnen einfach sagen, wer du bist«, entgegnete Emily, ging durch die Eingangshalle hindurch und die Treppe hoch, damit sie sich äußerlich für den Tag präparieren konnten. »Und ich werde ihnen sagen, wer ich bin, und was ich vorhabe. Ich sammle Informationen über bestimmte Zustände in unserer Gesellschaft, weil der Wunsch besteht, sie zu verbessern.«

»Tatsächlich?« Charlotte fühlte sich nicht zurückgesetzt; es war eine einfache Äußerung. »Ich dachte, das wäre nicht so. Deswegen müssen wir ja auch Sympathie und Wut bei den Leuten hervorrufen.«

»Bei mir besteht der Wunsch«, antwortete Emily wahrheitsgemäß. »Und das sollte für einen Polizisten in Deptford genügen!«

Somerset Carlisle empfing sie, ohne Überraschung zu zeigen. Offensichtlich hatte Emily die weise Voraussicht gehabt, ihr Kommen anzukündigen, und er war daheim, hatte das Feuer hoch aufgeschichtet und heiße Schokolade zubereitet. Das Arbeitszimmer war mit Papieren übersät, und im besten Sessel hatte sich eine schlanke schwarze Katze mit topazfarbenen Augen lang ausgestreckt hingelegt und blinzelte uninteressiert vor sich hin. Auch als Emily sich fast auf sie setzte, schien sie nicht die Absicht zu haben, sich zu bewegen. Sie ließ sich einfach von ihr zur Seite schieben und machte es sich dann auf ihrem Knie bequem. Carlisle war so sehr an das Tier gewohnt, daß er überhaupt keine Notiz von ihm nahm.

Charlotte setzte sich in den Sessel neben dem Kaminfeuer, und war entschlossen, diese Unterhaltung nicht von Emily bestimmen zu lassen.

»Albie Frobisher ist ermordet worden«, sagte sie, bevor Emily die Zeit hatte, das Thema taktvoll anzugehen. »Er wurde erwürgt und in den Fluß geworfen. Jetzt werden wir nie mehr in der Lage sein, ihn noch einmal zu befragen, um zu sehen, ob er bei seiner Aussage bleibt oder nicht. Doch Emily ...« – sie mußte fair bleiben, andernfalls machte sie sich zum Narren – »... hat darauf hingewiesen, daß sein Tod uns ein hervorragendes Werkzeug an die Hand gibt, um die Sympathien der Leute zu gewinnen, deren Einfluß wir uns wünschen.«

Carlisles Gesicht verriet seine Empörung über das Ereignis und einen ungewöhnlich persönlichen Ärger.

»Das wird Jerome nicht viel nutzen!« sagte er barsch. »Unglücklicherweise werden Leute wie Albie aus zu vielen und meist vollkommen offensichtlichen Gründen umgebracht, so daß man nicht vermuten kann, die Tat stehe in Verbindung mit einem besonderen Vorfall.«

»Auch die Prostituierte Abigail Winters ist verschwunden«, fuhr Charlotte fort. »Wir können sie also ebenfalls nicht befragen. Doch

Thomas sagte, er sei der Meinung, weder Jerome noch Arthur Waybourne wären jemals bei ihr gewesen und hätten sie auf ihrem Zimmer besucht, weil eine alte Frau an der Tür steht, die jeden wie eine Ratte beobachtet und von jedem, der an ihr vorbei will, Geld kassiert. Sie hat die beiden nie gesehen; die anderen Mädchen sagen das gleiche.«

Emily schürzte voller Abscheu die Lippen, als sie sich vorstellte, wie dieser Ort wohl aussehen mochte. Sie streckte die Hand aus und streichelte die schwarze Katze.

»Es gab also eine Kupplerin«, sagte Carlisle, »und zweifellos waren auch noch einige kräftige Männer in der Nähe, die mit jedem fertig geworden wären, der Ärger machte. Das ist alles Bestandteil der gegenseitigen Vereinbarung. Es müßte schon ein sehr durchtriebenes Mädchen sein, das es schaffen würde, private Kunden hineinzuschmuggeln – und ein sehr mutiges dazu. Oder eine Närrin!«

»Wir benötigen noch mehr Fakten.« Emily wollte es nicht länger zulassen, von der Unterhaltung ausgeschlossen zu sein. »Können Sie uns sagen, wie ein anständiges Mädchen schließlich auf der Straße und an Orten wie diesem Bordell landet? Wenn wir die Leute in Bewegung bringen wollen, dann müssen wir ihnen etwas über diejenigen erzählen, die ihnen leid tun können, und nicht nur über diejenigen, die in Bluegate Fields und St. Giles geboren sind und von denen sie sich vorstellen, daß sie nie einen anderen Wunsch verspürt haben.«

»Natürlich.« Er drehte sich zu seinem Schreibtisch um und durchstöberte Papierstöße und lose Blätter. Schließlich präsentierte er die, die er haben wollte. »Das sind die Sätze, die sie in den Streichholzfabriken und den Möbelgeschäften zahlen, ferner Bilder von Knochenfraß im Kieferbereich, der durch den Umgang mit Phosphor entsteht. Das hier sind die Sätze, die für Akkordarbeit beim Zusammennähen von Hemden und fürs Lumpensammeln gezahlt werden, ferner die Bedingungen, unter denen man in einem Arbeitshaus Einlaß findet, und wie es in diesen aussieht. Und das ist das Armengesetz in bezug auf Kinder. Vergessen Sie nicht, daß viele der Frauen, die auf der Straße landen, dort sind, weil sie Kinder zu unterstützen haben, und nicht unbedingt nur uneheliche Kinder. Einige sind Witwen, einigen sind einfach die Männer davongelaufen, entweder zu einer anderen Frau oder einfach, weil sie die Verantwortung nicht ertragen konnten.«

Emily nahm die Papiere, Charlotte rückte neben sie, um ihr über die Schulter zu schauen und mitzulesen. Die schwarze Katze räkelte sich genüßlich, knetete die Armlehne des Sessels mit den Krallen, zog an den Fäden, rollte sich dann wieder zu einer Kugel zusammen und schlief mit einem leisen Seufzer wieder ein.

»Dürfen wir die behalten?« fragte Emily. »Ich möchte sie gerne auswendig lernen.«

»Natürlich«, sagte er. Er schenkte die Schokolade ein und reichte sie an sie weiter; sein gequälter Gesichtsausdruck verriet, daß er sich der Ironie der Situation durchaus bewußt war: Da saßen sie am lodernden Feuer in diesem unendlich gemütlichen Zimmer und einer herrlichen holländischen Szene an der Wand und heißer Schokolade in ihren Händen und unterhielten sich gleichzeitig über das entsetzlichste Elend.

Als ob er Charlottes Gedanken gelesen hätte, wandte sich Carlisle an sie.

»Sie müssen Ihre Chance nutzen, so viele andere Leute wie nur möglich zu überzeugen. Der einzige Weg, auf dem wir irgend etwas ändern können, besteht darin, das gesellschaftliche Klima zu verändern, bis die Kinderprostitution den Menschen so sehr zuwider ist, daß sie von alleine zurückgeht. Natürlich werden wir sie nie gänzlich loswerden, genausowenig wie irgendein anderes Laster, aber wir könnten sie massiv reduzieren.«

»Das werden wir auch tun!« sagte Emily mit einer tieferen Wut, als Charlotte je zuvor bei ihr wahrgenommen hatte. »Ich werde zusehen, daß jede Frau in London, die etwas auf sich hält, so sehr davon angewidert wird, daß sie es für jeden Mann mit entsprechenden Ambitionen unmöglich macht, so etwas zu praktizieren. Vielleicht bekommen wir kein Votum, vielleicht können wir im Parlament keine Gesetze durchbringen. Wir können aber mit Sicherheit über die ungeschriebenen Gesetze der Gesellschaft bestimmen und jedem sämtliche Wärme entziehen, der sie über längere Zeit mißachtet, das verspreche ich Ihnen!«

Carlisle lächelte. »Da bin ich mir sicher«, sagte er. »Die Macht öffentlicher Mißbilligung habe ich noch nie unterschätzt, ob sie nun auf Informationen gründete oder nicht.«

Emily stand auf, sorgfältig legte sie die Katze in der runden Senke ab, die sie hinterlassen hatte. Das Tier bewegte sich kaum, um sich neu zurechtzulegen.

»Ich beabsichtige, die Öffentlichkeit zu informieren.« Sie faltete die Papiere zusammen und ließ sie in ihr besticktes Retikül gleiten. »Jetzt werden wir nach Deptford gehen und uns diese Leiche anschauen. Bist du soweit, Charlotte? Vielen, vielen Dank, Mr. Carlisle.«

Es war nicht einfach, die Polizeiwache von Deptford zu finden. Das war eigentlich ganz natürlich, denn weder Emilys Hausdiener noch ihr Kutscher kannten diese Gegend; etliche Male bogen sie an scheinbar gleich aussehenden Ecken falsch ab, bis sie irgendwann vor dem Eingang vorfuhren.

Innen stand der Kanonenofen, und der gleiche Wachtmeister saß am Schreibtisch und schrieb gerade einen Bericht nieder. Ein glasierter Becher Tee stand dampfend an seinem Ellbogen. Er wirkte ganz erschreckt, als er Emily in ihrem grünen Besuchskleid und mit dem federgeschmückten Hut sah, und obwohl er Pitt kannte, war ihm Charlotte unbekannt. Einen Moment lang suchte er nach Worten.

»Guten Morgen, Wachtmeister«, meinte Emily fröhlich.

Er nahm Haltung an, glitt von seinem Sitz herunter und stand auf. Das war das mindeste, um der Etikette zu entsprechen: Man blieb nicht auf seinem Hintern sitzen, wenn man mit vornehmen Damen sprach.

»Guten Morgen, Ma'am.« Er betrachtete Charlotte, nahm ihre Erscheinung in sich auf. »Haben Sie sich verlaufen, meine Damen? Kann ich Ihnen helfen?«

»Nein danke, wir haben uns nicht verlaufen«, antwortete Emily munter und schenkte dem Wachtmeister ein derart strahlendes Lächeln, daß dieser wieder völlig aus der Fassung geriet. »Ich bin Lady Ashworth, und das ist meine Schwester, Mrs. Pitt. Inspektor Pitt ist Ihnen doch bekannt, glaube ich! Natürlich! Vielleicht wußten Sie aber nicht, daß augenblicklich starke Bestrebungen im Gange sind, eine Reform hinsichtlich des Mißbrauchs von Kindern im Prostitutionsgewerbe einzuleiten.«

Der Wachtmeister erbleichte angesichts einer Dame, die einen derart anstößigen Begriff verwendete, und wurde ganz verlegen, obwohl er von anderen häufig noch viel gröbere Ausdrücke zu hören bekam.

Doch sie gab ihm nicht die Zeit, zu protestieren oder sogar darüber nachzudenken.

»Starke Bestrebungen«, fuhr sie fort. »Und für diesen Zweck ist natürlich eine gewisse Menge an korrekten Informationen erforderlich. Ich weiß, daß hier gestern ein junger Strichjunge aus dem Fluß gezogen wurde. Ich würde ihn mir gerne ansehen.«

Jeder noch verbliebene Rest Farbe war aus seinem Gesicht entschwunden.

»Das können Sie nicht, Ma'am! Er ist tot!«

»Ich weiß, daß er tot ist, Wachtmeister!« erwiderte Emily geduldig. »Was soll er auch sonst sein, wenn man ihn erwürgt und dann in den Fluß geworfen hat. Es ist die Leiche, die ich gerne sehen würde.«

»Die Leiche?« wiederholte er verblüfft.

»Ganz genau«, sagte sie. »Wenn Sie so freundlich wären ...«

»Das kann ich nicht! Sie ist scheußlich, Ma'am, einfach fürchterlich. Sie haben ja keine Ahnung, sonst würden Sie nicht fragen. Es ist kein Anblick, den irgendeine Dame zu Gesicht bekommen sollte, geschweige denn eine wie Sie!«

Emily öffnete den Mund, um etwas dagegen einzuwenden, aber Charlotte konnte erkennen, daß ihnen die ganze Initiative entgleiten würde, wenn sie nicht eingriff.

»Natürlich, das ist richtig!« pflichtete sie ihm bei und fügte Emilys Lächeln noch ihr eigenes hinzu. »Und wir schätzen auch Ihre Sensibilität für unsere Gefühle. Aber wir haben beide den Tod gesehen, Wachtmeister. Und wenn wir für eine Verbesserung kämpfen wollen, dann müssen wir den Leuten bewußt machen, daß der jetzige Zustand nichts Angenehmes ist – solange den Leuten nämlich erlaubt wird, sich selbst vorzumachen, das Ganze sei unwichtig, solange werden sie es unterlassen, deswegen irgend etwas zu unternehmen. Da sind wir uns doch einig, nicht wahr?«

»Nun ... Das ist gut ausgedrückt, Ma'am, aber ich kann Sie nicht einfach hingehen und sich so etwas anschauen lassen! Er ist tot, Ma'am – wirklich mausetot!«

»Unsinn!« sagte Emily in scharfem Ton. »Es ist bitterkalt! Wir haben schon Leichen gesehen, die viel schlimmer aussahen, als diese auch nur annäherungsweise aussehen kann. Mrs. Pitt hat einmal eine über einen Monat alte Leiche gefunden. Sie war halb verbrannt und voller Maden.«

Das verschlug dem Wachtmeister die Sprache; er starrte Charlotte an.

»Sind Sie so gut und nehmen uns mit, damit wir uns den armen Albie anschauen können?« fragte Emily energisch. »Sie haben ihn doch nicht nach Bluegate Fields zurückgeschickt, oder?«

»Oh, nein, Ma'am! Wir erhielten die Nachricht, daß sie ihn dort überhaupt nicht haben wollten. Sie sagten, daß wir das gleiche Anrecht auf ihn hätten wie jeder andere auch, da er hier aus dem Fluß gezogen wurde.«

»Dann wollen wir gehen.« Emily ging, auf die einzige andere Tür zu. Charlotte folgte ihr und hoffte, der Wachtmeister würde ihnen nicht den Weg versperren.

»Ich muß noch meinen Sergeant fragen!« meinte der Wachtmeister hilflos. »Er ist oben. Lassen Sie mich gehen und ihn fragen, ob Sie das machen können!« Das war seine Chance, die ganze alberne Angelegenheit in die Hände eines anderen zu legen. Er war an alle möglichen sonderbaren Gestalten gewöhnt, die durch diese Tür hereinkamen: von Betrunkenen über verschreckte Mädchen bis zu irgendwelchen zu Streichen aufgelegten Spaßvögeln. Doch das hier war das Schlimmste von allen. Er wußte, daß sie wirklich vornehme Damen waren; er mochte in Deptford arbeiten, aber wenn er Noblesse sah, erkannte er sie auch.

»Es fiele mir nicht im Traum ein, Ihnen Ärger zu bereiten«, meinte Emily. »Ebensowenig Ihrem Sergeanten. Wir werden nur einen kurzen Augenblick bleiben. Wären Sie so freundlich, uns den Weg zu zeigen? Wir würden nur sehr ungern auf die falsche Leiche stoßen!«

»Mein Gott! Wir haben nur eine!« Er tauchte hinter ihr durch die Türöffnung und trottete auf exakt dem gleichen Weg hinter ihnen her, auf dem Pitt am Tag zuvor in den kleinen, kalten Raum mit dem verhüllten Tisch gegangen war.

Emily betrat den Raum und riß das Tuch weg, blickte auf die steife, ausgebleichte, aufgeblähte Leiche hinunter. Einen Augenblick lang wurde Emily genauso weiß wie der leblose Körper; dann beherrschte sie sich mit äußerster Anstrengung lange genug, um auch Charlotte einen Blick zu erlauben, war jedoch unfähig zu sprechen.

Charlotte sah einen fast nicht wiederzuerkennenden Kopf und Schultern. Der Tod und das Wasser hatten Albie seiner ganzen Wut beraubt, einer Wut, die ihn zu einem Individuum hatte werden lassen. Als sie jetzt auf ihn, auf die Leere in seinem Gesicht, hinunterstarrte, erkannte sie, wie sehr der Wille zu kämpfen Teil von ihm gewesen war. Was blieb, war wie ein Haus ohne Möbel, in dem die Bewohner alle Sachen entfernt haben, die ein Zeichen für ihre Anwesenheit darstellten.

»Deck ihn wieder zu«, sagte sie ruhig zu Emily. Dann gingen sie am Wachtmeister vorbei ganz nah beieinander Arm in Arm heraus, mieden seinen Blick, damit er nicht sah, wie sehr sie das Ganze schockiert und wie sehr es ihnen jedes Selbstbewußtsein genommen hatte.

Er war ein taktvoller Mann, und was immer er sah oder erahnte, er schwieg darüber.

»Danke«, sagte Emily an der auf die Straße führenden Tür. »Sie waren überaus liebenswürdig!«

»Ja, danke«, fügte Charlotte hinzu und tat ihr Bestes, um ihn anzulächeln; es gelang ihr nicht, aber er würdigte die Absicht genauso wie die Tat.

»Keine Ursache, Ma'am«, antwortete er. »Da gibt es nichts zu danken«, fügte er hinzu, da er nicht wußte, was er sonst hätte sagen sollen.

Draußen in der Kutsche gestattete Emily dem Hausdiener, den Teppich um ihre und Charlottes Füße zu wickeln.

»Wo solls jetzt hingehen, Mylady?« fragte er mit ausdruckslosem Gesicht. Was sie auch sagte, nach der Polizeiwache Deptford würde ihn nichts mehr überraschen.

»Wie spät ist es?« erkundigte sie sich.

»Kurz nach zwölf Uhr mittags, Mylady.«

»Dann ist es noch zu früh, um Callantha Swynford zu besuchen. Für die Zwischenzeit müssen wir irgend etwas anderes finden.«

»Wären Sie an einem Mittagessen interessiert, Mylady?« Der Hausdiener versuchte, es nicht zu offensichtlich werden zu lassen, daß er selbst nicht abgeneigt wäre. Natürlich hatte er auch nicht gerade eine Wasserleiche begutachtet.

Emily hob ihr Kinn und schluckte.

»Was für eine hervorragende Idee. Suchen Sie uns aber bitte besser etwas Gemütliches, John. Ich weiß nicht, wo ein solcher Ort sein könnte, aber zweifellos wird es hier doch irgendein Wirtshaus geben, in dem auch Damen bedient werden!«

»Ja, Mylady, ich bin mir sicher, daß es das gibt!« Er schloß die Tür und ging zurück, um dem Kutscher zu sagen, daß er erfolgreich für ein Mittagessen plädiert hatte. Sein Gesichtsausdruck verriet, was er von dem Ganzen hielt.

»Oh, mein Gott!« Emily lehnte sich in die Polster zurück, sobald die Tür geschlossen war. »Wie hält Thomas das nur aus? Warum müssen Geburt und Tod nur so schrecklich... körperlich sein? Sie scheinen uns auf eine Ebene derart extremer Not zu reduzieren, daß kein Platz bleibt, um an das Geistige zu denken!« Wieder schluckte sie schwer. »Das arme, kleine Ding! Ich muß einfach an einen irgendwie gearteten Gott glauben. Die Vorstellung, geboren zu werden, zu leben und auf eine solche Art zu sterben, sei alles, was es gibt, und vorher oder nachher gibt es nichts, wäre unerträglich. Es ist einfach zu trivial und widerlich; es gleicht einem Witz der geschmacklosesten Sorte.«

»Es ist wirklich nicht sehr lustig«, meinte Charlotte trübsinnig.

»Geschmacklose Witze sind das auch nicht!« fuhr Emily sie an. »Ich könnte jetzt kein Essen sehen, aber ich habe bestimmt nicht die Absicht, John zu erlauben, das zu wissen! Wir werden also irgend etwas bestellen und natürlich getrennt essen. Sei bitte nicht so unbeholfen, daß er etwas merkt! Er ist mein Bediensteter, und ich muß mit ihm im Haus zusammenleben – von allem, was er dem übrigen Personal erzählen könnte, ganz zu schweigen!«

»Das habe ich nicht vor«, erwiderte Charlotte. »Und Albie wird es auch nicht helfen, wenn wir nichts zu uns nehmen!« Sie hatte mehr Gewalt und mehr Schmerzen gesehen – zumindest hatte sie davon gehört – als Emily, die vom Paragon Walk und der Welt der Familie Ashworth wie durch Kissen beschützt wurde. »Und natürlich gibt es einen Gott und wahrscheinlich auch den Himmel. Und ich hoffe aufrichtig, daß es auch eine Hölle gibt. Ich spüre das starke Verlangen, etliche Menschen darin schmoren zu sehen!«

»Die Hölle für die Bösen?« fragte Emily schneidend. Charlottes offensichtliche Gemütsruhe versetzte ihr einen Stich. »Wie puritanisch von dir!«

»Nein! Die Hölle für die Gleichgültigen!« verbesserte Charlotte. »Gott kann mit den Bösen tun, was immer Er für richtig hält. Es sind diejenigen, die sich verdammt noch mal um überhaupt nichts kümmern, die ich dort schmoren sehen will!«

Emily zog den Teppich ein wenig enger um die Füße.

»Ich helfe dabei«, bot sie an.

Callantha Swynford war nicht im mindesten überrascht, sie zu sehen. Die üblichen Umgangsformen für Nachmittagsbesuche wurden überhaupt nicht gewahrt. Keiner tauschte höfliche Feststellungen aus und unterhielt sich über Bagatellen. Statt dessen wurden sie umgehend in den Salon geführt, der zum Tee und für ein Gespräch hergerichtet war.

Ohne Einleitung legte Emily mit einer offenen Beschreibung der Zustände in Arbeitshäusern und Ausbeutungsbetrieben los, deren Einzelheiten sie und Charlotte von Somerset Carlisle erfahren hatten. Mit Freude sahen sie, daß Callantha ganz bekümmert war, als sie ihr eine Welt des Elends eröffneten, von der sie sich vorher nie eine Vorstellung gemacht hatte.

Bald darauf gesellten sich andere Damen zu ihnen, und die entsetzlichen Tatbestände wurden ein weiteres Mal dargelegt, diesmal von Callantha selbst, während Emily und Charlotte lediglich versicherten, daß Callanthas Äußerungen tatsächlich der Wahrheit entsprachen. Als sie spät am Nachmittag gegangen waren, waren sie beide damit zufrieden, daß es jetzt eine ganze Reihe wohlhabender und einflußreicher Frauen gab, die sich aufrichtig um die Angelegenheit kümmerten, und daß Callantha den Mißbrauch an Kindern wie Albie nicht vergessen oder mühelos aus ihren Gedanken verbannen würde, so quälend dieses Thema auch für sie war.

Während Charlotte mit ihrem Kreuzzug gegen die Kinderprostitution im allgemeinen beschäftigt war und versuchte, diejenigen zu informieren und mit Abscheu zu erfüllen, die das gesellschaftliche Meinungsklima verändern konnten, befaßte sich Pitt immer noch mit dem Mord an Albie.

Athelstan nahm ihn mit einem Fall von Unterschlagung in Anspruch, bei dem es um Tausende von Pfund ging, die über Jahre hinweg bei einer großen Firma veruntreut worden waren. Das unablässige Überprüfen doppelter Buchungen, Quittungen und Zahlungen und die Befragungen unzähliger verängstigter und verschlagener Buchhalter war für ihn eine Art Bestrafung dafür, daß er im Fall Jerome soviel Schwierigkeiten bereitet hatte.

Albies Leiche war nicht aus Deptford weggeschafft worden, daher hatte Pitt nichts, mit dem er arbeiten konnte. Immer noch war Deptford für den Fall zuständig – sollte es überhaupt wie ein Fall behandelt werden. Um auch nur das in Erfahrung zu bringen, mußte er in seiner Freizeit nach Deptford gehen – nach Beendigung seines Tagespensums an Ermittlungen in der Unterschlagungssache. Und bei seinen Erkundigungen mußte er so vorsichtig vorgehen, daß Athelstan nichts darüber erfahren würde.

Es war ein schwarzer Abend nach einem dieser glanzlosen und lichtlosen Tage, an denen die Kamine nicht richtig ziehen, weil die Luft zu schwer ist, und an denen man jeden Moment erwartet, daß der Himmel einen Hagelschauer aus den Wolken stürzen läßt, so bleiern und tief hängen diese über den Dächern der Stadt und überschwemmen den Horizont. Das unruhige Flackern der Gaslampen konnte die Intensität der Dunkelheit nicht vertreiben, und die vom Fluß hochziehende Luft roch nach der einlaufenden Flut. Über dem Straßenpflaster lag eine dünne Eisschicht; die Droschke, in der Pitt unterwegs war, bewegte sich rasch voran; der Kutscher wurde die ganze Zeit von einem trockenen, stoßweisen Husten gequält.

An der Polizeiwache Deptford hielt er die Droschke an. Pitt brachte es nicht übers Herz, den Kutscher zu bitten, auf ihn zu warten, auch wenn er wußte, daß es vielleicht nicht lange dauern würde. Weder von einem Menschen noch von einem Tier sollte man verlangen, in dieser bitterkalten Straße untätig herumzustehen. Nach der Hitze der Bewegung konnte das ein Pferd das Leben kosten; der Kutscher, dessen Lebensunterhalt von dem Tier abhing, würde dazu gezwungen sein, das Tier immer weiter im Kreis herumzuführen, nur damit er verhinderte, daß der Schweiß gefror und das Tier an Unterkühlung starb. Und daran verdiente er keinen Penny!

»Gute Nacht, Sir.« Der Kutscher tippte sich gegen den Hut und fuhr ins Dunkel davon. Er hatte noch nicht die dritte Gaslaterne erreicht, da war er schon verschwunden.

»Gute Nacht.« Pitt drehte sich um, betrat die Obdach bietenden Räume der Wache und begab sich in die unbeständige Wärme des Kanonenofens. Dieses Mal hatte ein anderer Wachtmeister Dienst, doch der übliche dampfende Becher Tee stand auch neben seinem Ellbogen. Vielleicht war das der einzige Weg, sich bei der erzwungenen Reglosigkeit der Schreibtischarbeit warmzuhalten. Pitt stellte sich vor und erwähnte, daß er bei einem früheren Besuch Albies Leiche identifiziert hatte.

»Nun, Mr. Pitt, Sir«, meinte der Wachtmeister fröhlich, »was können wir denn heute abend für Sie tun? Ich schätze, an weiteren Leichen sind sie nicht interessiert?«

»Nein, danke!« erwiderte Pitt. »Ich habe ja nicht einmal diese eine bekommen. Ich fragte mich gerade, wie Sie mit dem Fall vorankommen. Ich könnte da vielleicht ein wenig meine Hilfe anbieten; immerhin habe ich ihn ja gekannt.«

»Dann sollten Sie sich besser mit Sergeant Wittle unterhalten, Sir. Er hat den Fall übernommen. Allerdings rechne ich mir ehrlich gesagt keine großen Chancen dafür aus, daß wir jemals herausfinden, wer es getan hat. Sie wissen ja selbst, Mr. Pitt, daß arme kleine Betteljungen wie dieser jeden Tag aus dem einen oder anderen Grund umgebracht werden.«

»Ihr bekommt eine ganze Menge von ihnen herein, nicht wahr?« fragte Pitt im Plauderton. Er lehnte sich ein wenig auf den Schreibtisch, als ob er nicht die geringste Eile hätte, einen Höhergestellten aufzusuchen.

Der Wachtmeister taute bei soviel ihm entgegengebrachter Aufmerksamkeit sichtlich auf. Die meisten Leute waren eher an der Meinung eines Sergeants als an der eines einfachen Wachtmeisters interessiert, und es war sehr angenehm, von einem Inspektor zu Rate gezogen zu werden.

»Oh ja, Sir. Immer wieder. Die Wasserpolizei bringt sie ziemlich oft hierher – hier und in Greenwich. Und natürlich in Wapping Stairs – das ist eine Art ganz natürlicher Platz dafür.«

»Ermordete?« fragte Pitt.

»Einige von ihnen. Obwohl sich das nur schwer sagen läßt. Viele von ihnen sind ertrunken, und wer weiß schon, ob sie hineingestoßen wurden, hineinfielen oder hineinsprangen?«

»Spuren?« Pitt runzelte die Stirn.

»Gott steh uns bei! Bei den meisten von Ihnen sind schon jede Menge Spuren vorhanden, noch bevor sie ins Wasser gelangen. Es gibt Leute, die scheinen Freude daran zu haben, andere Leute zusammenzuschlagen, anstatt das zu machen, was jeder normale Mensch machen würde. Sie sollten einige der Frauen sehen, die wir hier hereinbekommen, viele von ihnen sind fast noch Kinder – jünger als meine Frau war, als ich sie heiratete, und die war siebzehn. Einige Mädchen werden natürlich von ihren eigenen Zuhältern zusammengeschlagen, wenn sie Geld zurückhalten. Das, die Gezeiten, die Stöße gegen die Brücken... Einige von ihnen sind kaum noch als Menschen zu erkennen. Ich kann Ihnen sagen, manchmal kommen mir die Tränen, und mir dreht sich der Magen um, wirklich, und dazu braucht es schon eine ganze Menge.«

»Es gibt viele Bordelle in den Docks«, meinte Pitt ruhig. Für einen Augenblick hatten sie geschwiegen, jeder hing seinen ganz privaten Erinnerungen an schreckliche Dinge nach. Es war eher eine Feststellung als eine Frage.

»Natürlich«, pflichtete ihm der Wachtmeister bei. »London hat den größten Hafen der Welt.« Er sagte es mit einigem Stolz. »Was würde man hier anderes erwarten als Matrosen, die weit von ihrer Heimat entfernt sind, lange auf See waren und dergleichen? Und ich vermute, wenn ihnen dann diese Mädchen und Jungen zur Verfügung stehen, ist das ganz nach ihrem Geschmack.« Er schnitt eine Grimasse. »Und dann ist es nur natürlich, daß auch andere von außerhalb kommen und wissen, daß sie da alles finden, was sie haben wollen. Ein paarmal sieht man einige vornehme Herren vor merkwürdigen Häusern aus der Droschke steigen. Doch ich glaube, Sie kennen das selbst, wo sie doch auch recht hautnah mit solchen Gegenden zu tun haben!«

»Ja«, sagte Pitt. »Ja.« Seit seiner Beförderung zum Inspektor hatte er es jedoch mit bedeutenderen Fällen zu tun, und die normalen und eher langweiligen Aufgaben, ein Minimum an Kontrolle über das Laster aufrechtzuerhalten, fielen ihm nicht mehr zu.

Der Wachtmeister nickte. »Wenn ich allerdings sehe, daß Kinder betroffen sind, kann ich das am schlechtesten ertragen. Ich denke, die meisten Erwachsenen können tun, was immer sie wollen, obwohl ich es hasse, wenn ich sehe, wie sich eine Frau erniedrigt – das läßt mich immer an meine Mutter denken; aber bei Kindern ist das etwas anderes. Komisch, erst gestern waren zwei Damen hier, wissen Sie – und ich meine richtige *Damen* , sie waren ganz vornehm gekleidet, redeten auch richtig vornehm und waren stattlich wie Herzoginnen. Sie kamen hier herein und sagten, sie wollten etwas gegen Kinderprostitution unternehmen, wollten die Leute aufrütteln und aufhorchen lassen. Ich glaube nicht, daß sie damit große Chancen haben.« Er lächelte schwach. »Viele vornehme Leute zahlen das Geld, das die Sache für die Zuhälter so lukrativ macht und ihnen auf alle Fälle den dicksten Gewinn sichert. Es hat doch keinen Zweck, so zu tun, als ob die feinen Herren in bedeutenden Positionen nicht wüßten, was da läuft! Doch bei den Damen kann das ja anders sein, nicht wahr? Ich selbst habe die beiden gestern nicht zu Gesicht bekommen, aber Wachtmeister Andrews, der zu dieser Zeit gerade Dienst hatte, sagte, sie hatten sich die Leiche ansehen wollen, die aus dem Fluß geholt wurde – die gleiche Leiche, wegen der auch Sie hier sind. Weiß wie Bettlaken gingen sie wieder weg, aber sie haben weder die Nerven verloren noch sind sie in Ohnmacht gefallen. Man muß sie schon bewundern. Haben sie sich einfach angeschaut und sich bei ihm bedankt, höflich wie sie immer sind, und dann gingen sie wieder. Man konnte Ihnen die Bitte nicht abschlagen, sie hatten wirklich Temperament!«

»Ach ja?« Pitt war verblüfft. Zum einen Teil war er wütend, zum anderen Teil empfand er einen idiotischen Stolz. Er machte sich nicht einmal die Mühe zu fragen, ob die Damen irgendwelche

Namen hinterlassen oder wie sie tatsächlich ausgesehen hatten. Er würde sich seine Bemerkungen zu dieser Sache aufsparen, bis er daheim war.

»Ich denke, sie wollten Sergeant Wittle sehen?« meinte der Wachtmeister sachlich. Er war sich nicht Pitts Gedanken bewußt, auch nicht der Tatsache, daß sie gar nicht mehr um das unmittelbare Thema kreisten. »Diese Treppe hoch, dann die erste Tür, auf die Sie zulaufen, Sir! Sie können es nicht verfehlen.«

»Danke«, sagte Pitt. Er lächelte und ließ den Wachtmeister allein, der den Becher Tee wieder hochnahm, bevor der letzte Rest an Wärme entwichen war.

Sergeant Wittle war ein trauriger Mann mit dunklem Gesicht und einem Rest lichter, schwarzer Haare, die über seinem Scheitel hingen.

»Ah«, seufzte er, als Pitt ihm den Zweck seines Besuches erklärte. »Ah... Nun, ich glaube nicht, daß wir da viel erreichen werden. Das passiert die ganze Zeit, die armen Kerle! Ich kann Ihnen gar nicht sagen, wie viele von ihnen ich über die Jahre hinweg gesehen habe. Natürlich sind die meisten keine Mordopfer, zumindest nicht direkt – nur indirekt, durch das Leben etwa. Setzen Sie sich, Mr. Pitt. Sie werden nicht viel Nützliches in Erfahrung bringen.«

»Es ist auch kein offizielles Anliegen«, sagte Pitt hastig, schob den Stuhl näher an den Ofen heran und machte es sich darin bequem. »Der Fall gehört Ihnen. Ich fragte mich nur, ob ich Ihnen nicht eine Hilfe sein könnte – inoffiziell, meine ich.«

»Wissen Sie denn etwas?« Wittles Augenbrauen fuhren in die Höhe. »Wir wissen, wo er lebte, aber das gibt uns überhaupt keine Aufschlüsse. Es ist ein anonymer Ort. Jeder konnte dort ein und aus gehen – das gehörte ja dazu! Keiner wollte gesehen werden. Wer wollte das auch, wenn er einen solchen Ort aufsucht? Und die ganzen anderen Bewohner kümmerten sich hübsch um ihre eigenen Angelegenheiten. Jedenfalls gehen sie drinnen ihrem Gewerbe nach, was sich von der Natur der Sache her in der Abgeschiedenheit vollziehen muß. Die Hand, die einen füttert, beißt man nicht, und man läßt nicht jeden wissen, wer an diesem Ort verkehrt.«

»Haben Sie denn überhaupt irgend etwas herausgefunden?« fragte Pitt und versuchte, nicht darauf zu hoffen.

Wittle seufzte wieder. »Nicht viel. Zumindest für eine gewisse Zeit behandeln wir den Fall natürlich als Mordsache. Wahrscheinlich wird er mit all den anderen ungelösten Fällen zu den Akten gelegt, aber eine oder zwei Wochen geben wir ihm noch. Es hat den Anschein, daß der Tote ein recht forscher kleiner Bursche war – mehr als viele andere sagte er, was er dachte. Er war bekannt. Einige behaupten – vorausgesetzt sie sagen die Wahrheit –, er habe ein paar hochgestellten Personen Gesellschaft geleistet.«

»Wem?« Pitt lehnte sich drängend nach vorne. Seine Kehle schnürte sich zusammen. »Welchen hochgestellten Leuten leistete er Gesellschaft?«

Wittle lächelte traurig. »Keinem, den Sie kennen würden, Mr. Pitt. Ich lese die Zeitungen. Wenn es irgend jemand gewesen wäre, der etwas mit Ihrem Fall zu tun gehabt hätte, hätte ich jemanden geschickt und es Ihnen mitgeteilt. Das gehört sich doch so. Allerdings kann ich nicht erkennen, daß es Ihnen irgend etwas nutzen würde. Sie haben ja bereits Ihren Mann. Warum kümmern Sie sich überhaupt noch um den Fall?« Er kniff die Augen zusammen. »Glauben Sie, da steckt noch mehr dahinter?« Er schüttelte den Kopf. »Bei diesen Dingen ist das doch immer so, aber herausfinden wird man es nie. Die vornehmen Leute rücken sehr eng zusammen, wenn es darauf ankommt, ihre Familienprobleme zu verbergen. Ich schätze, der junge Waybourne hat sich ein wenig auf eigene Faust in den Slums herumgetrieben, meinen Sie nicht auch? Nun gut – aber ist das jetzt noch von Bedeutung? Der arme kleine Kerl ist tot, und wenn wir beweisen, daß hier und da jemand gelogen hat, wird das keinem etwas helfen.«

»Nein«, sagte Pitt mit so viel Anstand, wie er nur aufbringen konnte. »Wenn Sie aber Beweise dafür finden, daß er irgend jemandem aus unserer Gegend Gesellschaft leistete, dann möchte ich darüber Bescheid wissen. Ich könnte Ihnen ja vielleicht auch etwas Nützliches mitteilen, auch wenn es nur ein Verdacht ist, der nirgends protokolliert wurde.«

Wittle lächelte; das erste Mal zeigte er, daß er sich richtig amüsierte.

»Haben Sie jemals versucht zu beweisen, daß ein Gentleman auch nur flüchtig jemanden wie Albie Frobisher kannte, Mr. Pitt?«

Eine Antwort war nicht nötig. Sie wußten beide, daß ein solcher Akt beruflicher Dummheit zwecklos sein würde. Der Polizist, der die Anklage erhob, würde sich wahrscheinlich für diese Torheit mehr Ärger einhandeln als der Gentleman, gegen den seine Klage gerichtet war. Obwohl es natürlich ringsherum nur betretene Gesichter geben würde, fiel die ganze Sache in nicht unbedeutendem Maße auch auf die Vorgesetzten des Polizisten zurück, weil sie dafür verantwortlich gemacht wurden, einen derart ungeschickten Mann eingestellt zu haben, einen Dummkopf, der sich so wenig dessen bewußt war, was gesagt und was nur vermutet werden durfte, daß er einen derartigen Gedanken in Worte faßte.

»Selbst wenn es Beweise sind, die Sie nicht verwenden können«, sagte Pitt schließlich, »würde ich gerne darüber in Kenntnis gesetzt werden.«

»Aus reinem Interesse, wie?« Wittles Lächeln wurde breiter. »Oder wissen Sie etwas, das mir unbekannt ist?«

»Nein.« Pitt schüttelte den Kopf. »Nein, ich weiß fürchterlich wenig. Je mehr ich in Erfahrung bringe, desto weniger denke ich, daß ich wirklich etwas weiß. Doch trotzdem, vielen Dank.«

Pitt brauchte zehn Minuten, die er in der Kälte herumlief, bis er eine andere Droschke fand. Er sagte, wo er hinwollte, und kletterte hinein, dann erkannte er, daß sein Verstand etwas in Worte gefaßt hatte, das bisher kaum in sein Bewußtsein gedrungen war. Noch einmal kehrte er in das Bordell von Abigail Winters zurück, um zu erfahren, ob irgendeines der Mädchen wußte, wohin sie genau gegangen war. Er hatte Angst um Abigail, Angst davor, daß auch sie tot und aufgedunsen in irgendeinem dunklen Nebenarm des Flusses lag oder bereits mit den Gezeiten in die Flußmündung und ins offene Meer gespült worden war.

Drei Tage später erhielt er von einer Polizeiwache in einer kleinen Stadt in Devon die Nachricht, daß Abigail Winters sich dort bei einer Cousine aufhielt, daß sie lebte und allem Anschein nach wohlauf war. Das einzige Mädchen im Bordell, das schreiben konnte, hatte ihm diese Information gegeben, aber er hatte ihr unbestätigtes Wort nicht gelten lassen, sondern selber an sechs Polizeibezirke telegrafiert. Die zweite Reaktion darauf brachte die gewünschte Antwort. Dem Wachtmeister zufolge, dessen sorgfältige und ungelenke Formulierung er gerade las, hatte Abigail sich wegen ihrer unter dem Londoner Nebel leidenden Lunge aufs Land zurückgezogen. Sie meinte, die Luft in Devon würde ihr guttun, da sie milder war und es keinen Rauch aus Industrieanlagen gab.

Pitt starrte auf das Papier. Das war doch lächerlich. Die Nachricht kam aus einer kleinen, ländlichen Stadt, in der es nur einen minimalen Bedarf für Abigails Gewerbe gab und sie lediglich eine entfernte Verwandte kannte. Zweifellos würde sie, sobald der Fall Waybourne vergessen war, innerhalb eines Jahres wieder in London sein.

Warum war sie gegangen? Wovor hatte sie Angst? Daß sie gelogen hatte und daß sie, wenn sie in London blieb, jemand unter Druck setzen würde, bis die ganze Sache aufflog? Pitt hatte das Gefühl, er hatte es bereits gewußt; das einzige, was er nicht wußte, war, wie alles zustande gekommen war. Hatte jemand sie dafür bezahlt zu lügen – oder war es ein langsamer, durch die Befragung von Gillivray in Gang gesetzter Prozeß gewesen? Hatte sie durch irgendeine versteckte Andeutung, eine Geste oder eine Vermutung erkannt, was er wollte und es ihm gegeben, damit man ihr in Zukunft als Gegenleistung mit Nachsicht begegnete? Gillivray war jung, eifrig und hatte mehr zu bieten als nur ein sympathisches Äußeres. Er brauchte eine Prostituierte mit einer Geschlechtskrankheit. Wie gründlich hatte er gesucht, und wie leicht war es gewesen, ihn zufriedenzustellen, sobald er jemanden, irgend jemanden gefunden hatte, der diesem Bedürfnis entgegenkam?

Es war ein schockierender Gedanke, aber Gillivray wäre nicht der erste, der eine Chance ergriff, an Beweismaterial zu kommen, um jemanden zu verurteilen, von dem man aufrichtig glaubte, daß er eines entsetzlichen Verbrechens schuldig war, eines Verbrechens, das wahrscheinlich immer wieder begangen wurde, wenn der Täter nicht hinter Gitter kam. Es gab einen tiefen, natürlichen Wunsch, ein abscheuliches Verbrechen zu verhindern, insbesondere wenn man erst vor kurzem die Opfer gesehen hatte. Es war leicht nachzuvollziehen. Und doch war es auch unentschuldbar.

Er ließ Gillivray in sein Büro kommen und sagte ihm, er solle sich setzen.

»Ich habe Abigail Winters gefunden«, verkündete er und beobachtete Gillivrays Gesicht.

Gillivrays Augen waren auf einmal ganz hell und verschwommen. Er stand plötzlich so sehr unter Druck, daß er kein Wort mehr äußern konnte. Es war eine Schuld, die Pitt in einem stundenlangen Verhör nicht hätte aufdecken können, ganz gleich, bei wie vielen Verdachtsmomenten er nachgehakt und wie viele verbale Fallen er aufgestellt hätte. Überraschung und Angst waren viel wirksamer. Und sie zwangen Gillivray zu einer Antwort, bevor er die Zeit hatte, seinen schuldigen Blick zu verbergen und zu erfassen, was Pitt gerade sagte.

»Verstehe«, sagte Pitt ruhig. »Ich will lieber nicht davon ausgehen, daß Sie Abigail offen bestochen haben. Aber stillschweigend haben Sie es getan und sie dazu gebracht, einen Meineid zu leisten, nicht wahr? Sie haben sie dazu aufgefordert, und sie ist darauf eingegangen.«

»Mr. Pitt!« Gillivrays Gesicht war dunkelrot.

Pitt wußte, was jetzt kam, kannte die Rationalisierungen. Er wollte sie nicht hören, weil sie ihm alle bekannt waren, und er wollte nicht, daß Gillivray sie äußerte. Er hatte gedacht, er würde ihm keine Sympathie entgegenbringen, aber jetzt, als es zu diesem Augenblick gekommen war, wollte er ihm diese Selbsterniedrigung ersparen.

»Tun Sie das nicht«, sagte er ruhig. »Ich kenne alle Gründe.«

»Aber, Mr. Pitt...«

Pitt hielt ein Stück Papier hoch. »Es hat einen Raub gegeben; man hat eine Menge hochwertiges Tafelsilber mitgehen lassen. Das ist die Adresse. Gehen Sie und besuchen Sie die Leute.«

Schweigend nahm Gillivray den Zettel in Empfang, zögerte einen Moment, als wolle er noch einen Einwand vorbringen, dann machte er auf dem Absatz kehrt und ging, knallte die Tür hinter sich zu.

11

Pitt stand unter den neuen elektrischen Laternen, die die Uferbefestigung der Themse säumten, und starrte auf das dunkle Wasser, das in den Lichtreflexen prächtig vor sich hin tanzte und dann in die Dunkelheit davonglitt. Die Kugeln entlang der Balustrade hingen wie zahllose Monde ein wenig über den Köpfen der eleganten Herren und der feinen Damen, die in Pelze eingemummelt durch die winterliche Nacht promenierten und deren Stiefel mit einem leisen, hohen Geräusch auf den eiskalten Fußweg schlugen.

Wenn Jerome gehängt wurde, würde alles, was Pitt über den Mord herausfand, in der Praxis ohne Bedeutung sein. Und Albie gab es ja auch noch. Wer immer ihn ermordet hatte, Jerome war es jedenfalls nicht gewesen; als der Mord verübt wurde, war er in Newgate in sicherem Gewahrsam.

Standen die beiden Morde miteinander in Verbindung? Oder war es nur ein ungeheuerliches und irrelevantes Mißgeschick?

Eine Frau lachte, als sie hinter Pitt vorbeiging, sie kam ihm so nahe, daß ihre Röcke am unteren Teil seiner Hose entlangstrichen. Der Mann neben ihr, dessen Zylinder auf verwegene Weise seitlich auf seinem Kopf saß, neigte sich zu ihr und flüsterte etwas. Sie lachte wieder, und Pitt wußte, was er gesagt hatte.

Er drehte ihnen weiterhin den Rücken zu und starrte hinaus auf den Fluß. Er wollte wissen, wer Albie ermordet hatte. Und doch hatte er das Gefühl, daß es bezüglich Arthur Waybourne noch andere Lügen gab, Lügen, die wichtig waren, obwohl sein Hirn ihm nicht sagen konnte, auf welche Weise das so war oder wie die Antwort lautete.

Pitt war an diesem Abend wieder in Deptford gewesen, hatte aber nichts in Erfahrung gebracht, das wirklich von Belang war, nur eine Menge Details, auf die er ebensogut hätte selber kommen können. Albie hatte wohl einige wohlhabende Kunden gehabt, Männer, die sehr weit gehen konnten, um ihre Vorlieben vor dem Bekanntwerden zu bewahren. War Albie so dumm gewesen zu versuchen, seinen Lebensstandard aufzubessern, indem er ausgewählte Kunden ein wenig unter Druck setzte? Wollte er sich für Zeiten absichern, in denen er nicht länger einen bestimmten Preis erzielen konnte?

Doch noch war es, wie Wittle angedeutet hatte, viel wahrscheinlicher, daß er in irgendeinen Streit mit einem Liebhaber verwickelt war und aus hitziger Eifersucht oder unbefriedigter Lust heraus erwürgt wurde. Oder war es vielleicht so etwas Alltägliches wie ein Streit um Geld gewesen? Vielleicht war er einfach nur habgierig.

Und dennoch wollte Pitt es wissen; alles, was noch offengeblieben war, zog unablässig durch seinen Verstand und irritierte sein Denken wie ein beständiger, bohrender Schmerz.

Er richtete sich auf und begann, die Laternenreihe entlangzugehen. Er ging schneller als die Spaziergänger, die sich zum Schutz vor der bitterkalten Luft dick eingewickelt hatten. Kutschen waren in der Nähe, die sie mitnehmen würden, wenn sie von ihrem Zeitvertreib genug bekamen. Es dauerte nicht lange, bis er einen Hansom heranwinkte und sich auf den Nachhauseweg machte.

Um zwölf Uhr mittags am folgenden Tag klopfte ein Wachtmeister besorgt an Pitts Tür und sagte ihm, Mr. Athelstan verlange von ihm, sich umgehend oben zu melden. Ahnungslos ging Pitt hoch; momentan kreisten seine Gedanken um einen Fall, bei dem gestohlene Wertgegenstände wiederaufgefunden werden mußten. Er war der Meinung, Athelstan wolle sich erkundigen, mit welcher Wahrscheinlichkeit in diesem Fall eine Verurteilung zu erwarten war.

»Pitt!« brüllte Athelstan, sobald der Inspektor durch die Tür getreten war. Er stand bereits; eine Zigarre lag zerquetscht im großen, polierten Steinaschenbecher, Tabak quoll aus ihren aufgeplatzten Seiten heraus. »Bei Gott, Pitt, dafür breche ich Ihnen das Genick!« Seine Stimme wurde noch lauter. »Stillgestanden, wenn ich mit Ihnen rede!«

Gehorsam zog Pitt die Füße zusammen. Athelstans tiefrotes Gesicht und seine zitternden Hände verblüfften ihn. Offenbar stand sein Vorgesetzter kurz davor, völlig die Beherrschung zu verlieren.

»Stehen Sie nicht einfach da!« Athelstan kam um den Schreibtisch herum, um sich vor ihm aufzubauen. »Ich dulde keine stumme Überheblichkeit! Sie meinen wohl, Sie könnten mit allem ungestraft davonkommen, was? Nur weil irgendein hochnäsiger Landjunker schlecht beraten war, Ihnen mit seinem Sohn zusammen Bildung zukommen zu lassen, und Sie meinen, sie sprechen wie ein richtiger Gentleman! Nun, ich will Sie eines Besseren belehren, Pitt! Sie sind Polizeiinspektor, und sie sind den gleichen Vorschriften unterworfen wie jeder andere Polizist auch. Wenn ich meine, Sie sind dazu geeignet, kann ich Sie befördern. Ich kann Sie genauso leicht zum Sergeant oder zum Wachtmeister degradieren, wenn ich dafür einen Grund sehe. Tatsächlich kann ich Sie auch ganz entlassen! Ich kann Sie auf die Straße werfen! Wie gefiele Ihnen das, Pitt? Keine Arbeit, kein Geld. Wie würden Sie dann wohl Ihre vornehme Frau mit ihren hochgeborenen Ideen unterhalten, he?«

Pitt mußte fast lachen; das war ja albern! Athelstan sah aus, als stünde er kurz vor einem Anfall, wenn er nicht achtgab. Doch Pitt hatte auch Angst. Athelstan mochte ja lächerlich wirken, wie er da mit dunkelrotem Gesicht, hervorquellenden Augen und einem an einen Truthahn erinnernden Hals über seinem ihm die Luft nehmenden, steifen weißen Kragen mitten im Raum stand, aber er war den Grenzen seiner Selbstbeherrschung so nahe, daß er ihn sehr wohl entlassen konnte. Pitt liebte seine Arbeit; es hatte für ihn einen gewissen Wert, die Fäden eines Geheimnisses zu entwirren und die Wahrheit – manchmal eine häßliche Wahrheit – herauszufinden. Es verlieh ihm das Gefühl, etwas wert zu sein; jeden Morgen, wenn er aufwachte, wußte er, warum er aufstand, wohin er ging, und daß er ein Ziel hatte. Wenn jemand ihn angehalten und gefragt hätte Was sind Sie?, hätte er ihm eine Antwort geben können, die zusammenfaßte, was er war, und warum das so war – und er hätte nicht nur die Berufsbezeichnung genannt, sondern vom Wesentlichen gesprochen. Seine Arbeit zu verlieren, würde ihm viel mehr wegnehmen, als Athelstan begreifen konnte.

Doch als er Athelstans purpurn angelaufenes Gesicht betrachtete, wußte er, daß dieser ein bestimmtes Ausmaß der Bedeutung, die die Arbeit für ihn hatte, sehr gut begriff. Athelstan wollte ihn erschrecken, wollte ihn durch Einschüchterung zum Gehorsam zwingen.

Es mußte wieder um Albie und Arthur Waybourne gehen. Nichts anderes war sonst so wichtig.

Plötzlich streckte Athelstan seine Hand aus und versetzte Pitt mit der Handfläche eine Ohrfeige. Es brannte heftig, aber Pitt kam sich wie ein Narr vor, daß er sich so hatte überrumpeln lassen. Reglos stand er da, die Hände an den Seiten.

»Ja, Sir?« fragte er ruhig. »Was ist denn geschehen?«

Athelstan schien zu merken, daß er jede Spur von Anstand verloren hatte, daß er sich erlaubt hatte, vor einem Untergebenen unkontrollierten Gefühlen ihren freien Lauf zu lassen. Das Blut strömte immer noch in sein Gesicht. Aber er atmete jetzt langsam ein und hörte auf zu zittern.

»Sie waren wieder in der Polizeiwache Deptford«, sagte er mit viel leiserer Stimme. »Sie haben sich in deren Untersuchungen eingemischt und nach Informationen über den Tod des Strichjungen Frobisher gefragt.«

»Ich bin in meiner Freizeit dorthin gegangen, Sir«, antwortete Pitt, »um zu sehen, ob ich ihnen nicht Hilfe anbieten könnte, weil wir bereits eine Menge über ihn wissen und sie nicht. Wenn Sie sich erinnern, lebte er eher in der Nähe unseres Bezirks.«

»Werden Sie nicht frech! Natürlich erinnere ich mich! Er war dieser abartig veranlagte Strichjunge, den dieser Jerome mit seinen ekelhaften Gewohnheiten immer wieder aufsuchte! Er hat den Tod verdient, hat ihn sich selbst eingebrockt! Je mehr von diesem Gesindel sich gegenseitig umbringt, desto besser ist das für die anständigen Menschen dieser Stadt. Und wir werden dafür bezahlt, die anständigen Menschen zu beschützen, Pitt! Und das sollten Sie nie vergessen!«

Pitt sprach, ohne nachzudenken. »Sind die anständigen Menschen diejenigen, die nur mit ihren Frauen schlafen, Sir?« Er ließ zu, daß der Sarkasmus sich in seine Stimme schlich, obwohl er beabsichtigt hatte, sie ganz naiv klingen zu lassen. »Und woher soll ich wissen, wer diese anständigen Leute sind, Sir?«

Athelstan starrte ihn an; zuerst wich ihm alles Blut aus dem Gesicht, dann strömte es wieder zurück.

»Sie sind entlassen, Pitt«, meinte er schließlich. »Sie gehören nicht länger zur Polizei!«

Pitt fühlte, wie sich eine Eisschicht über ihn legte, als sei er gestolpert und in den Fluß gefallen. Seine Stimme antwortete ganz unwillkürlich wie die eines Fremden. Es lag eine Prahlerei darin, zu der er sich gar nicht aufgelegt fühlte.

»Vielleicht ist das ja auch gut so. Ich hätte nie auf passende Weise beurteilen können, wen wir beschützen sollen und bei wem wir es zulassen dürfen, daß er ermordet wird. Ich befand mich in dem Irrtum, daß wir da wären, um Verbrechen zu verhindern oder Kriminelle festzunehmen, wann immer uns das möglich sei, und daß der gesellschaftliche Stand oder die moralischen Gewohnheiten des Opfers und des Täters recht bedeutungslos seien; daß wir uns bemühen sollten, dem Gesetz Geltung zu verschaffen – etwas wie ohne jemandem Böses zu wollen, ohne Angst und ohne jemanden zu bevorzugen.«

Wieder flutete eine heiße Welle in Athelstans Gesicht.

»Beschuldigen Sie mich, irgend jemanden zu bevorzugen, Pitt? Behaupten Sie, ich sei korrupt?«

»Nein, Sir. Das haben Sie gesagt«, erwiderte Pitt. Jetzt gab es für ihn nichts mehr zu verlieren. Alles, was Athelstan ihm geben oder nehmen konnte, war bereits dahin. Sein Vorgesetzter hatte seine ganze Macht ausgespielt.

Athelstan schluckte. »Sie haben das mißverstanden!« sagte er mit gepreßter Wut, doch sanft und plötzlich vor Überraschung wieder seine Beherrschung findend. »Manchmal glaube ich, Sie sind absichtlich dumm! Ich habe nichts dergleichen gesagt. Ich meinte nur, daß es mit Leuten wie Albie Frobisher eher gezwungenermaßen ein schlimmes Ende nehmen muß, und daß es nichts gibt, was wir dagegen unternehmen können. Das ist alles.«

»Tut mir leid, Sir. Ich dachte, Sie sagten, es gäbe nichts, was wir unternehmen sollten.«

»Unsinn!« Athelstan wedelte mit den Händen, als wolle er die Idee damit wegwischen. »So etwas habe ich nie gesagt! Natürlich müssen wir es versuchen! Es ist eben nur hoffnungslos. Wir können nicht die kostbare Arbeitszeit eines Polizisten mit etwas vergeuden, das keine Aussichten auf Erfolg besitzt. Das ist gesunder Menschenverstand, nichts anderes. Sie werden nie einen guten Verwalter abgeben, Pitt, wenn Sie nicht begreifen, wie Sie die begrenzten, Ihnen zur Verfügung stehenden Kräfte am besten nutzen! Lassen Sie sich das eine Lektion sein.«

»Ich werde wohl kaum in der Lage sein, irgendwo den Verwalter zu spielen, da ich keine Arbeit habe«, führte Pitt aus. Jetzt brach die kalte Wirklichkeit über ihn herein. Durch den Schock begann er, einen flüchtigen Blick auf die Einöde des Unglücks dahinter zu werfen. Lächerlicherweise, kindischerweise schnürte sich seine Kehle auf schmerzhafte Weise zusammen. In diesem Augenblick haßte er Athelstan so sehr, daß er ihn schlagen, ihn verprügeln wollte, bis er blutete. Dann würde er aus der Wache herausgehen, wo ihn jeder kannte, und in den grauen, alles einhüllenden Regen hineintauchen, bis er das Verlangen zu weinen unter Kontrolle bringen konnte. Natürlich abgesehen davon, daß es alles wieder hochkommen würde, wenn er Charlotte sah, und er einen schwachen und würdelosen Narren abgeben würde.

»Nun!« sagte Athelstan naserümpfend und gereizt, »nun... ich bin kein nachtragender Mensch. Ich bin bereit, über diese Übertretung hinwegzusehen, wenn Sie sich in Zukunft umsichtiger verhalten. Sie können sich noch als zugehörig zur Polizei ansehen.« Er blickte Pitt ins Gesicht und hielt die Hand hoch. »Nein! Ich bestehe darauf, daß sie nicht mit mir darüber debattieren! Ich bin mir ihrer übermäßigen Impulsivität bewußt, aber bereit, Ihnen einen gewissen Spielraum zuzugestehen. In der Vergangenheit haben Sie einiges an exzellenter Arbeit geleistet und sich für gelegentliche Fehler ein wenig Nachsicht verdient. Jetzt gehen Sie mir aus den Augen, bevor ich meine Meinung ändere. Und erwähnen Sie nie mehr Arthur Waybourne oder irgend etwas, was mit diesem Fall in Verbindung steht, was und wie wenig es auch immer sein mag.« Er winkte wieder mit der Hand. »Haben Sie mich gehört?«

Pitt schaute verständnislos drein. Er hatte das seltsame Gefühl, daß Athelstan genauso erleichtert war wie er. Sein Gesicht war immer noch dunkelrot; sein Blick war besorgt auf ihn gerichtet.

»Haben Sie mich gehört?« wiederholte er mit lauterer Stimme.

»Ja, Sir«, antwortete Pitt und richtete sich wieder auf, um einen gewissen Anschein von Aufmerksamkeit abzugeben. »Ja, Sir.«

»Gut! Gehen Sie jetzt und machen Sie mit dem weiter, was Sie gerade tun! Gehen Sie!«

Pitt gehorchte, dann stand er draußen auf dem Mattenbelag des Treppenabsatzes. Plötzlich war ihm schlecht.

Inzwischen betreiben Charlotte und Emily mit Enthusiasmus ihren Feldzug. Je mehr sie von Carlisle und aus anderen Quellen erfuhren, desto ernster wurde die Angelegenheit – und desto tiefer und quälender ihre Wut. Sie entwickelten ein gewisses Verantwortungsgefühl, weil das Schicksal – oder Gott – ihnen selbst ein solches Leiden erspart hatte.

Im Verlauf ihrer Arbeit besuchten Charlotte und Emily Callantha Swynford ein drittes Mal, und bei dieser Gelegenheit war Charlotte endlich mit Titus allein. Emily hielt sich im Salon auf und erörterte mit Callantha neue Erkenntnisse, während Charlotte sich in das Damenzimmer zurückgezogen hatte, um Kopien von einer Liste anzufertigen, die an andere Damen weitergegeben werden sollte, die sich ihrer Sache angeschlossen hatten. Sie saß an dem kleinen Rollpult, schrieb so sauber sie konnte, als sie plötzlich aufschaute und einen Jugendlichen mit recht liebenswürdigem Gesicht sah, der die gleichen goldenen Sommersprossen hatte wie Callantha.

»Guten Tag«, sagte sie im Plauderton. »Du mußt Titus sein.« Im ersten Augenblick hatte sie ihn nicht erkannt; in seinem eigenen Zuhause wirkte er viel ruhiger als im Zeugenstand. Sein Körper hatte die Schwere und den Widerstand verloren, der ihm damals zu eigen gewesen war.

»Ja, Ma'am«, antwortete er steif. »Sind sie eine von Mamas Freundinnen?«

»Jawohl. Ich heiße Charlotte Pitt. Wir arbeiten zusammen, um zu versuchen, einige sehr schlimme Dinge zu verhindern, die immer wieder passieren. Ich denke, du weißt darüber Bescheid.« Teilweise beabsichtigte sie, ihm damit ein Kompliment zu machen, ihm das Gefühl zu vermitteln, ein Erwachsener zu sein und nicht von Informationen ausgeschlossen zu werden, aber sie erinnerte sich auch daran, wie sie und Emily bei den Teegesellschaften ihrer Mutter und den Nachmittagsbesuchen häufig an der Tür gehorcht hatten.

Charlotte hatte das Lauschen immer für etwas angesehen, da sie oft etwas gehört hatten, das auch nicht nur annäherungsweise so erschreckend war oder die Fantasie eines Heranwachsenden so sehr anstachelte wie der Kampf gegen die Kinderprostitution.

Titus betrachtete sie mit Offenheit und dem Anflug einer gewissen Unsicherheit. Er wollte nicht zugeben, daß er nichts wußte; immerhin war sie eine Frau, und er war allmählich alt genug, um sich wie ein Mann zu fühlen. Die Kindheit mit den damit verbundenen Demütigungen legte er rasch immer weiter ab.

»Oh, ja«, sagte er und hob sein Kinn. Dann gewann die Neugier die Oberhand. Das war eine zu gute Chance, als daß man sie hätte ungenutzt verstreichen lassen dürfen. »Zumindest ein Teil ist mir bekannt. Natürlich mußte ich mich auch meinen Studien widmen, wissen Sie.«

»Natürlich«, stimmte sie ihm zu und legte ihre Schreibfeder hin. Hoffnung stieg in ihr hoch. Wenn Titus seine Aussage ändern sollte, war es doch nicht zu spät! Sie durfte sich ihre Aufregung nicht anmerken lassen.

Sie schluckte, sprach ganz zwanglos weiter. »Man verfügt nur über eine gewisse Zeit und muß mit dieser klug umgehen.«

Titus zog einen kleinen gepolsterten Stuhl zu sich heran und setzte sich hin.

»Was schreiben Sie da?« Er war gut erzogen worden und hatte hervorragende Manieren. Er ließ es wie freundliches Interesse klingen; fast hatte es einen winzigen Anflug von Gönnerhaftigkeit, aber von so etwas Vulgärem wie Neugier war keine Spur zu spüren.

Sie hatte die feste Absicht gehabt, es ihm sowieso zu erzählen – neben ihrer Neugier war seine blaß und unreif. Sie blickte wieder auf das Papier hinab, als ob sie es schon fast vergessen hätte.

»Oh, das da? Ein Verzeichnis der Löhne, die die Leute dafür bekommen, alte Kleidungsstücke auseinanderzunehmen, damit andere sie wieder zu neuen zusammennähen können.«

»Wofür denn das? Wer will denn Kleider haben, die aus den alten Kleidungsstücken anderer Leute gemacht sind?«

»Leute, die zu arm sind, um sich richtige neue Kleidung zu kaufen«, antwortete sie und reichte ihm die Liste, die sie gerade abschrieb.

Er nahm sie entgegen und sah sie sich an.

»Das ist ja nicht viel Geld.« Er musterte die Zahlenspalten mit den eingetragenen Pennies. »Es scheint kein sehr guter Job zu sein.«

»Ist es auch nicht«, pflichtete sie ihm bei. »Die Leute können nicht davon leben und machen oft noch andere Dinge.«

»Wenn ich arm wäre, würde ich die ganze Zeit etwas anderes machen.« Er reichte es ihr zurück. Mit arm meinte er jemanden, der überhaupt arbeiten mußte, und sie hatte das begriffen. Für ihn war Geld immer vorhanden – man mußte es nicht erwerben.

»Oh, einige Leute tun das auch«; sagte sie ganz beiläufig. »Das versuchen wir ja gerade zu stoppen.«

Sie mußte einige Augenblicke der Stille abwarten, bevor er die Frage stellte, auf die sie gehofft hatte.

»Warum versuchen Sie, das zu tun, Mrs. Pitt? Es scheint mir nicht sehr fair zu sein. Warum sollten Leute für ein paar Pennies alte Kleidungsstücke auftrennen, wenn sie mit einer anderen Tätigkeit doch viel mehr Geld verdienen könnten?«

»Ich will auch nicht, daß sie Lumpen sammeln.« Die Verwendung dieses Begriffes war ihr jetzt recht vertraut. »Zumindest nicht für das Geld. Aber ich will auch nicht, daß sie Prostituierte werden, erst recht nicht, wenn sie noch Kinder sind.« Sie zögerte, dann riskierte sie es. »Insbesondere Jungen.«

Der Stolz des Mannes in ihm wollte seine Unwissenheit nicht zugeben. Er befand sich in Gesellschaft einer Frau, und dazu noch einer Frau, die er sehr attraktiv fand. Es war ihm wichtig, sie zu beeindrucken.

Sie spürte sein Dilemma und drängte ihn dazu, mit seinen Gefühlen an die Sache heranzugehen.

»Ich glaube, wenn es auf diese Weise ausgedrückt wird, würdest du dem zustimmen, oder?« fragte sie und begegnete dem Blick aus seinen überaus offenen Augen. Was für feine, dunkle Wimpern er hatte!

»Da bin ich mir nicht sicher«, wich er aus. Eine leichte Röte färbte seine Wangen. »Warum insbesondere Jungen? Können Sie mir vielleicht Ihre Gründe dafür nennen?«

Sie bewunderte seine Ausweichstrategie. Er hatte es geschafft, sie zu fragen, ohne dabei zu klingen, als wisse er nicht, wovon die Rede war. Mittlerweile war sie sich dessen fast sicher. Sie mußte vorsichtig sein, damit sie ihm keinerlei Anhaltspunkte lieferte oder ihm Worte in den Mund legte. Genau die richtige Antwort zu formulieren, nahm mehr Zeit in Anspruch, als sie erwartet hatte.

»Nun, ich denke, wir sind uns darin einig, daß jegliche Prostitution etwas Unerfreuliches ist, nicht wahr?« begann sie behutsam und beobachtete ihn.

»Ja.« Er ging auf ihre Vorgabe ein. Die Antwort, die sie erwartete, war deutlich genug.

»Aber ein Erwachsener hat im allgemeinen viel mehr Welterfahrung und versteht daher mehr von dem, was ein solcher Weg mit sich bringt«, fuhr er fort.

»Ja.« Er nickte ganz leicht.

»Kinder können viel leichter dazu gezwungen werden, Dinge zu tun, die sie entweder nicht tun wollen oder deren volle Konsequenzen sie nicht abschätzen können.« Sie schenkte ihm ein schwaches Lächeln.

»Natürlich.« Er war noch jung genug, um den Nachgeschmack der Bitterkeit in sich zu spüren, den Autorität besaß: Gouvernanten, die Anordnungen gaben und erwarteten, daß man früh zu Bett ging und das ganze Gemüse aufaß – und den Reispudding –, ganz egal, wie sehr man all dies verabscheute.

Sie wollte sanft mit ihm umgehen, ihn seine neue, erwachsene Würde behalten lassen, aber das konnte sie sich nicht leisten. Sie haßte es, sie ihm wie ein wertvolles Kleidungsstück zu zerfetzen und ihn nackt dastehen zu lassen.

»Vielleicht bestreitest du ja gar nicht, daß es für Jungen schlimmer ist als für Mädchen?« erkundigte sie sich.

Er errötete, hatte einen verwirrten Blick. »Was? Was ist schlimmer? Die Unwissenheit? Mädchen sind natürlich schwächer...«

»Nein – Prostitution. Den Männern seinen Körper für die intimsten Handlungen zu verkaufen.«

Er wirkte, als habe man ihn jetzt völlig durcheinandergebracht. »Aber Mädchen sind doch...« Peinlicherweise errötete er noch mehr, als er erkannte, was für ein ausgesprochen persönliches Thema sie da berührten.

Sie sagte nichts, nahm jedoch die Schreibfeder und das Papier wieder in die Hand, damit sie eine Entschuldigung hatte, seinem Blick auszuweichen.

»Ich meine, Mädchen...« Er startete einen neuen Versuch. »Keiner tut das mit Jungen. Sie machen sich über mich lustig, Mrs. Pitt!« Sein Gesicht war jetzt dunkelrot. »Wenn Sie über das sprechen, was

Männer und Frauen miteinander machen, dann ist es einfach albern, über Männer und andere Männer – ich meine Jungen! – zu sprechen! Das geht doch gar nicht!« Er stand ziemlich abrupt auf. »Sie lachen mich aus und behandeln mit wie ein Baby. Und ich denke, das ist sehr unfair von Ihnen – und sehr unhöflich!«

Sie stand ebenfalls auf. Es tat ihr heftig leid, ihn gedemütigt zu haben, aber es hatte keine andere Möglichkeit gegeben.

»Nein, das tue ich nicht, Titus – glaub mir«, sagte sie drängend. »Ich schwöre dir, daß ich das nicht tue. Es gibt aber einige Männer, die sehr komisch sind und sich von den meisten anderen unterscheiden. Sie haben diese Art von Gefühlen für Jungen anstatt für Frauen.«

»Das glaube ich Ihnen nicht!«

»Ich schwöre, es ist die Wahrheit! Es gibt sogar ein Gesetz dagegen! Mr. Jerome wurde dessen beschuldigt – wußtest du das?«

Er stand still, seine Augen waren geweitet, unsicher.

»Er wurde beschuldigt, Arthur ermordet zu haben«, sagte er und schaute verständnislos drein. »Er wird gehängt – das weiß ich.«

»Ja, das weiß ich auch. Aber das ist der Grund, warum man annimmt, daß er ihn ermordet hat: Weil er diese Art von Beziehung mit ihm hatte. Wußtest du das nicht?«

Langsam schüttelte er den Kopf.

»Aber ich dachte, er hätte das auch bei dir probiert.« Sie versuchte, genauso verwirrt auszusehen wie er, auch wenn sie sich immer sicherer würde. »Und bei deinem Cousin Godfrey.«

Er starrte sie an; es war ihm so deutlich anzusehen, wie die Gedanken nur so durch seinen Kopf rasten, daß sie sie fast laut hätte lesen können: Verwirrung, Zweifel, eine Spur von Begreifen.

»Sie meinen, Papa hat das gemeint, als er mich fragte...« Erneut lief er rot an, dann wich ihm das Blut wieder aus dem Gesicht, und er wurde so weiß, daß die Sommersprossen wie dunkle Flecken hervorstachen. »Mrs. Pitt... wird Mr. Jerome deswegen gehängt?«

Plötzlich war er wieder vollständig Kind, entsetzt und überwältigt. Jetzt setzte sie sich endgültig über seine Würde hinweg und umarmte ihn mit beiden Armen, hielt ihn ganz fest. Er war kleiner, als er in seiner feschen Jacke ausgesehen hatte; sein Körper war dünner.

Einige Augenblicke lang stand er völlig reglos da, war ganz steif. Ganz langsam kamen dann seine Arme hoch und er hielt sich an ihr fest und entspannte sich.

Sie konnte ihn nicht anlügen und ihm erzählen, es sei nicht so.

»Teilweise«, antwortete sie sanft. »Und zum Teil wegen der Aussagen anderer.«

»Wegen Godfreys Aussage?« Seine Stimme war sehr ruhig.

»Hat Godfrey auch nicht begriffen, was die Fragen bedeuteten?«

»Nicht richtig. Papa fragte nur, ob Mr. Jerome uns jemals berührt hat.« Er holte tief Luft. Am liebsten hätte er sich wie ein Kind an sie geklammert, aber sie war immer noch eine Frau, und der Anstand mußte gewahrt bleiben; er wußte ja nicht einmal, wie man dagegen verstieß. »An bestimmten Stellen des Körpers.« Er fand die Worte unangemessen, aber es war alles, was er sagen konnte. »Nun, das hat er getan. Ich dachte damals nicht, daß daran irgend etwas falsch sein könnte. Es passierte immer ganz schnell, wie bei einem Unfall. Papa sagte mir, es sei fürchterlich schlimm, und damit war noch etwas anderes gemeint... Aber ich weiß wirklich nicht, was – und er hat es auch nicht gesagt! Über diese... diese Dinge wußte ich überhaupt nicht Bescheid! Es klingt schrecklich – und ganz schön dumm.« Er schniefte und riß sich los.

Sofort gab sie ihn frei.

Erneut schniefte er und schaute verständnislos; plötzlich war seine Würde wieder da.

»Wenn ich vor Gericht gelogen habe, komme ich dann ins Gefängnis, Mrs. Pitt?« Kerzengerade stand er da, als ob er erwartete, Polizisten mit Handfesseln kämen jeden Moment durch die Tür.

»Du hast nicht gelogen«, antwortete sie ernst. »Du hast das gesagt, was du für die Wahrheit gehalten hast, und es wurde mißverstanden, weil die Leute in ihren Köpfen bereits eine vorgeformte Idee hatten und das, was du sagtest, dieser Idee anpaßten, auch wenn es nicht das war, was du meintest.«

»Soll ich es ihnen denn sagen?« Seine Lippe zitterte leicht, er biß sich darauf, um sie unter Kontrolle zu bringen.

Sie gab ihm die Zeit.

»Aber Mr. Jerome ist doch bereits verurteilt worden, und bald werden sie ihn hängen. Komme ich denn dann in die Hölle?«

»Willst du, daß er für etwas hängt, was er gar nicht getan hat?«
»Nein, natürlich nicht!« Er war entsetzt.
»Dann kommst du auch nicht in die Hölle.«
Er schloß die Augen. »Ich denke, ich würde es ihnen sowieso lieber erzählen.« Er weigerte sich, sie anzuschauen.
»Das finde ich sehr mutig von dir«, sagte sie absolut aufrichtig. »Ein richtiger Mann macht das so, glaube ich.«
Er öffnete die Augen und blickte sie an. »Meinen Sie das ehrlich?«
»Ja.«
»Sie werden sehr wütend sein, nicht wahr?«
»Wahrscheinlich.«
Er hob das Kinn ein wenig höher und straffte die Schultern. Er hätte ein französischer Aristokrat sein können, der gerade dabei war, in einen Mistkarren zu klettern.
»Werden Sie mich begleiten?« fragte er steif und ließ es wie eine Einladung zum Eßtisch klingen.
»Natürlich.« Sie hob die auf dem Schreibpult liegende Schreibfeder und die Papiere auf, und gemeinsam gingen sie in das Empfangszimmer zurück.
Mortimer Swynford stand mit dem Rücken vor dem Kamin, wärmte seine Beine und schirmte so einen Großteil der Hitze ab. Emily war nirgendwo zu sehen.
»Oh, da bist du ja, Charlotte«, sagte Callantha rasch. »Titus – komm rein. Ich hoffe, er hat Sie nicht gestört!« Sie wandte sich dem am Feuer stehenden Swynford zu. »Das ist Mrs. Pitt, Lady Ashworths Schwester. Charlotte, meine Liebe, ich glaube, Sie sind meinem Mann noch gar nicht begegnet.«
»Wie geht es Ihnen, Mr. Swynford?« fragte Charlotte kühl. Sie brachte es nicht fertig, diesen Mann zu mögen. Vielleicht war das ja ungerecht von ihr, aber sie dachte bei ihm an das Gerichtsverfahren und das damit verbundene Elend und – wie es jetzt den Anschein hatte – auch dessen Ungerechtigkeit.
»Wie geht es Ihnen, Mrs. Pitt?« Kaum wahrnehmbar neigte er seinen Kopf, bewegte sich aber nicht vom Kamin weg. »Ihre Schwester wurde weggerufen. Sie ist mit einer Lady Cumming-Gould gegangen, aber sie hat für Sie ihre Kutsche dagelassen. Was machst du denn hier, Titus? Solltest du nicht bei deinen Studien sein?«

»Ich werde ganz bald wieder zu ihnen zurückkehren, Papa.« Der Junge holte ganz tief Luft, fing Charlottes Blick auf, atmete dann wieder aus und schaute seinem Vater ins Gesicht. »Papa, ich muß dir etwas gestehen.«

»Tatsächlich? Ich glaube kaum, daß jetzt der richtige Zeitpunkt dafür ist, Titus. Ich bin sicher, Mrs. Pitt wünscht nicht durch Missetaten der Familie in Verlegenheit gebracht zu werden.«

»Sie weiß es bereits. Ich habe gelogen. Zumindest habe ich nicht genau erkannt, daß es eine Lüge war, weil ich über die ganze Sache gar nicht Bescheid wußte – über das, worum es da wirklich ging. Aber wegen meiner Aussage, die so nicht stimmte, wird vielleicht ein Unschuldiger gehängt.«

Swynfords Gesicht verdunkelte sich; sein Körper versteifte und wurde ganz fest.

»Kein Unschuldiger wird gehängt werden, Titus. Ich weiß nicht, wovon du redest, und ich denke, es ist das Beste, du vergißt es!«

»Das kann ich nicht, Papa. Ich sagte es vor Gericht, und Mr. Jerome wird zum Teil aufgrund meiner Aussage gehängt. Ich dachte, daß...«

Swynford schwenkte herum, um Charlotte anzuschauen, seine Augen flackerten, sein dicker Hals war rot angelaufen.

»Pitt! Das hätte ich wissen müssen! Sie sind genausowenig Lady Ashworths Schwester wie ich! Sie sind mit diesem verdammten Polizisten verheiratet – nicht wahr? Sie haben sich in mein Haus eingeschlichen, meine Frau belogen, unter Vorspiegelung falscher Tatsachen versucht, einen kleinen Skandal wieder aufzuwärmen! Sie werden nicht eher zufrieden sein, bis sie etwas gefunden haben, mit dem Sie uns alle ruinieren! Jetzt haben Sie meinen Sohn davon überzeugt, etwas Böses getan zu haben, obwohl alles, was das Kind aussagte, genau dem entspricht, was ihm widerfuhr! Verdammt, Frau, ist das nicht schon alles genug? Die Familie wurde durch einen Todesfall, Krankheit, einen Skandal und großen Kummer gestraft! Warum machen Sie das? Was wollen Hyänen wie Sie, die losziehen, um das Leid anderer Leute zu zerpflücken? Beneiden Sie die, die bessergestellt sind als Sie selbst, und wollen Sie ihnen etwas anhängen? Oder hat Ihnen Jerome etwas bedeutet – vielleicht war er ja Ihr Liebhaber?«

»Mortimer!« Callantha war bis an die Haarwurzeln erbleicht. »Bitte!«

»Ruhe!« schrie er. »Du bist bereits einmal getäuscht worden – und hast zugelassen, daß dein Sohn der widerlichen Neugier dieser Frau ausgesetzt wurde! Wenn du nicht so dumm wärest, würde ich dir die Schuld dafür zusprechen, aber zweifellos bist du vollständig auf sie hereingefallen!«

»Mortimer!«

»Ich habe dir gesagt, du sollst den Mund halten! Wenn du dazu nicht fähig bist, ziehst du dich besser auf dein Zimmer zurück!«

Es ging nicht um eine Entscheidung; um Titus und Callanthas und ihrer selbst willen mußte Charlotte Mortimer etwas entgegensetzen.

»Lady Ashworth ist tatsächlich meine Schwester«, sagte sie mit eisiger Ruhe. »Wenn Sie sich die Mühe machen, Erkundigungen einzuziehen, werden Sie das mühelos feststellen. Sie könnten auch Lady Cumming-Gould fragen; sie ist ebenfalls eine Freundin von mir. Tatsächlich ist sie die angeheiratete Tante meiner Schwester.« Sie warf ihm einen derart wütenden Blick zu, daß er erstarrte. »Und ich bin ganz offen in Ihr Haus getreten, weil Mrs. Swynford wie wir anderen auch an dem Versuch beteiligt ist, der Kinderprostitution in London Einhalt zu gebieten. Es tut mir leid, daß es ein Projekt ist, welches nicht ihren Beifall findet – aber ich konnte genausowenig wie Mrs. Swynford vorhersehen, daß Sie dagegen sind. Keine der Damen, die dabei mitmachen, ist auf Widerstand seitens ihres Mannes gestoßen. Ich wage mir nicht vorzustellen, was Ihre Gründe dafür sein könnten – wenn ich das täte, könnten Sie mich zweifellos auch noch der üblen Nachrede bezichtigen.«

Die Blutgefäße an Swynfords Hals traten deutlich zutage.

»Werden Sie mein Haus freiwillig verlassen?« rief er wütend. »Oder muß ich den Hausdiener rufen, der Sie hinausgeleitet? Mrs. Swynford wird verboten, Sie jemals wiederzusehen – und sollten Sie hier noch einmal vorsprechen, werden Sie nicht eingelassen!«

»Mortimer!« flüsterte Callantha. Sie streckte ihre Hände nach ihm aus, dann ließ sie sie hilflos fallen. Das Ganze war ihr so peinlich, daß sie wie versteinert dastand.

Swynford beachtete sie nicht. »Wollen Sie jetzt gehen, Mrs. Pitt, oder werde ich gezwungen sein, nach dem Personal zu klingeln?«

Charlotte wandte sich an Titus, der starr und bleich dastand.

»Du bist in keiner Weise an dieser Sache schuld«, sagte sie deutlich. »Mach dir über das, was du gesagt hast, keine Sorgen. Ich werde mich für dich darum kümmern, daß es die richtigen Leuten erreicht. Du hast dein Gewissen erleichtert. Du brauchst dich jetzt wegen nichts zu schämen.«

»Das mußte er zu keiner Zeit!« brüllte Swynford und griff nach der Glocke.

Charlotte drehte sich um und ging zur Tür. Als sie sie geöffnet hatte, blieb sie noch einen Augenblick stehen.

»Auf Wiedersehen, Callantha, es war überaus angenehm, Sie kennenzulernen. Bitte glauben Sie mir, daß ich Ihnen gegenüber keinen Groll empfinde oder sie hierfür verantwortlich mache.« Und bevor Swynford etwas darauf sagen konnte, schloß sie die Tür, nahm ihren Mantel vom Hausdiener entgegen und ging dann nach draußen zu Emilys Kutsche, stieg hinein und gab dem Kutscher die Anweisung, sie nach Hause zu bringen.

Sie überlegte, ob sie Pitt von den Ereignissen erzählen sollte oder nicht. Aber als er hereinkam, merkte sie, daß sie wie immer nicht in der Lage war, es für sich zu behalten. Es kam alles heraus, jedes Wort und jedes Gefühl, an das sie sich erinnern konnte, bis ihr Abendessen kalt vor ihr stand und Pitt seine Mahlzeit vollständig aufgegessen hatte.

Natürlich konnten sie nichts unternehmen. Die Beweise für Maurice Jeromes Schuld hatten sich in Luft aufgelöst. Es war nichts mehr da, das für seine Verurteilung ausgereicht hätte. Andererseits hatten sie keine andere Person, die seinen Platz einnehmen konnte. Die Beweise für seine Schuld waren verschwunden, seine Unschuld jedoch war noch nicht bewiesen; es gab auch nicht den kleinsten Hinweis auf jemand anderen. Gillivray hatte Abigails Lügen Vorschub geleistet, weil er ehrgeizig war und sich wünschte, Athelstan zufriedenzustellen – und möglicherweise ernsthaft geglaubt hatte, daß Jerome schuldig sei. Titus und Godfrey hatten nicht gelogen, zumindest nicht absichtlich. Sie waren einfach zu naiv gewesen, um die Bedeutung ihrer Andeutungen zu erkennen, und das wäre bei allen anderen Jungen in ihrem Alter genauso gewesen. Sie hatten alles bejaht, weil sie es nicht begriffen hatten. Sie hatten sich nur ihre Unschuld und das Bedürfnis, das zu tun, was von ihnen erwartet wurde, zuschulden kommen lassen.

Und Anstey Waybourne? Er hatte den Ausweg finden wollen, der am wenigsten weh tat. Er war empört. Einer seiner Söhne war verführt worden; warum sollte er nicht glauben, daß es dem anderen genauso gegangen war? Höchstwahrscheinlich ahnte er nicht, daß er seinen Sohn durch seine eigene Entrüstung und seine voreiligen Schlüsse zu der Äußerung gebracht hatte, die für Jerome den Tod bedeutete. Er hatte eine bestimmte Antwort erwartet, sie zunächst in seiner verwundeten Phantasie geformt und den Jungen glauben lassen, daß es ein Vergehen gegeben hatte, für dessen Verständnis er einfach noch viel zu jung war.

Swynford? Er hatte das gleiche getan – oder nicht? Vielleicht ahnte er jetzt, daß alles ein ungeheures, aus lauter Lügen bestehendes Verhängnis gewesen war, aber würde er es wagen, so etwas zuzugeben? Es ließ sich nicht mehr rückgängig machen. Jerome war verurteilt worden. Swynford war ungeheuer wütend und beleidigend gewesen, aber es gab keinen Grund für die Annahme, er hätte sich noch einer anderen Sache schuldig gemacht, als einer Lüge Vorschub zu leisten, die seine Familie schützte. Vielleicht trug das zum Tod von Jerome bei; mit dem Mord an Arthur hatte es bestimmt nichts zu tun.

Wer also war es gewesen? Und warum war es geschehen?

Der Mörder war immer noch unbekannt. Es konnte jeder gewesen sein, irgend jemand, von dem sie noch nie etwas gehört hatten – irgendein anonymer Zuhälter oder ein heimlicher Kunde.

Es dauerte einige Tage, bevor Charlotte die Wahrheit herausfand. Sie wartete auf sie, als sie von einem Besuch bei Emily wieder nach Hause zurückkam. Sie hatten an ihrem Kreuzzug gearbeitet, der keinesfalls aufgegeben worden war. Eine Kutsche war in der Straße vor ihrer Tür vorgefahren; ein Bediensteter und ein Kutscher kauerten sich so darin zusammen, als wären sie schon lang genug dort, um tüchtig zu frieren. Natürlich war es nicht Emilys Kutsche, denn dort war sie ja selbst gerade erst weggefahren. Es war auch nicht die Kutsche ihrer Mutter oder die von Tante Vespasia.

Sie eilte nach drinnen und stieß auf Callantha Swynford, die im Wohnzimmer am Kamin saß und ein Tablett mit Tee vor sich hatte. Eine besorgte Gracie stand in ihrer Nähe und nestelte mit ihren Fingern an der Schürze.

Mit bleichem Gesicht stand Callantha auf, sobald Charlotte hereingekommen war.

»Charlotte, ich hoffe wirklich, daß Sie mir verzeihen, Sie nach ... nach dieser bedrückenden Szene aufzusuchen. Ich ... ich schäme mich sehr.«

»Danke, Gracie«, sagte Charlotte schnell. »Bitte bringen Sie mir noch eine Tasse, und dann verlassen Sie uns bitte und kümmern sich um Miß Jemima.« Sobald sie gegangen war, wandte sich Charlotte wieder Callantha zu. »Dazu gibt es keinen Grund. Ich weiß sehr wohl, daß Sie so etwas überhaupt nicht wünschten. Wenn Sie deswegen vorbeigekommen sind, dann vergessen Sie es bitte. Ich hege überhaupt keinen Groll gegen Sie.«

»Ich bin Ihnen überaus dankbar.« Callantha stand immer noch. »Aber das war nicht der Hauptgrund für mein Erscheinen. An dem Tag, an dem Sie mit Titus sprachen, hat er mir erzählt, was Sie miteinander besprochen haben, und seitdem habe ich darüber nachgedacht. Von Ihnen und Emily habe ich sehr viel gelernt.«

Gracie kam mit der Tasse herein und ging schweigend wieder hinaus.

»Bitte, wollen Sie sich nicht setzen?« forderte Charlotte sie auf. »Und vielleicht noch etwas Tee nehmen? Er ist immer noch recht heiß.«

»Nein danke. Es fällt mir leichter, es im Stehen zu sagen.« Sie blieb stehen, hatte ihren Rücken halb Charlotte zugewandt, als sie aus der Terrassentür nach draußen in den Garten und auf die kahlen Bäume im Regen schaute. »Ich wäre Ihnen dankbar, wenn Sie erlauben, daß ich alles, was ich zu sagen habe, vollständig erzählen kann, ohne daß Sie mich unterbrechen, für den Fall, daß mich der Mut verläßt.«

»Natürlich, wenn Sie das wünschen.« Charlotte schenkte sich ihren Tee ein.

»Ja. Wie ich bereits sagte, habe ich eine Menge gelernt, seit Sie und

Emily zum ersten Mal in mein Haus kamen – fast alles davon war äußerst unangenehm. Ich hatte keine Ahnung, daß Menschen sich solchen Praktiken hingeben, oder daß so viele Leute auf so qualvolle Weise in Armut leben. Ich nehme an, wenn ich mich dazu entschlossen hätte, hätte ich alles selbst wahrnehmen können, aber ich gehöre einer Familie und einer Klasse an, die den Entschluß faßte, das nicht zu tun.

Doch seit ich durch die Dinge, die Sie mir erzählt und gezeigt haben, gezwungen wurde, ein wenig hinzuschauen, habe ich angefangen, selbständig zu denken und auf gewisse Dinge zu achten. Worte und Ausdrücke, die ich vorher ignoriert hatte, bekamen jetzt Bedeutung – selbst Sachen, die meine eigene Familie betrafen. Ich habe meiner Cousine Benita Waybourne von unseren Bemühungen berichtet, die Kinderprostitution zu etwas Unerträglichem zu machen, und habe sie dafür gewonnen, das zu unterstützen. Auch sie hat jetzt Augen für das Unangenehme, das sie sich vorher zu übersehen erlaubt hatte.

Das muß Ihnen alles sehr nichtssagend vorkommen, aber bitte üben Sie Nachsicht mit mir – dem ist nicht so.

Ich erkannte an dem Tag, an dem Sie mit Titus sprachen, daß sowohl er als auch Godfrey dazu verleitet wurden, gegen Mr. Jerome auszusagen, wobei ihre Aussagen allerdings nicht ganz der Wahrheit entsprachen und in ihrer Auslegung mit Sicherheit falsch waren. Titus war darüber äußerst bekümmert, und ich denke, ein Teil seiner Schuld lastet auch auf mir. Ich begann zu überlegen, was ich über die ganze Sache wußte. Bis dahin hatte mein Mann mit mir nie darüber gesprochen – bei Benita war es tatsächlich genau das gleiche –, doch ich erkannte, daß es an der Zeit war, damit aufzuhören, mich hinter der Konvention zu verstecken, daß Frauen das schwächere Geschlecht darstellen und nicht einmal dazu aufgefordert werden sollten, von solchen Dingen Kenntnis zu nehmen, geschweige denn sie genauer zu untersuchen. Das ist aber ausgesprochener Unsinn! Wenn wir in der Lage sind, Kinder zu empfangen, sie auszutragen und großzuziehen, die Kranken zu pflegen und die Verstorbenen zurechtzumachen, dann können wir bestimmt die Wahrheit über unsere Söhne und Töchter und über unsere Männer ertragen.«

Sie zögerte, aber Charlotte hielt ihr Wort und unterbrach sie nicht. Nur das Feuer im Kamin und das sanfte Prasseln des Regens am Fenster war zu hören.

»Maurice Jerome hat Arthur nicht umgebracht«, fuhr Callantha fort. »Daher muß es jemand anderes gewesen sein – und da Arthur eine Beziehung dieser Art unterhielt, muß er diese mit jemand anderem eingegangen sein. Ich sprach recht eingehend mit Titus und Fanny darüber und untersagte ihnen zu lügen. Es ist Zeit für die Wahrheit, so unangenehm sie auch sein mag. Lügen kommen am Ende doch alle ans Tageslicht, und die Wahrheit wird um so schlimmer sein, wenn sie an unserem Gewissen genagt und bis dahin immer mehr Lügen und Ängste hervorgebracht hat. Ich habe gesehen, was das bereits bei Titus angerichtet hat. Das arme Kind kann die Last nicht länger alleine mit sich herumschleppen. Er wird heranwachsen und das Gefühl haben, er sei in gewissem Ausmaß an Mr. Jeromes Tod mit schuld. Bei Gott, Jerome ist kein sehr angenehmer Mann, aber er verdient es nicht, gehängt zu werden. Titus wachte am nächsten Morgen auf und hatte von einer Hinrichtung geträumt. Ich hörte ihn weinen und ging zu ihm. Er wird im Schlaf von Visionen der Schuld und des Todes heimgesucht, und ich kann ihn nicht länger so leiden lassen.« Ihr Gesicht war ganz weiß, aber sie kam nicht ins Stocken.

»Ich begann mich also zu fragen, wer es gewesen war, mit dem Arthur diese fürchterliche Beziehung hatte. Jerome war es ja nicht. Wie ich Ihnen sagte, stellte ich Titus viele Fragen. Und ich befragte auch Benita. Je mehr wir entdeckten, desto mehr fanden wir heraus, daß eine einzige Angst in unseren Köpfen immer deutlichere Gestalt annahm. Benita war es, die sie schließlich aussprach. Es wird keinen Zweck haben...« Sie drehte sich um und sah Charlotte an. »...denn ich meine nicht, daß es irgendeine Möglichkeit gibt, das jemals beweisen zu können, aber ich glaube, es war mein Vetter Esmond Vanderley, der Arthur verführt hat. Esmond hat nie geheiratet und daher natürlich auch keine eigenen Kinder. Wir haben es immer als ganz natürlich angesehen, daß er seine Neffen ungeheuer gerne mochte und einige Zeit mit ihnen verbrachte. Für Arthur galt das um so mehr, weil er der Älteste war. Weder Benita noch ich sahen irgend etwas Falsches darin – der Gedanke an eine körperliche Beziehung dieser Art zwischen einem Mann und einem Jungen kam uns ja gar nicht. Doch jetzt, mit diesem Wissen, blicke ich zurück und begreife eine ganze Menge von dem, was damals an mir vorüberging. Ich kann mich sogar erinnern, daß Esmond vor kurzem medizinisch behandelt wurde und eine Medizin nehmen mußte, über die er nicht weiter sprach und von der mir auch Mortimer nichts erzählen wollte. Sowohl Benita als auch ich machten uns Sorgen, weil Esmond so beunruhigt war und so schnell wütend wurde. Er sagte, es seien Kreislaufbeschwerden; als ich jedoch Mortimer fragte, sagte dieser, Edmond hätte etwas mit dem Magen. Als Benita den Hausarzt fragte, erhielt sie die Auskunft, Esmond habe ihn überhaupt nicht aufgesucht.

Natürlich wird man auch das nie beweisen können, auch wenn man den betreffenden Arzt finden würde – und ich habe keine Ahnung, wer das sein könnte. Ärzte erlauben nicht oft jemand anderem zu wissen, was in ihren Aufzeichnungen steht, was auch völlig in Ordnung ist. Tut mir leid.« Recht unvermittelt hörte sie auf.

Charlotte war wie vor den Kopf geschlagen. Es war eine Antwort – wahrscheinlich war es sogar die Wahrheit –, und es nützte überhaupt nichts. Selbst wenn sie beweisen konnten, daß Vanderley viel Zeit mit Arthur verbracht hatte, war das etwas vollkommen Natürliches. Es konnte keiner gefunden werden, der Arthur in der Nacht, in der er ermordet wurde, gesehen hatte. Sie hatten bereits lange und ergebnislos danach gesucht. Und sie wußten nicht, bei welchem Arzt Vanderley gewesen war, als die ersten Krankheitssymptome aufgetreten waren; sie wußten nur, daß es nicht der Hausarzt gewesen war, und entweder wußte Swynford nicht, was es war, oder er wußte es und hatte gelogen – wahrscheinlich ersteres. Es war eine Krankheit, die vielen anderen Krankheiten sehr ähnelte und deren Symptome nach ihrem ersten Ausbruch häufig über Jahre und sogar Jahrzehnte hinweg ruhten. Linderung war möglich, Heilung nicht.

Möglicherweise blieb ihnen nur eines übrig: Beweise für irgendeine andere Beziehung zu finden, die Vanderley gehabt hatte, und so zu zeigen, daß er homosexuell war. Doch da Jerome für schuldig befunden wurde und vom Gericht verurteilt worden war, konnte

Pitt keine Nachforschungen über Vanderleys Privatleben anstellen. Er hatte keinen Grund dazu.

Callantha hatte recht; sie konnten nichts unternehmen. Es hatte nicht einmal einen Wert, Eugenie Jerome zu sagen, ihr Mann sei unschuldig, da sie niemals daran geglaubt hatte, daß es anders sein könnte.

»Danke«, sagte Charlotte ruhig und stand auf. »Das muß ja für Sie und für Lady Waybourne extrem schwierig gewesen sein. Ich danke Ihnen für Ihre Ehrlichkeit. Die Wahrheit zu kennen, ist ja immerhin etwas.«

»Auch wenn es zu spät ist? Jerome wird am Galgen enden.«

»Ich weiß.« Es gab nichts mehr zu sagen. Keiner von ihnen verspürte den Wunsch, noch weiter zusammenzusitzen und die Sache zu erörtern, und es wäre lächerlich, ja sogar unanständig gewesen, von irgend etwas anderem zu sprechen. Auf der Stufe vor der Haustür sagte Callantha Lebewohl.

»Sie haben mir vieles gezeigt, das ich nicht sehen wollte, doch jetzt, wo ich es erkannt habe, weiß ich, daß es unmöglich ist zurückzugehen. Ich könnte nie wieder die Person sein, die ich einmal war.« Sie berührte Charlotte am Arm mit einer raschen Geste der Nähe, dann überquerte sie den Gehsteig und nahm die Hand ihres Hausdieners, als sie in ihre Kutsche stieg.

Am nächsten Tag ging Pitt in Athelstans Büro und schloß die Tür hinter sich.

»Maurice Jerome hat Arthur Waybourne nicht umgebracht«, sagte er frei heraus. Als ihm Charlotte am Abend zuvor alles erzählt hatte, hatte er diesen Entschluß gefaßt und die ganze Sache dann aus seinen Gedanken verbannt, damit die Angst ihn nicht dazu brachte, wieder davon abzurücken. Er wagte nicht, daran zu denken, was er verlieren konnte; der Preis hätte ihn des Mutes berauben können, das zu tun, was er seinem ersten Impuls folgend tun mußte, wie nutzlos es auch immer war.

»Gestern kam Callantha Swynford in mein Haus und erzählte meiner Frau, sie und ihre Cousine Lady Waybourne wüßten, Esmond Vanderley, der Onkel des Jungen, habe Arthur Waybourne umgebracht; sie könnten das aber nicht beweisen. Titus Swynford hat zugegeben, daß er nicht wußte, worüber sie im Zeugenstand mit ihm redeten. Er machte diese Aussage nur deswegen, weil sein Vater ihm das ans Herz gelegt hatte, und er glaubte, sein Vater müsse einfach recht haben – für Godfrey gilt das gleiche.« Er gab Athelstan keine Chance, ihn zu unterbrechen. »Ich ging zum Bordell, in dem Abigail Winters arbeitete. Kein anderer hat Jerome oder Arthur Waybourne dort gesehen, nicht einmal die alte Frau, die die Tür kontrolliert und sie mit Argusaugen bewacht. Und Abigail ist plötzlich verschwunden und aufs Land gefahren aus Gesundheitsgründen. Gillivray gibt zu, ihr die Worte in den Mund gelegt zu haben, die sie sagen sollte. Und Albie Frobisher ist ermordet worden. Arthur Waybourne hatte eine Geschlechtskrankheit, Jerome nicht. Es gibt keine einzige Aussage gegen Jerome, die noch Bestand hat – absolut keine gegen ihn gerichteten Beweise! Wir können wahrscheinlich nie nachweisen, daß Vanderley Arthur Waybourne ermordet hat – es scheint ein fast perfektes Verbrechen gewesen zu sein, außer daß er aus irgendeinem Grund auch Albie töten mußte! Und, bei Gott, ich habe die Absicht, alles zu tun, was in meiner Macht steht, um ihn deswegen dranzukriegen! Und wenn Sie nicht Deptford darum bitten, den Fall an uns zurückzugeben, werde ich einigen sehr interessanten Leuten erzählen, daß Jerome unschuldig ist und wir den falschen Mann hinrichten, weil wir die Worte von Prostituierten und unwissenden Jungen gelten ließen, ohne sie genau genug zu überprüfen – weil es uns so gut paßte, daß Jerome der Schuldige war. Es war bequem. Es bedeutete, wir mußten keinen einflußreichen Menschen auf die Füße treten, häßliche Fragen stellen und unsere Karrieren aufs Spiel setzen, indem wir die Falschen in Verlegenheit brachten.« Er hielt inne, seine Beine zitterten, sein Brustkorb war angespannt.

Athelstan starrte ihn an. Er war zunächst rot angelaufen, aber jetzt wich ihm alles Blut aus dem Gesicht, und es blieb eine käsige Farbe; Schweißperlen standen über seinen Brauen. Er betrachtete Pitt, als wäre er eine Schlange, die aus einer Schreibtischschublade herausgekrochen war, um ihn zu bedrohen.

»Wir haben getan, was wir konnten.« Er leckte sich die Lippen.

»Das haben wir nicht!« explodierte Pitt. Wie Feuer stießen Schuldgefühle durch seine Wut. Er fühlte sich noch schuldiger als Athelstan, weil ein Teil von ihm nie ganz davon überzeugt gewesen war, daß Jerome Arthur getötet hatte, und er diese Stimme mit den gewandten Argumenten der Vernunft unterdrückt hatte. »Aber, bei Gott, jetzt werden wir es tun!«

»Sie können... Sie werden das nie beweisen können, Pitt! Sie werden nur eine Menge Ärger hervorrufen und vielen Leuten weh tun! Sie wissen nicht, warum diese Frau zu Ihnen gekommen ist. Vielleicht ist sie hysterisch.« Als er wieder neue Hoffnung spürte, wurde seine Stimme ein bißchen kräftiger. »Vielleicht ist sie irgendwann von ihm verhöhnt worden, und jetzt...«

»Seine Schwester?« Vor Verachtung war Pitts Stimme ganz heiser. Athelstan hatte Benita Vanderley ganz vergessen.

»Schon gut! Vielleicht glaubt sie es ja, aber wir werden es nie beweisen können!« wiederholte er hilflos. »Pitt!« Seine Stimme war nur noch ein Stöhnen.

»Vielleicht könnten wir beweisen, daß er Albie ermordet hat – das würde reichen!«

»Wie? Um Himmels willen, Mann, wie denn?«

»Es muß eine Verbindung gegeben haben. Vielleicht hat sie ja jemand zusammen gesehen. Vielleicht existiert ein Brief, Geld, irgend etwas. Albie hat für ihn gelogen. Vanderley muß ihn für gefährlich gehalten haben. Vielleicht versuchte Albie, ihn ein wenig zu erpressen, ging zu ihm zurück, um mehr Geld zu fordern. Wenn es überhaupt irgend jemanden oder irgend etwas gibt, dann werde ich das herausfinden – und den Betreffenden für den Mord an Albie hängen!« Wütend funkelte er Athelstan an, jagte ihm Angst davor ein, ihn weiter von irgend etwas abzuhalten, Angst davor, Vanderley, die Waybournes oder jemand anderen noch länger zu schützen.

Doch jetzt war nicht der richtige Zeitpunkt dazu. Athelstan war viel zu erschüttert. In einigen Stunden oder vielleicht morgen hätte er eine Chance gehabt, darüber nachzudenken, die Risiken gegeneinander abzuwägen und Mut zu finden. Jetzt aber besaß er nicht die Entschlossenheit, gegen Pitt anzukämpfen.

»Ja«, sagte er zögernd. »Nun, ich vermute, es bleibt uns nichts anderes übrig. Schlimm – alles überaus schlimm, Pitt. Erinnern Sie sich bitte an die Moral der Polizei, also... also seien Sie vorsichtig mit dem, was Sie sagen!«

Pitt wußte, wie gefährlich es war, jetzt Einwände zu machen. Das kleinste Zeichen der Unentschlossenheit oder des Wankelmuts würde Athelstan die Chance bieten, seine Gedanken wieder zu sammeln. Pitt warf ihm einen kalten, vernichtenden Blick zu.

»Natürlich«, sagte er scharf, dann drehte er sich um und ging zur Tür. »Ich fahre jetzt nach Deptford und sage Ihnen Bescheid, wenn ich etwas in Erfahrung bringe.«

Wittle war überrascht, ihn zu sehen. »Guten Morgen, Mr. Pitt! Sie sind doch nicht noch immer hinter diesem Jungen her, den wir aus dem Fluß gezogen haben, oder? Ich kann Ihnen dazu nichts mehr sagen, bin gerade dabei, den Fall abzuschließen. Der arme kleine Kerl. Kann nicht weiter die Zeit damit verschwenden.«

»Ich übernehme den Fall wieder.« Pitt machte sich nicht die Mühe, sich hinzusetzen; zu viele Gefühle, zuviel Energie kochte in ihm und ließ es nicht zu. »Wir fanden heraus, daß Maurice Jerome den jungen Waybourne gar nicht getötet hat, und wir wissen, wer es war, können es aber nicht beweisen. Aber vielleicht sind wir ja in der Lage zu beweisen, wer Albie getötet hat.«

Wittle machte ein trauriges, mürrisches Gesicht. »Schlimme Sache«, meinte er sanft. »Gefällt mir überhaupt nicht. Schlimm für alle. Eine Hinrichtung ist endgültig. Bei einem Kerl, der bereits gehängt wurde, kann man sich nicht einfach entschuldigen. Womit kann ich Ihnen helfen?«

Pitt erwärmte sich für ihn. Er holte sich einen Stuhl und schwang ihn herum, um sich vor den Schreibtisch zu setzen und sich mit den Ellbogen auf der in völliger Unordnung befindlichen Oberfläche abzustützen. Er erzählte Wittle alles, was er wußte, und Wittle hörte zu, ohne ihn zu unterbrechen. Sein dunkles Gesicht wurde immer trübseliger.

»Übel«, sagte er schließlich. »Tut mir leid um die Frau, dieses arme Ding. Nur den Grund verstehe ich nicht. Warum hat Vanderley den jungen Waybourne überhaupt umgebracht? Soweit ich erkennen kann, besteht dazu doch überhaupt keine Veranlassung. Der Junge würde ihn nicht erpressen – er war ja selbst genauso daran schuld. Wer will behaupten, es habe ihm nicht gefallen?«

»Ich glaube, er mochte es«, meinte Pitt. »Bis er entdeckte, daß er sich Syphilis geholt hat.« Er rief sich die krankhaften Veränderungen ins Gedächtnis zurück, die der Gerichtsmediziner am Körper gefunden hatte und die ausreichten, um jeden Jugendlichen zu verängstigen, der auch nur die geringste Ahnung von ihrer Bedeutung hatte.

Wittle nickte. »Natürlich. Das würde die Sache grundlegend verändern. Vorher war es Spaß, dann etwas ganz anderes. Ich denke, er bekam Panik und wollte einen Arzt aufsuchen – und das wiederum versetzte Vanderley in Panik. Kein Wunder! Man kann schließlich nicht einfach seinen Neffen herumrennen und ihn erzählen lassen, daß er sich Syphilis geholt hat, weil er mit dem Onkel eine unnatürliche Beziehung unterhielt. Das würde genügen, um die meisten Menschen dazu zu bringen, etwas Endgültiges dagegen zu unternehmen. Ich glaube, er hat ihn einfach an den Füßen genommen; sein Kopf gerät unter Wasser, und in ein paar Minuten ist er tot.«

»So ähnlich«, sagte Pitt. Die Szene ließ sich leicht ausmalen; das Badezimmer mit der großen schmiedeeisernen Badewanne, vielleicht sogar mit einem jener neumodischen Gasbrenner zum Heißmachen darunter, Handtücher, Duftöle, die beiden Männer – Arthur, der durch die Entzündungen an seinem Körper plötzlich Angst bekam, jemand sagte etwas, das die Erkenntnis mit sich brachte, worum es sich dabei handelte, der schnelle Gewaltakt, und dann die Leiche, die beseitigt werden mußte.

Wahrscheinlich war das alles in Vanderleys eigenem Haus passiert – in einer Nacht, in der das Personal frei hatte. Er würde allein gewesen sein, würde die Leiche in eine Decke oder etwas ähnliches einwickeln, sie im Dunkeln auf die Straße tragen, den nächsten Einstiegsschacht suchen, der nicht von Passanten eingesehen werden konnte, sich von der Leiche befreien und hoffen, daß sie nie mehr aufgefunden werden würde. Und so wäre es auch gewesen, wenn nicht ein dummer Zufall das verhindert hätte.

Es war widerwärtig und jetzt, wo er Bescheid wußte, ganz leicht zu erkennen. Wie konnte er nur jemals geglaubt haben, daß es Jerome war? Dies hier war doch viel wahrscheinlicher.

»Wollen Sie Unterstützung?« fragte Wittle. »Wir haben immer noch einige von Albies Sachen aus den Räumlichkeiten, die er angemietet hatte. Wir konnten nichts damit anfangen, aber bei Ihnen ist das ja vielleicht etwas anderes, da Sie wissen könnten, wonach Sie suchen. Es waren allerdings keine Briefe oder etwas dieser Art dabei.«

»Ich werde es mir trotzdem anschauen«, meinte Pitt. »Und ich werde noch einmal in das Zimmer gehen und es durchsuchen – vielleicht ist da ja noch etwas versteckt. Wie Sie sagten, fanden Sie ja heraus, daß er einige hochgestellte Kunden hatte. Können Sie mir deren Namen geben?«

Wittle zog eine Grimasse. »Sie wollen sich wohl gerne unbeliebt machen, was? Es wird ausgesprochen viel Protestgeschrei und Beschwerden geben, wenn Sie weitermachen und mit diesen Gentlemen sprechen.«

»Das glaube ich auch«, stimmte Pitt gequält zu. »Aber ich werde in dieser Sache nicht aufgeben, solange es überhaupt noch irgend etwas gibt, das ich unternehmen kann. Mir ist es egal, wer aufschreit!«

Wittle kramte auf den auf seinem Schreibtisch liegenden Papieren herum und fischte ein halbes Dutzend heraus.

»Das sind die Leute, die Albie kannte – zumindest die, von denen wir wissen.« Er schnitt eine Grimasse. »Natürlich gibt es noch Dutzende mehr, von denen wir nie etwas wissen werden. Das ist ungefähr alles, was wir bis heute herausgefunden haben. Und die Sachen, die wir mitgenommen haben, liegen im anderen Zimmer. Es ist nicht viel; er war schon ein armes Schwein! Und dennoch vermute ich, daß er regelmäßig gegessen hat, und das ist ja auch schon etwas. Und sein Zimmer war schön gemütlich und warm. Das gehörte zu seiner Miete – man kann keine Gentlemen kommen lassen, die sich splitternackt ausziehen, und der Raum ist eiskalt, nicht wahr?«

Pitt machte sich nicht die Mühe, darauf zu antworten. Er wußte, daß sie sich einig waren, dankte Wittle, ging in den Raum, in dem Albies wenige Habe lag, sichtete sie sorgfältig, verließ dann die Wache und erwischte eine Pferdebahn, die zurück nach Bluegate Fields fuhr.

Das Wetter war bitterkalt; schrill heulte der Wind um die Mauerecken und stöhnte in den Straßen, die vom Regen und den Graupelschauern ganz schlüpfrig waren. Pitt fand mehr und mehr Stücke aus Albies Leben. Manchmal waren sie von Bedeutung: eine Geldzuwendung, die ihn mit Esmond Vanderley in Verbindung brachte, eine kleine Notiz mit Initialen darauf, die er in einem Kissen fand, ein Bekannter von ihm aus dem Gewerbe, der sich an etwas erinnerte oder etwas gesehen hatte. Doch nie reichte es ganz aus. Pitt hätte sein plastisches Bild von Albies Leben, ja sogar von seinen Gefühlen zeichnen können: die erbärmliche, eifersüchtige, habgierige Welt des Kaufens und Verkaufens, die immer wieder von besitzergreifenden und in Streitereien und Zurückweisungen endenden Beziehungen unterbrochen wurde, die grundlegende Einsamkeit, das immer präsente Wissen darum, daß sein Einkommen schwinden würde, sobald seine Jugendlichkeit verbraucht war.

Charlotte erzählte er eine Menge darüber. Traurigkeit und Sinnlosigkeit machten seine Gedanken schwer, und Charlotte wollte alles wissen, um es für ihren Kreuzzug zu verwenden. Er hatte ihre Kraft unterschätzt und merkte, daß er zu ihr sprach, wie mit jemandem, mit dem ihn reine Freundschaft verband; es war ein gutes Gefühl und verlieh ihnen eine zusätzliche Dimension von Wärme.

Die Zeit wurde fürchterlich knapp, als er auf einen jungen Geck stieß, der unter gewissem Druck beschwor, er sei auf einer Party gewesen, auf der sowohl Albie als auch Esmond Vanderley anwesend gewesen waren. Er meinte, die beiden hätten einige Zeit zusammen verbracht.

Dann erreichte die Polizeiwache ein Anruf, und kurz danach trat Athelstan in Pitts Büro, in dem dieser gerade hinter einem Stapel Aussagen saß und darüber nachzudenken versuchte, wen er sonst noch interviewen konnte. Athelstans Gesicht war bleich; leise ließ er die Tür ins Schloß fallen.

»Sie können damit aufhören«, sagte er mit zitternder Stimme. »Das ist jetzt nicht mehr von Bedeutung.«

Pitt schaute auf, Wut stieg in ihm hoch, er war bereit zum Streit – bis er Athelstans Gesicht sah.

»Warum?«

»Vanderley ist erschossen worden. Ein Unfall. Es passierte im Haus der Swynfords. Swynford besitzt Jagdgewehre oder so etwas. Vanderley spielte mit einem von ihnen herum, und das Ding ging los. Sie sollten besser hingehen und sich die Sache anschauen.«

»Jagdgewehre?« fragte Pitt ungläubig und kam auf seine Beine. »Mitten in London! Was schießt er denn? Spatzen?«

»Herrgott, verdammt noch mal! Woher soll ich das wissen?« Athelstan war aufgebracht und verwirrt. »Antiquitäten oder so etwas! Alte Gewehre sind Sammlerstücke. Aber das ist ja jetzt egal, oder? Gehen Sie hin und schauen Sie nach, was passiert ist! Bringen Sie es in Ordnung!«

Pitt ging zum Hutständer, nahm seinen dicken Schal herunter und wickelte ihn sich um den Hals, dann zog er sich seinen Mantel an und seinen Hut fest über den Kopf.

»Ja, Sir. Ich werde hingehen und nachschauen.«

»Pitt!« rief Athelstan ihm hinterher. Doch Pitt ignorierte ihn, ging die Stufen zur Straße hinunter, rief nach einem Hansom und fuhr los.

Als er das Haus der Swynfords erreichte, ließ man ihn umgehend ein. Ein Hausdiener hatte hinter der Tür gewartet, um ihn in den Salon zu führen, wo Mortimer Swynford mit dem Kopf in den Händen dasaß. Callantha, Fanny und Titus standen am Kamin ganz nah beisammen; Fanny klammerte sich an ihre Mutter, ohne den geringsten Anschein erwecken zu wollen, erwachsen zu sein. Titus stand sehr steif da, tat so, als würde er die Mutter stützen, hielt sich aber genauso stark fest.

Swynford schaute hoch, als er Pitt hereinkommen hörte. Sein Gesicht war aschfahl.

»Guten Tag, Inspektor«, sagte er unsicher. Wackelig kam er auf die Beine. »Ich fürchte, es hat sich ein... ein schrecklicher Unfall ereignet. Der Cousin meiner Frau, Esmond Vanderley, war allein in meinem Arbeitszimmer, wo ich einige alte Waffen aufbewahrte. Er muß den Kasten mit den Duellpistolen gefunden und – weiß der Himmel warum – eine von ihnen herausgenommen und geladen haben...« Er hielt inne, war offensichtlich nicht in der Lage, seine Fassung zu bewahren.

»Ist er tot?« erkundigte sich Pitt, obwohl er bereits wußte, daß das der Fall war. Ein seltsames Gefühl des Unwirklichen überkam ihn. Es durchdrang das ganze Zimmer, als ob es alles nur eine Probe für etwas ganz anderes sein würde und auf irgendeine bizarre Weise alle wußten, was jede Person sagen würde.

»Ja.« Swynford schaute ihn verständnislos an. »Ja, er ist tot. Darum habe ich Sie auch kommen lassen. Wir haben eines dieser neuen Telefone. Bei Gott, ich habe nie gedacht, daß ich es einmal zu diesem Zweck benutzen würde.«

»Vielleicht sollte ich jetzt besser hineingehen und einen Blick auf ihn werfen.« Pitt ging auf die Tür zu.

»Natürlich.« Swynford folgte ihm. »Ich werde es Ihnen zeigen! Callantha, du bleibst hier. Ich werde zusehen, daß man sich um alles kümmert. Ich bin mir sicher, daß der Inspektor nichts dagegen hat, wenn du jetzt lieber ein Stockwerk höher gehst.« Es war keine Frage; er nahm an, Pitt sei gefühlsmäßig nicht in der Lage, dagegen etwas einzuwenden.

Pitt drehte sich in der Türöffnung um. Er wollte, daß Callantha dabei war. Er war sich nicht sicher, warum, aber das Gefühl war eindeutig.

»Nein, danke.« Sie sprach, bevor Pitt die Zeit hatte, selbst etwas zu sagen. »Ich ziehe es vor zu bleiben. Esmond war mein Cousin. Ich möchte die Wahrheit wissen.«

Swynford öffnete den Mund, um etwas dagegen einzuwenden, aber irgend etwas hatte sich an ihr verändert, und er sah das. Vielleicht würde er seine Autorität wieder geltend machen, sobald Pitt gegangen war; jetzt gelang ihm das jedenfalls nicht. Es war nicht der richtige Zeitpunkt, darum zu streiten, wer den stärkeren Willen hatte; er konnte diesen Streit auch nicht unmittelbar gewinnen.

»Gut«, sagte er schnell. »Wenn du das bevorzugst.« Er führte Pitt nach draußen und durch den Flur zur Rückseite des Hauses. Vor der Tür zum Arbeitszimmer stand ein weiterer Diener. Er trat beiseite, und sie gingen hinein.

Esmond Vanderley lag auf dem roten Teppich vor dem Kamin auf dem Rücken. Die Waffe befand sich noch in seiner Hand, und er hatte eine Schußwunde im Kopf. Auf seiner Haut waren vom Pulver verursachte Verbrennungen und Blut zu erkennen.

Die Waffe lag auf dem Boden neben ihm, seine Finger waren locker um den Kolben gekrümmt.

Pitt bückte sich und schaute sich alles an, ohne irgend etwas anzurühren. Sein Verstand raste. Ein Unfall... Vanderley... Ausgerechnet jetzt, wo er endlich die ersten Spuren von Beweisen für eine Verbindung zwischen ihm und Albie fand?

Doch er war dem Ganzen noch nicht nahe genug – auch nicht annäherungsweise nahe genug gewesen, daß Vanderley in Panik geraten sein könnte! Je mehr er eigentlich von der abstoßenden Halbwelt in Erfahrung brachte, in der Albie gelebt hatte, desto mehr zweifelte er daran, daß er jemals einen vor Gericht verwertbaren Beweis dafür haben würde, daß Vanderley Albie umgebracht hatte. Sicherlich hatte auch Vanderley das gewußt! Er hatte während der ganzen Ermittlungen Ruhe bewahrt. Jetzt, wo es nicht mehr lange bis zu Jeromes Hinrichtung dauern würde, war Selbstmord sinnlos.

Ursprünglich waren sie davon ausgegangen, daß Arthur Panik bekam, als er begriff, was jene krankhaften Veränderungen bedeuteten – und nicht Vanderley. Vanderley hatte schnell, ja sogar geschickt und auf widerliche Weise gehandelt. Er ging immer bis zum letzten. Warum jetzt also Selbstmord? Er war in eine alles andere als ausweglose Situation geraten.

Aber er würde gewußt haben, daß Pitt hinter ihm her war. Das würde sich inzwischen herumgesprochen haben – es war unvermeidlich. Es hatte nie eine Chance gegeben, sich an ihn heranzuschleichen, ihn zu überraschen.

Doch es war viel zu früh, um in Panik zu geraten – und unendlich viel zu früh, um sich umzubringen. Und ein Unfall war einfach idiotisch.

Er stand auf und drehte Swynford sein Gesicht zu. Eine bestimmte Idee nahm in seinem Kopf immer schärfere Konturen an. Noch war sie ziemlich formlos, aber mit der Zeit wurde sie immer deutlicher.

»Sollen wir wieder in das andere Zimmer zurückgehen, Sir?« schlug er vor. »Es ist nicht notwendig, hier darüber zu sprechen.«

»Nun...« Swynford zögerte.

Pitt täuschte einen ehrfürchtigen Blick vor. »Lassen wir die Toten in Frieden ruhen.« Es war wichtig, daß er das, was er zu sagen beabsichtigte, vor Callantha, ja sogar vor Titus und Fanny äußerte. Ohne sie hatte alles keine praktischen Konsequenzen – sollte er recht behalten.

Swynford konnte nichts dagegen vorbringen. Er ging auf dem Weg zurück zum Empfangszimmer voran.

»Sie werden doch sicherlich nicht verlangen, daß meine Frau und die Kinder bleiben, Inspektor?« fragte er und ließ die Tür offenstehen, damit sie gehen konnte, obwohl sie mit keinem Zeichen zu verstehen gaben, daß sie das wünschten.

»Ich fürchte, ich muß Ihnen noch einige Fragen stellen.« Energisch schloß Pitt die Tür und stellte sich davor. »Sie befanden sich im Haus, als es passiert ist. Es ist eine überaus ernste Angelegenheit, Sir.«

»Verdammt, es war ein Unfall!« sagte Swynford laut. »Der arme Kerl ist tot!«

»Ein Unfall«, wiederholte Pitt. »Sie waren nicht dabei, als die Waffe losging?«

»Nein! Welche Anschuldigungen erheben Sie gegen mich?« Swynford holte tief Luft. »Tut mir leid, ich bin sehr betrübt. Ich mochte diesen Mann. Er gehörte zu meiner Familie.«

»Natürlich, Sir«, sagte Pitt mit weniger Sympathie, als er beabsichtigt hatte. »Es ist eine äußerst betrübliche Angelegenheit. Wo waren Sie, Sir?«

»Wo ich war?« Für einen Augenblick wirkte Swynford verwirrt.

»Ein Schuß wie dieser muß im ganzen Haus zu hören gewesen sein. Wo waren Sie, als der Schuß losging?« wiederholte Pitt.

»Ich... äh...« Swynford dachte einen Moment lang nach. »Ich glaube, ich war gerade auf der Treppe.«

»Gingen Sie hoch oder kamen Sie herunter, Sir?«

»Was in Gottes Namen macht das denn für einen Unterschied?« platzte es aus Swynford heraus. »Der Mann ist tot! Sind Sie eigentlich für tragische Ereignisse völlig unempfänglich? Nur ein Schwachsinniger besucht uns hier im tiefsten Kummer und beginnt, Fragen zu stellen – idiotische Fragen: Ging ich zum Beispiel in diesem Moment die Treppe hoch oder herunter?«

Pitts Idee wurde eindeutiger, noch deutlicher.

»Sie haben sich mit ihm im Arbeitszimmer aufgehalten und sind aus irgendeinem Grund die Treppe hochgegangen – vielleicht zum Badezimmer?« Pitt ging über die Beleidigung hinweg.

»Wahrscheinlich. Warum?«

»Dann war Mr. Vanderley also mit einer geladenen Waffe im Arbeitszimmer allein?«

»Er war dort mit etlichen Waffen allein. Ich bewahre dort meine Sammlung auf. Keine der Waffen war geladen! Meinen Sie, ich bewahre geladene Waffen im Haus auf? Ich bin doch kein Narr!«

»Dann muß er also die Waffe in dem Moment geladen haben, in dem Sie aus dem Zimmer gegangen sind?«

»Ich vermute, daß er das getan haben muß! Was soll das?« Swynfords Gesicht war jetzt rot angelaufen. »Können Sie meine Familie nicht gehen lassen? Die ganze Diskussion ist eine Quälerei – und soweit ich sehen kann, völlig sinnlos.«

Pitt wandte sich an Callantha, die noch immer dicht neben ihren Kindern stand.

»Haben Sie den Schuß gehört, Ma'am?«

»Ja, Inspektor«, sagte sie gelassen. Sie war aschfahl, aber auf merkwürdige Weise gefaßt, als ob eine kritische Situation entstanden sei, in die sie hineingeraten war und merkte, daß sie ihr gewachsen war.

»Tut mir leid.« Er entschuldigte sich nicht für die Frage über den Schuß, sondern für das, was er gerade im Begriff war zu tun. Die Nachricht, daß Pitt seinem Ziel immer näher kam, daß er etwas wußte, hatte die Runde gemacht. Aber nicht Esmond Vanderley war in Panik geraten, sondern Mortimer Swynford. Swynford war der Architekt von Jeromes Verurteilung gewesen – und er und Waybourne hatten nur allzu bereitwillig daran geglaubt, bis die entsetzliche Wahrheit aufgedeckt worden war. Wenn das Urteil umgestoßen wurde, oder wenn die Gesellschaft es auch nur in Frage stellte und die Wahrheit über Vanderley und seine Veranlagung herauskam, wäre nicht nur Vanderley selbst, sondern auch seine ganze Familie ruiniert gewesen. Die Geschäfte würden zusammenbrechen, es würde keine Gesellschaften mehr geben, keine leichten Freundschaften, kein Dinieren in vornehmen Clubs – all das, was Swynford wertvoll war, würde wie verrotteter Stoff dahinschwinden und nichts würde übrigbleiben. Im ruhigen Arbeitszimmer hatte Swynford den einzigen Ausweg gewählt und seinen Cousin erschossen.

Und mit Sicherheit war Pitt nicht in der Lage, es zu beweisen.

Er wandte sich an Swynford und sprach sehr langsam, sehr deutlich, so daß nicht nur er ihn verstand, sondern auch Callantha und die Kinder ihn verstehen würden.

»Ich weiß, was passiert ist, Mr. Swynford. Ich weiß genau, was passiert ist, obwohl ich es jetzt nicht beweisen kann und vielleicht nie werde beweisen können. Der Strichjunge Albie Frobisher, der in Jeromes Verhandlung ausgesagt hat, ist ebenfalls ermordet worden – und Sie wußten das natürlich. Sie haben meine Frau aus Ihrem Haus geworfen, weil sie es ansprach! Ich habe Nachforschungen auch bezüglich dieses Verbrechens angestellt und eine Menge herausgefunden. Ihr Cousin Esmond Vanderley war ein Homosexueller, und er hatte Syphilis. Vor Gericht konnte ich nicht beweisen, daß er und nicht Jerome Arthur Waybourne verführt und ermordet hat.« Mit einer Genugtuung, die so intensiv und bitter war wie Galle, beobachtete er Swynfords Gesicht; alles Blut war aus ihm gewichen.

»Sie haben ihn umsonst umgebracht«, fuhr Pitt fort. »Ich war Vanderley dicht auf den Fersen, aber es gab keinen Zeugen, den ich bei Gericht vorladen konnte, keine Aussagen, die ich anzuordnen gewagt hätte, und Vanderley wußte das. Vor dem Arm des Gesetzes war er sicher.«

Plötzlich bekam Swynfords Gesicht wieder Farbe, wurde tiefrot. Er setzte sich ein wenig aufrechter hin, mied den Blick seiner Frau.

»Dann können Sie nichts tun!« sagte er mit einer ungeheuren Erleichterung, fast mit Zuversicht. »Es war ein Unfall! Ein tragischer Unfall. Esmond ist tot, und damit ist die Sache beendet.«

Pitt starrte zurück. »Oh, nein«, sagte er, seine Stimme war ganz heiser vor Sarkasmus. »Nein, Mr. Swynford. Das war kein zufälliger Tod. Diese Waffe entlud sich fast im gleichen Augenblick, in dem Sie das Zimmer verließen. Er muß sie geladen haben, sobald Sie ihm den Rücken zudrehten...«

»Genau – ich hatte ihm den Rücken zugedreht!« Swynford stand auf, jetzt lächelte er. »Sie können nicht beweisen, daß es Mord war.«

»Nein, das kann ich nicht«, erwiderte Pitt. Er lächelte zurück, sein Gesicht war eine eisige, grausame Fratze. »Es war Selbstmord. Esmond Vanderley beging Selbstmord. So werde ich es in den Bericht schreiben – sollen doch die Leute daraus machen, was sie wollen!«

Swynford versuchte, Pitts Ärmel zu fassen und zu kriegen; Schweiß stand ihm im Gesicht.

»Aber guter Mann! Sie werden sagen, daß er Arthur umgebracht hat, daß es Gewissensbisse waren. Sie werden erkennen ... Sie werden sagen, daß ...«

»Ja! Nicht wahr?« Pitt lächelte immer noch. Er schob Swynfords Hand von seinem Arm weg, als wäre sie etwas Dreckiges, das ihn besudelte. Dann wandte er sich an Callantha. »Tut mir leid, Ma'am«, meinte er aufrichtig.

Sie behandelte ihren Mann, als wäre er Luft, hatte ihre Hände aber mit festem Griff auf ihre Kinder gelegt.

»Das können wir nicht wiedergutmachen«, sagte sie ruhig. »Aber wir werden aufhören, uns durch Lügen zu schützen. Wenn die Gesellschaft beschließt, uns nicht länger zu kennen, und alle Türen für uns versperrt sind, wer kann es ihr übelnehmen? Ich nicht, und ich werde auch gar nicht erst versuchen, uns zu entschuldigen. Ich hoffe, Sie können das akzeptieren.«

Pitt deutete eine Verbeugung an. »Ja, Ma'am, natürlich kann ich das akzeptieren. Wenn es zu spät für eine Wiedergutmachung ist, dann bleibt uns nur noch ein gewisser Teil der Wahrheit. Ich werde den Gerichtsmediziner und einen Totenwagen kommen lassen. Gibt es noch irgend etwas, womit ich Ihnen dienlich sein kann?« Er hegte tiefe Bewunderung für sie und hatte den Wunsch, daß sie das wußte.

»Nein, danke, Inspektor«, sagte sie ruhig. »Was getan werden muß, schaffe ich schon.«

Er glaubte ihr. Mit Swynford wechselte er kein einziges Wort mehr, ging an ihm vorüber auf den Flur hinaus, um dem Butler die Anweisung zu geben, die notwendigen Vorkehrungen zu treffen. Alles war vorbei. Swynford würde nicht vor Gericht gestellt, die Gesellschaft würde über ihn Gericht halten – und das war unendlich schlimmer.

Und Jerome würde von derselben Gesellschaft endlich entlastet werden. Er würde aus dem Newgate-Gefängnis entlassen werden und zu Eugenie zurückkehren, zu ihrer Loyalität und vielleicht sogar zu ihrer Liebe. Durch das lange Suchen nach einer neuen Stellung würde er vielleicht lernen, sein Leben zu schätzen.

Und Pitt würde nach Hause zu Charlotte und in die warme, sichere Küche gehen. Er würde ihr alles erzählen – ihr Lächeln sehen, und sie ganz fest und heftig an sich drücken.

Die roten Stiefeletten

*Für MEG
für ihre Hilfe*

1

Der Nebel wallte dicht und naßkalt durch die Straße, verschleierte ihre Konturen und ließ die Gaslaternen über ihr nur gedämpft leuchten. Die Luft war klamm und feucht und legte sich auf die Atemwege, vermochte aber die Begeisterung des Publikums, das aus dem Theater strömte, nicht abzukühlen. Einige der Besucher ließen sich sogar dazu hinreißen, ganz spontan ein paar Ohrwürmer aus Gilbert und Sullivans neuer Operette *Der Mikado* zu singen. Ein Mädchen bewegte sich wie die kleine japanische Heldin graziös hin und her, bis es von seiner Mutter scharf zurechtgewiesen und aufgefordert wurde, den Anstand walten zu lassen, den ihre Familie von ihr erwarten konnte.

Ein kurzes Stück davon entfernt gingen Sir Desmond und Lady Cantlay langsam auf den Leicester Square zu, um eine Droschke anzuhalten. Sie waren nicht in ihrer eigenen Kutsche gekommen, weil es schwierig war, eine passende Stelle zu finden, wo man sie stehen lassen konnte. In solch einer Januarnacht wollte man die Pferde nicht unnötig herumstehen oder in der Gegend herumtraben lassen, bis man zum Einsteigen bereit war. Es war zu schwierig, wieder zwei wirklich gut zusammenpassende zu bekommen, als daß man ihre Gesundheit auf eine so unnötige Weise gefährdet hätte. Es gab ja reichlich Droschken, und die kamen natürlich in die Nähe der Theaterausgänge.

»Die Aufführung hat mir wirklich gut gefallen«, sagte Lady Gwendoline mit einem Seufzer der Freude, der zu einem Erschaudern wurde, als eine feuchtkalte Nebelschwade sich auf ihr Gesicht legte. »Ich muß mir die Noten besorgen, um sie selber spielen zu können; die Melodien sind einfach entzückend. Besonders das Lied, das der Held singt.« Sie holte tief Atem, hustete erstmal und sang dann mit lieblicher Stimme: »Ein wandernder Musikant bin ich, ein Wesen aus Flicken und Flecken – ah – wie ging es weiter, Desmond? Ich kann mich gut an die Melodie erinnern, aber die Worte sind mir entfallen.«

Er ergriff ihren Arm, um sie vom Bordstein wegzuziehen, weil gerade eine Droschke vorbeiratterte und mitten durch den Pferdemist fuhr, den der Straßenkehrer, der offenbar vorzeitig nach Hause gegangen war, nicht weggeräumt hatte.

»Ich habe den Text auch vergessen, meine Liebe. Aber ich bin sicher, er wird bei den Noten stehen. Es ist wirklich eine lausige Nacht und das Gehen kein Vergnügen. Wir müssen sehen, daß wir sofort eine Droschke bekommen. Da kommt eine. Warte hier, ich rufe sie heran.« Er trat auf die Straße hinaus, als die zweirädrige Droschke aus dem Nebel auftauchte. Das Geklapper der Hufe wurde durch die alles erstickende Feuchtigkeit gedämpft, und das Pferd zog mit hängendem Kopf, doch wie es schien, in keine bestimmte Richtung.

»Nun kommen Sie schon!« rief Sir Desmond irritiert. »Was ist los mit Ihnen? Wollen Sie sich kein Fahrgeld verdienen?«

Das Pferd kam bis auf seine Höhe heran, hob den Kopf und stellte die Ohren nach vorne, als es seine Stimme hörte.

»Kutscher!« rief Desmond scharf.

Es kam keine Antwort. Der Kutscher saß bewegungslos, mit hochgeschlagenem Mantelkragen, der den größten Teil seines Gesichts verdeckte, auf seinem Sitz; die Zügel hingen schlaff in seinen Händen.

»Kutscher!« Desmond wurde zusehends ärgerlicher. »Ich nehme an, Sie sind nicht besetzt. Meine Frau und ich wollen zum Gadstone Park fahren.«

Der Mann machte immer noch keine Anstalten, das Pferd, das sich langsam vorwärts bewegte und von einem Fuß auf den anderen trat, zu lenken oder anzuhalten, so daß es für Gwendoline gefährlich gewesen wäre, in die Droschke einzusteigen.

»Um Himmels willen, Mann! Was ist denn los mit Ihnen?« Desmond streckte den Arm aus, ergriff den Mantel des Kutschers und zog heftig daran. »Bringen Sie endlich Ihren Gaul zum Stehen!«

Zu seinem Entsetzen neigte sich der Mann ihm entgegen, bekam das Übergewicht, kippte von seinem Sitz und fiel über ein Rad vor seine Füße auf das Pflaster.

Desmonds erster Gedanke war, der Mann müsse sinnlos betrunken sein. Er wäre ja bestimmt nicht der einzige Kutscher gewesen, der sich gegen die endlosen Stunden in dem kalten Nebel mit mehr Alkohol gewappnet hatte, als er vertragen konnte. Verdammt ärgerlich war das, aber er war nicht ganz ohne Verständnis für so etwas. Wäre er nicht in Gwendolines Hörweite gewesen, hätte er laut geflucht, aber so war er genötigt, sich zu beherrschen.

»Besoffen«, sagte er verbittert.

Gwendoline kam hinzu und schaute ihn an.

»Können wir denn gar nichts tun?« Sie hatte keine Vorstellung davon, was es hätte sein können.

Desmond beugte sich über den Mann und rollte ihn auf den Rücken. Im selben Moment blies der Wind den Nebel ein wenig auseinander, so daß das Gaslicht auf sein Gesicht fiel.

Es war auf schockierende Weise offensichtlich, daß der Mann tot war – und zwar schon seit einiger Zeit. Noch schrecklicher als das fahle, aufgedunsene Fleisch waren der süßliche Geruch der Verwesung und ein kleiner Klumpen Erde in seinem Haar.

Einen Moment lang herrschte völlige Stille; lange genug, um Atem zu holen, lange genug für die Welle des Aufbäumens. Dann schrie Gwendoline auf, doch ihre hohe, schwache Stimme wurde sofort von der Nacht verschluckt.

Desmond stand langsam auf, und obwohl sich ihm sein Magen umdrehte, versuchte er, seinen Körper zwischen sie und die Leiche auf dem Pflaster zu bringen. Er hatte damit gerechnet, daß sie ohnmächtig werden würde, und wußte nun doch nicht, was er tun sollte. Sie war schwerer als erwartet, als sie gegen ihn sank, und er konnte ihr Gewicht auf Dauer nicht halten.

»Hilfe!« rief er verzweifelt. »Helfen Sie mir!«

Das Pferd war an den unbeschreiblichen Lärm der Londoner Straßen gewöhnt, und Gwendolines Kreischen berührte es kaum. Desmonds Rufe bewirkten bei ihm überhaupt keine Regung.

Er schrie wieder mit erhobener Stimme und versuchte zu verhindern, daß sie seinem Griff entglitt und auf das schmutzige Pflaster rutschte. Zugleich versuchte er, sich vorzustellen, was er mit dem Toten, der hinter ihm lag, anfangen sollte, ehe sie wieder zu Sinnen kam und vollkommen hysterisch wurde.

Mehrere Minuten schienen schon vergangen zu sein, in denen er fröstelnd vor den undeutlichen Umrissen der Droschke stand und in denen alles still war, bis auf das Schnauben des Pferdes. Dann, endlich, waren da auch Schritte, eine Stimme, eine Gestalt.

»Was ist denn los? Was fehlt denn?« Ein riesiger Mann, mit flatterndem Mantel und in einen Wollschal gewickelt, tauchte aus dem Nebel auf. »Was ist passiert? Sind Sie überfallen worden?«

Desmond hielt immer noch Gwendoline, die sich jetzt wieder zu regen begann. Er schaute den Mann an und sah ein intelligentes, humorvolles Gesicht von unbezweifelbarer Offenheit. Im Schein der Gaslaterne war er jetzt auch nicht mehr so riesig. Groß, aber nicht riesig. Seine bunt zusammengewürfelte Kleidung sah nicht unbedingt korrekt aus.

»Hat man Sie überfallen?« wiederholte der Mann ein klein wenig schärfer.

Desmond zwang sich zu klaren Gedanken.

»Nein.« Er zog Gwendoline enger an sich heran und kniff sie dabei, ohne es zu wollen. »Nein – aber der Kutscher ist tot.« Er räusperte sich und hustete, als ihn der Nebel wieder packte. »Ich fürchte, er ist schon seit einiger Zeit tot. Meine Frau ist von dem Anblick ohnmächtig geworden. Wenn Sie so freundlich sein und mir helfen wollten, Sir! Ich will versuchen, sie wieder zu Bewußtsein zu bringen, und dann, glaube ich, sollten wir die Polizei holen. Ich nehme an, die interessiert sich für solche Dinge. Der arme Mann ist grauenhaft anzusehen. Man kann ihn nicht einfach hier liegenlassen.«

»Ich bin Polizist«, antwortete der Mann und schaute dabei an ihm vorbei auf die Gestalt am Boden. »Inspektor Pitt.« Er fischte geistesabwesend nach einer Karte und brachte ein Taschenmesser und ein Knäuel Schnur zum Vorschein. Resignierend gab er den Versuch auf und bückte sich hinunter zu der Leiche, berührte mit seinen Fingern einen Moment lang das Gesicht, dann die Erde im Haar.

»Er ist tot«, begann Desmond. »Eigentlich – eigentlich sieht er fast so aus, als ob er schon beerdigt gewesen wäre – und dann wieder ausgegraben wurde.«

Pitt richtete sich auf und fuhr sich mit den Händen über die Seiten seines Mantels, wie um etwas abzuwischen.

»Ja, ich glaube, Sie haben recht. Eklig. Sehr eklig.«

Gwendoline erlangte jetzt ihr volles Bewußtsein wieder und richtete sich auf. Wenigstens wurde so ihr Gewicht von Desmonds Arm genommen, obgleich sie sich immer noch an ihn lehnte.

»Es ist gut, meine Liebe«, sagte er schnell und versuchte dabei, sie von Pitt und der Leiche fernzuhalten. »Die Polizei wird sich darum kümmern.« Während er dies sagte, schaute er grimmig zu Pitt hin und versuchte, aus seinen Worten so etwas wie eine Aufforderung zu machen. Es war an der Zeit, daß der Mann etwas Zweckdienlicheres unternahm, als nur mit ihm über das Offensichtliche übereinzustimmen.

Ehe Pitt antworten konnte, tauchte eine Frau aus der Dunkelheit auf, hübsch anzusehen und mit einer Ausstrahlung, der sogar die feuchtkalte Januarstraße nichts anhaben konnte.

»Was ist denn los?« Sie sah Pitt geradeheraus an.

»Charlotte«, er zögerte und überlegte einen Moment lang, wieviel er ihr sagen sollte, »der Kutscher ist tot. Es sieht so aus, als ob er schon etwas länger tot wäre. Ich werde sehen müssen, daß etwas unternommen wird.« Er wandte sich Desmond zu. »Meine Frau«, erklärte er und ließ die Worte in der Luft hängen.

»Desmond Cantlay.« Desmond ärgerte sich, daß er sich der Frau eines Polizisten vorstellen mußte, aber die Höflichkeit ließ ihm keine andere Wahl. »Lady Cantlay.« Er drehte seinen Kopf ruckartig zu Gwendoline hin.

»Sehr erfreut, Sir Desmond«, antwortete Charlotte bemerkenswert gefaßt. »Lady Cantlay.«

»Sehr erfreut«, sagte Gwendoline schwach.

»Wären Sie bitte so freundlich und würden mir Ihre Adresse geben?« fragte Pitt. »Für den Fall, daß es etwas nachzufragen gibt. Ich bin sicher, Sie wollen eine andere Droschke nehmen und nach Hause fahren.«

»Ja«, stimmte Desmond hastig zu. »Ja – wir wohnen in Gadstone Park, Nummer dreiundzwanzig.« Er wollte noch deutlich machen, daß er unmöglich irgendwelche Auskünfte geben konnte, da er den Mann ja vorher nicht gekannt oder auch nur die winzigste Idee hatte, wer er war oder was mit ihm geschehen war, aber er erkannte im letzten Augenblick, daß es wohl besser wäre, diesen Gedanken jetzt nicht weiter zu verfolgen. Er war nur zu froh, den Ort einfach verlassen zu können und kam gar nicht eher auf den Gedanken, bis er in einer anderen Droschke saß und den halben Weg nach Hause bereits zurückgelegt hatte, daß die Frau des Polizisten ihren Weg alleine machen oder zusammen mit ihrem Mann warten mußte, bis der Leichenwagen kam, um ihn und die Leiche schließlich zu begleiten. Vielleicht hätte er ihr seine Hilfe anbieten sollen. Wie auch immer – jetzt war es zu spät. Das beste war wohl, die ganze Angelegenheit so bald wie möglich zu vergessen.

Charlotte und Pitt standen auf dem Pflaster neben der Leiche. Pitt konnte Charlotte nicht alleine im Nebel auf der Straße stehenlassen; er konnte aber auch die Leiche nicht unbeaufsichtigt zurücklassen. Er durchsuchte wieder seine Taschen und fand auch bald seine Trillerpfeife. Er pfiff, so laut er konnte, wartete eine Weile und pfiff noch mal.

»Wie ist es denn bloß möglich, daß ein Kutscher länger als eine Stunde oder zwei tot herumfährt?« fragte Charlotte ruhig. »Würde ihn das Pferd denn nicht zurück nach Hause bringen?«

Pitt verzog sein Gesicht, so daß sich Falten um seine lange, gebogene Nase bildeten. »Das würde ich auch meinen.«

»Wie ist er denn gestorben?« fragte sie weiter. »Vor Kälte?« Mitleid war aus ihrer Stimme zu hören.

Er streckte seine Hand aus und berührte sie sanft; eine Geste, die mehr besagte, als er ihr mit Worten in einer Stunde hätte mitteilen können.

»Ich weiß es nicht«, antwortete er sehr leise. »Aber er ist schon lange Zeit tot, vielleicht eine Woche oder noch länger. Und es ist Erde in seinem Haar.«

Charlotte starrte ihn mit erblassendem Gesicht an. »Erde?« wiederholte sie. »In London?« Sie sah die Leiche nicht an. »Wie ist er denn gestorben?«

»Ich weiß es nicht. Der Polizeichirurg...

Aber noch ehe er Zeit hatte, seinen Gedanken zu vollenden, tauchte ein Constable aus der Dunkelheit auf und einen Moment später folgte ihm ein zweiter nach. Pitt erklärte kurz, was geschehen war, und übertrug ihnen die Verantwortung für die ganze Angelegenheit. Es dauerte zehn Minuten, bis er eine andere Droschke bekam, aber um viertel nach elf waren er und Charlotte zurück in ihrem eigenen Heim. Im Haus war es ruhig und warm nach der bitteren Kälte der Straße. Jemima, ihre zwei Jahre alte Tochter, verbrachte die Nacht bei Mrs. Smith gegenüber. Charlotte hatte es vorgezogen, sie dort zu lassen, anstatt sie zu dieser späten Stunde noch zu stören.

Pitt zog die Tür zu und sperrte die Welt hinaus; die Cantlays, tote Kutscher, den Nebel, alles außer der nachklingenden Musik, der Fröhlichkeit und den Farben der Operette. Als er Charlotte geheiratet hatte, hatte sie ohne ein Wort den Komfort und den Status ihres Vaterhauses aufgegeben. Dies war erst das zweite Mal, daß es ihm möglich war, sie in ein Theater in der City zu führen, und es war ein Anlaß zum Feiern. Den ganzen Abend über hatte er auf die Bühne und dann wieder auf ihr Gesicht geschaut, und die Freude, die er darin sah, war die ganze Sparsamkeit, jeden Penny, der dafür zur Seite gelegt worden war, wert. Er lehnte sich rückwärts gegen die Tür, lächelte und zog sie zärtlich zu sich heran.

Aus dem Nebel wurde Regen und aus dem Regen Graupelschauer. Zwei Tage später saß Pitt an seinem Schreibtisch im Polizeirevier, als ein Sergeant mit Sorgenfalten im Gesicht zu ihm hereinkam. Pitt schaute auf.

»Was gibt es, Gilthorpe?«

»Sie erinnern sich an den toten Kutscher, den Sie vorletzte Nacht fanden, Sir?«

»Was ist mit ihm?« Pitt hätte vorgezogen, diese Sache zu vergessen; eine Tragödie, aber eine der üblichen, abgesehen von der langen Zeit, die er schon tot war.

»Nun«, Gilthorpe trat von einem Fuß auf den anderen, »nun, es scheint, er war gar kein Kutscher. Wir haben ein offenes Grab gefunden...«

Pitt erstarrte. Irgendwo im Hintergrund seines Bewußtseins hatte er so etwas befürchtet, als er das aufgedunsene Gesicht und die feuchte Erde im Haar gesehen hatte; etwas Häßliches und Obszönes, aber er hatte es ignoriert.

»Wessen?« sagte er ruhig.

Gilthorpes Gesicht glättete sich. »Ein Lord Augustus Fitzroy-Hammond, Sir.«

Pitt schloß seine Augen, als ob auch dies verschwinden würde, wenn er Gilthorpe nicht sah.

»Er starb erst kürzlich, vor drei Wochen, Sir«, fuhr Gilthorpes Stimme unerbittlich fort. »War zwei Wochen lang begraben. Große Beerdigung, sagt man.«

»Wo?« Pitt fragte ganz mechanisch weiter, während sein Gehirn immer noch nach einem Ausweg suchte.

»In St. Margaret, Sir. Wir haben natürlich eine Wache hingestellt.

»Wozu denn das?« Pitt öffnete seine Augen. »Was kann denn jemand einem leeren Grab antun?«

»Gaffer, Sir«, sagte Gilthorpe, ohne eine Miene zu verziehen. »Es könnte jemand hineinfallen. Ziemlich schwer, wieder herauszukommen aus so einem Grab. Die Seiten sind steil und zu dieser Jahreszeit auch noch glitschig. Und der Sarg ist natürlich auch noch da.« Er richtete sich ein wenig auf, um damit anzudeuten, daß er fertig war und auf Pitts Anweisungen wartete.

Pitt schaute zu ihm auf.

»Ich glaube, es ist am besten, wenn ich die Witwe aufsuche und sie die Leiche von der Droschke identifizieren lasse.« Er erhob sich seufzend auf seine Füße. »Sagen Sie den Leuten vom Leichenhaus, sie sollen sie so annehmbar wie möglich herrichten! Es wird ohnehin eine ziemlich üble Sache für die Dame werden. Wo wohnt sie denn?«

»Gadstone Park, Sir, Nummer zwölf. Alles sehr große Häuser dort; ziemlich reich, würde ich sagen.«

»Bestimmt«, stimmte Pitt trocken zu. Eigenartig, ging ihm durch den Kopf, das Paar, das die Leiche fand, wohnt auch dort. So ein Zufall! »Also gut, Gilthorpe. Gehen Sie und sagen Sie den Leuten vom Leichenhaus, Seine Lordschaft zur Besichtigung fertig zu machen!« Er nahm seinen Hut, drückte ihn sich fest auf den Kopf, schlang seinen Schal um den Hals und ging hinaus in den Regen.

Gadstone Park war, wie Gilthorpe gesagt hatte, eine sehr wohlhabende Gegend mit großen Villen, die von der Straße zurückgesetzt waren, und einem sehr gepflegten Park in der Mitte, in dem Lorbeer- und Rhododendronbüsche standen und eine sehr schöne Magnolie, soweit sich das ohne Blätter sagen ließ. Der Regen war wieder zu einem Graupelschauer geworden, und der dunkle Tag kündete von kommendem Schnee.

Er erschauderte, als das Wasser seinen Nacken hinunterlief und kalt über seine Haut rieselte. Egal, wie viele Schals er sich umwickelte, es war immer dasselbe.

Nummer zwölf war ein klassisches georgianisches Haus mit einer geschwungenen Auffahrt, die sich bis zu einem säulenbestandenen Eingang erstreckte. Seine Proportionen taten seinem Auge wohl. Wenn er auch nie wieder – seit seiner Kindheit als Sohn eines Wildhüters – in so einem Haus wohnen würde, so erfreute es ihn doch, es zu sehen. Solche Häuser waren eine Zierde für die ganze Stadt und lieferten jedermann den Stoff für Träume.

Als ein Windstoß einen riesigen Lorbeerbusch vor dem Eingang rüttelte und ihn mit Wassertropfen überschüttete, drückte er seinen Hut tiefer ins Gesicht. Er zog an der Klingel und wartete.

Ein Diener, ganz in Schwarz, erschien. Durch Pitts Kopf flackerte der Gedanke: verfehlter Beruf – die Natur hatte ihn wohl als Leichenbestatter vorgesehen.

»Ja, Sir?« Die Worte kamen ausgesprochen zögernd, denn der Mann hatte ihn als einer niedrigeren Klasse zugehörig erkannt, der eigentlich hätte wissen müssen, daß der hintere Eingang für ihn da war.

Pitt kannte diesen Gesichtsausdruck seit langem und war darauf vorbereitet. Er hatte keine Lust, seine Zeit mit mehrfach übermittelten Botschaften zu verschwenden, und außerdem war es weniger grausig, die Sache einmal und in aller Klarheit vorzubringen, als sie nach und nach durch die Hierarchie der Dienerschaft sickern zu lassen.

»Ich bin Inspektor Pitt von der Polizei. Das Grab von Lord Augustus Fitzroy-Hammond wurde geschändet«, sagte er mit sachlicher Stimme. »Ich würde gerne mit Lady Fitzroy-Hammond darüber sprechen, damit die Angelegenheit so bald wie möglich und so diskret wie möglicherledigt werden kann.«

Der Diener verlor vor Überraschung seine Begräbnismiene. »Es – es wäre angebracht, Sie kämen herein.«

Er machte einen seitlichen Schritt nach hinten, und Pitt folgte ihm nach. Er war noch zu bedrückt von dem vorher Gehörten, als daß er über die Wärme im Innern des Hauses hätte froh sein können. Der Diener geleitete ihn in das Zimmer, das für die vormittäglichen

Besuche vorgesehen war, und ließ ihn dort alleine zurück; wahrscheinlich, um die erschütternde Neuigkeit dem Butler mitzuteilen und ihm die Last der nächsten Entscheidung aufzubürden.

Pitt mußte nicht lange warten. Lady Fitzroy-Hammond kam bleich herein und blieb stehen, als sie noch kaum durch die Tür war. Pitt hatte jemand beträchtlich Älteren erwartet. Der tote Mann auf der Droschke mußte wenigstens sechzig gewesen sein, vielleicht noch älter, aber diese Frau konnte unmöglich über die Zwanziger hinaus sein. Nicht einmal das Schwarz der Trauer konnte die Farbe und Feinheit ihrer Haut und die Geschmeidigkeit ihrer Bewegungen verbergen.

»Sie sagen, es gab eine – Schändung, Mr....?« sagte sie ruhig.

»Inspektor Pitt, Madam. Ja, es tut mir sehr leid. Jemand hat das Grab geöffnet.« Der Sachverhalt ließ sich nicht auf angenehme Weise darstellen, keine Höflichkeit konnte die Häßlichkeit zudecken. »Aber wir haben einen Leichnam gefunden, und wir würden sie bitten, uns zu sagen, ob es sich dabei um Ihren verstorbenen Gatten handelt.«

Einen Moment lang dachte er, sie würde gleich ohnmächtig werden. Es war dumm von ihm; er hätte warten sollen, bis sie sich gesetzt hatte, vielleicht sogar nach einem Mädchen schicken sollen, das ihr zur Seite stehen würde. Er tat ein paar Schritte nach vorne, um sie auffangen zu können, falls sie zusammensank.

Sie sah ihn ängstlich verstört an, verstand ihn nicht.

Er war sich ihrer Angst bewußt und blieb stehen.

»Kann ich ein Mädchen für Sie rufen?« sagte er ruhig und ließ die Arme wieder sinken.

»Nein.« Sie schüttelte ihren Kopf und nahm sich so weit zusammen, daß sie langsam an ihm vorbei zum Sofa gehen konnte. »Danke. Es geht mir schon besser.« Sie holte tief Luft. »Ist es wirklich unbedingt erforderlich, daß ich...?«

»Wenn nicht noch jemand anderer aus der engeren Familie da ist«, antwortete er und wünschte, er hätte etwas anderes sagen können. »Gibt es vielleicht einen Bruder oder...« Beinahe hätte er ›Sohn‹ gesagt, aber er erfaßte noch rechtzeitig, wie taktlos das gewesen wäre. Er wußte nicht, ob sie die erste oder zweite Frau war. Genaugenommen hatte er versäumt, Gilthorpe nach dem Alter Seiner Lordschaft zu fragen. Es war aber anzunehmen, daß Gilthorpe mit der Sache überhaupt nicht zu ihm gekommen wäre, wenn nicht die Wahrscheinlichkeit bestand, daß er der Mann auf der Droschke war.

»Nein.« Sie schüttelte den Kopf. »Da sind nur Verity, die Tochter von Lord Augustus, und seine Mutter, aber die ist schon sehr alt und auch behindert. Es bleibt schon an mir hängen. Kann ich vielleicht ein Mädchen mitnehmen?«

»Ja, natürlich; es wäre sogar sehr gut, wenn sie es täten.«

Sie stand auf und zog an der Klingelschnur. Als ein Mädchen kam, schickte sie es zu ihrer Kammerzofe. Sie solle ihr ihren Mantel bringen und sich selbst zum Weggehen fertigmachen. Die Kutsche wurde angefordert. Sie wandte sich wieder Pitt zu.

»Wo – wo haben Sie ihn gefunden?«

Es hatte keinen Sinn, ihr die Einzelheiten zu erzählen, egal ob sie ihn nun geliebt hatte oder ob es eine reine Zweckheirat war.

»In einer Droschke, Madam.«

Falten traten auf ihr Gesicht. »In einer Droschke? Aber – was soll das bedeuten?«

»Ich weiß es nicht.« Als er Stimmen in der Halle hörte, öffnete er die Tür für sie, führte sie hinaus und half ihr in die Kutsche. Sie fragte nicht mehr weiter, und sie fuhren schweigend zum Leichenhaus. Das Mädchen nestelte an ihren Handschuhen, und ihre Augen vermieden es geflissentlich, auch nur einen zufälligen Blick auf Pitt zu werfen.

Die Kutsche hielt an, und der Diener half Lady Fitzroy-Hammond beim Aussteigen. Das Mädchen und Pitt folgten ohne Assistenz nach. Ein kurzer Weg führte von der Straße zum Leichenhaus; er war überdacht von kahlen Bäumen, die jedesmal, wenn der Wind in sie fuhr, erschreckend eisiges Wasser versprühten.

Pitt zog an der Glocke, und gleich darauf öffnete ein junger Mann mit rosigem Gesicht die Tür.

»Inspektor Pitt mit Lady Fitzroy-Hammond.« Pitt trat zur Seite, damit sie hineingehen konnte.

»Ah, ja. Guten Tag, guten Tag.« Der junge Mann führte sie gutgelaunt hinein und durch einen Gang in einen Raum voller Tische, die alle diskret mit Tüchern zugedeckt waren. »Sie kommen wegen

Nummer vierzehn.« Er glühte vor Reinlichkeit und professionellem Stolz. Ein Korbstuhl stand in der Nähe des Tisches, vermutlich für den Fall, daß der Anblick die Verwandten überwältigen würde, und eine Kanne mit Wasser und drei Gläser standen auf einem kleinen Tisch am Ende des Raumes bereit.

Das Mädchen nahm vorsichtshalber ein Taschentuch heraus.

Pitt stand bereit, seine Unterstützung zukommen zu lassen, wenn es nötig werden sollte.

»Gut.« Der junge Mann drückte seine Brille fester auf die Nase und zog das Tuch zurück, um das Gesicht sichtbar zu machen. Der Kutscher war jetzt ohne Bekleidung, und seine spärlichen Haare waren ordentlich gekämmt, aber er war immer noch ein abstoßender Anblick. Die Haut war fleckig und löste sich an einigen Stellen vom Fleisch, der Geruch war ekelerregend.

Lady Fitzroy-Hammond schaute kaum hin, bedeckte dann ihr Gesicht mit den Händen, machte einen Schritt nach rückwärts und stieß dabei den Stuhl um. Pitt stellte ihn mit einer einzigen Bewegung wieder auf und das Mädchen half ihr, sich darauf zu setzen. Niemand sprach ein Wort.

Der junge Mann zog das Tuch wieder hoch und trabte durch den Raum, um ein Glas Wasser zu holen. Er tat das so unerschütterlich, als ob es eine tägliche Gepflogenheit für ihn wäre – was es ja wahrscheinlich auch war. Er kam zurück und reichte es dem Mädchen, das es für seine Herrin bereithielt.

Sie nahm einen Schluck und umklammerte es dann krampfhaft, so daß die Knöchel ihrer Finger weiß hervortraten.

»Ja«, sagte sie atemlos. »Das ist mein Mann.«

»Ich danke Ihnen, Madam«, antwortete Pitt nüchtern. Das war zwar nicht das Ende des Falles, aber wahrscheinlich alles, was er je darüber wissen würde. Grabräuberei war natürlich ein Verbrechen, aber er machte sich keine wirkliche Hoffnung, daß er herausbekommen würde, wer diese obszöne Tat vollbracht hatte und warum.

»Fühlen Sie sich gut genug, daß wir gehen können?« fragte er. »Ich bin sicher, es geht Ihnen besser zu Hause.«

»Ja, danke.« Sie stand auf, schwankte einen Moment lang und ging dann, dicht gefolgt von ihrem Mädchen, ziemlich unsicher auf den Ausgang zu.

»War das dann alles?« wollte der junge Mann wissen. Seine Stimme war ein wenig leiser geworden, hörte sich aber immer noch heiter an. »Kann ich ihn dann als identifiziert kennzeichnen und für die Beerdigung freigeben?«

»Ja, das können Sie. Lord Augustus Fitzroy-Hammond. Die Familie wird Ihnen sicher sagen, welche Vorkehrungen sie wünscht«, antwortete Pitt. »Nichts Außergewöhnliches an dem Leichnam, wie?«

»Nein, überhaupt nicht«, sagte der junge Mann übereifrig, nun, da die Frauen jenseits der Tür und außer Hörweite waren. »Außer daß er schon vor mindestens drei Wochen gestorben ist und schon einmal beerdigt war. Aber ich nehme an, das wissen Sie.« Er schüttelte seinen Kopf und mußte danach seine Brille wieder zurechtrücken. »Ich verstehe nicht, warum jemand so etwas tut – einen Toten ausgraben, meine ich. Nicht daß ihn jemand seziert hätte oder so etwas, wie es Medizinstudenten schon getan haben – oder Leute, die irgendeiner schwarzen Magie anhängen. Er war völlig unberührt.«

»Kein besonderes Mal an ihm?« Pitt wußte nicht, warum er das fragte; er hatte nichts Derartiges erwartet. Es handelte sich hier um einen eindeutigen Fall von Pietätlosigkeit, weiter nichts. Die Tat irgendeines Irren mit bizarrer Gemütsverfassung.

»Nein, überhaupt nicht«, sagte der junge Mann bestätigend. »Ein älterer Herr, gut gepflegt, gut genährt, ein wenig korpulent, aber nicht ungewöhnlich für sein Alter. Weiche Hände, sehr sauber. Soviel ich weiß, habe ich vorher noch nie einen toten Lord gesehen, aber dieser hier sieht genauso aus, wie ich es erwartet hätte.«

»Vielen Dank«, sagte Pitt langsam. »In diesem Fall gibt es nicht mehr viel für mich zu tun.«

Pitt nahm selbstverständlich an der Wiederbestattung teil. Es war ja möglich, daß, wer auch immer diese Schändung begangen hatte, ebenfalls anwesend war, um die Auswirkung seiner Tat auf die Familie zu sehen. Vielleicht war das auch das Motiv: ein schwärender Haß, der immer noch nicht zur Ruhe gekommen war, auch nach dem Tode nicht.

Es war natürlich eine sehr stille Angelegenheit; man macht kein großes Aufsehen, wenn ein Mensch zum zweitenmal beerdigt wird.

Trotzdem war eine beachtliche Zahl von Leuten da, die gekommen waren, um ihre Ehre zu erweisen – mehr wohl aus Sympathie für die Witwe. Sie trugen alle Schwarz, hatten schwarze Bänder an ihren Kutschen, zogen schweigend zum Grab und standen dort mit gesenkten Köpfen im Regen. Nur ein Mann war verwegen genug, als Zugeständnis an sein Wohlergehen seinen Kragen hochzuschlagen. Was bedeutete schon die kleine Unpäßlichkeit eisiger Tropfen, die den Nacken hinunterrieselten, wenn man hier dem ewigen Schweigen des Todes gegenüberstand?

Der Mann mit dem Kragen war schlank, ein wenig größer als der Durchschnitt, und sein feiner Mund wurde durch tiefe, spöttische Linien betont. Er hatte ein schiefes Gesicht mit geschwungenen braunen Augenbrauen, und es war beim besten Willen nichts Joviales darin zu entdecken.

Der Revierpolizist stand neben Pitt, um ihn auf eventuell anwesende Fremde aufmerksam zu machen.

»Wer ist das?« flüsterte Pitt.

»Mr. Somerset Carlisle, Sir«, antwortete der Mann. »Wohnt im Park, Nummer zwei.«

»Was macht er?«

»Absoluter Gentleman, Sir.«

Pitt ließ die Sache auf sich beruhen. Sogar Gentlemen übten gelegentlich Tätigkeiten aus, die jenseits ihrer gesellschaftlichen Stellung lagen, aber das war jetzt nicht wichtig.

»Das ist Lady Alicia Fitzroy-Hammond«, fuhr der Constable völlig unnötig fort. »Schon sehr traurig. Sie waren erst ein paar Jahre verheiratet, wie man sagt.«

Pitt knurrte; der Mann hatte die Mittel, sich seine Wünsche zu erfüllen. Alicia wirkte blaß, aber ziemlich gefaßt und war wahrscheinlich froh, daß sie die ganze Sache fast hinter sich hatte. Neben ihr stand, auch völlig in Schwarz, ein jüngeres Mädchen, vielleicht um die zwanzig, mit zurückgekämmtem honigbraunem Haar und sittsam niedergeschlagenen Augen.

»Miß Verity Fitzroy-Hammond«, kam ihm der Constable zuvor. »Eine ausgesprochen nette junge Dame.«

Pitt hatte das Gefühl, daß darauf keine Antwort nötig war. Seine Augen wanderten zu dem Mann und der Frau hinter dem Mädchen. Er war gut gebaut – wahrscheinlich Sportler in seiner Jugend – und stand immer noch sehr locker da. Seine Brauen waren breit, die Nase lang und gerade, und nur ein gewisser Zug um seinen Mund trübte den Eindruck völliger Harmonie. Aber er war trotz allem ein gutaussehender Mann. Die Frau neben ihm hatte schöne dunkle Augen und schwarzes Haar mit einem sehr attraktiven Silberstreifen, der von ihrer rechten Schläfe ausging.

»Wer sind die?« fragte Pitt.

»Lord und Lady St. Jermyn«, sagte der Constable etwas lauter, als Pitt es gewünscht hätte. In der Stille des Friedhofs war sogar das stetige Tropfen des Regens zu hören.

Das Begräbnis war vorüber, und einer nach dem anderen wandte sich zum Gehen. Pitt erkannte Sir Desmond und Lady Cantlay von der Straße vor dem Theater wieder und hoffte, sie seien taktvoll genug gewesen, ihre Rolle in der Angelegenheit nicht zu erwähnen. Vielleicht waren sie es; Sir Desmond hatte nicht den Eindruck eines unbesonnenen Mannes gemacht.

Die letzte Person, die – in Begleitung eines ziemlich stattlichen Mannes mit einem offenen, liebenswerten Gesicht – wegging, war eine große, sehr schlanke alte Dame mit großartiger Haltung und fast gebieterischer Würde. Sogar die Totengräber zögerten, tippten an ihre Hüte und warteten, bis sie vorbei war, ehe sie mit ihrer Arbeit begannen. Pitt sah sie nur einen Moment lang deutlich, aber dieser Moment genügte ihm. Er kannte diese lange Nase und diese strahlenden Augen hinter schweren Lidern. Mit achtzig hatte sie immer noch mehr von ihrer Schönheit behalten, als die meisten Frauen je haben.

»Tante Vespasia!« Vor Überraschung sprach er diese Worte laut vor sich hin.

»Verzeihung, Sir?« Der Constable stutzte.

»Ist das nicht Lady Cumming-Gould?« Pitt drehte sich zu ihm um. »Die letzte Dame, die jetzt gerade weggeht.«

»Ja, Sir. Wohnt in Nummer achtzehn. Ist erst im Herbst hierher gezogen. Der alte Mr. Staines ist im Februar 1885 gestorben, also vor knapp einem Jahr. Lady Cumming-Gould hat das Haus Ende des Sommers zurückgekauft.«

Pitt erinnerte sich sehr gut an den letzten Sommer. Damals hatte er während der Paragon-Walk-Auseinandersetzungen die Großtante Vespasia von Charlottes Schwester Emily kennengelernt. Genaugenommen war sie die Tante von Emilys Mann, Lord George Ashworth. Er hatte nicht damit gerechnet, sie wiederzusehen, aber es war ihm noch gegenwärtig, wie sehr ihm ihre Geradheit und ihre geradezu erschreckende Offenheit imponiert hatten. Kein Zweifel, wenn Charlotte in eine höhere Gesellschaftsschicht geheiratet hätte, anstatt in eine niedrigere, wäre aus ihr mit der Zeit vielleicht eine genauso unbequeme alte Dame geworden.

Der Constable starrte ihn mit skeptischen Augen an. »Sie kennen sie also schon, Sir?«

»Tut nichts zur Sache.« Pitt wollte keine Erklärung abgeben. »Haben Sie jemanden hier gesehen, der nicht im Park wohnt oder mit der Witwe oder der Familie bekannt ist?«

»Nein, niemand hier, den man nicht erwarten konnte. Vielleicht kommen Grabräuber nicht zum Ort der Tat zurück. Oder vielleicht kommen sie in der Nacht.«

Pitt war nicht nach Sarkasmus zumute, schon gar nicht von seiten eines Constables.

»Vielleicht soll ich Sie dann hier postieren«, sagte er bissig. »Für alle Fälle.«

Das Gesicht des Constables wurde lang, erhellte sich aber wieder, als ihm der Verdacht kam, daß Pitt bloß seine Schlagfertigkeit auf die Probe stellen wollte.

»Wenn Sie glauben, daß das etwas bringt, Sir«, sagte er steif.

»Nur eine Erkältung«, antwortete Pitt. »Ich will gehen und Lady Cumming-Gould meine Aufwartung machen. Sie bleiben den Rest des Nachmittags hier und beobachten weiter«, setzte er mit Genugtuung hinzu. »Nur für den Fall, daß jemand Neugieriger kommt.«

Der Constable schniefte und machte dann ein ziemlich unterdrücktes Niesen daraus.

Pitt ging hinweg und verlängerte seine Schritte, so daß er schon bald Tante Vespasia einholte. Sie ignorierte ihn. Auf Beerdigungen spricht man nicht mit jedermann.

»Lady Cumming-Gould«, sagte er mit gebührender Achtung.

Sie blieb stehen, drehte sich ihm langsam zu und schickte sich an, ihn mit einem einzigen Blick einfrieren zu lassen. Dann kam ihr etwas an seiner Größe und an der Art, wie sein Mantel hing und flatterte, bekannt vor. Sie fingerte nach ihrer Lorgnette und hielt sie vor ihre Augen.

»Liebe Güte! Thomas, was um Himmels willen tun Sie denn hier? Ah, ja, natürlich; ich vermute, Sie suchen denjenigen, der den armen Gussie ausgegraben hat. Ich kann mir einfach nicht vorstellen, warum jemand so etwas tut. Einfach widerwärtig. Das ist eine Menge Arbeit für alle Betroffenen – und so unnötig.« Sie sah an ihm hinauf und hinunter. »Sie scheinen sich nicht verändert zu haben, abgesehen davon, daß Sie jetzt mehr anhaben. Können Sie denn keine Sachen bekommen, die zueinander passen? Wo haben Sie denn diesen Schal her? Der ist ja gräßlich. Emily hat einen Jungen, wissen Sie das? Doch, natürlich wissen Sie das. Sie werden ihn Edward nennen; nach ihrem Vater. Das ist auch besser als George. Es ist immer so irritierend, wenn ein Junge so heißt wie sein Vater. Man weiß dann nie, von wem eigentlich die Rede ist. Wie geht es Charlotte? Sagen Sie ihr, sie soll mich doch besuchen; die Leute hier im Park langweilen mich zu Tode, außer dem Amerikaner, der ein Gesicht wie ein Pfannkuchen hat. Der häßlichste Mann, den ich je gesehen habe, aber ganz charmant. Er hat nicht die leiseste Ahnung davon, wie man sich benimmt, aber er ist reich wie Krösus.« Ihre Augen tanzten belustigt. »Sie können sich hier nicht entscheiden, wie sie mit ihm umgehen sollen; ob sie höflich zu ihm sein sollen wegen seines Geldes oder ihn schneiden sollen wegen seiner Manieren. Ich hoffe sehr, daß er bleibt.«

Pitt ertappte sich dabei, daß er trotz des Regens, der ihm in den Nacken lief, und der nassen Hosenaufschläge, die an seinen Knöcheln klebten, lächelte.

»Also dann«, schnaubte Vespasia. »Sagen Sie ihr, sie soll frühzeitig kommen, vor zwei, dann trifft sie nicht auf die Höflichkeitsbesucher, die nichts anderes zu tun haben, als sich mit ihrer Garderobe zu übertreffen.« Sie verstaute ihre Lorgnette wieder, rauschte den Weg entlang und ignorierte dabei völlig, daß ihre Röcke den nassen Lehm streiften.

2

Am Sonntag stand Alicia Fitzroy-Hammond wie gewöhnlich kurz nach neun Uhr auf und nahm ein leichtes Frühstück mit Toast und Aprikosenmarmelade zu sich. Verity hatte schon gefrühstückt und schrieb nun Briefe im Damenzimmer. Die Mutter von Augustus, die Witwe Fitzroy-Hammond, würde sich ihr Frühstück wie immer hinaufbringen lassen. An manchen Tagen stand sie auf; weit öfter tat sie es nicht. Dann lag sie in ihrem Bett mit einem gestickten indischen Schal um ihre Schultern und las ihre alten Briefe wieder, die über fünfundsechzig Jahre bis zu ihrem neunzehnten Geburtstag am 12. Juli, genau fünf Jahre nach der Schlacht von Waterloo, zurückreichten. Ihr Bruder war Fähnrich in Wellingtons Armee gewesen. Ihr zweiter Sohn war im Krimkrieg gefallen. Und da waren auch noch Liebesbriefe von Männern, die längst nicht mehr lebten.

Des öfteren schickte sie ihr Mädchen, Nisbett, nach unten, damit sie nachsah, was im Hause geschah. Sie verlangte eine Liste, die über sämtliche Besucher Auskunft gab: Wann sie kamen und wie lange sie blieben, ob sie ihre Karte hinterließen und – das war ihr besonders wichtig – wie sie gekleidet waren. Alicia hatte gelernt, damit zu leben; sie fand es jedoch immer noch unerträglich, daß Nisbett andauernd ihre Nase in die Haushaltsführung steckte und mit ihrem Finger über die Möbel fuhr, um zu sehen, ob sie auch jeden Tag abgestaubt wurden, und den Wäscheschrank öffnete, wenn sie dachte, es sehe sie niemand, und die Laken und Tischtücher zählte und überprüfte, ob auch alle Ecken gebügelt und in Ordnung waren.

Dieser Sonntag war einer von den Tagen, an denen die alte Dame aufstand. Sie genoß es, in die Kirche zu gehen. Sie saß dann in der Gebetsbank der Familie und beobachtete alle, die da kamen und gingen. Sie täuschte auch vor, taub zu sein, obwohl sie in Wirklichkeit ausgezeichnet hörte. Es gefiel ihr, nicht sprechen zu müssen, es sei denn, sie verlangte nach etwas. Von bestimmten Dingen nichts wissen zu müssen, kam ihr manchmal gar nicht ungelegen.

Sie war jetzt ganz in Schwarz gekleidet und stützte sich schwer auf ihren Stock, als sie in das Speisezimmer kam, wobei sie den Stock heftig auf den Boden aufstieß, um Alicias Aufmerksamkeit auf sich zu lenken.

»Guten Morgen, Schwiegermama«, sagte Alicia mit einiger Anstrengung. »Es freut mich, daß du dich gut genug fühlst, um aufzustehen.«

Die alte Dame schritt auf den Tisch zu, und die allgegenwärtige Nisbett rückte den Stuhl für sie zurecht. Sie starrte mit Mißfallen auf die Anrichte.

»Ist das alles, was es zum Frühstück gibt?« fragte sie.

»Was hättest du denn gerne?« Alicia war ihr ganzes Leben lang zur Höflichkeit erzogen worden.

»Dafür ist es jetzt schon zu spät«, sagte die alte Dame. »Ich werde mich mit dem begnügen müssen, was da ist. Nisbett, bringen Sie mir ein paar Eier und etwas von dem Schinken und den Nieren und reichen Sie mir den Toast! Du gehst doch zur Kirche heute morgen, Alicia?«

»Ja, Mama. Möchtest du auch gerne mitkommen?«

»Ich schwänze nie die Kirche, es sei denn, ich bin zu krank, um auf meinen Füßen stehen zu können.«

Alicia ließ dies unkommentiert. Sie hatte nie genau gewußt, was der alten Dame eigentlich fehlte, wenn ihr überhaupt etwas fehlte. Der Arzt kam regelmäßig und sagte ihr, sie hätte ein schwaches Herz, wofür er Digitalis verschrieb. Augustus war immer besorgt um sie gewesen; vielleicht aus lebenslanger Gewohnheit und weil er Unannehmlichkeiten haßte.

»Ich nehme an, daß du mitkommst«, sagte die alte Dame mit hochgezogenen Augenbrauen und schob eine Gabel mit einer enormen Portion Ei in den Mund.

»Ja, Mama.«

Die alte Dame nickte; ihr Mund war zu voll zum Sprechen.

Die Kutsche wurde um halb elf gerufen, und Alicia, Verity und der alten Dame wurde nacheinander hineingeholfen und danach wieder heraus, als sie bei der St.-Margaret-Kirche angekommen waren, in der die Familie schon seit mehr als hundert Jahren ihre eigene Gebetsbank hatte. Noch nie hatte jemand, der kein Fitzroy-Hammond war, darin gesessen.

Sie waren frühzeitig angekommen. Die alte Dame liebte es, ganz hinten zu sitzen und zu beobachten, wie alle anderen hereinkamen, und dann eine Minute vor elf nach vorne zur Familienbank zu gehen. Heute war es nicht anders. Sie hatte alle Blutsverwandten – mit Ausnahme von Verity – überlebt; mit der überlegenen Fassung, die einer Aristokratin ansteht. Die Wiederbestattung von Augustus bildete keine Ausnahme.

Zwei Minuten vor elf stand sie auf und ging als erste nach vorne zur Familienbank. Am Ende des Ganges blieb sie plötzlich stehen. Das Unausdenkbare war geschehen. Es war bereits jemand anderer in ihrer Bank: ein Mann mit hochgeschlagenem Kragen, in Gebetshaltung, leicht nach vorne gebeugt.

»Wer sind Sie?« zischte die alte Dame. »Entfernen Sie sich, Sir! Dies ist eine Familienbank.«

Der Mann rührte sich nicht.

Die alte Dame stieß energisch den Stock auf, um ihn auf sich aufmerksam zu machen. »So tu doch etwas, Alicia! Sprich mit ihm!«

Alicia drückte sich an ihr vorbei und berührte den Mann leicht an der Schulter. »Verzeihen Sie...« Sie kam nicht weiter. Der Mann schwankte, fiel seitwärts auf den Sitz der Bank, mit dem Gesicht nach oben.

Alicia schrie, obwohl sie wußte, was die alte Dame und die Kirchengemeinde dazu sagen würden – aber sie konnte sich nicht anders helfen. Es war wieder Augustus mit seinem toten, fahlen, blutleeren Gesicht, der sie da von dem hölzernen Sitz aus anglotzte. Die grauen Steinsäulen rings um sie begannen zu schwanken, und sie hörte ihre eigene Stimme kreischen, als ob sie nicht zu ihr gehörte. Sie wünschte, daß sie aufhörte, aber sie schien keine Kontrolle darüber zu haben. Schwärze kam über sie, die Arme wurden an ihren Körper gedrückt, und etwas Hartes traf sie im Rücken.

Das nächste, was ihr bewußt wurde, war, daß man sie in die Sakristei gelegt hatte. Der Vikar – teiggesichtig und schwitzend – war vor ihr in die Hocke gegangen und hielt ihre Hand. Die Tür stand offen, und der Wind blies eiskalt herein. Die alte Dame saß ihr gegenüber; ihre schwarzen Röcke waren um sie herum aufgebläht wie ein an die Erde gefesselter Ballon. Ihr Gesicht war scharlachrot.

»Ist ja gut, ist ja gut«, sagte der Vikar hilflos. »Sie haben einen ganz schlimmen Schock erlitten, meine liebe Dame. Wirklich schlimm. Ich weiß nicht, was aus der Welt noch werden soll, wenn man den Irren gestattet, frei zwischen uns herumzulaufen. Ich werde an die Zeitungen schreiben und an meinen Abgeordneten im Parlament. Es muß wirklich etwas geschehen. Es ist einfach unerträglich.« Er hustete und tätschelte wieder ihre Hand. »Und wir werden natürlich alle beten.« Die eingenommene Stellung wurde ihm zu unbequem. Er verspürte einen Krampf in seinen Beinen und stand auf. »Ich habe nach einem Arzt für Ihre arme Mama geschickt. Es ist doch Dr. McDuff? Er wird jeden Moment eintreffen. Schade, daß er nicht in der Kirche war.« Ein leicht feindseliger Ton lag in seiner Stimme. Er wußte, daß der Arzt Schotte und Presbyterianer war, und das mißfiel ihm aufs äußerste. Ein Arzt hatte als Nonkonformist in einer Gegend wie dieser nichts zu suchen.

Alicia setzte sich mühsam auf. Ihre ersten Gedanken hatten nicht die alte Dame zum Gegenstand, sondern Verity. Sie hatte vorher noch nie einen Toten gesehen, und Augustus war doch ihr Vater, wenn sie auch kein sehr enges Verhältnis zueinander hatten.

»Verity«, sagte sie mit trockenem Mund, »was ist mit Verity?«

»Quälen Sie sich bitte jetzt nicht damit!« Die Stimme des Vikars wurde erregt bei dem Gedanken an eine drohende Hysterie. Er hatte keine Ahnung, wie er damit fertig werden sollte; noch dazu in einer Kirche. Der Gottesdienst war sowieso schon in eine Katastrophe ausgeartet: Die Mitglieder der Gemeinde waren entweder nach Hause gegangen oder standen draußen im Regen, gehalten von der Neugier, auch das neueste grausige Ereignis in dieser Affäre mitzubekommen. Die Polizei war direkt zur Kirche gerufen worden, und die ganze Angelegenheit artete in einen nicht wieder gutzumachenden Skandal aus. Er wünschte sich von Herzen, daß er nach Hause gehen und zu Mittag essen könnte; an einem wärmenden Feuer und zusammen mit einer vernünftigen Haushälterin, bei der sich nicht alles um ›Gemütsbewegungen‹ drehte.

»Meine liebe Dame«, begann er wieder, »seien Sie bitte versichert, daß man sich um Miß Verity mit der größtmöglichen Sorgfalt gekümmert hat. Lady Cumming-Gould hat sie in ihrer Kutsche nach Hause gebracht. Sie war natürlich sehr unglücklich und bestürzt, aber wer wäre das nicht? Es ist alles so schrecklich. Aber wir müssen diese Last tragen, und die Gnade Gottes wird uns dabei helfen. Oh!« Sein Gesicht erhellte sich, als er sah, wie die dicke Gestalt von Dr. McDuff hereinkam und die Sakristeitür ins Schloß fallen ließ. Die Verantwortung konnte jetzt zumindest geteilt oder vielleicht sogar ganz übertragen werden. Schließlich mußte der Doktor sich um die Lebenden kümmern, und er selbst war für die Toten da, denn sonst war ja niemand dazu befähigt.

McDuff ging direkt auf die alte Dame zu und ignorierte die beiden anderen Anwesenden. Er nahm sie beim Handgelenk, fühlte mehrere Sekunden lang ihren Puls und schaute ihr dann ins Gesicht.

»Schock«, sagte er knapp. »Ernstlicher Schock. Ich rate Ihnen, nach Hause zu fahren und soviel Ruhe zu halten, wie Sie glauben, daß Sie brauchen. Lassen Sie sich alle Ihre Mahlzeiten hinaufbringen, und empfangen Sie keine Besucher außer den nächsten Familienangehörigen und nicht einmal die, wenn Ihnen nicht danach zumute ist. Verrichten Sie nichts Anstrengendes, und lassen Sie sich unter keinen Umständen durch irgend etwas aus der Fassung bringen.«

Das Gesicht der alten Dame entspannte sich vor Zufriedenheit und nahm wieder eine normale Farbe an.

»Gut«, sagte sie und stand mit seiner Hilfe auf. »Ich wußte ja, daß Sie das Richtige wüßten. Ich kann so etwas nicht mehr länger ertragen. Ich weiß nicht, was aus der Welt noch werden soll, wenn das so weitergeht. In meiner Jugend hat es so etwas nicht gegeben. Die Leute wußten damals, wo sie hingehörten, und sind auch dort geblieben. Sie waren auch zu sehr mit ihrer Arbeit beschäftigt, um sich herumzutreiben und die Gräber von über ihnen Stehenden zu entweihen. Heutzutage wird viel zu viel Bildung an die falschen Leute verschwendet; das ist die Ursache, verstehen Sie? Wenn erst ihre Neugierde geweckt ist, bekommen sie Appetit auf etwas, das nicht gut für sie ist. Es ist einfach nicht natürlich. Schauen Sie nur, was hier geschehen ist! Nicht einmal die Kirche ist noch sicher. Es ist fast noch schlimmer, als wenn die Franzosen eingefallen wären.«

Mit diesen Worten stakste sie hinaus und stieß dabei ihren Stock wütend gegen die Tür.

»Die arme gute Dame«, murmelte der Vikar. »Was für ein entsetzlicher Schock für sie – und noch dazu in ihrem hohen Alter. Man sollte meinen, sie hätte es verdient, von den Sünden dieser Welt verschont zu werden.«

Alicia saß immer noch in der Kälte auf der Sakristeibank. Es wurde ihr plötzlich deutlich bewußt, wie groß ihre Abneigung gegen die alte Dame war. Sie konnte sich an keinen einzigen Augenblick erinnern – seit ihrer Verlobung mit Augustus –, an dem sie sich in ihrer Gegenwart wohlgefühlt hätte. Bis jetzt hatte sie dies immer verdrängt, Augustus zuliebe. Aber das war jetzt nicht mehr länger nötig. Augustus war tot.

Mit Schaudern erinnerte sie sich an seinen Leichnam auf der Gebetsbank und auf dem Tisch in dem kalten Leichenhaus, in dem der kleine Mann im weißen Mantel auf eine so erschreckende Weise glücklich war zwischen all seinen Leichen. Gott sei Dank war wenigstens der Mann von der Polizei ein wenig sachlicher gewesen; genaugenommen sogar ganz angenehm, auf seine Art.

Die Tür flog auf, und als ob sie ihn durch ihre Gedanken herbeigerufen hätte, stand Pitt vor ihr und schüttelte sich wie ein nasser Hund, so daß die Wassertropfen von seinem Mantel sprühten. Sie hatte nicht mehr damit gerechnet, daß jemand von der Polizei kommen würde, und jetzt drängten sich alle Arten von düsteren Ängsten in ihrem Kopf. Warum das alles? Warum war Augustus wiederum aus seinem Grabe auferstanden wie eine beharrliche, obszöne Erinnerung an die Vergangenheit, die sie davon abhielt, diese hinter sich zu lassen und der Zukunft entgegenzugehen? Die Zukunft hatte so verheißungsvoll geschienen. Sie hatte neue Leute kennengelernt, insbesondere eine Person, schlank und elegant, voll Fröhlichkeit und Charme – Eigenschaften, die Augustus längst verloren hatte. Vielleicht war er in seiner Jugend auch so gewesen, aber damals hatte sie ihn ja noch nicht gekannt. Sie wollte gerne tanzen, Witze über harmlose Dinge machen, am Spinett etwas anderes singen als Hymnen und ernste Balladen. Sie wollte gerne jemanden lieben und aufregende Dinge flüstern und eine Vergangenheit haben, die es wert war, sich an sie zu erinnern; wie die alte Dame, die sich ihre Jugend aus Hunderten von Briefen nochmals erlas. Zweifellos lag Traurigkeit in ihnen, aber auch Leidenschaft, wenn etwas Wahres an dem war, was sie daraus erzählte.

Der Mann von der Polizei starrte sie mit hellen, grauen Augen an. Er war die unordentlichste Kreatur, die sie je gesehen hatte, und paßte einfach nicht in eine Kirche.

»Das tut mir leid«, sagte er leise. »Ich dachte, schlimmer könnte es nicht mehr kommen.«

Ihr fiel keine Antwort darauf ein.

»Ist Ihnen jemand bekannt, dem so etwas zuzutrauen wäre, Madam?« fuhr er fort.

Sie schaute auf in sein Gesicht, und ein Abgrund von neuem Entsetzen tat sich vor ihr auf. Sie hatte angenommen, daß es sich um ein anonymes Verbrechen handelte, um das Werk irgendwelcher irrsinniger Vandalen. Sie hatte schon von Grabräuberei und Leichenschändung gehört, aber jetzt erkannte sie, daß dieser seltsame Mann dachte, es könnte etwas Persönliches sein, etwas, das gezielt auf Augustus gerichtet war- oder sogar auf sie selbst.

»Nein!« stieß sie hervor, und die Atemluft verfing sich in ihrem Hals. Sie schluckte heftig. »Nein, natürlich nicht!« Aber sie konnte die Hitze spüren, die ihr Gesicht überzog. Was würden die anderen Leute denken? Zweimal war Augustus schon aus seinem Grab geholt worden; beinahe so, als ob jemand nicht gewillt war, ihn zur Ruhe kommen zu lassen – oder, schärfer betrachtet, nicht gewillt war, sie ihn vergessen zu lassen.

Wer könnte das sein? Die einzige, die ihr dabei einfiel, war die alte Dame. Sie wäre sicherlich empört bei dem Gedanken, daß sie – Alicia – wieder heiraten könnte, und noch dazu so bald – und diesmal aus Liebe.

»Ich habe keine Ahnung«, sagte sie so ruhig, wie es ihr möglich war. »Wenn Augustus irgendwelche Feinde hatte, dann hat er nie von ihnen gesprochen, und ich kann mir auch kaum vorstellen, daß jemand, mit dem er bekannt war, so etwas tun könnte.«

»Ja.« Pitt nickte. »Es scheint jenseits von gewöhnlicher Rachgier zu liegen; sogar für uns. Es ist erbärmlich kalt hier drinnen. Sie sollten besser nach Hause gehen und sich aufwärmen und auch etwas essen. Hier können Sie jetzt nichts weiter tun. Wir werden uns darum kümmern, daß ihm eine anständige Behandlung zuteil wird. Ich denke, Ihr Vikar hat bereits das Nötige veranlaßt.« Er ging auf die Tür zu, drehte sich aber dann noch einmal um. »Ich gehe davon aus, daß Sie ganz sicher sind, daß es Ihr verstorbener Gatte war, Madam. Sie haben doch sein Gesicht deutlich gesehen, nicht wahr? Es hätte doch niemand anderer sein können?«

Alicia schüttelte ihren Kopf. Sie konnte den Leichnam mit der grauweißen Haut deutlich vor sich sehen, deutlicher noch als die kalten Wände der Sakristei.

»Es war Augustus, Mr. Pitt. Da gibt es gar keinen Zweifel.«

»Ich danke Ihnen, Madam. Es tut mir wirklich sehr leid.« Er ging hinaus und zog die Tür hinter sich zu.

Draußen blieb Pitt einen Moment stehen, um einen Blick auf den verbliebenen Rest der Kirchengemeinde zu werfen. Sie zeigten alle ein großes Mitgefühl oder taten, als ob sie nur zufällig noch da wären und im Begriffe wegzugehen. Dann schritt er den Gehweg entlang hinaus auf die Straße. Diese Sache hatte ihm weit mehr zugesetzt, als es der tatsächliche Tatbestand eigentlich rechtfertigte. Viel schlimmere Dinge geschahen jeden Tag – Körperverletzungen, Erpressungen, Morde – und doch handelte es sich hier um eine unbarmherzige Obszönität, die etwas in ihm in Aufruhr versetzte: die Vorstellung, daß wenigstens der Tod unantastbar war.

Warum um alles in der Welt sollte jemand beharrlich die Leiche eines älteren Aristokraten ausgraben, der auf eine ganz natürliche Weise gestorben war?

Oder war dies eine bizarre, aber unübersehbare Art zu sagen, daß es eben nicht so war? War es denkbar, daß Lord Augustus ermordet worden war und jemand dies wußte?

Nach dieser zweiten Ausgrabung konnte er diese Frage nicht verdrängen. Man konnte ihn nicht einfach noch einmal beerdigen – und dann abwarten.

Zwar konnte er heute noch nichts unternehmen; es wäre zu indiskret gewesen. Er mußte sich an die Anstandsregeln halten, wenn er überhaupt eine Unterstützung von jenen erhalten wollte, zu denen er Verbindung hatte und die am ehesten etwas wissen oder einen Verdacht haben konnten. Nicht, daß er sich eine große Hilfe erwartete. Niemand wollte etwas mit Mord zu tun haben. Niemand wollte die Polizei mit ihren Untersuchungen und Fragen im Hause haben.

Und dazu kam noch, daß der Sonntag sein freier Tag war. Er wollte ihn zu Hause verbringen. Er hatte eine Lokomotive für Jemima gebastelt, die sie an einer Schnur ziehen konnte. Es war schwieriger gewesen, als er gedacht hatte, die Räder wirklich rund zu bekommen. Aber sie war entzückt davon und redete unaufhörlich in einem Durcheinander von Lauten, die für niemand anderen zu verstehen, für sie aber offensichtlich von großer Bedeutung waren, auf die Lokomotive ein. Es machte ihn unbeschreiblich glücklich.

Spät am Montag morgen machte er sich durch einen feinen, aber dichten Nebel auf den Weg nach Gadstone Park, um seine ersten Fragen zu stellen. Es war ein nicht ganz trübseliges Unterfangen, da er vorhatte, zuerst die Großtante Vespasia aufzusuchen. Die Erinnerung an sie erheiterte ihn ein wenig, und er ertappte sich dabei, wie er in seiner Droschke vor sich hin lächelte.

Er hatte diesen Zeitpunkt mit aller Sorgfalt gewählt: spät genug, daß sie bereits gefrühstückt hätte, und früh genug, daß sie noch nicht außer Haus gegangen wäre, um etwas zu erledigen.

Zu seiner Überraschung teilte ihm der Diener mit, daß sie bereits Besuch hätte; er würde aber die gnädige Frau von Pitts Ankunft unterrichten, falls er dies wünschte.

Pitt fühlte eine Woge der Enttäuschung über sich hinwegspülen, und sein zustimmendes Ja hörte sich ziemlich derb an. Dann ließ er sich in das Besuchszimmer führen, um dort zu warten.

Der Diener kam unerwartet schnell zurück und geleitete ihn in das private Wohnzimmer. Vespasia saß in einem großen Sessel. Ihr Haar war peinlich genau nach oben gekämmt, und eine kinnhohe Spitzenbluse verlieh ihr ein täuschend echt wirkendes zerbrechliches Aussehen. Dabei war sie ungefähr von der gleichen Zartheit wie ein Stahlschwert, wie Pitt aus Erfahrung wußte.

Die anderen Anwesenden waren Sir Desmond Cantlay, Lady St. Jermyn und Somerset Carlisle. Pitt betrachtete – nun aus größerer Nähe – mit Interesse ihre Gesichter. Hester St. Jermyn war eine sehr beeindruckende Frau. Der Silberstreifen in ihrem Haar wirkte völlig natürlich und bildete einen äußerst attraktiven Kontrast zu dessen Schwarz. Somerset Carlisle war gar nicht so dünn und eckig, wie er in Trauerkleidung am Grabe gewirkt hatte, und doch hatte er immer noch dieses leicht Spöttische an sich – die unübersehbare Habichtsnase und die ausgeprägten Augenbrauen.

»Guten Morgen, Thomas«, sagte Vespasia trocken. »Ich habe Ihren Besuch erwartet, wenn auch nicht ganz so bald, wie ich gestehen muß. Ich kann mir denken, daß Sie sich bereits mit den anderen anwesenden Damen und Herren bekannt gemacht haben – oder umgekehrt.« Sie schaute in die Runde. »Ich kenne Inspektor Pitt bereits.« In ihrer knisternden Stimme lag etwas rätselhaft Bedeutungsvolles. Hester St. Jermyn und Sir Desmond sahen sie beide erstaunt an, aber Carlisle behielt seinen teilnahmslosen Gesichtsausdruck, abgesehen von einem feinen Lächeln. Er zog Pitts Augen auf sich.

Vespasia hatte anscheinend nicht vor, eine Erklärung abzugeben. »Wir diskutieren über Politik«, sagte sie zu Pitt. »Eine ziemlich ausgefallene Beschäftigung für die Morgenstunden, finden Sie nicht auch? Kennen Sie die Arbeitshäuser?«

Pitts Gedanken flogen zu den trübseligen, stickigen Hallen voller Männer, Frauen und Kinder, die er gesehen hatte. Für den Lohn des Bleibendürfens zertrennten sie alte Hemden und nähten wieder neue aus den noch verwendbaren Teilen. Ihre Augen brannten, und ihre Glieder schmerzten. Im Sommer kamen sie vor Hitze fast um, und im Winter wurden sie von Bronchitis gequält. Aber es war die einzige Zuflucht für Familien oder für alleinstehende Frauen, die entweder zu alt oder zu häßlich oder zu ehrbar waren, um auf die Straße zu gehen. Er schaute auf Vespasias Spitze und auf Hesters haarfeine Ziernähte.

»Ja«, sagte er schroff, »die kenne ich.«

Vespasias Augen leuchteten auf. Sie hatte seine Gedanken sofort erfaßt. »Und Sie heißen sie nicht gut«, sagte sie langsam. »Abscheuliche Orte, besonders wenn man an die Kinder denkt.«

»Ja«, stimmte Pitt zu.

»Und trotzdem sind sie notwendig und alles, was das Armengesetz ermöglicht«, fuhr sie fort.

»Ja.« Das Wort klang sehr hart.

»Politik ist doch für manches gut.« Sie bewegte kaum den Kopf in Richtung der anderen. »Dadurch lassen sich die Verhältnisse ändern.«

Er revidierte seine Haltung und entschuldigte sich im Geiste bei ihr. »Wollen Sie etwas zu ihrer Änderung unternehmen?«

»Es ist den Versuch wert. Aber Sie sind doch bestimmt wegen dieser widerwärtigen Sache gestern in der Kirche gekommen. Ein Schurkenstück abscheulichster Geschmacklosigkeit.«

»Wenn es Ihnen recht ist, würde ich mich gerne mit Ihnen darüber unterhalten; bestimmte Untersuchungen könnten so auf eine diskretere Weise durchgeführt werden.«

Sie schnaubte. Sie wußte ganz genau, daß er damit meinte, sie könnten so mit viel weniger Ärger und wahrscheinlich mit größerer Effektivität durchgeführt werden. Doch die Anwesenheit der anderen hielt sie davon ab, dies zu sagen. Er sah es in ihrem Gesicht und lächelte.

Sie verstand, und ihre Augen funkelten, aber sie lächelte nicht zurück.

Carlisle stand langsam auf. Er war stattlicher und wahrscheinlich auch kräftiger, als er auf der Beerdigung gewirkt hatte.

»Vielleicht gibt es im Moment nicht mehr allzuviel, das wir noch tun könnten«, sagte er zu Vespasia. »Ich lasse unsere Notizen niederschreiben, und dann können wir noch mal darüber beraten. Ich denke, wir haben noch nicht alle notwendigen Informationen. Wir müssen St. Jermyn mit allem nur möglichen ausstatten, sonst wird er nicht in der Lage sein, die Argumente vorzubringen, mit denen er gegen diejenigen, die etwas dagegen einzuwenden haben – wie übel dies auch immer sein mag –, angehen kann.«

Hester stand ebenfalls auf, und Desmond folgte ihr.

»Ja«, sagte er zustimmend. »Ich bin sicher, Sie haben recht. Guten Morgen, Lady Cumming-Gould...« Er sah Pitt unentschlossen an. Einerseits war es ihm nicht möglich, einen Polizisten als gesellschaftlich gleichstehend anzusprechen, andererseits war er doch verunsichert, weil dieser doch offensichtlich ein voll akzeptierter Gast im Wohnzimmer seiner Gastgeberin war.

Carlisle kam ihm zu Hilfe. »Guten Morgen, Inspektor. Ich wünsche Ihnen einen schnellen Erfolg bei Ihren Ermittlungen.«

»Guten Morgen, Sir.« Pitt neigte seinen Kopf nur ganz wenig. »Guten Morgen, Madam.«

Als sie gegangen waren und die Türe zu war, schaute Vespasia ihn an. »So setzen Sie sich doch um Himmels willen«, befahl sie ihm. »Sie machen mich nervös, wenn Sie wie ein Diener herumstehen.«

Pitt gehorchte ihr. Er fand das üppig gepolsterte Sofa bequemer, als es aussah; es war weich und ausladend genug, daß er es sich darauf bequem machen konnte.

»Was wissen Sie über Lord Augustus Fitzroy-Hammond?« fragte er. Alle Verbindlichkeit war plötzlich verflogen, und es blieb nur noch der Tod – und vielleicht sogar Mord.

»Augustus?« Sie sah ihn lange und fest an. »Meinen Sie damit, ob ich jemanden kenne, der Wahnsinnige anheuert, damit sie den erbarmungswürdigen Mann wieder ausgraben? Nein, ich kenne niemanden. Er war nicht gerade jemand, der mich interessiert hätte; er hatte keine Fantasie und deswegen natürlich auch keinen Sinn für Humor. Aber das ist wohl kaum ein Grund, ihn auszugraben – eher das Gegenteil, würde ich meinen.«

»Ganz meiner Meinung«, stimmte er ihr sehr leise zu. »In der Tat Grund genug, ihn in sein Grab zu wünschen.«

Vespasias Gesicht veränderte sich. Es war das erste Mal, soweit er sich erinnern konnte, daß sie ihre so hervorragende Gemütsruhe verlor.

»Du lieber Himmel!« Sie stieß einen tiefen Seufzer aus. »Sie werden doch nicht etwa glauben, daß er ermordet wurde.«

»Ich muß es in Betracht ziehen«, antwortete er. »Zumindest die Möglichkeit. Er ist jetzt schon zweimal ausgegraben worden; das ist mehr als nur ein Zufall. Es kann sich dabei um Wahnsinn handeln, aber dann ist es kein zielloser Wahnsinn. Wer es auch immer ist, er will, daß Lord Augustus unbestattet bleibt – aus welchem Grund auch immer.«

»Aber er war doch so schrecklich gewöhnlich«, sagte sie geringschätzig und mit einem Anflug von Mitleid. »Er war zwar vermögend, aber doch nicht so sehr, daß es außergewöhnlich gewesen wäre. Der Titel ist überhaupt nichts wert, und zudem ist ja keiner da, der ihn erben könnte. Er war einigermaßen ansehnlich, aber keinesfalls gutaussehend und viel zu hochtrabend für eine romantische *affaire*. Ich kann mir wirklich denken ...« Sie hielt mit einer müden kleinen Handbewegung inne.

Er wartete. Sie verstanden sich gut, und eine weitere Erörterung durch ihn wäre ein wenig beleidigend gewesen. Sie konnte die Schattierungen des Argwohns und der Sorge genausogut sehen wie er selbst.

»Ich glaube, es ist besser, daß ich es Ihnen sage, bevor Sie es durch Hintertreppengeschwätz erfahren«, sagte sie gereizt. Ihr Ärger bezog sich nicht auf ihn, sondern auf die Umstände.

Er verstand. »Und sicherlich auch genauer«, sagte er zustimmend.

»Alicia«, sagte sie ohne Umschweife. »Das war eine Vernunftehe. Was hätte es auch sonst sein sollen zwischen einem behüteten zwanzigjährigen Mädchen und einem bequemen, fantasielosen Mann in den Fünfzigern?«

»Sie hat einen Liebhaber.« Er sprach das Naheliegende aus.

»Einen Verehrer«, korrigierte sie ihn, »zunächst nur eine Bekanntschaft. Ich weiß nicht, ob Sie eine Ahnung davon haben, wie klein London in Wirklichkeit ist. Nach einiger Zeit ist es unvermeidlich, daß man sozusagen jeden kennenlernt, wenn man nicht gerade ein Einsiedler ist.«

»Und jetzt ist es mehr als eine bloße Bekanntschaft?«

»Natürlich. Sie ist jung, und die Träume der Jugend waren ihr versagt. Sie sieht sich in den Londoner Ballsälen paradieren – was sollte man denn sonst von ihr erwarten?«

»Wird sie ihn heiraten?«

Sie zog die silbernen Brauen über ihren klaren Augen kaum merklich nach oben. Ein nüchternes Registrieren des sozialen Unterschieds kam so zum Ausdruck; er war sich aber nicht sicher, ob auch Belustigung damit verbunden war.

»Thomas, man heiratet nicht wieder innerhalb eines Jahres nach dem Tod des Ehemannes oder erlaubt sich, es auch nur in Betracht zu ziehen, welche Gefühle man auch immer hat oder was man in der Heimlichkeit des Schlafzimmers auch immer tut. Vorausgesetzt natürlich, daß dieses Schlafzimmer im Haus von jemand anderem ist; an einem Wochenende zum Beispiel. Aber um Ihre Frage zu beantworten: Ich glaube, es ist gut möglich, wenn die vorgeschriebene Wartezeit vorbei ist.«

»Wie ist er denn?«

»Er hat dunkles Haar und sieht ausgesprochen gut aus. Kein Aristokrat, aber Gentleman. Er hat gute Manieren und ganz bestimmt auch Charme.«

»Auch Geld?«

»Wie praktisch gedacht von Ihnen. Keine große Menge, glaube ich; aber er sieht nicht so aus, als ob er welches nötig hätte – wenigstens nicht dringend.«

»Erbt Lady Alicia?«

»Zusammen mit der Tochter, Verity. Die alte Dame hat ihr eigenes Geld.«

»Sie wissen allerhand über die Familie.« Pitt lächelte entschuldigend.

Sie lächelte zurück. »Natürlich. Mit wem sollte man sich denn sonst den Winter über beschäftigen? Ich bin zu alt, um selber *affaires* zu haben, die einigermaßen interessant sind.«

Sein Lächeln wurde zu einem Grinsen, aber er machte keine Bemerkung. Schmeichelei war viel zu plump für sie.

»Wie ist sein Name, und wo wohnt er?«

»Ich habe keine Ahnung, wo er wohnt; aber ich bin sicher, Sie können das ganz leicht herausfinden. Sein Name ist Dominic Corde.«

Pitt erstarrte. Es konnte doch keine zwei Dominic Cordes geben: beide gutaussehend, beide charmant, beide jung und dunkelhaarig. Er erinnerte sich sehr deutlich an ihn; an sein ungezwungenes Lächeln, seine Höflichkeit, seine arrogante Haltung gegenüber Charlotte, seiner jungen Schwägerin, die ihn so schmerzlich liebte. Das war vor vier Jahren gewesen, noch bevor er – Pitt – sie kennenlernte. Die Cater-Street-Morde hatten damals ihren Anfang genommen. Aber konnte das Echo der ersten Liebe jemals ganz ersterben? Bleibt nicht etwas davon zurück, etwas, das eher mit Träumen als mit Tatsachen zu tun hat – Träume, die nie in Erfüllung gehen? Aber schmerzlich...

»Thomas?« Vespasias Stimme drang in seine Wirklichkeit und zog ihn zurück in die Gegenwart: Gadstone Park und die immerwährende Leiche von Lord Augustus Fitzroy-Hammond. Dominic liebte also Lady Alicia oder begehrte sie zumindest. Pitt hatte sie nur zweimal gesehen und doch dabei den Eindruck gewonnen, daß sie Charlotte ganz und gar unähnlich war und weit eher an Dominics erste Frau, Charlottes Schwester Sarah, erinnerte, die im Nebel ermordet worden war. Sie war hübsch und liebevoll und hatte das gleiche helle Haar wie Alicia und das gleiche sanfte Gesicht. Seine Gedanken kamen von Charlotte und Dominic nicht los.

»Thomas!« Vespasias Gesicht tauchte vor ihm auf, als er seinen Kopf hob. Sie hatte sich nach vorne gebeugt und wirkte ein wenig besorgt. »Geht es Ihnen gut?«

»Ja«, sagte er gedehnt. »Sagten Sie Dominic Corde?«

»Sie kennen ihn.« Es war eher eine Feststellung denn eine Frage. Sie hatte eine lange Zeit gelebt und vieles an Liebe und Schmerz kennengelernt. Es gab nicht viel, das sie nicht verstanden hätte.

Er wußte, daß sie eine Lüge sofort durchschaut hätte. »Ja, er war mit der inzwischen verstorbenen Schwester von Charlotte verheiratet.«

»Du liebe Güte.« Wenn sie noch mehr damit zum Ausdruck bringen wollte, so war sie viel zu taktvoll, es auch in Worte zu fassen. »Er ist also Witwer. Ich kann mich nicht erinnern, daß er es erwähnt hätte.«

Pitt wollte nicht über Dominic sprechen. Er wußte, daß es einmal kommen mußte, aber er war noch nicht darauf vorbereitet. »Sagen Sie mir doch noch etwas über die anderen Bewohner von Gadstone Park!« bat er sie.

Sie sah ihn ein wenig überrascht an.

Er verzog das Gesicht auf leicht ironische Weise. »Ich kann mir nicht vorstellen, daß Alicia ihn ausgegraben hat«, sagte er und sah ihr dabei in die Augen, »oder Dominic?«

Ihr spitzenumhüllter Nacken entspannte sich. »Nein«, sagte sie etwas verdrossen. »Sicher nicht. Sie wären wohl die Letzten, die ihn zurückhaben wollten. Es sieht so aus – falls sich die ganze Sache nicht doch noch als rein zufällig herausstellt –, als ob einer von beiden Augustus ermordet hat oder jemand glaubt, daß es so ist.«

»Sagen Sie mir doch noch etwas über die anderen Bewohner des Parks!« wiederholte er.

»Die alte Dame ist eine unausstehliche Kreatur.« Vespasia nahm selten ein Blatt vor den Mund. »Sitzt den ganzen Tag oben in ihrem Schlafzimmer und verschlingt alte Liebesbriefe und Briefe voll Krieg und Blut und Ehre von Waterloo bis zur Krim. Sie sieht sich selbst als die letzte einer großen Generation. Sie kostet immer und immer wieder jeden Sieg ihres Lebens aus, sei er nun echt oder nur eingebildet, und wringt ihn bis zum letzten Tropfen aus, ehe er ihr entrissen wird. Sie mag Alicia nicht und denkt, sie hätte keinen Mut und keinen Stil.« Ein kurzes Mienenspiel erhellte ihr Gesicht. »Ich weiß wirklich nicht, ob sie Alicia mehr oder weniger schätzen würde, wenn sie ihr einen Mord an Augustus zutraute.«

Pitt bog sein Lächeln zu einer Grimasse um. »Was läßt sich über die Tochter sagen, über Verity?«

»Nettes Mädchen. Ich weiß gar nicht, wo sie das her hat; es muß von ihrer Mutter sein. Sie ist nicht außergewöhnlich hübsch, aber unter ihrem gut eingedrillten Betragen ist sie ganz schön lebendig. Ich hoffe nur, sie verheiraten sie nicht, ehe sie ein wenig Spaß hatte.«

»Wie kommt sie mit Alicia aus?«

»Ziemlich gut, soviel ich weiß. Aber Sie können sie außer acht lassen; sie wüßte ja gar nicht, wie sie einen Grabräuber finden sollte, und selber könnte sie so etwas wohl kaum tun.«

»Aber sie könnte diesen Gedanken vielleicht jemand anderem nahelegen«, sagte Pitt, »jemandem, der sie liebt, falls sie denkt, ihre Stiefmutter hätte ihren Vater ermordet.«

Vespasia holte tief Luft. »Glauben Sie das nicht. Das ist viel zu abwegig. Sie ist ein gutes Kind. Wenn sie einen solchen Verdacht hätte, würde sie ihn direkt vorbringen und Alicia anklagen, aber nicht herumgehen und jemanden dazu überreden, das Grab ihres Vaters zu schänden. Und sie mag Alicia ja auch wirklich, wenn sie nicht eine viel bessere Schauspielerin ist, als ich ihr zutraue.«

Pitt mußte dem zustimmen. Die ganze Angelegenheit war widersinnig. Vielleicht war es doch das Werk eines Wahnsinnigen, und die Tatsache, daß es zweimal dieselbe Leiche war, nur ein grotesker Zufall. Er sagte dies auch zu Vespasia.

»Ich mag eigentlich nicht an Zufälle glauben«, antwortete sie widerstrebend, »aber ich vermute, daß es sie trotzdem gibt. Die restlichen Bewohner des Parks sind ziemlich unauffällig. An Lord St. Jermyn habe ich nichts auszusetzen; ich kann ihn aber auch nicht besonders mögen, obwohl er es ist, der unsere Gesetzesinitiative in das Parlament einbringt. Hester ist eine gute Frau, die das Beste aus ihrer mittelmäßigen Situation macht. Sie haben vier Kinder, an deren Namen ich mich nicht erinnere.

Major Rodney ist Witwer. Er war nicht auf der Beerdigung, also haben Sie ihn auch nicht gesehen. Er kämpfte im Krimkrieg, glaube ich. Niemand kann sich an seine Frau erinnern, die wohl vor fünfunddreißig Jahren gestorben ist. Er wohnt mit seinen unverheirateten Schwestern zusammen: Miß Priscilla und Miß Mary Ann. Sie reden zuviel und machen andauernd Marmelade und Lavendelkissen, sind aber sonst wirklich ganz angenehm. Über die Cantlays gibt es nicht viel zu sagen. Ich glaube, sie sind genau das, was sie zu sein scheinen: zivilisiert, großzügig und ein wenig gelangweilt.

Carlisle ist ein Dilettant. Er spielt ganz gut auf dem Klavier und hat versucht, ins Parlament zu kommen, aber es ist ihm nicht gelungen; er ist ein klein wenig zu radikal. Er möchte manches reformieren. Gute Familie, altes Geld.

Der einzige, der überhaupt ein wenig interessant ist, ist dieser schreckliche Amerikaner, der Nummer sieben gekauft hat; Virgil Smith heißt er. Ich frage Sie«, sie zog ihre Augenbrauen so hoch, wie es ihr nur möglich war, »wer in der Welt, außer einem Amerikaner, würde ein Kind Virgil nennen? Und dann noch zusammen mit dem Namen Smith! Er ist von einer Geradheit wie ein Graben und hat auch die entsprechenden Manieren. Er hat nicht die leiseste Ahnung, wie er sich benehmen soll: mit welcher Gabel er essen oder wie er eine Herzogin anreden soll. Er spricht auch zu Hunden und Katzen auf den Straßen.«

Pitt hatte selber auch schon zu Hunden und Katzen gesprochen und fand daher den Mann auf Anhieb sympathisch. »Hat er Lord Augustus gekannt?« fragte er.

»Natürlich nicht! Glauben Sie denn, Lord Augustus hätte sich mit solchen Leuten abgegeben? Dazu war er zu fantasielos.« Ihre Stimme wurde sanfter. »Glücklicherweise bin ich alt genug, daß es nicht mehr darauf ankommt, in welcher Gesellschaft ich gesehen werde, und irgendwie mag ich ihn. Wenigstens ist er kein Langweiler.« Sie sah Pitt geradeheraus an. Er wußte, daß er selber zur Kategorie der gesellschaftlich unmöglichen Leute zählte, die diesen Mangel aber wieder ausglichen, indem sie keine Langweiler waren.

Er konnte momentan nichts weiteres von ihr erfahren, deshalb bedankte er sich für ihre Offenheit und verabschiedete sich. An diesem Abend würde er Charlotte sagen müssen, daß Dominic Corde irgendwie in die Sache verwickelt war, und darauf wollte er sich vorbereiten.

Charlottes Interesse an der Grabschändung war bisher nicht über ein gewisses Maß an Neugierde hinausgegangen. Es betraf ja niemanden, den sie kannte, wie das bei den Paragon-Walk-Morden im vergangenen Jahr der Fall war. Es gab genug zu tun im Haus, und Jemima beschäftigte sie mit ihrer Neugierde jede Minute, die sie wach war. Charlotte verbrachte die eine Hälfte des Tages mit Hausarbeit und die andere mit dem Enträtseln von Jemimas Fragen und ihrer Beantwortung. Immer häufiger konnte sie, unter Zuhilfenahme ihres Instinkts, verstehen, was Jemima meinte. Sie wiederholte die Worte langsam und deutlich, und Jemima ahmte sie ernst und beharrlich nach.

Um sechs Uhr, als Pitt kalt und naß nach Hause kam, war auch sie müde und genauso froh wie er, sich niedersetzen zu können. Es war die gemütliche Stunde nach dem Abendessen, als er es ihr sagte. Er hatte lange hin und her überlegt, welche Worte er wählen sollte; ob er langsam dazu überleiten oder einfach von Anfang an ganz deutlich sein sollte. Schließlich übermannte ihn seine Ungeduld.

»Ich war heute bei Tante Vespasia.« Er schaute auf sie, dann von ihr weg in das Kaminfeuer. »Wegen der Grabschändung. Sie kennt doch jeden in Gadstone Park.«

Charlotte wartete darauf, daß er fortfuhr.

Normalerweise konnte er sich gut zurückhalten und die richtigen Worte wählen, aber dies hier war zu stark; es drängte darauf, gesagt zu werden.

»Dominic ist darin verwickelt!«

»Dominic?« Sie schaute überrascht auf. Es war so unglaublich und kam so unerwartet, daß es keinen Sinn zu haben schien. »Was meinst du denn damit?«

»Dominic Corde hat mit den Fitzroy-Hammonds zu tun. Lord Augustus ist vor einigen Wochen gestorben, und sein Leichnam ist zweimal wieder ausgegraben worden. Er ist einmal auf den Sitz einer Droschke und ein andermal in seine eigene Gebetsbank in der Kirche gesetzt worden. Alicia, seine Ehefrau und nun seine Witwe, hat einen Verehrer und zwar schon seit einiger Zeit – Dominic Corde.«

Sie saß ganz ruhig und wiederholte im Geiste seine Worte, versuchte, sie zu begreifen. Sie hatte an Dominic monatelang nicht einmal gedacht, und jetzt fluteten alle ihre Jugendträume zurück und verwirrten sie durch ihre Präsenz und Intensität. Sie fühlte, wie die Röte in ihrem Gesicht brannte, und wünschte, daß Pitt niemals davon erfahren hätte und daß sie weniger offen gewesen wäre, als er ihr zum ersten Male in der Cater Street begegnet war.

Allmählich begann sie, die Ungeheuerlichkeit des Gesagten zu erfassen. Er hatte gesagt, Dominic sei darin verwickelt. Konnte er sich wirklich vorstellen, daß Dominic etwas mit dem Ausgraben der Leiche zu tun haben könnte? Sie konnte es nicht – nicht wegen der Grausamkeit und Pietätlosigkeit, die damit verbunden waren, sondern weil sie Dominic den Haß und die Aggressivität nicht zutraute, die nötig waren, um so etwas Unglaubliches zu tun.

»Inwiefern ist er in die Sache verwickelt?« fragte sie.

»Ich weiß es nicht.« Seine Stimme klang ungewöhnlich scharf. »Ich könnte mir vorstellen, daß er sie heiraten will.«

Zum ersten Male hatte er sie mißverstanden. »Ich meine, was hat er mit dem Ausgraben der Leiche zu tun?« berichtigte sie. »Du denkst doch wohl nicht, daß er es gewesen sein könnte? Wieso auch?«

Er zögerte, suchte ihre Augen und versuchte zu ergründen, was sie dachte und wie sehr es sie berührte. Er hatte die Röte in ihrem Gesicht bei der Erwähnung von Dominics Namen bemerkt, und dies hatte in ihm ein Frösteln ausgelöst und eine Unsicherheit, die er jahrelang nicht mehr gekannt hatte; nicht mehr, seit sein Vater seine Arbeit verloren und die Familie das große Haus verlassen hatte, in dem er geboren worden und aufgewachsen war.

»Ich denke nicht, daß er es getan hat«, antwortete er. »Aber ich muß die Möglichkeit in Betracht ziehen, daß Lord Augustus nicht auf die natürliche Weise gestorben ist, wie man bisher angenommen hat.«

Das Blut wich aus ihrem Gesicht. »Du meinst Mord?« Ihre Zunge war trocken. »Du meinst, Dominic könnte ihn ermordet haben? O nein, das glaube ich nicht! Ich kenne ihn – er ist nicht ...«

»Nicht was?« fragte er, und in seiner Stimme lag wieder diese Schärfe. »Nicht fähig zu einem Mord?«

»Nein«, sagte sie knapp. »Ich glaube es einfach nicht, es sei denn, er wäre durch einen unglücklichen Umstand in großer Bedrängnis oder in einem Zustand großer Erregung gewesen. Aber wenn das der Fall war, hätte er sich hinterher gestellt. Er könnte nicht damit leben.«

»Hat er so ein zartes Gewissen?« entgegnete Pitt sarkastisch.

Sie war durch seine Härte verletzt. Sie konnte sich nicht vorstellen, warum er so war. Hatte er sich an ihre jugendliche Torheit erinnert und empfand er ihre Albernheit nach all der Zeit, die inzwischen vergangen war, noch immer als ärgerlich? Er konnte doch einfach nicht so nachtragend sein; es hatte sich doch um nichts weiter als um die romantische Schwärmerei eines Mädchens gehandelt. Sie hatte niemandem damit weh getan, außer sich selbst. Sie erinnerte sich noch deutlich an alles, was in der Cater Street geschehen war. Nicht einmal Sarah hatte etwas von ihren Gefühlen gemerkt, und Dominic schon gar nicht.

»Wir haben alle etwas an uns, das wir uns am liebsten nicht eingestehen würden«, sagte sie ruhig. »Etwas, für das wir alle möglichen Argumente finden, wieso es bei anderen unmöglich, in unserem eigenen Falle jedoch gerechtfertigt ist. Dominic ist in dieser Beziehung so, wie die meisten anderen auch. Aber der Fehler liegt in seiner Erziehung. Er hat seine Wertmaßstäbe von anderen Leuten übernommen, wie wir alle. Er hätte sich leicht eine Entschuldigung zurechtlegen können für eine Affaire mit einem Hausmädchen, weil das von den meisten Herren akzeptiert wird, aber niemand akzeptiert einen Mord an jemandem, nur damit man dessen Witwe heiraten kann. Dafür hätte Dominic keine Entschuldigung finden können, weder sich selbst noch einem anderen gegenüber. Nach der Tat hätte ihn das Entsetzen übermannt. Das habe ich gemeint.«

»Oh.« Er saß völlig bewegungslos da.

Einige Minuten lang war außer dem Knistern des Feuers nichts zu hören.

375

»Wie geht es Tante Vespasia?« fragte sie schließlich.

»So wie immer«, antwortete er höflich. Und dann wollte er noch mehr sagen, wollte den Kontakt wieder herstellen, ohne sich entschuldigen zu müssen, denn das hätte bedeutet, daß er sich zu den Gedanken, die er gehegt hatte, hätte bekennen müssen. »Sie sagte, du sollst sie doch einmal besuchen. Sie hat das schon bei der Beerdigung gesagt, aber ich habe vergessen, es dir zu sagen.«

»Wird es noch eine Beerdigung geben?« fragte sie. »Es ist wohl ein wenig – lächerlich.«

»Ich glaube schon. Aber ich lasse es nicht zu, daß es sofort wieder geschieht. Der Leichnam ist jetzt in Polizeigewahrsam. Ich möchte eine Obduktion.«

»Eine Obduktion! Du meinst, ihn aufschneiden?«

»Wenn du es so direkt sagen mußt.« Langsam begann er zu lächeln, und sie lächelte zurück. Plötzlich strömte die Wärme wieder in ihn, und er saß idiotisch grinsend da, wie ein kleiner Junge.

»Die Familie wird darüber nicht sehr erfreut sein«, sagte sie.

»Sie werden wütend sein«, stimmte er ihr zu. »Aber ich bin entschlossen es zu tun – ich habe keine andere Wahl mehr.«

3

Es war unvermeidlich, daß Pitt am nächsten Tag Alicia aufsuchte. Wie widerwärtig es auch war, er mußte ihr verfängliche Fragen zu ihrer Beziehung zu Lord Augustus und Dominic Corde stellen. Und dann würde er natürlich auch wieder mit Dominic Corde zusammentreffen müssen.

Sie hatten sich seit seiner eigenen Hochzeit vor vier Jahren nicht mehr gesehen. Damals war Dominic seit kurzem verwitwet und wegen der Sorgen im Zusammenhang mit den Cater-Street-Morden ziemlich verschlossen gewesen. Er selbst war über den Erfolg, Charlotte für sich gewonnen zu haben, noch so verblüfft gewesen, daß er kaum jemand anderen wahrgenommen hatte.

Jetzt würde das anders sein. Dominic würde seinen Schock überwunden haben und ein neues Leben ohne die Ellisons und ohne Sarah führen. Er würde sicherlich früher oder später wieder heiraten. Er konnte nicht älter als zweiunddreißig oder dreiunddreißig sein, und er war in hohem Maße dazu prädestiniert. Auch wenn er es selber nicht vorhatte, so würde ihn doch manch anspruchsvolle Mutter für ihre Tochter haben wollen. Es würde wohl auf einen Wettbewerb zwischen verschiedenen Müttern hinauslaufen.

Er hatte nichts gegen Dominic persönlich; nur etwas gegen seine Beziehung zu Charlotte und ihre Träumereien, die sie um ihn gewebt hatte. Und er fühlte sich schuldig, weil er derjenige war, der ihn wiederum in die Schatten eines Mordes zerren mußte – falls es ihm nicht möglich war, die Angelegenheit aufzuklären, ehe von Mord gesprochen werden mußte.

Es war ein grauer, düsterer Morgen mit einem schneeschweren Himmel, als Pitt an der Klingel von Nummer zwölf, Gadstone Park, zog und der begräbnismäßig aussehende Diener ihn mit einem Seufzer der Resignation einließ.

»Lady Fitzroy-Hammond frühstückt gerade«, sagte er verdrossen. »Wenn Sie vielleicht im Salon warten wollen; ich werde sie informieren, daß Sie hier sind.«

»Vielen Dank.« Pitt folgte ihm gelassen und mußte dabei an einer kleinen, schon etwas älteren Bediensteten in einem ordentlichen, mit weißer Spitze besetzten Dienstkleid vorbei. Ihr spitzes Gesicht wurde noch spitzer, als sie ihn sah, und in ihren Augen blitzte es auf. Sie drehte sich um, eilte die Treppe hinauf und verschwand oben, als er in den stillen, eiskalten Salon ging.

Alicia kam ungefähr fünf Minuten später. Sie sah blaß und ein wenig gehetzt aus, als ob sie den Tisch verlassen hätte, ohne mit dem Frühstück fertig zu sein.

»Guten Morgen, Madam.« Er blieb stehen. Der Raum war zu kalt, um ein Gespräch zu führen, und schon gar für eine gelöste, eher weitschweifende Erklärung, um die er jetzt nicht herumkam.

Sie fröstelte. »Worüber müssen wir denn noch sprechen? Der Vikar hat mir versichert, er würde alles – erledigen.« Sie zögerte. »Ich – ich bin mir nicht sicher, wie es geschehen soll – schließlich hat die Beerdigung doch schon stattgefunden – und ...« Sie blickte finster und schüttelte ihren Kopf ein wenig. »Ich weiß wirklich nicht, was ich Ihnen noch sagen soll.«

»Könnten wir uns vielleicht irgendwo unterhalten, wo es ein wenig gemütlicher ist?« schlug er vor. Er wollte nicht allzu deutlich sagen: wo es ein wenig wärmer ist.

Sie war irritiert. »Uns über was unterhalten? Ich weiß sonst nichts mehr.«

Er sprach, so sanft er konnte. »Grabschändung ist ein Verbrechen, Madam. Und wenn derselbe Leichnam zweimal ausgegraben wird, dann läßt sich das nicht als bloßer sinnloser Zufall abtun.«

Das Blut verschwand aus ihrem Gesicht. Sie starrte ihn sprachlos an.

»Könnten wir nicht in ein Zimmer gehen, in dem wir auf eine etwas angenehmere Weise darüber sprechen können?« Diesmal machte er aus seinem Vorschlag so etwas wie eine Anleitung – eine Anleitung für ein Kind.

Immer noch, ohne etwas zu sagen, drehte sie sich um und ging ihm voraus in ein kleines, sehr feminines Zimmer. Ein Feuer brannte bereits kraftvoll im Kamin, und seine Wärme verbreitete sich in dem Raum. Gleich nachdem sie das Zimmer betreten hatten, drehte sie sich um. Sie hatte ihre Fassung wiedergewonnen.

»Was würden Sie denn sagen, Inspektor, worum es sich handelt? Um mehr als Wahnsinn? Um etwas Geplantes?«

»Ich fürchte, ja«, sagte er nüchtern. »Eine Wahnsinnstat ist normalerweise nicht so – zielgerichtet.«

»Zielgerichtet auf was?« Sie machte die Türe zu und setzte sich auf ein kleines Sofa. Er saß ihr gegenüber und spürte, wie die Wärme seine vor Kälte starren Muskeln lockerte.

»Das ist es eben, was ich herausfinden muß«, antwortete er, »wenn ich sichergehen will, daß es nicht noch einmal geschieht. Sie sagten, Sie wüßten niemanden, der Ihrem Gatten so feindlich gesonnen gewesen wäre, daß er ihm so etwas antun hätte können.«

»Nein, niemanden.«

»Dann bleibt mir nichts anderes übrig, als zu überlegen, welche anderen Motive noch in Betracht kommen könnten«, sagte er sachlich. Sie war intelligenter, ruhiger, als er erwartet hatte. Er begann zu verstehen, daß sich Dominic wirklich zu ihr hingezogen fühlen konnte und daß dabei weder Geld noch gesellschaftliche Stellung eine Rolle spielen mußten. Er dachte daran, was Vespasia über die Fröhlichkeit und die Träume der Jugend gesagt hatte, und er ärgerte sich über die Einschränkungen und die Rücksichtslosigkeit gesellschaftlicher Konventionen, die sie dazu gebracht hatten, einen Mann wie Augustus Fitzroy-Hammond zu heiraten. »Oder wer das eigentliche Opfer sein könnte«, fügte er noch hinzu.

»Opfer?« wiederholte sie und wägte das Wort in Gedanken. »Ja, ich glaube, Sie haben recht. In einem gewissen Sinne sind wir alle Opfer – die ganze Familie.«

Er war noch nicht so weit, ihr Fragen zu Dominic zu stellen. »Sagen Sie mir doch bitte etwas über seine Mutter!« sagte er statt dessen. »Sie war doch in der Kirche, nicht wahr? Wohnt sie hier?«

»Ja. Aber ich weiß nicht, was ich Ihnen sagen könnte.«

»Könnte sie diejenige sein, die darunter leiden sollte; was meinen Sie?«

Ein kaum merkliches Zucken ging über ihr Gesicht; wie eine plötzliche Erkenntnis oder sogar wie ein momentan aufflackernder herber Galgenhumor. Oder hatte er es nur so gesehen, weil es seinem Gefühl entsprach?

»Wollen Sie mich damit fragen, ob sie Feinde hat?« Sie schaute ihn sehr direkt an.

»Hat sie welche?« Es gab jetzt keine Geheimniskrämerei mehr zwischen ihnen. Er hatte verstanden, und sie hatte ihm dies angesehen.

»Sicherlich. Niemand kann so alt werden wie sie, ohne sich Feinde zu machen«, sagte sie. »Aber die meisten davon sind schon gestorben. Alle Rivalinnen aus ihrer Jugendzeit oder alle Gegenspieler aus den Tagen ihrer gesellschaftlichen Macht sind bereits tot oder zu alt, um sich noch für sie zu interessieren. Ich könnte mir vorstellen, daß die meisten Konten schon vor langer Zeit beglichen wurden.«

Es lag zuviel Wahrheit in diesen Worten, als daß noch etwas zu erörtern geblieben wäre. »Und die Tochter, Miß Verity?« fuhr er fort.

»O nein.« Sie schüttelte sofort ihren Kopf. »Sie verkehrt ja erst seit kurzer Zeit in der Gesellschaft. Es ist keine Bosheit in ihr, und sie hat niemandem etwas zuleide getan, nicht einmal unbeabsichtigt.«

Er hatte keine Ahnung, wie er das Unvermeidliche zur Sprache bringen sollte. Es war noch nie einfach gewesen, die Worte, die auf eine Anschuldigung hinausliefen, richtig zu wählen, besonders wenn die Person, an die sie gerichtet wurden, sie nicht erwartete, aber er hatte sich mit der Zeit an solche Situationen gewöhnt; so wie man mit Rheumatismus lebt und weiß, daß es ab und zu schmerzhaft werden wird, und sich darauf einstellt. Aber diesmal war es schwieriger als gewöhnlich. Er wollte es wieder mit verstecktem Fragen versuchen.

»Könnte nicht so etwas wie Neid im Spiel sein?« fragte er. »Sie ist ein reizendes Mädchen.«

Alicia lächelte und demonstrierte Geduld gegenüber seiner Unwissenheit. »Die einzigen Menschen, die junge Mädchen aus der Gesellschaft beneiden, sind andere junge Mädchen aus der Gesellschaft. Können Sie sich wirklich vorstellen, Inspektor, daß eines davon Männer engagiert hat, um ihren toten Vater auszugraben?«

Er kam sich albern vor. »Nein, sicher nicht.« Er gab es auf, besonders taktvoll sein zu wollen; es machte ihn nur noch unbeholfener. »Wenn es also nicht die Witwe Lady Fitzroy-Hammond ist und auch nicht Miß Verity, könnte es dann sein, daß Sie es sind?«

Sie schluckte und ließ ein paar Sekunden vergehen, ehe sie antwortete. Ihre Finger umklammerten die hölzerne Armstütze des Sofas.

»Ich hatte nicht gedacht, daß mich jemand so sehr hassen könnte«, sagte sie leise.

Er ließ nun nicht mehr locker. Mitleid war jetzt nicht angebracht. Sie wäre nicht die erste Mörderin, die in der Schauspielkunst Großes leistete.

»Es hat schon mehr als ein Verbrechen aus Eifersucht gegeben.«

Sie saß völlig unbewegt. Eine Zeitlang dachte er, sie würde keine Antwort darauf geben.

»Meinen Sie damit Mord, Inspektor Pitt?« sagte sie schließlich. »Es ist entsetzlich, ekelhaft und ein Alptraum, aber wieso Mord? Augustus starb an Herzversagen. Er war mehr als eine Woche lang krank. Fragen Sie Dr. McDuff!«

»Vielleicht möchte jemand, daß wir denken sollen, es sei Mord.« Pitt sprach mit verhaltener Stimme, emotionslos, als ob es sich um ein wissenschaftliches Problem handelte.

Sie erfaßte plötzlich, was er dachte. »Sie glauben, daß jemand Augustus – ausgrub, damit die Polizei Notiz nimmt? Glauben Sie, daß jemand eine von uns so sehr hassen könnte?«

»Ist das denn völlig ausgeschlossen?«

Sie wandte sich ein wenig ab und schaute in das Feuer. »Ich nehme an, es wäre möglich; es wäre töricht zu sagen, daß es absolut ausgeschlossen ist. Aber es ist ein schrecklicher Gedanke. Ich wüßte nicht wer – oder warum.«

»Mir wurde gesagt, daß Sie mit einem gewissen Mr. Dominic Corde bekannt sind.« Jetzt war es heraus. Er beobachtete, wie sich ihre Wangen färbten. Er hatte gedacht, er würde deshalb eine Abneigung gegen sie entwickeln, schließlich war sie erst seit kurzem verwitwet. Aber dem war nicht so. Sie tat ihm leid, wegen ihrer Verlegenheit und auch wegen des Umstandes, daß sie sich wahrscheinlich in einem Schwebezustand befand, in dem sich die eigenen Gefühle nicht mehr leugnen ließen und man sich der Gefühle des anderen noch nicht sicher sein konnte.

Sie schaute immer noch von ihm weg. »Ja, das stimmt.« Sie griff wieder nach der Armstütze. Ihre Hände waren sehr weich und daran gewöhnt, zu sticken und Blumen zu arrangieren. Sie sah sich veranlaßt, noch mehr zu diesem Thema zu sagen: »Warum fragen Sie?«

Er war jetzt feinfühliger. »Könnte es sein, daß jemand auf Ihre Freundschaft eifersüchtig ist? Ich kenne Mr. Corde; er ist sehr charmant und ein Mann zum Heiraten.«

Die Farbe in ihrem Gesicht vertiefte sich, und ihre Verlegenheit wurde – da sie dies wahrscheinlich spürte – noch peinlicher für sie.

»Das mag schon sein, Mr. Pitt.« Ihre Augen blickten ihn scharf an. Es fiel ihm erst jetzt auf, daß sie haselnußbraun waren. »Aber ich bin erst seit kurzem verwitwet...« Sie hielt inne. Vielleicht erkannte sie, wie aufgesetzt sich ihre Worte anhörten. Sie begann von neuem: »Ich kann mir nicht vorstellen, daß jemand so verdorben sein könnte, so etwas aus gesellschaftlichem Neid zu tun; auch nicht, wenn es dabei um Mr. Corde geht.«

Er saß ihr immer noch gegenüber, nur ein kurzes Stück von ihr entfernt. »Können Sie sich irgendeinen vernünftigen Grund vorstellen, den irgendeine vernünftige Person haben könnte, um so etwas zu tun?«

Es herrschte wieder Stille. Das Feuer knisterte und zerstob in Funken. Er streckte den Arm aus, griff nach der Zange und legte noch ein großes Stück Kohle nach. Es war ein Luxus, Brennmaterial ohne einen Gedanken an die Kosten zu verheizen. Er legte ein zweites Stück nach und ein drittes. Das Feuer loderte in gelber Hitze.

»Nein«, sagte sie sanft. »Da haben Sie wohl recht.«

Noch ehe er wieder etwas sagen konnte, ging die Tür auf, und eine energische alte Dame in Schwarz kam herein. Bei jedem Schritt stieß sie mit dem Stock auf den Boden. Sie musterte Pitt geringschätzig, als dieser ganz automatisch aufstand.

Alicia stand ebenfalls auf. »Mama, das ist Inspektor Pitt von der Polizei.« Sie wandte sich Pitt zu. »Meine Schwiegermutter, Lady Fitzroy-Hammond.«

Die alte Dame machte keine Bewegung. Sie hatte nicht beabsichtigt, mit einem Polizisten bekannt gemacht zu werden, als ob dieser gesellschaftsfähig wäre – und ganz bestimmt nicht in ihrem eigenen Haus, als das sie es immer noch ansah.

»Das hatte ich mir schon gedacht«, sagte sie säuerlich. »Du hast doch sicher einige Dinge zu erledigen, Alicia? Der Haushalt kommt ja nicht zum Stillstand, wenn jemand gestorben ist. Du kannst nicht erwarten, daß sich das Personal selbst beaufsichtigt. Schau nach dem Essen und sieh zu, daß die Mädchen richtig beschäftigt werden! Gestern war Staub auf dem Fenstersims im oberen Treppenhaus. Ich habe meinen Ärmelaufschlag damit beschmutzt.« Sie holte tief Luft. »Also, Mädchen, steh hier nicht rum! Wenn dich der Polizist sehen will, kann er ja noch mal kommen.«

Alicia schaute Pitt kurz an, und dieser schüttelte seinen Kopf. Sie akzeptierte ihre Entlassung durch ihn mit der ihr anerzogenen Höflichkeit und ihrem Respekt vor dem Alter. Als sie gegangen war, watschelte die alte Dame auf das Sofa zu und setzte sich; den Stock behielt sie in der Hand.

»Warum sind Sie hier?« wollte sie wissen. Sie trug eine weiße Spitzenhaube, und Pitt bemerkte, daß ihr Haar darunter noch ungekämmt war. Er vermutete, daß ihr seine Ankunft von einer Bediensteten gemeldet worden war und sie übereilt das Bett verlassen hatte, um ihn nicht zu verpassen.

»Um zu sehen, ob ich herausbringen kann, wer Ihren Sohn wieder ausgegraben hat«, antwortete er ohne Umschweife.

»Wie bitte? Glauben Sie denn, es sei eine von uns gewesen?« Sie war angewidert von seiner Dummheit, und sie sorgte dafür, daß er dies auch merkte.

»Wohl kaum, Madam«, antwortete er ihr im gleichen Tonfall. »Das ist eine Arbeit für einen Mann. Aber ich kann mir gut vorstellen, daß es jemand von Ihnen treffen sollte. Und da es zweimal geschehen ist, können wir nicht davon ausgehen, daß es einfach nur ein Zufall ist.«

Sie stieß ihren Stock auf den Boden. »Das sollten Sie auf alle Fälle untersuchen!« sagte sie mit Befriedigung, und ihre Gesichtshaut spannte sich über ihre dicken Backen. »Versuchen Sie soviel wie möglich herauszubekommen! Es gibt eine Menge Leute, die etwas darstellen, das sie gar nicht sind. Ich würde an Ihrer Stelle mit Mr. Dominic Corde anfangen.« Ihre Augen wichen keinen Moment von seinem Gesicht. »Er ist mir viel zu glatt. Und es würde mich nicht wundern, wenn er hinter Alicias Geld her wäre. Schauen Sie ihn sich gut an! Er hat hier schon herumgeschnüffelt, bevor der arme Augustus tot war – lange davor. Hat ihr den Kopf verdreht mit seinem schönen Gesicht und seinen guten Manieren – törichtes Mädchen! Als ob ein Gesicht etwas wert wäre. Als ich so alt war wie sie jetzt, habe ich zwanzig solche gekannt.« Sie schnippte laut mit den Fingern. »Die europäischen Höfe sind voll davon. Jeden Sommer wächst eine neue Brut heran. Sie taugen für eine Saison, dann sind sie wieder weg. Abfall! Es sei denn, sie heiraten eine reiche Frau, die auf sie hereinfällt. Erkundigen Sie sich nach seinem Vermögen, und stellen Sie fest, ob er Schulden hat!«

Pitt zog die Brauen hoch. Er hätte den Verdienst einer ganzen Woche dafür gegeben, ihr gehörig die Meinung sagen zu können; aber leider wäre es der eines ganzen Lebens gewesen.

»Glauben Sie, daß er Lord Augustus ausgegraben haben könnte?« fragte er unschuldig. »Ich kann keinen Grund dafür sehen.«

»Seien Sie doch nicht so ein Narr!« fauchte sie. »Eher hat er ihn ermordet. Oder das törichte Mädchen dazu angestiftet. Ich wage zu sagen, jemand weiß es und hat Augustus ausgegraben, um darauf hinzuweisen.«

Er schaute ihr geradewegs ins Gesicht. »Wußten Sie davon, Madam?«

Sie starrte ihn mit einem vor Zorn versteinerten Gesicht an, während sie überlegte, welche Gefühlsregung sie zeigen sollte.

»Meinen eigenen Sohn ausgraben!« sagte sie schließlich. »Sie sind ein Barbar! Ein Irrer!«

»Nein, Madam.« Pitt weigerte sich, ihren Köder anzunehmen. »Sie mißverstehen mich. Ich meinte damit, ob Sie den Verdacht hatten, daß Ihr Sohn ermordet wurde.«

Sie erkannte plötzlich die Falle, und ihr Zorn verflüchtigte sich. Sie schaute ihn mit müden, kleinen Augen an. »Nein, den hatte ich nicht. Damals nicht. Allerdings fange ich jetzt an, diese Möglichkeit in Betracht zu ziehen.«

»Ich glaube, das wäre alles, gnädige Frau.« Pitt stand auf. Er mußte alles nur Mögliche in Erfahrung bringen, aber das giftige Geschwätz dieser alten Frau würde in diesem frühen Stadium die Tatsachen nur verschleiern. Mord war noch nichts weiter als eine Möglichkeit, und es gab noch andere Möglichkeiten: Haß oder einfach Vandalismus.

Sie schnaubte und streckte ihre Hand aus, damit ihr aufgeholfen werde. Dann fiel ihr ein, daß er ja nur ein Polizist war, und sie zog die Hand wieder zurück und stand alleine auf. Dabei stieß sie den Stock auf den Boden.

»Nisbett!«

Die allgegenwärtige Bedienstete erschien so schnell, als ob sie an der Tür gelehnt hätte.

»Bringen Sie diesen Herrn hinaus!« befahl die alte Dame und deutete mit dem Stock die Richtung an. »Und dann bringen Sie mir eine Tasse Schokolade hinauf in mein Zimmer. Ich weiß nicht, was los ist mit der Welt; es wird jeden Winter noch kälter. Früher war das nicht so. Wir wußten unsere Häuser anständig zu heizen.« Sie stapfte hinaus, ohne Pitt noch mal anzusehen.

Pitt folgte Nisbett in die Halle und wollte gerade gehen, als er Stimmen aus einem Zimmer zu seiner Linken hörte. Eine davon gehörte einem Mann. Sie war nicht laut, aber sehr klar und deutlich. Sie löste eine Flut von Erinnerungen in ihm aus; es konnte nur die von Dominic Corde sein.

Er lächelte Nisbett entwaffnend an, was sie nicht wenig verwirrte, ging dann abrupt auf die Tür zu, deutete mit seinen Knöcheln ein Klopfen an, öffnete sie und trat in das Zimmer.

Dominic stand mit Alicia am Kamin. Sie schauten beide überrascht zur Tür, als er so hereinplatzte. Alicia errötete, und Dominics Haltung forderte eine sofortige Erklärung. Dann erkannte er Pitt.

»Thomas!« Seine Stimme wurde vor Überraschung ein wenig höher. »Thomas Pitt!« Dann gewann er seine Fassung wieder zurück, lächelte und hielt ihm seine Hand hin. Es war aufrichtig gemeint, und Pitts Abneigung gegen ihn verschwand. Aber er durfte nicht vergessen, warum er eigentlich hier war. Es ging um Mord, und einer von den beiden – oder alle zwei – konnte damit zu tun haben. Und auch wenn es sich nur um Grabschändung handelte – dann waren sie sicherlich die Zielscheibe der ganzen Aktion.

Er ergriff Dominics ausgestreckte Hand. »Guten Morgen, Mr. Corde.«

Dominic war ganz arglos, wie er es immer gewesen war. »Guten Morgen. Wie geht es Charlotte?«

Pitt verspürte eine sonderbare Mischung aus stolzer Freude, weil

Charlotte nun seine Frau war, und Verstimmung, weil Dominic so unbefangen, so ganz natürlich nach ihr gefragt hatte. Aber schließlich hatte er in all den Jahren, in denen er mit Sarah verheiratet gewesen war, in demselben Haus wie sie gewohnt und hatte es miterlebt, wie aus einem Mädchen eine junge Frau wurde. Und während dieser ganzen Zeit war es ihm nicht in den Sinn gekommen, daß Charlotte in ihn vernarrt gewesen sein könnte.

Aber nun war es etwas anderes; er war jetzt dreißig und erwachsener und sich sicherlich auch seiner Wirkung auf Frauen bewußter. Und neben ihm stand Alicia und nicht seine junge Schwägerin.

»Danke, es geht ihr sehr gut«, antwortete Pitt. Er konnte es sich nicht verkneifen, noch hinzuzufügen: »Und Jemima ist jetzt zwei Jahre alt und schon sehr gesprächig.«

Dominic war ein wenig überrascht. Vielleicht hatte er an Charlotte nicht im Zusammenhang mit Kindern gedacht. Er und Sarah hatten ja keine. Pitt bedauerte noch im selben Moment seine Prahlerei. Mit diesen wenigen gefühlsbetonten Worten hatte er bereits das Abstandhalten unmöglich und die Professionalität, die er beibehalten wollte, zunichte gemacht.

»Ich hoffe, Ihnen geht es auch gut«, sagte er ein wenig mühsam. »Das ist ja eine sehr schlimme Sache mit Lord Fitzroy-Hammond.«

Dominics Gesicht nahm an Farbe zu, dann verschwand das Blut wieder daraus. »Entsetzlich«, sagte er zustimmend. »Ich hoffe, Sie können denjenigen, der es getan hat, ausfindig und unschädlich machen. Er muß doch sicherlich verrückt und nicht allzu schwer zu enttarnen sein.«

»Leider ist Wahnsinn nicht so leicht zu erkennen wie Pocken«, antwortete Pitt. »Er verursacht keine Pusteln, die sofort zu sehen wären.«

Alicia stand schweigend da und wurde immer noch von der Tatsache in Anspruch genommen, daß sich die beiden Männer offensichtlich kannten und daß dies nicht nur ein Zufall oder eine beiläufige Bekanntschaft war.

»Nicht für ein ungeübtes Auge«, pflichtete Dominic bei. »Aber Sie sind ja nicht ungeübt. Und gibt es denn keine Ärzte oder so etwas bei Ihnen?«

»Ehe man etwas einer Krankheit zuschreibt, muß man darüber

Bescheid wissen«, stellte Pitt richtig. »Und Grabschändung ist keine Angelegenheit, mit der ein Polizist mehr als einmal in seinem Berufsleben konfrontiert wird.«

»Wie steht es denn mit dem Verkauf von Leichen für medizinische Untersuchungen? Hat es da nicht einen regen Handel gegeben? Es tut mir leid, Alicia...« entschuldigte er sich.

»Leichenräuber? Das liegt schon lange zurück«, antwortete Pitt. »Und Institute bekommen jetzt ihre Leichen auf ganz legale Weise.«

»Dann kann es das auch nicht sein.« Dominics Schultern sanken herab. »Es ist einfach gräßlich. Oder glauben Sie – nein, das kann es auch nicht sein. Sie haben dem Leichnam ja nichts angetan. Es kann sich also nicht um Nekrophilie handeln, oder um schwarze Magie oder so etwas...«

Nun sprach auch Alicia: »Mr. Pitt muß die Möglichkeit in Betracht ziehen, daß man Augustus nicht rein zufällig ausgegraben hat, sondern absichtlich; entweder aus Haß auf ihn oder auf einen von uns.«

Dominic war nicht so überrascht, wie Pitt erwartet hätte. Es kam ihm der Gedanke, daß sie ihn bereits informiert hatte, ehe er in das Zimmer kam. Vielleicht war das sogar Thema ihres Gesprächs gewesen.

»Ich kann mir nicht vorstellen, daß jemand so gehässig ist«, sagte Dominic geradeheraus.

Das war Pitts Chance, und er nahm sie wahr. »Für Haß gibt es viele Gründe«, sagte er und gab sich dabei Mühe, seine Stimme so unpersönlich wie möglich klingen zu lassen. »Angst ist einer der ältesten. Obwohl ich bis jetzt noch keinen Grund erkennen konnte, warum jemand vor Lord Augustus Angst haben mußte. Es könnte sich herausstellen, daß er eine Macht hatte, von der ich nichts weiß; finanzielle Macht oder die Macht des Wissens von einer Sache, die jemand anderer unter allen Umständen geheimgehalten haben möchte. Er könnte etwas in Erfahrung gebracht haben, vielleicht sogar unabsichtlich.«

»Dann hätte er es auch geheimgehalten«, sagte Alicia überzeugt. »Augustus war sehr loyal und hat niemals geschwätzt.«

»Er hätte es als seine Pflicht erachten können, wenn es sich dabei um ein Verbrechen handelte«, gab Pitt zu bedenken.

Weder Alicia noch Dominic antworteten darauf. Sie standen beide nur schweigend da, Dominic so nahe am Feuer, daß es seine Beine versengen mußte.

»Oder Rache«, fuhr Pitt fort. »Menschen können ihr Verlangen nach Rache so lange hegen und nähren, bis es mit den Jahren so ungeheuerlich wird, daß es nicht mehr zu bändigen ist. Die eigentliche Kränkung muß gar nicht so gewichtig gewesen sein, vielleicht gar keine wirkliche Kränkung, sondern lediglich ein Erfolg, der dem anderen versagt blieb.«

Er zog die Luft ein und spürte, daß er dem, was er zu sagen beabsichtigte, ein wenig näher kam.

»Und dann gibt es auch noch die Habgier, eines der verbreitetsten Motive auf der Welt. Es könnte sein, daß jemand von seinem Tod profitieren konnte; auf eine Art und Weise, die jetzt noch nicht ohne weiteres augenfällig ist.«

Das Blut verschwand aus Alicias Gesicht und strömte scharlachrot wieder zurück. Pitt hatte nicht eine so einfache Sache wie eine Erbschaft gemeint, aber er wußte, daß sie dies dachte. Dominic blieb ebenfalls still und trat von einem Fuß auf den anderen. Es hätte aus Unbehagen sein können, oder auch nur deswegen, weil er zu nahe am Feuer stand und nicht davon abrücken konnte, ohne Pitt zu bitten, sich ebenfalls ein Stück wegzubewegen.

»Oder Eifersucht«, sagte Pitt. »Oder ein Verlangen nach Freiheit. Vielleicht stand er einer Sache im Wege, die jemand anderer verzweifelt ersehnte.« Er konnte ihnen jetzt nicht direkt ins Gesicht sehen, und er war sich bewußt, daß sie sich auch nicht ansahen.

»Eine Menge Gründe.« Er trat einen Schritt zurück, um es Dominic zu ermöglichen, sich ein wenig von der Hitze zu entfernen. »Und jeder davon ist so lange eine Möglichkeit, bis wir das Gegenteil herausfinden.«

Alicia schluckte. »Und – und die wollen Sie alle untersuchen?«

»Vielleicht ist es nicht nötig«, antwortete er. Er fühlte sich hart und grausam dabei und haßte seinen Beruf, denn der Verdacht nahm in ihm bereits Gestalt an; wie ein Bild, das aus dem Nebel auftaucht. »Vielleicht finden wir die Wahrheit schon sehr bald heraus.«

Es war kein Trost für sie, und das lag auch nicht in seiner Absicht. Sie kam ein wenig nach vorne und stellte sich zwischen Pitt und Dominic. Es war eine Gebärde, die er schon Hunderte Male gesehen hatte: bei einer Mutter, die ein unbändiges Kind verteidigte; bei einer Ehefrau, die um ihres Mannes willen log; bei einer Tochter, die ihren betrunkenen Vater entschuldigte.

»Ich hoffe, daß Sie dabei diskret vorgehen, Inspektor«, sagte sie leise. »Sie könnten sonst eine Menge unnötiger Beunruhigungen auslösen und dem Andenken meines verstorbenen Mannes unrecht tun; ganz zu schweigen von denjenigen, denen Sie vielleicht solche Motive unterstellen.«

»Selbstverständlich«, sagte er zustimmend. »Wir werden nur den Tatsachen nachgehen; Unterstellungen wird es nicht geben.«

Sie wirkte nicht so, als ob sie ihm Glauben schenken könnte, aber sie sagte nichts mehr darauf.

Pitt verabschiedete sich, und der Diener sorgte dafür, daß es diesmal auch wirklich dabei blieb.

Draußen packte ihn wieder die Kälte und bemächtigte sich seiner sogar durch Jacke und Mantel hindurch. Der Nebel war verschwunden, und ein schneidender Wind trieb Graupelschauer vor sich her. Seufzend wehte er durch die Lorbeerbüsche und den Magnolienbaum. Er mußte jetzt auf einer Obduktion von Augustus Fitzroy-Hammond bestehen; es gab keine Alternative. Die Möglichkeit eines Mordes durfte nicht ignoriert oder auf diskrete Weise überspielt werden, weil sie vielleicht zu viele Menschen verletzen konnte.

Er hatte die Adresse von Dr. McDuff schon vorher herausgesucht und ging nun auf dem kürzesten Weg dorthin. Je weniger Zeit er hatte, darüber nachzudenken, um so besser war es. Mit Charlotte würde er zu gegebener Zeit darüber sprechen.

Dr. McDuffs Haus war geräumig und sah solide aus, wie sein Besitzer. Nichts daran gab Anlaß zu irgendwelchen fantasievollen Spekulationen, die seine Selbstzufriedenheit hätten gefährden können. Pitt wurde wieder einmal in einen kalten Salon geführt und mußte dort warten. Nach einer Viertelstunde wurde er in das Studierzimmer geleitet. Es war voller Bücher, in Leder gebunden und ein wenig abgegriffen. Dort stand er nun vor einem riesigen Schreibtisch wie ein Schuljunge, der seinem Lehrer Fragen zu beantworten hat. Aber wenigstens brannte hier ein Feuer.

»Guten Morgen«, sagte Dr. McDuff mit unbewegter Miene. Er mag in seiner Jugend ganz nett anzusehen gewesen sein, aber jetzt hatten Zeit und Unduldsamkeit Falten in sein Gesicht gekerbt, und seine Selbstzufriedenheit hatte unvorteilhafte Linien um seinen Mund und seine Nase gezogen. »Was kann ich für Sie tun?«

Pitt zog den einzigen Stuhl, der noch im Zimmer stand, zu sich heran und setzte sich. Er weigerte sich, sich von diesem Mann wie ein Dienstbote behandeln zu lassen. Schließlich war er auch nur jemand, der, wie er selbst, seinen Beruf ausübte und für den Umgang mit den weniger erfreulichen Dingen des menschlichen Daseins ausgebildet worden war und dafür bezahlt wurde.

»Sie waren der behandelnde Arzt von dem verstorbenen Lord Augustus Fitzroy-Hammond«, begann er.

»Ja, so ist es«, antwortete McDuff. »Aber das ist wohl kaum etwas, womit sich die Polizei befassen müßte. Der Mann starb an Herzversagen. Ich habe den Totenschein unterschrieben. Über diese entsetzliche Schändung weiß ich nichts. Das ist Ihre Sache, und je eher Sie deswegen etwas unternehmen, um so besser.«

Pitt konnte seine Feindseligkeit förmlich in der Luft spüren. Für McDuff war er ein Vertreter der gemeinen Welt jenseits seines eigenen Kreises von Kultiviertheit und blasierter Lebensart; eine Flutwelle, die ein für allemal mit Sandsäcken der Diskriminierung und des gesellschaftlichen Dünkels zurückgehalten werden mußte. Wenn er überhaupt etwas bei ihm erreichen konnte, dann nicht durch ungestümes Vorpreschen, sondern auf Umwegen, die seiner Eitelkeit entgegenkamen.

»Ja, es ist eine entsetzliche Geschichte«, stimmte er ihm zu. »Ich habe mich mit so etwas noch nie befassen müssen. Mir wäre sehr daran gelegen, Ihre fachliche Meinung über die Gattung von Menschen zu hören, die von einem solch krankhaften Verlangen befallen sind.«

McDuff hatte schon seinen Mund geöffnet, um zum Ausdruck zu bringen, daß er absolut nichts damit zu tun habe und auch nichts damit zu tun haben wolle, aber nun war seine fachliche Qualifikation angesprochen. Er hatte dies von Pitt nicht erwartet und war einen Moment lang nicht auf der Hut.

»Ah!« Er versuchte rasch, seine Gedanken zu ordnen. »Ah! Also, das ist eine sehr komplizierte Materie.« Er war schon drauf und dran zu sagen, daß er darüber auch nichts wüßte, aber es lag ihm fern, seine Unwissenheit geradeheraus einzugestehen; schließlich hatte er in den Jahren seiner beruflichen Tätigkeit eine große Menge an Wissen sammeln können, was das menschliche Verhalten in all seinen Komödien und Tragödien betraf. »Sie haben völlig recht, es ist irrsinnig, die Leiche eines Mannes aus seinem Grab zu holen. Da besteht überhaupt kein Zweifel.«

»Wissen Sie – medizinisch gesehen – von einer Verfassung, die zu so etwas führen könnte?« fragte Pitt mit absolut sachlicher Miene. »Vielleicht irgendeine Besessenheit?«

»Besessenheit gegenüber den Toten?« McDuff überlegte, was er Sinnvolles darauf antworten konnte. »Nekrophilie ist das Wort, das Sie suchen.«

»Ja, richtig«, sagte Pitt zustimmend. »Vielleicht auch Haß oder Neid auf Lord Augustus – schließlich hat ihn diese elende Kreatur schon zweimal ausgegraben. Das sieht eigentlich nicht nach Zufall aus.«

In McDuffs Gesicht vertieften sich die Linien des Widerwillens. Es war seine eigene Welt, die jetzt in Gefahr geriet, seine gesellschaftliche Umgebung.

Pitt bemerkte dies und stieß weiter in diese Richtung vor. »Selbstverständlich würde es Ihnen Ihre berufliche Ethik nicht erlauben, Namen zu nennen, Dr. McDuff«, sagte er schnell. »Nicht einmal andeutungsweise. Aber als ein Mann mit großer medizinischer Erfahrung können Sie mir sicher sagen, ob es aus medizinischer Sicht eine solche Veranlagung gibt – dann muß ich selbst zusehen, ob ich denjenigen ausfindig machen kann, der unter diesem Zustand zu leiden hat. Es ist die Pflicht von uns beiden, Sorge dafür zu tragen, daß Lord Augustus anständig bestattet wird und seine letzte Ruhe findet. Dabei denke ich natürlich auch an seine unglückliche Familie. An seine Witwe – und an seine Mutter.«

Dr. McDuff dachte an seine Einkünfte.

»Aber sicher«, sagte er sofort. »Ich werde tun, was ich kann – solange es nicht über die Grenzen der Diskretion hinausgeht«, fügte er hinzu. »Aber ich bin mir momentan keiner Krankheit bewußt, die eine so abstoßende Form von Irrsinn hervorrufen würde. Ich werde mir die Sache eingehend durch den Kopf gehen lassen und dann eine fundierte Stellungnahme abgeben können, wenn Sie noch mal kommen wollen.«

»Ich danke Ihnen.« Pitt stand auf und ging zur Tür. Als er sie erreicht hatte, machte er jedoch wieder kehrt. »Übrigens, es gibt da ein paar sehr unangenehme Andeutungen, daß Lord Augustus ermordet worden sein könnte und daß jemand dies weiß und seine Leiche ausgräbt, um unsere Aufmerksamkeit in diese Richtung zu lenken und uns zu entsprechenden Untersuchungen zu veranlassen. Ich nehme an, sein Tod ist ganz natürlich eingetreten – und nicht unerwartet?«

McDuffs Gesicht verfinsterte sich. »Selbstverständlich war es ein ganz natürlicher Tod. Glauben Sie denn, ich hätte den Totenschein unterschrieben, wenn es nicht so wäre?«

»Nicht unerwartet?« drängte Pitt weiter. »Er war schon eine Zeitlang krank, wie?«

»Ungefähr eine Woche. Aber für einen Mann in den Sechzigern ist das nichts Ungewöhnliches. Seine Mutter hat auch ein schwaches Herz.«

»Aber sie ist immer noch am Leben«, gab Pitt zu bedenken. »Und schon mehr als achtzig Jahre, würde ich sagen.«

»Das hat nichts damit zu tun«, schnauzte McDuff und ballte auf der Tischplatte eine Hand zur Faust. »Der Tod von Lord Augustus war ganz natürlich und für einen Mann seines Alters und seines Gesundheitszustandes auch nicht ungewöhnlich.«

»Haben Sie eine Obduktion durchgeführt?« Pitt wußte ganz genau, daß das nicht der Fall war.

McDuff war zu zornig, als daß ihm das aufgefallen wäre. »Nein, habe ich nicht!« Sein Gesicht lief dunkelrot an. »Sie haben zu lange in den Arbeitervierteln gearbeitet, Inspektor. Ich muß Sie daran erinnern, daß meine Klienten mit den Ihrigen absolut nichts gemein haben. Hier gibt es keinen Mord und kein Verbrechen, abgesehen von dieser Grabschändung; und es ist zweifellos jemand aus Ihrer Welt, nicht aus meiner, der dafür in Betracht kommt. Guten Tag, Sir!«

»Dann werde ich jetzt eine Obduktion veranlassen«, sagte Pitt ruhig. »Ich muß Ihnen mitteilen, daß ich sie heute nachmittag bei der Magistratur beantragen werde.«

»Und ich werde mich gegen Sie stellen, Sir!« McDuff schlug mit der Faust auf den Tisch. »Und Sie können mit Sicherheit davon ausgehen, daß seine Familie es auch tun wird. Sie ist nicht ohne Einfluß. Und jetzt verlassen Sie mein Haus!«

Pitt ging mit seinem Ansuchen um eine Obduktion von Lord Augustus zu seinen Vorgesetzten. Er wurde mit Besorgnis empfangen. Man müsse Verschiedenes bedenken und könne den Antrag nicht so ohne weiteres an die Magistratur weiterleiten. Erst müßten alle Aspekte eingehend geprüft werden. Man könne so etwas nicht leichtfertig oder auf unverantwortliche Weise tun, und sie müßten sicherstellen, daß sie auch im Recht wären, ehe sie sich festlegten.

Pitt war verärgert und enttäuscht, aber es war ihm auch klar, daß er damit hätte rechnen müssen. Man konnte nicht ohne zwingenden Grund die Leiber der Aristokratie ausweiden und ihre Todesursache in Frage stellen. Und sogar wenn dieser Grund gegeben war, brauchte man eine Rechtfertigung, die durch nichts zu erschüttern war.

Am darauffolgenden Tag hatte McDuff bereits ganze Arbeit geleistet. Pitt erhielt die Antwort in sein Büro zugestellt. Es gäbe keinen Grund für sein Ansuchen, und es würde deshalb auch nicht weitergeleitet. Er ging in sein kleines Zimmer und war sich nicht sicher, ob er verärgert oder erleichtert war. Wenn es keine Autopsie gab, dann war es auch unwahrscheinlich, daß jemals ein Mord nachgewiesen werden konnte. Die Sterbeurkunde war für einen natürlichen Tod durch Herzversagen ausgestellt worden. Und er hatte von Dr. McDuff bereits genug gesehen, um zu wissen, daß es soviel wie ausgeschlossen wäre, ihn zu veranlassen, seine professionelle Ansicht umzustoßen; und wenn, dann keinesfalls offiziell. Und wenn es kein Mord war, dann würde Pitt immer noch verpflichtet sein, weitere Untersuchungen durchzuführen, um herauszubekommen, wer die Leiche ausgegraben und auf eine so bizarre Weise zur Schau gestellt hatte; aber er machte sich keinerlei Hoffnung, die Wahrheit jemals aufdecken zu können. Mit der Zeit würde der Vorfall durch wichtigere Verbrechen in den Hintergrund gedrängt werden, und Dominic und die Fitzroy-Hammonds würden sich selbst überlassen bleiben.

Es sei denn, derjenige, der Augustus schon zweimal ausgegraben hat, würde nicht so schnell aufgeben. Wenn jemand glaubte oder sogar wußte, daß es sich um Mord handelte, dann könnte er – oder sie – auf neue Ideen kommen, die darauf aufmerksam machten. Gott allein wußte, was als nächstes passieren konnte.

Und Pitt haßte nichtabgeschlossene Fälle. Er mochte Alicia, und soweit sich seine Vorstellungskraft auf eine ihm total fremde Lebensweise erstrecken konnte, fühlte er sogar mit ihr. Er wollte nicht in Erfahrung bringen müssen, daß sie entweder ihren Mann umgebracht hatte oder daran beteiligt gewesen war. Und um Charlottes willen wollte er nicht, daß Dominic es war.

Er konnte jetzt nichts weiter tun. Er wandte sich wieder einer Fälschungssache zu, mit der er sich befaßt hatte, bevor Lord Augustus von der Droschke gefallen war und ihm zu Füßen gelegen hatte.

Es war halb sechs und draußen schon so dunkel wie in einem unbeleuchteten Keller, als ein junger Constable die Tür öffnete, um ihm zu sagen, daß ein Mr. Corde ihn sprechen wolle.

Pitt war überrascht. Sein erster Gedanke war, daß wieder eine neue Gewalttat geschehen war, daß sein geheimnisvoller Gegenspieler ungeduldig geworden war und ihn aufs neue herausgefordert hatte. Es war ein ungutes Gefühl.

Dominic kam herein mit einem bis zu den Ohren hochgeschlagenen Kragen. Sein Hut saß viel tiefer als gewöhnlich. Seine Nase war rot und seine Schultern gekrümmt.

»Meine Güte, ist das ein entsetzlicher Abend.« Er saß unbehaglich auf einem hölzernen Stuhl und schaute mit besorgter Miene zu Pitt hin. »Mir tut jeder arme Teufel leid, der kein Feuer und kein Bett hat.«

Anstatt Dominic zu fragen, warum er gekommen sei, gab Pitt die instinktive Antwort, die ihm auf der Zunge lag: »Es gibt Tausende davon.« Er schaute Dominic in die Augen. »Und auch ohne Abendessen, nur einen Steinwurf von hier entfernt.«

Dominic zuckte zusammen. Er hatte zu der Zeit, als Charlotte ihn kannte, keine besondere Sensibilität an den Tag gelegt, aber möglicherweise hatten ihn die Jahre verändert. Oder vielleicht war es auch nur der Widerwille gegen Pitts allzu deutliche Antwort auf das, was nur als beiläufige Bemerkung gedacht war.

»Stimmt es, daß Sie eine Obduktion an Lord Augustus vornehmen lassen wollen?« fragte er, während er seine Handschuhe auszog und ein weißes Leinentaschentuch herausholte.

Pitt konnte keine Gelegenheit, der Wahrheit näherzukommen, verstreichen lassen. »Ja.«

Dominic schneuzte sich, und als er wieder aufsah, war sein Gesicht sehr ernst. »Warum? Er starb doch an Herzversagen; es liegt in der Familie. McDuff wird Ihnen sagen, daß es ein ganz normaler Tod war, nicht einmal ganz unerwartet. Er aß zuviel und verschaffte sich nur selten genügend Bewegung. Männer wie er sterben häufig, wenn sie die Sechzig erreicht haben.« Dominic faltete das Taschentuch zusammen und schob es in seine Hosentasche. »Können Sie nicht einsehen, was Sie damit der Familie antun, vor allem Alicia? Mit dieser alten Frau zusammenleben zu müssen ist sowieso schon die reinste Hölle. Stellen Sie sich vor, wie dies erst sein wird, wenn es eine Obduktion gibt! Sie wird Alicia die Schuld an allem geben und sagen, daß so etwas mit Augustus niemals geschehen wäre, wenn er sie nicht geheiratet hätte. Wenn Alicia nicht mehr als dreißig Jahre jünger wäre als er, würde sich kein Mensch Gedanken machen.«

»Es hat nichts mit dem Alter zu tun«, sagte Pitt müde. Er wünschte, daß er die Angelegenheit hinter sich lassen und aus seinen Gedanken und auch aus seinen Pflichten hätte verbannen können. »Es ist deswegen, weil die Leiche schon zweimal ausgegraben und an einen Ort gebracht wurde, wo wir sie einfach finden mußten. Abgesehen davon, daß das ein Verbrechen ist, müssen wir verhindern, daß es noch einmal geschieht. Das werden Sie doch sicher einsehen?«

»Dann soll er doch begraben und ein Constable zu seiner Bewachung aufgestellt werden!« sagte Dominic erbittert. »Niemand wird ihn ausgraben, wenn ein Polizist dabei ist. Es kann ja keine leichte oder schnelle Arbeit sein, die ganze Erde wegzuschaufeln und den Sarg herauszuholen. Sie müssen es in der Nacht tun und auch allerhand Gerät mitnehmen. Spaten, Seile und solche Dinge. Und einer allein könnte es sicher auch nicht machen, das sagt einem der Verstand.«

Pitt sah ihn nicht an. »Ein starker Mann könnte es mit einiger Anstrengung fertigbringen«, wandte er ein. »Und er bräuchte auch keine Seile; der Sarg wurde an Ort und Stelle gelassen, nur die Leiche wurde herausgeholt. Wir könnten einen Constable eine Nacht lang dort postieren, sogar eine Woche lang, aber irgendwann müßten wir ihn wieder abziehen – und dann könnte er es wieder tun, wenn es das ist, worum es ihm geht.«

»O Gott!« Dominic schloß die Augen und legte seine Hände darüber.

»Oder er wird etwas anderes unternehmen«, fuhr Pitt fort. »Wenn er entschlossen ist, jemanden zum Handeln zu bewegen.«

Dominic schaute auf. »Etwas anderes? Was denn, um Himmels willen?«

»Ich weiß es auch nicht«, gab Pitt zu. »Wenn ich es wüßte, könnte ich es vielleicht verhindern.«

Dominic stand auf; das Blut war ihm ins Gesicht gestiegen. »Nun, ich werde eine Obduktion verhindern! Es gibt viele Leute im Park, die sich mit ihrem Einfluß dagegen stellen werden. Lord St. Jermyn, um nur einen zu nennen. Und falls nötig, können wir jemanden anstellen, der das Grab bewacht und sicherstellt, daß der Leichnam in Frieden und Würde dort ruht. Niemand, außer einem Geisteskranken, stört die Toten.«

»Niemand, außer Geisteskranken, tut vielerlei Dinge«, sagte Pitt. »Es tut mir leid, aber ich weiß nicht, wie ich es verhindern könnte.«

Dominic schüttelte seinen Kopf und ging langsam zur Tür. »Es ist nicht Ihre Schuld und auch nicht Ihre Verantwortung. Wir müssen etwas unternehmen, schon wegen Alicia. Grüßen Sie Charlotte von mir – und Emily, falls Sie sie sehen. Guten Abend.«

Die Tür fiel hinter ihm ins Schloß, und Pitt starrte sie an. Er fühlte sich irgendwie schuldig. Er hatte ihm nicht gesagt, daß es gar keine Obduktion geben würde, weil er Dominics Reaktion kennenlernen wollte. Und jetzt wurde ihm klar, daß er sich noch schlechter fühlte als vorher. Eine Obduktion hätte vielleicht ein für allemal jeglichen Mordverdacht ausgeräumt. Vielleicht hätte er das sagen sollen. Aber warum hat es Dominic nicht selbst so gesehen?

Oder war er in Sorge, daß sich genau das Gegenteil herausstellen könnte; daß es wirklich ein Mord war? War Dominic selbst der Täter – oder war er in Sorge wegen Alicia? Oder hatte er nur Angst vor dem Skandal und all den dunklen, ätzenden Verdächtigungen und dem Wiederaufreißen alter Wunden? Er konnte die Cater Street nicht vergessen haben.

Aber wenn Dominic die Angelegenheit auf sich beruhen lassen wollte, dann war da mindestens eine andere Person, die das nicht wollte. Am Morgen erhielt Pitt einen ziemlich förmlich gehaltenen Brief von der alten Dame, in dem sie ihn daran erinnerte, daß es seine Pflicht sei zu ergründen, wer Lord Augustus in seinem Grab gestört hatte – und warum. Falls es sich um Mord handelte, dann würde er vom Staat dafür bezahlt, mehr in Erfahrung zu bringen und ihn zu ahnden.

Er bedachte sie mit einem außerordentlich unhöflichen Ausdruck und legte das Blatt zur Seite. Es handelte sich um ganz gewöhnliches Schreibpapier; vielleicht hob sie das Büttenpapier für ihre Bekannten aus der besseren Gesellschaft auf. Ein Gedanke ging ihm durch den Kopf. Vielleicht sollte er den Brief seinen Vorgesetzten geben und sie darüber streiten lassen, was wichtiger für ihre Karriere und ihr Pflichtbewußtsein war – das Verbot der etablierten Gesellschaft oder die Bedeutung der alten Dame, eines Teiles dieser Gesellschaft.

Er dachte am nächsten Tag immer noch darüber nach – der Brief lag in der obersten Schublade seines Schreibtisches –, als Alicia, bis zum Hals in Pelz gehüllt, zu ihm kam. Sie löste im Vorraum ein paar erstaunte Bemerkungen aus, und der Constable, der sie zu Pitt brachte, hatte Augen, so groß und rund wie Murmeln.

»Guten Morgen, Madam.« Pitt bot ihr einen Stuhl an und gab dem Constable durch ein Zeichen zu verstehen, sich zurückzuziehen. »Ich fürchte, ich habe Ihnen keinerlei Neuigkeiten mitzuteilen, sonst hätte ich Sie damit aufgesucht.«

»Nein.« Sie schaute überall hin, nur nicht zu Pitt. Er fragte sich, ob sie es einfach vermied, ihn anzusehen, oder ob sie wirklich an den bräunlichen Wänden mit den einfachen Drucken und an den überquellenden Ablagefächern interessiert war. Er wartete und gab ihr Zeit, ihren Mut zu sammeln.

Schließlich sah sie ihn doch an. »Mr. Pitt, ich bin gekommen, Sie zu bitten, die Angelegenheit der Öffnung des Grabes meines Mannes nicht mehr weiter zu verfolgen.« Das war eine etwas lächerlich beschönigende Ausdrucksweise. Sie erkannte dies auch sofort und stotterte ein wenig unbeholfen: »Ich – ich meine – das Ausgraben seiner Leiche. Ich bin zu der Überzeugung gekommen, daß es irgendwelche geistig gestörten Vandalen waren. Sie werden ihrer wohl nie habhaft werden, und die weitere Verfolgung des Falles würde niemandem etwas nützen.«

Er hatte eine plötzliche Eingebung. »Nein, ich werde ihn vielleicht nicht kriegen«, stimmte er ihr bedächtig zu. »Aber wenn ich die Angelegenheit nicht weiter verfolge, dann könnte daraus eine große Bedrohung werden, nicht zuletzt für Sie selbst.« Er sah ihr direkt in die Augen, und sie konnte ihren Blick nicht abwenden, ohne den Eindruck zu erwecken, daß sie dem seinen auswich.

»Ich verstehe Sie nicht.« Sie schüttelte ihren Kopf ein wenig. »Wir werden ihn wieder begraben und falls notwendig einen Bediensteten so lange wie nötig als Wache aufstellen. Ich sehe keinen Grund zu der Annahme, daß daraus eine Bedrohung entstehen könnte.«

»Es kann gut sein, daß es lediglich ein Geistesgestörter war.« Er beugte sich ein wenig nach vorne. »Aber ich fürchte, das wird nicht jeder glauben.«

Ihr Gesicht wurde schmal. Es war nicht nötig, daß er das Wort ›Mord‹ benutzte.

»Sie werden denken müssen, was sie wollen.« Sie rückte ihren Hut zurecht und zog ihren Pelz enger.

»Das werden sie«, sagte Pitt. »Und einige von ihnen werden denken, Sie hätten sich genau aus dem Grund geweigert, einer Obduktion zuzustimmen, weil es etwas zu verheimlichen gibt.«

Ihr Gesicht wurde blaß, und ihre Finger griffen unbewußt in den dichten Pelz.

»Das Übelwollen ist von einer überraschend ausgeprägten Wahrnehmungsfähigkeit begleitet«, fuhr er fort. »Es gibt Leute, die Mr. Cordes Bewunderung für Sie bemerkt haben, und auch solche, die dies nicht ohne Neid taten.« Er wartete eine Weile, damit sie den Gedanken mit all seinen Folgerungen verarbeiten konnte. Fr bereitete sich darauf vor, noch hinzuzufügen, daß es auch entsprechende Verdächtigungen geben würde, aber das war nicht nötig.

»Sie meinen, sie werden sich fragen, ob er nicht ermordet wurde?« sagte sie sehr leise mit trockener Stimme. »Und sie werden sagen, es war Dominic oder ich selbst?«

»Das könnte möglich sein.« Nun, da er wieder auf dem Grund angelangt war, war es schwer für ihn zu sprechen. Er wünschte, er könnte selber nicht daran glauben, aber die Erinnerung an Dominic und ihre heißen, unglücklichen Augen und ihre nestelnden Finger ließen ihn erkennen, daß sie nicht ganz ohne Verdacht war, nicht einmal in ihrem eigenen Herzen.

»Dann sind sie im Unrecht!« sagte sie grimmig. »Ich habe Augustus nichts zuleide getan, niemals, und ich bin sicher, Dominic – Mr. Corde – auch nicht.«

Es war ein Protest der Angst, mit dem sie sich selbst überzeugen wollte, und er bemerkte es. Er hatte genau diesen Ton schon so oft gehört, wenn sich der erste Zweifel aufdrängte.

»Wäre es dann nicht besser, eine Obduktion zuzulassen?« sagte er ruhig. »Und den Beweis zu bekommen, daß der Tod eine natürliche Ursache hatte? Dann würde niemand die Angelegenheit als etwas anderes als eine Tragödie betrachten.«

Er beobachtete, wie auf ihrem Gesicht eine Furcht die andere jagte: zuerst ein Greifen nach der Hoffnung, die er ihr angeboten hatte, dann Zweifel und dann die Qual der Möglichkeit, daß sich dabei das genaue Gegenteil herausstellen und damit einen Mord unbestreitbar und zu einer Tatsache machen könnte.

»Können Sie sich vorstellen, daß Mr. Corde Ihren Gatten ermordet haben könnte?« sagte er nun ganz brutal.

Sie starrte ihn mit vor Zorn funkelnden Augen an. »Nein, natürlich nicht.«

»Dann lassen Sie uns durch eine Obduktion beweisen, daß es ein natürlicher Tod war, und dadurch alle Zweifel ausräumen.«

Sie zögerte und wägte immer noch den öffentlichen Skandal gegen ihre privaten Befürchtungen ab. Sie machte einen letzten Versuch. »Seine Mutter würde dies nicht zulassen.«

»Im Gegenteil.« Er konnte es sich jetzt leisten, weniger hart zu sein. »Sie hat in einem Schreiben darum ersucht. Vielleicht möchte sie diese Stimmen ebenso zum Verstummen bringen, wie alle anderen Betroffenen es auch wollen.«

Alicia machte ein höhnisches Gesicht. Sie wußte genausogut wie Pitt, der ihr den Brief vorgelesen hatte, was die alte Dame wollte. Und sie wußte auch, was die alte Dame sagen würde und bis zu ihrem Sterbetag immer wieder sagen würde, wenn keine Obduktion stattfände. Das war der entscheidende Faktor; so wie Pitt es sich ausgerechnet hatte.

»Also gut«, sagte sie. »Sie können meinen Namen dem Ansuchen hinzufügen.«

»Ich danke Ihnen, Madam«, sagte er nüchtern. Der Sieg ließ keine rechte Freude aufkommen. Er hatte selten so hart um etwas gekämpft, das so bitter schmeckte.

Die Obduktion war eine grausige Verrichtung. Obduktionen waren niemals angenehm, aber diese hier, ausgeführt an einem Körper, der nun schon fast einen Monat lang tot war, war schlimmer als die meisten anderen.

Pitt nahm daran teil, weil es unter den gegebenen Umständen erwartet wurde, daß jemand von der Polizei anwesend war, und weil er selbst das Ergebnis sofort hören wollte. Es war ein Tag, an dem die Kälte alles zu verdüstern schien, und der Autopsieraum war so öde und trostlos wie ein Massengrab. Gott allein wußte, wie viele Tote schon den gescheuerten Tisch passiert hatten.

Der Pathologe trug eine Maske, und Pitt war froh, ebenfalls eine zur Verfügung zu haben. Der Geruch schlug sich auf seinen Magen. Die Arbeit dauerte mehrere Stunden und verlief ruhig und fast wortlos. Nur ab und zu waren kurze Anweisungen zu hören, wenn ein Organ entnommen und übergeben wurde, damit es nach Spuren von Gift untersucht werden konnte. Das Herz wurde besonders aufmerksam geprüft.

Als es vorüber war, ging Pitt hinaus. Er war starr vor Kälte, und sein Magen hatte sich vor Übelkeit zusammengezogen. Er zog seine Jacke enger um sich und seinen Schal bis über die Ohren. »Nun?« fragte er den Pathologen.

»Nichts«, antwortete dieser unbewegt. »Er starb an Herzversagen.«

Pitt stand regungslos da. Der einen Hälfte von ihm war diese Antwort willkommen, doch die andere konnte es nicht glauben, sah keinen Sinn darin.

»Ich weiß auch nicht, wie es dazu kam«, fuhr der Pathologe fort. »Das Herz ist in keinem schlechten Zustand für einen Mann seines Alters. Ein klein wenig verfettet und die Arterien ein wenig verengt, aber nicht so, daß er daran hätte sterben müssen.«

Pitt sah sich genötigt zu fragen: »Könnte dabei Gift im Spiel gewesen sein?«

»Es könnte schon«, antwortete der Pathologe. »Es ist ziemlich viel Digitalis festgestellt worden, aber sein Arzt sagt, daß es die alte Dame für ihr Herz gebraucht hat. Er könnte es aber selber eingenommen haben. Es sieht nicht so aus, als ob es ausreichend gewesen wäre, ihm zu schaden – aber das kann ich nicht mit absoluter Sicherheit sagen. Menschen reagieren nicht alle auf dieselbe Weise, und außerdem ist er jetzt schon einige Zeit tot.«

»Er könnte also an Digitalis-Vergiftung gestorben sein?«

»Nicht ausgeschlossen«, sagte der Pathologe zustimmend. »Aber nicht wahrscheinlich. Tut mir leid, daß ich Ihnen nicht weiterhelfen kann, aber es gibt einfach nichts Definitives festzustellen.«

Pitt mußte sich damit zufriedengeben. Der Mann war fachlich qualifiziert und hatte seine Aufgabe erledigt. Die Obduktion hatte weiter nichts erbracht, als der Öffentlichkeit zu bestätigen, daß die Polizei einen Verdacht hegte.

Pitt dachte mit Schaudern daran, daß er nun das Ergebnis seinen Vorgesetzten überbringen mußte. Er leistete sich eine Droschke vom Krankenhaus zurück zum Polizeirevier und stieg dort aus in den Regen. Er rannte die Treppe hinauf, nahm dabei zwei Stufen auf einmal und tauchte ein in den Schutz des Eingangs. Er schüttelte sich und versprengte dabei die Wassertropfen ringsherum auf den Boden. Dann ging er hinein.

Noch ehe er die Treppe an der anderen Seite der Eingangshalle erreicht hatte, um die Neuigkeiten zu überbringen, sah er sich dem roten Gesicht eines jungen Sergeanten gegenüber.

»Mr. Pitt, Sir!«

Pitt blieb irritiert stehen. Er wollte dies so schnell wie möglich hinter sich bringen. »Was gibt es denn?« fragte er fordernd.

Der Sergeant holte tief Luft. »Da ist noch ein anderes Grab, Sir – ich meine noch ein anderes offenes –, Sir.«

Pitt stand wie erstarrt da. »Ein anderes Grab?« sagte er ungläubig.

»Ja, Sir ausgeraubt wie das vorherige. Der Sarg ist da, aber keine Leiche.«

»Und wessen Grab ist es?«

»Das eines Mr. W. W. Porteous, Sir. William Wilberforce Porteous, um genau zu sein.«

4

Pitt sagte Charlotte nichts von dem zweiten Grab und auch nichts über die Obduktion. Von letzterer hörte sie zwei Tage später am frühen Nachmittag. Sie war gerade mit ihrer Hausarbeit fertig und hatte Jemima zum Mittagsschlaf ins Bett gelegt, als die Türglocke läutete. Die Frau, die ihr an drei Vormittagen in der Woche bei der Arbeit half, war schon gegangen, und Charlotte öffnete deswegen selbst die Tür.

Sie war überrascht, Dominic auf den Türstufen stehen zu sehen. Zuerst fand sie überhaupt keine Worte, sondern stand nur dümmlich da, ohne ihn hereinzubitten. Er sah so wenig verändert aus, als ob die Erinnerung lebendig geworden wäre. Sein Gesicht war genau so, wie sie es in Erinnerung hatte; dieselben dunklen Augen, die leicht geblähten Nasenflügel, derselbe Mund. Und er stand so elegant da wie immer. Der einzige Unterschied bestand darin, daß sein Anblick nicht mehr ihren Hals zuschnürte. Hinter ihm sah sie die Straße mit den weißen, steinernen Stufen und der Reihe von Sprossenfenstern.

»Darf ich hereinkommen?« fragte er unbeweglich. Nun schien er es zu sein, der die Fassung verloren hatte.

Sie war verlegen wegen ihrer Unbeholfenheit, gab sich aber schließlich einen Ruck.

»Ja.« Sie trat einen Schritt zurück, hatte dabei das Gefühl, lächerlich zu wirken. Sie waren doch alte Freunde, die jahrelang in demselben Haus gewohnt hatten, als er ihr Schwager war. Eigentlich war er, da er ja offenbar nicht wieder geheiratet hatte, obwohl Sarah schon fast fünf Jahre tot war, immer noch ein Mitglied der Familie.

»Wie geht es dir?« fragte sie.

Er lächelte flüchtig und versuchte dabei gelöst auszusehen, um die immense Kluft zwischen ihnen zu überbrücken.

»Danke, gut«, antwortete er. »Und dir bestimmt auch. Das kann ich dir ansehen, und Thomas sagte es mir auch, als ich neulich mit ihm zusammentraf. Er sagte, ihr habt eine Tochter.«

»Ja, Jemima. Sie schläft gerade oben.« Es fiel ihr ein, daß das einzige Feuer in der Küche brannte. Es wäre zu teuer gewesen, auch das Wohnzimmer noch zu heizen, und sie verbrachte sowieso nicht viel Zeit darin. Sie geleitete ihn durch den Flur und war sich des Unterschieds zwischen diesem Haus mit seinen abgewohnten Möbeln und den gescheuerten Holzböden und dem Haus in der Cater Street mit fünf Dienstboten sehr wohl bewußt. Wenigstens war die Küche sauber und warm. Gott sei Dank hatte sie erst gestern den Ofen neu geschwärzt, und der Tisch war fast weiß. Sie wollte sich nicht entschuldigen müssen; nicht so sehr wegen ihrer selbst als wegen Pitt.

Sie nahm seinen Mantel und hängte ihn hinter die Tür; dann bot sie ihm Pitts Stuhl an. Er setzte sich. Sie wußte, daß er aus einem ganz bestimmten Grund gekommen war und daß er mit ihr darüber sprechen würde, sobald er die Worte gefunden hatte. Es war eigentlich noch zu früh, um Tee zu trinken, aber es war ihm wahrscheinlich kalt, und sie wußte auch nicht, was sie ihm sonst hätte anbieten können.

»Ja, danke.« Er nahm das Angebot sofort an. Sie bemerkte nicht, wie seine Augen in dem Raum umhergingen und registrierten, wie dürftig er eingerichtet und wie alt jeder Gegenstand darin war – von Besitzer zu Besitzer weitergegeben und sorgsam gepflegt und – falls nötig – immer wieder repariert.

Er kannte sie zu gut, als daß er ihr höfliche Komplimente gemacht hätte. Schließlich konnte er sich daran erinnern, wie sie die Zeitung aus dem Zimmer des Butlers stibitzte, wenn ihr Vater ihr verboten hatte, sie zu lesen. Er hatte sie – zu ihrem Kummer – immer mehr als Freund betrachtet, als guten Freund, denn als eine Frau.

»Hat dir Thomas von dem Grabraub erzählt?« fragte er ganz plötzlich und unverblümt.

Sie füllte gerade den Wasserkessel und ließ ihre Stimme ganz normal klingen: »Ja.«

»Hat er dir viel davon erzählt?« fuhr er fort. »Daß es ein Mann namens Augustus Fitzroy-Hammond war und daß sie ihn zweimal ausgegraben und an einen Ort gebracht haben, wo er bald gefunden werden mußte – das zweitemal in seine eigene Gebetsbank in der Kirche, wo ihn dann seine Familie sah?«

»Ja, das hat er mir gesagt.« Sie drehte den Wasserhahn zu und setzte den Kessel auf den Ofen. Sie wußte nicht, was sie ihm zu dieser Tageszeit zu essen hätte anbieten können. Er hatte sicher schon zu Mittag gegessen, und es war viel zu früh für einen kompletten Nachmittagstee. Sie hatte auch nichts besonderes da, außer selbstgebackenen Ingwerplätzchen.

Seine Augen folgten ihr gespannt durch den Raum. »Sie haben eine Obduktion durchgeführt. Thomas hat darauf bestanden, obwohl ich ihn darum bat, es nicht zu tun...«

»Warum?« Ihr Blick traf sich mit dem seinen, und sie versuchte so arglos wie möglich auszusehen. Sie wußte, daß er gekommen war, weil er irgendwelche Hilfe brauchte. Aber sie konnte ihm nicht helfen, wenn sie nicht die volle Wahrheit kannte, oder wenigstens das, was er davon wußte.

»Warum?« Er wiederholte ihre Frage, als ob sie ihm seltsam vorkäme.

»Ja.« Sie setzte sich ihm gegenüber an den gescheuerten Tisch. »Was hast du gegen eine Obduktion einzuwenden?«

Er wurde sich bewußt, daß er ihr noch nichts über seine Verbindung zu der Familie gesagt hatte, und nahm an, daß sie deswegen nicht wußte, worum es ging. Sie konnte förmlich sehen, wie die Gedanken durch seinen Kopf gingen, und war überrascht, wie einfach sie zu lesen waren. In der Cater Street schien er geheimnisvoll, zurückgezogen und unerreichbar zu sein.

Sie ließ den Irrtum auf sich beruhen.

»Oh«, gestand er seine Unterlassung ein, »ich vergaß zu erklären – ich kenne Lady Alicia Fitzroy-Hammond, die Witwe. Ich habe sie vor einiger Zeit auf einem Ball kennengelernt; wir sind...« Er zögerte, und sie wußte, daß er überlegte, ob er ihr die Wahrheit sagen sollte oder nicht. Nicht aus einer Empfindlichkeit gegenüber alten Gefühlen – derer war er sich nie bewußt gewesen -, sondern wegen der gewohnten Zurückhaltung, was die Erörterung solcher Themen betraf. Man sprach nicht freiweg über eine Beziehung zu einer Frau, die erst vor kurzem Witwe geworden war; noch weniger als über eine zur Frau eines anderen Mannes. Persönliche Dinge wurden höchstens angedeutet.

Sie lächelte ein wenig und ließ ihn sich abstrampeln.

Er sah ihr in die Augen, und die Erinnerung war zu stark für ihn.

»... Freunde«, schloß er. »Offen gestanden, ich hoffe, sie heiraten zu können – wenn genügend Zeit vergangen ist.«

Sie war froh, daß sie darauf vorbereitet war; irgendwie wäre es ein Schock für sie gewesen, wenn es ohne Vorwarnung gekommen wäre. Bestand ihre Empfindlichkeit wegen Sarahs Andenken oder wegen ihrer selbst? War sie eine Art letzter Mädchentraum?

Sie konzentrierte sich auf die Leichenausgrabung. »Was hast du denn gegen eine Obduktion einzuwenden?« fragte sie frei heraus. »Hast du Angst, daß dadurch etwas Unrechtes zutage kommt?«

Sein Gesicht färbte sich, aber er sah sie weiterhin fest an. »Nein, natürlich nicht. Es geht dabei um den Verdacht. Wenn die Polizei eine Obduktion verlangt, dann bedeutet das, daß sie der festen Überzeugung ist, es würde etwas zu entdecken geben. Wie auch immer, sie haben sich getäuscht.«

Sie war überrascht. Pitt hatte ihr nicht gesagt, daß die Obduktion bereits durchgeführt worden war. »Du meinst, es ist schon geschehen?« fragte sie.

Seine Augenbrauen hoben sich. »Wußtest du das nicht?«

»Nein. Was haben sie herausgefunden?«

Er sah verärgert und unglücklich aus. »Sie haben alles nur noch schlimmer gemacht. Der Verdacht ist dadurch offensichtlich geworden, und bewiesen wurde überhaupt nichts. Alicia hat einer Obduktion nur zugestimmt, weil ihr Thomas gesagt hatte, dies würde allen Spekulationen ein Ende setzen. Aber das Ergebnis ist zweifelhaft. Es kann ein natürliches Herzversagen gewesen sein oder eine Überdosis Digitalis. Und eine Überdosis könnte unabsichtlich eingenommen worden sein – seine Mutter nimmt es für ihr Herz –, oder es könnte sich um Mord handeln.«

Sie wußte natürlich, daß er dies sagen würde, aber nun, da er es getan hatte, wußte sie darauf keine Antwort. Sie stellte die naheliegende Frage:

»Gibt es denn einen Grund anzunehmen, daß es Mord war?«

»Die verdammte Leiche ist schon zweimal ausgegraben worden!« sagte er wütend, und seine Hilflosigkeit verwandelte sich in Zorn. »Das ist nicht gerade üblich, weißt du! Und besonders nicht in dieser Gesellschaft. Großer Gott, Charlotte, hast du vergessen, wie uns der Mordverdacht in der Cater Street zugesetzt hat?«

»Er hat die Fassade zum Einsturz gebracht, so daß wir all die schwachen und häßlichen Dinge sehen konnten, die wir so gut vor uns selbst und vor den anderen versteckt hatten«, sagte sie in aller Ruhe. »Wovor hast du denn in diesem Falle Angst?«

Er starrte sie an, und sein Gesicht verriet etwas, das nahe an Abneigung herankam. Sie hätte erwartet, daß ihr dies weh täte, und doch war es nicht so; nicht in ihrem Innersten, da, wo das wirkliche Schmerzgefühl saß. Es war eher ein zurückhaltender Kummer, wie man ihn gegenüber jemandem fühlt, dessen Mißgeschick man bereits gesehen und deshalb auch wieder erwartet hat.

»Es tut mir leid.« Sie meinte es wörtlich so; nicht als Entschuldigung, sondern als Ausdruck des Bedauerns und sogar des Mitgefühls. »Es tut mir wirklich leid, aber ich weiß nichts, das ich tun oder sagen könnte, um dir zu helfen.«

Sein Zorn verschwand. Er war sich seiner Lage bewußt und kannte all die Enttäuschungen, den Groll und die Angst, die fast unvermeidlich folgen würden; und davor fürchtete er sich.

Er suchte nach einem Ausweg. »Können sie es denn jetzt nicht auf sich beruhen lassen?« sagte er leise. Seine Stimme war belegt, und seine Hände lagen weiß auf der hölzernen Tischplatte. »Alicia hat ihn nicht umgebracht; ich habe es auch nicht getan und die alte Dame bestimmt auch nicht, wenn sie ihm nicht aus Versehen eine Dosis verabreicht hat, die zuviel für ihn war.« Er schaute Charlotte an. »Aber niemand kann das beweisen. Es werden nur eine Menge Zweifel entstehen, und schließlich werden alle einander verdächtigen. Kann Thomas jetzt nicht davon ablassen? Dann bestünde wenigstens die Hoffnung, daß derjenige, der diese scheußliche Tat vollbracht hat, aufgibt und endlich davon überzeugt ist, daß weiter nichts dahintersteckt.«

Sie wußte nicht, was sie darauf antworten sollte. Sie hätte ihm gerne geglaubt und akzeptiert, daß es einfach ein gewöhnlicher Tod oder ein Unglücksfall war. Aber warum dann das Ausgraben – zweimal? Und warum machte er sich solche Sorgen? War es nichts weiter als der Schatten von der Cater Street, der sich nicht aus dem Gedächtnis tilgen ließ, oder war da eine wachsende Angst in ihm, daß Alicias Liebe zu ihm so stark und ihre Abneigung gegenüber ihrem Mann so unüberwindbar geworden war, daß sie die nächstbeste Gelegenheit wahrgenommen und ihm eine tödliche Dosis der Medizin seiner Mutter gegeben hatte? Sie sah in Dominics gutgeschnittenes Gesicht und verspürte etwas, das sie sonst nur Jemima gegenüber fühlte.

»Vielleicht.« Sie wollte ihn trösten; sie kannte ihn schon lange, und er war ein Teil ihres Lebens, Teil der tiefsten ihrer Emotionen in jenen Jahren der fehlenden Erfahrung und der Verletzlichkeit, bevor sie Pitt kennenlernte. Und doch wäre es sowohl sinnlos als auch dumm gewesen zu lügen. »Aber Grabschändung ist nun mal ein Verbrechen«, sagte sie ganz deutlich. »Und wenn es eine Chance gibt, den Schuldigen zu finden, wird er weitermachen müssen.«

»Den wird er nicht finden!« Er sprach mit einer solchen Überzeugung, daß sie erkannte, es war mehr wegen ihm selbst als wegen ihr, daß er es so betonte.

»Wahrscheinlich nicht«, stimmte sie ihm zu. »Es sei denn, er tut es wieder. Oder etwas anderes.«

Es war ein Gedanke, den er zu verbannen suchte. Jetzt hatte sie ihn ausgesprochen, so daß er nicht mehr zu leugnen war.

»Das ist doch Wahnsinn!« sagte er erregt. Es war die einfachste Art, es zu sagen; die einzig akzeptable Art. Wahnsinn braucht keinen Anlaß; schon durch seine Beschaffenheit konnte jegliche Ungereimtheit erklärt und weggewischt werden.

»Vielleicht.«

Er hatte seinen Tee ausgetrunken, und sie nahm seine Tasse, um sie wegzustellen.

»Kannst du denn Thomas nicht darum bitten?« Er beugte sich ein wenig nach vorne, um seinem Anliegen Nachdruck zu verleihen. Auf seinem Gesicht zeigten sich Falten der Verlegenheit. »Ihm das Leid verdeutlichen, das damit unschuldigen Menschen zugefügt wird? Bitte, Charlotte. Es wird eine solche Ungerechtigkeit geschehen. Wir werden nicht einmal eine Chance haben, das, was nur geflüstert und niemals deutlich gesagt wird, zu entkräften. Wenn die Leute flüstern, dann werden die Lügen jedesmal größer und größer, je öfter sie herumerzählt werden.«

Die Ungerechtigkeit überzeugte sie. Einen Moment lang versetzte sie sich in Alicias Lage. Sie konnte sich noch gut daran erinnern, wie schwer es war, Dominic zu lieben – voller Freude und

Schmerz, voller wild aufkeimender Hoffnung und schneidender Ernüchterung. Und an einen Ehemann ohne Fantasie und Fröhlichkeit gebunden zu sein! Und als er starb, schien die Freiheit nahe zu sein. Nun streckt die Verdächtigung ihre häßlichen Finger aus und beschmutzt alles damit. Niemand sagt dir mehr, was er wirklich denkt; nur noch höfliches Lächeln und Anzeichen der Sympathie werden dir im Wohnzimmer entgegengebracht. Wenn du gegangen bist, läuft die Säure über, kriecht überall hin und frißt die Substanz von allem Guten. Das Geschwätz kreist dich ein, alte Freunde kommen nicht mehr. Sie hatte genug an Neid und Opportunismus gesehen.

»Ich werde ihn bitten«, sagte sie. »Ich weiß nicht, was er tun wird, aber ich werde ihn bitten.«

Sein Gesicht erhellte sich, und das gab ihr ein Gefühl der Schuld, etwas versprochen zu haben, wo sie doch Pitt nur sehr wenig beeinflussen konnte, wenn es um seine Arbeit ging.

»Ich danke dir.« Dominic stand auf, elegant wie immer, jetzt, da seine Befürchtungen verschwunden waren. »Ich danke dir herzlich.« Er lächelte, und die letzten Jahre waren plötzlich entschwunden; sie hätten wieder Verschwörer bei etwas Unwichtigem sein können – wie beim Stehlen von Papas Zeitung.

Als Pitt nach Hause kam, sagte sie zunächst nichts davon, sondern ließ ihn sich zuerst aufwärmen, mit Jemima sprechen und sie zu Bett bringen, dann sein Abendessen zu sich nehmen und sich vor dem Feuer entspannen. Die Küche war angenehm warm. Der Ofen hatte den ganzen Tag über seine Wärme von sich gegeben. Das geschrubbte Holz war bleich, beinahe weiß, und die Pfannen schimmerten auf ihren Ablagebrettern. Das blumengemusterte Porzellan auf der Anrichte reflektierte das Gaslicht.

»Dominic ist heute hier gewesen«, sagte sie in ganz beiläufigem Ton.

Sie nähte an dem Saum eines Kleidchens von Jemima. Das Mädchen war darauf getreten und dabei gestolpert. Sie bemerkte nicht, wie Pitt erstarrte.

»Hier?« fragte er erstaunt.

»Ja, heute nachmittag.«

»Was wollte er denn?« Seine Stimme war kühl und beherrscht.

Sie war ein wenig überrascht. Sie hörte auf zu nähen und sah ihn an. »Er sagte, ihr hättet eine Obduktion an Lord – wie auch immer er heißt – durchgeführt, an dem Mann, der nach dem Theater von der Droschke gefallen ist.«

»Ja, das haben wir.«

»Und ihr habt dabei nichts Schlüssiges herausgefunden. Er starb an Herzversagen.«

»Das stimmt. Ist er gekommen, um dir das zu sagen?« Seine Stimme war ein wunderbares Instrument, präzise und beschwörend. Jetzt war sie voller Sarkasmus.

»Nein, natürlich nicht«, sagte sie knapp. »Es interessiert mich nicht, woran der bedauernswerte Mann gestorben ist. Er war in Sorge, daß die Andeutung eines Mordes allerhand Geschwätz und Geflüster auslösen könnte, was viele Leute sehr verletzen würde. Es sei sehr schwer, etwas zu bestreiten, das niemand direkt gesagt hat.«

»Wie zum Beispiel, daß Alicia Fitzroy-Hammond ihren Mann umgebracht hat?« fragte er. »Oder daß Dominic selbst es getan hat?«

Sie schaute ihn ein wenig kühl an. »Ich hatte nicht den Eindruck, daß er sich um seiner selbst willen Sorgen machte, falls du das damit sagen willst.« Sobald die Worte heraus waren, dachte sie genauer darüber nach. Sie liebte Pitt, und sie spürte eine Verletzbarkeit in ihm, wenn sie auch nicht genau wußte, was es war. Aber ihr Gefühl für Gerechtigkeit war auch stark, und die alte Loyalität gegenüber Dominic erstarb nicht so schnell, vielleicht weil sie seine Schwächen kannte. Pitt war stärker; ihn mußte sie nicht verteidigen. Er war zwar verletzbar, aber er würde daran nicht zerbrechen.

»Das sollte er aber«, sagte Pitt trocken. »Wenn Lord Augustus ermordet wurde, dann ist Dominic ein Verdächtiger. Alicia erbt eine beträchtliche Menge, gar nicht zu reden von einer ausgezeichneten gesellschaftlichen Stellung; sie liebt Dominic – und sie ist eine sehr schöne Frau.«

»Du magst Dominic nicht, stimmt's?« Sie hatte weniger auf seine Worte gehört als auf das, was sie aus ihnen herausgehört hatte.

Er stand auf, ging ein paar Schritte von ihr weg und zupfte an den Vorhängen herum. »Mögen und nicht mögen hat damit nichts zu tun«, antwortete er. »Ich spreche von seiner Lage; er steht natürlicherweise unter Verdacht, falls Lord Augustus ermordet wurde. Es wäre naiv, es anders zu sehen. Wir können die Welt nicht immer so haben, wie wir sie gerne hätten, und manchmal sind sogar die reizendsten Menschen, Menschen, die wir jahrelang kannten und die uns etwas bedeuteten, fähig zu einer Gewalttat, zu Betrug und zu Dummheit.« Er ließ die Vorhänge sein und wandte sich wieder ihr zu, weil er wissen wollte, was sie fühlte und wie sie darauf reagierte. Er würde sie nicht fragen, was Dominic zwischen seinen Worten wirklich gemeint und ungesagt gelassen hatte.

Ihr Gesicht war ruhig, aber unter der Oberfläche konnte er ihren Ärger bemerken. Er war sich nicht im klaren, woher er kam. Er mußte sie so lange bedrängen, bis er dies herausbekam, auch wenn es ihn am Ende schmerzen würde, denn es nicht zu wissen, war noch schlimmer.

»Sprich nicht mit mir, als ob ich ein Kind wäre, Thomas!« sagte sie ruhig. »Ich weiß das auch so. Ich glaube nicht, daß Dominic ihn ermordet hat, weil ich nicht glaube, daß er den starken Willen, der dazu nötig gewesen wäre, hat. Aber ich kann mir vorstellen, daß er befürchtet, sie hätte es getan. Deswegen ist er hierhergekommen.«

Seine Augen verengten sich ein wenig. »Was hat er denn erwartet, das du für ihn tust?«

»Dir die Ungerechtigkeit vor Augen zu führen, die entstehen könnte, wenn du mit deiner Untersuchung fortfährst; wo du dir doch nicht einmal sicher bist, daß es sich dabei überhaupt um ein Verbrechen handelt.«

»Du denkst also, dann soll besser ich meine Pflicht verletzen?« Er suchte jetzt die Auseinandersetzung. Es war wohl am besten, sich ihr zu stellen.

Sie verweigerte ihm die Antwort und biß sich lieber auf die Zunge, statt ihm zu sagen, er solle doch nicht so idiotisch sein. Sie hätte es ihm gerne gesagt, aber sie wagte es nicht.

»Charlotte!« sagte er fordernd. »Denkst du, weil es um Dominic geht, soll ich meine Pflicht vergessen?«

Sie sah von Jemimas Kleidchen auf und behielt dabei die Nadel zwischen ihren Fingern. »Es ist nicht nötig, daß jemand seine Pflicht vergißt, um Ungerechtigkeit nicht geschehen zu lassen«, sagte sie etwas schroff. Er stellte sich wirklich absichtlich dumm! »Wir wissen doch, was Verdächtigungen anrichten können. Und für den Fall, daß du etwas anderes denkst: Ich habe Dominic gesagt, daß du tun würdest, was du für notwendig hieltest, und daß ich dich nicht beeinflussen könnte.«

»Oh.« Er kam zurück und setzte sich wieder auf seinen Stuhl ihr gegenüber.

»Aber dennoch magst du Dominic nicht«, fügte sie noch hinzu.

Er antwortete nicht. Statt dessen holte er die Schachtel mit den Teilen hervor, aus denen er einen Zug für Jemima bastelte, und begann geschickt mit einem Messer an ihnen zu arbeiten. Er hatte genug gehört. Für den Rest des Abends wollte er es lieber dabei belassen. Sie war immer noch verärgert, aber er wußte, es war nicht wegen Dominic selbst, und das war alles, was ihm wichtig war.

Er schnitzte zufrieden an dem Holz und begann zu lächeln, als es die gewünschte Form annahm.

Am nächsten Tag entschloß sich Charlotte, selbst in der Sache etwas zu unternehmen. Sie hatte kein wirklich gutes Winterkleid, aber eines, das ihr sehr gut stand, wenn es auch die Mode des letzten Jahres war. Es war sehr gut geschnitten und paßte ihr – besonders jetzt, da sie wieder die gleiche Figur wie vor Jemima hatte – ausgezeichnet. Das angenehme Burgunderrot paßte wiederum sehr gut zu ihrem Haar und zu ihrem Teint.

Sie erinnerte sich, was Tante Vespasia über eine günstige Besuchszeit gesagt hatte, und gab das Haushaltsgeld des nächsten Tages für eine Droschke zum Gadstone Park aus. Man durfte sie auf keinen Fall in einem Omnibus ankommen sehen, auch wenn ein solcher dort in der Nähe verkehrte.

Das Stubenmädchen war überrascht, sie zu sehen, aber doch wohlerzogen genug, dies nur ganz unauffällig zu zeigen. Charlotte hatte keine Karte, die sie hätte übergeben können wie die Besucher aus der besseren Gesellschaft, aber sie behielt ihren Kopf hoch und bat das Mädchen, ihrer Herrin mitzuteilen, daß Mrs. Pitt aufgrund ihrer Einladung da sei.

Sie war erleichterter, als es ihr zunächst erschien, als das Mädchen diese etwas ungewöhnliche Vorstellung akzeptierte und sie in ein leeres Wohnzimmer führte, in dem sie warten konnte, während Lady Cumming-Gould von ihrer Ankunft in Kenntnis gesetzt wurde. Wahrscheinlich war es das Wort ›Einladung‹, das ausschlaggebend gewesen war; schließlich war es gut möglich, daß Lady Cumming-Gould sie eingeladen hatte – leicht exzentrisch, wie die alte Dame war.

Charlotte war zu angespannt, um sich zu setzen. Sie stand da mit Hut und Handschuhen und versuchte, gleichgültig zu wirken für den Fall, daß das Mädchen zurückkam und sie es nicht kommen hörte. Außerdem war es eine gute Übung.

Als die Tür aufging, war es Vespasia selbst. Sie war in Taubengrau gekleidet und wirkte wie eine Gestalt aus dem Traum eines Silberschmieds. In ihren Siebzigern sah sie noch besser aus als die meisten Frauen jemals in ihrem Leben.

»Charlotte! Wie schön, dich zu sehen. Leg doch um Himmels willen deinen Hut und deinen Mantel ab! Mein Haus kann doch nicht soo kalt sein. Eliza, kommen Sie!« Ihre Stimme klang nach gebieterischem Unmut, und das Mädchen erschien sofort. »Nehmen Sie den Mantel von Mrs. Pitt, und bringen Sie uns etwas Heißes zu trinken!«

»Was hätten Sie gerne, Mylady?« Das Mädchen nahm sich gehorsam der Sachen an.

»Ich weiß es nicht«, sagte Vespasia schnippisch. »Lassen Sie sich etwas einfallen!« Sie setzte sich sofort, als das Mädchen die Tür hinter sich geschlossen hatte, und unterzog Charlotte einer eingehenden Inspektion. Dann schnaufte sie und lehnte sich zurück. »Du siehst sehr gesund aus. Es wird Zeit, daß du noch ein Baby bekommst.« Sie kümmerte sich nicht um Charlottes Erröten. »Ich vermute, du bist wegen dieser entsetzlichen Sache mit der Leiche gekommen? Der alte Augustus Fitzroy-Hammond. Er war immer schon eine Plage und wußte nie, wann es Zeit ist, sich zu verabschieden; auch nicht, als er noch lebte.«

Charlotte war nach Lachen zumute. Vielleicht war es die Überwindung der Nervosität, besonders nach dem unglücklichen, dummen Gespräch mit Pitt gestern abend.

»Ja«, sagte sie vertrauensvoll. »Dominic hat mich gestern besucht. Er macht sich große Sorgen, daß die fortgesetzten Untersuchungen eine Menge bösartiger Spekulationen auslösen könnten.«

»Daran zweifle ich nicht«, sagte Vespasia trocken. »Und die meisten davon werden wohl darauf hindeuten, daß entweder er oder Alicia ihn umgebracht hat – oder beide zusammen.«

Sie hatte das so unvermittelt gesagt, daß Charlottes Gedanken auf das Naheliegende flogen. »Heiße das denn, daß sie schon damit angefangen haben?«

»Zwangsläufig«, antwortete Vespasia. »Es gibt sonst wenig genug zu dieser Jahreszeit, worüber zu sprechen wäre. Wenigstens die Hälfte der Leute aus der Gesellschaft ist auf dem Lande, und diejenigen von uns, die hiergeblieben sind, verblöden fast vor Langeweile. Was könnte da aufregender sein als ein Gerücht um eine *Affaire* oder einen Mord?«

»Das ist aber bösartig!« Charlotte ärgerte sich über die Gefühlsroheit, sich über das Unglück anderer Leute zu amüsieren; fast so, als ob die Schwätzer wünschten, daß es wahr wäre.

»Sicherlich.« Vespasia sah sie unter ihren schweren Augenlidern amüsiert und bedauernd zugleich an. »Es hat sich nicht viel geändert; es geht immer noch um Brot und Spiele. Warum glaubst du, daß man Jagd auf Bären macht und gegen Stiere kämpft?«

»Ich hatte gehofft, wir hätten etwas dazugelernt«, antwortete Charlotte. »Wir sind doch jetzt zivilisiert. Wir werfen keine Christen mehr den Löwen vor.«

Vespasia hob ihre Brauen und sah sie geradeheraus an. »Du bist hinter der Zeit zurück, meine Liebe, weit zurück: Christen sind passé; es sind die Juden, die jetzt in Mode sind. Sie sind das Material für die Spiele.«

Erinnerungen an subtile gesellschaftliche Grausamkeiten kehrten zu Charlotte zurück. »Ja, ich weiß. Und ich vermute, wenn kein Jude oder kein gesellschaftlicher Aufsteiger zur Hand ist, dann tut es auch Dominic.«

Das Mädchen kam mit einem Tablett zurück, auf dem sich heiße Schokolade in einer Silberkanne und winzige Kuchen befanden. Sie setzte es vor Vespasia ab und wartete auf deren Billigung.

»Danke.« Vespasia sah es sich über ihre Nase hinweg an. »Sehr gut. Ich rufe Sie, wenn ich Sie noch mal brauche. Für die nächste Zeit bin ich nicht zu Hause.«

»Ja, Mylady.« Das Mädchen ging weg. Die Verwunderung stand ihr immer noch im Gesicht. Warum um Gottes willen behandelte ihre Herrin diese Mrs. Pitt, von der noch niemand je etwas gehört hatte, mit solch ungewöhnlicher Aufmerksamkeit? Sie konnte es kaum erwarten, den anderen Dienstboten diese Neuigkeit mitzuteilen und zu sehen, ob jemand darauf eine Antwort wußte.

Charlotte nippte an ihrer Schokolade; sie hatte eine Schwäche dafür, aber das war etwas, das sie sich nicht oft leisten konnte.

»Ich nehme an, daß jemand denkt, daß er ermordet wurde«, sagte sie jetzt. »Sonst würde man ihn doch nicht immer wieder ausgraben!«

»Das scheint eine naheliegende Erklärung zu sein«, sagte Vespasia zustimmend und runzelte die Stirn. »Obwohl ich mir bei meinem Leben nicht vorstellen kann, wer so etwas tun könnte. Es sei denn, es ist die alte Frau.«

»Welche alte Frau?« Charlotte wußte momentan nicht, wer gemeint war.

»Seine Mutter, die alte Witwe Lady Fitzroy-Hammond. Eine schreckliche alte Kreatur, die meistens in ihrem Schlafzimmer lebt. Nur am Sonntag geht sie in die Kirche und beobachtet die anderen Leute ganz genau. Sie hat Ohren wie ein Frettchen, aber sie tut so, als ob sie taub wäre, damit die Leute unvorsichtig sind, wenn sie etwas sagen. Sie vermeidet es, in meine Nähe zu kommen, und ist sogar eine Woche lang in ihrem Bett geblieben, als sie hörte, daß ich hier im Park wohnen werde; ich bin nämlich fast so alt wie sie, und ich kann mich noch genau erinnern, wie sie vor fünfzig Jahren war. Sie ruft sich immer und immer wieder ihre Jugendzeit ins Gedächtnis zurück; und was für eine herrliche Zeit sie damals hatte – die Bälle und die Kutschfahrten, die gutaussehenden Männer und die *Affairen*. Nur erinnert sie sich an so vieles mehr, als ich es im Zusammenhang mit ihr tue, und es ist bei ihr auch alles viel interessanter. In meiner Erinnerung ist sie eine graue Maus mit viel zu kurzen Beinen, die sich hinaufgeheiratet hat, und das später als die meisten anderen. Und die Winter waren damals genauso kalt und die Orchester genauso schlecht und die gutaussehenden Männer genauso eitel und albern wie heute.«

Charlotte lächelte in ihre Schokoladentasse. »Ich bin sicher, sie haßt dich aus ganzem Herzen, auch wenn du nie ein Wort darüber verlierst. Sie wird sich ja teilweise auch noch an die Wahrheit erinnern. Arme Alicia. Ich glaube, sie wird pausenlos nur verglichen – eine Motte in den Erinnerungen eines Schmetterlings.«

»Gut gesagt.« Vespasias Augen leuchteten wohlwollend. »Wenn es die alte Frau gewesen wäre, die ermordet wurde, hätte ich sie schwerlich tadeln können.«

»Hat Alicia Lord Augustus geliebt – ich meine zu Anfang?« fragte Charlotte.

Vespasia starrte sie lange an. »Sprich nicht so unbefangen, Charlotte! Dazu bist du noch nicht lange genug aus der Gesellschaft heraus. Ich wage zu sagen, sie mochte ihn; er hatte keine unerträglichen Gewohnheiten, so weit ich weiß. Er war zwar langweilig, aber nicht mehr als viele andere Männer auch. Er war nicht allzu großzügig, aber auch nicht geizig. Es ging ihr sicherlich nicht schlecht. Er trank selten zuviel, noch war er unausstehlich nüchtern.« Sie nippte an ihrer Schokolade und schaute Charlotte direkt in die Augen. »Aber er war natürlich nicht mit dem jungen Dominic Corde zu vergleichen, wie du ja selber weißt, wage ich zu behaupten.«

Charlotte spürte, wie ihr die Röte ins Gesicht stieg. Vespasia konnte von ihrer Vernarrtheit in Dominic überhaupt nichts wissen, wenn nicht Pitt ihr etwas davon gesagt hatte; oder Emily?

Charlotte wählte ihre Worte sehr sorgfältig. Zu lügen wäre sinnlos gewesen und hätte ihr Vespasias Achtung entzogen. Sie zwang sich, aufzuschauen und zu lächeln.

»Nein. Das glaube ich auch nicht«, sagte sie leichthin. »Besonders dann nicht, wenn er die Wahl ihres Vaters war und nicht ihre eigene. Es gibt nichts, das einem etwas mehr verleidet, als wenn man es nicht selber auswählen konnte; auch wenn es einem ansonsten ganz gut gefallen hätte.«

Vespasias Lächeln erhellte ihr Gesicht bis in ihre Augen. »Dann hast du es ja richtig gemacht, meine Liebe. Ich bin sicher, daß Thomas Pitt nicht die Wahl deines Vaters war.«

Charlotte lächelte auch. Eine Flut von Erinnerungen stieg in ihr hoch; obwohl gerechterweise gesagt werden mußte, daß Papa sich bei weitem nicht so dagegengestellt hatte, wie man hätte erwarten können. Vielleicht war er froh, daß sie sich zu guter Letzt überhaupt für jemanden entschieden hatte. Aber sie war ja nicht hierhergekommen, um sich gut zu unterhalten. Sie mußte wieder auf ihre Absicht zurückkommen.

»Glaubst du, die alte Dame könnte jemanden angeheuert haben, der Lord Augustus ausgrub, nur damit sie Alicia zusetzen konnte?« fragte sie ein wenig zu geradeheraus. »Mißgunst kann sehr stark sein, besonders bei jemandem, der nichts anderes hat als die Vergangenheit, um sich damit zu beschäftigen. Vielleicht hat sie sich sogar selber eingeredet, daß etwas Wahres daran ist.«

»Das könnte sein.« Vespasia überlegte. »Obwohl ich meine Bedenken habe. Was Alicia betrifft, so scheint sie nicht den Mut der Verzweiflung in sich zu haben, der nötig gewesen wäre, den alten Narren tatsächlich zu ermorden; nicht einmal wegen Dominic Corde. Aber man weiß ja nur in den seltensten Fällen, welche Feuer unter einem relativ geduldigen Äußeren brennen. Und vielleicht ist Dominic habgieriger, als wir denken, oder wird von Gläubigern stärker unter Druck gesetzt. Er zieht sich ausgesprochen gut an. Ich würde denken, seine Schneiderrechnung ist nicht von Pappe.«

Der Gedanke war häßlich, und Charlotte weigerte sich, auf ihn einzugehen. Sie wußte, daß es vielleicht einmal unumgänglich werden könnte, aber nicht jetzt; nicht, bis sie alle nur möglichen anderen Antworten ausgeschöpft hatte.

»Welche Möglichkeiten gibt es denn abgesehen davon noch?« sagte sie mutig.

»Keine, die ich wüßte«, gab Vespasia zu. »Ich wüßte niemand anderen aus seiner Umgebung, der ihn entweder genügend gehaßt hätte, um ihn zu ermorden, oder ihn genügend geliebt, um ihn zu rächen. Er war nicht die Sorte Mann, die irgendwelche Leidenschaften entfacht hätte.«

Charlotte konnte noch nicht aufgeben. »Erzähl mir doch bitte etwas über die anderen Leute hier im Park!«

»Es wohnen eine ganze Reihe hier, die für dich nicht von Interesse sind; sie sind den Winter über weg. Bei denen, die hier sind, kann ich keinen Grund erkennen, warum sie etwas damit zu tun haben könnten, aber du kannst sie ja in Betracht ziehen. Sir Desmond und Lady Cantlay kennst du ja bereits. Sie sind ganz angenehm und meiner Meinung nach völlig harmlos. Desmond sollte eigentlich auf der Bühne stehen; er ist der beste Schauspieler, den ich kenne. Gwendoline ist vielleicht ein wenig gelangweilt, wie viele Frauen ihres Standes, die alles haben und sich über nichts zu beschweren brauchen. Aber wenn sie sich einen Liebhaber genommen hätte, dann wäre es höchstwahrscheinlich nicht Augustus gewesen; auch nicht, wenn dieser aufgetaut wäre und sich dazu hätte hinreißen lassen. Er war viel langweiliger als Desmond.«

»Könnte es irgend etwas mit Geld zu tun haben?« Charlotte griff jetzt nach den Extremen.

Vespasias Brauen gingen nach oben. »Das ist nicht wahrscheinlich, meine Liebe. Hier im Park haben alle mehr als genug davon, und ich glaube nicht, daß jemand über seine Verhältnisse lebt. Aber wenn jemand vorübergehend in Schwierigkeiten ist, dann geht er zu den Juden und nicht zu Augustus Fitzroy-Hammond. Und es gibt in diesem Falle auch kein Vermögen zu erben; von der Witwe abgesehen.«

»Oh.« Das war enttäuschend. Wie immer führte es wieder zu Dominic und Alicia zurück.

»Die St. Jermyns sind sehr bekannt«, fuhr Vespasia fort. »Aber ich kann mir keinen Grund denken, warum sie ihm Schaden zugefügt haben sollten. Außerdem ist Edward St. Jermyn viel zu sehr mit seinen eigenen Angelegenheiten beschäftigt, als daß er Zeit für die von anderen Leuten hätte.«

»Romantische Geschichten?« Charlotte schöpfte Hoffnung.

Vespasia machte ein kühles Gesicht. »Selbstverständlich nicht. Er ist Mitglied des House of Lords und hat große Ambitionen. Zur Zeit entwirft er ein Papier, das die Zustände in den Arbeitshäusern verbessern soll, besonders im Hinblick auf die Kinder. Glaube mir, Charlotte, das ist dringend nötig! Wenn du dir die Leiden der Kinder an solchen Orten vorstellen könntest, die sich wahrscheinlich auf ihr ganzes Leben auswirken... Er würde wirklich etwas Großartiges leisten, wenn er damit zu Erfolg käme, und sich die Hochachtung des ganzen Landes erwerben.«

»Dann ist er also ein Reformator?« sagte Charlotte eifrig.

Vespasia sah sie über ihre lange Nase hinweg an. Sie seufzte ein wenig verdrossen. »Nein, meine Liebe, ich fürchte, er ist auch nur ein Politiker.«

»Das ist aber nicht sehr freundlich und ganz schön zynisch«, sagte Charlotte anklagend.

»Es ist nur realistisch. Ich kenne Edward St. Jermyn schon sehr lange; und vor ihm habe ich seinen Vater gekannt. Nichtsdestoweniger ist es ein ausgezeichneter Gesetzentwurf, und ich unterstütze ihn, wo ich nur kann. Wir haben übrigens darüber gesprochen, als Thomas letzte Woche hierher kam. Wie ich sehe, hat er ihn nicht erwähnt.«

»Nein.«

»Er schien sich aber sehr dafür zu interessieren. Ich hatte sogar den Eindruck, es war nicht leicht für ihn, weiterhin höflich zu sein. Er schaute auf meine Spitze und auf Hesters Seide, als ob es sich dabei schon um ein Verbrechen handelte. Er sieht gewiß viel mehr Armut, als sich jemand von uns vorstellen kann, aber wenn wir keine Kleider kaufen würden, wie würden dann die Näherinnen wenigstens zu den paar Pence kommen, die sie verdienen?« Ihr Gesicht wurde streng, und zum ersten Mal verschwand all ihr Witz aus ihrer Stimme. »Obgleich Somerset Carlisle sagt, daß sie, obwohl sie achtzehn Stunden am Tag nähen, bis ihre Finger bluten, immer noch nicht genug verdienen, um davon auch leben zu können. Viele von ihnen würden so auf die Straßen getrieben, wo sie in einer Nacht mehr verdienen können als in zwei Wochen auf dem Boden der Fabrik.«

»Ich weiß«, sagte Charlotte betrübt. »Thomas spricht nur selten darüber, aber wenn er es tut, dann kann ich mich nächtelang nicht der Visionen erwehren, die auf mich einstürmen: Zwanzig oder dreißig Männer und Frauen zusammengepfercht in einem einzigen Raum, womöglich im Keller, ohne Luft und ohne sanitäre Anlagen, die dort arbeiten, essen und schlafen und nur soviel verdienen, daß sie ihr Leben fristen können. Es ist obszön. Wie muß es da erst in einem Arbeitshaus sein, wenn sie die Fabrik immer noch vorziehen. Ich fühle mich mitschuldig, weil ich nichts dagegen unternehme – und doch mache ich so weiter und unternehme weiterhin nichts.«

Vespasias Gesicht zeigte Sympathie gegenüber ihrer Ehrlichkeit.

»Ich weiß, meine Liebe. Und dennoch können wir nicht viel tun. Es handelt sich dabei um keine Einzelerscheinung oder um Hunderte von Erscheinungen; es steht alles in einer Reihe von Zusammenhängen. Du kannst es nicht durch Wohltätigkeit mildern, selbst wenn du die Mittel hättest. Dazu braucht es ein Gesetz. Und um ein Gesetz in Gang zu bringen, muß man im Parlament sein. Deshalb brauchen wir Männer wie Edward St. Jermyn.

Sie saßen eine Zeitlang schweigend da; dann besann sich Charlotte wieder auf das, was sie eigentlich erreichen wollte. »Das alles erklärt aber nicht, warum Lord Augustus ausgegraben wurde.«

Vespasia nahm den letzten Kuchen. »Nein, überhaupt nicht. Und ich glaube auch nicht, daß die anderen Leute hier im Park etwas dazu beitragen können. Somerset Carlisle zeigte gegenüber Augustus nie etwas anderes als die Höflichkeit guter Manieren; er ist genau wie St. Jermyn viel zu beschäftigt mit dem Gesetzesentwurf. Major Rodney und seine zwei Schwestern leben sehr zurückgezogen. Die beiden Damen sind alte Jungfern und werden es bestimmt auch bleiben. Sie halten sich mit Hausarbeit beschäftigt, hauptsächlich mit solcher der feineren Art, wie zum Beispiel mit delikaten Näharbeiten oder mit der endlosen Zubereitung von Marmeladen, und ich glaube, auch mit der von einem hausgemachten Wein aus ganz schrecklichen Zutaten wie Pastinaken und Nesseln. Absolut scheußlich! Ich habe ihn auch nur einmal probiert! Major Rodney hat natürlich jetzt die Armee verlassen und sammelt nun Schmetterlinge oder anderes Kleinzeug, das auf einem Dutzend Beinen herumkriecht. Er schreibt schon zwanzig Jahre lang an seinen Memoiren aus der Zeit des Krimkrieges. Ich wußte gar nicht, daß dort so viel geschehen ist.«

Charlotte verbarg ein Lächeln.

»Und dann gibt es noch den Porträtmaler«, fuhr Vespasia fort. »Godolphin Jones, aber der ist schon einige Zeit abwesend – in Frankreich, glaube ich; deswegen kann er Augustus also auch nicht ausgegraben haben. Und ich kann mir auch keinen einzigen Grund vorstellen, warum er das gewollt haben könnte. Der einzige noch verbleibende Mensch«, sagte sie abschließend, »ist ein Amerikaner namens Virgil Smith. Völlig unmöglich, natürlich. Die Gesellschaft wird ihn verabscheuen, wenn er dickfellig genug ist, noch viel länger hier zu bleiben. Aber andererseits hat er eine Unmenge Geld von einer so anrüchigen Sache wie Rinderzucht, dort, wo er herkommt; deswegen werden sie nicht anders können, als trotz allem höflich zu ihm zu sein. Das wird sehr unterhaltsam werden. Hoffentlich wird der Arme nicht zu sehr verletzt dabei. Er ist wirklich sehr gutmütig und scheint keinerlei Vornehmtuerei zu kennen, was zur Abwechslung sehr erfrischend ist. Sicher, seine Manieren und seine Erscheinung sind eine Katastrophe, aber Geld verdeckt viele Mängel.«

»Und Freundlichkeit noch mehr«, sagte Charlotte.

»Nicht in dieser Gesellschaft!« Vespasia starrte sie an. »Hier dreht sich alles um das Scheinen und nicht um das Sein. Das ist auch einer der Gründe, warum es so ungewöhnlich schwierig ist herauszufinden, ob Augustus ermordet wurde und von wem oder warum.«

Während Charlotte in Vespasias Kutsche nach Hause gefahren wurde, sich selbstbewußt und sehr verwöhnt fühlte und noch einmal über die Früchte des Tages oder besser deren Fehlen nachdachte, standen auf dem Friedhof von St. Margaret zwei Totengräber im Regen und verschnauften sich ein wenig von der beschwerlichen Arbeit, das Grab für die neuerliche Aufnahme von Augustus Fitzroy-Hammond herzurichten.

»Also, ich weiß nicht, Harry«, sagte einer von den beiden und wischte sich ein Tröpfchen von der Nase, »langsam glaube ich, ich könnte allein schon davon leben, seine Lordschaft immer wieder zu beerdigen. Kaum haben wir ihn drunten, kommt so ein Narr und gräbt ihn wieder aus!«

»Ich weiß, was du meinst«, schniefte Harry. »Ich träume schon davon, wirklich. Werde noch mein ganzes Leben an diesem Grab verbringen. Du solltest mal hören, was meine Gertie dazu sagt. Sie sagt, es sind nur die Ermordeten, die keine Ruhe finden, und ich sage dir, Arthur, langsam glaube ich, sie hat recht. Ich glaube, das ist noch nicht das letztemal, daß wir hier schaufeln!«

Arthur spuckte in die Hände und nahm seinen Spaten wieder auf. Der nächste Stich traf den Sargdeckel. »Also, ich sage dir, Harry, für mich ist es das letzte Mal. Ich will mit Mord und mit Ermordeten nichts zu tun haben. Es macht mir nichts aus, anständige Leichen zu begraben, die ganz natürlich gestorben sind. Ich begrabe so viele, wie du willst. Aber es gibt zwei Dinge, die mir wirklich an die Leber gehen. Eines sind Babys – ich hasse es, Kinder zu begraben –, und das andere sind Ermordete. Und diesen hier habe ich doch schon zweimal begraben. Wenn er diesmal nicht dort bleibt, brauchen sie mich gar nicht mehr zu holen – weil ich nicht mehr will. Genug ist genug. Die Polypen sollen herausfinden, wer ihn umgebracht hat, dann mache ich vielleicht weiter. Das sage ich dir.«

»Mir geht es auch so«, stimmte Harry vehement zu. »Ich bin ein geduldiger Mann, weiß Gott. Hier sieht man ja viele Tote und erfährt, wer wichtig ist und wer nicht. Wir werden ja alle einmal so enden, und für manche Leute wäre es gut, sich öfter daran zu erinnern. Aber jetzt ist meine Geduld am Ende, und ich gebe mich mit Mord nicht mehr ab. Ich gebe dir recht, die Polypen sollen ihn das nächste Mal selber begraben; das täte ihnen gut.«

Sie hatten die Erde vom Sargdeckel weggeschaufelt und kletterten jetzt wieder aus dem Grab, um die Seile zu holen.

»Ich nehme an, sie wollen dieses Ding sauber geputzt haben, damit man es wieder anschauen kann«, sagte Arthur mit deutlich sichtbarem Widerwillen. »Sie werden bestimmt auch noch eine Andacht für ihn in der Kirche abhalten. Die müssen doch schon ganz krank sein vor lauter letzter Ehrerweisung.«

»Nur ist es immer nicht die letzte«, sagte Harry trocken. »Es ist die vorletzte oder vorvorletzte. Wer weiß das schon. Halt doch mal das andere Ende vom Seil!«

Sie stiegen wieder hinunter und zogen die Seile unter dem Sarg hindurch. Dann kletterten sie wieder heraus und zogen den Sarg schweigend nach oben. Nur ein gelegentliches Ächzen war zu hören, bis er schließlich neben dem tiefen, offenen Loch stand.

»Mensch, das verdammte Ding wiegt ja eine Tonne«, sagte Harry zornig. »Man könnte glatt meinen, es sei eine Ladung Ziegelsteine darin. Glaubst du, sie haben da vielleicht etwas hineingetan?«

»Was denn?« schniefte Arthur.

»Weiß auch nicht. Willst du mal nachsehen?«

Arthur zögerte einen Moment, doch dann übermannte ihn die Neugierde, und er hob eine der Ecken des Sargdeckels an. Er war nicht verschraubt und ließ sich sehr leicht öffnen.

»Allmächtiger Gott!« Arthurs verschmutztes Gesicht wurde so weiß wie ein Bettlaken.

»Was ist denn?« Harry ging instinktiv auf ihn zu und stieß sich dabei die Zehen an einer Ecke des Sarges. »Verdammt noch mal! Also, was ist denn, Arthur?«

»Er ist da drin!« sagte Arthur heiser. Seine Hand fuhr an seine Nase. »Stinkt wie die Hölle, aber er ist wirklich da drin.«

»Das kann doch nicht sein«, sagte Harry ungläubig. Er stellte sich neben Arthur und sah hinein. »Du hast verdammt recht! Er ist da drin! Was zum Teufel soll das nun wieder bedeuten?«

Pitt war nicht wenig bestürzt, als er die Neuigkeit hörte. Es war geradezu grotesk, fast unglaublich. Er zog seinen Schal hoch und seinen Hut tief bis auf die Ohren und ging hinaus auf die eiskalte Straße. Er wollte lieber zu Fuß gehen, um sich selbst Zeit zum Überlegen zu geben.

Es gab also jetzt zwei Leichen, denn die Leiche aus der Kirchenbank war ja noch im Leichenhaus. Deswegen war eine davon nicht die von Lord Augustus Fitzroy-Hammond. Seine Gedanken gingen zurück zu dessen Identifikation. Der Mann, der in der Nähe des Theaters von der Kutsche gefallen war, war nur von Alicia identifiziert worden. Wenn er es sich recht überlegte, dann hatte sie geradezu erwartet, daß es sich um ihren Mann handelte. Pitt hatte es ihr ja selbst so gut wie gesagt. Sie hatte nur einen Blick auf ihn geworfen und dann sofort weggesehen. Er konnte sie deswegen wohl kaum tadeln. Vielleicht hatten ihre Augen nur das gesehen, was sie erwarteten, und sie hatte ihn überhaupt nicht genau angeschaut.

Andererseits ist die zweite Leiche – die in der Kirchenbank – nicht nur von Alicia gesehen worden, sondern auch von der alten Dame, dem Vikar und schließlich von Dr. McDuff, von dem man erwarten konnte, daß er an den Anblick von Toten gewöhnt war, ob sie nun drei Wochen alt waren oder nicht.

Er überquerte die Straße, die von Pferdedung und Abfällen von einem Gemüsekarren übersät war. Der Junge, der normalerweise die Kreuzung fegte, hatte Bronchitis und lag wahrscheinlich in einer der unzähligen tristen Behausungen hinter der Fassade der herausgeputzten Läden.

Die einleuchtende Erklärung schien also zu sein, daß die zweite Leiche die von Lord Augustus war und die erste jemand anderer. Da ja das Grab des Mr. William Wilberforce Porteous ebenfalls ausgeraubt worden war, hatte man wahrscheinlich seine Leiche auf dem Friedhof von St. Margaret beerdigt.

Es würde sicher gut sein, wenn er bald die nötigen Vorbereitungen träfe, damit die Witwe sich überzeugen konnte – und diesmal wirklich!

Es war halb sechs vorbei, und der Wind hatte sich gelegt. Dafür hüllte jetzt der Nebel alles ein, erstickte die Geräusche und legte sich kalt und durchdringend auf den Atem, als Pitt zusammen mit der sehr stämmigen, qualvoll geschnürten und in wallendes Schwarz gekleideten Mrs. Porteous in einer Droschke zum Leichenhaus fuhr, in dem nun die erste Leiche sie erwartete. Sie mußten langsam fahren, denn der Kutscher konnte nicht weiter sehen als vier oder fünf Yards und auch das nur sehr undeutlich. Die Gaslaternen wirkten wie unheilvolle Augen, die aus der Nacht auftauchten und hinter ihnen wieder ins Nichts verschwanden. Sie bewegten sich von einer zur anderen, so einsam, als ob sie alleine auf einem Ozean gewesen wären.

Pitt versuchte an etwas zu denken, worüber er mit der Frau neben ihm hätte reden können, aber er konnte sein Gehirn martern, so sehr er wollte, es kam einfach nichts dabei heraus, das nicht entweder bedeutungslos oder unangenehm gewesen wäre. Es endete damit, daß er hoffte, sein Schweigen würde wenigstens als Mitgefühl gedeutet.

Als die Droschke endlich hielt, stieg er mit einer nicht eben eleganten Hast aus und bot ihr seine Hand an. Sie stützte sich schwer darauf, was wohl eher auf ihr Gewicht als auf ihren Kummer zurückzuführen war.

Drinnen wurden sie wieder von demselben freundlichen, sauber geschrubbten jungen Mann, dessen Brille ewig über seine Nase rutschte, begrüßt.

Mehrmals öffnete er seinen Mund, um etwas zur Außerordentlichkeit der Situation zu sagen noch nie hatte er mit derselben Leiche zweimal unter den gleichen Umständen zu tun gehabt –, bremste sich aber jedesmal auf halbem Wege, weil er einsah, daß sein beruflicher Enthusiasmus als schlechter Geschmack ausgelegt und von der Witwe oder von Pitt mißverstanden werden konnte.

Er zog das Laken zurück und machte ein möglichst ausdrucksloses Gesicht.

Mrs. Porteous schaute geradewegs auf die Leiche, zog dann die Brauen hoch und wandte sich Pitt zu.

»Das ist nicht mein Mann«, sagte sie mit ruhiger Stimme. »Er hat überhaupt keine Ähnlichkeit. Mr. Porteous hatte schwarzes Haar und einen Bart. Dieser hier ist ja fast glatzköpfig. Ich habe ihn noch nie in meinem Leben gesehen!«

5

Da der andere Leichnam nun im Leichenhaus war, gab es gegen die Wiederbestattung von Augustus nichts einzuwenden. Sicherlich war eine weitere Beerdigungszeremonie lächerlich, aber es wäre auch als unschicklich angesehen worden, der Sache überhaupt keine Aufmerksamkeit zukommen zu lassen. Ein Mitgefühl der Familie gegenüber sollte zum Ausdruck gebracht werden und vielleicht ein gewisser Respekt, wenn auch nicht vor Augustus, so doch vor dem Tod.

Alicia hatte natürlich keine andere Wahl, als hinzugehen. Die alte Dame hatte sich zuerst wegen der ganzen unglückseligen Angelegenheit unpäßlich gefühlt, sich aber dann doch entschieden, daß es ihre Pflicht sei, den letzten Abschied zu nehmen – und Gott darum zu bitten, daß es wirklich der letzte sei. Nisbett kümmerte sich um sie, wie immer; auch sie ganz in Schwarz.

Alicia war im Salon und wartete auf die Kutsche, als Verity von der Halle zu ihr hereinkam. Sie war blaß, und der schwarze Hut ließ sie sogar noch jünger aussehen. Sie hatte etwas Unschuldiges an sich, das Alicia schon des öfteren veranlaßt hatte, sich zu fragen, wie ihre Mutter wohl gewesen sein mochte. Verity hatte Eigenschaften, die mit Augustus nichts zu tun hatten, und sie war der alten Dame so wenig ähnlich wie ein Reh einem Wiesel. Es war eine sonderbare Eingebung, aber Alicia hatte im Dunkel der Nacht sogar schon zu der toten Frau gesprochen, als ob sie eine Freundin gewesen wäre, jemand, der die Einsamkeit verstehen konnte und die Träume, die so zerbrechlich und doch so notwendig waren. In Alicias Gedanken war ihr diese Frau, die mit vierunddreißig Jahren gestorben war, sehr ähnlich.

Wegen ihr und dem seltsamen Gespräch in der Nacht hatte sie beinahe das Gefühl, als ob Verity ihre eigene Tochter wäre, obwohl nur eine Handvoll Jahre zwischen ihnen lagen.

»Willst du wirklich mitkommen?« fragte sie sie jetzt. »Niemand würde es mißverstehen, wenn du es lieber nicht wolltest.«

Verity schüttelte ihren Kopf ein wenig. »Ich würde gerne hierbleiben, aber ich kann dich doch nicht alleine gehen lassen.«

»Deine Großmutter kommt mit«, antwortete Alicia. »Ich werde nicht alleine sein.«

Über Veritys Gesicht huschte ein herbes Lächeln. Es war zum ersten Male, daß Alicia es sah. Sie war seit dem Tod ihres Vaters viel erwachsener geworden – wie von einer Last befreit.

»Dann komme ich erst recht mit«, sagte sie. »Das ist noch schlimmer, als alleine zu gehen.«

Früher hätte Alicia vielleicht dagegen protestiert, schon der Form wegen, aber heute wäre eine Heuchelei noch lächerlicher gewesen als jemals zuvor.

»Ich danke dir«, sagte sie einfach nur. »Es wird für mich sehr viel weniger unangenehm sein, wenn du dabei bist.«

Ein schnelles, leuchtendes Lächeln zeigte sich auf Veritys Gesicht; beinahe verschwörerisch. Dann hörten sie, noch ehe sie etwas weiteres sagen konnten, den Stock der alten Frau in der Halle. Nisbett öffnete die Tür bis zu den Angeln, und die alte Frau stand mit wildem Blick im Türrahmen. Sie starrte beide an und begutachtete dabei jede Einzelheit ihrer Kleidung – von den schwarzen Hüten und Schleiern bis hinunter zu den polierten Schuhen. Dann nickte sie.

»Also, kommt ihr dann?« sagte sie fordernd. »Oder wollt ihr den ganzen Morgen über hier stehen, wie zwei Krähen auf einem Zaun?«

»Wir haben auf dich gewartet, Großmama«, antwortete Verity sofort. »Wir würden dich doch nicht alleine fahren lassen.«

Die alte Dame schnaubte. »So!« Dabei warf sie Alicia einen giftigen Blick zu. »Ich dachte, du würdest vielleicht auf diesen Mr. Corde warten, in den du so vernarrt bist. Er ist heute gar nicht hier, wie ich sehe. Vielleicht hat er Angst um seine Haut. Schließlich sieht es so aus, als ob du Ehegatten öfter begräbst als die meisten anderen.« Sie griff nach Nisbetts Arm und schlug beim Hinausgehen auf die Türschwelle, so als hätte ihr diese aus dem Weg gehen sollen.

»Es wäre für Mr. Corde wohl kaum angebracht gewesen, heute zu kommen.« Alicia mußte ihn verteidigen, mußte eine Erklärung abgeben, auch wenn die alte Dame bereits außer Hörweite war und Verity nichts dazu gesagt, sondern nur ihre Augen niedergeschlagen hatte. »Es ist eine sehr private Angelegenheit«, fügte sie noch hinzu. »Ich erwarte niemanden, außer den Familienangehörigen und ein paar Leuten, die Augustus gut gekannt haben.«

»Ja, sicher«, murmelte Verity. »Es wäre zweifellos dumm, ihn zu erwarten.« Trotzdem schien so etwas wie Enttäuschung in ihrer Stimme anzuklingen, und als Alicia hinter ihr hinausging und in die schwarz drapierte Kutsche stieg, fragte sie sich doch, warum Dominic nicht wenigstens eine Botschaft geschickt hatte. Sein guter Geschmack hielt ihn davon ab, herzukommen, ganz einfach. Da er Alicia ja liebte, wäre es zweifellos ein wenig zu verwegen, wenn er an der Beerdigung teilnähme. Aber es wäre doch so einfach gewesen, ein paar Zeilen zu schreiben, nur ein kleines Zeichen der Anteilnahme...

Ein Kälteschauer, der nichts mit dem Wind und der zugigen Kutsche zu tun hatte, ließ Alicia erzittern. Vielleicht hatte sie zuviel in seine Komplimente, in seine sanften Blicke und in sein Begehren, mit ihr zusammenzusein, hineingedeutet? Vor ein paar Tagen hätte sie noch geschworen, daß er sie liebte und daß sie ihn liebte – mit all der freudigen Erregung und mit dem Gefühl des gegenseitigen Verstehens und einem Lachen, das jederzeit bereit war, auch wegen der größten Dämlichkeit hervorzubrechen. Aber vielleicht war es nur sie, die so fühlte und die ihre eigene Euphorie ganz zu Unrecht auch in seinem Herzen sah? Eigentlich hatte er nicht allzuviel darüber geäußert – wohl aus Rücksicht auf ihre delikate Situation, zuerst als verheiratete Frau, dann als Witwe. Aber vielleicht hatte er es auch deshalb nicht gesagt, weil es nicht stimmte? Viele Menschen liebten es zu flirten: ein Spiel, ein Ritual, eine Eitelkeit.

Aber Dominic war doch bestimmt nicht so? Sein Gesicht tauchte vor ihr auf: die dunklen Augen, die feinen Brauen, der geschwungene Mund, das lebhafte Lächeln. Tränen stiegen in ihr auf und kullerten ihr über die Wangen. Zu jeder anderen Zeit wäre ihr dies peinlich gewesen, aber jetzt saß sie in einer dunklen Kutsche, an einem naßkalten Tag, auf dem Weg zur Beerdigung ihres Mannes. Niemand würde ihr Weinen bemerken, und unter ihrem Schleier würde es sowieso nur jemandem auffallen, der sie ganz genau beobachtete.

Die Kutsche schlingerte ein wenig und kam dann zum Stehen. Ein Diener öffnete die Tür und ließ einen Schwall eiskalter Luft hinein. Die alte Dame stieg zuerst aus. Sie hatte ihren Stock quer über die Beine der beiden anderen gehalten, so daß sie ihr auf jeden Fall den Vortritt lassen mußten. Der Diener half auch Alicia. Es regnete jetzt noch stärker. Das Wasser rann vorne über ihre Hutkrempe und wurde ihr vom Wind wieder ins Gesicht geblasen.

Der Vikar sprach zu der alten Dame und gab dann Alicia die Hand. Er war noch nie ein fröhlicher Mann gewesen, aber heute sah er besonders unglücklich aus. Tief in ihrem Inneren lächelte sie ein wenig, aber dieses Lächeln drang nicht bis zu ihren Lippen. Sie konnte den Mann verstehen, wenn sie ihn auch nicht mochte. War es doch ein Ereignis, das vorher noch nicht seinesgleichen hatte; kein Wunder, daß er um die richtigen Worte verlegen war. Er hatte einen Vorrat an frommen Redewendungen für alle vorhersehbaren Ereignisse – für Taufen, Bestattungen, Hochzeiten, sogar für Skandale – aber wer konnte denn damit rechnen, denselben Mann dreimal in ebensovielen Wochen begraben zu müssen?

Sie hätte loslachen können, wenn es auch ein wenig hysterisch gewirkt hätte, aber dann fiel ihr in einiger Entfernung die schlanke, elegante Gestalt eines Mannes auf, und ihr Herz klopfte bis zum Hals. Dominic? Dann erkannte sie, daß er es nicht war; die Schultern waren eckiger und magerer, und er stand auch anders da. Es war Somerset Carlisle.

Er wandte sich ihr zu, als sie sich ihren Weg zwischen den Pfützen suchte, und bot ihr seinen Arm an.

»Guten Morgen, Lady Fitzroy-Hammond«, sagte er höflich. »Es tut mir leid, daß dies alles nötig geworden ist. Wollen wir hoffen, daß es möglichst schnell vorbeigeht. Vielleicht hält der Regen den Vikar davon ab, sich in einer langen Ansprache zu ergehen.« Er lächelte kaum merklich. »Er wird so naß werden wie ein Fisch, wenn er lange hier draußen herumsteht.«

Das war ein ausgesprochen heiterer Gedanke. Hier am Grab zu stehen, während der Vikar ununterbrochen dröhnte, das wäre der absolute Gipfel des ganzen Elends gewesen. Die alte Frau sah wie ein durchweichter schwarzer Vogel mit zerzausten Federn aus. Verity stand mit gesenktem Kopf und niedergeschlagenen Augen da, so daß niemand etwas in ihrem Gesicht lesen konnte – ob sie um ihren Vater trauerte oder ob sie in Gedanken völlig abwesend war. Alicia konnte nur raten, aber sie vermutete das letztere.

Lady Cumming-Gould hatte sich ebenfalls dafür entschieden zu kommen. Ihr würdevolles Auftreten war so beeindruckend wie immer. In der Tat hätte sie, wenn sie nicht die in dunklem Lavendelblau gehaltene Trauerkleidung getragen hätte, eher auf eine Gartenparty gepaßt als an ein gähnendes Grab auf einem winterlichen Friedhof.

Major Rodney war ebenfalls da und trat unglücklich von einem Fuß auf den anderen, blies das Wasser von seinem Schnurrbart und war offensichtlich von der ganzen Sache unangenehm berührt. Nur sein Pflichtgefühl konnte ihn hierher gebracht haben. Er schleuderte andauernd wilde Blicke auf seine beiden Schwestern, die ihn wahrscheinlich bekniet hatten, doch an der Beerdigung teilzunehmen. Die beiden drängten sich zusammen wie zwei rundäugige kleine Tiere, die aus dem Winterschlaf erwacht waren.

Dann war noch Virgil Smith da; ein riesiger Kerl in einem schweren Mantel, ohne Kopfbedeckung. Sie sah sein dichtes Haar, das in Höhe der Ohrläppchen ohne Übergang abgeschnitten war. Wirklich, jemand sollte ihm einen anständigen Friseur empfehlen!

Der Vikar begann zu sprechen, wurde aber mit dem, was er sagte, zunehmend unzufriedener, so daß er schließlich aufgab und wieder von neuem begann. Sonst war außer dem Regen und dem fernen Knarren von Ästen im Wind nichts zu hören. Niemand sprach ein Wort.

Schließlich packte den Vikar die Verzweiflung, und er beendete seine Rede mit dem Ruf: ..... und übergeben die sterbliche Hülle unseres Bruders – Augustus William Fitzroy-Hammond – der Erde.« Er holte tief Luft, und seine Stimme wurde zu einem Kreischen: .... bis zur Wiederauferstehung der Gerechten, wenn die Erde ihre Toten freigibt. Und möge Gott seiner Seele gnädig sein!«

»Amen«, kam die Antwort mit deutlicher Erleichterung.

Sie drehten sich alle um und suchten in unschicklicher Eile den Schutz des Kirchenportals.

Als sie zusammengedrängt darunter standen, machte die alte Dame eine aufsehenerregende Ankündigung: »Es gibt ein Beerdigungsfrühstück für alle, die kommen möchten!« Es hörte sich eher wie ein Befehl an.

Einen Moment herrschte Ruhe, dann war ein Gemurmel von Dankesworten zu hören. Eilig schritten sie wieder hinaus in den Regen, stapften durch das Wasser, das jetzt die Wege entlang rann, und kletterten in ihre Kutschen. Dort saßen sie, eingehüllt in nasse Kleider und mit durchweichten Hosenbeinen und Rocksäumen, während die Pferde durch den Park zurücktrotteten. Bei jeder anderen Gelegenheit hätte man sie traben lassen, aber bei einem Begräbnis schickte sich das nicht.

Zu Hause angekommen, fand Alicia die Dienerschaft bereit zum Empfang, obwohl sie keinerlei diesbezügliche Anweisungen gegeben hatte. In der Halle trafen sich ihre und Nisbetts Augen, und sie sah einen Schimmer der Zufriedenheit darin. Das erklärte manches. Eines Tages würde sie mit Nisbett abrechnen; das schwor sie sich.

Aber jetzt mußte sie sich dazu zwingen, sich so zu verhalten, wie man es von ihr erwartete. Die alte Dame hatte zwar die Leute eingeladen, aber sie war die Gastgeberin; denn dies war das Haus von Augustus gewesen und somit jetzt das ihrige. Sie hieß die Gäste willkommen, dankte ihnen dafür, daß sie gekommen waren, wies die Diener an, Brennmaterial nachzulegen und so viele Kleidungsstücke wie möglich zu trocknen. Dann ging sie voran in das Speisezimmer, in dem die Köchin eine Auswahl von Speisen bereitgestellt hatte. Es war ja eigentlich kein Tag für kalte Platten, auch dann nicht, wenn so köstliche Sachen wie Wildpastete oder Lachs dabei waren. Wenigstens hatte jemand daran gedacht, Glühwein zu servieren. Sie bezweifelte, daß es die alte Dame war; wahrscheinlich war es Milne, der Butler. Sie durfte nicht vergessen, sich dafür bei ihm zu bedanken.

Die Unterhaltung war sehr gespreizt; keiner wußte so recht, was er sagen sollte. Alles Mitgefühl war bereits zum Ausdruck gebracht worden. Dies jetzt noch mal zu wiederholen, hätte eher unangenehm berührt. Major Rodney murmelte eine Bemerkung zum Wetter und fing dann an zu erzählen, wie viele Männer damals bei Sewastopol erfroren waren. Als alle ihn ansahen, schloß er mit einem verlegenen Räuspern.

Miß Priscilla Rodney machte eine lobende Bemerkung zu dem

Chutney, das zu einer der Pasteten serviert wurde, errötete aber dann, als Verity sich für ihr Kompliment bedankte, denn sie wußten beide, daß das Chutney von Priscilla noch viel besser war. Kalte Gerichte lagen der Köchin nicht besonders; ihre Stärke waren Suppen und Soßen.

Lady Cumming-Gould schien damit zufrieden zu sein, nur zu beobachten. Es war Virgil Smith, der versuchte, die Unterhaltung wieder in Gang zu bringen. Er starrte auf ein Porträt von Alicia, das über dem Kamin hing; eine große, ziemlich langweilige Studie gegen einen braunen Hintergrund, der ihr nicht besonders schmeichelte. Es war eines aus einer langen Reihe von Familienporträts, die über zweihundert Jahre zurückreichten. Das der alten Dame hing in der Halle. Sie sah darauf sehr jung und in ihrer Empire-Robe aus der Zeit nach Napoleon wie ein Bild aus einem Geschichtsbuch aus.

»Das Bild gefällt mir ganz gut, Madam«, sagte er und schaute wieder zu ihm hinauf. »Die Ähnlichkeit ist sehr groß, aber ich würde meinen, es ist nicht sehr schmeichelhaft für sie, mit dieser Farbe als Hintergrund. Ich würde sie lieber vor einem grünen Hintergrund sehen mit Bäumen und Gras und vielleicht mit Blumen.«

»Sie können doch von Alicia nicht verlangen, daß sie hinaus aufs Land fährt, um dann dort für ein Porträt zu sitzen!« raunzte die alte Dame. »Sie verbringen vielleicht Ihre Tage draußen in der Wildnis, aus der Sie kommen, Mr. Smith, aber wir halten es hier anders.«

»Ich habe eigentlich nichts von Wildnis gesagt, Madam.« Er lächelte sie an und ignorierte ihren Ton völlig. »Ich hatte mehr an einen Garten gedacht, an einen richtigen englischen Garten mit Weidenbäumen, deren lange, spitze Blätter im Winde wehen.«

»Man kann nicht etwas malen, das im Winde weht«, sagte sie schroff.

»Ich glaube, daß ein wirklich guter Künstler es könnte.« Er war nicht so schnell einzuschüchtern. »Oder er könnte es so malen, daß man meinen könnte, daß es so sei.«

»Haben Sie jemals versucht zu malen?« Sie sah ihn mit einem herausfordernden Blick an. Der wäre noch wirkungsvoller gewesen, wenn sie nicht zu ihm hätte aufschauen müssen, aber sie war fast einen Fuß kleiner als er, und auch ihre voluminöse Figur konnte dazu keinen Ausgleich schaffen.

»Nein, Madam.« Er schüttelte seinen Kopf. »Malen Sie denn?«

»Selbstverständlich.« Sie zog ihre Brauen hoch. »Wie jede wirkliche Dame.«

Ein plötzlicher Gedanke huschte über sein Gesicht. »Haben Sie das Bild gemalt, Madam?«

Sie erstarrte zu eisiger Härte. »Natürlich nicht! Wir malen nicht gewerbsmäßig, Mr. Smith!« Sie wies diese Idee mit der gleichen Entrüstung von sich, als ob er ihr vorgeschlagen hätte, Wäsche zu waschen.

»Wie auch immer« – Somerset Carlisle schaute kritisch auf das Bild –, »ich glaube, Virgil hat recht. Grün würde wirklich besser passen. Dieses Braun sieht ziemlich lehmig aus und macht den Teint stumpf; die Farben kommen nicht richtig zur Wirkung.«

Die alte Dame sah von ihm zu Alicia und dann wieder auf das Bild. Sie fand an Alicias Teint nichts Besonderes.

»Er hat zweifellos sein Bestes gegeben«, sagte sie schnippisch.

Miß Mary Ann schloß sich der Unterhaltung an und erhob hilfreich ihre Stimme.

»Warum lassen Sie sich denn nicht noch mal malen, meine Liebe? Ich bin sicher, es wäre wunderbar, im Sommer für ein Porträt im Garten zu sitzen. Sie könnten Mr. Jones fragen; mir wurde gesagt, er sei sehr gut.«

»Er ist sehr teuer«, sagte die alte Dame abwehrend. »Das ist nicht das gleiche. Aber wenn wir überhaupt noch weitere Bilder in Auftrag geben, dann von Verity.« Sie drehte sich ein wenig zur Seite und schaute Verity an. »So gut wie zur Zeit wirst du vermutlich nie mehr aussehen. Einige Frauen werden schöner, wenn sie älter werden, aber die meisten nicht.« Sie schaute schnell zu Alicia hin und dann sofort wieder von ihr weg. »Wir werden uns diesen Jones ansehen – wie war sein Name?«

»Godolphin Jones«, sagte Miß Mary Ann bereitwillig.

»Lächerlich«, murmelte die alte Dame. »Godolphin! Was hat sich nur sein Vater dabei gedacht? Ich zahle keinen Fantasiepreis, das sage ich Ihnen gleich.«

»Du brauchst überhaupt nichts dafür zu bezahlen«, sagte Alicia nun. »Ich werde dafür bezahlen, wenn Verity gerne ein Porträt hätte. Aber wenn sie sich lieber von jemand anderem als von Godolphin Jones malen lassen möchte, dann werden wir jemand anderen damit beauftragen.«

Die alte Dame sagte eine Zeitlang nichts.

»Godolphin Jones scheint zur Zeit sowieso nicht hier zu sein«, bemerkte Vespasia. »Ich habe gehört, er sei in Frankreich. Das scheint für Künstler obligatorisch zu sein. Es kann sich in der Gesellschaft kaum einer als Künstler bezeichnen, wenn er nicht in Frankreich war.«

»Wie? Er ist nicht hier?« Major Rodney nieste in seinen Glühwein. »Wie lange ist er schon weg, und wann kommt er zurück?«

Vespasia schaute ein wenig überrascht. »Ich habe keine Ahnung. Sie können ja jemand zu seinem Haus schicken und versuchen, es auf diese Weise zu erfahren, wenn es wichtig für Sie ist. Allerdings habe ich von meinen eigenen Leuten erfahren, daß man es dort auch nicht weiß. Unzuverlässigkeit scheint auch Teil des professionellen Charakters zu sein.«

»O nein!« sagte Major Rodney hastig, während er sich ein Stück Wildpastete nahm, es aber dann wieder fallen ließ. »Nein, überhaupt nicht! Ich wollte nur meine Hilfe anbieten.« Er nahm die Pastete wieder auf, doch jetzt fiel sie in zwei Teilen auf das Tischtuch. Virgil Smith reichte ihm eine Serviette und einen Teller und half ihm, die Pastete mit Hilfe eines Messers daraufzuschaufeln.

Die alte Dame gab einen verachtenden Ton von sich und schaute demonstrativ in die andere Richtung. »Ich nehme doch an, er ist ein kompetenter Künstler?« sagte sie laut.

»Er nimmt sehr viel dafür«, antwortete Miß Priscilla. »Wirklich sehr viel! Ich habe das Porträt von Gwendoline Cantlay gesehen, und sie hat mir gesagt, wieviel sie dafür bezahlt hat. Also, mir erschien der Preis sehr hoch, auch wenn es eine gute Abbildung ist.«

»Und das ist dann aber auch alles.« Carlisles Mundwinkel gingen nach unten. »Eine gute Abbildung. Sie fängt etwas von ihrem Charakter ein – es wäre für eine Abbildung ja auch schwierig, dies nicht zu tun –, aber es ist keine Kunst. Man würde das Bild nicht haben wollen, wenn man nicht Gwendoline selbst gerne mag.«

»Ist das denn nicht der Zweck eines Porträts?« fragte Miß Mary Ann unschuldig.

»Von einem Porträt vielleicht«, sagte Carlisle zustimmend. »Aber nicht von einem Gemälde. Ein gutes Gemälde sollte jedermann erfreuen, ob ihm das Dargestellte bekannt ist oder nicht!«

»Überbewertet!« sagte die alte Dame und nickte dazu. »Und überbezahlt. Ich werde ihm nicht so viel zahlen. Wenn Gwendoline Cantlay es getan hat, dann ist sie eine Närrin.

»Hester St. Jermin hat auch einen ähnlich hohen Betrag bezahlt«, sagte Miß Priscilla mit vollem Mund. »Und ich weiß, daß unser lieber Hubert auch eine Menge für das Bild bezahlt hat, das Mr. Jones von uns gemalt hat, nicht wahr, Hubert?«

Major Rodney errötete und warf ihr einen Blick zu, der ziemlich nahe an Abscheu herankam.

»Ich habe das von Lady Cantlay gesehen.« Virgil Smith verzog sein Gesicht. »Ich würde es nicht haben wollen, wenn es verkäuflich wäre. Es scheint mir irgendwie – schwerfällig – zu sein. Nicht so, wie eine Lady aussehen sollte.«

»Was wissen denn Sie von solchen Dingen?« sagte die alte Dame spöttisch. »Gibt es denn dort Ladys, von wo Sie herkommen?«

»Nein, Madam. Ich glaube nicht, daß Sie sie Ladys nennen würden«, sagte er langsam. »Aber hier bei Ihnen habe ich ein paar gesehen. Ich denke, Miß Verity ist bestimmt eine Lady und verdient ein Porträt, das dies auch zum Ausdruck bringt.«

Verity errötete angenehm berührt und schenkte ihm ihr seltenes Lächeln. Alicia fand ihn plötzlich sympathisch, trotz seiner Manieren und seines gewöhnlichen Gesichts.

»Danke«, sagte Verity schnell. »Ich glaube, ich hätte es schon gerne, wenn ein Porträt von mir gemalt würde, im Sommer, wenn Alicia nichts dagegen einzuwenden hat.«

»Natürlich nicht«, sagte Alicia zustimmend. »Ich werde mich erkundigen, um jemand Geeigneten zu finden.« Sie bemerkte, daß Virgil Smith sie ansah. Sie war eine gutaussehende Frau und an Bewunderung gewöhnt, aber es lag etwas in seinem Blick, das ihr unangenehm war. Sie wollte die Stille unterbrechen und dachte angestrengt nach, was sie sagen könnte. Dann wandte sie sich Vespasia zu: »Lady Cumming-Gould, können Sie jemanden empfehlen, der Verity auf eine gefällige Art malen könnte? Sie selber sind doch bestimmt schon oft gemalt worden.«

Vespasia fühlte sich ein wenig geschmeichelt. »In letzter Zeit nicht mehr, meine Liebe. Aber ich werde meine Bekannten fragen, wenn Sie dies wünschen. Ich bin sicher, Sie können jemand Besseren finden als Godolphin Jones. Ich glaube, er wird von manchen sehr geschätzt, wenigstens deuten seine Preise darauf hin; aber ich stimme mit Mr. Smith überein: Er hat eine zu schwere Hand.«

Die alte Dame starrte sie an, öffnete ihren Mund, begegnete Vespasias unnachgiebigem Blick und schloß ihn wieder. Ihre Augen wanderten über Virgil Smith hinweg, als ob er ein unerfreulicher Fleck auf dem Teppich wäre.

»Genau!« sagte Carlisle mit Befriedigung. »Es gibt eine Fülle von Porträtmalern. Der Umstand, daß Godolphin hier im Park wohnt, ist noch lange kein Grund, ihn zu begünstigen.«

»Gwendoline Cantlay hat sich zweimal von ihm malen lassen«, sagte Miß Priscilla. »Ich kann mir nicht denken, warum.«

»Vielleicht gefallen ihr die Bilder«, mischte sich Miß Mary Ann ein. »Manchen Leuten müssen sie ja gefallen, sonst würden sie nicht so viel dafür bezahlen.«

»Kunst ist doch weitgehend Geschmackssache.« Alicia schaute von einem zum anderen.

Die alte Dame schnaubte: »Natürlich. Guter Geschmack – und schlechter Geschmack! Nur vulgäre Leute, die es nicht besser wissen, bewerten alles nach dem Geld.« Wieder schleuderte sie einen Blick auf Virgil Smith. »Zeit ist der Wertmaßstab – was von Dauer ist, ist auch etwas wert. Alte Bilder, alte Häuser, altes Blut!«

Für Alicia waren diese Worte mehr als peinlich. Einerseits wurde sie durch sie verletzt, andererseits war sie in gewisser Weise selbst dafür verantwortlich, da die alte Dame doch Teil ihrer Familie war.

»Im Überleben allein liegt wohl kaum ein Verdienst.« Sie war über ihre Worte selbst überrascht; sie kamen so vehement, und in ihnen lag etwas, das von der alten Dame nur als Unverschämtheit angesehen werden konnte. Aber der Wunsch, der alten Dame zu widersprechen, war so übermächtig in ihr geworden, daß es wie eine Explosion in ihrem Kopfe war. »Es ist auch die Krankheit, die schließlich überlebt.«

Alle starrten sie an; die alte Dame mit einem Blick, als ob sie von ihrem Fußschemel getroffen worden wäre.

Somerset Carlisle reagierte als erster. »Bravo!« sagte er fröhlich.

»Ein ausgezeichnetes Argument, wenn auch vielleicht ein wenig exzentrisch. Ich bin mir nicht sicher, ob es Godolphin gefallen würde, aber es zeigt deutlich die Beziehung zwischen Kunst, Überleben und Preis.«

»Das verstehe ich nicht«, sagte Miß Priscilla und schielte dabei ein wenig. »Ich sehe da überhaupt keine Beziehung.«

»Das ist genau das, was ich meine«, sagte er. »Es gibt keine.«

Die alte Dame stieß mit ihrem Stock auf den Boden. Sie hatte dabei auf Carlisles Fuß gezielt, ihn aber verfehlt. »Natürlich gibt es eine!« schnaubte sie. »Das Geld ist die Wurzel allen Übels! Das steht schon in der Bibel. Oder wollen Sie das etwa bestreiten?«

»Sie zitieren das falsch.« Carlisle war nicht verlegen und zog auch seinen Fuß nicht zurück. »Es heißt, daß die Liebe zum Geld die Wurzel allen Übels ist. Die Dinge selbst sind nicht schlecht; es sind die Leidenschaften, welche sie in den Menschen erwecken.«

»Eine Spitzfindigkeit«, sagte sie ärgerlich. »Und das ist hier nicht der richtige Ort dafür. Gehen Sie doch in Ihren Club, wenn Ihnen nach einer solchen Unterhaltung zumute ist! Dies hier ist ein Beerdigungsfrühstück. Ich möchte Sie bitten, sich daran zu erinnern!«

Er verbeugte sich ganz leicht. »In der Tat, Madam. Sie haben mein Mitgefühl.« Er wandte sich Alicia und Verity zu. »Und Sie selbstverständlich auch.«

Plötzlich wurde allen wieder bewußt, daß sie schon zum dritten Mal aus demselben Grund zusammengekommen waren, und Major Rodney entschuldigte sich als erster ziemlich laut in die nun entstandene Verlegenheitspause hinein. Er nahm seine Schwestern bei den Armen und schob sie fast in die Halle hinaus, in die ihnen ein Diener nachgeschickt werden mußte, um ihre Mäntel zu holen.

Vespasia und Carlisle folgten; Virgil Smith blieb noch einen Moment bei Alicia stehen.

»Wenn ich irgend etwas für Sie tun kann, Madam...« Er sah aus, als ob er sich unbehaglich fühlte, weil er etwas sagen wollte und dafür nicht die richtigen Worte finden konnte.

Sie war sich seiner Liebenswürdigkeit bewußt, und dies machte sie auch ein wenig unbeholfen. Sie dankte ihm hastiger, als sie es eigentlich wollte, und er folgte den anderen mit leicht gerötetem Gesicht.

»Wie ich sehe, ist dein Mr. Corde nicht gekommen«, sagte die alte Dame gehässig. »Vielleicht brät er einen anderen Fisch?«

Alicia ignorierte sie. Sie wußte nicht, warum Dominic keine Zeile geschickt hatte, keine Blumen, kein Zeichen der Anteilnahme. Es war etwas, worüber sie nicht nachdenken wollte.

Am Morgen des Tages der Beerdigung war sich Dominic nicht schlüssig gewesen, was er tun sollte. Er war aufgestanden, hatte sich angezogen und beabsichtigte, auf die Beerdigung zu gehen, um Alicia in einer Zeit beizustehen, die besonders kritisch für sie war. Verity war noch zu jung und selbst noch zu verwundbar dafür. Und die alte Dame würde alles höchstens noch schlimmer machen. Niemand würde seine Anwesenheit als unpassend empfinden; sie wäre ein Zeichen des Respekts. Außerdem war er ja zur Teilnahme an der ersten Beerdigung gebeten worden.

Als er dann in den Spiegel starrte und die letzten Handgriffe an seinem Äußeren vornahm, erinnerte er sich an seinen Besuch bei Charlotte. Er war vorher noch nie in einem Haus der Arbeiterklasse gewesen. So gesehen war es merkwürdig, wie behaglich er sich gefühlt hatte. Und Charlotte hatte sich kaum verändert. Sicherlich wäre es etwas anderes gewesen, wenn er länger geblieben wäre. Aber für die eine Stunde, die er ungefähr dort verbracht hatte, war die Umgebung nicht so wichtig gewesen.

Aber was Charlotte gesagt hatte, stand auf einem ganz anderen Blatt. Sie hatte ihn ohne große Umschweife gefragt, ob er Alicia einen Mord an ihrem Gatten zutraute. Charlotte war immer schon geradeheraus bis zur Taktlosigkeit gewesen. Sogar jetzt mußte er bei dem Gedanken an so manchen Vorfall lächeln.

Sein Bild lächelte aus dem Spiegel zurück.

Natürlich hatte er es von sich gewiesen – Alicia würde so etwas nicht einmal denken! Der alte Augustus war zwar ein Langweiler; er redete endlos über das Bauen von Eisenbahnstrecken und bildete sich etwas darauf ein, so etwas wie ein Experte auf diesem Gebiet zu sein. Vielleicht war er es sogar, denn seine Familie hatte immerhin viel Geld damit verdient. Aber es war sicher kein Thema, über das er beim Abendessen ununterbrochen hätte dozieren müssen. Dominic hatte noch nie eine Frau kennengelernt, die sich auch nur im geringsten für den Eisenbahnbau interessiert hätte – und auch nur wenige Männer.

Aber das ist kein Beweggrund für einen Mord. Man kann jemanden nur ermorden, wenn man leidenschaftlich voller Haß oder Angst oder Gier ist oder weil jemand einer Sache im Wege steht, nach der man sich ... Er hielt in seinen Gedanken inne, und seine Hand erstarrte an seinem Kragen. Er stellte sich vor, mit einer Frau in den Sechzigern verheiratet zu sein – zweimal so alt wie er, langweilig, hochtrabend –, deren Träume alle der Vergangenheit angehören und die sich auf nichts anderes mehr freuen kann als auf das langsame Versinken in ein geschwätziges Alter. Eine Beziehung ohne Liebe. Vielleicht würde eines Tages der Drang zur Flucht unerträglich werden, und wenn dann ein Medizinfläschchen auf dem Nachttisch stände, was wäre dann einfacher, als ein wenig zu viel davon zu verabreichen? Wie leicht wäre es doch, die Dosis jedesmal ein klein wenig zu erhöhen....

Aber Alicia hätte das niemals tun können!

Er stellte sie sich vor: ihre helle Haut, die Linie ihres Busens, die Art, wie ihre Augen strahlten, wenn sie lachte oder wenn sie ihn ansah. Ein- oder zweimal war seine Berührung ein wenig vertrauter gewesen, als es die reine Höflichkeit erfordert hätte, und er hatte dann sofort ihre Reaktion verspürt. Es lag ein Hunger unter ihrer Bescheidenheit. Etwas an ihr, vielleicht an ihrem Gebaren oder an der Art, wie sie den Kopf hielt, erinnerte ihn an Charlotte. Es war etwas Undefinierbares.

Und Charlotte war leidenschaftlich genug, um einen Mord begehen zu können. Darüber war er sich so sicher, wie er sich jetzt im Spiegel sah. Höchstens ihr Gewissen würde sie davon abhalten.

War es möglich, daß Alicia Augustus wirklich ermordet hatte – und die alte Dame dies wußte? Wenn es so war, dann war er darin verwickelt – als Auslöser für das Motiv.

Langsam löste er die Krawatte und zog die schwarze Jacke aus. Wenn es so war – und es war nicht völlig ausgeschlossen –, dann war es sicher besser, vor allem für Alicia, wenn er heute nicht dorthin ging. Die alte Dame würde nur darauf warten; darauf warten, eine beißende Bemerkung machen zu können, auch wenn sie damit im Unrecht wäre.

Er würde ihr Blumen schicken – morgen; weiße vielleicht. Und am Tag darauf würde er sie besuchen. Das würde niemand ungewöhnlich finden.

Er tauschte seine schwarze Hose gegen eine unauffällig graue.

Er schickte am nächsten Morgen die Blumen und war entsetzt über den Preis. Der eiskalte Wind draußen erinnerte ihn daran, daß es der erste Februar war und noch kaum etwas blühte. Die Sonne schien unentschlossen, und die Pfützen auf den Straßen begannen langsam zu trocknen. Ein Junge pfiff hinter einer Fuhre von Kohlköpfen, die er vor sich herschob. Heute schienen Beerdigungen und Gedanken an den Tod weit weg zu sein. Die Freiheit war ein kostbares Gut; etwas, das allen geschenkt war und um das nicht gekämpft werden mußte.

Er ging munteren Schrittes zu seinem Club. Halb nachdenkend, halb schlafend hatte er sich hinter seiner Zeitung verschanzt, als ihn eine Stimme unterbrach.

»Guten Morgen! Dominic Corde, stimmt's?«

Dominic war nicht nach Konversation zumute. Von Gentlemen wurde man am Morgen nicht angesprochen, besonders dann nicht, wenn man in eine Zeitung vertieft war. Er blickte langsam auf. Es war Somerset Carlisle. Er war nur zwei- oder dreimal mit ihm zusammengetroffen, aber er war kein Mann, den man schnell wieder vergaß.

»Ja. Guten Morgen, Mr. Carlisle«, antwortete er kühl. Er hob seine Zeitung wieder hoch, als sich Carlisle neben ihn setzte und ihm seine Schnupftabaksdose anbot. Dominic lehnte sich zurück; das Schnupfen brachte ihn immer zum Husten. Niesen war akzeptabel; viele Leute niesten, wenn sie schnupften, aber dazusitzen und mit tränenden Augen zu husten, das war einfach tölpelhaft.

»Nein, vielen Dank.«

Carlisle steckte die Dose weg, ohne sich selbst bedient zu haben.

»Ein viel schönerer Tag heute«, bemerkte er.

»Ja, viel schöner«, stimmte Dominic zu und hielt dabei immer noch die Zeitung hoch.

»Was gibt es Neues?« fragte Carlisle. »Was geschieht im Parlament?«

»Keine Ahnung.« Dominic war es niemals in den Sinn gekommen, etwas über das Parlament zu lesen. Politik war nötig, das wußte jeder vernünftig denkende Mensch, aber sie war auch im höchsten Maße langweilig. »Überhaupt keine.«

Carlisle schaute so verdutzt, wie es die Höflichkeit zuließ. »Ich dachte, Sie seien ein Freund von Lord Fleetwood?«

Dominic fühlte sich geschmeichelt. Freund war vielleicht ein wenig übertrieben, aber er hatte kürzlich seine Bekanntschaft gemacht. Beide ritten gerne und interessierten sich für den Pferdesport. Dominic war vielleicht nicht ganz so mutig wie Fleetwood, hatte aber mehr natürliches Talent.

»Ja«, sagte er vorsichtig, denn er war sich nicht sicher, warum Carlisle fragte.

Carlisle lächelte, lehnte sich dabei bequem in seinem Sessel zurück und streckte die Beine aus. »Ich dachte, er hätte mit Ihnen über Politik gesprochen«, sagte er ganz beiläufig. »Er könnte ziemlichen Einfluß haben, wenn er dies wollte. Er hat eine große Anhängerschaft.«

Dominic war überrascht. Sie hatten nie über etwas anderes gesprochen als über gute Pferde und gelegentlich über Frauen. Aber wenn er genauer darüber nachdachte, so hatte Fleetwood doch eine Anzahl von Freunden erwähnt, die Erben von Titeln waren. Ob sie je an einer Sitzung teilgenommen hatten, war eine andere Sache. Die Hälfte der Peers in England war dem House of Lords gerade so nahe gekommen, wie das nächstgelegene Pub entfernt war. Aber Fleetwood hatte einen großen Bekanntenkreis, und es war keine Übertreibung zu sagen, daß Dominic auch dazugehörte.

Carlisle wartete.

»Nein«, antwortete Dominic. »Wir haben hauptsächlich über Pferde gesprochen. Ich glaube nicht, daß er an Politik sehr interessiert ist.«

In Carlisles Gesicht zuckte es kaum merklich. »Ich glaube sagen zu dürfen, er unterschätzt sein Potential.« Er hob seine Hand und gab dem Clubdiener ein Zeichen. Als dieser kam, sagte er zu Dominic: »Essen Sie doch mit mir zu Mittag! Sie haben einen neuen Küchenchef, der sehr gut ist, und ich habe seine Spezialität noch nicht probiert.«

Dominic hatte eigentlich vorgehabt, ein wenig später alleine und in aller Ruhe zu essen, aber der Mann war nicht unangenehm und außerdem einer von Alicias Bekannten. Auch sollte man eine Einladung niemals ablehnen, wenn es keinen triftigen Grund dafür gab.

»Danke. Sehr gerne.«

»Gut.« Carlisle wandte sich mit einem Lächeln dem Diener zu: »Geben Sie uns bitte Bescheid, wenn der Chef soweit ist, Blunstone! Und bringen Sie mir noch ein Glas von dem Claret, wie letztes Mal! Der Bordeaux war fürchterlich.«

Blunstone machte eine Verbeugung und entfernte sich mit zustimmendem Gemurmel.

Carlisle ließ Dominic in Ruhe seine Zeitung lesen, bis es Zeit war, zum Mittagessen Platz zu nehmen. Sie begaben sich in den Speiseraum und hatten die üppig gefüllte gebratene Gans und die Beilage aus Gemüse, Obst und einer delikaten Soße zur Hälfte gegessen, als Carlisle wieder zu sprechen begann.

»Was halten Sie von ihm?« fragte er mit hochgezogenen Augenbrauen.

Dominic hatte den Faden verloren. »Von Fleetwood?« fragte er.

Carlisle lächelte. »Nein. Von dem Koch.«

»Oh, ausgezeichnet.« Dominic hatte seinen Mund voll und daher einige Schwierigkeit, auf manierliche Weise zu antworten. »Ganz ausgezeichnet. Ich muß öfter hier essen.«

»Ja, es ist ein sehr angenehmer Ort«, sagte Carlisle und schaute sich in dem großen Raum mit den dunklen Samtvorhängen um. In den zwei Kaminen von Adam zu beiden Seiten brannte ein wärmendes Feuer, und an den blauen Wänden hingen Porträts von Gainsborough.

Es war eigentlich eine Untertreibung. Dominic hatte sich drei Jahre darum bemüht, hier als Mitglied eingetragen zu werden, und es gefiel ihm nicht besonders, seinen Erfolg so leichtbewertet zu sehen.

»Mehr als angenehm, würde ich sagen.« In seiner Stimme war ein aggressiver Unterton kaum zu überhören.

»Das ist alles relativ.« Carlisle spießte wieder ein Stückchen Gans auf seine Gabel. »Ich wage zu sagen, in Windsor ißt man –noch besser.« Er schluckte und trank ein wenig von seinem Wein. »Andererseits leben Tausende von Menschen in den Mietskasernen und Baracken, nur eine Meile von hier, die gekochte Ratten als Luxus betrachten...«

Dominic verschluckte sich an seiner Gans. Der Speiseraum verschwamm vor seinen Augen, und er dachte schon, er müsse sich am Tisch übergeben. Es dauerte einige Sekunden, bis er sich wieder in der Gewalt hatte und mit der Serviette seinen Mund abwischen konnte. Dann blickte er in Carlisles erstaunte Augen. Er wußte nicht, was er zu ihm sagen sollte. Der Mann war ganz unmöglich.

»Tut mir leid«, sagte Carlisle leichthin. »Ich hätte eine gute Mahlzeit nicht durch Politik verderben sollen.« Er lächelte.

Dominic war völlig außer Fassung. »P-Politik?« stotterte er.

»Einfach widerwärtig«, sagte Carlisle. »Es ist bestimmt viel angenehmer, über Pferderennen oder Mode zu sprechen. Ich habe gesehen, daß Ihr Freund Fleetwood diesen neuen Schnitt für eines seiner Jacketts gewählt hat. Sieht sehr gut aus, finden Sie nicht auch? Ich werde sehen, ob mein Schneider so etwas auch für mich machen kann.«

»Wovon zum Teufel reden Sie denn überhaupt?« sagte Dominic irritiert. »Sie haben von Ratten gesprochen; das habe ich deutlich gehört.«

»Vielleicht hätte ich ›Arbeitshäuser‹ sagen sollen.« Carlisle wählte die Worte sorgfältig. »Oder ›Armengesetz‹. Es ist wirklich nicht einfach. Die ganze Familie ist im Arbeitshaus, die Kinder vagabundieren herum, keine Ausbildung, Arbeit vom Aufwachen bis zum Einschlafen – aber doch besser als verhungern oder erfrieren, was als Alternative bleibt. Haben Sie schon einmal die Leute gesehen, die in die Arbeitshäuser gehen? Stellen Sie sich vor, welchen Einfluß die auf ein vier- oder fünfjähriges Kind haben! Haben Sie schon einmal die Krankheiten, die hygienischen Verhältnisse, das Essen gesehen?«

Dominic erinnerte sich an seine eigene Kindheit: an ein Kindermädchen, das er nur noch undeutlich vor sich sah und dessen Bild sich mit dem seiner Mutter vermischte, an eine Gouvernante, dann an die Schule – mit langen Sommerferien, an Reispudding, den er nicht mochte, und an Nachmittagstees mit Marmelade, besonders Himbeermarmelade. Er erinnerte sich an Lieder, die am Klavier gesungen wurden, an Schneeballschlachten, an Kricketspiele im Sonnenschein, an das Stehlen von Pflaumen, an das Einwerfen von Fenstern und an die Prügel als Strafe für Ungezogenheiten.

»Das ist doch lächerlich«, sagte er zornig. »Arbeitshäuser sind als zeitweiliger Aufenthaltsort für Menschen da, die keine richtige Arbeit finden können. Sie sind eine mildtätige Einrichtung zu Lasten der Gemeinde.«

»Oh, sehr mildtätig.« Carlisles Augen waren sehr hell und beobachteten Dominics Gesicht. »Kinder von drei oder vier Jahren, die mit dem Treibgut der menschlichen Gesellschaft zusammenleben und schon von der Wiege an mit der Hoffnungslosigkeit konfrontiert werden; jene, die nicht an Krankheiten durch verdorbenes Essen, fehlende frische Luft oder Ansteckung sterben...«

»Nun, dann muß das eben geändert werden!« sagte Dominic lapidar. »Die Häuser müssen in Ordnung gebracht werden!«

»Sicherlich«, sagte Carlisle zustimmend. »Aber was dann? Wenn sie nicht zur Schule gehen, lernen sie auch nicht lesen und schreiben. Wie sollen sie jemals aus dem Teufelskreis herauskommen, der sie vom Vagabundieren in das Arbeitshaus und wieder zurück bringt? Was können sie denn schon tun? Sommer wie Winter Straßenkreuzungen kehren? Auf die Straße gehen, solange sie einigermaßen gut aussehen und dann in Fabriken arbeiten? Wissen Sie, wieviel eine Näherin verdient, wenn sie ein Hemd näht, mit Säumen, Manschetten, Kragen, Knopflöchern und vier Reihen Ziernähten an der Vorderseite, alles komplett?«

Dominic dachte an die Preise für seine eigenen Hemden. »Zwei Schilling?« Es war eine etwas tief angesetzte Mutmaßung, aber Carlisle hatte sich danach angehört.

»Wie verschwenderisch«, sagte Carlisle bitter. »Dafür müßte sie zehn nähen!«

»Aber wovon leben sie dann?« Die Gans auf Dominics Teller wurde kalt.

Carlisle hob seine Hände. »Die meisten von ihnen sind in der Nacht Prostituierte, damit sie ihre Kinder ernähren können. Und wenn die Kinder alt genug sind, arbeiten sie auf die gleiche Weise – oder sie landen wieder im Arbeitshaus, und da haben Sie wieder Ihren Teufelskreis.«

»Aber was tun denn ihre Ehemänner? Manche davon haben doch bestimmt Ehemänner.« Dominic suchte immer noch nach etwas Vernünftigem, das alles erklären würde.

»O ja, manche haben Ehemänner. Aber es ist billiger, eine Frau einzustellen; man braucht ihr nicht viel zu bezahlen, also bekommt der Mann die Arbeit nicht.«

»Das ist ...« Dominic suchte nach einem Wort, das er aber nicht fand. Er saß da und starrte Carlisle über die erkaltende Gans hinweg an.

»Politik«, sagte Carlisle und nahm seine Gabel wieder auf. »Und Bildung.«

»Wie können Sie jetzt noch essen?« wollte Dominic wissen. Es kam ihm abstoßend vor, beinahe unanständig, wenn es stimmte, was Carlisle gesagt hatte.

Carlisle schob einen Bissen in den Mund und sprach dabei. »Weil, wenn ich jedesmal nicht essen würde, wenn ich an ausbeuterische Arbeit, an Kinder ohne Schulbildung, an Notleidende, Kranke, Schmutzige, Mittellose denke, ich überhaupt nicht essen würde – und was würde das nützen? Parlament? Ich wollte schon einmal hineinkommen, aber es ist mir nicht gelungen. Meine Ansichten wären bei denen, die das Stimmrecht haben, viel zu unpopulär. Die Ausgebeuteten wählen nicht, wissen Sie; es sind meistens Frauen, die dafür zu jung und zu arm sind. Jetzt muß ich es durch die Hintertür versuchen – über das House of Lords und Leute wie St. Jermyn mit seinem Gesetzentwurf und Ihren Freund Fleetwood. Die kümmern sich zwar einen Dreck um die Armen und haben wahrscheinlich noch nie welche gesehen, aber das Einbringen eines Gesetzentwurfs ist ihnen wichtig – eine großartige Sache, so eine Einbringung.«

Dominic schob seinen Teller weg. Wenn das stimmte und nicht nur ein melodramatisches Tischgespräch war, das hauptsächlich schockieren sollte, dann mußte von Leuten wie Fleetwood etwas unternommen werden. Carlisle hatte völlig recht.

Er trank den Rest seines Weins aus und war froh um dessen herben Geschmack. Sein Mund verlangte jetzt nach einer Spülung, weil sich ein bitterer Geschmack auf seine Zunge gelegt hatte. Er wünschte, er wäre Somerset Carlisle niemals begegnet; der Mann war listig genug, einen zum Essen einzuladen und dann solche Dinge zur Sprache zu bringen. Es waren Gedanken, die man nicht mehr loswerden konnte.

Pitts Vorgesetzte hatten inzwischen seine Aufmerksamkeit auf einen Fall von Unterschlagung in einer Anwaltskanzlei gelenkt, und er kehrte nach einer Befragung von Angestellten und dem Lesen endloser Akten, die er nicht verstand, gerade in das Polizeirevier zurück, als ihn an der Tür ein Constable mit weit aufgerissenen Augen empfing. Pitt fror, und er war auch müde und hatte nasse Füße. Alles, was er wollte, war nach Hause zu gehen, etwas Warmes zu essen und dann mit Charlotte am Feuer zu sitzen und über irgendein Thema zu sprechen, das nichts mit Kriminalität zu tun hatte.

»Was gibt es denn?« fragte er verdrossen. Der Mann rang buchstäblich die Hände vor aufgestauter Aufregung und Besorgnis.

»Es ist wieder passiert«, sagte er heiser.

Pitt wußte sofort, was geschehen war, wollte es aber nicht wahrhaben und fragte deshalb trotzdem: »Was ist passiert?«

»Eine Leiche, Sir. Es gibt wieder eine Leiche. Ich meine, eine ausgegrabene, keine neue.«

Pitt schloß die Augen. »Wo?«

»Im Park, Sir, St. Bartholomew's Green, Sir. Kein richtiger Park, nur eine Grasfläche und einige Bäume und ein paar Bänke. Er wurde auf einer Bank gefunden; saß da wie ein Kasper, ziemlich keck sogar, aber tot natürlich, mausetot. Und schon lange, würde ich sagen.«

»Wie sieht er denn aus?« fragte Pitt.

Der Constable verzog sein Gesicht.

»Gräßlich, Sir. Einfach gräßlich.«

»Das kann ich mir denken«, schnaubte Pitt. Sein Nervenkostüm war dünn bis zur Durchsichtigkeit geworden.

»Aber war er jung oder alt, groß oder klein? Also los, Mann! Sie sind ein Polizist und kein Pennyromanschreiber! Inwiefern ›gräßlich‹?«

Der Constable wurde knallrot. »Er war groß und korpulent, Sir, und hatte schwarze Haare und einen schwarzen Bart, Sir. Und er hatte so etwas wie einen abgetragenen Mantel an; er paßte ihm nicht besonders gut, nicht wie einer von einem Gentleman, Sir.«

»Danke«, sagte Pitt ungnädig. »Wo ist er?«

»Im Leichenhaus, Sir.«

Pitt machte auf dem Absatz kehrt. Er ging das Stück bis zum Leichenhaus zu Fuß. Seinen Kopf streckte er trotzig dem Regen entgegen, und in Gedanken ging er wie wild alle nur möglichen Antworten auf diese abstoßenden und scheinbar sinnlosen Geschehnisse durch. Wer um alles in der Welt ging herum und grub aufs Geratewohl Leichen aus und vor allem, warum?

Als er am Leichenhaus ankam, war der Assistent so heiter wie immer, trotz einer triefenden Erkältung. Er führte Pitt zu einem Tisch und zog das Tuch zurück wie ein Zauberkünstler, der in einem Varieté ein paar Kaninchen zum Vorschein bringt.

Wie der Constable gesagt hatte, war es ein robuster Mann in mittleren Jahren mit schwarzem Haar und einem Bart.

Pitt gab einen grunzenden Laut von sich. »Mr. William Wilberforce Porteous, nehme ich an?« sagte er gereizt.

6

Es gab für Pitt weiter nichts zu tun, als nach Hause zu gehen. Er dankte dem Assistenten und ging wieder hinaus in den Regen. Eine halbe Stunde mußte er zu Fuß gehen, ehe er schließlich in die Straße, in der er wohnte, einbog. Fünf Minuten später saß er mit hochgerollten Hosenbeinen vor dem Ofen in der Küche und badete seine Füße in einer Schüssel mit heißem Wasser. Charlotte stand mit einem Handtuch neben ihm.

»Du bist ja ganz aufgeweicht«, sagte sie aufgebracht. »Du brauchst auch unbedingt neue Stiefel. Wo warst du bloß überall?«

»Im Leichenhaus.« Er bewegte seine Zehen langsam in dem heißen Wasser und ließ sich von der Wärme durchfluten. Das Wasser prickelte und vertrieb das taube Gefühl mit einer Liebkosung, die schon fast schmerzhaft war. »Sie haben wieder eine Leiche gefunden.«

Sie starrte ihn an. »Meinst du damit eine, die wieder ausgegraben wurde«, fragte sie ungläubig.

»Ja. Schon drei oder vier Wochen tot, würde ich sagen.«

»Oh, Thomas.« Ihre Augen waren dunkel und entsetzt. »Was für ein Mensch muß das sein, der so etwas tut – die Toten ausgraben und sie dann auf Kutschen und in Kirchen setzen? Warum? Das ist doch Wahnsinn!« Ihr Gesicht wurde plötzlich weiß, als ihr ein neuer Gedanke kam. »Du glaubst nicht so recht daran, daß es sich um verschiedene Täter handeln könnte, wie? Ich meine, wenn Lord Augustus ermordet wurde oder jemand denkt, daß es so sei, und ihn ausgegraben hat, um deine Aufmerksamkeit darauf zu lenken – würde dann der Täter oder ein Tatverdächtiger vielleicht andere Leichen, die ihm völlig unbekannt sind, ausgraben, um den Mord zu verschleiern?«

Er richtete seine Augen auf sie; das heiße Wasser war vergessen. »Weißt du, was du da sagst?« fragte er sie und beobachtete dabei ihr Gesicht. »Das bedeutet auch Dominic oder Alicia oder alle beide!«

Eine Zeitlang sagte sie nichts. Sie reichte ihm das Handtuch, und er trocknete seine Füße damit. Dann nahm sie die Schüssel und schüttete das Wasser in den Ausguß.

»Ich kann das nicht glauben«, sagte sie und kehrte ihm dabei immer noch den Rücken zu. Es lag keine Besorgnis in ihrer Stimme, die er hätte heraushören können; nur Zweifel und ein wenig Überraschung.

»Du meinst, Dominic würde keinen Mord begehen?« fragte er. Er versuchte, es so unpersönlich wie möglich klingen zu lassen, aber die Schärfe, die von alter Angst herrührte, war noch da.

»Ich kann es mir nicht vorstellen.« Sie trocknete die Schüssel aus und räumte sie weg. »Aber selbst wenn er jemanden ermordet hätte, würde er nicht daran denken, andere Leichen auszugraben und irgendwohin zu bringen, um die Tat zu verschleiern. Da bin ich mir ziemlich sicher. Wenn er sich nicht mehr verändert hat, als es Menschen meiner Meinung nach tun.«

»Vielleicht hat ihn Alicia verändert«, legte er ihr nahe, glaubte es jedoch selber nicht wirklich. Er wartete darauf, daß sie sagte, es könnte Alicia mit jemand anderem gewesen sein; sie hatte genug Geld, um dafür zu bezahlen. Aber Charlotte sagte nichts.

»Man hat ihn in einem Park gefunden.« Er streckte seine Hand nach den trockenen Socken aus. Sie nahm sie von einem Wäschegestell und schob dieses dann wieder nach oben zur Zimmerdecke. »Auf einer Bank«, fügte er hinzu. »Nach der Beschreibung glaube ich, daß es der Leichnam aus dem Grab ist, das letzte Woche ausgeraubt wurde; ein Mr. W. W. Porteous.«

»Hat er irgend etwas mit Dominic oder Alicia oder sonst jemandem im Gadstone Park zu tun?« fragte sie und ging dabei zum Ofen hin. »Möchtest du eine Suppe vor dem Abendessen?«

Sie hob den Deckel an, und ein appetitanregender Duft stieg ihm in die Nase.

»Ja, bitte«, sagte er sofort. »Was gibt es denn noch?«

»Fleisch- und Nierenpastete.« Sie nahm einen Teller und einen Schöpflöffel und gab ihm eine ordentliche Menge mit Lauch und Graupen darin. »Vorsicht, sie ist sehr heiß!«

Er lächelte sie an, nahm ihr die Suppe ab und balancierte sie auf seinen Knien. Sie hatte recht; sie war wirklich sehr heiß. Er legte ein Küchentuch darunter, um sich nicht zu verbrennen.

»Er hat überhaupt nichts mit ihnen zu tun, soviel ich weiß«, fuhr er mit dem unterbrochenen Gespräch fort.

»Wo hat er denn gewohnt?« Sie setzte sich ihm gegenüber und wartete darauf, daß er seine Suppe zu Ende aß, ehe sie die Pastete und das Gemüse aus dem Rohr holte. Es hatte einige Zeit gedauert, bis sie gelernt hatte, wirtschaftlich und doch gut zu kochen, und sie liebte es jetzt, die Resultate ihrer Bemühungen zu sehen.

»Ganz in der Nähe der Resurrection Row«, antwortete er und hielt dabei den Löffel nach oben.

Sie legte verwundert die Stirn in Falten. »Ich dachte immer, das sei eine ziemlich schäbige Gegend.«

»Ist es auch. Ziemlich heruntergekommen. Es gibt dort mindestens zwei Bordelle, von denen ich weiß, daß es welche sind. Sie sind gut getarnt, aber es sind definitiv welche. Und es gibt dort auch ein Leihhaus, in dem wir schon mehr als die übliche Menge an gestohlenen Sachen gefunden haben.«

»Nun, all das kann mit Dominic nichts zu tun haben und mit Alicia schon gar nicht«, sagte Charlotte mit Überzeugung. »Dominic könnte vielleicht an so einem Ort gewesen sein; sogar Gentlemen tun manchmal die verrücktesten Dinge...«

»Gentlemen besonders!« warf Pitt ein.

Sie reagierte nicht auf diese Spitzfindigkeit..... aber Alicia hat davon bestimmt noch nie gehört.«

»Ganz und gar nicht?« Er war sich wirklich nicht sicher.

Sie sah ihn nachsichtig an, und einen Moment lang wurde ihnen beiden die Kluft ihrer gesellschaftlichen Vergangenheit bewußt.

»Nein.« Sie schüttelte energisch den Kopf. »Frauen, deren Eltern gesellschaftlichen Anspruch erheben – sie es nun ein wirklicher oder nur ein eingebildeter –, sind bei weitem mehr behütet, ja sogar eingesperrt, als du dir vorstellen kannst. Papa hat mir nie erlaubt, die Zeitung zu lesen. Ich habe sie mir immer aus dem Butlerzimmer stibitzt, aber Emily und Sarah haben das nicht getan. Papa betrachtete alles Widersprüchliche oder Beunruhigende oder auch nur im geringsten Skandalöse als unpassend für junge Damen und so etwas durfte auch in Gesprächen niemals erwähnt werden...«

»Ich weiß, daß..« begann er.

»Du glaubst, daß er ein bißchen seltsam war?« Sie schüttelte wieder ihren Kopf. »Er war es nicht! Er war nicht strenger oder fürsorglicher als andere auch. Frauen können alles wissen über Krankheiten, Kinderkriegen, Tod, Langeweile oder Einsamkeit; aber nichts, worüber sich streiten ließe – über wirkliche Armut, Seuchen, Kriminalität –, und vor allem nichts über Sex. Nichts Beunruhigendes darf es sein – besonders dann nicht, wenn man dazu neigt, etwas in Frage zu stellen oder es ändern zu wollen.«

Er schaute sie überrascht an. Er erblickte jetzt eine Seite ihrer Gedankenwelt, die er vorher noch nie bemerkt hatte.

»Ich wußte gar nicht, daß du darüber so verbittert bist«, sagte er langsam und streckte seinen Arm aus, um den Suppenteller auf den Tisch zu stellen.

»Bist du es nicht?« sagte sie herausfordernd. »Bist du dir bewußt, wie oft du nach Hause gekommen bist und mir von Tragödien erzählt hast, die nicht nötig gewesen waren? Du hast mir zumindest gesagt, daß hinter den eleganten Straßen Elendsquartiere sind, in denen die Menschen vor Hunger und Kälte sterben, wo es überall schmutzig ist, wo es Ratten und Krankheiten gibt und wo die Kinder das Stehlen lernen, sobald sie laufen können, um zu überleben. Ich bin noch nie dort gewesen, aber ich weiß, daß sie existieren, und ich kann sie an deiner Kleidung riechen, wenn du abends nach Hause kommst. Kein anderer Geruch ist so wie dieser.«

Er dachte an Alicia in all ihrer Seide und ihrer Unschuld. Charlotte war auch so gewesen, als er sie kennenlernte.

»Es tut mir leid«, sagte er leise.

Sie öffnete mit einem Lappen die Backrohrklappe und holte die Pastete heraus. »Es braucht dir nicht leid zu tun«, sagte sie ziemlich resolut. »Ich bin eine Frau und kein Kind, und ich kann die Wahrheit genausogut vertragen wie du. Was willst du nun wegen diesem Mr. Porteous unternehmen?« Sie nahm ein Messer und schnitt damit in die Pastete. Die dicke Kruste war braun, und der Saft trat aus dem Stück, das sie heraushob. Elendsquartiere oder keine Elendsquartiere; der Duft der Pastete machte ihn hungrig.

»Zunächst mich versichern, daß es auch wirklich Porteous ist«, antwortete er. »Dann feststellen, an was er gestorben ist und ob jemand etwas von ihm weiß.«

Sie tat die Karotten und den Kohl auf seinen Teller. »Wenn jene Leiche Mr. Porteous ist, wer ist dann die erste, die von der Droschke, wirklich?«

»Ich weiß es nicht.« Er seufzte und nahm ihr den Teller ab. »Irgend jemand.«

Am Morgen widmete sich Pitt dem unidentifizierten Leichnam. Ohne ihn gab es keine Lösung der ganzen Angelegenheit – wenigstens seinen Namen und die Todesursache mußte er herausfinden. Vielleicht war er derjenige, der ermordet worden war, und Lord Augustus war das Objekt des Ablenkungsmanövers. Oder sie waren möglicherweise in eine gemeinsame Sache verwickelt.

Aber welchen Zusammenhang gab es zwischen Lord Augustus Fitzroy-Hammond und Mr. William Wilberforce Porteous? Wer war der Mann auf der Droschke? Und wer war an den Wiederausgrabungen beteiligt?

Der erste Schritt war, die genaue Todesursache des Leichnams auf der Droschke in Erfahrung zu bringen. Wenn es Mord war oder dies im Bereich des Möglichen lag, dann warf das ein völlig anderes Licht auf die Wiederausgrabung von Lord Augustus. Auf der anderen Seite, wenn es ein natürlicher Tod war, war er dann gemäß den Bestimmungen auf einem Friedhof beerdigt worden? Denn beerdigt worden war er. Wo war das leere Grab, und warum wurde es nicht gemeldet? Vermutlich hatte man es wieder mit Erde gefüllt, und es sah aus wie jedes andere neue Grab auch.

Aber wenn der Tod auf normale Weise eintritt, dann wird das von einem Arzt bescheinigt. Sobald die Todesursache bekannt war, konnten sich die Untersuchungen auf alle Sterbefälle dieser Art in der fraglichen Zeit konzentrieren. Mit der Zeit würde so der Richtige ausgesiebt werden, und man hätte einen Namen, eine Charakteristik, eine Lebensgeschichte.

Gleich als er im Polizeirevier ankam, rief er seinen Sergeant, übertrug ihm den Fall der Unterschlagung und ging dann nach oben, um sich eine Genehmigung für eine Obduktion der unidentifizierten Leiche zu holen. Diesmal zierte sich dort niemand, da es ja nicht Lord Augustus war und auch niemand aufgetaucht war, der eine

Forderung geltend gemacht hätte. Und unter den gegebenen Umständen mußte ein Mord in Betracht gezogen werden. Die Genehmigung wurde umgehend erteilt.

Das nächste war die ziemlich unangenehme Aufgabe, sicherzustellen, daß der neue Leichnam im Leichenhaus auch tatsächlich W. W. Porteous war, obgleich er wenig Zweifel daran hatte. Er setzte seinen Hut auf, zog seinen Mantel wieder an, ging hinaus in den nachlassenden Nieselregen und nahm einen Omnibus zur Resurrection Row. Er ging noch ein kurzes Stück zu Fuß, bog dann nach rechts ab und hielt Ausschau nach Nummer zehn, dem Haus, in dem Mrs. Porteous wohnte.

Es war eines der größten Häuser. Die Fassade war ein wenig verblichen, aber an den Fenstern hingen steife, weiße Vorhänge, und die Stufe vor der Haustüre war weiß gestrichen. Er zog an der Glocke und trat einen Schritt zurück.

»Ja?« Ein kräftiges Mädchen in schwarzem Kleid und mit einer gestärkten Schürze öffnete die Tür und starrte ihn fragend an.

»Ist Mrs. Porteous zu Hause?« fragte Pitt. »Ich habe ihr eine Mitteilung über ihren verstorbenen Gatten zu machen.« Er wußte, wenn er gesagt hätte, er sei von der Polizei, hätten die Dienstboten dies innerhalb eines Tages in der ganzen Straße verbreitet, und jedesmal, sooft es weitererzählt worden wäre, wäre der Skandal noch größer geworden.

Dem Mädchen blieb der Mund offen. »Oh! o ja, Sir; kommen Sie bitte herein! Wenn Sie im Wohnzimmer warten wollen, ich werde Mrs. Porteous sagen, daß Sie hier sind, Sir. Welchen Namen soll ich sagen?«

»Mr. Pitt.«

»Ja, Sir.« Sie verschwand, um ihre Herrin zu informieren.

Pitt setzte sich. Der Raum war vollgestopft mit Möbeln, Fotografien, Nippes, einem gestickten Tuch, auf dem zu lesen war: »Fürchte Gott und tue deine Pflicht«, drei ausgestopften Vögeln, einem ausgestopften Wiesel unter einem Glassturz, einem Arrangement getrockneter Blumen und zwei großen Grünpflanzen mit glänzenden Blättern. Ein unangenehmes Gefühl der Beklemmung beschlich ihn. Ihm war, als ob all diese Dinge lebten und nur auf eine Unachtsamkeit von ihm warteten, um dann hungrig an den Fremden in ihrem

Territorium heranzukriechen. Er zog es schließlich vor, wieder zu stehen.

Die Tür öffnete sich, und Mrs. Porteous kam herein. Sie war so eng geschnürt wie neulich, ihr Haar war perfekt, und sie hatte etwas Rouge auf ihre Wangen aufgetragen. Ihr Busen war mit mehreren Reihen von Glasperlen dekoriert.

»Guten Morgen, Mr. Pitt«, sagte sie besorgt. »Mein Mädchen sagt mir, Sie hätten etwas Neues über Mr. Porteous?«

»Ja, Madam. Ich glaube, wir haben ihn gefunden. Er ist im Leichenhaus› und wenn Sie so freundlich wären, mitzukommen und ihn zu identifizieren, dann könnten wir uns dessen vergewissern und ihn dann wieder begraben...«

»Es kann kein zweites Begräbnis geben«, sagte sie voller Unruhe. »Das wäre unangebracht.«

»Nein, natürlich nicht«, sagte er zustimmend. »Nur eine schlichte Bestattung; aber lassen Sie uns zuerst sichergehen, daß es auch wirklich Ihr Gatte ist.«

Sie rief ihr Mädchen, damit es ihren Mantel und ihren Hut bringe, und folgte dann Pitt hinaus auf die Straße. Es regnete immer noch ein wenig. In der Resurrection Row bestiegen sie eine Droschke und fuhren schweigend zum Leichenhaus.

In Pitt entwickelte sich langsam so etwas wie Vertrautheit zu dem Ort. Der Angestellte hatte immer noch eine Erkältung, und seine Nase leuchtete rosa, aber er begrüßte sie mit einem Lächeln, das so breit war, wie es der Anstand einer Witwe gegenüber gerade noch zuließ.

Mrs. Porteous schaute auf den Leichnam und brauchte weder einen Stuhl noch ein Glas Wasser.

»Ja«, sagte sie ganz ruhig. »Das ist Mr. Porteous.«

»Ich danke Ihnen, Madam. Ich habe noch ein paar Fragen, die ich an Sie stellen muß; aber vielleicht sollen wir das lieber an einem angenehmeren Ort tun? Möchten Sie nach Hause fahren? Die Droschke wartet noch.«

»Wenn das möglich wäre«, sagte sie zustimmend. Dann drehte sie sich um, ließ sich, ohne den Angestellten noch einmal anzusehen, von Pitt die Tür öffnen und ging vor ihm den Weg zurück zur Droschke.

Im Wohnzimmer ihres Hauses beauftragte sie das Mädchen, heißen Tee zu bringen, und schaute Pitt fragend an. Ihre Hände hatte sie auf dem Schoß gefaltet, und die Glasperlenketten glitzerten im Licht der Lampe. An einem so düsteren Tag wie heute war es unmöglich, in einer Wohnung ohne Lampenlicht auszukommen.

»Nun, Mr. Pitt, was wollen Sie mich fragen? Es ist wirklich Mr. Porteous, was weiter gibt es da noch zu wissen?«

»Auf welche Weise ist er gestorben, Madam?«

»In seinem Bett natürlich.«

»Was war die Ursache, Madam?« Er versuchte, sich so klar wie möglich auszudrücken, ohne sie mehr zu verletzen oder zu bedrängen, als unbedingt nötig war. Ihre erstaunliche Haltung konnte sehr gut auch ein empfindsames Gemüt verbergen.

»Eine Verdauungsbeschwerde. Die hatte bestimmt auch einen Namen, aber ich weiß ihn nicht. Er war schon einige Zeit krank.«

»Ich verstehe. Das tut mir leid. Wer war sein Arzt?«

Ihre geschwungenen Augenbrauen hoben sich. »Dr. Hall, aber ich kann keinen Grund sehen, warum Sie das wissen müßten. Sie nehmen doch wohl nicht an, daß Dr. Hall das Grab geschändet hat?«

»Nein, natürlich nicht.« Er wußte nicht, wie er ihr erklären sollte, daß er die Todesursache in Frage stellte. Offensichtlich war ihr der ganze Gedankengang fremd. »Es ist nur deswegen, weil, wenn wir den Täter fassen wollen, wir soviele Informationen wie nur möglich sammeln müssen.«

»Glauben Sie, daß Sie ihn finden werden?« Sie war immer noch sehr gefaßt.

»Nein«, gab er freimütig zu und sah ihr mit der Andeutung eines Lächelns in die Augen. Es war keine Antwort in ihrem Gesicht, und er sah wieder von ihr weg und kam sich ein wenig albern vor. »Aber dies ist nicht der einzige Fall«, fuhr er in einem mehr geschäftsmäßigen Ton fort. »Und alles, was es an Übereinstimmung gibt, könnte hilfreich sein.«

»Nicht der einzige Fall?« Sie war jetzt doch überrascht. »Wollen Sie damit sagen, daß Sie glauben, die Schändung des Grabes von Mr. Porteous hängt mit jenen zusammen, von denen jedermann spricht? Sie sollten sich schämen, wenn Sie solche Dinge hier in

London geschehen lassen – an ehrbaren Leuten! Warum tun Sie nicht Ihre Pflicht, möchte ich wissen?«

»Ich weiß nicht, ob es eine Verbindung gibt, Madam«, sagte er geduldig. »Das ist es eben, was ich ergründen will.«

»Es ist ein Geisteskranker«, sagte sie voller Überzeugung. »Und wenn die Polizei keinen Geisteskranken fassen kann, dann weiß ich nicht, was aus der Welt noch werden soll. Mr. Porteous war ein achtbarer Mann und hat sich nie mit zwielichtigen Leuten eingelassen. Jeder Penny, den er hatte, war ehrlich verdient, und er hat auch nie etwas verwettet.«

»Vielleicht gibt es wirklich keine Verbindung, abgesehen von seinem Tod«, sagte Pitt verdrossen. »Lord Augustus war auch ein achtbarer Mann.«

»Das mag sein, wie es will«, sagte sie düster. »Man hat Mr. Porteous ja nicht im Gadstone Park gefunden, oder?«

»Nein, Madam. Er saß auf einer Bank im St. Bartholomew's Green.«

Ihr Gesicht wurde blaß. »Unsinn«, sagte sie scharf. »Mr. Porteous hätte sich niemals an einem solchen Ort aufgehalten. Ich glaube, Sie wissen nicht, was für eine Sorte von Leuten dort verkehrt. Sie müssen sich irren.«

Er ersparte es sich, darüber zu streiten. Wenn es wichtig für sie war, auch nach seinem Tod noch am Standesbewußtsein festzuhalten, dann wollte er sie nicht daran hindern. Es war ein kurioser Widerspruch: Er erinnerte sich an die abgetragene Bekleidung des Leichnams. Es waren nicht gerade seine besten Sachen, in denen er begraben war. Vielleicht waren ihr die guten schwarzen Sachen, die solche Männer immer für den Sonntag zurückhalten, im letzten Moment für die Vergessenheit des Grabes doch zu schade gewesen. Damals hatte sie wenigstens geglaubt, daß sie für immer vergessen sein würden.

Er stand auf. »Ich danke Ihnen, Madam. Wenn ich Sie noch etwas fragen muß, melde ich mich wieder.«

»Ich werde das Nötige veranlassen, damit Mr. Porteous wieder bestattet wird.« Sie läutete nach dem Mädchen, das ihn hinausbringen sollte.

»Jetzt noch nicht, Madam!« Er wollte sich entschuldigen, denn er wußte von ihrer Empörung, noch ehe sie sie zum Ausdruck brachte. »Ich fürchte, wir müssen noch weitere Untersuchungen durchführen, ehe wir das zulassen können.«

Ihr Gesicht wurde vor Entsetzen ganz gefleckt, und sie erhob sich zur Hälfte in ihrem Sessel. »Zuerst lassen Sie zu, daß sein Grab geschändet und sein Leichnam in einen Park gebracht wird, in dem öffentliche – ›Frauen‹ – sich anbieten, und nun wollen Sie ihn untersuchen. Es ist ungeheuerlich! Anständige Leute sind nicht mehr sicher in dieser Stadt. Sie sind eine Schande für Ihre ...« Sie wollte sagen: ›Uniform‹, doch dann schaute sie auf Pitts Durcheinander von Farben, auf seinen immer noch tropfenden Hut, auf die Enden seines Schals, die vor ihm herunterbaumelten, und ließ es lieber sein. »Sie sind eine Schande!« sagte sie schließlich nur noch.

»Es tut mir leid.« Er entschuldigte sich nicht für sich selbst, sondern für die ganze Stadt, für die Umstände, die ihr nichts weiter gelassen hatten als Armseligkeit und die äußeren Zeichen der Achtbarkeit.

Er sprach mit dem Arzt und fand heraus, daß Porteous an einer Leberzirrhose gestorben war und sicherlich auch die Bänke im St. Bartholomew's Green besucht hatte, ehe ein grotesker Zufall seine Leiche wieder dorthin gebracht hatte und er von einer Prostituierten angesprochen wurde, für die selbst ein Toter kein Schrecken oder keine Überraschung war.

Beim Weggehen fragte er sich, was ein Leben, das so wie dieses endete, eigentlich beinhaltete: was für ein Versagen, was für eine verdrängte Einsamkeit, was für fortwährende kleine Zufluchten?

Dominic verbannte Somerset Carlisle und das schreckliche Mittagessen aus seinem Gedächtnis. Er freute sich darauf, Alicia wieder zu sehen. Die Wiederbestattung war vorüber, und von nun an konnten sie – unter Einhaltung der angemessenen Trauer, zumindest nach außen hin – damit beginnen, an die Zukunft zu denken. Er wollte keinesfalls ihre Sensibilität verletzen, indem er zu früh davon sprach, oder sie in eine peinliche Lage bringen, aber er konnte ihr sicherlich seine Aufwartung machen und ihr ein wenig Gesellschaft leisten. Und in ein paar Wochen könnten sie auch außerhalb des Hauses gesehen werden; zwar nicht im Theater oder bei gesellschaftlichen Anlässen, aber mit der Familie in der Kirche oder während einer Kutschfahrt an der frischen Luft. Es würde ihm nichts ausmachen, wenn Verity mitkäme; einmal wegen des äußeren Scheins und dann auch, weil er sie selbst gerne mochte. Er konnte sich gut mit ihr unterhalten, seit sie die Zurückhaltung ihm gegenüber abgelegt hatte, und sie hatte trotz ihrer Bescheidenheit ihre eigene Meinung und einen ganz schön trockenen Humor, mit dem sie diese zum Ausdruck brachte.

Alles in allem war er in sehr guter Stimmung, als er am Donnerstag morgen im Gadstone Park ankam und seine Karte dem Hausmädchen übergab.

Alicia empfing ihn mit großer Freude, fast mit Erleichterung, und sie verbrachten eine ganz und gar glückliche Stunde zusammen, in der sie sich über Unwichtiges unterhielten und es doch anders meinten. Nur in der Gesellschaft des anderen zu sein genügte ihnen schon; das Gesagte war unwesentlich. Augustus war vergessen; leere Gräber und umherziehende Leichen verirrten sich nicht in ihre Gedanken.

Er ging kurz vor dem Lunch wieder weg und schritt munter durch den Park. Seinen Mantelkragen hatte er gegen den Nordwind hochgeschlagen, den er aber eher anregend als kalt empfand. Er sah eine Gestalt aus der anderen Richtung kommen. Ihr Schreiten kam ihm bekannt vor, auch die mageren Schultern, so daß er zögerte und einen Moment lang schon in Erwägung zog, eine Abkürzung über den Rasen zu nehmen, wenn er auch holperig und naß war. Aber er war sich nicht sicher, wer die Person eigentlich war. Für Pitt war sie viel zu ordentlich, zu elegant und auch nicht groß genug. Pitts Mantel flatterte immer, und auch sein Hut saß immer anders auf seinem Kopf.

Er konnte das Gesicht erst sehen, als es ihm nicht mehr möglich war, auf noch höfliche Weise einen anderen Weg einzuschlagen. Es war Somerset Carlisle.

»Guten Morgen«, sagte er, ohne seinen Schritt zu verlangsamen. Er hatte absolut kein Verlangen, mit dem Mann zu sprechen.

Carlisle stand ihm im Weg. »Guten Morgen«, sagte er, drehte sich dann um und nahm mit ihm Schritt auf. Um nicht unhöflich zu erscheinen, blieb Dominic nichts anderes übrig, als etwas zu sagen.

»Angenehmes Wetter«, bemerkte er. »Der Wind bläst wenigstens den Nebel weg.«

»Ein guter Tag für einen Spaziergang«, sagte Carlisle zustimmend. »Macht Appetit auf das Mittagessen.«

»Genau«, antwortete Dominic. Der Mann war wirklich eine verdammte Plage. Er schien es überhaupt nicht zu merken, daß er sich aufdrängte, und Dominic wollte auch nicht an ihre gemeinsame Mahlzeit erinnert werden.

»Auf ein gemütliches Mittagessen an einem schönen Feuer«, fuhr Carlisle fort. »Ich hätte Lust auf eine Suppe und etwas Pikantes.«

Es gab keine Möglichkeit, dem zu entgehen. Dominic schuldete dem Mann eine Einladung zum Essen, und Verpflichtungen mußten erfüllt werden, wenn man in der Gesellschaft bestehen wollte. So ein Verstoß würde schnell Beachtung finden, und Worte breiteten sich ebenso schnell aus wie Feuer.

»Eine ausgezeichnete Idee«, sagte er mit soviel Begeisterung, wie er aufbringen konnte. »Und dann vielleicht einen Lammrücken? Mein Club ist nicht weit, und ich würde mich freuen, wenn Sie zustimmen würden, mit mir zu Mittag zu essen.«

Carlisle zeigte ein breites Lächeln, und Dominic hatte das unangenehme Gefühl, daß er etwas Komisches in der Einladung sah. »Danke«, sagte er ungezwungen. »Das tue ich gerne.«

Dominics Befürchtungen wurden bei dem Mahl nicht bestätigt; es verlief sogar sehr angenehm. Carlisle sprach überhaupt nicht über Politik und erwies sich als angenehmer Gesellschafter, der weder zuwenig noch zuviel redete. Und wenn er sprach, dann war er dabei heiter und witzig.

Dominic genoß die Situation und war entschlossen, die Gelegenheit dazu erneut zu suchen. Das waren auch seine Gedanken, als sie wieder draußen waren, wo der Wind jetzt heftiger wurde und auch einen feinen Regen heranblies. Carlisle hielt eine Droschke an, und fünfzehn Minuten später fand sich Dominic zu seinem Erstaunen in einer schmutzigen Gasse, in der baufällige Häuser zusammengedrängt standen wie betrunkene Männer, die sich gegenseitig noch stützten, ehe sie umfielen.

»Wo in Gottes Namen sind wir denn hier?« fragte er beunruhigt. Die Straße war voller Kinder mit laufenden Nasen und schmutziger

Kleidung. Frauen saßen mit blaugefrorenen Händen vor den Hauseingängen und wachten über Reihen von schon getragen aussehenden Schuhen, und ein schwacher Lichtschein schimmerte aus Kellerräumen. Die Luft war durchdrungen von einem abgestandenen, saueren Geruch, den er nicht identifizieren konnte, der sich aber in seiner Nase festsetzte, so daß ihm war, als ob er ihn mit jedem Atemzug schlucken würde. »Wo sind wir?« fragte er noch einmal mit wachsendem Unmut.

»Seven Dials«, antwortete Carlisle. »Dudley Street, um es genauer zu sagen. Diese Leute hier verkaufen gebrauchte Schuhe. Da unten« – er zeigte auf die Kellerräume – »haben sie die alten oder gestohlenen Schuhe. Sie reparieren sie mit alten, noch verwendbaren Teilen und verkaufen dann die Ergebnisse. Woanders machen sie das gleiche mit alten Kleidungsstücken; sie zertrennen sie und verwenden das wieder, was noch ein wenig länger zu gebrauchen ist. Die gebrauchte Wolle von jemand anderem ist für sie immer noch besser als neue Baumwolle, die nicht wärmt. Mehr können sie sich nicht leisten.«

Dominic schauderte. Es war nicht auszuhalten in dieser gespenstischen Straße, und er war weiß vor Wut auf Carlisle, weil er ihn hierher gebracht hatte.

Carlisle schien das nicht weiter zu berühren.

»Rufen Sie die Droschke zurück!« knurrte Dominic. »Sie haben kein Recht, mich hierher zu bringen. Diese Straße ist...« Er hatte keine Worte dafür. Er schaute sich um und war entsetzt. Die Häuser schienen über ihm zusammenzuschlagen. Der Schmutz war überall und ebenso der Geruch von verrottendem Abfall, alten Kleidern, Ruß und Petroleumlampen, ungewaschenen Körpern, dem Essen von gestern. Nach dem Lammbraten war das fast zuviel für seinen Magen.

»Ein Vorgeschmack der Hölle«, sagte Carlisle ruhig. »Sprechen Sie nicht so laut! Diese Leute leben hier, es ist ihr Zuhause. Ich wage zu sagen, es gefällt ihnen auch nicht besser als Ihnen, aber das ist es nun mal, was sie haben. Zeigen Sie Ihren Ekel, und sie werden vielleicht nicht mehr so unbefleckt weggehen, wie Sie gekommen sind – in mancherlei Hinsicht. Und dies ist nur eine Vorschau; Sie sollten einmal Bluegate Fields, unten bei den Docks, oder Limehouse oder Whitechapel oder St. Giles sehen. Kommen Sie mit mir! Wir müssen ungefähr dreihundert Yards gehen, hier entlang.« Er zeigte in eine Seitenstraße. »Jenseits des Platzes dort ist das Arbeitshaus dieser Gegend. Das möchte ich Ihnen zeigen; zufällig liegt es ganz günstig. Dann vielleicht Devil's Acre, unterhalb von Westminster?«

Dominic öffnete seinen Mund, um zu sagen, daß er weg wolle, doch dann sah er die Gesichter der Kinder, die ihn mit offenem Mund anstarrten: junge Körper, junge Haut, doch Augen so alt, wie er sie bei den Prostituierten in den Nachthäusern am Haymarket gesehen hatte. Es war die erschöpfte Gier in ihnen, die ihn mehr erschreckte als alles andere; dies und der Geruch.

Er sah einen Bengel, der, während er von einem anderen zum Spaß gejagt wurde, so dicht an Carlisle vorbeilief, daß er – flink wie ein Wiesel – dessen seidenes Taschentuch aus seiner Manteltasche ziehen und damit verschwinden konnte.

»Carlisle!«

»Ich weiß«, sagte Carlisle leise. »Regen Sie sich nicht auf! Folgen Sie mir lieber!« Er ging fast lässig über die Straße, dann die Seitenstraße hinunter. Nachdem er den Platz überquert hatte, blieb er vor einer großen Holztüre stehen und klopfte. Sie wurde von einem kräftigen Mann in einem grünen Überwurf geöffnet. Der mürrische Ausdruck auf seinem Gesicht veränderte sich zu Alarmiertheit, aber noch ehe er etwas sagen konnte, schob ihn Carlisle beiseite und ging hinein.

»Guten Tag, Mr. Eades. Ich komme, um zu sehen, wie es Ihnen heute geht.«

»Na ja, danke. Ganz gut, Sir«, sagte Eades. »Sie sind zu gütig, Sir. Sie kümmern sich viel zu viel um uns. Ich bin sicher, Ihre Zeit ist doch kostbar, Sir.«

»Sehr«, sagte Carlisle. »Also, dann wollen wir sie nicht vergeuden. Sind von Ihren Kindern welche zur Schule gegangen, seit ich das letztemal hier war?«

»O ja! So viele, wie damals bei der Aufnahme waren; bestimmt.«

»Und wie viele sind das?«

»Ah, nun; ich habe die genaue Zahl nicht im Kopf. Ich muß überlegen; die Leute kommen hierher und gehen wieder weg, wie es die

Umstände erfordern. Wenn sie am Tag der Eintragung nicht hier sind, was nur alle vierzehn Tage ist, dann gehen sie natürlich nicht.«

»Das weiß ich genausogut wie Sie«, sagte Carlisle schroff. »Und ich weiß auch, daß sie am Tag vorher von hier weggehen und einen Tag darauf wieder zurückkommen.

»Nein, Sir, das ist nicht mein Fehler!«

»Ja, ich weiß!« Carlisles Stimme war aus Ärger über sein eigenes Unvermögen rauh geworden. Er ging an Eades vorbei und einen luftlosen, feuchten Gang entlang bis zu einer großen Halle. Dominic blieb nichts anderes übrig, als ihm zu folgen oder alleine im Eingang stehenzubleiben. Er hatte eine Gänsehaut.

Die Halle war weitläufig und niedrig und von Gaslampen spärlich erhellt. In einer Ecke brannte ein Ofen. Ungefähr fünfzig oder sechzig Männer, Frauen und Kinder saßen herum und zertrennten alte Kleidungsstücke, sortierten die Stoffteile, schnitten sie neu zu und nähten sie wieder zusammen. Die Luft war so schlecht, daß sie sich in Dominics Hals verfing und er dagegen ankämpfen mußte, sich zu übergeben. Carlisle schien daran gewöhnt zu sein. Er stieg über die Lappen hinweg und ging auf eine der Frauen zu.

»Hallo, Bessie«, sagte er heiter. »Wie geht es Ihnen heute?«

Die Frau lächelte, zeigte dabei schwarzfleckige Zähne und murmelte eine Antwort. Sie war großgewachsen, ihre Figur war allerdings etwas aus den Fugen geraten, und Dominic hätte sie auf ungefähr fünfzig geschätzt. Er verstand kein Wort von dem, was sie sagte.

Carlisle führte ihn ein wenig weiter, dahin, wo ein halbes Dutzend Kinder saß und alte Hosen auftrennte – manche davon nicht mehr als drei oder vier Jahre alt.

»Drei davon gehören Bessie.« Er sah sie an. »Sie haben früher zu Hause gearbeitet, ehe eine neue Eisenbahnstrecke durch das Viertel gebaut und das Haus, in dem sie wohnten, abgerissen wurde. Ihr Mann und die älteren Kinder haben Zündholzschachteln gemacht. Bessie hat in der Zündholzfabrik von Bryant und Mays gearbeitet. Deshalb spricht sie so schlecht – Phosphornekrose des Kiefers. Sie ist drei Jahre älter als Alicia-Fitzroy-Hammond – das hätten Sie nicht gedacht, wie?«

Das war zuviel. Dominic war verwirrt und bestürzt. »Ich will weg von hier«, sagte er leise.

»Das wollen wir alle.« Carlisle machte eine raumgreifende Gebärde. »Wissen Sie, daß ein Drittel der Einwohner von London nicht besser lebt als die Leute hier; entweder in Elendsquartieren oder in Arbeitshäusern?«

»Was kann man dagegen tun?« sagte Dominic hilflos. »Es ist – es ist so ungeheuerlich.«

Carlisle sprach noch mit ein paar Leuten, verabschiedete sich dann an der Türschwelle mit einem kurzen Gruß von Mr. Eades und brachte Dominic wieder auf den Platz vor dem Gebäude. Nach der dicken Luft in der Halle war sogar der graue Nieselregen wohltuend.

»Ein paar Gesetze ändern!« erwiderte Carlisle. »Der einfachste Buchhalter, der schreiben und zusammenzählen kann, ist ein Prinz im Vergleich zu diesen Leuten. Armen Kindern eine Schul- und Ausbildung zuteil werden lassen! Man kann, abgesehen von milden Gaben, nur wenig für ihre Eltern tun, aber wir können es mit den Kindern versuchen.«

»Vielleicht.« Dominic mußte schnell gehen, um mit ihm Schritt zu halten. »Aber welchen Sinn hat es, es mir zu zeigen? Ich kann die Gesetze nicht ändern.«

Carlisle blieb stehen. Er gab einem bettelnden Kind ein paar Pence und sah, wie dieses sie sofort einem alten Mann gab.

»Schon eigenartig, ein Enkelkind für sich betteln zu lassen«, murmelte Dominic.

»Es ist gut möglich, daß er gar nicht mit dem Kind verwandt ist.« Carlisle ging weiter. »Er hat es wahrscheinlich gekauft. Kinder sind bessere Bettler, besonders dann, wenn sie blind oder deformiert sind. Manche Frauen verkrüppeln sie sogar absichtlich; sie haben dann eine bessere Chance zu überleben. Aber um Ihre Frage zu beantworten: Sie können mit Lord Fleetwood und seinen Freunden sprechen und sie dazu überreden, in das House of Lords zu gehen und ihre Stimme abzugeben.«

Dominic war entsetzt. »Ich kann doch über so etwas nicht mit ihnen reden. Sie wären...« Es wurde ihm klar, was er sagte.

»Ja«, sagte Carlisle. »Sie wären entsetzt und beleidigt und würden es sehr geschmacklos finden. Nicht gerade ein Gesprächsstoff für Gentlemen! Ich glaube, ich habe Ihnen neulich das Mittagessen ganz schön verdorben. Man kann die gebratene Gans nicht so richtig genießen, wenn man an so etwas wie dies hier denkt, stimmt's? Und doch, wie weit glauben Sie, daß es von den Gebetsbänken der Kirche im Gadstone Park bis Seven Dials ist?« Sie bogen in eine andere Straße ein und sahen an deren Ende eine Droschke. Carlisle schritt noch weiter aus, und Dominic mußte fast in einen Trab verfallen, um mit ihm auf gleicher Höhe zu bleiben. »Aber wenn ich einen kaltblütigen Schweinehund wie St. Jermyn dazu überreden kann«, fuhr Carlisle fort, »einen Gesetzentwurf einzubringen, dann glaube ich, könnten Sie auch ein wenig Ungemütlichkeit mit Fleetwood in Kauf nehmen, oder etwa nicht?«

Dominic verbrachte einen erbärmlichen Abend und fühlte sich auch am nächsten Morgen nicht besser. Er beauftragte seinen Butler, all seine Kleidungsstücke von gestern reinigen zu lassen und falls dann der Geruch immer noch nicht heraus wäre, sie irgend jemandem, der sie haben wollte, zu geben. Aber die Bilder in seinem Kopf konnte er nicht auf eine so einfache Weise loswerden. Zum Teil haßte er Carlisle, weil er ihn dazu genötigt hatte, Dinge zu sehen, von denen er lieber nie etwas erfahren hätte. Sicher, er hatte immer schon gewußt, daß es die Armut gab, aber er hatte sie vorher noch nie wirklich gesehen. Man schaute nicht so genau in die Gesichter der Bettler auf den Straßen; es waren einfach nur Gesichter, die dazugehörten wie die Laternenpfähle oder das Straßengeländer. Man hatte immer etwas zu erledigen und war zu beschäftigt, sich über sie Gedanken zu machen.

Aber schlimmer noch als der Anblick selbst war der Geschmack davon in seinem Mund; der Geruch, der in seinem Schlund zu stecken schien und alles, was er aß, verdarb. Vielleicht war es auch ein Schuldgefühl?

Er hatte sich mit Alicia zu einer Besorgung verabredet, die sie nicht allzuweit entfernt machen wollte, und er hatte aus diesem Anlaß die Kutsche genommen. Er holte sie um viertel nach zehn ab, und sie erwartete ihn bereits, obschon er dies natürlich nicht merken sollte. Vielleicht hatte sie vergessen, daß er schon einmal verheiratet und wenigstens mit einigen Gepflogenheiten von Frauen vertraut war.

Sie war schwarz gekleidet und sah heute besonders elegant aus. Ihr Haar war hell und ihre Haut makellos und fein wie Alabaster. Alles an ihr war von einer makellosen Sauberkeit. Es war unmöglich, sie auf irgendeine Weise mit den Frauen im Arbeitshaus zu vergleichen.

Sie hatte etwas zu ihm gesagt, und er hatte nicht zugehört. »Dominic?« sagte sie darauf. »Fühlst du dich nicht gut?«

Er mußte den Aufruhr in seinem Innern mit jemandem teilen; er konnte sich auf nichts anderes mehr konzentrieren. »Ich habe gestern deinen Freund Carlisle getroffen«, sagte er schroff.

Sie sah ihn überrascht an; sicherlich mehr wegen seines Tons als wegen des Gesagten. »Somerset? Wie geht es ihm denn?«

»Wir haben zusammen zu Mittag gegessen. Dann hat er mich mit List dazu verleitet, mit ihm einen der schrecklichsten Orte aufzusuchen, die ich je in meinem Leben gesehen habe. Ich konnte mir ein solches Elend bisher einfach nicht vorstellen ...«

»Das tut mir leid.« Ihre Stimme war voller Besorgnis. »Hat er dir damit weh getan? Bist du sicher, daß es dir jetzt gut geht? Ich kann diese Besorgung leicht auf ein andermal verschieben; sie ist nicht so wichtig.«

»Nein, er hat mir damit nicht weh getan!« Seine Stimme hörte sich garstiger an, als er es wollte, aber er hatte sie nicht unter Kontrolle. Bestürzung und Zorn kochten in ihm über. Er brauchte jemanden, mit dem er sich alles von der Seele reden konnte; der ihm die Naivität zurückgab, mit der sich so viel leichter leben ließ.

Sie verstand ihn offensichtlich nicht. Sie hatte noch nie in ihrem Leben ein Arbeitshaus gesehen. Sie hatte nie Zeitungen lesen dürfen, und sie hatte auch nie mit Geld umgehen müssen. Die Haushälterin führte die Konten, und ihr Mann hatte die Rechnungen bezahlt. Das Äußerste an Armut, dem sie je begegnet war, war eine Einschränkung ihres Kleiderbudgets, als ihr Vater einmal einen Einbruch bei seinen Investitionen erlitten hatte.

Er wollte ihr erklären, was er gesehen und vor allem, was er dabei empfunden hatte, aber die dafür passenden Worte waren unziemlich und außerdem jenseits von allem, was sie sich hätte vorstellen können. Er ließ es sein und versank in Schweigen.

Als die Besorgungen erledigt waren, brachte er sie in den Gadstone Park zurück, fuhr dann nach Hause, schickte die Kutsche weg und saß unglücklich und unzufrieden eine Stunde lang vor dem Kaminfeuer. Schließlich stand er auf und ließ eine Droschke kommen.

Charlotte dachte nicht mehr länger an die Leichen. Sie selbst hatte mehr als genug zu tun, als daß sie sich für Pitts Fälle und die Identität eines Toten, der, soweit bekannt war, eines ganz natürlichen Todes gestorben war, interessiert hätte. Jemima hatte sich in eine Pfütze gesetzt und ganz neu angezogen werden müssen. Sie hatte diesmal mehr Wäsche als gewöhnlich, und das Bügeln war nicht gerade eine ihrer liebsten Arbeiten.

Sie war überrascht, als die Türglocke läutete, denn sie erwartete niemanden. Mitten am Tag kam selten Besuch; die Leute gingen alle ihren eigenen Beschäftigungen nach und bereiteten ihre Mahlzeiten zu. Sie war noch überraschter, als sie Dominic auf dem Absatz stehen sah.

»Darf ich hereinkommen?« fragte er, noch ehe sie etwas sagen konnte.

Sie machte die Tür weiter auf.

»Ja, natürlich. Was gibt es denn? Du siehst...« Sie wollte sagen ›elend aus‹, aber ›nicht gut‹ erschien ihr dann doch taktvoller.

Er betrat die Diele, und sie machte die Tür zu und führte ihn wieder in die Küche. Jemima spielte in ihrer Spielecke mit Bausteinen. Dominic setzte sich auf den hölzernen Stuhl am Tisch. Der Raum war warm, und das blankgescheuerte Holz roch angenehm. Tücher hingen von einem Trockengestell, das an der Decke befestigt war, und er schaute neugierig auf die Rollen und Schnüre, die es herunter und wieder hinauf bewegten. Das Bügeleisen stand zum Erhitzen auf dem Ofen.

»Ich glaube, ich störe dich«, sagte er, machte aber keine Bewegung.

»Nein, nein.« Sie lächelte und nahm das Bügeleisen auf, um weiterzumachen. »Was gibt es denn?«

Er ärgerte sich über seine Ungeschicktheit. Sie behandelte ihn wie ein Kind, aber im Moment war ihm das Wiederfinden seiner Ruhe wichtiger, so daß er seine Verstimmung nicht weiter beachtete.

»Ein Mann namens Carlisle brachte mich gestern zu einem Arbeitshaus, irgendwo in Seven Dials. Dort waren fünfzig oder sechzig Leute in einem Raum, die alle alte Kleider zertrennten und wieder andere daraus machten. Sogar Kinder. Es war unerträglich!«

Sie erinnerte sich an den Zorn, den sie verspürt hatte, als ihr Pitt zum erstenmal von den Elendsvierteln erzählt hatte und sie selbst noch in der Cater Street gewohnt und sich für ungeheuer gescheit gehalten hatte, weil sie doch die Zeitung las. Sie war schockiert und zornig gewesen wie vorher noch nie. Ihr Zorn hatte vor allem Pitt gegolten, der dies alles schon lange gewußt hatte und nun ihre Welt mit Häßlichkeit und dem Leid von anderen Leuten störte.

Es gab nichts Tröstendes zu sagen. Sie bügelte an dem Hemd weiter. »Das ist es«, pflichtete sie ihm bei. »Aber warum hat er dich dorthin gebracht, dieser Mr. Carlisle?«

»Weil er will, daß ich mit einem Freund von mir, der im House of Lords ist, darüber spreche und versuche, ihn dahingehend zu beeinflussen, daß er dort ist, wenn St. Jermyns Gesetzentwurf vorgelegt wird.«

Sie erinnerte sich an das, was Tante Vespasia gesagt hatte, und war sofort im Bilde. »Wirst du es tun?«

»Um Himmels willen, Charlotte«, sagte er erbost. »Wie stellst du dir denn vor, daß ich zu einem Freund, den ich nur von Pferderennen und so weiter kenne, hingehen und zu ihm sagen soll: ›Übrigens, ich hätte gerne, daß du deinen Sitz im House einnimmst, wenn es um St. Jermyns Gesetzentwurf geht, denn die Arbeitshäuser sind wirklich schrecklich, und die Kinder brauchen eine Bildung, weißt du! Wir brauchen ein Gesetz in London, das arme Kinder unterstützt und ihnen eine Schulbildung ermöglicht; also sei ein guter Kerl und bringe alle deine Freunde dazu, dafür zu stimmen!‹ Das ist unmöglich! Ich kann es einfach nicht tun!«

»Das ist schade.« Sie schaute von ihrer Bügelarbeit nicht auf. Er tat ihr leid. Sie wußte, daß es fast unmöglich war, an Leute Gedanken heranzutragen, die sie nicht hören wollten, weil sie ihr Leben in Frage stellten. Aber sie wollte ihn auch nicht damit trösten, daß er dazu nicht verpflichtet sei. Wahrscheinlich hätte er das auch gar nicht so ohne weiteres akzeptiert. Er hatte die Straßen von Seven Dials gesehen und gerochen, und keine Worte konnten diese Erinnerung wieder auslöschen.

»Schade!« wiederholte er zornig. »Schade! Ist das alles, was du zu sagen hast? Hat dir Thomas jemals gesagt, wie es dort zugeht? Es ist unbeschreiblich – du kannst den Schmutz und die Verzweiflung förmlich schmecken.«

»Ich weiß«, sagte sie ruhig. »Und es gibt noch Schlimmeres als die Arbeitshäuser. Es gibt Orte in den Elendsvierteln, von denen nicht einmal Thomas spricht.«

»Er hat dir davon erzählt?«

»Einiges, nicht alles.«

Er zog seine Stirn in Falten und starrte auf das weiße Holz des Tisches. »Es ist schrecklich.«

»Möchtest du einen Lunch?« Sie faltete das Hemd zusammen und legte es beiseite; ebenso den Bügeltisch. »Ich werde etwas essen; es ist nur Brot und Suppe, aber du bist herzlich eingeladen, wenn du willst.«

Plötzlich öffnete sich die Kluft wieder, und es wurde ihm klar, daß er zu ihr gesprochen hatte, als ob sie beide immer noch in der Cater Street wären. Er hatte vergessen, daß seine Welt von der ihrigen jetzt so verschieden war wie die ihrige von Seven Dials. Seine Unbeholfenheit war ihm einen Moment lang peinlich. Er beobachtete sie, wie sie zwei saubere Teller aus dem Regal nahm und auf den Tisch stellte, dann das Brot aus dem Kasten nahm und ein Brett und ein Messer dazulegte. Es gab keine Butter.

»Ja, bitte«, antwortete er. »Ich möchte gerne.«

Sie nahm den Deckel von dem Suppentopf auf dem Ofen und schöpfte zwei Teller voll heraus.

»Und Jemima?« fragte er.

Sie setzte sich. »Sie hat schon gegessen. Was wirst du jetzt wegen Mr. Carlisle machen?«

Er ignorierte die Frage. Er wußte, wie die Antwort lauten würde, aber er wollte es jetzt noch nicht zugeben.

»Ich habe versucht, mit Alicia darüber zu sprechen.« Er nahm einen Löffel Suppe. Sie war überraschend gut, und das Brot war frisch und krustig. Er wußte gar nicht, daß Charlotte Brot backen konnte. Sie hatte es wohl lernen müssen.

»Das war nicht fair.« Sie schaute ihn geradeheraus an. »Man kann Menschen nicht nur mit Worten etwas sagen und dann erwarten, daß sie es verstehen oder genauso empfinden.«

»Nein – das tat sie wirklich nicht. Sie schob es beiseite wie manche Konversation. Sie war wie eine Fremde, und ich dachte, ich kenne sie so gut.«

»Auch das ist nicht fair«, sagte sie. »Du bist es, der sich geändert hat. Was denkst du, daß Mr. Carlisle von dir gedacht hat?«

»Was?«

»Warst du denn sehr beeindruckt von dem, was er sagte? Mußte er dich nicht nach Seven Dials bringen, damit du es selber sehen konntest?«

»Ja, aber das ist...« Er sprach nicht weiter und erinnerte sich an sein Widerstreben und sein Desinteresse. Aber zu Carlisle gab es keine Beziehung, wohingegen er und Alicia sich doch liebten. »Das ist...«

»Etwas anderes?« Charlotte zog ihre Augenbrauen hoch. »Es ist nichts anderes. Jemanden zu mögen ändert nichts daran; etwas zu wissen vielleicht...« Was sie eben gesagt hatte, tat ihr sofort leid. Bezauberung war etwas so Vergängliches, und Vertrautheit hatte so wenig damit zu tun. »Gib ihr keine Schuld!« sagte sie ruhig. »Wie sollte sie davon etwas wissen oder es verstehen?«

»Nein, ich habe dazu keinen Grund«, gestand er ein, und doch spürte er eine Leere zwischen sich und Alicia und erkannte, wieviel von der Tiefe seines Gefühls von der Farbe ihres Haares, der Linie ihrer Wangen, ihrem Lächeln und dem Umstand, daß sie für seine Aufmerksamkeit empfänglich war, abhing. Aber was war in ihrem Innern, in dem Teil von ihr, den er nicht erreichen konnte?

Könnte es vielleicht das einfache Beseitigen von etwas sein, das zwischen ihr und dem, was sie haben wollte, stand? Eine kleine Bewegung der Hand, die ein Glas mit Pillen hielt – und Mord?

Am Ende der Resurrection Row war ein Friedhof, daher auch ihr Name ›Straße der Auferstehung‹. Eine winzige Kapelle stand in dessen Mitte; in einer wohlhabenderen Gegend wäre es die

Krypta eines Familiengrabes gewesen, aber hier war es nur die Vortäuschung einer solchen. Marmorengel saßen hier und dort auf einigen der besseren Grabsteine, und es gab auch einige bescheidene Kreuze darauf, aber die meisten waren kahl und standen auch schon ein wenig schief; Senkungen des Bodens durch das dauernde Graben hatten dazu geführt. Ein halbes Dutzend abgestorbener Bäume wartete noch darauf, daß sie entfernt würden. Der Friedhof war zu keiner Zeit schön und hatte an einem feuchten Februarabend nur einen Vorzug zu bieten: Abgeschiedenheit. Für ein siebzehn Jahre altes Hausmädchen wie Dolly Jenkins, das dabei war, den Sohn eines Metzgers mit besten Aussichten zu umgarnen, war es der einzige Ort, an dem sie ihm genügend Ermunterung gewähren konnte, ohne ihre Stellung zu verlieren.

Arm in Arm gingen sie durch das Tor, flüsterten und kicherten verhalten; es schickte sich ja wohl nicht, in der Gegenwart des Todes laut herauszulachen. Nach einer kleinen Weile setzten sie sich eng zusammen auf einen Grabstein. Sie erlaubte sich zu zeigen, daß sie gegen einen kleinen Beweis der Zuneigung nichts einzuwenden hätte, und er reagierte begeistert darauf.

Nach ungefähr fünfzehn Minuten hatte sie das Gefühl, daß die Situation unkontrollierbar wurde und er sich vielleicht zu viele Freiheiten herausnehmen und nachher nur schlecht von ihr denken könnte. Sie schob ihn sachte weg und sah zu ihrer Bestürzung eine Gestalt auf einem der anderen Grabsteine sitzen – mit gekreuzten Knien und einem schiefsitzenden Zylinderhut.

»He, Samuel!« zischelte sie, »da sitzt ein alter Mummelgreis dort drüben und beobachtet uns.«

Sofort stand Samuel auf seinen Füßen. »Dreckiger alter Bock!« sagte er laut. »Hau ab! Verschwinde, sonst mach' ich dir Beine!«

Die Gestalt bewegte sich nicht; sie ignorierte Samuel ganz und gar und hob nicht einmal den Kopf.

Samuel ging mit großen Schritten zu ihm hinüber. »Ich werde es dir zeigen«, rief er laut. »Ich schlag dir die Ohren ab. Los, verschwinde, du dreckige alte Kröte!« Er faßte den Mann an der Schulter und ballte die andere Hand zur Faust.

Zu seinem Entsetzen schwankte der Mann und fiel dann seitwärts zu Boden. Der Zylinderhut rollte ein kurzes Stück von ihm weg. Sein Gesicht schimmerte blau im blassen Mondlicht, und seine Brust war eigentümlich flach.

»Allmächtiger Gott!« Samuel ließ ihn los und lief von ihm weg. Er stolperte über seine eigenen Füße, rappelte sich wieder auf, erreichte Dollie und umklammerte sie.

»Was ist denn?« wollte sie wissen. »Was hast du denn gemacht?«

»Das ist kein Spanner! Er ist tot, Doll – er ist so tot wie alle anderen hier. Jemand hat ihn wieder ausgegraben.«

Die Neuigkeit wurde Pitt am nächsten Morgen überbracht.

»Sie werden es nicht glauben«, sagte der Constable mit fast schriller Stimme.

»Sagen Sie es mir trotzdem!« Pitt ergab sich in sein Schicksal.

»Sie haben wieder einen gefunden. Ein Pärchen fand ihn gestern abend.«

»Warum sollte ich das nicht glauben«, sagte Pitt überdrüssig. »Ich glaube alles.«

»Weil es Horne Snipe ist«, platzte der Constable heraus. »So wahr ich hier stehe – er saß mit seinem alten Zylinder auf einem Grabstein im Resurrection Friedhof. Er wurde vor drei Wochen von einem Mistwagen überfahren und vor zwei Wochen beerdigt - und da saß er nun ganz alleine im Mondschein.«

»Sie haben recht«, sagte Pitt. »Ich kann es nicht glauben. Ich will es nicht glauben.«

»Aber er ist es, Sir. Ich würde Horne Snipe überall wiedererkennen. Er war der emsigste Zuhälter, den die Row jemals hatte.«

»Schon möglich«, sagte Pitt trocken. »Aber für den heutigen Morgen weigere ich mich, es zu glauben.«

7

Am Montag erhielt Charlotte eine handgeschriebene Botschaft von Tante Vespasia, mit der sie eingeladen wurde, sie am Vormittag zu besuchen und darauf vorbereitet zu sein, etwas länger zu bleiben; auch zum Mittagessen und in den Nachmittag hinein. Es war kein Grund angegeben, aber Charlotte kannte Tante Vespasia nur zu gut, um zu wissen, daß es sicher nicht grundlos war. Ein so kurzfristiges Ersuchen mit genauer Angabe von Zeit und Dauer hatte nichts Beiläufiges an sich. Charlotte konnte dies auf keinen Fall ignorieren: abgesehen von guten Manieren, machte es ihre Neugierde absolut erforderlich, daß sie hinging.

Also brachte sie Jemima auf die andere Seite der Straße zu Mrs. Smith, die immer mehr als bereit war, sie liebevoll zu beaufsichtigen und sich dafür ein wenig Klatsch über die Kleidung, das Benehmen und besonders die Marotten der Leute, die Charlotte kannte, liefern zu lassen. Ihre Bedeutung als Charlottes Vertraute war unermeßlich. Sie war eine herzensgute Frau, die einer jungen Frau wie Charlotte, die durch ihr Aufwachsen in einer anderen Umgebung schlecht auf die neuen Anforderungen vorbereitet war, mit Vergnügen dabei half, mit den Realitäten des Lebens, wie Mrs. Smith sie kannte, fertig zu werden.

Da sie ein wenig zu großzügig mit dem Haushaltsgeld umgegangen war und drei Tage hintereinander Speck gekauft hatte, statt sich mit Haferflocken und Fisch zu begnügen, mußte Charlotte mit dem Omnibus statt mit der Droschke bis zu der dem Gadstone Park am nächsten gelegenen Haltestelle fahren und dann das letzte Stück durch nassen Schnee zu Fuß gehen.

Sie kam mit nassen Füßen und, wie sie befürchtete, einer sehr roten Nase am Eingang von Tante Vespasias Haus an und war ihrer eigenen Meinung nach nicht im geringsten die elegante Erscheinung, die sie gerne gewesen wäre. Das hatte sie jetzt von Speck zum Frühstück.

Das Mädchen, das die Tür öffnete, war an die Exzentrizitäten ihrer Herrin zu sehr gewöhnt, als daß sie ihren Gedanken erlaubt hätte, sich in ihrem Gesicht zu spiegeln. Sie hatte sich an jegliche Art von Überraschung gewöhnt. Sie brachte Charlotte in den Salon. Dort stellte sie sich so nahe an das Kaminfeuer, wie es nur möglich war, ohne daß sie Gefahr lief, selbst Feuer zu fangen. Die Wärme war wunderbar; sie brachte das Leben in ihre starren Fesseln zurück, und sie konnte sehen, wie die Nässe von ihren Stiefeln verdampfte.

Tante Vespasia erschien bereits nach sehr kurzer Zeit. Sie warf einen Blick auf Charlotte und holte dann ihre Lorgnette hervor. »Du meine Güte – Mädchen! Du siehst aus, als ob du über das Meer gekommen wärst. Was hast du denn bloß gemacht?«

»Es ist sehr kalt draußen«, sagte Charlotte als versuchte Erklärung. Sie tat einen Schritt vom Feuer weg; die Hitze begann zu stechen. »Und die Straße ist voller Pfützen.«

»Man könnte meinen, du seist in jede davon hineingetreten.« Vespasia schaute hinunter auf ihre dampfenden Füße. Sie war taktvoll genug, um nicht zu fragen, warum sie denn überhaupt zu Fuß gegangen sei. »Ich muß etwas Trockenes für dich finden, wenn du es auch nur ein wenig behaglich haben sollst.« Sie langte nach der Glocke und läutete energisch.

Charlotte wollte sich zuerst eigentlich zieren, aber ihr war erbärmlich kalt, und wenn sie längere Zeit hier bleiben sollte, war es sicher gut, etwas Warmes und Trockenes auszuleihen.

»Vielen Dank«, sagte sie.

Vespasia schaute sie durchdringend an. Sie hatte bemerkt, daß Charlotte sich sträuben wollte, und hätte dies auch verstanden. Als das Mädchen kam, behandelte Vespasia die ganze Angelegenheit sehr beiläufig.

»Mrs. Pitt wurde während ihrer Fahrt hierher unglücklicherweise angespritzt und dabei ziemlich durchnäßt.« Sie sah dabei das Mädchen nicht einmal an. »Sagen Sie Rose, sie soll trockene Stiefel und Strümpfe herausnehmen und das blaugrüne Nachmittagskleid, das mit der Stickerei an den Ärmeln. Rose wird wissen, welches ich meine.«

»Oh!« Das Mädchen schaute Charlotte mitfühlend an. »Manche von diesen Droschkenkutschern schauen einfach nicht, wohin sie fahren, Madam. Es tut mir wirklich leid. Die Köchin ist neulich nur ein paar Schritte die Straße entlang gegangen, als zwei dieser Verrückten an ihr vorbei ein Rennen fuhren, und sie war mit Schlamm geradezu bedeckt. Sie schimpfte fürchterlich, als sie wieder nach Hause kam. Ich werde Ihnen sofort etwas Trockenes bringen.« Sie huschte zur Tür hinaus in dem Bewußtsein, eine gute Tat zu vollbringen, und in der Hoffnung auf ewige Verdammnis für die Droschkenkutscher im allgemeinen und für die rücksichtslosen im besonderen.

Charlotte lächelte. »Ich danke dir; das war sehr taktvoll von dir.«

»Überhaupt nicht«, sagte Vespasia abwehrend. »Ich gebe heute nachmittag eine kleine Einladung, eine wirklich sehr kleine.« Sie machte mit der Hand eine flatternde Bewegung, um zu unterstreichen, daß sie sehr klein sein würde. »Und ich hätte gerne, daß du dabei bist. Ich fürchte, diese ganze elende Sache mit Augustus nimmt keinen guten Lauf.«

Charlotte wußte nicht gleich, was sie damit meinte. Ihre Gedanken flogen zu Dominic. Es konnte ihn doch niemand ernsthaft verdächtigen ...

Vespasia sah ihren Blick und verstand ihn mit einer Leichtigkeit, die Charlotte erröten ließ; wenn sie jetzt noch so leicht zu durchschauen war, wie peinlich mußte das erst früher gewesen sein.

»Oh, das tut mir leid«, sagte sie hastig. »Ich hatte gedacht, die Leute würden nicht mehr daran denken, jetzt, da er wieder begraben ist. Es scheint ja so zu sein, daß er nur das unglückliche Opfer einer geistesgestörten Kreatur ist, die überall Gräber aufreißt. Es gibt noch zwei weitere, weißt du, abgesehen von Lord Augustus und dem Mann auf der Droschke.«

Sie hatte die Genugtuung, Vespasias Augen vor Überraschung groß werden zu sehen. Sie hatte ihr etwas gesagt, das sie nicht nur nicht wußte, sondern auch nicht vorhergesehen hatte.

»Zwei weitere? Ich habe nichts davon gehört. Wann und wo?«

»Niemand, den du kennst«, antwortete Charlotte. »Einer war ein ganz gewöhnlicher Mann, der in der Nähe der Resurrection Row gewohnt hat ...«

Vespasia schüttelte den Kopf. »Nie davon gehört. Klingt sehr ungesund. Wo ist sie?«

»Ungefähr zwei Meilen von hier. Nein, es ist keine sehr erfreuliche

Gegend, aber auch kein ausgesprochenes Elendsviertel. Und natürlich gibt es dort auch einen Friedhof - muß es ja, bei so einem Namen. Dort hat man die andere Leiche gefunden – in dem Friedhof.«

»Wie es sich gehört«, sagte Vespasia trocken.

»Ja, aber nicht auf einem Grabstein sitzend und mit einem Hut auf dem Kopf.«

»Nein«, pflichtete Vespasia bei und verzog ihr Gesicht. »Und wer war er?«

»Ein Mann namens Horatio Snipe. Thomas wollte mir nicht sagen, was er gemacht hat, daher vermute ich, es muß etwas Schimpfliches gewesen sein – ich meine, schlimmer als nur ein Dieb oder ein Fälscher. Ich glaube, er hatte ein Haus mit Frauen oder so etwas ähnliches.«

Vespasia schaute über ihre Nase. »Also wirklich, Charlotte!« schnaubte sie. »Aber ich glaube, du hast recht. Das wird jedoch nichts nützen. Ein Verdacht ist eine seltsame Sache: Auch wenn es sich erwiesen hat, daß er völlig unbegründet ist – der Geschmack davon bleibt. Die Leute werden sogar vergessen, was es war, das Alicia oder Mr. Corde getan haben könnten, aber sie werden sich daran erinnern, daß sie sie verdächtigt haben.«

»Das ist aber sehr ungerecht«, sagte Charlotte erbost. »Und unvernünftig ist es auch.«

»Ja, sicher«, sagte Vespasia. »Aber die Leute sind nun mal beides, ungerecht und unvernünftig, ohne daß sie sich dessen im geringsten bewußt wären. Ich hoffe, du bleibst zu der Nachmittagsgesellschaft hier; hauptsächlich deshalb habe ich dich heute eingeladen. Du hast ein sehr ausgeprägtes Wahrnehmungsvermögen, was Menschen betrifft. Ich habe nicht vergessen, daß du vor uns allen erfaßt hast, was damals am Paragon Walk wirklich geschehen ist. Vielleicht kannst du auch diesmal etwas sehen, das wir nicht sehen.«

»Aber am Paragon Walk war ein Mord geschehen«, sagte Charlotte protestierend. »Hier handelt es sich um kein Verbrechen – es sei denn, man nimmt an, Lord Augustus sei ermordet worden?« Es war ein schrecklicher Gedanke, den sie nie akzeptiert hatte. Sie konnte es auch jetzt nicht. Sie hatte ihre Worte eher als Provokation gedacht denn als Frage.

Vespasia war nicht schockiert. »Höchstwahrscheinlich ist er ganz natürlich gestorben«, erwiderte sie, als ob sie über etwas spräche, das jeden Tag geschieht. »Aber man muß die Möglichkeit in Betracht ziehen, daß er es nicht ist. Wir wissen viel weniger über die Menschen, als wir uns gerne einbilden. Vielleicht ist Alicia so harmlos, wie sie zu sein scheint: ein gefälliges Mädchen aus guter Familie mit mehr als dem üblichen guten Aussehen, dessen Vater sie vorteilhaft verheiratet hat, und das, wenn auch nicht davon entzückt, doch auch nicht fantasiereich oder rebellisch genug war, dagegen anzugehen – nicht einmal in Gedanken. – Aber, meine Liebe, es ist auch möglich, daß ihre Ehe mehr und mehr ermüdend wurde und sie allmählich begriff, daß es wohl nie anders sein würde und gut noch weitere zwanzig Jahre dauern könnte, und daß ihr dieser Gedanke unerträglich wurde. Und als dann Dominic daherkam und sich genau zur selben Zeit eine Gelegenheit bot, sich von ihrem Mann zu befreien... Es konnte sehr einfach geschehen, wie du weißt: nur eine kleine Handbewegung, ein Tropfen, zwei Tropfen zuviel, nichts weiter. Kein Beweis, keine Lügen, wo sie war oder mit wem. Sie konnte es fast vergessen, aus ihrem Gedächtnis tilgen, sich selbst einreden, daß nichts geschehen sei.«

»Glaubst du das?« Charlotte war bange. Sogar vor dem Feuer wurde ihr die Kälte wieder bewußt und ihre nassen Füße. Draußen klatschte der Schneeregen gegen das Glas der Fenster.

»Nein«, sagte Vespasia ruhig. »Aber ich leugne auch nicht die Möglichkeit.«

Charlotte saß ganz still da.

»Geh und zieh deine Stiefel aus!« befahl Vespasia.

»Wir nehmen den Lunch hier ein, und du kannst mir von deiner Tochter erzählen. Welchen Namen habt ihr denn für sie ausgesucht?«

»Jemima«, sagte Charlotte und stand gehorsam auf.

»Ich dachte, der Name deiner Mutter sei Caroline?« Vespasia zog überrascht die Augenbrauen hoch.

»Das ist richtig«, sagte Charlotte. Sie drehte sich an der Türe um und zeigte ein blendendes Lächeln. »Und der Name von Großmama ist Amelia. Mir gefällt keiner davon!«

Die Einladung war sehr zwanglos, und vor Konversation konnte man der Musik kaum lauschen, was Charlotte eigentlich bedauerte, denn sie war gut, und sie liebte Piano. Sie selbst hatte nie sehr gut darauf gespielt, doch Sarah und Emily schon, und das feinfühlige Spiel dieses jungen Mannes brachte ihr die Erinnerung an die Kinderzeit und an Mamas Gesang zurück.

Dominic war überrascht, sie zu sehen, nahm aber entweder keine Notiz von Vespasias Kleid, das ihr so gut stand, oder war zu feinfühlig, um etwas dazu zu sagen, weil er wußte, daß es, ihren Verhältnissen entsprechend, ausgeliehen sein mußte.

Charlotte hatte Alicia vorher noch nie gesehen, und ihre Neugierde hatte seit dem Erscheinen des ersten Gastes, Virgil Smith, stetig zugenommen. Er war, wie Vespasia gesagt hatte, bemerkenswert durchschnittlich. Seine Nase war alles andere als aristokratisch; sie sah weniger wie Marmor als wie warmes Wachs aus, aus dem sie sehr sorglos geformt worden war. Sein Haarschnitt glich eher einer Schur, rund um einen Topf vollzogen, aber sein Schneider war vorbildlich. Er lächelte Charlotte mit einer Wärme an, die in seinen Augen leuchtete, und sprach zu ihr mit einem Akzent, den sie gerne nachgeahmt hätte wie Emily das so gut konnte –, um ihn Pitt vorzuführen. Aber sie hatte kein Geschick für diese Kunst.

Sir Desmond und Lady Cantlay erinnerten sich nicht an sie oder zogen es vor, es nicht zu tun. Sie konnte ihnen deswegen nicht böse sein; wenn eine Leiche mitten auf der Straße vor einem landet, erinnert man sich später nicht mehr an die Gesichter der Passanten, auch nicht an die von jenen, die einem Hilfe anboten. Sie begrüßten sie mit dem wohlerzogenen, gelinden Interesse, das man einer neuen Bekanntschaft entgegenbringt, mit der man offenbar nichts weiter gemein hat als den Ort, an dem man sich gerade befindet. Charlotte beobachtete sie, wie sie zu den anderen Gästen gingen, und machte sich keine weiteren Gedanken über sie, außer ob sie Dominic oder Alicia verdächtigten, einen Mord begangen zu haben.

Major Rodney und seine Schwestern kannten sie ebenfalls nicht, und sie murmelte höflich alberne Floskeln, die sie daran erinnerten, wie sie bei den endlosen Gesellschaften, als sie noch ledig war, neben ihrer Mutter und Emily gestanden und versucht hatte, sich so anzuhören, als ob sie ganz und gar in Anspruch genommen wäre von Mrs. Soundso letzter Krankheit oder den Aussichten für Miß Jemands Verlobung.

Sie hatte sich bereits eine sehr genaue Vorstellung von Alicias Aussehen gemacht: helle Haut und helles Haar, das – im Gegensatz zu ihrem eigenen – ganz natürlich gelockt war, mittlere Größe und weiche Schultern, ein klein wenig zu Übergewicht neigend. Später erkannte sie, daß sie nur ein vages Bild von Sarah gezeichnet hatte.

Als Alicia kam, war sie völlig anders. Es lag nicht so sehr am Äußeren; sie hatte helle Haut, und die Locken ihres Haares fielen so weich und ungleichmäßig, daß sie nur natürlich sein konnten. Aber sie war so groß wie Charlotte, und ihre Figur war sehr schlank und ihre Schultern beinahe zart. Darüber hinaus lag ein ganz anderer Ausdruck in ihren Augen. Sie war überhaupt nicht wie Sarah.

»Sehr erfreut!« sagte Charlotte nach einer Sekunde des Zögerns. Sie wußte nicht, ob sie erwartet hatte, daß sie sie mochte, oder nicht, aber sie war momentan verblüfft von der Realität. Weil Dominic sie liebte, hatte sie in Gedanken einen Schatten von Sarah geschaffen. Sie war auf eine davon so abweichende Person nicht vorbereitet, und sie hatte vergessen, daß sie für Alicia eine Fremde, und wenn Dominic ihr nichts über ihre Verwandtschaft zu Sarah gesagt hätte, eine Person ohne jede Wichtigkeit war.

»Wie geht es Ihnen, Mrs. Pitt?« antwortete ihr Alicia, und Charlotte wußte sofort, daß Dominic ihr nichts gesagt hatte; es lag keine Neugierde in ihrem Gesicht. Alicia trat einen Schritt zur Seite, sah Dominic an und stand einen Moment bewegungslos da. Dann wandte sie sich Gwendoline Cantlay zu und machte ihr Komplimente zu ihrem Kleid.

Charlotte dachte immer noch über ihr instinktives Erfassen der Situation nach, als sie von einer Stimme aus ihren Gedanken gerissen wurde.

»Ich habe gehört, Sie sind eine Verbündete von Lady Cumming-Gould?« Sie sah sich nach dem Sprecher um. Er war mager, hatte geschwungene Augenbrauen und zeigte beim Lächeln Zähne, die ein klein wenig schief waren.

Charlotte bemühte sich zu erfassen, was er damit meinen konnte. ›Verbündete?‹ Es mußte etwas mit der Gesetzesvorlage zu tun haben, mit der sich Tante Vespasia befaßte, durch die Kinder aus den

Arbeitshäusern in eine Schule gebracht werden sollen. Er war wohl der Mann, der Dominic in die Straße von Seven Dials getrieben und ihm das Arbeitshaus gezeigt hatte, das ihn so sehr bestürzt gemacht hatte. Sie schaute ihn mit gestiegenem Interesse an. Sie konnte verstehen, daß solche Dinge Thomas beschäftigten; sein tägliches Leben führte ihm die Folgen solcher Tragödien deutlich vor Augen. Aber warum diesen Mann?

»Nur im Geiste«, sagte sie und lächelte dabei. Sie war sich jetzt sicher, daß er es war; vielleicht war er von allen Anwesenden derjenige, der ihr Gemüt am wenigsten belastete. »Eine Anhängerin; nichts so Nützliches wie eine Verbündete.«

»Ich glaube, Sie unterschätzen sich, Mrs. Pitt«, entgegnete er.

Es berührte sie unangenehm, gönnerhaft behandelt zu werden. Die Angelegenheit war zu ernst für eine bedeutungslose Schmeichelei. Sie wies sie innerlich zurück; es war, als ob er sie der Wahrheit nicht für würdig befunden hätte.

»Sie tun mir keinen Gefallen, wenn Sie mir etwas vormachen«, sagte sie ziemlich schroff. »Ich bin keine Verbündete. Dazu fehlen mir die Mittel.«

Sein Lächeln wurde breiter. »Ich fühle mich gerügt, Mrs. Pitt, und ich entschuldige mich. Vielleicht war ich zu voreilig und habe den Wunsch zur Tatsache gemacht.«

Es wäre zickig von ihr gewesen, seine Entschuldigung nicht zu akzeptieren. »Wenn Sie daraus eine Tatsache machen können, würde es mich freuen«, sagte sie ein wenig sanfter. »Es geht um eine Sache, die der Anstrengung von jedermann wert ist.«

Ehe er antworten konnte, wurden sie mit weiteren Gästen bekanntgemacht. Lord und Lady St. Jermyn kamen herein, und Charlotte wurde ihnen vorgestellt. Ihr erster Eindruck von neuen Bekannten war sehr oft falsch gewesen; oft schon hatte sie für Leute, die sie später gerne mochte, zuerst überhaupt nichts übrig gehabt. Sie konnte sich aber nicht vorstellen, in der Gegenwart von Lord St. Jermyn je etwas anderes als Unbehagen zu spüren. Es war etwas um seinen Mund, das sie abstieß. Er war auf keinen Fall häßlich, eher das Gegenteil, aber wenn sich seine Lippen schlossen, dann erweckte das in ihr zur Hälfte eine Erinnerung, zur anderen Hälfte eine Vorstellung, die sie beide als unangenehm empfand. Sie hörte sich ein paar geistlose Worte sagen und fühlte Carlisles Augen auf sich gerichtet. Er hatte allen Grund, ihr mit genau der Unredlichkeit zu begegnen, die sie ihm soeben vorgeworfen hatte.

Etwas später gesellte sich Alicia mit Dominic zu ihnen. Charlotte beobachtete sie und dachte bei sich, wie gut sie beide aussahen und zueinander paßten. Seltsam, wie dieser Gedanke sie vor ein paar Jahren noch geschmerzt und verwirrt hätte und sie jetzt überhaupt nichts dabei fühlte außer der Besorgnis, das schöne Bild könnte zerbrechen.

Man kam wieder auf den Gesetzentwurf zu sprechen. St. Jermyn sprach zu Dominic.

»Ich habe von Somerset gehört, daß Sie ein Freund des jungen Fleetwood sind? Mit ihm auf unserer Seite hätten wir eine vortreffliche Position. Er hat sehr großen Einfluß, wie Sie wissen.«

»Ich kenne ihn nicht allzu gut.« Dominic war nervös und wollte sich am liebsten heraushalten. So wie jetzt hatte Charlotte ihn auch schon in der Cater Street sein Glas drehen sehen; dies wurde ihr erst jetzt richtig bewußt.

»Gut genug«, sagte St. Jermyn mit einem Lächeln. »Sie können gut mit Pferden umgehen und haben einen noch besseren Sachverstand. Das genügt.«

»Ich glaube, Sie haben selbst auch einen ausgezeichneten Stall, Sir.« Dominic versuchte immer noch, sich nicht drängen zu lassen.

»Reitpferde.« St. Jermyn winkte ab. »Fleetwood bevorzugt ein gutes Paar zum Fahren, und da übertreffen Sie ihn. Sie haben ihn ja sogar einmal geschlagen.« Er lächelte und zog dabei die Winkel seines breiten Mundes herab. »Machen Sie sich das nicht zur Gewohnheit! Es würde ihm nicht gefallen, wenn es öfter als nur gelegentlich passierte.«

»Ich bin gefahren, um zu gewinnen, nicht um Lord Fleetwood gefällig zu sein«, sagte Dominic ein wenig von oben herab. Seine Augen sprangen hinüber zu Charlotte, beinahe so, als ob er sich ihrer Gedanken und dessen, was sie gesagt hätte, bewußt wäre.

»Das ist ein Luxus, den wir uns nicht leisten können.« St. Jermyn hatte Dominics Antwort nicht gefallen, aber er bügelte diese leichte Verstimmung aus seinem Gesicht, gleich nachdem Charlotte sie bemerkt hatte, und eine Sekunde später war keine Spur mehr darin zu sehen. Sie vermutete, daß Dominic sie nicht einmal bemerkt hatte. »Wenn wir auf Fleetwoods Hilfe zählen, dann wäre es nicht sehr geschickt, ihn zu oft zu schlagen«, endete St. Jermyn.

Dominic sog die Luft für eine zurückweisende Erwiderung ein, aber Charlotte sprach vor ihm. Er war nicht jähzornig, eigentlich sogar sehr verträglich. Er nahm selten eine unversöhnliche Position ein, aber bei den wenigen Gelegenheiten, bei denen er es getan hatte, konnte sie sich nicht erinnern, daß er davon abgerückt wäre. Es bestand die Gefahr, daß er sich verrannte und dann nicht mehr zurück konnte, wenn es ihm leid tat.

»Ich glaube nicht, daß Mr. Corde das tun wird«, sagte sie und zwang sich dabei zu einem Lächeln hinüber zu St. Jermyn. »Aber sicher wird Lord Fleetwood einen Mann mehr beachten, der ihn wenigstens einmal geschlagen hat. Als zweiter hebt er sich doch kaum von der Masse ab und erregt so auch seine Aufmerksamkeit nicht.«

Dominic widmete ihr ein bezauberndes Lächeln, und einen Moment lang erinnerte sie sich der Gefühle, die sie ihm einmal entgegengebracht hatte; dann trat die Gegenwart wieder in den Vordergrund, und sie starrte auf St. Jermyn.

»Genau«, sagte Dominic zustimmend. »Er sollte sich das Arbeitshaus in Seven Dials einmal ansehen, so wie ich. Diesen Anblick würde er bestimmt nicht so schnell vergessen.«

Alicia schaute ihn erstaunt und ein wenig mißbilligend an. »Was ist denn so schlimm an den Arbeitshäusern?« fragte sie. »Du hast gesagt, dort herrsche Armut; aber keine Gesetzgebung wird diese beseitigen. Arbeitshäuser geben den Menschen wenigstens etwas zu essen und eine Unterkunft. Es hat immer schon Reiche und Arme gegeben, und sogar wenn du es jetzt durch so etwas wie ein Wunder ändern könntest, wäre es in ein paar Jahren oder in noch kürzerer Zeit wieder dasselbe – oder nicht? Wenn du einem armen Mann Geld gibst, macht es ihn nicht lange reich...«

»Sie sind einfühlsamer, als es vielleicht in Ihrer Absicht liegt«, sagte Carlisle. »Aber wenn man den Kindern Nahrung gibt und sie von Krankheiten und Verzweiflung fernhält, so daß sie erwachsen werden können, ohne für das Überleben stehlen zu müssen, und ihnen so etwas wie eine Bildung zukommen läßt, dann wird die nächste Generation nicht mehr ganz so arm sein.«

Alicia schaute ihn an, nahm seine Gedanken in sich auf und erkannte, daß es ihm sehr ernst damit war.

»Gott, wenn du das gesehen hättest!« sagte Dominic aufgebracht. »Man würde nicht hier stehen und akademische Spitzfindigkeiten erörtern; man würde hingehen und etwas unternehmen wollen.« Er schaute zu Charlotte hinüber. »Ist es nicht so?«

Ein schmerzlicher Zug huschte über Alicias Gesicht, und sie rückte fast unmerklich von ihm ab. Charlotte sah es und wußte genau, was sie fühlte: eine plötzliche Entfremdung, ein Ausgeschlossensein von einer Sache, die ihm wichtig war.

Charlotte sah ihn geradeheraus an und gab ihrer Stimme einen klaren, deutlichen Klang: »Ich könnte es mir denken. Auf alle Fälle hat es dich auf diese Weise beeinflußt. Du bist völlig verändert. Aber nach allem, was ich gehört habe, glaube ich nicht, daß es ein geeigneter Ort wäre, um mit Lady Fitzroy-Hammond dorthin zu gehen. Mein Mann würde es mir nicht erlauben.«

Aber Dominic wollte ihren Wink nicht begreifen.

»Er braucht dich nicht dorthin zu bringen«, sagte er hitzig. »Du weißt Bescheid über diese Häuser und die Situation der Leute, und du machst dir Gedanken. Ich erinnere mich, daß du schon vor Jahren davon gesprochen hast; aber damals habe ich nicht wirklich verstanden, was du damit meintest.«

»Ich glaube, du hast mir nicht richtig zugehört«, sagte sie ganz frei heraus. »Es hat lange gedauert, bis du es geglaubt hast. Du mußt auch anderen einige Zeit zugestehen!«

»Wir haben keine Zeit.«

»Wir haben wirklich keine, Mrs. Pitt«, sagte St. Jermyn und hob sein Glas. »Mein Gesetzesvorschlag wird in ein paar Tagen vorgelegt. Wenn wir ihn durchbringen wollen, werden wir rechtzeitige Unterstützung brauchen. Wir haben keine Zeit zu verlieren. Corde, ich wäre Ihnen sehr verpflichtet, wenn Sie sich Fleetwood morgen oder spätestens übermorgen vornehmen könnten.«

»Natürlich«, sagte Dominic mit fester Stimme. »Morgen.«

»Gut.« St. Jermyn klopfte ihm auf die Schulter und leerte dann sein Glas. »Kommen Sie, Carlisle, wir wollen mit unserer Gastgeberin sprechen; sie kennt beinahe jeden, und das brauchen wir.«

Ein Widerwille flackerte über Carlisles Gesicht und war schon fast wieder verschwunden, ehe sich Charlotte dessen sicher war. Er schloß sich St. Jermyn an. Sie gingen zusammen an den Damen Rodney und an Major Rodney vorbei. Er hielt ein Glas in seiner Hand und schaute besorgt über ihre Köpfe hinweg, als ob er jemanden suchen oder sich vielleicht vor jemandem fürchten würde.

Eine unangenehme Stille trat ein; dann erschien Virgil Smith. Er schaute Charlotte ein wenig unschlüssig an, dann wurde sein Gesicht weicher, und er sprach zu Alicia. Es war nur eine ganz allgemein gehaltene Bemerkung, völlig unwichtig, aber es lag eine Sanftheit in seiner Stimme, die Charlotte aus ihren Gedanken an Armut und Gesetzesvorlagen und sogar Mordverdächtigungen herausholte. Es war traurig und vielleicht von allen anderen unbemerkt geblieben, aber sie war sich absolut sicher, daß Virgil Smith Alicia liebte. Wahrscheinlich hatte sie nur Augen für Dominic und nicht die leiseste Ahnung davon, und wahrscheinlich wußte er um die Vergeblichkeit und würde es ihr niemals gestehen. In diesen wenigen Sekunden wurde Charlotte in Gedanken und in der Erinnerung eins mit Alicia und durchlebte noch einmal ihre Verblendung gegenüber Dominic und den Jammer und die wilden Hoffnungen, die törichten Selbsttäuschungen über all die Vorzüge, die sie in ihn hineinsah, und das wenige, das sie von ihm wußte. Sie hatte sich und ihm keinen Gefallen getan mit ihren Träumen, die ihn mit Vorzügen ausstatteten, von denen er nie behauptet hatte, daß er sie besäße.

Sie hätte Virgil Smith mit seinem Allerweltsgesicht und seinen unmöglichen Manieren auch nicht gesehen und ganz bestimmt nicht gemerkt oder merken wollen, daß er sie liebte. Es wäre ihr peinlich gewesen. Aber vielleicht wäre sie dabei die Verlierende gewesen.

Sie entschuldigte sich und unterhielt sich dann mit Vespasia und Gwendoline Cantlay. Mehr als einmal sah sie einen Ausdruck der Unruhe über Gwendolines Gesicht huschen, als ob ihr Charlotte irgendwie bekannt vorkäme, sie sie aber nirgendwo einordnen konnte. Sie war sich nicht sicher, ob sie sie gesellschaftlich kannte und ob sie dem Rechnung tragen sollte. Aus einer kleinen Boshaftigkeit heraus ließ Charlotte sie weitergrübeln; die Befriedigung, es ihr zu sagen, wäre nicht allzu groß und Tante Vespasia möglicherweise unangenehm gewesen. Sie würde sich wahrscheinlich nicht im geringsten darum kümmern, wenn alle zu wissen bekämen, daß sie mit der Frau eines Polizisten verkehrte, andererseits würde sie es vielleicht vorziehen, selbst zu entscheiden, wem sie es sagte und wie.

Es war spät geworden. Einige Gäste waren schon gegangen, und der graue Spätnachmittag war schon längst hereingebrochen, als Charlotte alleine in der Nähe des Eingangs zum Wintergarten stand und Alicia auf sich zukommen sah. Sie hatte darauf gewartet und hätte in der Tat, falls Alicia sich nicht selbst dazu entschlossen hätte, etwas unternommen, um ein Gespräch zuwege zu bringen.

Alicia hatte offenbar in Gedanken einstudiert, wie sie beginnen könnte; Charlotte wußte dies, denn genau das hätte sie auch getan.

»Es war ein sehr angenehmer Nachmittag, nicht wahr?« sagte Alicia ganz beiläufig, als sie neben Charlotte stand. »Sehr rücksichtsvoll von Lady Cumming-Gould, es so zu arrangieren, daß es nicht unschicklich für mich war zu kommen. Die lange Trauerzeit macht den schmerzlichen Verlust nur noch größer. Sie erlaubt einem keine Zerstreuung, um die Gedanken auf etwas anderes zu lenken als auf Tod und Einsamkeit.«

»Ja, das finde ich auch«, sagte Charlotte. »Ich denke, die Leute können sich nicht vorstellen, was für eine zusätzliche Belastung das zu dem Verlust, den man bereits hinnehmen mußte, noch ist.«

»Ich wußte bis heute nicht, daß Lady Cumming-Gould eine Tante von Ihnen ist«, fuhr Alicia fort.

»Das entspricht streng genommen auch nicht ganz der Wahrheit«, sagte Charlotte und lächelte dabei. »Sie ist die Großtante meines Schwagers, Lord Ashworth.« Dann sagte sie, was sie Alicia schon die ganze Zeit seit der Unterhaltung mit Lord St. Jermyn sagen wollte: »Meine Schwester Emily hat vor nicht langer Zeit Lord Ashworth geheiratet. Meine ältere Schwester, Sarah, war mit Dominic verheiratet, bevor sie starb; aber das werden Sie ja wissen...« Sie war sich ziemlich sicher, daß sie es nicht wußte, und sie wollte Alicia genügend Spielraum geben, um so zu tun, als ob sie es wüßte.

Alicia verbarg ihre Überraschung meisterhaft. Und Charlotte tat, als gäbe es nichts zu bemerken.

»Ja, natürlich«, heuchelte Alicia, »obschon ihn in letzter Zeit diese Sache mit Mr. Carlisle so sehr beschäftigt hat, daß ich gar nicht viel mit ihm geredet habe. Ich wäre Ihnen sehr verbunden, wenn Sie mir ein wenig mehr darüber erzählen könnten. Sie scheinen ihr Vertrauen zu haben, und ich muß zugeben, daß ich da doch schrecklich unwissend bin.«

Charlotte überraschte sich selbst bei einer Lüge: »Eigentlich glaube ich, daß es mehr Tante Vespasias Vertrauen ist, das ich habe.« Sie gab ihrer Stimme einen leichten Tonfall. »Sie ist sehr befaßt damit. Mr. Carlisle scheint mit ihr über dieses Thema zu sprechen und vielleicht zu versuchen, ihre Hilfe zu erhalten, um noch andere mit einem Sitz im House of Lords zu überzeugen, daß sie hingehen und ihn unterstützen.« Sie blickte Alicia kurz an und sah in deren Gesicht die Erinnerung an St. Jermyns Bemerkung. »Sie kennt sehr viele Leute. Ich habe natürlich selber noch nie ein Arbeitshaus gesehen, aber nach dem, was gesagt wird, ist es ein erschreckendes Elend, das unbedingt gelindert werden muß. Und wenn dieses Gesetz den armen Kindern der Metropole Unterhalt und Schulbildung zubilligt und sie von den Auswirkungen des dauernden Zusammenlebens mit Strolchen aller Art fernhält, dann kann ich für meinen Teil nur hoffen und beten, daß es durchkommt.«

Alicias Gesicht glättete sich erleichtert. »Oh, das tue ich auch«, sagte sie eifrig. »Ich muß mir überlegen, ob ich noch jemanden kenne, der da helfen könnte – vielleicht Familienangehörige oder Freunde von Augustus.«

»Oh, könnten Sie das?« Charlotte schauspielerte diesmal nicht. Sie machte sich Gedanken über Dominic und Alicia, weil es Individuen waren, die sie verstehen konnte; aber wenn sie ehrlich war, dann war ihr dieses Gesetz viel wichtiger als ein simpler Mord, welche Tragödie ihn auch immer hervorgebracht hatte oder in seinem Kielwasser folgen würde.

Alicia lächelte. »Sicher. Ich werde damit beginnen, sobald ich nach Hause komme.« Sie streckte impulsiv ihre Hand aus. »Ich danke Ihnen, Mrs. Pitt. Sie waren sehr freundlich. Ich habe das Gefühl, ich kenne Sie schon lange, und hoffe, Sie finden das nicht aufdringlich?«

»Ich betrachte es als ein großes Kompliment«, sagte Charlotte aufrichtig. »Ich hoffe, daß es auch in Zukunft so sein wird.«

Alicia hielt ihr Wort. Das erste, was sie tat, nachdem sie ihren Mantel dem Mädchen gegeben und ihre Stiefel gegen trockene ausgetauscht hatte, war, in ihr Schreibzimmer zu gehen und das Adreßbuch herauszuholen. Sie hatte vier sorgfältig aufgesetzte Briefe geschrieben, bevor sie nach oben ging und sich zum Abendessen umzog.

Verity war nicht zu Hause. Sie war einige Tage zu Besuch bei einer Cousine. Außer der alten Dame und ihr selbst war niemand bei Tisch. Sie vermißte Verity, denn zum einen mochte sie ihre Gesellschaft, und zum anderen hätte sie gerne über das neue Vorhaben und ihre Gedanken über Mrs. Pitt mit ihr gesprochen. Alicia hatte ihre Meinung von ihr grundlegend geändert; aus Abneigung wegen Dominics offensichtlicher Aufmerksamkeit für sie war Zuneigung geworden. Sie war ganz anders, als Alicia gedacht hatte.

»Hast du dich auf der Teeparty gut unterhalten?« fragte die alte Dame und schob eine große Portion Fisch in den Mund. »Hat es niemand seltsam gefunden, daß du schon so bald nach der Beerdigung deines Mannes wieder ausgehst? Ich nehme an, sie waren zu höflich dazu.«

»Es sind schon mehr als fünf Wochen, seit er gestorben ist, Schwiegermama«, antwortete Alicia und entfernte dabei vorsichtig die Gräten von ihrem Fisch. »Und es war eine Nachmittagsgesellschaft, keine Teeparty.«

»Mit Musik! Sehr unpassend! Lauter Liebeslieder, nehme ich an, so daß du Dominic Corde anhimmeln und eine Närrin aus dir machen konntest. Er wird dich nicht heiraten, glaube mir! Er findet keinen Geschmack daran. Er glaubt, du hättest Augustus vergiftet.«

Alicia erfaßte die ganze Bedeutung des eben Gesagten nur langsam. Zuerst war sie verärgert über den Vorwurf, daß sie sich auf der Nachmittagsgesellschaft unmöglich gemacht habe. Erst als sie ihren Mund schon geöffnet hatte, um dies von sich zu weisen, erfaßte sie, was die alte Dame über Dominic gesagt hatte. Es war im höchsten Maße häßlich und auch völlig unwahr. Nie würde er so schlecht von ihr denken.

»Kann es natürlich nicht beweisen«, fuhr die alte Dame mit glitzernden Augen fort. »Würde kein Wort darüber verlieren – nur jedesmal, wenn du ihn siehst, ein wenig kühler werden. Ist dir nicht aufgefallen, daß er in den letzten Tagen nicht hier war? Keine Kutschfahrten mehr ...«

»Es war nicht das Wetter dazu«, sagte Alicia hitzig.

»Das hat ihn früher nie abgehalten.« Die alte Dame nahm wieder eine Portion Fisch und sprach mit vollem Mund weiter. »Ich habe ihn zu Weihnachten hier gesehen, als die Straßen voller Schnee waren. Mach dich nicht lächerlich, Mädchen!«

Alicia war jetzt zu zornig, um noch länger höflich zu sein. »Letzte Woche hast du gesagt, er selbst hätte Augustus getötet«, fauchte sie. »Wenn er es getan hat, wie kann er dann denken, daß ich es war? Oder kannst du dir vorstellen, daß wir beide es unabhängig taten? Wenn es so ist, dann sollte es dich freuen, uns heiraten zu sehen – wir verdienen einander!«

Die alte Dame schaute sie wild an und tat, als ob sie ihren Mund zu voll zum Sprechen hätte, während sie nach einer geeigneten Antwort suchte.

»Vielleicht denkt er, du hättest es getan«, fuhr Alicia fort und erhielt durch diesen Gedanken noch weiteren Auftrieb. »Das Digitalis ist schließlich deines, nicht meines. Vielleicht hat er Angst, in ein Haus zu kommen, in dem auch du wohnst.«

»Und warum bitte sollte ich meinen eigenen Sohn vergiften?« Die alte Dame schluckte ihren Fisch hinunter und schob neuen nach. »Ich will ja keinen gutaussehenden jungen Schäkerer heiraten.«

»Das wird auch gut sein«, stieß Alicia hervor. »Du hättest nämlich nicht die geringste Chance.« Sie war entsetzt über sich selbst, aber die Jahre des angepaßten Benehmens waren nun endlich wie abgebrochen, und es war ein herrliches Gefühl – erhebend wie das zu schnelle Reiten auf einem guten Pferd.

»Du aber auch nicht, mein Kind!« Das Gesicht der alten Dame war scharlachrot. »Und du bist eine Närrin, wenn du es dir anders vorstellst. Du hast deinen Mann umsonst vergiftet.«

»Wenn du glaubst, ich sei eine Giftmörderin« – Alicia schaute ihr geradewegs in ihre alten Augen – »dann überrascht es mich, daß du so gierig am selben Tisch mit mir ißt und dir mit aller Gewalt meine Feindschaft zuziehst. Hast du keine Angst um dich?«

Die alte Dame verschluckte sich, und ihr Gesicht wurde bläulichweiß. Ihre Hand fuhr an ihren Hals.

Alicias Lachen war echt und bitter. »Wenn ich jemanden hätte vergiften wollen, dann zuallererst dich, nicht Augustus; aber ich habe es nicht, was du genausogut weißt wie ich. Du hättest sonst Nisbett alles versuchen lassen, ehe du es in deinen Mund geschoben hättest. Nicht, daß ich Nisbett nicht mit Vergnügen ebensogerne vergiftet hätte.«

Die alte Dame verfiel in ein krampfhaftes Husten.

Alicia ignorierte sie. »Wenn du genug von dem Fisch hast«, sagte sie kalt, »werde ich Byrne das Fleisch bringen lassen.«

Pitt wußte nichts von der Einladung. Er war entschlossen, die Identität der Leiche von der Droschke festzustellen. Er riß den Umschlag mit dem Ergebnis der Obduktion dem Botenjungen förmlich aus der Hand. Er hatte schon die ganze Zeit über die Hintergründe spekuliert. Wenn die Angelegenheit mit einem Verbrechen oder einem Skandal überhaupt nichts zu tun hatte, warum sollte dann jemand die grausige und gefährliche Arbeit auf sich genommen, ihn ausgegraben und auf den Kutschersitz einer Droschke gesetzt haben? Man hatte natürlich festgestellt, was es mit der Droschke auf sich hatte; aber alles, was man herausfinden konnte, war, daß sie gestohlen worden war, während ihr Besitzer sich allzu sorglos in einem Pub stärkte. Nichts Ungewöhnliches und in einer Januarnacht etwas, für das Pitt volles Verständnis hatte. Nur Polizisten, Droschkenkutscher und Verrückte trieben sich bei solchem Wetter die ganze Nacht auf den Straßen herum.

Er las, daß die Todesursache so gewöhnlich war, wie sie nur sein konnte – ein Schlaganfall. Es war eine ganz normale und in höchstem Maße natürliche Art zu sterben. Keine Anzeichen von Gewalttätigkeit an dem toten Körper; eigentlich überhaupt nichts Außergewöhnliches. Er war ein Mann in den späten mittleren Jahren, sein Gesundheitszustand war allgemein gut, er war gut genährt, gut gepflegt, sauber, hatte ein klein wenig Übergewicht. Er war in der Tat so – wie der junge Mann im Leichenhaus ja auch gesagt hatte –, wie man es von einem Lord erwarten würde.

Pitt dankte dem Botenjungen und entließ ihn. Dann legte er das

Papier in die Schublade seines Schreibtisches, setzte seinen Hut auf, wickelte sich seinen Schal um den Hals, nahm seinen Mantel vom Kleiderständer und ging aus der Tür.

Es gab kein offenes Grab. Das war vielleicht das Unheimlichste daran: Er hatte drei Gräber und vier Leichen: Lord Augustus, William Wilberforce Porteous, Horrie Snipe – und diesen Unbekannten von der Kutsche. Wo war sein Grab, und warum hatte der Grabräuber es wieder so sorgfältig zugefüllt, daß nichts auffälliges zu sehen war?

Die anderen Gräber waren alle mehr oder weniger in demselben Gebiet. Dort wollte er sich umschauen. Natürlich konnte er nicht alle frischen Gräber untersuchen; er würde alle Ärzte befragen müssen, die innerhalb der letzten sechs Wochen einen Tod durch Schlaganfall bescheinigt hatten. Es könnte ihm vielleicht möglich sein, die Fälle so einzukreisen, daß nur noch in einem oder in zwei Fällen die unerfreulichen sterblichen Überreste, die immer noch im Leichenhaus waren, identifiziert werden mußten.

Es war bereits der Nachmittag des nächsten Tages, als er müde, frierend und ziemlich gereizt die steinernen Stufen zur Praxis eines Dr. Childs hinaufstieg.

»Er empfängt zu dieser Tageszeit keine Patienten«, sagte seine Haushälterin schroff. »Sie werden warten müssen! Er trinkt gerade seinen Tee.«

»Ich bin kein Patient.« Pitt versuchte, seine Stimme unter Kontrolle zu halten. »Ich bin von der Polizei, und ich werde nicht warten.« Er starrte der Frau so lange in die Augen, bis sie wegschaute.

»Ich wüßte zwar nicht, was Sie bei uns wollen, aber kommen Sie herein!« sagte sie und zuckte mit einer Schulter. »Und streifen Sie sich die Schuhe ab!«

Pitt folgte ihr hinein und überraschte einen ziemlich erschrockenen Doktor, der ohne Schuhe und mit einem Stück Zwieback in der Hand und Butter am Kinn vor dem Kamin saß.

Pitt erklärte, warum er hier war.

»Oh«, sagte der Arzt sofort. »Bringen Sie noch eine Tasse, Mrs. Lundy! Nehmen Sie einen Zwieback, Inspektor! Ja, ich könnte mir vorstellen, daß das Albert Wilson ist. Wärmen Sie sich bloß auf, Sie sehen ja ganz erfroren aus! Mr. Dunns Butler – armer Kerl. Aber warum sage ich das überhaupt – es ist ein schneller und angenehmer Weg abzutreten! Ich wage zu sagen, daß er überhaupt nichts gemerkt hat. Ihre Stiefel sind naß; ziehen Sie sie aus und trocknen Sie Ihre Socken, Mann! Ich kann dieses Wetter nicht ertragen. Warum fragen Sie wegen Wilson? Ganz normaler Tod! Er hat keine Verwandten, und eine Erbschaft gibt es ohnehin nicht. Er war nur ein Butler; zwar ein guter, wie mir gesagt wurde, aber ein ganz gewöhnlicher Mann. So ist's richtig; machen Sie es sich nur bequem! Nehmen Sie noch einen Zwieback! Achtung, die Butter – sie läuft überall hin. Was ist los mit Wilson?« Er zog seine Augenbrauen hoch und schaute Pitt neugierig an.

Pitt erwärmte sich für den Mann, und das Feuer im Kamin erwärmte ihn ebenso. »Vor ungefähr drei Wochen wurde vor einem Theater auf dem Kutschersitz einer Droschke ein wiederausgegrabener Leichnam gefunden...«

»Großer Gott! Und Sie meinen, das könnte der arme alte Wilson gewesen sein?« Die Augenbrauen des Arztes hoben sich fast bis zum Haaransatz. »Aber warum sollte jemand so etwas tun? Ihr Fall, wie? Danke, Mrs. Lundy; schenken Sie dem Inspektor eine Tasse Tee ein!«

Pitt nahm den Tee dankbar an und wartete dann, bis die Haushälterin – widerwillig – den Raum verlassen hatte.

»Unglaublich neugieriges Frauenzimmer!« Der Doktor schüttelte seinen Kopf. »Aber das hat auch seine Vorteile – sie weiß mehr über meine Patienten, als diese mir je sagen. Man kann keinen Menschen kurieren, wenn man nur zur Hälfte weiß, was mit ihm nicht stimmt.« Er beobachtete, wie der Dampf von Pitts Socken aufstieg. »Sie sollten nicht mit nassen Füßen herumlaufen! Das ist nicht gut für Sie.«

»Ja, es ist mein Fall.« Pitt mußte lächeln. »Und das Eigenartige daran ist, es gibt kein offenes Grab. Albert Wilson ist doch beerdigt worden?«

»Oh, sicher. Natürlich ist er das. Ich kann Ihnen nicht sagen wo, aber ich bin sicher, daß Mr. Dunn es könnte.«

»Dann werde ich ihn fragen«, antwortete Pitt, ohne sich zu bewegen. Er biß wieder in ein Stück Zwieback. »Ich bin Ihnen sehr dankbar.«

Der Doktor langte nach der Teekanne.

»Nicht der Rede wert, guter Mann. Berufsausübung! Nehmen Sie noch eine Tasse Tee?«

Pitt ging zu den Dunns und erfuhr den Namen der Kirche, aber es hatte keinen Sinn, jetzt im Dunkeln dort nach Gräbern zu suchen. Am nächsten Morgen fand er dann das Grab des verstorbenen Butlers Albert Wilson und holte sich die Genehmigung, es öffnen zu dürfen. Um elf Uhr stand er dann neben dem Grab und beobachtete, wie die Totengräber die letzte schwarze Erde vom Sargdeckel wegschaufelten. Er reichte ihnen die Seile hinunter, wartete, bis sie sie unter dem Sarg hindurchgezogen und verknotet hatten, und trat dann zurück, als sie herauskletterten und zu ziehen anfingen. Es war eine Arbeit für Fachleute; eine Sache der Gewichtsverteilung. Sie schienen den Sarg schwer zu finden und setzten ihn schließlich mit einem erleichterten Seufzer auf die feuchte Erde neben dem Grab.

»Das war elendiglich schwer«, sagte einer von ihnen. »Hat sich für mich kaum so angefühlt, als ob er leer wäre.«

»Für mich auch nicht.« Der andere schüttelte seinen Kopf und warf Pitt einen anklagenden Blick zu.

Pitt antwortete nicht, sondern bückte sich und sah sich die Verschraubung des Deckels an. Einen Moment später fischte er einen Schraubenzieher aus seiner Manteltasche. Schweigend begann er zu arbeiten und bewegte sich rund um den Sarg, bis er alle Schrauben in seiner Hand hatte. Er steckte sie in die andere Tasche und trieb dann das Metall des Schraubenziehers unter den Sargdeckel und hob ihn hoch.

Sie hatten recht. Er war nicht leer. Der Mann, der darin lag, war eher schmächtig und hatte dichtes, rotes Haar. Er hatte ein weites, weißes Hemd an, und es war Farbe an seinen Fingern; Aquarellfarbe, wie sie ein Kunstmaler benützt.

Aber es war das Gesicht, das Pitt gefangennahm. Seine Augen waren geschlossen, die Haut war aufgequollen, die Lippen blau. Unter der Oberfläche der Haut waren Dutzende von winzigen, nadelstichartigen roten Flecken, da, wo die Kapillargefäße geplatzt waren. Aber das Offensichtlichste von allem waren die dunklen Male am Hals.

Hier war endlich der, der ermordet worden war.

8

Es hatte sich bereits so viel auf den Gadstone Park konzentriert, daß Pitt nicht lange dazu brauchte, die Identität des Mannes, der in dem Grab von Albert Wilson begraben worden war, festzustellen. Es war nur von einem Kunstmaler die Rede gewesen – Godolphin Jones. Es würde nicht weiter schwierig sein, festzustellen, ob dies wirklich sein Leichnam war.

Pitt machte den Sargdeckel wieder zu und stand auf. Er rief den Constable, der am Ende des Weges wartete, und sagte ihm, er solle den Leichnam sofort ins Leichenhaus bringen lassen; er selbst wolle sich zum Gadstone Park begeben und einen Butler oder Diener holen, damit ihn sich jemand ansähe und ihn identifiziere. Er dankte den Totengräbern, die wütend und verwirrt auf den erdverschmutzten Sarg starrten, während er seinen Schal enger zog und seinen Hut ins Gesicht drückte, um den Nieselregen davon abzuhalten. Dann ging er hinaus auf die Straße.

Es war ein kurzes, unerbittliches Unterfangen. Das Gesicht war trotz seiner Verquollenheit und der roten Flecken so charakteristisch, daß der Butler nur einen Blick darauf zu werfen brauchte.

»Ja, Sir«, sagte er. »Das ist Mr. Jones.« Dann fügte er noch zögernd hinzu: »Sir er...« Er schluckte..... er sieht nicht so aus, als ob er ganz natürlich gestorben wäre, Sir.«

»Nein«, sagte Pitt mit sanfter Stimme. »Er ist erwürgt worden.«

Der Mann war jetzt wirklich sehr blaß. Der Leichenhausangestellte griff nach dem Wasserglas.

»Heißt das, daß er ermordet wurde, Sir? Und daß es eine Untersuchung geben wird?«

»Ja«, antwortete Pitt. »Ich fürchte, das heißt es.«

»Ach herrje.« Der Mann setzte sich auf den bereitgestellten Stuhl. »Wie unangenehm!«

Pitt wartete noch eine Weile, bis sich der Mann wieder gefaßt hatte; dann gingen sie beide zu der wartenden Droschke und fuhren in den Gadstone Park zurück. Es gab jetzt viel zu tun. Godolphin Jones war bis jetzt mit den ganzen Ereignissen noch nicht in Verbindung gebracht worden. Er war offenbar weder mit Augustus Fitzroy-Hammond noch mit Alicia oder Dominic in Beziehung gestanden. Er paßte eigentlich überhaupt zu nichts, worüber gesprochen worden war; nicht einmal zu dem Gesetzentwurf, der Tante Vespasia so sehr beschäftigte. Niemand schien – abgesehen von seiner beruflichen Tätigkeit oder dem Umgang, den man mit einer Person aus der unmittelbaren Nachbarschaft hat – näher mit ihm bekannt zu sein.

Charlotte hatte gesagt, daß Tante Vespasia seine Bilder ein wenig zu ›lehmig‹ und zu teuer finde, aber das war kein Grund für eine persönliche Abneigung und noch weit weniger für einen Mord. Wenn jemand bestimmte Bilder nicht mochte, brauchte er sie ja nicht zu kaufen. Und doch war er bekannt und, wenn man seinem Haus nach urteilen konnte, auch ziemlich vermögend.

Das Haus war die Stelle, an der die Untersuchungen beginnen mußten. Möglicherweise war er dort ermordet worden, und wenn das festgestellt werden konnte, dann konnte man von diesem Punkt aus die Mordzeit feststellen und Personen vernehmen. Zumindest könnte er feststellen, wann Godolphin Jones zuletzt in seinem Haus war, ob jemand gesehen hatte, daß er wegging, oder ob jemand ihn besuchte und warum. Das Hauspersonal wußte oft wesentlich mehr über die Herrschaft, als diese glaubte. Diskretion und gutgezieltes Befragen konnten alle möglichen Informationen zutage bringen.

Und seine Sachen mußten selbstverständlich eingehend untersucht werden.

Pitt machte sich zusammen mit einem Constable an das langwierige Unternehmen.

Das Schlafzimmer erbrachte nichts. Es war ordentlich – ein wenig zu bewußt dramatisch für Pitts Geschmack – und sauber und weiter nicht bemerkenswert. Es enthielt die üblichen Dinge: Waschtisch, Spiegel, eine Kommode mit Schubladen für Wäsche und Socken. Die Anzüge und Hemden wurden in einem separaten Ankleideraum aufbewahrt. Es gab auch einige Gästeschlafzimmer, die aber alle unbenutzt waren.

Auch die Räume im Erdgeschoß zeigten nichts Ungewöhnliches, und so kamen sie schließlich zum Atelier. Pitt öffnete die Tür und starrte hinein. Es war nichts Gestelltes oder Anmaßendes an diesem Raum; der Boden war ohne Teppich, die Fenster waren riesig und nahmen den größten Teil zweier Wände ein. Ein Durcheinander aus Stücken einer zerbrochenen Plastik lag in einer Ecke und ein Stuhl, der wie ein weißer Gartenstuhl aussah. Ein Louis-Quinze-Sessel war zur Hälfte mit rosa Samt drapiert, und eine Urne lag seitwärts auf dem Boden. An der Wand neben der Tür waren Regale mit Pinseln, Pigmenten, verschiedenen Chemikalien, Leinöl, Spiritus und einigen Bündeln Lumpen. Auf dem Boden darunter lagen mehrere Stücke Leinwand, und in der Mitte des Raumes stand eine Staffelei mit einem angefangenen Gemälde. Daneben lagen zwei Paletten. Außer diesen Gegenständen, einem alten Rolladentisch und einem harten Küchenstuhl war auf den ersten Blick nichts zu sehen.

»Ein Künstler«, sagte der Constable naserümpfend. »Glauben Sie, daß wir hier etwas finden?«

»Ich hoffe.« Pitt ging hinein. »Sonst bleibt uns nichts anderes mehr übrig, als das Hauspersonal zu befragen. Beginnen Sie dort drüben!« Er zeigte ihm, wo er anfangen sollte, und begann damit, sich die Leinwandstücke anzusehen.

»Ja, Sir«, antwortete der Constable. Er stieg pflichtbewußt über die Urne und stieß dabei den Stuhl um. Dieser fiel polternd zu Boden und riß noch eine Vase mit getrockneten Blumen mit sich.

Pitt enthielt sich eines Kommentars. Er kannte die Ansichten des Constables von Kunst und Künstlern bereits.

Die Leinwandstücke waren größtenteils aufgezogen und grundiert, aber sonst unbearbeitet. Es waren nur zwei mit Farbe darauf da: eines mit einem Hintergrund und den Konturen eines Frauenkopfes, das andere fast fertig. Er stellte sie auf und trat ein paar Schritte zurück, um sie besser betrachten zu können. Sie waren, wie Tante Vespasia gesagt hatte, ein wenig zu ›saftig‹, zu farbig. Aber die Ausgewogenheit und die Komposition waren sehr harmonisch. Er erkannte weder das Gesicht auf dem beinahe fertigen Bild, noch das auf dem angefangenen auf der Staffelei. Aber der Butler würde wahrscheinlich wissen, um wen es sich handelte. Jones hatte sicherlich auch ein Verzeichnis, schon aus finanziellen Gründen.

Der Constable stieß auch noch ein Stück von einer Säule um und fluchte leise vor sich hin. Pitt ignorierte ihn weiterhin und wandte sich dem Rolladentisch zu. Er war verschlossen, und Pitt mußte einige Minuten mit einem Stück Draht daran herumhantieren, ehe er ihn öffnen konnte. Es lagen einige Papiere darinnen, hauptsächlich Rechnungen für Künstlerbedarf. Die Haushaltsbelege waren sicherlich woanders; wahrscheinlich hatte sie die Köchin oder der Butler.

»Hier ist nichts, Sir«, sagte der Constable resignierend. »Es läßt sich auch gar nicht so ohne weiteres sagen, ob es einen Kampf gegeben hat oder nicht bei dem Durcheinander hier – typisch Künstler.« Er hielt nichts von Kunst. Das war kein Beruf für einen Mann. Männer sollten einer vernünftigen Arbeit nachgehen, und Frauen sollten den Haushalt führen – einen ordentlichen, sauberen Haushalt, wenn sie etwas taugten. »Sie leben alle so!« Er schaute sich geringschätzig im ganzen Raum um.

»Ich weiß es nicht«, antwortete Pitt. »Sehen Sie, ob Sie irgendwo Blut finden können. Auf seiner Hand war eine ganz schön große Schramme. Es müssen Blutspuren an dem sein, woran er sich angeschlagen hat.« Er fuhr mit seiner Untersuchung des Tisches fort und nahm sich als nächstes ein Bündel Briefe vor. Er überflog sie schnell. Sie waren nicht interessant für ihn; es handelte sich um Aufträge für Porträts, um nähere Angaben zur Positur, zur Farbe der Kleidung, um passende Termine für Sitzungen.

Dann stieß er auf ein kleines Notizbuch mit einer Reihe von Zahlen, die alles mögliche bedeuten konnten. Hinter jeder Zahl war eine winzige Zeichnung, die entweder ein Insekt oder ein kleines Kriechtier darstellte. Da war eine Eidechse, eine Fliege, zwei verschiedene Käfer, eine Kröte, eine Raupe und noch ein paar kleine, haarige Dinger mit Beinen. Alle wiederholten sich mindestens ein halbes Dutzend Mal, mit Ausnahme der Kröte, die nur zweimal vertreten war, und zwar dem Ende zu. Wenn Jones noch länger gelebt hätte, wäre sie vielleicht noch öfter erschienen.

»Haben Sie etwas gefunden?« Der Constable stieg über die Urne und den Stuhl und kam zu Pitt herüber. Seine Stimme hatte hoffnungsvoll geklungen.

»Ich weiß nicht«, antwortete Pitt. »Es sieht nicht nach viel aus, aber wenn ich es verstehen könnte...«

Der Constable versuchte über Pitts Schulter zu schauen, fand sie jedoch zu hoch und spähte statt dessen über seinen Ellbogen.

»Also, ich weiß es auch nicht«, sagte er nach einer Minute. »War er an so was interessiert? Manche Leute sind es – Leute, die nichts Besseres mit ihrer Zeit anzufangen wissen. Obgleich es für mich ein Rätsel ist, warum sich jemand mit Spinnen und Fliegen beschäftigt.«

»Nein.« Pitt schüttelte mißbilligend seinen Kopf. »Es sind keine naturalistischen Zeichnungen. Sie wiederholen sich alle in ziemlich genauen Abständen, und es sind ganz genau dieselben. Sie sehen eher aus wie Hieroglyphen, so wie ein Code.«

»Für was?« Der Constable runzelte seine Stirn. »Es ist doch kein Brief oder so etwas.«

»Wenn ich wüßte für was, dann wüßte ich auch den nächsten Schritt«, sagte Pitt schroff. »Diese Zahlen sind in Gruppen zusammengefaßt – wie Daten oder Geldbeträge oder beides.«

Das Interesse des Constables schwand. »Vielleicht hat er so seine Buchführung gemacht; um neugieriges Hauspersonal herauszuhalten oder so«, meinte er. »Dort drüben gibt es nicht viel, nur ein paar Dinge, wie man sie auf Bildern sieht: Gipsbrocken, die wie Steine aussehen sollen, farbige Stoffe und solche Sachen. Kein Blut. Und es liegt auch alles so durcheinander, daß man nicht sagen kann, ob es durcheinandergeworfen wurde oder ob er es einfach so hat liegen lassen. Künstler scheinen von Natur aus unordentlich zu sein. Es sieht so aus, als ob er auch Fotografien gemacht hätte; es ist auch eine Kamera da drüben.«

»Eine Kamera?« Pitt richtete sich auf. »Ich habe keine Fotografien gesehen, und Sie?«

»Nein, Sir. Jetzt, wo Sie es sagen – ich habe auch keine gesehen. Glauben Sie, daß er sie verkauft hat?«

»Er würde wohl kaum restlos alle verkauft haben«, antwortete Pitt und zerbrach sich den Kopf. »Und es waren auch in den anderen Räumen keine. Ich frage mich wirklich, wo sie sind.«

»Vielleicht hat er sie gar nicht benutzt«, sagte der Constable. »Sie ist unter all den Dingen, die er für seine Bilder brauchte.«

»Ich glaube nicht, daß man so etwas in einem Gemälde verarbeitet.« Pitt stieg vorsichtig über den Stuhl und die Urne und die Säule, bis er zu der schwarzen Kamera, die auf einem Stativ stand, kam. »Und sie ist auch alles andere als neu«, bemerkte er. »Er hat sie also nicht erst vor kurzem gekauft, es sei denn, sie war schon gebraucht.

Aber wir können herausfinden, ob jemand seiner früheren Auftraggeber ein Porträt mit einer Kamera hat malen lassen oder ob jemand kürzlich ein solches in Auftrag gegeben hat.«

»Sie sieht nicht besonders gut aus.« Der Constable verfing sich mit den Füßen in einem Stück Samtstoff und fluchte laut. Dann bemerkte er Pitts Gesicht. »Entschuldigung, Sir!« Er hustete in einer Mischung aus Peinlichkeit und Verwirrtheit. »Aber vielleicht hat er Aufnahmen von den Leuten gemacht, die er malen wollte, damit er wußte, wie sie aussahen, wenn sie nicht da waren?«

»Und sie nachher vernichtet oder weggegeben?« Pitt dachte darüber nach. »Nicht ausgeschlossen, aber ich würde denken, er hätte sie in Farbe sehen wollen. Ein Kunstmaler arbeitet schließlich mit Farben. Aber trotzdem, es könnte sein.« Er begann damit, die Kamera zu untersuchen und mit ihr herumzuexperimentieren. Er hatte sich noch nie mit einer Kamera beschäftigt, obwohl er schon gesehen hatte, wie Polizeifotografen damit arbeiteten, und die Möglichkeiten, die sich daraus ergaben, schätzen gelernt. Er wußte, daß das Bild auf einer Platte festgehalten wurde, die dann entwickelt werden mußte. Er mußte eine Zeitlang an der Kamera herumhantieren, bis er die Platte herausbekam. Er tat dies sehr vorsichtig und hielt sie in dem schwarzen Tuch vom Licht fern. Es war etwas Fremdes für ihn, und er wußte nicht, wie empfindlich sie war.

»Was ist denn das?« fragte der Constable.

»Die Platte«, antwortete Pitt.

»Ist etwas darauf?«

»Ich weiß es nicht. Muß sie erst entwickeln lassen. Wahrscheinlich nicht, sonst hätte er sie nicht da drin gelassen, aber vielleicht haben wir Glück.«

»Wahrscheinlich nur irgendeine Frau, die er gemalt hat«, tat der Constable die Sache ab.

»Er ist vielleicht wegen einer Frau, die er gemalt hat, ermordet worden«, gab Pitt zu bedenken.

Das Gesicht des Constables erhellte sich hoffnungsvoll. »Wegen einer Affäre? Das ist eine Idee! Eine allzu freie Positur, wie?«

Pitt warf ihm einen trockenen, ironischen Blick zu.

»Gehen Sie und holen Sie die Bediensteten; einen nach dem anderen!« wies er den Constable an. »Beginnen Sie mit dem Butler!«

»Ja, Sir.« Der Constable gehorchte dem Befehl, aber er ließ sich offensichtlich auch die grenzenlosen Möglichkeiten, die ihm gerade aufgegangen waren, durch den Kopf gehen. Er mochte keine verweichlichten Männer, die viel zu viel Geld damit verdienten, in weiten Kitteln herumzuschmieren und Bilder von Leuten zu malen, die es eigentlich besser wissen müßten. Trotzdem war dies wesentlich interessanter als die übliche Tretmühle der anderen Tragödien, die er gesehen hatte. Er wollte dabei nicht durch Dienstboten belästigt werden und verließ nur widerstrebend das Atelier.

Kurz darauf kam der Butler herein, und Pitt bot ihm an, auf dem Gartenstuhl Platz zu nehmen, während er selbst sich auf den Stuhl, der neben dem Tisch gestanden hatte, setzte.

»Wen hat der Hausherr gerade gemalt, als er wegging?« fragte er geradeheraus.

»Niemanden, Sir. Er war gerade mit einem Porträt von Sir Albert Galsworth fertig geworden.«

Das war enttäuschend; nicht nur, weil es jemand war, von dem Pitt noch nie gehört hatte, sondern auch noch ein Mann.

»Wie steht es mit dem Bild auf dem Boden?« fragte er. »Das ist eine Frau.«

Der Butler sah es sich näher an.

»Dazu weiß ich nichts zu sagen, Sir. Sie scheint eine vornehme Dame zu sein – nach ihrer Kleidung zu urteilen –, aber wie Sie selbst sehen, das Gesicht ist noch nicht fertig gemalt, also kann ich Ihnen nicht sagen, wer es sein könnte.«

»Ist niemand zu Sitzungen hierher gekommen?«

»Nein, Sir; nicht, daß ich wüßte. Vielleicht hatte sie einen Termin und hat ihn dann auf einen passenderen Zeitpunkt verschoben?«

»Und dieses hier?« Pitt zeigte ihm das andere, fast fertige Bild.

»O ja, Sir. Das ist Mrs. Woodford. Ihr gefiel das Bild nicht; sie sagte, es würde sie zu schwerfällig machen. Mr. Jones hat es nie fertig gemalt.«

»Hat es deswegen Verstimmungen gegeben?«

»Nicht auf Mr. Jones' Seite, Sir. Er ist an die – Eitelkeiten gewisser Personen gewöhnt. Ein Künstler muß das sein.«

»Wollte er es nicht so abändern, daß es der Dame gefiel?«

»Scheinbar nicht, Sir. Ich glaube, er hat sowieso schon beträchtliche Änderungen vorgenommen, um den Vorstellungen der Dame zu entsprechen. Wenn er zu weit gegangen wäre, hätte er sein Ansehen aufs Spiel gesetzt.«

Pitt argumentierte nicht weiter; es wären jetzt rein akademische Erwägungen gewesen.

»Haben Sie dies schon einmal gesehen?« Pitt nahm das Notizbuch und schlug es auf.

Der Butler warf einen Blick darauf; sein Gesicht blieb ausdruckslos. »Nein, Sir. Ist es von Wichtigkeit?«

»Ich weiß es nicht. War Mr. Jones auch Fotograf?«

Die Augenbrauen des Butlers hoben sich ganz plötzlich. »Fotograf? o nein, Sir; er war Künstler. Manchmal Wasserfarben und manchmal Öl, aber bestimmt niemals Fotografien.

»Wem gehört dann die Kamera?«

Der Butler schaute verdutzt. Er hatte den Apparat bisher nicht bemerkt. »Ich habe wirklich keine Ahnung, Sir. Ich habe sie vorher noch nie gesehen.«

»Könnte sie jemand anderer in sein Atelier gebracht haben?«

»O nein, Sir. Mr. Jones war sehr eigen. Und wenn es der Fall gewesen wäre, dann würde ich es wissen. Es waren keine Fremden hier; es ist in der Tat überhaupt niemand ins Haus gekommen, seit Mr. Jones – weggegangen ist.«

»Ich verstehe.« Pitt war verwirrt und bestürzt. Die Sache wurde geradezu lächerlich. Er wollte einen Fall, etwas, das er untersuchen konnte, aber dies war einfach Unfug. Die Kamera mußte von irgendwo gekommen sein und irgendwem gehören. »Danke«, sagte er und stand auf. »Könnten Sie mir bitte eine Liste mit all den Leuten machen, an die Sie sich erinnern, die hierher gekommen sind und sich haben malen lassen, und dabei mit dem letzten beginnen und so weit zurückgehen, wie es Ihrer Erinnerung nach möglich ist, und so genau wie möglich die Daten angeben?«

»Ja, Sir. Hat Mr. Jones kein Verzeichnis, das Sie überprüfen könnten?«

»Wenn er eines hat, dann ist es nicht hier.«

Der Butler enthielt sich eines Kommentars und verließ den Raum, um den nächsten Bediensteten hereinzuschicken. Pitt befragte sie alle, einen nach dem anderen, erfuhr aber nichts, das ihm wichtig erschien. Es war noch am frühen Nachmittag, als er damit fertig war, und immer noch Zeit, wenigstens eines der anderen Häuser im Park aufzusuchen. Er wählte es aus der Liste, die ihm der Butler gegeben hatte. Der letzte der aufgeführten Namen war Lady Gwendoline Cantlay.

Offenbar hatte sie die Neuigkeit noch nicht gehört. Sie empfing ihn mit Überraschung und leichter Irritation.

»Also wirklich, Inspektor, ich kann keinen Sinn darin sehen, dieses leidige Thema noch weiter zu verfolgen. Augustus ist beerdigt, und es hat keinen weiteren Vandalismus mehr gegeben. Ich würde vorschlagen, Sie lassen die Angehörigen jetzt in Ruhe, damit sie sich soweit wie möglich erholen können, und erwähnen die Angelegenheit nicht mehr weiter. Haben sie denn noch nicht genug mitgemacht?«

»Ich habe nicht die Absicht, diese Angelegenheit wieder aufzurühren, Madam«, sagte er geduldig. »Außer es wird unvermeidlich. Ich bin wegen einer ganz anderen Sache hier. Ich glaube, Sie waren mit dem Maler Godolphin Jones bekannt?«

Bildete er es sich nur ein, oder verkrampften sich ihre Finger auf ihrem Schoß, und huschte eine leichte Röte über ihre Wangen?

»Er hat mein Porträt gemalt«, sagte sie und beobachtete ihn dabei. »Er hat viele Porträts gemalt und ist mir sehr empfohlen worden. Er ist ein sehr bekannter Künstler, wissen Sie, und wird sehr geschätzt.«

»Sie haben eine gute Meinung von ihm, Madam?«

»Ich...« Sie holte Luft..... ich kann wirklich nicht viel über ihn sagen. Ich muß mich auf die Meinung von anderen verlassen.« Sie sah ihn mit einer Spur von Trotz an. Ihre Hände nestelten an dem Stoff ihres Kleides. »Warum fragen Sie?«

Nun war sie beim eigentlichen Thema angelangt. Er war plötzlich besorgt, daß die Nachricht sie stärker treffen könnte, als er dachte.

»Es tut mir sehr leid, Madam, daß ich es Ihnen sagen muß«, begann er ungewohnt unbeholfen. Er hatte so etwas vorher schon oft sagen müssen, und die Worte hätten eigentlich eingeübt sein sollen. »Aber Mr. Jones ist tot. Er wurde ermordet.«

Sie saß völlig unbewegt da; als ob sie nicht verstehen würde. »Er ist in Frankreich!«

»Nein, Madam; es tut mir leid, aber er ist hier in London. Sein Leichnam ist von seinem Butler identifiziert worden. Ein Irrtum ist ausgeschlossen.« Er schaute zuerst sie an und sah sich dann in dem Raum nach einer Klingel um, damit er ein Mädchen rufen könnte, falls sie Hilfe brauchte.

»Haben Sie gesagt, er ist ermordet worden?« fragte sie langsam.

»Ja, Madam. Es tut mir leid.«

»Wieso? Wer sollte ihn denn ermordet haben? Wissen Sie es? Gibt es irgendwelche Hinweise?« Sie war jetzt sehr erregt. Er hätte geschworen, daß sie einen Schock erleiden würde, aber das war etwas anderes. Sie hatte Angst, und das war nicht hysterisch und kam nicht von ungefähr; sie wußte, wovor sie Angst hatte. Pitt hätte viel dafür gegeben, es auch zu wissen.

»Ja, es gibt einige Hinweise«, sagte er und beobachtete sie dabei – ihren Hals, ihre Hände, die nach den Armstützen ihres Sessels griffen.

Ihre Augen wurden weit. »Darf ich fragen, welche? Vielleicht kann ich Ihnen dann weiterhelfen. Ich kannte Mr. Jones ein wenig – natürlich; ich bin ihm ja für das Porträt gesessen.«

»Aber sicher«, sagte er zustimmend. »Es gibt unfertige Bilder von Damen, die der Butler nicht identifizieren kann, obwohl sie doch zu Sitzungen oder aus anderen Gründen in das Haus gekommen sein müssen. Und es gibt eine Kamera ...«

Er war sich sicher, daß ihre Überraschung echt war. »Eine Kamera? Aber er war doch Maler, kein Fotograf!«

»Ganz recht. Und doch muß sie ihm gehört haben. Es ist sehr unwahrscheinlich, daß die Kamera in seinem Atelier von jemand anderem ist. Der Butler ist sich ganz sicher, daß Mr. Jones niemandem die Erlaubnis zur Benutzung sein Ateliers gegeben hat.«

»Das verstehe ich nicht«, sagte sie einfach nur.

»Nein, Madam, wir auch nicht – bis jetzt. Darf ich davon ausgehen, daß Mr. Jones niemals Aufnahmen von Ihnen gemacht hat, um eventuell danach zu arbeiten, wenn Sie nicht in sein Atelier kommen konnten?«

»Nein, niemals.«

»Dürfte ich vielleicht das Porträt sehen, wenn Sie es noch haben?«

»Natürlich, wenn Sie möchten.« Sie stand auf und führte ihn in das Wohnzimmer, wo ein großes Porträt von ihr über dem Kaminsims hing.

»Entschuldigung.« Er ging darauf zu und begann es sorgfältig zu studieren. Es gefiel ihm nicht besonders. Die Pose war ganz gut, wenn auch ziemlich affektiert. Er erkannte einige der Dinge aus dem Atelier wieder, besonders eine Säule und einen kleinen Tisch. Die Proportionen stimmten, aber den Farben fehlte etwas – eine gewisse Klarheit. Sie schienen mit einem allgegenwärtigen Unterton von Ocker und Sepia gemischt worden zu sein, was sogar den Himmel stumpf machte. Das Gesicht war unbestreitbar das von Gwendoline; der Ausdruck war nicht unangenehm, und doch lag kein Charme darin.

Er konzentrierte sich auf den Hintergrund und wollte sich gerade davon abwenden, als er in der linken unteren Ecke einige Blätter bemerkte. Auf einem davon saß ein Käfer – deutlich und stilisiert –, der genau wie einer von jenen aussah, die er wenigstens vier- oder fünfmal in dem Notizbuch gesehen hatte.

»Darf ich Sie fragen, wieviel es gekostet hat, Madam?« sagte er schnell.

»Ich kann nicht einsehen, was das mit dem Mord an Mr. Jones zu tun hat«, sagte sie betont kühl. »Und ich habe bereits gesagt, daß er ein Künstler von hervorragendem Ansehen ist.«

Pitt war sich bewußt, daß er ein gesellschaftlich brisantes Thema angeschnitten hatte. »Ja, Madam«, sagte er bestätigend. »Sie haben das gesagt, und ich habe es auch schon von anderen gehört. Nichtsdestoweniger habe ich einen guten Grund zu fragen, und sei es nur, um eine Vergleichsmöglichkeit zu haben.«

»Ich will nicht, daß halb London Einblick in meine finanziellen Verhältnisse bekommt.«

»Ich werde nicht darüber sprechen, Madam; es ist einzig und allein für die Polizei von Wichtigkeit. Ich würde es vorziehen, dies von Ihnen zu erfahren, anstatt Ihren Gatten befragen zu müssen oder...«

Ihr Gesicht war jetzt wie aus Stein. »Sie übertreten Ihre Befugnisse, Inspektor. Aber ich will nicht, daß Sie meinen Mann mit dieser Sache belästigen. Ich habe dreihundertfünfzig Pfund für das Bild bezahlt, aber ich sehe einfach nicht ein, wieso das für Sie von Wichtigkeit sein kann. Es ist ein üblicher Preis für einen Künstler seiner Qualität. Ich glaube, daß Major Rodney eine ganz ähnliche Summe für sein Porträt bezahlt hat und auch für das seiner Schwestern.«

»Major Rodney hat zwei Porträts?« Pitt war überrascht. Er sah in Major Rodney keinen Mann der Kunst und auch keinen Mann, der sich Kunst leisten konnte.

»Warum denn nicht?« fragte sie und zog die Augenbrauen hoch. »Eines von ihm selbst und eines mit Miß Priscilla und Miß Mary Ann zusammen.«

»Ich verstehe. Vielen Dank, Madam. Sie haben mir sehr geholfen.«

»Ich wüßte nicht wie.«

Er war sich dessen auch nicht ganz sicher, aber wenigstens konnte er jetzt noch an anderen Stellen nachforschen, und am Morgen würde er den Major und die Damen Rodney aufsuchen. Er entschuldigte sich und trat hinaus in den zurückkehrenden Nebel, um zurück zur Polizeistation und dann nach Hause zu gehen.

Wenn Lady Cantlay wegen des Mordes an Godolphin Jones erschrocken war, so war Major Rodney erschüttert. Er saß in seinem Sessel wie ein Mann, der fast am Ertrinken war. Er schnappte nach Luft, und sein Gesicht bekam rote Flecken.

»Oh, mein Gott! Wie entsetzlich! Erwürgt, sagen Sie? Wo hat man ihn gefunden?«

»Im Grab eines anderen Mannes«, antwortete Pitt und war sich auch diesmal nicht sicher, ob er nach der Klingel greifen und einen Dienstboten holen sollte oder nicht. Es war eine Reaktion, auf die er absolut nicht vorbereitet war. Der Mann war Soldat; er mußte den Tod doch gesehen haben – grausamen und blutigen Tod, tausende Male. Er hatte auf der Krim gekämpft, und nach dem, was Pitt über diesen tragischen und verzweifelten Krieg gehört hatte, sollte ein Mann, der ihn überlebt hatte, in der Lage sein, sogar der Hölle Auge in Auge gegenüberzustehen.

Rodney gewann langsam seine Fassung wieder. »Wie furchtbar! Wie sind Sie denn auf den Gedanken gekommen, ihn zu suchen?«

»Wir sind es nicht«, sagte Pitt ehrlich. »Wir haben ihn ganz zufällig gefunden!«

»Das ist grotesk! Sie werden doch nicht umhergehen und Gräber aufgraben, um zu sehen, was sie darin finden – durch Zufall?«

»Nein, sicher nicht, Sir.« Pitt kam sich wieder ungeschickt vor. So kannte er sich gar nicht. »Wir hatten erwartet, das Grab leer, beziehungsweise ausgeraubt vorzufinden.«

Major Rodney starrte ihn an.

»Wir hatten die Leiche, deren Grab es war«, versuchte Pitt ihm zu erklären. »Es war der Mann, von dem wir zuerst angenommen hatten, daß es Lord Augustus sei – auf der Droschke, in der Nähe des Theaters...«

»Oh.« Major Rodney saß jetzt so gerade, wie auf einem Pferd bei einer Parade. »Ich verstehe. Warum haben Sie das denn nicht gleich zu Anfang gesagt? Nun, ich fürchte, ich kann Ihnen nichts dazu sagen. Ich danke Ihnen, daß Sie mich informiert haben.«

Pitt blieb sitzen. »Sie kannten Mr. Jones?«

»Nicht gesellschaftlich, nein. Er ist schließlich Künstler, wissen Sie.«

»Er hat Ihr Porträt gemalt, nicht wahr?«

»O ja – ich kannte ihn beruflich. Ich kann Ihnen aber nichts über ihn sagen. Das ist eigentlich alles. Und ich möchte nicht, daß Sie meine Schwestern mit einem Gespräch über Mord und Tod bedrängen; ich werde es ihnen selber sagen, bei passender Gelegenheit.«

»Haben Sie von ihnen auch ein Bild malen lassen?«

»Ja, das habe ich. Na und? Das ist doch etwas ganz normales. Viele Leute haben Porträts.«

»Kann ich sie sehen, bitte?«

»Wozu denn? Es ist nichts Außergewöhnliches an ihnen. Aber meinetwegen, wenn es dazu beiträgt, daß Sie wieder gehen und uns in Ruhe lassen. Armer Mann.« Er schüttelte seinen Kopf. »Er tut mir leid; eine schreckliche Art zu sterben.« Er stand auf – klein, schmächtig und stocksteif – und führte Pitt in das Wohnzimmer.

Pitt starrte auf das sehr gestellte Porträt, das an der gegenüberliegenden Wand über einer Anrichte hing. Es mißfiel ihm augenblicklich. Es war protzig, voller Scharlachrot und Metallglitzern; ein Kind, das im Körper eines alten Mannes Soldat spielte. Als Ironie war es viel zu clever, schon aufgrund der Farben.

Er ging darauf zu, und sein Auge wurde ganz automatisch von

der linken unteren Ecke angezogen. Da war eine kleine Raupe, die ganz und gar nicht zur Komposition gehörte, aber sehr geschickt im Hintergrund versteckt war – ein braunes Wesen in einem braunen, unregelmäßigen Schatten.

»Und von Ihren Schwestern gibt es doch auch eines?« Er trat zurück und wandte sein Gesicht dem Major zu.

»Ich wüßte nicht, warum Sie das sehen wollen«, sagte der Major überrascht. »Ein ganz normales Gemälde; aber wenn Sie unbedingt möchten...«

»Ja, bitte.« Pitt ging hinter ihm her in das nächste Zimmer. Es hing zwischen zwei Pflanzenarrangements an der der Tür gegenüberliegenden Wand und war wesentlich größer als das vorhergehende. Die Pose war nichtssagend und die Szenerie mit zu vielen Utensilien vollgestopft; die Farben waren ein wenig frischer, wenn auch zuviel Rosa verwendet worden war. Er schaute in die linke Ecke und entdeckte dieselbe Raupe; genau dieselben stilisierten Haare und Beine, aber mit einem grünen Körper, der sie im Gras tarnte.

»Wieviel haben Sie für die Bilder bezahlt, Sir?« fragte er.

»Genug, Sir«, sagte der Major übelnehmerisch. »Ich glaube nicht, daß das für Ihre Untersuchung von Belang ist.«

Pitt versuchte, sich die Zahlen, die neben den Raupen im Notizbuch standen, vorzustellen, aber es gab zu viele davon – mehr Raupen als anderes Getier –, und er konnte sie sich nicht ins Gedächtnis zurückrufen.

»Ich muß es wissen, Major Rodney. Ich würde es vorziehen, es von Ihnen zu hören, anstatt zu anderen Mitteln greifen zu müssen.«

»Zum Teufel, Sir! Das geht Sie nichts an! Fragen Sie, wen Sie wollen!«

Pitt hätte nichts erreicht, wenn er weiter darauf gedrungen hätte, und er wußte dies auch. Er würde die Zahlen im Notizbuch in der Reihe unter jener mit den dreihundertfünfzig Pfund und den Käfern finden. Er würde dann Major Rodney versuchshalber die Summe nennen und seine Reaktion beobachten.

Der Major war mit seinem Sieg zufrieden und schnauzte: »Nun, das wäre dann wohl alles, Inspektor?«

Pitt überlegte, ob er darauf bestehen sollte, die Damen Rodney jetzt noch zu sehen, kam aber zu der Überzeugung, daß von ihnen nicht viel zu erwarten sei. Es wäre sicher lohnender, die andere Person, die ein Jones-Porträt gekauft hatte, aufzusuchen und zu befragen – Lady St. Jermyn. Er akzeptierte die Entlassung durch den Major und stand eine Viertelstunde später ziemlich unbehaglich vor Lord St. Jermyn.

»Lady St. Jermyn ist nicht zu Hause«, sagte er kühl. »Niemand von uns kann Ihnen in dieser Angelegenheit weiterhelfen. Man sollte sie am besten auf sich beruhen lassen, und ich rate Ihnen, dies von nun an auch zu tun.«

»Man kann Mord nicht auf sich beruhen lassen, Sir«, sagte Pitt herb. »Auch wenn ich es wollte.«

St. Jermyns Augenbrauen hoben sich leicht; nicht so sehr vor Überraschung, eher verächtlich. »Was bringt Sie denn plötzlich dazu zu glauben, daß Augustus ermordet wurde? Ich vermute ein lüsternes Verlangen, Ihre Nase in die Angelegenheiten der oberen Zehntausend hineinzustecken.«

Pitt verlangte es danach, genauso beleidigend zu sein; er konnte dies als ein Pochen in seinem Kopf spüren. »Ich versichere Ihnen, Sir, daß mein Interesse an den privaten Angelegenheiten von anderen rein beruflicher Natur ist.« Er ließ seine Stimme so präzise und abgeklärt klingen, wie die kühlen Worte St. Jermyns geklungen hatten. »Ich mag weder Tragödien noch schmutzige Wäsche. Ich ziehe es vor, persönlichen Kummer persönlich sein zu lassen, wenn es meine Pflicht der Öffentlichkeit gegenüber zuläßt. Und soweit ich weiß, ist Lord Augustus eines natürlichen Todes gestorben – aber Godolphin Jones wurde eindeutig erwürgt.«

St. Jermyn stand bewegungslos da. Sein Gesicht wurde blaß und seine Augen größer. Pitt sah, wie sich seine Hände ineinander verschränkten. Einen Moment lang herrschte völlige Stille.

»Ermordet?« sagte er vorsichtig.

»Ja, Sir.« Pitt beabsichtigte, St. Jermyn all das sagen zu lassen, was er wollte, und ihn und damit seine Antworten in keiner Weise zu beeinflussen. Die Stille forderte dazu auf.

St. Jermyns Augen blieben auf Pitts Gesicht haften, als ob er etwas von ihm erwartete.

»Wann haben Sie die Leiche entdeckt?« fragte er.

»Gestern abend«, sagte Pitt.

Wieder wartete St. Jermyn, aber Pitt kam ihm nicht zu Hilfe.
»Wo?« sagte er schließlich.

»Begraben, Sir.«

»Begraben?« St. Jermyns Stimme wurde lauter. »Das ist doch widersinnig! Was meinen Sie mit begraben? In einem Garten?«

»Nein, Sir. Richtig begraben; in einem Sarg auf einem Friedhof.«

»Ich weiß nicht, was Sie meinen.« St. Jermyn wurde zusehends ärgerlicher. »Wer sollte denn einen erwürgten Mann beerdigen? Kein Arzt würde den Totenschein unterschreiben, wenn der Mann erwürgt wurde, und kein Priester würde ihn ohne einen solchen beerdigen. Sie reden doch Unsinn.« Er war drauf und dran, das Thema insgesamt abzutun.

»Ich beziehe mich auf die Fakten, Sir«, sagte Pitt gleichmütig. »Ich habe auch keine Erklärung dafür. Abgesehen davon, daß es nicht sein eigenes Grab war; es war das von einem gewissen Albert Wilson, der an einem Schlaganfall gestorben ist und dann auf ganz normale Weise begraben wurde.«

»Und was ist mit diesem – Wilson geschehen?« wollte St. Jermyn wissen.

»Das war der Leichnam, der vor dem Theater von der Droschke gefallen ist«, antwortete Pitt und beobachtete dabei immer noch St. Jermyns Gesicht. Er konnte darin nichts erkennen als völlige Verwirrung. Wieder sagte er eine Zeitlang nichts. Pitt wartete.

St. Jermyn starrte ihn an. Seine Augen waren ausdruckslos. Pitt versuchte hinter die Maske der Sicherheit und Autorität zu schauen, aber es gelang ihm nicht.

»Ich nehme an, Sie haben keine Vorstellung«, sagte St. Jermyn nach einer Weile, »wer ihn ermordet hat?«

»Godolphin Jones? Nein, Sir, noch nicht.«

»Oder warum?«

Zum erstenmal ging Pitt über die Tatsachen hinaus. »Das ist etwas anderes. Wir haben eine Vermutung zu dem Warum.«

St. Jermyns Gesicht war immer noch sehr blaß; seine Nasenflügel bewegten sich leicht bei jedem Atemzug. »Oh, und die wäre?«

»Es wäre unverantwortlich von mir, darüber zu sprechen, ehe ich etwas beweisen kann.« Pitt wich der Frage mit einem Lächeln aus. »Ich könnte jemandem Unrecht tun, und wenn ein Verdacht erst einmal ausgesprochen ist, wird er nur selten wieder vergessen, auch dann nicht, wenn er sich später als falsch erweist.«

St. Jermyn zögerte, als ob er noch etwas fragen wollte, besann sich dann aber eines Besseren. »Ja – ja, natürlich«, sagte er beipflichtend. »Was werden Sie jetzt unternehmen?«

»Die Leute befragen, die ihn am besten kannten – sowohl beruflich als auch gesellschaftlich«, antwortete Pitt und nahm die sich nun bietende Gelegenheit wahr: »Ich glaube, Sie waren auch unter seinen Kunden?«

St. Jermyn antwortete mit einem Lächeln, das kaum mehr als eine leichte Entspannung seines Gesichts war. »Was für ein kurioses Wort, Inspektor! Kunde kann man dies nicht nennen. Ich habe ein einziges Bild in Auftrag gegeben – von meiner Frau.«

»Und waren Sie damit zufrieden?«

»Es ist annehmbar. Meiner Frau gefiel es ganz gut, und das ist die Hauptsache. Warum fragen Sie?«

»Aus keinem besonderen Grund. Dürfte ich es sehen?«

»Wenn Sie dies wünschen. Obwohl ich bezweifle, daß Sie daraus etwas in Erfahrung bringen können; es ist ein ganz gewöhnliches Bild.« Er drehte sich um, ging in das Haus und überließ es Pitt, ihm zu folgen. Das Gemälde hing an einer unauffälligen Stelle im Treppenhaus, und wenn Pitt sich seine Qualität ansah und mit den anderen Familienporträts verglich, überraschte ihn das nicht. Seine Augen richteten sich einen Moment auf das Gesicht und wanderten dann in die linke Ecke. Das Insekt war da; diesmal eine Spinne.

»Nun?« St. Jermyn fragte mit einem Anflug von Ironie in seiner Stimme.

»Ich danke Ihnen, Sir.« Pitt ging die Stufen hinunter, um mit ihm wieder auf gleicher Höhe zu stehen. »Würde es Ihnen etwas ausmachen, Sir, mir zu sagen, wieviel Sie dafür bezahlt haben?«

»Wahrscheinlich mehr, als es wert ist«, sagte St. Jermyn in lockerem Ton. »Aber meiner Frau gefällt es. Ich persönlich glaube ja nicht, daß es ihr gerecht wird; was meinen Sie? Ach so, Sie können nichts dazu sagen, Sie kennen sie ja nicht.«

»Wieviel, Sir?« wiederholte Pitt.

»Ungefähr vierhundertfünfzig Pfund, soweit ich mich erinnern kann. Müssen Sie es genau wissen? Es würde eine Weile dauern, bis ich es herausfinde; es war ja keine große Transaktion.«

Der riesige finanzielle Unterschied zwischen ihnen blieb Pitt nicht verborgen.

»Danke, das reicht mir schon.« Er ließ das Thema ohne weitere Bemerkungen fallen.

St. Jermyn lächelte zum ersten Male. »Bringt das Ihre Untersuchungen vorwärts, Inspektor?«

»Möglicherweise, im Zusammenhang mit anderen Informationen.« Pitt ging auf die Eingangstüre zu. »Ich danke Ihnen, Sir, daß Sie mir Ihre kostbare Zeit zur Verfügung gestellt haben.«

Als er frierend und müde nach Hause kam, wurde Pitt von dem Wohlgeruch dampfender Suppe und trocknender Wäsche, die von der Decke herunterhing, empfangen. Jemima schlief bereits, und das Haus war ruhig. Er zog seine nassen Stiefel aus, setzte sich und nahm die Ruhe in sich auf, die er beinahe ebenso körperlich fühlen konnte wie die Wärme. Charlotte sagte außer ihrem Willkommensgruß einige Minuten lang nichts.

Als er schließlich bereit war zu sprechen, stellte er den Suppenteller ab, den sie ihm gegeben hatte, und sah zu ihr hinüber.

»Ich mache ein Getöse, als ob ich genau wüßte, was ich tue, aber ehrlich gesagt kann ich keinerlei Sinn darin sehen«, sagte er mit einer Geste der Hilflosigkeit.

»Wen hast du denn vernommen?« fragte sie und wischte sich sorgfältig die Hände ab, ehe sie mit einem Lappen die Backrohrklappe öffnete. Sie nahm die Pastete heraus und setzte sie auf den Tisch. Die Kruste war knusperig und von hellem Gold, in einer Ecke jedoch etwas dunkler und beinahe schon ein wenig verbrannt.

Er schaute mit dem Anflug eines Lächelns auf die Pastete.

Sie bemerkte dies. »Ich esse die Ecke«, sagte sie sogleich.

Er lachte. »Wie ist denn so etwas möglich? Daß eine Ecke verbrennt?«

Sie warf ihm einen vernichtenden Blick zu. »Wenn ich das wüßte, würde ich es verhindern.« Sie legte das Gemüse auf und beobachtete, wie der Dampf davon aufstieg. »Wen hast du denn wegen diesem Maler aufgesucht?«

»Alle im Park, die Porträts von ihm haben – warum?«

»Ich wollte es nur gerne wissen.« Sie nahm das Messer und hielt es, während sie nachdachte, über der Pastete in die Luft. »Wir haben damals ein Bild von Mama malen lassen, und später malte ein anderer Maler auch Sarah. Sie machten beide pausenlos Komplimente, und der von Sarah sagte, sie sei wunderschön, und machte alle möglichen schmeichelhaften Bemerkungen.

Er sagte, sie wäre von einer Zartheit wie eine Bourbon-Rose. Sie schwebte daraufhin wochenlang mit hocherhobenem Kopf schon beinahe unerträglich umher und besah sich von der Seite in allen Spiegeln, die ihr unterkamen.«

»Sie sah auch gut aus«, entgegnete er. »Obgleich ›Bourbon-Rose‹ ein wenig überspannt klingt. Aber was willst du damit sagen?«

»Nun ja, Godolphin Jones hat sein Geld damit verdient, Bilder von Leuten zu malen. Und sein Gesicht unsterblich machen zu lassen ist ja irgendwie das Äußerste an Eitelkeit, oder nicht? Vielleicht hat er ihnen allen auf diese Weise schön getan? Und wenn er es getan hat, dann könnte ich mir vorstellen, daß einige davon durchaus empfänglich dafür waren.«

Plötzlich begriff er. »Du meinst eine Affäre oder gar mehrere? Eine eifersüchtige Frau, die sich eingebildet hatte, sie sei etwas Einzigartiges in seinem Leben und dann herausgefunden hat, daß sie nur eine unter vielen war, und daß die süßen Worte nur Bestandteil seines Berufes sind? Oder ein eifersüchtiger Ehemann?«

»Das ist gut möglich.« Sie senkte das Messer und schnitt in die Pastete. Dicker Saft trat heraus, und Pitt vergaß augenblicklich die verbrannte Ecke.

»Ich habe Hunger«, sagte er.

Sie lächelte ihn zufrieden an. »Gut. Frag doch Tante Vespasia! Wenn es jemand im Park ist, dann wette ich, daß sie es weiß; und wenn sie es nicht weiß, dann wird sie es für dich herausfinden.«

»Ja, das werde ich tun«, versprach er ihr. »Und jetzt mach lieber hier weiter und vergiß Godolphin Jones!«

Aber die erste Person, die er am darauffolgenden Tag aufsuchte, war Somerset Carlisle. Inzwischen wußten natürlich alle Leute im Park von der Entdeckung der Leiche, und er hatte nichts Überraschendes mehr zu bieten.

»Ich kannte ihn nicht sehr gut«, sagte Carlisle. »Wir hatten auch nicht viel Gemeinsames, wie ich zu sagen wage. Und ich hatte ganz bestimmt nicht den Wunsch, mein Porträt malen zu lassen.«

»Wenn Sie ihn gehabt hätten«, sagte Pitt bedächtig und beobachtete dabei Carlisles Gesicht, »wären Sie dann zu Godolphin Jones gegangen?«

Carlisles Gesichtsausdruck zeigte ein klein wenig Überraschung. »Was spielt denn das für eine Rolle? Ich wäre dafür sowieso schon ein wenig zu spät dran.«

»Wären Sie zu ihm gegangen?«

Carlisle überlegte. »Nein«, sagte er nach einer Weile. »Nein, ich wäre nicht.«

Pitt hatte dies erwartet. Charlotte hatte gesagt, daß Carlisle eher geringschätzig von Jones als Maler gesprochen hatte. Er hätte sich selbst widersprochen, wenn er ihn jetzt gelobt hätte.

Pitt fuhr fort: »Überbewertet – würden Sie sagen?«

Carlisle schaute ihn geradeheraus an; seine Augen waren dunkelgrau und sehr klar. »Als Maler ja, würde ich sagen, Inspektor. Als Frauenheld und Gesellschaftstiger möglicherweise nicht. Er war ganz schön auf Draht, sehr ausgeglichen und hatte die nicht unbedeutende Kunst gelernt, mit Narren auf charmante Art umzugehen. Es ist schwer, über längere Zeit mehr zu bieten, als in einem steckt.«

»Ist Kunst nicht auch so etwas wie Modesache?« fragte Pitt.

Carlisle lächelte und sah ihm dabei immer noch in die Augen. »Sicher. Aber Mode wird immer wieder neu geschaffen. Der Preis nährt sich von sich selbst, wissen Sie. Verkaufen Sie etwas teuer, und Sie können in Zukunft noch teurer verkaufen.«

Pitt leuchtete das ein, aber es brachte ihn der Antwort auf die Frage, warum jemand Godolphin Jones hätte erwürgen sollen, nicht näher.

»Sie haben noch andere Qualitäten erwähnt«, sagte er vorsichtig. »Haben Sie dabei nur an den Gesellschafter Jones gedacht oder doch eher an den Frauenhelden? Gab es da vielleicht eine Affäre oder sogar mehrere?«

Carlisles Gesicht war unbewegt, vielleicht ein wenig amüsiert.

»Es könnte sich für Sie vielleicht lohnen, diese Möglichkeit zu untersuchen. Mit äußerster Diskretion natürlich, sonst wecken Sie eine Menge unguter Gefühle, die sich dann gegen Sie selbst richten.«

»Natürlich«, sagte Pitt zustimmend. »Danke, Sir.«

Das Anwenden äußerster Diskretion begann bei Tante Vespasia.

»Ich hatte Sie bereits gestern erwartet«, sagte sie, und in ihrer Stimme lag eine Spur von Überraschung. »Wo können Sie beginnen? Gibt es etwas, das Sie von diesem armen Mann wissen? Soweit ich gehört habe, hatte er mit Augustus nichts zu tun, und Alicia war eine der wenigen Schönheiten oder eingebildeten Schönheiten hier im Park, die er nicht gemalt hat. Um Gottes willen, setzen Sie sich bloß hin! Mein Nacken wird ganz steif, wenn ich dauernd zu Ihnen aufschauen muß.«

Pitt folgte. Er wollte sich immer noch nicht die Freiheit nehmen, es sich bequem zu machen, ehe er dazu aufgefordert wurde. »War er ein guter Maler?« fragte er. Es lag ihm etwas an ihrer Meinung.

»Nein«, sagte sie geradeheraus. »Warum?«

»Charlotte hat so etwas Ähnliches gesagt.«

Sie sah ihn ein wenig von der Seite an; ihre Augen wurden schmäler. »Ach wirklich? Und was ziehen Sie daraus für Schlüsse? Sie wollten damit doch etwas sagen – was ist es?«

»Was glauben Sie, warum er so viel verlangen konnte und es auch bekam?« fragte er frei heraus.

»Ah.« Sie lehnte sich ein wenig zurück, und ein ganz kleines Lächeln spielte um ihren Mund. »Porträtmaler, welche die Damen der Gesellschaft malen, müssen auch Schmeichler sein, vielleicht sogar zuallererst Schmeichler. Die Besten von ihnen können es sich leisten, so zu malen, wie sie wollen, aber die anderen müssen so malen, wie es denen, die das Geld haben, gefällt. Wenn sie genug Können besitzen, schmeicheln sie mit dem Pinsel; falls nicht, müssen sie es mit der Zunge tun. Manche tun beides.«

»Und Godolphin Jones?«

Ihre Augen glitzerten amüsiert. »Sie haben seine Arbeit ja selbst gesehen – da müssen Sie doch wissen, daß es mit seiner Zunge war.«

»Glauben Sie, daß es über Schmeichelei hinausging?« Er war sich nicht sicher, ob sie sich beleidigt fühlte, weil er eine solche Möglichkeit in Betracht gezogen und so direkt danach gefragt hatte. Aber auf der anderen Seite hatte es keinen Sinn, mit ihr Versteck zu spielen, und der Fall verdroß und verwirrte ihn auch zu sehr, als daß er noch feinfühlig hätte sein können.

Sie sagte längere Zeit nichts, und die Besorgnis, daß er ihr zu nahegetreten sein könnte, wuchs in ihm. Dann sprach sie endlich doch und wählte dabei ihre Worte sehr sorgfältig.

»Sie fragen mich, ob ich jemanden weiß, der eine Affäre mit Godolphin Jones hatte. Ich nehme an, wenn ich es Ihnen nicht sage, werden Sie mit Ihren Nachforschungen fortfahren. Ich werde es Ihnen doch lieber selber sagen; es wird so am wenigsten schmerzhaft und peinlich sein, nehme ich an. Ja, Gwendoline Cantlay hatte eine Affäre. Es war nichts Ernstliches; eine Abhilfe gegen die Langeweile, mit einem zwar angenehmen, aber doch zunehmend uninteressanten Ehemann zusammenzuleben; sicherlich keine große Leidenschaft. Und sie war auch äußerst verschwiegen.«

»Wissen Sie, ob Sir Desmond davon wußte?«

Sie überlegte einen Moment, ehe sie antwortete.

»Ich könnte mir vorstellen, daß er es vermutet hat, aber taktvoll genug war, um darüber hinwegzusehen«, sagte sie schließlich. »Für mich ist es wirklich schwer vorstellbar, daß er deswegen den armen Kerl umgebracht haben könnte. Man reagiert nicht auf eine solche Weise, wenn man nicht völlig außer Rand und Band ist.«

Pitt hatte dafür kein Verständnis; er mußte einfach akzeptieren, daß sie es so sah. Er konnte sich nicht vorstellen, wie sein Verhalten gewesen wäre, wenn er Charlotte in einer solch schmutzigen Situation entdeckt hätte. Es hätte alles, was ihm wichtig war, zerschmettert, alles, was er hoch bewertete, entweiht und auf den Kopf gestellt und ihn gegen die Erbärmlichkeit, die er täglich sah, unempfänglich gemacht. Es lag nicht jenseits seiner Vorstellungskraft, daß er den Mann erwürgen würde.

Vespasia sah ihn an und ahnte vielleicht etwas von dem, was ihm durch den Kopf ging.

»Sie dürfen Desmond Cantlay nicht mit sich selbst vergleichen!« sagte sie ruhig. »Aber die Möglichkeit müssen Sie natürlich untersuchen, wenn es nötig ist! Ich nehme an, so lange danach können Sie nicht mehr genau sagen, wann er ermordet wurde?«

»Nein; ungefähr vor drei oder vier Wochen. Aber ein derartiger Zeitraum ist wohl kaum dafür geeignet, vorhandene oder nichtvorhandene Alibis und daraus Schuld oder Unschuld festzustellen. Ich könnte mir vorstellen, daß er, kurze Zeit nachdem ihn das Hauspersonal zum letztenmal gesehen hat, ermordet wurde.«

»Sie scheinen bemerkenswert wenig zu wissen«, sagte sie. »Versuchen Sie nicht, Ihre Informationen dadurch zu erhalten, daß Sie Verdächtigungen verbreiten! Vielleicht hat Desmond nichts davon gewußt. Und wenn Jones schon so eine erfolgreiche Masche beherrschte, hat er sie sicher auch öfter eingesetzt.

Pitt schaute finster. »Möglicherweise. Aber hätte er es auch mit Lady St. Jermyn gewagt?« Er sah den dunklen Kopf mit dem strengen Silberstreifen vor sich. Sie strahlte eine außergewöhnliche Würde aus. Es hätte wirklich ein sehr draufgängerischer Künstler sein müssen, der versucht hätte, sie durch beharrliche Schmeichelei zu erweichen.

Vespasias Augen weiteten sich nur ganz wenig, aber er konnte sich ihren Gesichtsausdruck als solchen nicht erklären.

»Nein«, sagte sie knapp. »Und auch mit den Damen Rodney nicht, vermute ich.«

Die Idee einer Affäre mit den Damen Rodney war zum Lachen, aber nur wenige Menschen sind für Schmeicheleien unempfänglich, und Tones war vielleicht geschickt genug, wenn er es wollte.

»Ich werde seine anderen Sujets ausfindig machen müssen«, sagte er. »Ich habe vom Butler eine Liste.« Er wollte sie noch mehr fragen und hatte in der Tat den unbestimmten Eindruck, daß sie noch etwas wußte, das sie ihm aber aus einer ganz bestimmten Überlegung heraus nicht sagen wollte. Ein Schutzschild für Gwendoline Cantlay oder für jemand anderen? Sicher nicht wieder Alicia? Oder noch schlimmer – Verity? Es hatte keinen Sinn, sie zu fragen. Sie würde nur Anstoß daran nehmen.

Er stand auf. »Ich danke Ihnen, Lady Cumming-Gould. Ich weiß Ihre Hilfe sehr zu schätzen.«

Sie schaute ihn zweifelnd an. »Seien Sie nicht sarkastisch zu mir, Thomas. Ich habe Ihnen nur sehr wenig geholfen, und Sie wissen das. Ich weiß nicht, wer Godolphin Jones ermordet hat, aber wer auch immer es war, er hat mein Mitgefühl. Aber ich bin an der ganzen Angelegenheit wirklich nur am Rande interessiert. Es ist schade, daß er nicht im Grab des Butlers anständig begraben bleiben konnte. Die Gesetzesvorlage ist bei weitem wichtiger als der Tod eines von sich eingenommenen, gleichgültigen und unbedeutenden Malers. Haben Sie eine Vorstellung davon, was sie für das Leben von tausenden von Kindern in dieser erbärmlichen Stadt bedeuten kann?«

»Ja, Madam, die habe ich«, sagte er genauso nüchtern. »Ich bin in den Arbeitshäusern und Fabriken gewesen. Und ich habe verhungernde Fünfjährige festgenommen, die nur zum Stehlen und zu nichts anderem angeleitet worden waren.«

»Entschuldigung, Thomas.« Sie war nicht daran gewöhnt, einen Rückzieher zu machen, aber dieses Mal war es ihr ernst damit.

Er wußte dies. Er lächelte sie strahlend und offen an, und für kurze Zeit waren sie ebenbürtig. Dann zog sie an der Klingel, und der Butler brachte Pitt zur Tür.

Aber etwas in seinem Inneren ließ ihm keine Ruhe, und anstatt die Liste des Butlers herauszuholen, hielt er eine Droschke an und fuhr damit mehr als zwei Meilen. Dann stieg er aus, bezahlte den Kutscher und kletterte eine wackelige Treppe zu einem kleinen Raum hinauf, der ein großes Südfenster und ein noch größeres Oberlicht hatte. Ein faltiger kleiner Mann mit riesigen Augen sah an ihm hinauf.

»Hallo, Froggy«, sagte Pitt fröhlich. »Haben Sie ein paar Minuten Zeit für mich?«

Der Mann schaute ihn skeptisch an. »Ich habe nichts, was ich nicht haben dürfte. Sie haben kein Recht zum Suchen!«

»Ich suche nichts, Froggy. Ich möchte Ihren Rat einholen.«

»Und ich schwärze auch niemanden an.«

»Ihren künstlerischen Rat«, erläuterte Pitt. »Zu dem Wert eines absolut legitimen Bildes. Oder, um es genauer zu sagen, zu dem des Malers.«

»Wer?«

»Godolphin Jones.

»Nicht gut. Lassen Sie die Finger davon. Aber er ist verdammt teuer. Wo haben Sie bloß das Geld her? Haben Sie sich vielleicht bestechen lassen oder so etwas? Wissen Sie, was er verlangt – vier- oder fünfhundert jedesmal.«

»Ja, das weiß ich, und ich will Sie gar nicht drängen, mir zu sagen, woher Sie das wissen. Wieso kann er soviel verlangen, wenn er nicht einmal gut ist?«

»Oh, da haben Sie eines der Rätsel des Lebens. Ich weiß es nicht.«

»Vielleicht haben Sie unrecht, und er ist doch gut?«

»Also, Sie haben keinen Grund, unhöflich zu mir zu sein, Mr. Pitt. Ich kenne mein Geschäft. Ich könnte keines von diesen Jones-Bildern verkaufen, nicht einmal wenn ich zu jedem noch ein Huhn dazugeben würde. Die Leute, die von mir kaufen, wollen etwas, das sie eine Zeitlang selber behalten und es dann, wenn sich niemand mehr darum kümmert, an einen Sammler weiterverkaufen, der nicht viel danach fragt, wie sie dazu gekommen sind. Kein Sammler will Jones. Sie fragen, warum manche soviel dafür bezahlen – vielleicht ist es Eitelkeit? Ich sehe darin keine Qualität, habe nie eine gesehen – und man vertrödelt nur seine Zeit, wenn man es versucht. Es ist eine andere Sorte Mäuse als Sie und ich, die so etwas kaufen. Sie wissen nicht, was sie tun oder warum sie es tun. Aber ich kann Ihnen das eine sagen: Ein Jones wechselt nie seinen Besitzer; niemand verkauft einen, weil niemand einen kaufen will. Das ist eine Regel – wenn ein Bild es wert ist, daß es gekauft wird, dann wird es auch irgendwo, irgendwann und von irgendwem gekauft.«

»Danke, Froggy.

»Ist das alles?«

»Ja, danke; das ist alles.«

»Nützt es was?«

»Ich habe keine Ahnung. Aber ich glaube, ich bin trotzdem froh, es zu wissen.«

Bei seiner Rückkehr ins Polizeirevier, kurz vor dem Ende des Tages, wurde Pitt von dem Sergeant empfangen, der ihm früher die Neuigkeiten von einer Leiche nach der anderen überbracht hatte. Sein Herz sackte ihm in die Hose, als er das Gesicht des armen Mannes wieder vor Erregung leuchten sah.

»Was gibt es denn«, stieß er hervor.

»Diese Platte, Sir; die fotografische Platte aus dem Haus des toten Malers.«

»Was ist damit?«

»Sie haben sie zum Entwickeln weggeschickt, Sir.« Er war ganz zappelig vor Aufregung.

»Ja, natürlich...« Plötzliche Hoffnung überkam Pitt. »Was ist darauf? Nun sagen Sie es schon, Mann!«

»Ein Bild, Sir, von einer nackten Frau – nackt wie ein Baby, aber keinesfalls ein Baby, wenn Sie verstehen, was ich meine, Sir.«

»Wo ist es?« wollte Pitt wissen. »Was haben Sie damit gemacht?«

»Es ist in Ihrem Büro, Sir; in einem braunen, versiegelten Umschlag.«

Pitt ging mit langen Schritten an ihm vorbei und schlug die Tür hinter sich zu. Mit zitternden Fingern nahm er den Umschlag und riß ihn auf. Die Fotografie war, wie der Sergeant gesagt hatte, die Darstellung einer eleganten, aber hocherotischen Pose einer Frau ohne einen Faden von Bekleidung. Das Gesicht war ganz klar. Er hatte sie vorher noch nie gesehen; weder in Wirklichkeit noch als Bild. Sie war ihm absolut fremd.

»Verdammt«, sagte er wütend. »Verdammt noch mal!«

Pitt bemühte sich den nächsten Tag über, die Identität der Frau auf der Fotografie festzustellen. Wenn sie eine Person der Gesellschaft war, dann war das Bild alleine schon ein Grund für einen Mord. Er gab dem Sergeant eine Kopie und beauftragte ihn, es auf allen Polizeistationen der Innenstadt vorzuzeigen und zu sehen, ob jemand sie erkannte. Dann nahm er eine weitere Kopie und schnitt den Kopf heraus, um selbst zu sehen, ob sie jemandem aus der Gesellschaft bekannt war. Sie mußte gar keine Lady sein; sogar ein Hausmädchen, das sich auf diese Weise nebenbei etwas Geld verdienen wollte, würde nicht nur seine gegenwärtige Stellung verlieren, sondern bräuchte sich auch keine Hoffnung auf eine zukünftige Anstellung mit Sicherheit, Kleidung, regelmäßigen Mahlzeiten und dem Status einer gewissen Zugehörigkeit mehr zu machen. Das konnte auch ein Grund für einen Mord sein.

Natürlich ging er wieder zu Vespasia.

Sie zögerte lange, ehe sie ihm antwortete, und wog ihre Worte so sorgfältig ab, daß er sich schon auf eine Lüge einstellte.

»Sie erinnert mich an jemanden«, sagte sie langsam, neigte ihren

Kopf ein wenig zur Seite und betrachtete weiterhin den Bildausschnitt. »Das Haar stimmt nicht; ich habe das Gefühl, es müßte anders frisiert sein, wenn ich sie tatsächlich kennen sollte. Und vielleicht war es ein wenig dunkler.«

»Wer ist es?« wollte er wissen; die Ungeduld kochte in ihm. Sie hatte vielleicht den letzten Hinweis auf den Mord auf der Zunge, und sie zierte sich wie eine nervöse Braut.

Sie schüttelte den Kopf. »Ich weiß es nicht – sie kommt mir nur irgendwie bekannt vor.«

Er stieß in einem Seufzer der Erbitterung die Luft aus.

»Es hat keinen Sinn, mich anzustacheln, Thomas«, antwortete sie. »Ich bin eine alte Frau ...«

»Unsinn«, schnaubte er. »Wenn Sie geistige Gebrechlichkeit geltend machen wollen, dann werde ich Sie wegen Aussageverweigerung verklagen.«

Sie zeigte ein dünnes Lächeln. »Ich weiß nicht, wer es ist, Thomas. Vielleicht ist es eine Tochter von jemandem oder sogar ein Hausmädchen. Vielleicht habe ich das Gesicht unter einer Schleierkappe gesehen. Und das Haar macht einen großen Unterschied, wissen Sie. Aber wenn ich sie noch mal sehe, werde ich noch in derselben Stunde einen Boten zu Ihnen schicken. Sie sagten, Sie hätten diese Fotografie in Godolphin Jones' Haus gefunden, in seiner Kamera? Warum ist sie so wichtig?« Sie warf noch mal einen Blick auf das Fragment des Bildes, das sie immer noch in der Hand hielt. »Ist der Rest davon unanständig? Oder ist noch eine andere Person darauf? Oder vielleicht beides?«

»Es ist unanständig«, antwortete er.

»Wirklich?« Sie hob ihre Augenbrauen an und gab es ihm zurück. »Also ein Mordmotiv. Das habe ich mir gedacht. Armes Ding.«

»Ich muß wissen, wer es ist.«

»Ich weiß Ihre Hartnäckigkeit zu schätzen«, sagte sie bedächtig. »Es besteht keine Notwendigkeit, sie noch zu verstärken.«

»Wenn jedermann hinginge und Zeugen einer Unbesonnenheit ermordete ...« Er war fast über die Grenzen seines Wohlverhaltens hinaus frustriert. Er war sich jetzt beinahe sicher, daß sie etwas vor ihm geheimhielt; wenn schon nicht ein Wissen, so doch einen starken Verdacht.

Sie unterbrach seine Gedanken. »Ich billige Mord auch nicht, Thomas«, sagte sie und schaute ihn geradeheraus an. »Wenn ich mich erinnere, wer es ist, dann werde ich es Ihnen sagen.«

Er mußte sich damit zufriedengeben. Er wußte genau, daß sie nicht mehr sagen würde. Er verabschiedete sich mit soviel Höflichkeit, wie er aufbringen konnte, und ging hinaus in den dichter werdenden Nebel.

Er verbrachte den größten Teil des Tages mit Nachforschungen – mit dem Bild in seiner Hand, aber niemand sonst war darauf eingestellt, zuzugeben, daß er die Frau erkannte. Als die Abenddämmerung hereinbrach, war ihm kalt, seine Beine und Füße schmerzten, er hatte eine Blase an einer Ferse, er war hungrig und fühlte sich durch und durch elend.

Dann, als bereits die vierte Droschke ohne anzuhalten an ihm vorbeifuhr und ihn einsam unter der Gaslaterne in einem Meer eiskalten Dunstes stehenließ, kam ihm ein plötzlicher Gedanke. Er hatte vorübergehend die anderen Leichen ganz vergessen, weil er angenommen hatte, daß es sich dabei um Zufälle handelte. Sie waren alle auf natürliche Weise gestorben; nur Godolphin Jones war ermordet worden. Aber vielleicht gab es doch einen bizarren Zusammenhang? Horatio Snipe war ein Zuhälter. Könnte Godolphin Jones zu seiner Kundschaft gehört haben? Entweder um seinen eigenen Appetit zu stillen oder um Fotografien zu machen? Vielleicht war das sein besonderer Fetisch – unzüchtige Fotografien?

Er schritt auf die Straße und brüllte dem nächsten Kutscher, der sich näherte, zu, er solle anhalten, was dieser widerstrebend dann auch tat.

»Resurrection Row«, bellte Pitt.

Der Mann machte ein böses Gesicht, ließ aber sein Pferd wenden und fuhr wieder in die Richtung, aus der er gekommen war. Er murrte ärgerlich etwas von Dunkelheit und Friedhöfen und von Besuchern solcher Gegenden, die Droschken anhielten und dann nicht bezahlen konnten.

Pitt fiel fast aus der Droschke, als er dem beunruhigten Kutscher die Münzen gab. Er stieg aus und ging dann das nur schwach beleuchtete Pflaster entlang und hielt Ausschau nach Nummer vierzehn, wo Horne Snipes Witwe wohnte.

Er mußte heftig klopfen und so laut rufen, daß überall Fenster hochgingen und Stimmen ihn beschimpften, ehe sie zur Tür kam.

»Ist ja gut!« sagte sie mit grimmiger Stimme. »Ich komme schon!« Sie öffnete die Tür und starrte ihn an. Dann, als sie ihn erkannte, veränderte sich ihr Gesichtsausdruck. »Was wollen Sie?« fragte sie mit ungläubiger Stimme. »Horne ist tot und schon zweimal begraben. Das sollten Sie doch wissen. Sie sind doch selbst zu mir gekommen. Sagen Sie bloß nicht, jemand hat ihn wieder ausgegraben?«

»Nein, Maizie; es ist alles in Ordnung. Darf ich hereinkommen?«

»Wenn Sie unbedingt müssen. Was wollen Sie denn?«

Er drückte sich hinter ihr hinein. Der Raum war klein, aber es brannte ein kräftiges Feuer, und es war viel sauberer, als er erwartet hätte. Es standen sogar zwei sehr gute Kerzenleuchter auf dem Kaminsims; auch poliertes Zinn und Spitzendeckchen über den Sessellehnen waren vorhanden.

»Nun?« fragte sie ungeduldig. »Ich habe hier nichts, was nicht mir gehörte – falls Sie das gedacht haben.«

»Das habe ich nicht gedacht.« Er zog das Bild heraus. »Kennen Sie sie, Maizie?«

Sie nahm es vorsichtig zwischen ihre Finger. »Und was, wenn ich sie kenne?«

»Es wären zehn Shilling für Sie«, sagte er hastig. »Wenn Sie mir den Namen sagen und wo ich sie finden kann.«

»Bertha Mulligan«, sagte sie, ohne zu zögern. »Sie wohnt bei Mrs. Cuff, weiter vorne in Nummer siebenunddreißig, auf der linken Seite. Aber jetzt am Abend werden Sie sie nicht antreffen. Es würde mich wundern. Sie fängt jetzt an zu arbeiten.«

»Was für eine Arbeit?«

Sie schnaubte verächtlich über eine so dumme Frage. »Auf den Straßen natürlich. Wahrscheinlich in einem dieser Cafés in der Nähe des Haymarket. Sieht sehr gut aus, die Bertha.«

»Ich verstehe. Und hat Mrs. Cuff noch andere Mieter?«

»Wenn Sie meinen, ob sie ein ›Haus‹ hat, dann müssen Sie schon selber hingehen und nachsehen. Ich rede nicht über die Nachbarn; genauso wie ich keine Tratscherei über mich oder den armen Horne, wenn er noch lebte, wollte.«

»Ich verstehe. Danke, Maizie.«

»Wo sind meine zehn Shilling?«

Er fischte in seinen Taschen herum und brachte ein Stück Schnur, ein Messer, Siegellack, drei Blatt Papier, ein Päckchen Toffees, zwei Schlüssel und ungefähr für ein Pfund Kleingeld zum Vorschein. Er zählte zehn Shilling für sie ab – widerstrebend; es war ein voreiliges Versprechen, das er in der Erregung einer zu machenden Entdeckung gegeben hatte. Aber ihre Hand blieb ausgestreckt, und es führte nichts daran vorbei. Sie entriß es ihm beinahe und zählte es sorgfältig nach.

»Danke.« Sie umschloß es mit einem Griff, der so fest wie der eines sterbenden Mannes war, und steckte es dann irgendwohin in ihre Unterröcke. »Ja, das ist Bertha. Warum wollen Sie das wissen?«

»Das Bild ist im Haus eines toten Mannes gefunden worden«, antwortete er.

»Ermordet?«

»Ja.

»Wer war es denn?«

»Godolphin Jones, der Maler.« Vielleicht hatte sie noch nie von ihm gehört. Wahrscheinlich konnte sie nicht lesen, und der Mord war in diesem Viertel sicher nur auf geringes Interesse gestoßen.

Sie schien überhaupt nicht überrascht zu sein.

»Dummes Mädchen«, sagte sie unerschütterlich. »Ich habe ihr gesagt, sie solle nicht für ihn posieren und lieber bei dem bleiben, was ihr bekannt ist. Aber nein, sie mußte ja etwas Besseres probieren – gierig, wie sie ist. Ich mag nichts, was auf Papier ist; bringt nur Ärger.«

Er griff gedankenlos nach ihrem Arm, und sie zog ihn heftig zurück.

»Sie wußten, daß sie für Godolphin Jones posiert hat?« verlangte er zu wissen und hielt dabei ihren Arm fest.

»Natürlich wußte ich das«, schnauzte sie. »Glauben Sie, ich bin dumm? Ich weiß, was in seinem Laden vor sich geht.«

»Laden? Was für ein Laden?«

»Dieser Laden von ihm in Nummer siebenundvierzig, wo er seine Fotografien verkauft hat. Abscheulich, sage ich nur. Ich kann verstehen, wenn ein Mann ein Mädchen will und keines für sich selber haben kann – worum Horne sich gekümmert hat, aber wenn jemand seinen Spaß daran findet, Bilder anzuschauen – also, das nenne ich pervers.«

Eine Flut des Verstehens kam über Pitt, und eine ganz neue Welt der Möglichkeiten tat sich auf.

»Danke, Maizie.« Er tätschelte ihre Hand mit einer Wärme, die sie wahrscheinlich beunruhigte. »Sie sind ein Juwel unter den Frauen, eine Lilie im Hinterhof. Mag es Ihnen der Himmel vergelten!« Er drehte sich um und ging triumphierend hinaus in die trübe Dunkelheit der Resurrection Row.

9

Alicia hörte von Godolphin Jones' Tod zum erstenmal durch Dominic. Er hatte den Vormittag zusammen mit Somerset Carlisle verbracht, und sie waren die Namen von denjenigen noch mal durchgegangen, auf deren Unterstützung sie rechnen konnten, wenn der Gesetzentwurf in ein paar Tagen vor das House of Lords kam, als die Neuigkeit, die sich die Hausangestellten im ganzen Park zuflüsterten, eintraf. Carlisles Küchenmädchen war mit Jones' Diener bekannt und somit unter den ersten, die davon erfuhren.

Dominic kam vor dem Lunch in das Haus der Fitzroy-Hammonds und sah atemlos und ein wenig weiß aus. Er wurde direkt in das Zimmer geführt, in dem Alicia Briefe schrieb.

Gleich, als sie ihn sah, wußte sie, daß etwas nicht in Ordnung war. Das freudige Gefühl, auf das sie gewartet hatte, verflog, und sie verspürte statt dessen nur Besorgnis.

»Was gibt es denn?«

Er nahm sie nicht, wie sonst immer, bei den Händen. »Heute morgen ist der Leichnam von Godolphin Jones gefunden worden. Er wurde ermordet.« Er machte keinen Versuch, es ihr behutsam zu sagen oder das Unerfreuliche zu umgehen. Vielleicht hatten der Umgang mit Somerset Carlisle und das Arbeitshaus in Seven Dials solch vornehme Gepflogenheiten ins Lächerliche gerückt, ja, sogar als Ärgernis gegenüber der Realität wirken lassen. »Er ist vor drei oder vier Wochen erwürgt worden«, fuhr er fort, »und man hat ihn im Grab von jemand anderem beerdigt – in dem von dem Mann, der von der Droschke gefallen ist und von dem du zuerst gedacht hast, es sei Augustus. Es stellte sich heraus, daß er der Butler von jemandem war.«

Sie staunte über die Geschwindigkeit, mit der eine Mitteilung der anderen folgte – alle neu und in ihrer Häßlichkeit unangenehm berührend. Sie hätte nie auch nur gedacht, daß Godolphin Jones etwas mit den Leichen zu tun haben könnte. Und sie hatte in der Tat versucht, seit Augustus wieder bestattet war, die ganze Angelegenheit aus ihren Gedanken zu verbannen. Dominic war weit wichtiger, und in den letzten Wochen waren ihre Gefühle für ihn immer unsicherer geworden, hatten einen Beigeschmack von Unglücklichsein oder gar Besorgtheit angenommen. Abwechselnd hatte sie versucht, eine Lösung dafür zu finden oder diese Tatsache einfach zu ignorieren. Jetzt starrte sie ihn nur an.

»Natürlich wird man auch im Park nachforschen«, fuhr er weiter fort.

Sie war immer noch verwirrt und verstand ihn nicht.

»Warum? Warum sollte jemand aus dem Park ihn ermorden?«

»Ich weiß nicht, warum ihn überhaupt jemand ermordet haben sollte«, sagte er lakonisch. »Aber da man sich nicht selbst erwürgen kann, nicht einmal unbeabsichtigt, muß es offenbar jemand anderer getan haben.«

»Aber warum hier?« fragte sie beharrlich.

»Weil er hier gelebt hat und weil Augustus hier gelebt hat und weil der Leichnam von Augustus hier aufgetaucht ist.« Er setzte sich plötzlich hin. »Es tut mir leid. Es ist eine üble Sache. Aber ich mußte dich warnen, weil Pitt sicher hierher unterwegs ist. Hast du ihn gekannt – Godolphin Jones?« Er sah sie an.

»Nicht direkt. Ich bin ein- oder zweimal mit ihm zusammengetroffen – gesellschaftlich. Er wirkte ganz sympathisch. Er hat Gwendoline gemalt und Hester, weißt du. Und ich glaube, auch alle drei Rodneys.«

»Dich hat er nicht gemalt?« fragte er und schaute dabei ein wenig finster.

»Nein. Ich habe mir aus seiner Kunst nicht viel gemacht. Und Augustus hat nie den Wunsch nach einem Porträt von mir geäußert.« Sie wandte sich ein wenig von ihm ab und bewegte sich näher an das Feuer hin. Sie dachte an den Mord, aber er kam ihr sehr irrelevant vor. Niemand, den sie kannte, schien damit etwas zu tun zu haben oder von einer Untersuchung bedroht zu sein. Sie erinnerte sich, wie schrecklich die Sache mit Augustus war – die Angst, daß die Leute sie verdächtigten – und noch schlimmer, daß sie Dominic verdächtigen könnten. Die Vorstellung war von Anfang an nicht erträglich für sie, nicht für sie beide, und sie hatte das Gefühl, daß sie zusammen einer ungerechtfertigten Verdächtigung jener gegenüberstanden, deren Unwissenheit und Bösartigkeit sich schließlich erweisen würde.

Dann hatte die alte Frau die Saat des Zweifels in sie hineingestreut. Da war der Kreis, der sie beide umschloß und von anderen fernhielt, aber es gab auch einen anderen Kreis, der nur um sie herum war – und es war eine doppelte Abgrenzung. Sie schämte sich und fürchtete sich gleichzeitig davor – aber der Gedanke, daß Dominic Augustus ermordet haben könnte, war in ihren Kopf gekrochen. Die alte Frau hatte gesagt, daß er es getan hätte, und sie hatte nicht das Herz und die absolute Überzeugung gehabt, diese Unterstellung so von sich zu weisen, wie sie es sich gewünscht und wie sie es von sich erwartet hätte. Es gab da etwas in ihm, ein kindliches Verlangen, seine Wünsche erfüllt zu sehen, das es ihr möglich erscheinen ließ, wenn auch nur für einen Moment.

Wie gut kannte sie ihn eigentlich? Sie drehte sich vom Feuer weg, um ihn anzusehen. Er sah so gut aus wie immer – mit seinem markanten Gesicht und den männlichen Schultern, mit dem üppigen Haar, das sich im Nacken leicht wellte. Aber was war da hinter seinem Gesicht? Wußte sie davon, und konnte sie auch das lieben?

Wenn sie sich im Spiegel betrachtete, dann sah sie ebenmäßige Züge und schönes Haar. Wenn sie im Morgenlicht ganz nahe herantrat, sah sie winzige Flecken; aber sie wußte auch, wie sie sie verhehlen konnte. Es war ihr nicht unangenehm, im Gegenteil, es gefiel ihr sogar. Sah Dominic mehr darin? Sah er die Flecken und liebte sie trotzdem noch, oder störten sie ihn und stießen ihn vielleicht sogar ab, weil es nicht das war, was er sich gewünscht hatte?

Alles, was er kannte, war das sorgfältig gepflegte Gesicht, das sie ihm präsentierte – ihr bestes. Vielleicht war das falsch von ihr? Sie hatte sich so sehr bemüht, all ihre anderen Facetten zu verbergen – ihre Schwächen und Fehler, weil sie wollte, daß er sie liebte.

Hatte er sich gefragt, ob sie Augustus ermordet hatte? War es deswegen, daß er in letzter Zeit viel kühler und so sehr in den Gesetzentwurf von Carlisle vertieft war, an dem er sie nicht teilhaben ließ. Dabei hätte sie hilfreich sein können. Sie hatte mindestens genauso viele Verbindungen wie er, wahrscheinlich sogar noch mehr. Wenn er ihr vertraut hätte und diese Gemeinsamkeit, von der sie glaubte, daß es Liebe sei, gefühlt hätte, dann hätte er ihr doch gesagt, welche Sorgen oder welches Mitleid Seven Dials in ihm ausgelöst hatte. Er hätte versucht, seine Verwirrung zu erklären – mit Worten, die seine eigenen Emotionen und weniger die soziale Ungerechtigkeit ausdrückten.

Er sah sie jetzt abwartend an.

»Ich glaube nicht, daß es etwas mit uns zu tun hat«, sagte sie schließlich. »Wenn Mr. Pitt hierherkommt, werde ich ihn natürlich empfangen, aber ich kann ihm nichts sagen, das für ihn von Wert wäre.« Sie lächelte; die Nervosität war verschwunden. Ihr Magen war so ruhig wie im Schlaf. Sie wußten beide, was geschehen war, und es war eine Art Befreiung – wie die Stille nach einem Crescendo in der Musik, das zu lange dauerte und zu laut war. Jetzt war sie wieder zurück in der Realität. »Danke, daß du gekommen bist. Es war sehr freundlich von dir, es mir zu sagen. Es ist immer einfacher, schlechte Nachrichten von einem Freund statt von einem Fremden zu erfahren.«

Er stand sehr langsam auf. Einen Moment lang dachte sie schon, er würde eine Einwendung dagegen vorbringen und versuchen, die Fäden wieder zu knüpfen, aber er lächelte, und sie sahen sich zum erstenmal an, ohne sich etwas vorzumachen, ohne Herzklopfen, Aufregung und heftiges Atmen.

»Ja, sicher«, sagte er. »Vielleicht wird der Fall gelöst, noch ehe man uns damit belästigen muß. Jetzt muß ich gehen und Fleetwood aufsuchen. Der Gesetzentwurf kommt jetzt bald heraus.«

»Ich kenne mehrere Leute, an die ich herantreten könnte«, sagte sie schnell.

»Wirklich?« Sein Gesicht war jetzt voller Eifer; Jones war vergessen. »Würdest du sie bitten? Alles, was du wissen mußt, kannst du von Carlisle erfahren; er wird dir sehr dankbar sein!«

»Ich habe bereits ein paar Briefe geschrieben.«

»Das ist großartig. Weißt du, ich glaube, wir haben wirklich eine gute Chance.«

Nachdem er gegangen war, spürte sie große Einsamkeit, aber es war nicht die schmerzvolle und ängstliche, die es immer gewesen war – eine Sehnsucht zu wissen, wann er wiederkommen würde, und die Besorgtheit über das, was sie gesagt und getan hatte; ob sie albern oder zu kühl oder zu vorschnell war in ihrer Neugierde zu erfahren, was er fühlte und von ihr dachte. Dies war jetzt die Leere eines Sommermorgens, wenn der ganze Himmel noch klar ist und vom kommenden Tag kündet und man keine Verpflichtung und noch keine Vorstellung hat, was man damit machen wird.

Am Morgen nach dem Gespräch mit Maizie Snipe war Pitt wieder in der Resurrection Row – mit einem Constable und einem Durchsuchungsbefehl für den Raum in Nummer siebenundvierzig.

Es war, wie er erwartet hatte, ein fotografisches Atelier mit allem notwendigen Zubehör für ziemlich deutliche Pornographie: farbige Lichter, Tierfelle, verschiedene grellfarbige Stoffe, Kopfputz aus Federn, lange Halsketten und ein riesiges Bett. Die Wände waren bedeckt mit sehr gekonnten und sehr verschiedenartigen Fotografien – alle jedoch hocherotisch.

»Mensch!« Der Constable stieß die Luft aus und war sich nicht sicher, welche Gefühlsregung er zum Ausdruck bringen sollte. Seine Augen waren so rund und glänzend wie Spiegeleier.

»Genau«, sagte Pitt zustimmend. »Ein blühendes Geschäft, würde ich sagen. Ehe Sie etwas durcheinanderbringen, schauen Sie sich alles sehr sorgfältig an und sehen Sie, ob Sie Blutflecken oder sonstige Spuren von Gewalt feststellen können! Er könnte gut hier ermordet worden sein. Ich meine, hier sind Hunderte von Motiven dazu an der Wand oder in den Schubläden.«

»Oh!« Der Constable stand bewegungslos und erschrocken da bei dem Gedanken an das, was ihm bevorstand.

»Also los!« drängte Pitt. »Wir haben viel zu tun. Wenn Sie alles durchsucht haben, dann ordnen Sie die Fotografien; wir wollen sehen, wie viele verschiedene Gesichter wir haben!«

»Oh, Mr. Pitt, Sir! Wir können doch diese Menge niemals ordnen und identifizieren! Das dauert ja Jahre! Und wer wird es schon zugeben? Können Sie sich ein junges Mädchen vorstellen, das sagt: ›Ja, das bin ich.‹?«

»Wenn es ihr Gesicht auf dem Bild ist, dann kann sie es nicht gut abstreiten, oder?« Pitt zeigte in eine Ecke und machte eine deutliche Kopfbewegung. »Also, fangen Sie schon an!«

»Meine Frau würde Zustände kriegen, wenn sie wüßte, was ich hier mache.«

»Dann sagen Sie es ihr eben nicht«, sagte Pitt kurz angebunden. »Aber ich werde auch gleich welche bekommen, wenn Sie nicht endlich anfangen, und ich bin bestimmt wesentlich unangenehmer als sie.«

Der Constable verzog das Gesicht und schielte mit einem Auge auf die Fotografien.

»Glauben Sie das besser nicht, Sir!« sagte er, aber er gehorchte und entdeckte nach ein paar Minuten schon Blutflecken auf dem Boden und an einem umgestoßenen Stuhl. »Hier ist er ermordet worden, nehme ich an«, sagte er entschieden und sichtlich zufrieden mit sich selbst. »Man kann es ganz klar sehen, wenn man weiß, wohin man sehen muß. Ich vermute, es war damit.« Er klopfte auf den Stuhl.

Nach der Untersuchung und dem Ausmessen ließ Pitt den Constable bei der immensen Aufgabe zurück, die Fotografien und die Mädchen darauf zu sortieren. Pitt blieb es vorbehalten, sich der anderen Hälfte der Angelegenheit zu widmen – den Kunden. Natürlich war Jones viel zu diskret, als daß er die Namen der Kunden, die empfindlich oder sogar gewalttätig hätten sein können, schriftlich festgehalten hätte, aber Pitt dachte, er wüßte wenigstens, wo er beginnen sollte: bei dem Buch mit den Zahlen und Insekten aus Jones' Schreibtisch in seinem Haus. Er hatte vier dieser eleganten, kleinen Hieroglyphen auf Gemälden im Gadstone Park gesehen. Jetzt würde er hingehen und ihre Besitzer befragen. Vielleicht konnten sie ihm wenigstens eines erklären: warum jemand so viel für die Arbeit eines Künstlers bezahlt, der höchstens durchschnittliches Talent besaß.

Er begann bei Gwendoline Cantlay und kam diesmal schon nach einer sehr knappen Einleitung zur Sache.

»Sie haben für das Porträt, das Mr. Jones von Ihnen gemalt hat, sehr viel bezahlt, Lady Cantlay.

Sie war wachsam, weil sie bereits etwas spürte, das außerhalb einer ganz einfachen Nachfrage lag. »Ich habe den üblichen Preis bezahlt, Mr. Pitt, wie Sie sicher herausfinden werden, wenn Sie ein wenig weiterforschen.«

»Den üblichen Preis für Mr. Jones, Madam«, stimmte er zu. »Der aber nicht üblich für einen Maler seiner ziemlich mittelmäßigen Qualität ist.«

Sie zog die Augenbrauen ungläubig nach oben. »Sind Sie Kunstexperte, Inspektor?« sagte sie forsch.

»Nein, aber ich hatte die Gelegenheit, mich von Experten informieren zu lassen, Madam, und sie schienen darin übereinzustimmen, daß Godolphin Jones nicht das Geld wert war, das er hier im Park bezahlt bekam.«

Sie öffnete den Mund und wollte eine Frage formulieren, hielt aber dann inne. »Wirklich? Vielleicht ist Kunst überhaupt nur eine Geschmacksfrage.«

Das war jetzt eine Szene, die er schon so oft durchgespielt und immer gehaßt hatte. Geheimnisse waren fast immer eine Sache der Verletzlichkeit, ein Versuch, etwas zu verstecken oder einer Verwundung auszuweichen.

Aber es gab für ihn keine Alternative. Die Wahrheit zu übertünchen war nicht seine Aufgabe, wenn er es auch schon oft gerne getan hätte.

»Sind Sie sicher, Madam, daß er mit seinen Gemälden nicht noch etwas anderes verkauft hat – vielleicht Diskretion?«

»Ich weiß nicht, was Sie meinen.« Es war die übliche Antwort, und er hätte sie genausogut geben können. Sie wollte sich so lange wie möglich widersetzen und ihn dazu bringen, sein Wissen auszusprechen.

»Waren Sie Mr. Jones nicht einmal zugeneigter, so zugeneigt, daß niemand es erfahren sollte, Lady Cantlay – insbesonders nicht, sagen wir, Ihr Gatte?«

Ihr Gesicht wurde scharlachrot, und es dauerte einige peinliche Sekunden, ehe sie sich entscheiden konnte, was sie nun zu ihm sagen sollte; ob sie es weiterhin leugnen sollte oder ob ein Zornesausbruch ihr weiterhelfen würde. Am Ende erkannte sie die Gewißheit in seinem Gesicht und gab auf.

»Ich war ausgesprochen töricht und habe mich von der Ausstrahlung eines Künstlers einfangen und mir schmeicheln lassen – aber das gehört alles der Vergangenheit an, Inspektor. Aber Sie haben recht: Ich habe das Bild vor meiner – Beziehung – in Auftrag gegeben und dann, als es fertig war, wesentlich mehr dafür bezahlt, um mich seines Schweigens zu versichern. Sonst hätte ich es für einen solch hohen Betrag nicht akzeptiert.« Sie zögerte, und er wartete darauf, daß sie weitersprach. »Ich – ich wäre Ihnen sehr dankbar, wenn Sie nicht mit meinem Mann darüber sprechen würden. Er weiß nichts davon.«

»Sind Sie da ganz sicher?«

»O ja, natürlich bin ich das. Er wäre...« Alle Farbe verschwand aus ihrem Gesicht. »Oh! Godolphin wurde ermordet! Sie können doch nicht glauben, daß Desmond – ich versichere Ihnen, ich gebe Ihnen mein Ehrenwort, daß er nichts davon wußte. Er konnte gar nicht. Es war alles ausgesprochen diskret – nur wenn ich zu den Sitzungen für mein Porträt gegangen bin...« Sie wußte nicht, was sie sonst noch hätte sagen können, um ihn zu überzeugen, und sie suchte nach so etwas wie einem Beweis.

Es war gegen seine Überzeugung, sie zu bedauern, und doch tat er es. Sie hatten nichts Gemeinsames, und ihr Verhalten war selbstsüchtig und gedankenlos gewesen, aber er glaubte ihr und hatte nicht den Wunsch, ihre Angst noch zu verlängern.

»Ich danke Ihnen, Lady Cantlay. Wenn er davon nichts gewußt hat, dann hat er auch keinen Grund gehabt, Mr. Jones etwas anzutun, soweit ich das sehen kann. Ich danke Ihnen für Ihre Offenheit. Die Angelegenheit kann als erledigt betrachtet werden.« Er stand auf. »Guten Tag.«

Sie war zu erleichtert, als daß sie mit etwas anderem als einem matten ›Guten Tag‹ geantwortet hätte.

Pitt suchte als nächstes Major Rodney auf, und hier war sein Empfang ganz und gar anders und wischte jegliche Spur des überschwenglichen Gefühls, mit dem er von dem Haus Cantlays weggegangen war, aus. Seine Selbstzufriedenheit verschwand wie das Wasser in einem Ausguß.

»Sie sind ausgesprochen unverschämt, Sir!« sagte der Major wütend. »Und ich kann mir nicht vorstellen, was Sie sich dabei denken. Dies hier ist Gadstone Park und nicht einer Ihrer Hinterhöfe. Ich weiß nicht, an welche Art von Betragen Sie gewöhnt sind, aber wir wissen hier, wie wir uns zu benehmen haben. Und wenn Sie weiterhin beharrlich unterstellen, daß meine Schwestern irgendeine Liaison mit diesem armen Teufel von Maler hatten, dann werde ich Sie wegen Verleumdung verklagen, verstehen Sie mich, Sir?«

Pitt versuchte angestrengt, seine Geduld nicht platzen zu lassen.

Die Vorstellung einer romantischen Verbindung zwischen Godolphin Jones und den ältlichen, marmeladekochenden Damen war lächerlich, doch Major Rodneys Verhalten warf einen Schatten auf die ganze Angelegenheit – ob er es wollte oder nicht. Pitt zweifelte an seiner Fähigkeit zu einer solchen Strategie, aber es lief auf das gleiche hinaus.

»Ich unterstelle überhaupt nichts, Sir«, sagte er so ruhig, wie es ihm möglich war, aber die ausgefransten Ränder seiner Fassung waren deutlich zu bemerken. »Der Gedanke an diese Möglichkeit ist mir überhaupt nicht gekommen. Weder habe ich Ihre Schwestern für Damen gehalten, deren Temperament und Alter sie für so etwas anfällig machen könnte, noch habe ich gewußt, daß sie die Bilder selbst bezahlt haben. Ich hatte geglaubt, Sie hätten Mr. Jones beauftragt.«

Der Major war eine Zeitlang ziemlich verwirrt. Der Grund für seinen Wutausbruch hatte sich just in dem Moment in Luft aufgelöst, da er gerade den richtigen Schwung bekommen hatte, Pitt aus dem Haus zu weisen.

Pitt nutzte seinen Vorteil. »Haben die Damen eigenes Vermögen?« fragte er. Sie waren beide unverheiratet und konnten keine Erben sein, da sie ja ihren Bruder hatten; es war also nahezu unmöglich, und er wußte das auch.

Der Major wurde zusehends röter im Gesicht. »Unsere finanziellen Angelegenheiten gehen Sie nichts an, Sir«, schnaufte er. »Für Sie sieht es vielleicht nach großem Vermögen aus, aber es ist lediglich angemessen für uns. Uns liegt nichts daran, prahlerisch zu sein, aber wir haben, was wir brauchen – sicherlich. Und das ist alles, was ich Ihnen zu sagen habe.«

»Aber Sie haben doch zwei große und kostspielige Bilder bei Mr. Jones in Auftrag gegeben, die zusammen neunhundertfünfzig Pfund gekostet haben?« Pitt hatte die Zahlen neben den Raupen zusammengezählt und konnte nun mit Befriedigung sehen, wie das Gesicht des Majors blaß wurde und sein Nacken sich anspannte.

»Ich – ich verlange, daß Sie mir sagen, woher Sie diese Information haben. Wer hat es Ihnen gesagt?«

Pitt sah ihn groß an.

»Mr. Jones hat Buch geführt, Sir; sehr genau, mit Daten und Geldbeträgen. Ich mußte sie nur addieren, um auf den Betrag zu kommen. Es war gar nicht nötig, noch jemand anderen zu belästigen.«

Der Körper des Majors erschlaffte, und er saß jetzt da wie ein wohlerzogenes Kind bei Tisch: Augen geradeaus, Hände ruhig, aber ohne innere Substanz. Längere Zeit sagte er nichts, und Pitt haßte die Notwendigkeit, das peinliche Geheimnis, mit dem Jones ihn erpreßt hatte, aus ihm herauszuwühlen. Aber es war unumgänglich. Es gab keine genaue Zeit für das Verbrechen, die den Kreis der möglichen Täter eingeschränkt hätte, und keine Waffen – nur die bloßen Hände, die aber so stark sein mußten, daß man mit großer Sicherheit die einer Frau ausschließen konnte, besonders die einer Frau aus der Gesellschaft. Vielleicht hätte eine Hausangestellte, die daran gewöhnt war, große, schwere Wäschestücke auszuwringen, die Kraft aufbringen können? Im Moment konnte er keinen anderen Weg sehen, als soviel an Wahrheit zu erfahren, wie er nur konnte.

Der Major war ein kleiner Mann von nicht sehr ausgeprägtem, aber steifem Wesen – sowohl körperlich als auch emotionell. Aber er war Soldat; er hatte dem Tod ins Auge gesehen, hatte gelernt, wie man tötet, und sich an den Gedanken um das Wissen gewöhnt, daß dies zu ihm gehörte und es Zeiten geben kann, in denen es Pflicht ist, davon Gebrauch zu machen. War sein Geheimnis wichtig genug für ihn, daß er deswegen Godolphin Jones ermordet und im Grab von Albert Wilson begraben hatte?

»Warum haben Sie so viel für die zwei Bilder bezahlt, Major Rodney?« drang Pitt weiter in ihn.

Der Major sah ihm voller Abneigung in die Augen.

»Weil das der Preis war, den der Mann verlangt hat«, sagte er kühl. »Ich bin kein Kunstexperte. Es war das, was alle bezahlt haben. Wenn es übertrieben war, dann bin ich dazu verleitet worden. Wie wir alle. Der Mann war ein Scharlatan, wenn das stimmt, was Sie sagen. Aber Sie werden mir verzeihen, wenn ich Ihre Meinung nicht als endgültig übernehme.« Seine Stimme triefte vor Sarkasmus, und Pitt vermeinte, aus der Tonlage etwas Gezwungenes herauszuhören.

Major Rodney stand auf. »Und jetzt, Sir, habe ich alles gesagt, was ich Ihnen zu sagen habe. Ich wünsche Ihnen einen guten Tag!«

Es hatte keinen Sinn, weiterzuringen, und Pitt wußte das auch. Er würde das Geheimnis auf eine andere Art lüften und zurückkehren müssen, wenn er mehr Munition hatte. Vielleicht war es nur irgendeine Torheit, etwas, das Jones durch einen seiner anderen Kunden entdeckt hatte, möglicherweise durch die Indiskretion einer Frau? Oder war es wirklich eine Schande für ihn – eine Feigheit im Krimkrieg oder eine Sache in der Kaserne, eine unbezahlte Spielschuld oder eine Eskapade im Zustand der Trunkenheit?

Zunächst konnte er nichts anderes tun, als die Frage auf sich beruhen lassen.

Am frühen Nachmittag ging er zu St. Jermyn und erfuhr, daß dieser im House of Lords sei. Es blieb ihm nichts anderes übrig, als am Abend noch mal zu kommen – frierend und müde und auch schon ein wenig gereizt.

Seine Lordschaft war ebenfalls verärgert darüber, daß er sich nicht entspannen und über einem Glas aus seinem Keller die Geschäfte des Tages vergessen konnte, ehe er zum Dinner Platz nahm. Er war nicht unhöflich zu Pitt, aber es kostete ihn einige Mühe.

»Ich habe Ihnen doch schon alles gesagt, was ich über den Mann weiß«, sagte er ein wenig herb und nahm vor dem Kaminfeuer Platz. »Er war ein Maler, der in Mode war. Ich habe ein Bild bei ihm in Auftrag gegeben, um meiner Frau damit eine Freude zu machen. Gesellschaftlich bin ich ihm ein- oder zweimal begegnet; er hat ja schließlich hier im Park gelebt. Aber ich komme mit Hunderten von Leuten zusammen. Soweit ich mich erinnere, sah er eine Kleinigkeit zu besonders aus – zu viel Haar.« Sein mürrischer Blick richtete sich auf Pitts welliges Haar. »Aber von Künstlern wird ja geradezu erwartet, daß sie ein wenig affektiert sind«, fuhr er fort. »Es war nicht so, daß es provozierend gewesen wäre – nur sehr offensichtlich. Es tut mir leid, daß der Mann tot ist, aber ich wage zu sagen, daß er sich mit einigen nicht ganz so bekömmlichen Leuten eingelassen hat. Vielleicht ist er mit einem seiner Modelle allzu vertraut geworden. Künstler malen ja öfter auch Frauen aus viel niedrigeren Schichten, wenn sie zum Beispiel die Gesichtsfarbe haben, die sie gerade haben wollen. Ich glaube, das wissen Sie so gut wie ich. An Ihrer Stelle würde ich nach einem eifersüchtigen Liebhaber oder Ehemann Ausschau halten.«

»Wir haben keine anderen Bilder als Porträts von Frauen aus der Gesellschaft vorgefunden«, entgegnete Pitt. »Er schien nicht sehr umtriebsam gewesen zu sein – eher reserviert. Aber für alles, was er gemalt hat, hat er überhöhte Preise verlangt.«

»Das haben Sie schon einmal angedeutet«, sagte St. Jermyn trocken. »Ich kann dazu nichts sagen. Ich hatte gedacht, Porträts müssen nur dem, der dafür sitzt, gefallen. Man will sie ja wohl nur selten wieder verkaufen. Sie werden meistens in den hinteren Teil der Eingangshalle oder ins Treppenhaus verbannt, wenn einem der Geschmack nicht mehr danach ist; ansonsten bleiben sie da, wo sie von Anfang an hingen.«

»Sie haben eine beträchtliche Summe für das Porträt von Lady St. Jermyn bezahlt«, versuchte Pitt es weiter.

St. Jermyns Augenbrauen gingen nach oben. »Das haben Sie letztes Mal auch gesagt. Sie schien das Bild zu mögen, und weiter betraf es mich nicht. Wenn ich zuviel bezahlt habe, dann bin ich geprellt worden. Ich bin wirklich nicht allzusehr bekümmert deswegen. Ich kann auch nicht sehen, warum Sie es sein sollten.«

Pitt hatte sich bereits den Kopf damit zerbrochen, einen Grund zu finden – irgendeinen –, der Jones in die Lage versetzt haben könnte, St. Jermyn zu zwingen, ein Bild zu kaufen, das ihm nicht gefiel, oder einen Preis dafür zu bezahlen, den er für unangemessen hielt, aber es fiel ihm nichts ein. Lady Cantlay gegen das Versprechen der Diskretion zu erpressen war einfach, und den steifen, nervösen Major unter Druck zu setzen, wäre auch vorstellbar, wenngleich er jetzt noch keinen Grund dafür wußte. Ein Mann mittleren Alters, dessen gesellschaftliches Verhalten nicht sehr ausgeprägt ist und der mit seinen zwei jungfräulichen Schwestern zusammenlebt: Die Wahrscheinlichkeit lag auf der Hand – eine Indiskretion. Der Stolz würde den Major zwingen, für die Verschwiegenheit zu zahlen.

Aber St. Jermyn war ein völlig anderer Typ. In ihm war keinerlei Angst. Er würde seine Unbesonnenheit zu verdecken wissen, wenn es eine solche gab und wenn er sich darüber Gedanken machte, was auch noch zweifelhaft war. Und es gab kein anderes Verbrechen, von dem Pitt erfahren hätte. Lord Augustus war auf normale Weise gestorben, und falls nicht, war dies unbeweisbar und für St. Jermyn wahrscheinlich auch nicht von Interesse. All die anderen – Albert

Wilson, Porteous und Horne Snipe – waren auch eines natürlichen Todes gestorben und hatten, soweit es Pitt bekannt war, keine Verbindung zu St. Jermyn gehabt.

»Wenn es ein eifersüchtiger Ehemann oder Liebhaber war«, sagte Pitt bedächtig, »warum ist er dann in das Grab eines anderen Mannes gekommen?«

»Um ihn zu verstecken, nehme ich an«, sagte St. Jermyn ungeduldig. »Ich würde denken, das ist einleuchtend. Ein frisch geschaufeltes Grab irgendwo in London außerhalb eines Friedhofs würde sehr schnell Aufmerksamkeit erregen. Man kann in keinem Park graben, und wenn man eine Leiche im eigenen Garten vergräbt, dann ist das sehr belastend, wenn sie gefunden wird. Im frischen Grab von jemand anderem findet sie überhaupt keine Beachtung.«

»Aber warum dann die Leiche von Albert Wilson auf eine Droschke setzen?«

»Das weiß ich wirklich auch nicht, Inspektor. Es ist Ihre Aufgabe, das herauszufinden, nicht meine. Vielleicht gab es überhaupt keinen Anlaß dafür. Es hört sich alles so bizarr an, wie es vielleicht ein Künstler aushecken könnte. Es sieht mir danach aus, als ob das Grab bereits geöffnet gewesen wäre und der Mörder nur die ausgezeichnete Gelegenheit, die sich ihm bot, wahrgenommen hätte.«

Pitt hatte auch schon daran gedacht, aber er hoffte immer noch auf etwas Neues, auf eine Unkonzentriertheit oder einen sprachlichen Ausrutscher, die ihn auf eine neue Spur bringen könnten.

»Hat Lord Augustus Fitzroy-Hammond Mr. Jones gekannt?« fragte er so harmlos, wie er nur konnte.

St. Jermyn schaute ihn kühl an. »Soweit ich es weiß, nicht. Und wenn Sie vielleicht denken, er könnte irgendeine Affäre mit einem von Jones' Modellen gehabt haben, dann halte ich das für höchst unwahrscheinlich.«

Pitt mußte sich selber eingestehen, daß es auch ein allzu großer Zufall gewesen wäre, wenn Augustus zuerst Jones ermordet und die Aktivitäten des Grabräubers ausgenützt hätte, um ihn zu verstecken, und gleich darauf gestorben und ein Opfer desselben Räubers geworden wäre. Er schaute zu St. Jermyn hinüber und bildete sich ein, auch auf dessen Gesicht den Ausdruck der Unwahrscheinlichkeit einer solchen Annahme und außerdem eine kaum versteckte und rapide zunehmende Ungeduld sehen zu können.

Pitt versuchte an etwas anderes zu denken, an irgend etwas, das mehr Informationen zutage bringen könnte, aber St. Jermyn war kein Mann, der sich manipulieren ließ, und Pitt gab auf, wenigstens für die nächste Zeit.

»Ich danke Ihnen, Sir«, sagte er steif. »Ich danke Ihnen, daß Sie mir Ihre Zeit geopfert haben.«

»Eine Selbstverständlichkeit«, sagte St. Jermyn trocken. »Der Diener wird Sie hinausbringen.«

Es blieb ihm nichts anderes übrig, als es mit soviel Haltung wie möglich zu akzeptieren. Er verließ den hellen Raum und ging mit dem livrierten Diener zur Eingangstür und hinaus in den dichten, alles auslöschenden Nebel.

Dominic war selten mit etwas so angeregt beschäftigt gewesen wie mit St. Jermyns Gesetzentwurf. Jetzt, da er aufgehört hatte, in sich selbst dagegen anzukämpfen, und es akzeptiert hatte, fand er mehr und mehr Gefallen an Carlisles Gesellschaft. Er war belesen, intelligent und vor allem enthusiastisch. Er hatte die seltene Gabe, auch noch den schrecklichsten Zuständen in den Arbeitshäusern nachzugehen, ohne seinen Optimismus zu verlieren, daß etwas getan werden könnte, um sie zu lindern, oder seinen Humor – wie schräg er auch immer sein mochte – in einer Umgebung, die eigentlich Anlaß zur Verzweiflung war, abzulegen.

Es war für Dominic nicht einfach, ihm nachzueifern. Er hatte – nervös und doch auch ein wenig selbstbewußt – Lord Fleetwood aufgesucht. Die Freundschaft war schneller gewachsen, als er erwartet hatte; sein natürlicher Charme war etwas, das er immer unterschätzte. Aber es war ihm nicht möglich gewesen, die Unterhaltung erfolgreich auf die Tragödie der Arbeitshäuser hinzulenken. Jedesmal, wenn er davon sprach, klangen seine Worte hohl, als ob er mit perfekter Betonung in einer Sprache, die er nicht verstand, rezitiert hätte.

Nach zwei Versuchen wurde sich Dominik der Dringlichkeit der Sache bewußt und gab Carlisle gegenüber offen zu, daß er seine Hilfe brauchte.

Folglich traf am nächsten Tag Carlisle mit Dominic und Fleetwood zu einer Fahrt im Park zusammen, die ein paar Fußgänger auseinandertrieb und in den anderen Fahrern oder Reitern Anfälle von Wut und Neid auslöste – je nach Stärke und Richtung ihrer eigenen Ambitionen.

Dominic war gefahren, und obgleich es mit einer Rücksichtslosigkeit geschah, die er sich normalerweise nicht erlaubt hätte, machte er sich heute keine Gedanken über so etwas Unbedeutendes wie Zornesausbrüche oder ein paar Leute, die auf der feuchten Erde gelandet waren.

»Ausgezeichnet!« sagte Fleetwood begeistert und atmete heftig. »Meine Güte, Dominic, Sie fahren ja wie ein Gott. Ich hätte nie gedacht, daß Sie das in sich haben. Wenn Sie im Frühjahr mit meinen Pferden fahren würden, dann täten Sie mir damit einen großen Gefallen.«

»Ja, natürlich«, stimmte Dominic sofort zu. Seine Gedanken waren bei den Arbeitshäusern; es war ein Handel: Gefallen gegen Gefallen. Er dachte nicht einmal darüber nach, woher er den Mut nehmen sollte, so zu fahren, wenn er es ohne inneren Ansporn fertig bringen mußte und vorher wochenlang über mögliche Unfälle nachdenken konnte. Er schob diese Gedanken beiseite in eine nicht sehr wahrscheinliche Zukunft. »Mit Vergnügen.«

»Hervorragend!« sagte auch Carlisle zustimmend und drückte seine Zunge in eine Backe, aber Fleetwood sah dies nicht. »Sie haben eine natürlich Begabung, Dominic.« Er wandte sich Fleetwood zu. Ihre Gesichter waren rot vor Kälte und dem scharfen Fahrtwind. »Aber Sie haben auch wirklich sehr gute Pferde, Sir. Ich habe nur wenige bessere Tiere gesehen. Aber ich glaube, die Federung Ihres Wagens könnte ein wenig verbessert werden.«

Fleetwood grinste. Er war ein angenehmer junger Mann, nicht sehr gut aussehend, aber von einem einnehmenden Wesen.

»Hat Sie ein wenig herumgeschubst, wie? Machen Sie sich nichts draus; es ist gut für die Verdauung.«

»Ich habe nicht an die Verdauung gedacht«, antwortete Carlisle lächelnd, »oder an die blauen Flecken, sondern an das Gleichgewicht. Ein gut ausbalancierter Wagen ist weniger anstrengend für die Pferde, nimmt die Kurven besser und kippt nicht so leicht um, wenn Ihnen irgendein Idiot hineinläuft. Und falls Sie einmal ein leicht erregbares Pferd haben, dann ist die Gefahr geringer, daß Sie die Kontrolle über das Ding verlieren.«

»Verdammt, da haben Sie recht«, sagte Fleetwood gut gelaunt. »Tut mir leid, daß ich Sie ein wenig unterschätzt habe. Ich muß die Federung so bald wie möglich in Ordnung bringen lassen.«

»Ich kenne einen Kerl in Devil's Acre, der eine Kutsche so abfedern kann, daß sie eine Balance wie ein Vogel im Fluge hat«, bot ihm Carlisle so beiläufig an, als ob es für ihn völlig unwichtig und nur eine freundliche Geste nach einem morgendlichen Zusammensein wäre.

»In Devil's Acre?« sagte Fleetwood ungläubig. »Wo zum Teufel ist denn das?«

»Rund um Westminster.« Carlisle sagte es so leichthin, daß Dominic ihn bewundernd ansah. Wenn er diese Leichtigkeit aufgebracht hätte, wäre es ihm vielleicht möglich gewesen, Fleetwoods Interesse zu wecken. Er war zu ernst gewesen, zu voll von Gedanken an die Dringlichkeit und an das Schreckliche. Niemand, außer einem Bösewicht, will etwas Schreckliches hören, am wenigsten zum Frühstück.

»Rund um Westminster?« wiederholte Fleetwood. »Meinen Sie dieses schreckliche Elendsviertel? Nennt man das so?«

»Zutreffend, wie ich meine.« Carlisles geschwungene Brauen gingen nach oben. »Schmutzige Gegend!«

»Wie sind Sie denn bloß dorthin gekommen?« Fleetwood übergab die Pferde dem Stallknecht, und die drei gingen zusammen auf eine Wirtschaft zu, in der ein kräftiges Frühstück und ein dampfendes Getränk auf sie wartete.

»Oh, nur so.« Carlisle tat die Frage mit einer Handbewegung ab, die zu verstehen gab, daß es sich um die Angelegenheit eines Gentleman handelte und jeder andere Gentleman dies als selbstverständlich nehmen und diskreterweise von weiteren Fragen Abstand nehmen müsse.

»Das ist ein richtiges Elendsviertel«, sagte Fleetwood wieder, als sie drinnen waren und mit ihrem reichlichen Frühstück begonnen hatten. »Wie soll sich dort jemand mit der Federung von Kutschen auskennen? Dort gibt es ja nicht einmal genügend Platz, um mit einer zu fahren, von Rennen ganz zu schweigen.«

Carlisle kaute seinen letzten Bissen zu Ende und schluckte ihn hinunter. »Er war Stallknecht«, sagte er. »Er hat seinem Herrn etwas gestohlen oder ist dessen beschuldigt worden, und so sind harte Zeiten für ihn gekommen; ganz einfach.«

Fleetwood liebte Pferde und verstand etwas von ihnen. Er verspürte so etwas wie Kameradschaft zu jenen, die sie pflegten und davon leben mußten. Er hatte schon viele gesellige Stunden mit seinen eigenen Stallknechten verbracht, in denen sie Meinungen ausgetauscht und Geschichten erzählt hatten.

»Armer Kerl«, sagte er einfühlsam. »Vielleicht wäre er froh um eine Arbeit und ein paar Schilling dafür, daß er sich meinen Wagen ansieht und herausfindet, was er daran verbessern kann.«

»Das könnte ich mir denken«, sagte Carlisle. »Versuchen Sie es mit ihm, wenn Sie möchten. Er ist viel unterwegs; man müßte bald Kontakt mit ihm aufnehmen.«

»Eine gute Idee. Wenn Sie so freundlich wären? Ich wäre Ihnen dankbar. Wo finde ich ihn?«

Carlisle lächelte breit. »In Devil's Acre? Alleine werden Sie ihn dort bis zum Jüngsten Tag nicht finden. Ich bringe Sie hin!«

»Ich wäre Ihnen sehr verbunden. Es hört sich nach einer ungesunden Gegend an.

»Oh, das ist es auch«, sagte Carlisle. »Das ist es wirklich. Aber Können findet man oft am besten dort, wo es sich am schwersten entwickeln kann. Es ist etwas dran an Mr. Darwins Idee vom Überleben der Besten, wissen Sie, solange man die Klügsten, die Stärksten und die Listigsten als die Besten bezeichnet und sich nicht mit moralischen Werten abgibt. Die Besten sind die Besten zum Überleben; nicht die Tugendhaftesten, die Geduldigsten, die Mildtätigsten gegenüber ihren Mitmenschen.«

Dominic trat unter dem Tisch gegen Carlisles Bein und sah, wie dieser schmerzlich sein Gesicht verzog. Er fürchtete, daß er mit seiner Moralisiererei alles verderben und Fleetwood sogar jetzt noch abschrecken könnte.

»Wollen Sie damit sagen, daß das Rennen schließlich von den Schnellen und der Krieg von den Starken gewonnen wird?« Fleetwood nahm sich noch einmal von dem Kedgeree genannten indischen Reisgericht.

»Nein.« Carlisle verkniff es sich, seinen Knöchel zu reiben, aber er schaute Dominic auch nicht an. »Nur soviel, daß Orte wie Devil's Acre besondere Fähigkeiten heranzüchten, denn ohne sie können die Armen nicht überleben. Die vom Glück Begünstigten können Narren sein und trotzdem zurechtkommen, aber die Unglücklichen müssen zu etwas nütze sein, oder sie gehen zugrunde.«

Fleetwood legte seine Stirn in Falten. »Das scheint mir ein wenig zynisch zu sein, wenn ich so sagen darf. Aber trotzdem würde ich Ihren Bekannten gerne aufsuchen. Sie haben mich davon überzeugt, daß er weiß, was er tut.«

Carlisle lächelte, und sein Gesicht erstrahlte plötzlich vor Wärme. Fleetwood reagierte darauf wie eine Blume, die sich der Sonne öffnet. Er lächelte zurück, und Dominic fand sich in die gute, muntere Kameradschaft miteinbezogen. Ein leichtes Schuldgefühl kam in ihm auf, denn er wußte, was Fleetwood vor sich hatte, aber er weigerte sich, jetzt daran zu denken. Es war eine gute, eine notwendige Sache. Er lächelte auch zurück – mit dem gleichen Charme und fast offenem Blick.

Devil's Acre war entsetzlich. Die großen Türme von Westminster schwebten in einem Gemisch von Rauch und Nebel über dem Viertel und wurden ihrer gotischen Pracht beraubt. Die erfrischende Luft des Parks, die an den säulenbestandenen Häusern der Reichen, an den Geschäftshäusern und den bescheideneren Wohnstätten der Händler und Angestellten vorbeigeweht war, war hier wie ein totes Wasser zum Stillstand gekommen. Im Schatten der Türme existierte eine eigene Welt, eine Welt aus bröckelnden, rattengeplagten Behausungen, aus wimmelnden Gassen, aus Mauern, die nie trocken wurden, und einer Luft, die von sauerem Modergeruch durchdrungen war. Leute ohne Arbeit, Bettler und Betrunkene bevölkerten die Straßen.

Carlisle schritt durch dies alles hindurch, als ob es dazu nichts zu bemerken gäbe.

»O Gott!« Fleetwood hielt sich die Nase zu und warf Dominic einen verzweifelten Blick zu, aber Carlisle ging immer weiter. Wenn sie ihn nicht verlieren wollten, mußten sie ihm dicht auf den Fersen bleiben – und der Himmel mochte es verhindern, daß sie sich in so einem Höllenloch verirrten.

Carlisle schien zu wissen, wohin er ging. Er nahm seinen Weg über schlafende Betrunkene, die sich mit Zeitungen zugedeckt hatten, stieß eine leere Flasche zur Seite und kletterte eine wackelige Stiege hinauf. Sie bewegte sich unter seinem Gewicht hin und her, und Fleetwood sah ziemlich beunruhigt aus, als Dominic ihn auf die Stufen drängte.

»Glauben Sie, daß sie halten wird?« fragte er und stieß sich dabei seinen Kopf an einem Balken an.

»Das weiß nur Gott«, antwortete Dominic und stieg an ihm vorbei ebenfalls die Stufen hinauf. Besonders wenn er sich an seine eigenen Gefühle in Seven Dials – und das war kein Vergleich zu dem hier – erinnerte, hatte er Verständnis für Fleetwood. Aber es war auch etwas in ihm, das es genoß, mit Carlisle an einem Strang zu ziehen, mit einem Mann, der es sich zum Ziel gesetzt hatte, voller Leidenschaft diese Welt zu verändern und die Einfältigen und Unwissenden dazu zu zwingen, all dies mit eigenen Augen zu sehen und sich darum zu kümmern. In seinem Inneren tobten die Gefühle. Er nahm jetzt zwei Stufen auf einmal und tauchte hinter Carlisle in ein muffiges Durcheinander von Räumen, in denen zehn- und zwölfköpfige Familien bei trübem Licht schnitten, polierten, nähten, webten oder Teile zusammenklebten und so alle möglichen Dinge herstellten, die für ein paar Pence verkauft werden konnten. Kinder von drei oder vier Jahren waren mit Schnüren an ihre Mütter gebunden, damit sie sich nicht entfernen konnten. Jedesmal, wenn eines von ihnen aufhörte zu arbeiten oder einschlief, bekam es von der Mutter eine Kopfnuß und wurde daran erinnert, daß müßige Hände leere Bäuche brachten.

Der Geruch war fürchterlich: eine Mischung aus Moder, Rauch, Kohlengas, Abwasser und ungewaschenen Körpern.

Am anderen Ende dieser Unterkunft stiegen sie zu einem feuchten Innenhof hinab, in dem vielleicht einmal Stallungen waren. Carlisle blieb stehen und klopfte an eine Tür.

Dominic beobachtete Fleetwood. Sein Gesicht war blaß, und seine Augen waren verschreckt. Dominic vermutete, daß er schon lange weggelaufen wäre, wenn er auch nur die leiseste Ahnung gehabt hätte, welchen Weg er nehmen sollte, um wieder in die ihm bekannte Welt zurückzukommen. Er mußte Dinge gesehen haben, die bisher nicht einmal seine Alpträume heraufbeschworen hatten.

Die Tür öffnete sich, und ein magerer, ein wenig gebückter Mann spähte hinaus. Er schien irgendwie schulterlahm zu sein, so als wäre eine Seite von ihm länger als die andere. Es dauerte eine Weile, ehe er Carlisle erkannte.

»Ach, Sie sind es. Was möchten Sie diesmal?«

»Ein wenig von Ihrem Können, Timothy«, sagte Carlisle mit einem Lächeln. »Gegen Vergütung natürlich.«

»Was für ein Können?« wollte Timothy wissen und schaute argwöhnisch über Carlisles Schulter auf Dominic und Fleetwood. »Das sind doch keine Polypen, oder?«

»Sie sollten sich schämen, Timothy!« sagte Carlisle aufgebracht. »Haben Sie mich jemals zusammen mit Polizisten gesehen?«

»Was für ein Können?« wiederholte Timothy.

»Nun, wie man gute Kutschen ausbalanciert, zum Beispiel«, sagte Carlisle und verzog dabei sein Gesicht ein wenig. »Seine Lordschaft«, er zeigte auf Fleetwood, »hat ein ausgezeichnetes Paar Pferde und eine gute Chance, einige Rennen zu gewinnen, wenn er auch seinen Wagen entsprechend ausbalanciert bekäme.«

Timothys Gesicht erhellte sich. »Ah, da kann ich bestimmt etwas tun. Das Balancieren ist sehr wichtig. Wo ist denn sein Wagen? Sagen Sie es mir, und ich werde ihn herrichten, daß er so geschmeidig läuft wie ein Wiesel. Ganz bestimmt. Gegen Vergütung, ja?«

»Natürlich.« Fleetwood zeigte sich sofort einverstanden. »Holcombe Park House. Ich schreibe Ihnen die Adresse auf.«

»Das hilft nichts – ich kann nicht lesen. Sagen Sie sie mir – ich merke mir alles! Ich glaube, lesen stumpft das Gedächtnis ab und ist nicht gut auf die Dauer. Ich kann mir vorstellen, daß Leute, die alles aufschreiben, sich nach einiger Zeit nicht mal mehr an ihren Namen erinnern.«

Carlisle ließ niemals eine Chance ungenützt verstreichen. Er nahm diese so schnell und gekonnt wahr, wie ein Vogel ein Insekt im Fluge fängt.

»Aber für Leute, die lesen und schreiben können, gibt es Arbeit, Timothy«, sagte er und lehnte sich an den Türpfosten. »Regelmäßige Arbeit in Büros, die jeden Abend schließen und die Leute nach Hause schicken. An Arbeitsplätzen, an denen man genug Geld verdienen kann, um davon zu leben.«

Timothy fauchte: »Ich werde lieber vor Hunger und Alter sterben, ehe ich jetzt noch lesen und schreiben lerne«, sagte er verärgert. »Ich weiß nicht, wozu Sie so etwas überhaupt sagen.«

Carlisle klopfte dem Mann auf die Schulter. »Für die Zukunft, Timothy«, sagte er ruhig. »Und für jene, die nicht wissen, wie man ein Rennkabriolet ausbalanciert.«

»Es gibt Hunderttausende, die weder lesen noch schreiben können.« Timothy schaute ihn verbittert an.

»Das weiß ich«, räumte Carlisle ein. »Und es gibt Hunderttausende, die Hunger haben – ich glaube sogar, einer von vieren in London – aber ist das ein Grund, daß man nicht eine gute Mahlzeit einnehmen soll, wenn man eine bekommen kann?«

Timothy machte ein fragendes Gesicht und schaute Fleetwood an.

Fleetwood zeigte sich der Situation gewachsen und packte die Gelegenheit beim Schopf.

»Ja, eine gute Mahlzeit vor der Arbeit; soviel Sie essen können«, versprach er. »Und nachher eine Guinea als Lohn. Und ich setze noch einen Fünfer, wenn ich das erste Rennen danach gewinne.«

»Einverstanden!« sagte Timothy sofort. »Ich werde heute zum Abendessen dort sein und morgen früh mit der Arbeit beginnen.«

»Gut. Sie können in der Stallung schlafen.«

Timothy zog seinen verbeulten Hut in einer Art Gruß, vielleicht um den Handel zu besiegeln, und Carlisle wandte sich wieder zum Gehen.

Fleetwood wiederholte die Adresse, erklärte, wie man dorthin kommt, und eilte dann Carlisle nach, um ihn ja nicht aus den Augen zu verlieren und schließlich doch noch diesem Alptraum ausgesetzt zu sein.

Sie gingen wieder durch das elende Quartier und taumelten hinaus in den feinen Regen einer schmalen Straße nahe der Kirche.

»Großer Gott!« Fleetwood wischte sich mit einem Taschentuch

über das Gesicht. »Das erinnert mich an Dante und die Pforten der Hölle – wie hieß es da gleich wieder?«

»›Lasset alle Hoffnung fahren, die ihr hier eintretet‹«, sagte Carlisle.

»Wie um alles in der Welt können die das nur ertragen?« Fleetwood schlug seinen Kragen hoch und vergrub seine Hände in den Taschen.

»Es ist immer noch besser als das Arbeitshaus«, antwortete Carlisle. »Zumindest glauben sie das. Für mich ist es so ziemlich dasselbe.«

Fleetwood blieb stehen. »Besser?« sagte er ungläubig. »Was sagen Sie denn da? Das Arbeitshaus bietet Nahrung und Unterkunft und Sicherheit. Es ist eine Sache der Wohlfahrt.«

Der aufkommende Zorn verschwand wieder aus Carlisles Gesicht; seine Stimme war so sanft wie Milch: »Waren Sie schon einmal in einem?«

Fleetwood war überrascht. »Nein«, sagte er aufrichtig. »Sie?«

»O ja.« Carlisle ging weiter. »Ich habe hart gearbeitet für diesen Gesetzentwurf von St. Jermyn, von dem Sie vielleicht schon gehört haben?«

»Ja«, sagte Fleetwood bedächtig. »Ja, das habe ich.« Er sah Dominic nicht an, und Dominic wagte nicht, ihn anzusehen. »Ich vermute, Sie möchten meine Unterstützung, wenn er ins House eingebracht wird?« sagte Fleetwood gelassen.

Carlisle lächelte ihn strahlend an.

»Ja – ja, bitte.«

Alicia hatte an alle geschrieben, die ihr eingefallen waren, darunter auch an einige von Augustus' Verwandten, die erfolgreich geheiratet hatten und mit denen sie sonst wohl keine Fühlung aufgenommen hätte. Sie fand die meisten von ihnen unerträglich langweilig, aber der Anlaß war wichtig genug, daß sie sich über ihre frühere Einstellung hinwegsetzte.

Als ihr nicht mehr einfiel und alle Briefe zugeklebt und aufgegeben waren, entschied sie sich, trotz des schlechten Wetters einen Spaziergang im Park zu machen. Sie hatte ein gutes Gefühl; ihr Körper wollte sich strecken und ihre Lungen sich öffnen. Wenn es nicht so absolut lächerlich gewesen wäre, dann wäre sie am liebsten gelaufen und gesprungen wie ein Kind.

So schritt sie auf eine Weise einher, die sich für eine Dame nicht schickte: Den Kopf hoch in die Luft gehalten, genoß sie die Schönheit des Kontrastes der kahlen Bäume gegen die dicken Wolken hoch über ihnen. Es war fast still im Park; schwere Tropfen fielen glitzernd von den Zweigen. Sie wäre früher nie auf den Gedanken gekommen, daß auch der Februar seine Schönheit hatte, aber jetzt genoß sie dessen Kargheit – die sanften, gedämpften Farben.

Sie war stehengeblieben und hatte einen Vogel in den Ästen über ihr beobachtet, als sie ein Gespräch mithörte, das von der anderen Seite des Baumes kam.

»Hast du das wirklich getan?« Die Stimme war so leise, daß sie sie nicht gleich erkannte.

Es schien keine Antwort darauf zu kommen.

»Also, erzähl mir davon!« fuhr die Stimme fort.

Wieder nur Stille, abgesehen von einem kleinen Quietschen.

»Also so was! Du bist doch ein gescheites Mädchen!«

Dann wußte sie es oder war sich zumindest sicher: Die Stimme war zu weich, zu amerikanisch, als daß sie jemand anderem als Virgil Smith gehören konnte.

Aber zu wem um alles in der Welt sprach er denn bloß?

»Oh, wie bist du schön! Also, nun sag es mir schon!«

Ein schrecklicher Gedanke kam ihr: Er machte bestimmt irgendwelche Annäherungsversuche an ein Dienstmädchen oder eine Spaziergängerin. Wie entsetzlich! Und sie war durch reinen Zufall dazu gekommen. Wie konnte sie bloß wieder davon wegkommen, ohne daß es für sie beide auf nie mehr gutzumachende Weise peinlich wurde? Sie stand wie erstarrt.

Es kam immer noch keine Antwort auf seine Worte.

»Du hübsches Ding!« Er sprach immer noch sanft und leise. »Du schönes Mädchen!«

Sie konnte es nicht länger ertragen, ein Gespräch mitanzuhören, das offenbar höchst privater Natur war. Sie wollte in tief gebückter Haltung im Schutz des Baumstammes des Weg erreichen und so tun, als ob sie ihn nicht bemerkt hätte.

Dabei trat ihr Fuß auf einen Zweig, und dieser zerbrach krachend.

Er tauchte sofort auf und kam zu ihr herüber; in seinem Überzieher und mit seiner breiten Figur wirkte er so gewaltig wie der Baumstamm.

Alicia schloß die Augen. Ihr Gesicht brannte. Sie war sich sicher, daß es scharlachrot war. Sie hätte alles dafür gegeben, nicht Zeugin seines schändlichen Verhaltens gewesen zu sein.

»Guten Morgen, Lady Alicia«, sagte er mit der gleichen Sanftheit, die sie soeben gehört hatte.

»Guten Morgen, Mr. Smith«, antwortete sie und schluckte dabei heftig. Sie mußte sich zwingen, einigermaßen die Fassung zu bewahren. Er war Amerikaner und eine gesellschaftliche Unmöglichkeit, aber sie hätte wissen müssen, wie sie sich zu verhalten hatte.

Sie öffnete ihre Augen.

Er stand vor ihr, und in seinen Armen räkelte sich eine junge Katze. Er sah den belämmerten Ausdruck in ihren Augen und schaute hinunter auf das Tier, während seine Finger es sanft kraulten. Sie konnte das Schnurren der kleinen Kreatur hören.

Auch ihm stieg die Farbe ins Gesicht, als ihm bewußt wurde, daß sie seine Worte mitgehört hatte.

»Oh«, sagte er ein wenig verlegen. »Machen Sie sich keine Gedanken, Madam! Ich spreche oft zu Tieren, besonders zu Katzen. Diese hier mag ich besonders gerne.«

Sie seufzte vor Erleichterung. Sie hatte das Gefühl, daß sie wahrscheinlich dümmlich grinste, aber in ihr war auch ein plötzliches, sprudelndes Glücklichsein. Sie streckte ihre Finger aus und streichelte die Katze.

Virgil Smith lächelte auch; eine strahlende Zärtlichkeit lag in seinem Gesichtsausdruck.

Sie sah das zum ersten Male und wußte, was es zu bedeuten hatte. Nur einen Moment lang war sie davon überrascht, dann schien es ihr etwas Bekanntes zu sein, etwas Erstaunliches und Schönes – wie die Knospen, die sich im milchigen Sonnenschein des Frühlings öffnen.

10

Pitt überlegte, was jetzt vernünftigerweise zu tun war. Dann ersuchte er um drei zusätzliche Constables, die ihm bei der ungeheuren Arbeit, die Fotografien in Godolphin Jones' Studio zu sortieren und zu identifizieren, helfen sollten.

Er bekam einen zusätzlichen zu dem, den er schon hatte, bewilligt.

Er schickte die beiden wieder in die Resurrection Row und gab ihnen Anweisung, zu jedem Gesicht einen Namen ausfindig zu machen und festzustellen, welcher Tätigkeit sie nachgingen und welchen sozialen Hintergrund sie hatten. Sie sollten aber keinen anderen Teil eines Bildes als den Kopf vorzeigen, keine weiteren Fragen stellen und keine Informationen geben, woher die Bilder stammten. Diese letzte Instruktion war von seinem Vorgesetzten mit großer Besorgnis wiederholt vorgebracht worden, und es hatte ein ziemliches Stottern und Zaudern gegeben, ob sich nicht doch ein anderer Weg finden ließe, mit der Angelegenheit fertig zu werden. Ein Superintendent versuchte sogar nahezulegen, daß es vielleicht ratsam wäre, die ganze Geschichte als unlösbar zu betrachten und sich einer anderen Sache zuzuwenden. Da gäbe es zum Beispiel einen nächtlichen Einbruch, der noch offenstünde, und es sei sicher eine sehr gute Sache, wenn man das gestohlene Gut wieder herbeischaffen könne.

Pitt machte deutlich, daß Godolphin Jones ein Maler der Gesellschaft war und daß jemand, der in einer Gegend wie Gadstone Park gelebt hat, nicht ermordet und dann einfach vergessen werden konnte, ohne daß dies die anderen Bewohner deutlich beunruhigen und sie besorgt um ihre eigene zukünftige Sicherheit machen würde.

Diesen Gesichtspunkt mußten sie ihm, wenn auch nicht sehr glücklich, zugestehen.

Pitt selbst ging wieder zurück in den Park und zu Major Rodney. Dieses Mal würde er sich nicht durch den Zorn oder die Proteste des

Majors ablenken lassen; er konnte es sich nicht mehr leisten. Wenn der Mörder von Godolphin Jones sich die Grabräubereien zunutze gemacht hatte, um sein eigenes Verbrechen zu verbergen, wie St. Jermyn zu bedenken gegeben hatte, dann hatte der Tod von Augustus nichts damit zu tun. Es hätte dann keinen Sinn, noch weiter nach einer Verbindung zu Albert Wilson, Horne Snipe, W. W. Porteous und Lord Augustus zu suchen, denn es gab keine. Soweit es das Motiv und die Tat betraf, war der Mord an Godolphin Jones ohne diesbezüglichen Zusammenhang. Der Schlüssel dazu lag sicher in dem pornographischen Studio in der Resurrection Row oder in dem kleinen Buch mit den hieroglyphischen Insekten, oder in beidem.

Es war möglich, daß der Mörder eine der abgebildeten Frauen war oder jemand anderer, den er erpreßt hatte, so wie Gwendoline Cantlay. Aber die Anzahl seiner Affären war sicherlich durch Zeit und Gelegenheit begrenzt. Genaugenommen war er kein ungewöhnlich charmanter Mann. Er mochte sich freiweg in Komplimenten ergangen haben, aber Damen der Gesellschaft waren an so etwas gewöhnt. Alles in allem schätzte Pitt seine diesbezüglichen Gelegenheiten eher gering ein. Die Erpressung mußte auch auf anderem Gebiet liegen, was Pitt wieder in die Resurrection Row und zu den Fotografien brachte.

Er stand vor Major Rodneys Tür. Der Butler öffnete sie und ließ ihn mit dem Dulderblick eines Menschen, der etwas Unangenehmes, aber Unvermeidliches vor sich hat, eintreten. Pitt hatte dieses Gefühl auch schon gehabt – kurz bevor ihn Zahnschmerzen zum Dentisten getrieben hatten.

Der Major empfing ihn mit unverhüllter Unduldsamkeit.

»Ich habe dem, was ich gesagt habe, nichts hinzuzufügen, Inspektor Pitt«, sagte er giftig wie eine Wespe. »Wenn Ihnen nichts Besseres einfällt, als immer und immer wieder auf das Alte zurückzukommen und alte Leute damit zu belästigen, dann wäre es besser, wenn Sie den Fall jemand Kompetenterem übergeben würden. Sie machen sich selbst zu einer Plage.«

Pitt ließ sich zu keiner Entschuldigung herbei; sie steckte in seinem Hals. »Mord ist nun mal ein unsauberes und lästiges Geschäft, Sir«, entgegnete er.

Er ragte ein gutes Stück über den Major hinaus. Der forderte Pitt auf, sich zu setzen, und nahm selbst auf einem Stuhl mit gerader, hoher Rückenlehne Platz – stocksteif und nun mit dem Vorteil, auf Pitt herabsehen zu können, weil dieser mit geöffnetem Mantel und ohne Schal auf einem tiefen Sofa saß.

Das Selbstvertrauen des Majors war in etwa wieder hergestellt. »Also, was gibt es diesmal?« verlangte er zu wissen. »Ich habe Ihnen ja schon gesagt, daß ich mit Mr. Jones persönlich nur sehr wenig bekannt gewesen bin – nur eben so weit, wie es die Höflichkeit verlangt hatte; und ich habe Ihnen die Porträts gezeigt. Ich kann mir nichts anderes mehr denken. Ich bin nicht der Mann, der die Angelegenheiten anderer Leute zu seinen eigenen macht. Ich höre mir kein Geschwätz an, und ich erlaube es auch meinen Schwestern nicht, ein solches zu wiederholen, wenn sie es zufällig mitgehört haben sollten, da es ja in der Natur der Frauen liegt, über alles mögliche zu reden – meistens über Nichtigkeiten.«

Pitt hätte gerne Einwände dagegen vorgebracht – er konnte sich lebhaft vorstellen, was Charlotte zu solch einem Vorurteil gegenüber Frauen gesagt hätte –, aber der Major hätte ihn nicht verstanden, und es wäre fehl am Platze gewesen, ein solches Thema zu diskutieren. Es handelte sich um keine Freundschaft, und sie waren nicht gleichgestellt; es stand ihm nicht zu, die Überzeugungen des Majors in Frage zu stellen.

»In der Tat«, antwortete er, »Klatsch kann ein großes Übel sein, und das meiste davon ist unwahr. Obgleich ich schon oft wertvolle Einsichten in die Persönlichkeit von Leuten erhalten habe, indem ich ihn mir anhörte. Was ein Mensch von einem anderen sagt, mag falsch sein, aber die Tatsache, daß er es überhaupt tut, sagt mir...«

»Daß er eine Klatschbase ist und das Blaue vom Himmel herunterlügt!« schnauzte der Major. »Ich habe nichts als Verachtung für jemanden, der sich auf solche Unarten einläßt oder auf Tätigkeiten, die dazu zwingen.« Er schaute Pitt grimmig an und schien ihn mit seiner Entrüstung verbrennen zu wollen.

»Ganz recht!« pflichtete ihm Pitt bei. »Was ein Mensch sagt, sagt vielleicht nichts über den Gegenstand seiner Rede aus, aber eine Menge über ihn selbst.«

»Wie?« Der Major war verblüfft. Es dauerte eine Zeitlang, bis er den Sinn von Pitts Worten verdaut hatte.

»Wenn jemand seinen Mund öffnet, dann kann er dadurch jemanden verraten oder auch nicht, aber er wird auf alle Fälle auch sich selbst verraten«, wiederholte Pitt. Ein neuer Gedanke war ihm gekommen – über Major Rodney und seine Gefühle Frauen gegenüber.

»Ha!« schnaubte der Major. »Für solche Spitzfindigkeiten hatte ich nie etwas übrig. Ich war Soldat – mein ganzes Leben lang. Ich bin ein Mann der Tat; nicht einer, der herumsitzt und nur gescheit daherredet. Es wäre auch für sie besser gewesen, wenn Sie in der Armee gedient hätten; das hätte einen Mann aus Ihnen gemacht.« Er schaute auf Pitts Kleidung und auf die Art, wie er auf dem Sofa saß, und Pitt konnte in seinem Gesicht beinahe die Vision von einem Drillsergeanten, einem Barbier und einem Kasernenhof sehen, die Vision von der wunderbaren Veränderung, der ein Mann dabei unterzogen wird. Er lächelte glücklich darüber, daß das nie der Fall sein würde.

»Natürlich gibt es viele Frauen mit bösen Zungen«, bemerkte Pitt und gab dem Major die Gedanken ein, die das hervorbringen konnten, was er hören wollte. »Und Müßiggang ist ein Lehrer des Bösen.«

Der Major war überrascht. Er hatte eine solche Auffassung von einem Polizisten nicht erwartet, besonders nicht von diesem hier. »Da haben Sie recht«, sagte er zustimmend. »Deshalb tue ich, was ich kann, um meine Schwestern beschäftigt zu halten. Gute, haushälterische Tätigkeiten und natürlich entsprechende Fortbildung, wenn sie für Haus und Garten und so weiter von Nutzen ist.«

»Und wie steht es mit den Tagesereignissen und ein wenig Geschichte?« fragte Pitt und führte ihn auf dem eingeschlagenen Weg sachte weiter.

»Tagesgeschehen? Seien Sie doch nicht albern. Frauen haben weder Interesse noch Aufnahmefähigkeit für solche Dinge. Und sie sind für sie auch nicht geeignet. Sie scheinen sich mit Frauen nicht sehr gut auszukennen, wie ich sehe.«

»Nicht sehr gut«, log Pitt. »Ich nehme an, Sie waren verheiratet, Sir?«

Der Major blinzelte. Er hatte diese Frage nicht erwartet. »Ja, ich war verheiratet. Meine Frau ist schon vor langer Zeit gestorben.«

»Das tut mir leid«, sagte Pitt. »Waren Sie lange verheiratet?«

»Ein Jahr.«

»Tragisch.«

»Das ist jetzt alles vorbei. Ich habe mich schon vor Jahren damit abgefunden. Es ist ja nicht, als ob man sich an etwas gewöhnt hätte. Ich habe sie ja kaum gekannt. Ich war Soldat und habe weit weg für meine Königin und für mein Land gekämpft, wie es die Pflicht von mir verlangt hat.«

»O ja.« Pitt mußte sich nicht bemühen, Mitleid zu empfinden. Er spürte es in sich wie eine bittere Quelle, die in dem Maße stärker floß, wie seine Vermutung zunahm. »Und Frauen sind nicht immer die Gefährten, auf die man hofft«, fügte er hinzu.

Das Gesicht des Majors nahm im Rückblick auf Enttäuschungen und Ernüchterungen Züge der stillen Reflexion an. Die Wirklichkeit war unerfreulich, aber diese Erkenntnis verlieh ihm auch eine gewisse Befriedigung darüber, daß er es überwunden hatte, ja sogar ein Gefühl der Überlegenheit über jene, die das noch vor sich hatten.

»Sie sind anders als Männer«, sagte er zustimmend. »Oberflächliche Geschöpfe – die meisten jedenfalls –, die kein anderes Gesprächsthema haben als Mode und wie sie aussehen und ähnliche Narreteien. Immer lachen sie wegen nichts. Ein Mann kann nicht allzuviel davon vertragen, wenn er nicht genauso ein Tor ist.«

Der Gedanke kristallisierte sich in Pitts Gehirn. Jetzt war die Zeit gekommen, ihn einem Test zu unterziehen. »Eigenartige Sache mit diesen Leichen.«

Der Kopf des Majors ging ruckartig nach oben. »Leichen? Welche Leichen?«

»Sie erscheinen immer wieder.« Pitt beobachtete ihn. »Zuerst der Mann auf der Droschke, dann Lord Augustus, dann Porteous, dann Horatio Snipe.« Er sah, wie die Augenlider des Majors zuckten und sein Adamsapfel sich bewegte. »Kannten Sie Horatio Snipe, Sir?«

»Nie von ihm gehört.« Der Major schluckte.

»Sind Sie sicher, Sir?«

»Wollen Sie vielleicht mein Wort anzweifeln?«

»Vielleicht sollen wir lieber sagen, Ihr Gedächtnis, Sir?« Pitt haßte es, aber er mußte weitermachen, und je schneller es getan war, desto kürzer war die Pein. »Er war Zuhälter, und er arbeitete in der Gegend der Resurrection Row. Dort, wo auch Godolphin Jones seinen Pornografieladen hatte. Belebt das Ihr Gedächtnis ein wenig?« Er sah dem Major in die Augen und ließ sie nicht mehr los; es gab für ihn jetzt keinen Rückzug mehr in eine vorgetäuschte Unwissenheit.

Ein flackerndes Rot trat auf das gesprenkelte Gesicht des Majors und überzog es schließlich ganz. Er war auf eine pathetische Weise häßlich, und sein Anblick tat Pitt irgendwie weh – vielleicht weil er den Major selbst nicht schmerzte. Er konnte nicht sehen, wie schwach und erledigt er aussah und wieviel von ihm nie erwachsen geworden war.

Er konnte keine Worte finden. Er konnte es nicht zugeben und er wagte nicht, es noch länger zu leugnen.

»War es das, womit Godolphin Jones Sie erpreßt hat?« fragte Pitt ruhig. »Er wußte über Horne Snipes Frauen Bescheid und hat Ihnen Fotografien verkauft, ja?«

Der Major schniefte. Tränen rollten über seine Wangen, und er war wütend über sich selbst, weil er diese Schwäche zeigte, und haßte Pitt dafür, daß er es sah.

»Ich – ich habe ihn nicht ermordet«, sagte er und schluckte heftig. »Gott ist mein Zeuge; ich habe ihn nicht ermordet.«

Pitt zweifelte keinen Moment daran. Der Major hatte ihn bestimmt nicht umgebracht – er brauchte ihn ja für seine privaten Träume, wegen seiner Bilder und Fantasien, durch die er etwas beherrschte, das er im tatsächlichen Leben nie erreichen konnte. Jones war doppelt kostbar für ihn, da ja Horne Snipe kurz vor ihm gestorben war und der Major nun von seinen kurzen, abenteuerlichen Ausflügen in das Reich lebendiger Frauen abgeschnitten war.

»Nein«, sagte Pitt ruhig, »ich glaube auch nicht, daß Sie es waren.« Er stand auf, schaute auf den verbockten kleinen Mann hinunter und wollte nur noch hinaus in den Nebel und den Nieselregen, um der Verzweiflung, die hier drinnen herrschte, zu entkommen. »Es tut mir leid, daß es nötig war, darüber zu sprechen. Es braucht nicht mehr erwähnt zu werden.«

Der Major schaute mit tränennassen Augen zu ihm auf. »Und Ihr – Bericht?«

»Sie sind kein Verdächtiger, Sir. Mehr habe ich dazu nicht zu sagen.«

Der Major schniefte wieder. Er brachte es nicht fertig, Pitt zu danken.

Pitt ließ sich selbst hinaus und tat in dem kalten Nebel einen tiefen Atemzug der Erleichterung, der aber auch mit einem Gefühl innerer Wärme vermischt war.

Aber das war noch keine Lösung. Plötzlich schien das kleine Notizbuch nicht mehr so vielversprechend zu sein. Ohne sämtliche Salons Londons danach zu durchsuchen, würde er wohl nie alle restlichen Bilder, die ebenfalls noch mit Insekten gekennzeichnet waren, ausfindig machen können. Und es gab keinen Beweis dafür, daß die Besitzer alle Opfer einer Erpressung waren oder sonstwie unter Druck gesetzt worden waren. Möglicherweise waren sie auch nur Kunden, welche die Fotografien kauften, und Godolphin Jones hatte diesen versteckten und sehr profitablen Weg gewählt, um zu seinem Geld zu kommen. Für seine Kunst solch überhöhte Preise bezahlt zu bekommen wirkte sich doppelt günstig für ihn aus, weil es auch noch sein professionelles Ansehen steigerte, was durch sein Können allein niemals geschehen wäre. Pitt mußte – wenn schon sonst nichts an ihm – wenigstens seine Raffinesse würdigen.

Aber wenn es Kunden für seine pornographischen Bilder waren, dann wären sie sicherlich die letzten gewesen, die ihm den Tod gewünscht oder gebracht hätten. Man zerstörte sich seine Bezugsquelle nicht; besonders dann nicht, wenn es sich um etwas Spezielles handelte, von dem man wollte, daß es unter allen Umständen geheim blieb, und dem man auf eine besondere Weise verfallen war.

Es gab natürlich noch eine andere Möglichkeit: eine Konkurrenz. Dieser Gedanke war ihm bislang noch nicht gekommen. Jones' Arbeit war gut; auf alle Fälle hatte er ein besseres Auge als die meisten anderen, die sich mit so etwas beschäftigten und auf die Pitt gestoßen war. Zugegebenermaßen hatte er keine große Erfahrung, weil er damit eigentlich nichts zu tun hatte; aber es fiel immer mal wieder unter die Aufgaben eines jeden Mannes von der Polizei. Und alle Fotografien, die er früher gesehen hatte, waren in höchstem Maße banal: Darstellungen der Nacktheit und kaum mehr. Die von Jones hatten wenigstens so etwas wie einen Hauch von Kunst an sich, wenn auch von der dekadenten Sorte. Es lag eine Zartheit darin, ein gekonntes Umgehen mit Licht und Schatten, sogar ein gewisses Maß an Witz.

Ja, es war gut möglich, daß ein anderer Händler im selben Geschäft sich aus dem Markt gedrängt sah und dagegen auf die einzige Weise, die er kannte, aufbegehrt hatte; wirksam – und dauerhaft.

Pitt verbrachte den Rest des Tages sowie den folgenden Tag mit dem Befragen von Kollegen in den Polizeistationen, die innerhalb von drei oder vier Meilen entweder des Gadstone Parks oder der Resurrection Row lagen, um alles zu erfahren, was sie über Händler, die sich mit pornographischen Bildern befaßten, wußten. Als er endlich um sieben Uhr nach Hause kam und Charlottes besorgtes Gesicht sah, war er nicht mehr in der Verfassung, ihr eine Erklärung zu geben, und pries sie innerlich dafür, daß sie keine haben wollte. Ihr Schweigen war das Erfreulichste, das er sich vorstellen konnte. Er saß den ganzen Abend vor dem Feuer, ohne etwas zu sagen. Sie war verständig genug, sich selbst mit einer Strickarbeit zu beschäftigen und außer dem Klappern der Nadeln nichts hören zu lassen. Er wollte den Unrat, den er erlebt hatte, nicht wieder zum Leben erwecken: die Verzerrungen der Gefühle und Emotionen, die schließlich aus Gemütsbewegungen nur noch Gelüste werden ließen, die man dann aus finanzieller Gewinnsucht anstachelte. Es gab so viele unglückliche kleine Leute, die nach Papierfrauen griffen, um die sie beherrschende Fantasie zu befriedigen: nur Fleisch und Lüsternheit, Einsamkeit und überhaupt kein Herz. Und er hatte nichts in Erfahrung bringen können, das ihm weitergeholfen hätte, außer daß niemand einen Rivalen kannte, der Godolphin Jones umgebracht und in Albert Wilsons Grab versteckt haben könnte.

Am nächsten Morgen machte er sich wieder auf den Weg; es blieb ihm nichts anderes übrig, als wieder in das Studio in der Resurrection Row mit seinen Fotografien zurückzukehren. Die zwei Constables waren ebenfalls dort, als er ankam. Beide schnellten mit roten Gesichtern hoch, als er die Tür öffnete.

»Oh! Sie sind es, Mr. Pitt«, sagte einer von ihnen schnell. »Wir wußten nicht, wer es sein könnte.«

»Hat denn sonst noch jemand einen Schlüssel?« fragte Pitt mit einem zwinkernden Lächeln und hielt dabei den Schlüssel hoch, den er nachmachen hatte lassen.

»Nein, Sir, außer uns natürlich. Aber was weiß man schon. Es könnte ja...« Er ließ den Gedanken fallen. Die Vorstellung einer Komplizenschaft war unwahrscheinlich, und der Ausdruck auf Pitts Gesicht sagte ihm, daß es sinnlos war weiterzusprechen. Er setzte sich wieder.

»Wir sind jetzt mit dem Sortieren so ziemlich durch«, sagte sein Kollege stolz. »Ich habe alles in allem dreiundfünfzig verschiedene Mädchen gezählt. Viele davon sind nämlich oft verwendet worden. Ich glaube, es gibt nicht allzuviele Frauen, die so etwas machen können.«

»Und auch nicht lange«, pflichtete Pitt bei, und seine amüsierte Heiterkeit verschwand. »Ein paar Jahre auf den Straßen, ein paar Kinder, und schon kann man sich nicht mehr vor der Kamera ausziehen. Ein unfreundliches Ding, so eine Kamera – sie erzählt keine angenehmen Lügen. Kennen Sie eines der Mädchen?«

Der Rücken des Constable versteifte sich und seine Ohren wurden brennrot. »Wer, ich, Sir?«

»Beruflich«, hustete Pitt. »Ihr Beruf, nicht der des Mädchens!«

»Oh.« Der andere Constable fuhr mit den Fingern über seinen Kragen. »Doch, Sir; ich habe eines oder zwei davon schon gesehen. Ich habe sie ermahnt und ihnen gesagt, sie sollen weitergehen oder nach Hause und sich ordentlich betragen.«

»Gut.« Pitt lächelte versteckt. »Legen Sie sie zur Seite – mit Namen, wenn Sie sich erinnern! Und dann geben Sie mir das beste Bild von jeder, damit ich mit dem Überprüfen anfangen kann!«

»Das beste, Sir?« Die Augen des Constable waren groß geworden und seine Augenbrauen erreichten fast seine Haarwurzeln.

»Das deutlichste Gesicht!« schnauzte Pitt.

»Oh – ja, Sir!« Sie sortierten jetzt beide, so schnell sie konnten, und übergaben Pitt kurze Zeit später ungefähr dreißig Fotografien. »Das sind alle, bei denen wir uns sicher sind, Sir. Gegen Mittag werden wir wohl alle durch haben.«

»Gut. Dann können Sie auch die Runde durch alle Bordelle und Absteigen machen. Ich fange in der Resurrection Row an und gehe nordwärts. Sie können dann südwärts gehen. Seien Sie um sechs Uhr wieder hier, dann werden wir sehen, was wir haben!«

»Ja, Sir. Wonach suchen wir denn eigentlich, Sir?«

»Nach einem eifersüchtigen Liebhaber oder Ehemann oder vielleicht noch wahrscheinlicher nach einer Frau, die eine Menge zu verlieren hatte, wenn jemand herausgefunden hätte, daß sie für solche Bilder posiert hat.«

»Wie zum Beispiel eine Frau aus der Gesellschaft?« Der Constable machte ein ungläubiges Gesicht und warf einen schrägen Blick auf eine der Fotografien.

»Das bezweifle ich«, sagte Pitt. »Vielleicht aus dem Mittelstand – mit Lust auf etwas Gewagtes, oder eher noch aus der Arbeiterklasse – mit einem Streben nach Höherem.«

»In Ordnung, Sir. Wir werden diesen Stapel noch sortieren und uns dann auf den Weg machen.«

Pitt verließ die beiden und begann mit seiner Tätigkeit in der Resurrection Row. Die erste Absteige ließ drei von der Liste verschwinden. Es handelte sich um gutaussehende Berufsprostituierte, die um das zusätzliche Geld froh und von der ganzen Sache im übrigen eher amüsiert waren.

Er wollte schon gehen, als ihn ein plötzlicher Einfall dazu führte, ihnen auch noch die anderen Bilder zu zeigen.

»O nein, Herzblatt!« Die große Blonde schüttelte ihren Kopf. »Sie können von mir nicht erwarten, daß ich die Namen von anderen Leuten nenne. Was ich selber mache, ist eine Sache, aber über andere Mädchen zu reden eine andere.«

»Ich werde sie auch so finden«, knurrte er.

Sie grinste. »Dann viel Glück, Herzblatt! Und viel Spaß beim Suchen!«

Er wollte nicht von Mord reden. Er hatte auch der Vermieterin nichts davon gesagt. Es war ein Verbrechen, für das man gehängt wurde, und jeder wußte das. Der Schatten des Galgens verschloß sogar die schwatzhaftesten Münder.

»Ich suche nur nach einem bestimmten Mädchen«, argumentierte er. »Ich will nur den Rest entlasten.«

Ihre leuchtendblau umrandeten Augen wurden schmal. »Warum? Was hat sie getan? Hat sich jemand beschwert?«

»Nein.« Er war ganz ehrlich und hoffte, daß das auch zu sehen war. »Überhaupt nicht. Soweit ich weiß, sind eure Kunden alle voll zufrieden.«

Sie bedachte ihn mit einem verwegenen Lächeln. »Haben Sie dann vielleicht ein Pfund übrig, Herzblatt?«

»Nein.« Er lächelte gutmütig zurück. »Ich möchte nur gerne wissen, wie viele von den Mädchen richtig arbeiten und nichts dagegen haben, wenn man weiß, was sie tun.«

Sie verstand sehr schnell. »Sieht nach Erpressung aus, wie?«

»Ja, richtig.« Er war erstaunt über ihre schnelle Auffassung. Er durfte sie nicht länger unterschätzen. »Erpressung. Und ich mag keine Erpressung.«

Auf ihrer Stirn zeigten sich Falten. »Geben Sie sie noch mal her!« Er hielt ihr hoffnungsvoll ein Bild hin, und dann noch eines.

Sie schaute das erste an und griff dann nach dem nächsten.

»Herrje!« Sie stieß die Luft aus. »An der ist aber was dran! Hat ein Hinterteil wie die Gaskessel von Battersea!«

»Wer ist sie?« Er versuchte, weiterhin ein ernsthaftes Gesicht zu machen.

»Weiß nicht. Geben Sie mir das nächste! Ah, das ist Gertie Tiller. Sie hat das nur zum Spaß gemacht. Niemand wird sie deswegen erpressen. Sie würde sie zum Teufel schicken, das kann ich Ihnen sagen.« Sie gab es ihm zurück und Pitt steckte es in seine linke Tasche zu den anderen, die er ausgesondert hatte. »Und das ist Elsie Biddoch. Sieht ohne Klamotten besser aus als mit. Das ist Ena Jessel. Obschon sie nicht mehr alle Haare hat. Muß eine Perücke sein. Sie schaut ganz schön blöd aus in dem Federzeug.«

»Könnte sie erpreßt worden sein?« wollte Pitt wissen.

»Niemals. Die steht dazu. Die hier habe ich noch nie gesehen. Sie ist wahrscheinlich eine Amateurin. Bei ihr könnten Sie es versuchen. Amateure sind oft feige. Die armen Luder versuchen meistens nur etwas auf die Seite zu schaffen, damit sie die Miete bezahlen und sich etwas zu essen kaufen können.«

Pitt steckte es zurück in die rechte Tasche.

»Und die, die kenne ich auch nicht.«

Wieder eine für die rechte Tasche.

»Die hier ist eine starke Type und ziemlich kratzbürstig. Die könnte man nicht erpressen, weil sie einfach vor nichts Angst hat. Die geht mit jedem. Und die hier ist nicht viel anders.«

»Danke.« Wieder waren zwei ausgemustert.

Sie sah sich nacheinander auch noch den Rest der Bilder an. »Sie werden ganz schön beschäftigt sein, was? Tut mir leid. Ich kenne ein paar Gesichter, aber ich kann mich nicht erinnern, von wo, und ich weiß auch nicht, wie sie heißen und auch sonst nichts über sie. Wäre das dann alles?«

»Es ist mir eine große Hilfe. Vielen Dank dafür.«

»Bitte sehr. Sie könnten vielleicht bei den Polypen in diesem Viertel ein gutes Wort für mich einlegen.«

Pitt lächelte. »Je weniger geredet wird, um so besser«, antwortete er. »Ich darf wohl sagen, wenn Sie sie nicht ärgern, dann werden sie gerne so tun, als ob sie Sie nicht sehen würden.«

»Leben und leben lassen«, sagte sie zustimmend. »Gut, Herzblatt. Finden Sie selber hinaus?«

»Ich werde es schon schaffen.« Er hob die Hand zu einem kleinen salutierenden Gruß und ging hinaus auf die Straße.

Die nächsten drei Häuser ermöglichten es ihm, ein weiteres Dutzend zu streichen. Die Liste verkürzte sich rapide. Bis jetzt war niemand dabei, der mit dem Fall auch nur annähernd etwas zu tun zu haben schien.

Am Ende des Tages waren fast alle Gesichter identifiziert; nur ein halbes Dutzend war noch übrig.

Der nächste Tag war härter, aber Pitt wußte das schon vorher. Sie hatten die Berufsmäßigen identifiziert; jetzt mußten sie nach den Frauen suchen, die von der Armut und der Angst auf die Straßen getrieben worden waren, nach jenen, die sich deswegen schämten. Von ihnen konnte er vielleicht erwarten, der Tragödie auf die Spur zu kommen, die als Belastung unerträglich geworden war und mit Mord geendet hatte.

Er hatte mit den Polizisten gesprochen – wahrscheinlich viel zu lange – und hatte zuviel seiner eigenen Gefühle, seines Zorns und seines Mitleids in seine Worte einfließen lassen. Wenn sie nicht sowieso schon das Gleiche fühlten, dann waren sie auch nicht imstande zu verstehen, was seine Worte nur umreißen konnten. Er hatte das schon während seiner Gespräche erkannt und war doch damit fortgefahren.

Um halb elf hatte er zwei Frauen ausfindig gemacht, die den ganzen Tag in einem Fabrikationsraum Hemden genäht hatten – ihre Kinder an die Stühle gebunden – und bei Nacht auf die Straße gegangen waren, um die Miete bezahlen zu können. Der Aufseher sah Pitt mißbilligend von der Seite an, aber der schnauzte zurück, daß er nur nach einer Unfallzeugin suchte. Falls er der Polizei nicht so gut wie möglich helfen wolle, würde er sich persönlich dafür einsetzen, daß der ganze Laden wenigstens zweimal die Woche nach gestohlenen Waren durchsucht würde.

Der Mann fragte bissig, wie Pitt denn zu einer Fotografie von ihr käme, wenn es sich nur um eine Unfallzeugin handelte.

Pitt fiel darauf keine Antwort ein; er schaute deswegen den Mann scharf an und sagte, daß das eine Sache des polizeilichen Vorgehens sei, die ihn nichts anginge, und daß er, wenn er nicht noch mehr mit der Polizei zu tun kriegen wolle, sich um seine eigenen Angelegenheiten kümmern solle.

Das führte zu der gewünschten Ruhe und zu dem ungern gegebenen Zugeständnis, daß wenigstens zwei der Frauen bei ihm arbeiteten und Pitt sie sprechen könne, wenn es unbedingt nötig sei. Er solle sich aber kurz fassen, denn vergeudete Zeit sei verlorenes Geld, und die Frauen bräuchten jeden Penny. Polizisten würden vielleicht fürs Nichtstun bezahlt, aber die Frauen nicht.

Der Nachmittag verlief so ähnlich: eine verschreckte Frau nach der anderen ausfindig zu machen, die sich ihres Tuns schämte und Angst hatte, bloßgestellt zu werden, und doch mit dem, was sie in der Fabrik bezahlt bekam, nicht auskommen konnte und das Arbeitshaus fürchtete. Vor allem wollten sie ihre Kinder von der institutionalisierten, reglementierten Verzweiflung dieser Arbeitshäuser fernhalten. Sie hatten Angst, ihre Kinder könnten ihnen dort weggenommen und irgendwo in Pflege gegeben werden, so daß sie sie vielleicht nie wieder sahen oder nicht einmal wußten, ob sie überhaupt noch lebten. Was bedeutete es da schon, wenn man sich für eine Stunde oder zwei auszog, um irgendeinem anonymen

Mann gefällig zu sein, den man nie wieder sehen würde, wenn man dafür genug Geld bekam, um einen Monat davon leben zu können?

Als er um neun Uhr mit nassen Hosenbeinen und aufgeweichten Stiefeln in das Polizeirevier zurückkehrte, waren ihm nur zwei Frauen aufgefallen: eine war ein ehrgeiziges und rebellisches kleines Ding, das davon träumte, reich zu werden und einen Hutladen zu eröffnen; die zweite war ganz anders – eine erfahrene Frau nahe dreißig, gutaussehend, zynisch und offensichtlich ziemlich erfolgreich auf der besseren Seite des professionellen Geschäfts. Sie hatte ganz offen zugegeben, für die Bilder posiert zu haben, und Pitt herausfordernd beschuldigt, daraus ein Verbrechen zu machen. Wenn manchen Männern diese Bilder gefielen, dann sei das doch wohl ihre Sache. Sie könnten es sich leisten, und falls Pit töricht genug sei, die Sache weiter zu verfolgen und dadurch lästig zu fallen, dann könnte er sich dabei ganz schön die Finger verbrennen; dafür würden einige Herren, die einen beträchtlichen Einfluß hätten, schon sorgen.

Sie wohne unter einer guten Adresse, sie mache keinen Ärger, zahle ihre Miete – und wenn sie Herrenbesuch habe, wen ginge das was an? Sie hatte angeblich weder einen Ehemann noch einen Liebhaber oder Beschützer und noch weniger einen Kuppler oder Zuhälter, und die Offenheit, mit der sie dies sagte, machte es Pitt unmöglich, es zu bezweifeln.

Er ging erschöpft und enttäuscht in sein Büro. Seine größte Hoffnung setzte er auf das ehrgeizige kleine Fräulein, das gesagt hatte, daß es in ihrem Leben keinen Mann gäbe, der sich darum etwas scheren würde, außer vielleicht ihr Arbeitgeber. Sicher wäre sie in höchstem Maße besorgt, ihre Stellung und ihr Dach überm Kopf zu verlieren.

Die zwei Constables warteten auf ihn.

»Nun?« Pitt ließ sich auf einen Stuhl fallen und zog seine Stiefel aus. Seine Socken waren so naß, daß er sie auswringen konnte. Er mußte wohl in eine oder mehrere Pfützen getreten sein.

»Nicht viel«, sagte einer von ihnen grimmig. »Nur was man von den armen Teufeln erwarten kann. Kann mir nicht vorstellen, daß eine von ihnen jemanden ermorden könnte; schon gar nicht den einzigen Burschen, der ihnen einen anständigen Lohn bezahlt hat. Das muß für die ja wie Weihnachten gewesen sein.«

Der andere richtete sich auf seinem Stuhl ein wenig auf. »Ziemlich das gleiche, aber ich habe ein paar wirklich erfolgreiche Typen aufgestöbert; mit Adressen, wo ich sogar wohnen möchte, von Besuchen ganz zu schweigen. Ich kann mir vorstellen, daß ein Kerl, der dorthin geht, um sein Vergnügen zu haben, Geld wie Heu haben muß.«

Pitt starrte ihn an. In einer Hand hielt er eine nasse Socke, an die trockenen in der Schublade dachte er nicht mehr. »Was für Adressen?« fragte er fordernd.

Der Constable zählte sie auf. Eine war dieselbe wie die von der Frau, die Pitt ausfindig gemacht hatte; die zweite war eine andere, aber in derselben Gegend. Drei Prostituierte, die ihren eigenen Geschäften nachgingen – ein Zufall? Oder ein sehr diskretes Freudenhaus?

Pitt war bis zu dem Moment entschlossen gewesen, sofort nach Hause zu gehen. In Gedanken war er halbwegs schon dort – mit trockenen Füßen und einer heißen Suppe und einer lächelnden Charlotte neben sich.

Die beiden Constables sahen, wie sich sein Gesichtsausdruck veränderte, und ergaben sich in ihr Schicksal. Sie waren Constables, und er war der Inspektor; dagegen war nichts zu machen. Und Bordelle machten ihr Geschäft nun mal hauptsächlich bei Nacht.

Charlotte hatte sich schon vor langem an Pitts unregelmäßiges und oft spätes Heimkommen gewöhnen müssen, aber als er um elf Uhr immer noch nicht da war, konnte sie sich nicht mehr länger einreden, daß sie nicht besorgt sei. Alle möglichen Leute hatten Unfälle und wurden auf der Straße zusammengeschlagen, und Leute von der Polizei zogen Angriffe ganz besonders auf sich, indem sie sich in die Dinge von jenen einmischten, die Gewalt zu ihrem Geschäft machten. Ein Ermordeter konnte in einen Fluß oder in einen Abwasserkanal geworfen oder irgendwo in einem der Elendsviertel versteckt werden, wo man ihn nie finden würde – wer könnte schon eine armselige Leiche von einer anderen unterscheiden?

Sie war schon fast davon überzeugt, daß etwas Schreckliches passiert sei, als sie gegen Mitternacht die Tür hörte. Sie flog den Flur entlang und schlang ihre Arme um ihn. Er war durch und durch naß.

»Wo warst du denn?« fragte sie ihn. »Es ist doch schon mitten in der Nacht! Bist du verletzt? Was ist denn passiert?«

Er hörte die Angst aus ihrer Stimme und schluckte seine instinktive Antwort hinunter. Er legte beide Arme um sie und zog sie dicht an sich heran, ohne sich darum zu kümmern, daß er ihr Kleid mit seinem immer noch tropfenden Mantel durchnäßte.

»Ich habe ein erstklassiges Bordell beobachtet«, antwortete er und lächelte in ihr Haar. »Du würdest dich wundern, wer da alles hineinging.«

Sie drückte ihn von sich weg, hielt ihn aber dabei immer noch bei den Schultern. »Warum mußt du das wissen?« fragte sie. »Hinter was für einem Fall bist du denn jetzt her?«

»Immer noch Godolphin Jones. Können wir in die Küche gehen? Ich bin völlig durchgefroren.«

»Oh!« Sie sah sich selbst an. »Und du bist auch klatschnaß!« Sie drehte sich um und ging voraus in die Küche, wo sie noch ein Stück Kohle in den Ofen legte. Stück für Stück nahm sie ihm seine nassen Kleidungsstücke ab, dann seine Stiefel und seine neuen Socken. Und dann machte sie Tee; der leise siedende Kessel war schon den ganzen Abend über bereitgestanden. Fünfmal hatte sie Wasser nachfüllen müssen, während sie auf seine Rückkehr gewartet hatte.

»Was hat denn Godolphin Jones mit Bordellen zu tun?« fragte sie, als sie sich endlich zu ihm setzte.

»Ich weiß es auch nicht; nur soviel, daß die meisten Frauen, die er fotografiert hat, auch in Bordellen arbeiteten.«

»Glaubst du, daß eine von ihnen ihn ermordet hat?« Ihr Gesicht war voller Zweifel. »Wäre es nicht ziemlich schwierig für eine Frau, einen Mann zu erwürgen? Es sei denn, sie hätte ihm vorher ein Betäubungsmittel gegeben oder ihn bewußtlos geschlagen. Aber warum sollte sie das überhaupt tun? Hat er sie denn nicht bezahlt?«

»Er war ein Erpresser.« Er hatte ihr von Gwendoline und Major Rodney noch nichts gesagt. »Erpresser werden oft ermordet.«

»Das überrascht mich nicht. Könnte es sein, daß eine von ihnen ein Heiratsangebot oder so etwas bekommen hat und deswegen ihre Bilder vernichtet haben wollte?«

Das war ein Motiv, an das er noch nicht gedacht hatte. Prostituierte heirateten nicht selten – auf dem Höhepunkt ihres Schaffens, ehe ihr gutes Aussehen dahin war und sie langsam tiefer und tiefer in immer billigere Bordelle sanken, immer weniger verdienten und krank wurden. Es war eine nicht von der Hand zu weisende Möglichkeit.

»Warum hast du das Bordell beobachtet?« fuhr sie fort. »Was sollte dir das bringen?«

»Zuerst war ich gar nicht sicher, ob es überhaupt ein Bordell war...«

»Aber es war eines?«

»Ja, oder genauer gesagt ein Haus mit Apartments, die für diesen Zweck benutzt werden; viel luxuriöser als ein normales Bordell, weniger öffentlich.«

Sie zog ein Gesicht, sagte aber nichts.

»Ich dachte, ich könnte einen Zuhälter oder Kuppler vorfinden. So jemand könnte ein hervorragendes Motiv dafür gehabt haben, Godolphin Jones loswerden zu wollen. Vielleicht hat ihm Jones seine Frauen abspenstig gemacht, dachte ich, indem er ihnen mehr bezahlt hat.«

Sie schaute ihn sehr geradeheraus an. Die polierten Pfannen glänzten hinter ihm im Regal.

»Ich glaube, dort werden wir den Mörder finden.« Er streckte sich, stand auf und spreizte die von den Stiefeln befreiten Zehen. »Es wird mit Gadstone Park überhaupt nichts zu tun haben. Oder mit den Grabräubern; abgesehen davon, daß der Mörder einen Fall für sich ausgenutzt hat. Komm, gehen wir hinauf und zu Bett! Der morgige Tag wird viel zu früh kommen.

Am Morgen tischte sie mit ernster Miene den Porridge auf und setzte sich dann ihm gegenüber, anstatt ihrer eigenen Arbeit nachzugehen oder sich mit Jemima zu beschäftigen.

»Thomas?«

Er goß Milch über den Porridge und begann zu essen. Es war

keine Zeit zu verlieren. Sie waren sowieso schon ein wenig zu spät aufgestanden.

»Was?«

»Du hast doch gesagt, Godolphin Jones sei ein Erpresser gewesen?«

»Ja, das war er.«

»Wen hat er denn erpreßt und weswegen?«

»Die haben ihn nicht ermordet.«

»Wer?«

Der Porridge war noch zu heiß, und er mußte warten. Er fragte sich, ob sie das absichtlich getan hatte.

»Gwendoline Cantlay wegen einer Affäre und Major Rodney, weil er ein Kunde von ihm war. Warum fragst du?«

»Hätte er auch einen Kuppler oder Zuhälter erpressen können? Ich meine, was hatten die zu befürchten?«

»Ich weiß es nicht. Ich könnte mir vorstellen, daß dabei Habgier und professionelle Rivalität wahrscheinlicher sind.« Er probierte den Porridge noch einmal – einen halben Löffel voll.

»Du hast auch gesagt, die Häuser, in denen diese Frauen arbeiten, seien besser als die üblichen Bordelle?«

»Ja, das sind sie. Ziemlich gute Adressen. Worauf willst du hinaus, Charlotte?«

Ihre Augen wurden jetzt ganz groß und klar. »Wem gehören sie, Thomas?«

Der Löffel blieb auf halbem Weg zu seinem Mund stehen.

»Wem gehören sie?« sagte er sehr langsam, starrte sie dabei an und ließ den Gedanken in seinem Kopf sprießen.

»Manchmal besitzen die eigenartigsten Leute so etwas«, fügte sie hinzu. »Ich erinnere mich, daß Papa einmal jemanden kannte, der sein Geld mit einer Liegenschaft machte, die er als Fabrikationsraum für unterbezahlte Arbeit vermietet hatte. Wir haben nie wieder mit ihm verkehrt, nachdem wir das erfahren hatten.«

Pitt goß wieder Milch über den Rest des Porridge und aß ihn mit fünf Löffelbewegungen zu Ende. Er zog seine Stiefel an, die immer noch feucht waren, griff nach seinem Mantel, seinem Hut, seinem Schal und verließ das Haus so eilig wie ein sinkendes Schiff. Charlotte brauchte keine Erklärung. In Gedanken war sie bei ihm, und sie verstand ihn.

Er brauchte drei Stunden, um herauszufinden, wem diese Häuser und noch sechs weitere der gleichen Art gehörten.

Edward St. Jermyn.

Lord St. Jermyn verdiente sein Geld mit der Vermietung von Bordellen und der Provision, die er von jeder Prostituierten kassierte – und Godolphin Jones wußte dies.

War das der Grund, warum St. Jermyn das Bild von ihm gekauft hatte? Und sich dann geweigert hat, wieder zu bezahlen – und immer wieder? Das war gewiß ein Motiv für einen Mord.

Aber konnte er, Pitt, dies beweisen?

Man wußte ja nicht einmal, an welchem Tag der Mord ausgeführt wurde. Zu beweisen, daß St. Jermyn in der Resurrection Row war, hätte nichts zu bedeuten. Jones war erwürgt worden – jeder normal starke Mann und auch viele Frauen konnten das tun. Es gab keine Waffe, der man hätte nachspüren können.

Jones hat sich mit Pornographie und Erpressung beschäftigt; es könnte Dutzende von Leuten mit Motiven geben. St. Jermyn würde das alles auch wissen, und Pitt würde nicht einmal einen Haftbefehl bekommen.

Was er brauchte, war ein starkes Bindeglied; etwas, das die beiden Männer unlösbarer miteinander verband, als es bei Major Rodney oder Gwendoline Cantlay oder den Frauen auf den Bildern der Fall war.

Das größte Haus hatte eine Hausfrau – zweifellos die Madame, die das Geld verwaltete, die Mieten und Provisionen kassierte und sie St. Jermyn oder jemand von ihm Beauftragten übergab.

Pitt schritt auf der Straße frisch drauflos. Er wußte, wohin er ging und was er tun wollte. Er hielt eine Droschke an und stieg hinein. Er gab dem Kutscher die Adresse und schlug die Tür zu.

Dann lehnte er sich in den Sitz zurück und plante seinen Angriff.

Das Haus in der leeren Straße war still. Ein aufkommender Wind blies Schneeregen aus einem grauen Himmel heran. Ein Mädchen kam die Stufen zum Vorhof herunter und verschwand dann wieder. Es hätte ohne weiteres eines der besseren Wohnhäuser, wie sie sich üblicherweise an einem Vormittag darbieten, sein können.

Pitt entließ die Droschke und ging zur Eingangstür. Er hatte keinen Durchsuchungsbefehl, und er glaubte auch nicht, daß er aufgrund seiner Annahme einen bekommen würde. Aber er glaubte mit zunehmender Sicherheit daran, daß St. Jermyn Godolphin Jones ermordet hatte und der Grund dafür Jones' Wissen von seiner Einkommensquelle war. Das war sicherlich ein ausreichendes Motiv, besonders jetzt, da St. Jermyn mit seinem Arbeitshausgesetz eine politische Karriere anstrebte.

Pitt hob seine Hand und klopfte heftig an die Tür. Es gefiel ihm nicht, was er jetzt vorhatte; es war nicht sein übliches Verhalten. Aber anders gab es keinen Beweis, und er konnte St. Jermyn nicht laufen lassen – trotz der Gesetzesvorlage. Obwohl er auch schon daran gedacht hatte, den letzten Beweis, falls er ihn finden sollte, bis zur Verabschiedung des Gesetzes durch das House of Lords für sich zu behalten. Ein Mörder, nicht einmal einer wie St. Jermyn, war all die Kinder in den Arbeitshäusern von London nicht wert.

Die Tür wurde von einem schmucken Mädchen in Schwarz mit weißer Spitzenkappe und ebensolcher Schürze geöffnet.

»Guten Morgen, Sir«, sagte sie völlig gefaßt, und Pitt durchzuckte der Gedanke, daß hier vielleicht sogar schon mitten am Tag Geschäftsbetrieb herrschte.

»Guten Morgen«, antwortete er mit einem bitteren Lächeln. »Kann ich Ihre Herrin, die Vermieterin dieser Apartments, sprechen?«

»Es sind keine davon zu vermieten, Sir«, sagte sie abwehrend und blieb dabei in der Tür stehen.

»Ja, das kann ich mir denken«, sagte er. »Trotzdem möchte ich sie gerne sprechen, wenn Sie erlauben. Es handelt sich um eine geschäftliche Angelegenheit, die den Besitzer des Hauses betrifft. Ich glaube, Sie sollten mich lieber hineinlassen. So etwas bespricht man nicht auf den Stufen vor dem Eingang.«

Sie war ein erfahrenes Mädchen. Sie wußte, was in dem Haus geschah, und erfaßte die von Pitt angedeuteten Möglichkeiten. Sie trat sofort zur Seite und gab ihm den Weg frei.

»Ja, Sir. Wenn Sie hier entlang kommen wollen; ich werde sehen, ob Mrs. Philip zu Hause ist.«

»Danke.« Pitt folgte ihr in einen bemerkenswert komfortablen, zurückhaltend möblierten Raum, in dem ein kräftiges Feuer auf dem Kaminrost brannte. Er mußte nur ein paar Minuten warten, bis Mrs. Philip erschien. Sie war drall, bei näherem Hinsehen sogar ein wenig fett, aber sie war sehr gut angezogen. Sogar zu dieser frühen Stunde hatte sie Rouge und Mascara aufgetragen wie für einen Ball. Es mußte ihm nicht gesagt werden, daß er eine erfolgreiche Prostituierte vor sich hatte, die schon ein wenig über ihre Blüte hinaus und jetzt von der Arbeiterin in das Management aufgestiegen war. Ihre Kleidung war teuer, ihr Schmuck ein wenig zu glitzernd, aber Pitt nahm trotzdem an, daß er echt war. Sie sah ihn mit harten, schlauen Augen an.

»Ich kenne Sie nicht«, sagte sie und schubste die Tür zu.

»Da haben Sie Glück.« Er stand immer noch mit dem Rücken zum Feuer. »Ich arbeite nicht oft auf dem Gebiet der Sitte, besonders nicht in dieser Klasse.«

»Ein Polyp!« sagte sie augenblicklich. »Sie können überhaupt nichts beweisen, und Sie wären ein Narr, wenn Sie es versuchten. Die Sorte Gentlemen, die hier verkehrt, wäre Ihnen sicherlich nicht dankbar dafür.«

»Daran zweifle ich nicht«, pflichtete er ihr bei. »Ich habe nicht die Absicht, hier zusperren zu lassen.«

»Ich zahle Ihnen auch nichts.« Sie sah ihn verächtlich an. »Gehen Sie und erzählen Sie es, wem Sie wollen! Sie werden sehen, wohin Sie das bringt!«

»Ich habe auch nicht vor, es irgend jemandem zu sagen.«

»Was wollen Sie dann? Sie wollen doch etwas. Einen kleinen verbilligten Kundendienst?«

»Nein, danke. Eine kleine Information.«

»Wenn Sie glauben, daß ich Ihnen erzähle, wer hierher kommt, dann sind Sie ein größerer Narr, als ich dachte. Erpressung, wie? Ich werde Sie hinauswerfen und so verprügeln lassen, daß nicht einmal Ihre eigene Mutter Sie noch erkennt.«

»Schon möglich. Aber es interessiert mich nicht im geringsten, wer hierher kommt.«

»Also, was wollen Sie dann? Sie sind doch nicht aus reiner Neugierde hierher gekommen!«

»Godolphin Jones!«

»Wer?« Aber die Frage kam mit einer Verzögerung, die nur den Bruchteil einer Sekunde, nur das Zucken eines Augenlids ausmachte.

»Sie haben mich doch gehört – Godolphin Jones. Ich bin sicher, daß Sie sehr kompetent auf dem Gebiet der Prostitution sind und genug Schliche kennen, die meisten von uns zu überlisten, aber wie halten Sie es mit Mord? Wollen Sie mich da auch schlagen? Im Beweisen von Morden liegt meine Stärke.«

Das aufgetragene Rouge hob sich deutlich von ihren Wangen ab. Ohne dieses Rouge hätte sie immer noch gut ausgesehen.

»Ich weiß überhaupt nichts von einem Mord!«

»Godolphin Jones wußte über dieses Haus und seine Nutzung Bescheid, weil er einige Ihrer Mädchen fotografiert hat.«

»Und wenn es so war?«

»Erpressung, Mrs. Philip.«

»Er hätte mich nicht erpressen können. Wozu denn? Wem hätte er denn etwas sagen sollen? Ihnen? Was können Sie deswegen denn schon tun? Sie werden mich nicht zwingen, hier zu schließen. Dazu kommen zu viele reiche und mächtige Leute hierher, das wissen Sie.«

»Nicht Sie erpressen, Mrs. Philip. Sie sind, was Sie sind, und geben auch nichts anderes vor. Aber wem gehört denn dieses Haus, Mrs. Philip?«

Ihr Gesicht wurde weiß, aber sie sagte nichts.

»Wem bezahlen Sie Miete, Mrs. Philip?« drängte er weiter. »Wieviel nehmen Sie von den Mädchen? Fünfzig Prozent? Mehr? Und wieviel geben Sie ihm am Ende der Woche oder am Letzten des Monats?«

Sie schluckte und starrte ihn an. »Ich weiß nicht. Ich kenne seinen Namen nicht.«

»Lügnerin! Es ist St. Jermyn, und Sie wissen das genau – so gut wie ich. Sie würden an keinen Vermieter zahlen, den Sie nicht kennen, dazu sind Sie viel zu mißtrauisch. Sie haben ein genau detailliertes Abkommen, wenn es auch nicht schriftlich festgehalten ist.«

Sie schluckte wieder. »Und?« fragte sie. »Was ist, wenn es so ist? Was ist dann schon? Sie können gar nichts tun!«

»Erpressung, Mrs. Philip.«

»Sie wollen ihn erpressen? St. Jermyn? Sie sind ein Narr, ein Verrückter!«

»Warum? Weil das für mich tödlich wäre? So wie für Godolphin Jones?«

Ihre Augen wurden riesengroß, und er dachte schon, sie würde ohnmächtig. Ein komisches trockenes Röcheln war in ihrem Hals, ein Schnappen nach Luft.

»Haben Sie Jones umgebracht, Mrs. Philip? Sie sehen stark genug aus. Er ist erwürgt worden, wissen Sie.« Er schaute auf ihre breiten, muskulösen Schultern und auf ihre fetten Arme.

»Bei der Mutter Gottes, das habe ich nicht!«

»Es würde mich nicht wundern!«

»Ich schwöre es! Ich bin nicht einmal in die Nähe dieses kleinen Schuftes gekommen – nur als ich ihm das Geld gab. Warum sollte ich ihn umbringen? Ich führe ein Haus, das ist mein Geschäft, aber ich schwöre bei Gott, daß ich nie jemanden umgebracht habe.«

»Welches Geld, Mrs. Philip? Geld von St. Jermyn, damit Jones seinen Mund hält?«

Ein listiger Ausdruck erschien einen Moment lang auf ihrem Gesicht und löste sich dann wieder in Unbestimmtheit auf. »Nein, das habe ich nicht gesagt. Soweit ich weiß, war es Geld für eine Menge Bilder, die Jones malen sollte; alle Kinder von St. Jermyn und ihn selbst. Ein halbes Dutzend oder mehr. Jones wollte das Geld im voraus, und hier war die beste Stelle, es in bar zu bekommen. Es waren die Einnahmen von mehreren Wochen. St. Jermyn konnte von seiner Bank nicht so viel auf einmal abheben.«

»Nein«, sagte Pitt übereinstimmend. »Ich wette, das konnte er nicht und hätte es auch nicht gewollt. Aber wir haben es bei Jones nicht gefunden; weder bei ihm selbst noch in seinem Studio in der Resurrection Row oder in seinem Haus, noch ist es auf sein Bankkonto eingezahlt worden.«

»Was heißt das? Hat er es ausgegeben?«

»Das bezweifle ich. Wieviel war es? Es wäre besser für Sie, die

Wahrheit zu sagen. Eine Lüge nur, und ich verhafte Sie wegen Beihilfe zum Mord. Sie wissen, was das bedeutet – den Strang!«

»Fünftausend Pfund«, sagte sie sogleich. »Fünftausend, ich schwöre, und das ist bei Gott die Wahrheit.«

»Wann? Genau!«

»Am zwölften Januar, mittags. Er war hier; dann ging er direkt zur Resurrection Row.«

»Und wurde dann von St. Jermyn ermordet, der auch die fünftausend Pfund wieder mitgenommen hat. Ich nehme an, wenn ich mich bei seiner Bank erkundige, was durch Ihre Auskunft jetzt nicht mehr weiter schwierig sein dürfte, dann wird es sich herausstellen, daß die fünftausend Pfund oder ein ähnlicher Betrag wieder eingezahlt wurden, was über den Zweifel eines jeden vernünftigen Menschen hinaus beweisen wird, daß seine Lordschaft Godolphin Jones ermordet hat und warum. Danke, Mrs. Philip. Und wenn Sie nicht mit ihm zusammen an einem Strick baumeln wollen, dann richten Sie sich darauf ein, dieselbe Geschichte vor Gericht unter Eid zu erzählen.«

»Wenn ich es tue, was wird dann mir angelastet?«

»Jedenfalls nicht Mord. Und wenn Sie Glück haben, nicht einmal das Führen eines Bordells. Als Kronzeugin können Sie damit rechnen, daß wir ein Auge zudrücken.«

»Versprechen Sie mir das?«

»Nein, ich verspreche nichts. Das kann ich nicht. Aber ich kann Ihnen eines versprechen – keine Mordanklage. So, wie ich das sehe, gibt es nichts, das beweisen würde, daß Sie je etwas davon wußten. Und ich habe nicht vor, in diese Richtung noch weiter nachzuforschen.«

»Ich habe auch nichts gewußt. Gott ist mein Zeuge.«

»Ich überlasse das Gott, wie Sie vorgeschlagen haben. Guten Tag, Mrs. Philip.« Er ließ sich von dem Mädchen die Tür öffnen und ging hinaus auf die Straße. Der Schneeregen hatte aufgehört, die Sonne schien wässerig aus einem blauweißen Himmel.

Das nächste, was er tat, war, wieder in den Gadstone Park zurückzukehren; nicht zum Haus von St. Jermyn, sondern in das von Vespasia. Er brauchte nur noch ein abschließendes Beweisstück – einen

Kontoauszug von St. Jermyns Bank, ob das Geld dort war, oder, falls nicht, einen Durchsuchungsbefehl für sein Haus, obwohl es sehr unwahrscheinlich war, daß er einen so hohen Betrag in bar in einem Haussafe verwahrte. Es war mehr, als die meisten Menschen in einem Jahrzehnt verdienten, mehr, als ein guter Hausangestellter in seinem ganzen Leben.

Wenn vor der Auszahlung auch noch ein Betrag von der Bank abgehoben oder Hauseigentum verkauft worden war, so wäre dies leicht zu überprüfen. Wie Mrs. Philip gesagt hatte, konnte er nicht sofort über soviel Geld verfügen, und sicherlich hätte er nicht um ein Darlehen nachgesucht.

Aber ehe Pitt etwas Endgültiges unternahm, wollte er von Vespasia den genauen Tag erfahren, an dem die Gesetzesvorlage vor das Parlament kam. Wenn es irgendeine Möglichkeit gab, seinen letzten, nicht mehr rückgängig zu machenden Schlag auszusetzen, dann würde er es tun – wenigstens so lange.

Sie empfing ihn ohne ihren üblichen Humor. »Guten Tag, Thomas«, sagte sie mit einem Anflug von Ermüdung. »Ich nehme an, Sie sind dienstlich hier; Sie sind nicht zum Lunch gekommen?«

»Nein, Madam. Bitte entschuldigen Sie die ungewöhnliche Zeit.«

Sie wischte seine Bemerkung mit einer kleinen Handbewegung weg. »Nun, was wollen Sie mich diesmal fragen?«

»Wann kommt der Gesetzentwurf von St. Jermyn vor das Parlament?«

Sie hatte in das Feuer gestarrt und drehte sich nun langsam zu ihm hin; ihre alten Augen waren hell und müde. »Warum wollen Sie das wissen?«

»Ich glaube, Sie kennen die Antwort darauf bereits, Madam«, sagte er leise. »Ich kann ihn damit nicht laufen lassen.«

Sie zuckte die Schultern. »Wahrscheinlich nicht. Aber können Sie es nicht wenigstens bis nach der Lesung der Gesetzesvorlage sein lassen? Morgen abend wird sie durch sein.«

»Um das zu erfahren, bin ich zu Ihnen gekommen.«

»Können Sie?«

»Ja, ich kann es so lange auf sich beruhen lassen.«

»Danke.«

Er unterließ es, ihr zu erklären, daß er es tat, weil er an die Sache glaubte und ihm genausoviel daran lag wie ihr oder Carlisle und wahrscheinlich mehr, als St. Jermyn selbst. Er dachte, sie wüßte es sowieso.

Er blieb nicht lange. Sie würde nichts unternehmen; auch nicht mit St. Jermyn sprechen. Sie würde nur warten.

Er ging zurück auf die Polizeistation und besorgte sich den Durchsuchungsbefehl für das Haus und die Berechtigung zur Überprüfung des Bankkontos. Er richtete es so ein, daß er sie zu spät erhielt, um am selben Tag noch etwas unternehmen zu können. Er war um fünf Uhr zu Hause, saß am Feuer, aß ein Rosinenbrötchen und spielte mit Jemima.

Am Morgen machte er sich spät auf den Weg und ließ es Spätnachmittag werden, bis er seine ihn gänzlich zufriedenstellenden Beweise gesammelt und den Haftbefehl, der für die Festnahme von St. Jermyn ausgestellt worden war, entgegengenommen hatte.

Er nahm nur einen Constable zum House of Lords in Westminster mit und wartete dort in einem Vorraum, bis die Abstimmung vorüber war und ihre Lordschaften sich auf den Nachhauseweg machten.

Zuerst sah er Vespasia. Sie war in Taubengrau und Silber gekleidet und trug ihren Kopf würdevoll wie immer. Aber er sah es ihrer gezwungenen Haltung, ihrem steifen Gang und ihren matten Augen an, daß der Gesetzentwurf durchgefallen war. Er hätte eigentlich mehr Verstand, mehr Kenntnis der Realität als Hoffnung haben müssen – es war noch zu früh und die Zeit noch nicht reif dafür. Die Enttäuschung stieg in ihm auf wie eine Übelkeit, wie ein fühlbarer Schmerz.

Sie würden natürlich weiterkämpfen und nach einiger Zeit, nach fünf Jahren, zehn Jahren würden sie schließlich doch gewinnen. Aber er wollte den Erfolg jetzt – in zehn Jahren war es zu spät, um die Kinder, die jetzt lebten, zu retten.

Hinter Vespasia kam Somerset Carlisle. Als ob ihn Pitts Jammer angezogen hätte, drehte er sich ihm zu, und ihre Blicke trafen sich. Sogar in diesem Moment der Niederlage war noch eine bittere Ironie in ihm, etwas wie ein Lächeln. Wußte er, wie Vespasia, warum Pitt gekommen war?

Er ging durch die Menge auf sie zu und sah nur aus den Augenwinkeln den Constable von der anderen Seite kommen. St. Jermyn war hinter ihnen. Er zeigte keinerlei Schmerz über seine Niederlage. Er hatte einen guten Kampf geführt, und daran würde man sich erinnern. Vielleicht war das alles, was ihm jemals wirklich wichtig gewesen war.

Vespasia sprach zu jemandem und ließ sich dabei den Arm stützen. Sie sah älter aus, als Pitt sie jemals zuvor gesehen hatte. Vielleicht wußte sie, daß sie nicht mehr so lange leben würde, um das Gesetz verabschiedet zu sehen. Zehn Jahre waren für sie eine lange Zeit.

Pitt ging ein wenig zur Seite, um sehen zu können, zu wem sie sprach und wer ihren Arm hielt. Er hoffte, daß es nicht Lady St. Jermyn sei.

Der Abstand zwischen ihnen betrug jetzt nur noch ein paar Yards. Er sah, wie der Constable ebenfalls weiter vorrückte, um eine eventuelle Flucht zu vereiteln.

Er war jetzt fast vor ihnen.

Vespasia drehte sich zur Seite und sah ihn. Neben ihr stand Charlotte.

Pitt blieb stehen. Sie sahen sich gegenseitig an – der Constable und Pitt, und auf der anderen Seite St. Jermyn, Carlisle und die beiden Frauen.

Einen wilden Moment lang fragte sich Pitt, ob Charlotte schon die ganze Zeit gewußt hatte, wer Godolphin Jones ermordet hatte. Er wehrte den Gedanken ab. Sie konnte es gar nicht gewußt haben. Wenn sie es seit kurzem vermutet hatte, dann war ihm das entgangen.

»My Lord«, sagte er mit ruhiger Stimme, und seine Augen begegneten dabei denen von St. Jermyn. Der schaute überrascht, und als er den Ernst in Pitts Gesicht sah, die Gewißheit, das unbarmherzige, unumstößliche Wissen um die Wahrheit, zeigte er nun doch eine Spur von Angst.

Es gab nur eines, das nicht dazu zu passen schien. Wenn er in St. Jermyns Gesicht die Niederlage und gleichzeitig die trotzdem verbliebene Arroganz sah, den Haß und die sogar jetzt vorhandene Verachtung gegenüber ihm, Pitt – als ob es der Zufall gewesen wäre, der ihn geschlagen hatte, einfach nur Pech und nicht das Können von jemand anderem –, dann konnte er keine Spur von bizarrer Fantasie und schwarzem Humor darin entdecken. Und die wären doch nötig gewesen, um Horne Snipe auf seinen eigenen Grabstein und den alten Augustus in die Gebetsbank seiner Familie zu setzen, Porteous auf die Parkbank zu plazieren und den unglücklichen Albert Wilson auf einer Droschke durch London fahren zu lassen. Er mußte gewußt haben, daß das Grab von Albert Wilson mit Godolphin Jones darin am Ende doch gefunden würde. Er konnte doch nicht hoffen, für immer so davonkommen zu können. Und seine Ambitionen erstreckten sich auf einen langen Zeitraum. Der Gesetzentwurf war nur ein Schritt auf seinem Weg in ein hohes Amt mit allem, was damit zusammenhängt; der Gesetzentwurf als solcher war ihm unwichtig.

Um das mit den Gräbern anzustellen, brauchte es einen Mann voller Leidenschaft, einen Mann, dem dieses Gesetz so wichtig war, daß er all seinen schwarzen Humor einsetzte, um die Festnahme lange genug hinauszuzögern...

Seine Augen wanderten zu Carlisle.

Natürlich.

St. Jermyn hatte Godolphin Jones umgebracht – aber Carlisle hatte davon gewußt oder es befürchtet, war ihm gefolgt und hatte die Leiche gefunden. Er war es, der, nachdem St. Jermyn gegangen war, sie in Albert Wilsons Grab versteckt und die anderen Leichen in Bewegung gesetzt hatte, um Pitts Verwirrung lange genug dauern zu lassen. Das erklärte auch, warum St. Jermyn so verdutzt war, als Jones in Wilsons Grab und nicht in der Resurrection Row gefunden wurde.

Carlisle starrte zu ihm zurück; in seinen Augen lag ein kleines, freudloses Lächeln.

Pitt erwiderte die Andeutung eines Lächelns und richtete seinen Blick dann wieder auf St. Jermyn. Er räusperte sich. Er könnte Carlisles Rolle niemals beweisen, und er wollte es auch nicht.

»Edward St. Jermyn«, sagte er formell, »im Namen der Königin verhafte ich Sie wegen vorsätzlichen Mordes an Godolphin Jones, Kunstmaler in der Resurrection Row.«

Anne Perry –
Meisterin des historischen Kriminalromans

Die Britin Anne Perry verbrachte ihre Kindheit und Jugend auf dem fünften Kontinent. Inzwischen ist sie wieder in die Alte Welt zurückgekehrt und lebt in Portmahomack im Schottischen Hochland.

In ihren Romanen erweckt sie die Atmosphäre Londons im 19. Jahrhundert, zur Zeit der Königin Viktoria. Mit Inspektor Thomas Pitt, einem erfolgreichen Beamten von Scotland Yard, und seiner Frau Charlotte, die sich so gern in seine Fälle einmischt und auf eigene Faust Ermittlungen anstellt, hat sie zwei Figuren geschaffen, die weltweit Millionen von Lesern für sich erobern konnten.

Verzeichnis lieferbarer Titel

(Stand Mai 1997)

Belgrave Square (01/9864)
Der blaue Paletot
Callander Square
Die dunkelgraue Pelerine (01/8864)
Dunkler Grund
Die Frau in Kirschrot (01/8743)
Frühstück nach Mitternacht (01/8618)
Gefährliche Trauer
Das Gesicht des Fremden
Im Schatten der Gerechtigkeit
Das Mädchen aus der Pentecost Alley
Ein Mann aus bestem Hause (01/9378)
Mord im Hyde Park
Nachts am Paragon Walk

Die roten Stiefeletten (01/9081)
Rutland Place
Eine Spur von Verrat
Tod in Devil's Acre
Der weiße Seidenschal (01/9574)
Der Würger von der Cater Street

Im Großdruck:
Die dunkelgraue Pelerine (21/14)
Die Frau in Kirschrot (21/25)

Die Bandnummern der Heyne-Taschenbücher sind jeweils in Klammern angegeben.